Werner Bergengruen
Schnaps mit Sakuska

Werner Bergengruen
Schnaps mit Sakuska

Baltisches Lesebuch
Herausgegeben von
N. Luise Hackelsberger
Arche

Gestaltung: Max Bartholl, Frankfurt
Satz: Uhl + Massopust, Aalen
Druck, Bindung: Wilhelm Röck, Weinsberg
Printed in Germany
ISBN 3-7160-2045-1

Inhalt

Die Altstadt von Riga

Meines Vaters Haus

Das Haus, in dem ich geboren wurde und meine erste Kindheit verlebte, stand mitten in der engen Altstadt von Riga. Es war ein riesiges, düsteres Steingebäude der barocken Zeit und hatte sich ehemals im Besitz der Familie Poorten befunden, der eine meiner Urgroßmütter angehörte.

In dieses Haus ist nie ein Strahl Sonne gefallen, ohne daß wir das je empfunden hätten. Die heute so geläufige Hochschätzung der Sonnigkeit war noch nicht bekannt. Aber die dicken Mauern hielten im Winter die Kälte, im Sommer die Hitze fern. Eine Badeeinrichtung war nicht vorhanden, und die Wanne wurde eimerweise mit Herdwasser gefüllt. In der Küche wimmelte es von »Prussacken«, das heißt: Preußen, denn so nannten wir die in Deutschland als »Russen« bezeichneten Insekten. Einmal wurden sogar Wanzen gefunden, was einige Aufregung verursachte, meine Anhänglichkeit an das Haus aber nicht hat beeinträchtigen können. Hygienisch war es sicherlich nicht, wohl aber bekömmlich. Auch Häuser können alle Hygiene der Welt und alle Welten der Hygiene gewinnen und doch Schaden nehmen an ihrer Seele.

Als Riga im Herbst 1917 von deutschen Truppen besetzt worden war, erbat und erhielt ich einen kurzen Urlaub zum Besuch meiner Vaterstadt. Die Eisenbahnbrücke hatte noch nicht wiederhergestellt werden können, und so stieg ich mitten in der Nacht auf dem linken Dünaufer in Thorensberg aus dem Zuge und ging zu Fuß in die Stadt. Es war mir wunderlich zumut, als ich im Mondlicht durch die stillen Straßen ging, um mir ein Quartier zu suchen, denn zu so später Stunde mochte ich nicht bei Verwandten anklopfen. Zuerst trieb es mich, das alte Haus wiederzusehen. Ich suchte und irrte und konnte mich doch nicht irren! Aber es war alles vergeblich, und mit einiger Wehmut erfuhr ich am Morgen, daß es zu Anfang des Krieges abgerissen worden war.

Noch ein anderes Haus ist für mich von Bedeutung gewesen. Mein Vater baute sich ein ländliches Haus, eine Eisenbahnstunde flußaufwärts von Riga, und nun pflegten wir dort die gute Jahreszeit zu verbringen. In der gleichen Gegend hatten viele nahestehende Familien ihre Sommerhäuser, darunter mein Pseudogroßvater und eine Schwester meines Vaters, die mit dem Chirurgen Adolf von Bergmann verheiratet war; ihr von Töchtern belebtes Haus, sowohl das sommerliche wie das städtische, war für uns Kinder von einer großen Anziehungskraft.

Das unsere lag von den übrigen recht weit abseits, hart am Walde, von dem ein Teil in das Grundstück einbezogen war, in einer Einsamkeit. Eine ausgedehnte Kiesgrube (»Grandgrube« sagte man in den baltischen Provinzen) mit steil abfallenden Hängen zog sich unterhalb des Hauses zum Bach und war unser liebstes Spielgebiet. Als die Gefahr auftauchte, sie könnte industriell genutzt und teilweise bebaut werden, brachte mein Vater sie an sich.

In diesem Hause und in den Wäldern, die es umgaben, bin ich mit meinen Geschwistern sehr glücklich gewesen. Aber meine Brüder sind im Kriege gefallen, und auch dieses Haus steht nicht mehr. Ihm gilt die Dichtung »Meines Vaters Haus«.

Oger in Livland

Meines Vaters Haus
stand auf einem Hügel.
Ach, wie die Flügel
der Mandelkrähen in den Wipfeln blitzten!

Da war der Wald, der große Wald,
von Beeren rot und blau.
Der Wald hat viel Gewalt.
Im Walde saß die Regenfrau,
Die Nebelfrau, die Totenfrau
und strickte graue Lappen.
Im Walde schlief der Feuermann,
der Harz und Knieholz zünden kann,
bis die Wipfel prasseln und flammen, –
nachts rannten die beiden mitsammen.

Rund um das schwarze Moderloch
tief in der Teufelssenke,
da wucherte das Schlangenkraut,
das schwül und schläfernd roch.
Sumpfblüten flirrten dicht.
Da ging im Dämmerlicht
der schwere Elch zur Tränke.

Der Hang war sonnendürr,
von trocknen Tannennadeln glatt,
wir konnten sommers schlittenfahren
in einer hölzernen Mulde.

Wie Schlangengeknäul sich windet
im weißen Mittagsschein,
so kriechen Wurzeln entrindet
und bleich wie Totengebein,
da blinzelt, halb erblindet,
ein Werwolf schläfrig hinterm Stein,
– nachts steigt er in Bauernfenster ein.
Doch trifft man ihn bei Tag,
dann trägt er graue Beiderwand
und birkenrindne Schuh
und weißen Stab und Bettelsack
und langen Bart dazu.
Einst klopfte er bei uns an.
Meine Mutter ließ ihn vor,
da war sie schon behext.
Ich raunte ihr ins Ohr,
sie aber glaubte mir nicht.
Sie gab ihm Fleisch, sie gab ihm Brot
und braunes Kupfergeld.
Er küßte ihr den Rock,
er sprach sein Gottvergelt
und blickte lauersam,
wie er im Vollmond käme,
unsre Herzen nähme.

Man gab mir ein Gewehr
(es war wohl kinderklein)
an einem grünen Band.
Ich lief zum Wald hinein.
Ich schoß das kleine Raubgetier,
das Fluggetier, das Laufgetier,
ich träumte nachts von Hungergebell,
Spurschnee und Wolfesfährten.

Ich schoß am Sanktjohannistag
drei Kugeln in die Sonne.
Drei Tropfen rotes Sonnenblut,
die mußten niederfallen.
Wo sie den Boden nässen,
da zischen Farrenkraut und Moos,
da ruckt sich krötengroß
zum Schätzgrabn, zum Mächtehabn
die Alraunwurzel los.

Ich habe lang gesucht,
beschworen und verflucht, –
wo fielen die Tropfen hin?
Sie fielen in das Teufelsloch,
den höllentiefen Schacht,
da wächst die Wurzel immer noch
und Nacht für Nacht.
In hundert Jahren hebt sie sich
aus schwarzem Wasser königlich,
von düstren Wundern schwer.
Und niemand kennt sie mehr.

Wer schießt und schilt und schreit
durch meines Vaters Haus?
Wer nahm ihm Dach und Wände fort?
Das Haus ward waldesweit.
Der Feuermann, die Regenfrau,
die Nebelfrau, die Totenfrau
gehn ein und aus.

Der Werwolf kommt, – wer hört den Schritt? –
nimmt nachts sich die Rekruten mit.

Es läuft ein Graben grau
durch meines Vaters Haus.

Das flackert und erlischt,
summt, heult, zischt.
Der Mörtel stiebt vom nackten Herd,
darin verglimmt mein Schaukelpferd.

Ein Bild hing an der Wand,
mein Bett darunter stand.
Ich sah es jeden Morgen an:
acht Katzen hatten Kleider an
und saßen um den Tisch.
Sie tranken aus weißen Tassen
mit höflichen Grimassen.
sie schnurrten, sie knurrten,
sie plapperten, sie klapperten,
sie schüttelten sich vor Lachen
und schleckten Zuckersachen.
Da ist nicht Bett noch Bild.
Lehmwasser brackt und quillt
vom braunen Grabenrand.
Dort hockt der blasse Kapitän,
zerregnet und zerschwitzt,
erdfahl und blutbespritzt.
Er nahm den Hörer ab
mit seiner grauen Hand:
»Hier vierte Kompagnie
Sibirischen Schützenregiments...
...Befehlen, Exzellenz...
Ein Offizier... elf Mann...
verwundet... tot... vermißt –«
Er ließ den Hörer los, er schrie:
»Jesus Christ!!!«

Meines Vaters Haus
stand auf einem Hügel.
Ach, wie die Flügel
der Mandelkrähen in den Wipfeln blitzten!

Der Wald ist wiedergekommen,
Der Wald hat es genommen.
Der Wald hat viel Gewalt.
Er hat es zugedeckt,
das Fundament versteckt.

Ich habe lang gesucht,
beschworen und verflucht,
das Farrenkraut stand dicht,
ich fand die Stelle nicht.

Ich ging zur Regenfrau,
zur Nebelfrau, zur Totenfrau,
ich wollte sie befragen.
Sie lächelte verschlagen.

Die Eltern: Dr. med. Paul Bergengruen und Helene Bergengruen, geb. von Boetticher. Riga, um 1890

Vater und Mutter

Mein Vater war mittelgroß, eine elegante, wohlproportionierte Erscheinung, von impulsiven, temperamentvollen, aber nie unschönen Bewegungen. Im Alter neigte er zur Korpulenz, doch nicht übermäßig. Er war ein starker, aber wahlloser Esser, von robuster Konstitution und selten krank. Seine Krankheiten waren von akuter Natur. Er erreichte ein Alter von vierundachtzig Jahren und zwei Monaten, obwohl er alles, was für giftig gilt, in Mengen zu sich nahm. In der ersten Hälfte seines Lebens neigte er zum Alkohol. Zeitlebens war er ein starker Zigarettenraucher und Liebhaber des Kaffees, der ihm immer unentbehrlicher wurde. Der durch den Kaffeegenuß erzielte Zustand der Angeregtheit mußte, wenn er zu Bett ging, durch Schlafmittel gedämpft werden, deren Folgen dann wieder durch Kaffee wettzumachen waren. Solche Neigungen hat er auch mir vererbt.

Er war ein guter Reiter, Fechter, Tänzer, Schwimmer und Turner. Merkwürdigerweise zog die Jagd ihn nicht an, im Gegensatz zu seinem Vater und den meisten seiner Landsleute und Zeitgenossen. Vielleicht hing das damit zusammen, daß die Natur ihm wenig sagte, obwohl er das nie zugegeben hätte, da doch die Freude an Sonnenuntergängen oder landschaftlichen Aussichten zum Herkömmlichen gehörte. Den Winter haßte er mit seiner ganzen Vehemenz. Spaziergänge liebte er nur als gesellige Unternehmungen. Überhaupt war er nicht gern allein, und auf der Jagd läßt sich der Einsamkeit nicht aus dem Wege gehen.

Er war ein Charmeur, überall beliebt, ja, oft schwärmerisch verehrt, und hatte keine Feinde. Sein Habitus war der eines ewigen Studenten. Er hatte den strahlenden Glanz der unvergänglichen Jugend, und nicht jeder gewahrte, daß hierzu die Kehrseite einer nie überwundenen Unreife gehörte. Alte Herrren lebten auf, wenn sie sich daran erinnerten, daß sie mit ihm studiert, alte Damen bekamen Tränen in die Augen, wenn sie davon sprachen, daß sie mit Paulchen

Bergengruen getanzt hatten. Mit kindlicher Naivität genoß er seine Beliebtheit. Auch seine Ruhmredigkeit war die eines Kindes.

In meiner Kindheit hatte er nicht die Geduld, sich sehr lange mit uns zu beschäftigen. Aber wenn er das Kinderzimmer verließ, so blieb ein Glanz zurück wie von Feuerwerk. Er erschien uns als der Inbegriff des Amüsanten, Sprühenden, Witzigen und Reichtums an Einfällen.

Auf Frauen wirkte er stark. Aber er hing mit einer solchen Ausschließlichkeit an meiner Mutter, daß er nie darauf verfallen wäre, sich der Avancen, die sie ihm machten, über eine freundschaftliche Annäherung hinaus zu bedienen. Wie er in Superlativen empfand, redete und handelte, so betete er meine Mutter buchstäblich an und bezeichnete sie oft als eine Heilige. Doch machte er ihr das Leben nicht leicht. Meine Mutter, in vielen praktischen Dingen, insbesondere in Geldangelegenheiten, unerfahren, hatte bald zu bemerken, daß ihre Hoffnung, an ihm eine Stütze zu finden, irrig war; vielmehr hatte sie zu stützen, über ein halbes Jahrhundert lang. Welches Maß an Kräften ihr diese Notwendigkeit hat zuwachsen lassen, ist gar nicht zu bemessen. Er mochte ihr, wie sie selber mir einmal gesagt hat, mitunter erscheinen wie ein holder, beschwingender Sommerwind, mit dem zu spielen lieblich, ja, beglückend ist, der aber die Hand leer läßt, die sich nach einem Halt ausstreckt. Allein sie liebte ihn mit ihrer großen Liebeskraft, und in einer sechsundfünfzigjährigen Ehe sind sie zu- und ineinandergewachsen.

Er war opferfähig, uneigennützig, selbst- und bedürfnislos in allen materiellen Dingen und gewiß nicht ein Egoist im gewöhnlichen Wortverstande. Aber er brauchte Menschen, die für ihn da waren, und hätte sie, ohne das gewahrzuwerden, auch verbrauchen können. Bei der Expansivität seiner Natur drängte es ihn, mit der eigenen Atmosphäre überall den Raum zu erfüllen. So mußten in jedem Hotelzimmer unmittelbar nach der Inbesitznahme nach schwer zu durchschauenden Prinzipien die Möbel umgestellt werden. Er neigte zur Eifersucht. Er liebte seine Kinder und hätte alles für sie geopfert. Aber um seine Frau für sich allein zu haben, entfernte er die Kinder frühzeitig aus dem Hause, ohne sich selbst dies Motiv seiner Handlungsweise einzugestehen. Überhaupt war er groß im Ersinnen rationaler Vorwände und Begründungen für die oft unlogischen und wenig zweckmäßigen Dinge, die sein Temperament ihn zu unternehmen nötigte.

Schon früh erkannte ich, daß es zu meinen Aufgaben gehörte, ihn bremsend und bändigend zu überwachen und damit meiner Mutter einen Teil ihrer schwersten Pflichten abzunehmen. Er selbst hatte kein Maß. Auch hierin war er wie ein Kind: was ihn im Augenblick erfüllte, das erschien ihm als ein Absolutum.

Er war ungeduldig in kleinen Dingen, aber zäh und beharrlich im Verfolgen größerer Pläne. Es war schwer, ihm etwas auszureden, und doch mußte das immer wieder getan werden. Nur hielten die Einspritzungen nicht lange vor. Auch wo er etwas als irrig einsah, da war ihm diese Einsicht bald wieder abhanden gekommen, und binnen kurzem tauchte ein phantastisches Projekt, das man ihm ausgeredet zu haben glaubte, wieder auf und mußte nun von neuem, als sei von ihm noch nie gesprochen worden, bekämpft werden. Hierbei durfte man sich freilich, wie ja auch er es tat, ungescheut der nämlichen Argumente bedienen, mit denen man beim vorigen Mal operiert hatte.

Er war ein Gipfel an Unsachlichkeit und konnte einen gelegentlich damit zur Verzweiflung treiben. Seine Gutmütigkeit, seine Hilfsbereitschaft waren ohne Grenzen und leicht zu mißbrauchen, was durch seine Welt- und Geschäftsunkenntnis noch befördert wurde und ihm manche Verluste eingetragen hat. Jede neu gemachte Bekanntschaft erhielt eine Gloriole auf Vorschuß; oft war bald danach von ihr nicht mehr die Rede. Um vieler Menschen willen, die ihn nichts angingen und seiner Mühe nicht wert waren, ließ er sich in weitgesponnene, phantastische, Zeit und Kräfte verschlingende Hilfsunternehmungen ein, die seiner mit den Jahren wachsenden Neigung zur Polypragmasie entgegenkamen. Er verstand und liebte es, zahllose Menschen in Bewegung zu setzen und in Bewegung zu erhalten, und hatte es gern, ihm bekannte, aber einander fremde Menschen unter sich in Beziehungen zu bringen. Nun machte ihn jedoch sein Subjektivismus unfähig, sich in andre hineinzudenken und sich zu fragen, ob diejenigen, die er miteinander verband, auch nur das Geringste miteinander anzufangen wußten.

Solche Neigungen verstrickten ihn in Korrespondenzen von einer Weitläufigkeit und Umständlichkeit, die jeder Lebensökonomie widersprachen. Zum Ausgleich erfand er sich Abkürzungen in der Schrift, auf deren Ersinnen er viel mehr Zeit verwandte, als ihre Anwendung ihm je hätte einbringen können. Bestimmte Silben wurden durch griechische Buchstaben ersetzt; an Stelle der orts- und zeitbestimmenden Präpositionen standen aus Punkten und Strichen zusammengesetzte Zeichen; in Worten wie Macht, gelacht, Verächter tauchte die Ziffer »8« auf. Oft wurden in seinen Briefen ganze Sätze nur geschrieben, um Gelegenheit zum Anbringen neuerfundener Abkürzungen zu bieten. Die Adressaten, denen ja kein Abkürzungsschlüssel überreicht wurde, hatten mit der Lektüre manche Not. Sie mußten sich daran halten, daß seine schwungvoll und kindlich zugleich anmutende Handschrift so auf den ersten Blick lesbar war.

Mit dieser Abkürzungssucht korrespondierte eine Eigentümlichkeit, die er selbst als Schnurophilie bezeichnete und die über die namengebende Gewohnheit des Aufhebens aller Paketschnüre und Bindfäden weit hinausging. Da wurde Wertloses und Zerbrochenes aufbewahrt in der Vorstellung, man werde es in irgendeiner noch nicht vorauszusehenden Weise doch noch einmal brauchen können. Da bückte mein Vater sich auf der Straße nach einem verrosteten, verbogenen Nagel und steckte ihn zu sich, ohne sich klar zu machen, daß er doch nie die Geduld haben würde, ihn gerade zu klopfen. Da wurde plötzlich mit Streichhölzern Ökonomie getrieben. In solchen Fällen wurde von dem schlechten Gewissen des im Großen nie Sparsamen eine Sparsamkeit hervorgerufen, die ohne Aussichten war; zugleich aber wollte der Unsachliche, Unpraktische, der Romantiker sich sachlich, praktisch, zweckmäßig, mit einem Wort: lebenstüchtig vorkommen dürfen.

So abhängig von Konventionalitäten mein Vater in seiner Denkweise war, so unabhängig von ihnen war er in seiner Lebensgebarung. Schwer zu schildern ist seine Unbefangenheit, angesichts deren ich mich in meiner Jugend oft vor Peinlichkeit krümmte; dieser Begriff des Peinlichen existierte für ihn nicht.

Er war eine ausgesprochen aristokratische Natur, freigebig, großmütig, ritterlich. Seine Noblesse, seine chevalereske Haltung auch im Kleinsten waren vorbildlich, und hier ist er auch von manchen als Vorbild empfunden worden. Schon über achtzig Jahre alt, bot er noch jeder Frau, jedem jungen Mädchen seinen Sitzplatz in der Straßenbahn an. Die kleinen Leute glaubte er zu verachten und wollte sie vom öffentlichen Einfluß ausgeschaltet wissen. Doch war das Theorie. In allen konkreten Fällen setzte er sich mit Leidenschaft für sie ein. Ihrer viele haben ihn verehrt, ja, angebetet.

Er hatte autokratische Neigungen, doch nicht Kraft genug, sie durchzusetzen. Er konnte leicht aufbrausen. Aber da er keine Konflikte ertrug – Konflikte gefährdeten sein labiles Selbstbewußtsein – so wich er schnell zurück, wenn er Widerstand spürte. Der Umstand jedoch, daß er nie etwas nachtrug, beweist, daß seine Versöhnungsbereitschaft nicht nur seiner Konfliktscheu, sondern auch einem Bedürfnis seines Herzens entsprang. Dies zeigte sich auf eine besonders charmante Art, wenn er fühlte, daß er ungerecht gewesen war, wozu ihn sein Subjektivismus leicht verführen konnte.

In seinen Urteilen war er unkritisch, aber apodiktisch, auch dort, wo ihm die Legitimation zum Urteil fehlte; das konnte dann leicht als Anmaßung empfunden werden, bis seine Herzlichkeit, Liebenswürdigkeit und Güte diesen Eindruck wieder ausglichen.

Daß er den ärztlichen Beruf wählte, war der Ausfluß einer Verlegenheit. Als er vom Gymnasium kam, stand für ihn nur das eine fest, daß er zum Studium nach Dorpat gehen und traditionsgemäß eine blaue Mütze und ein blaurotweißes Burschenband tragen wollte. Seine Mutter und sein Vormund hatten dafür Verständnis und stellten ihm alles übrige frei. Ausgeprägte wissenschaftliche Interessen und Begabungen

Oben:
Das großelterliche Haus in Narwa. Aquarell von Ella Dieckhoff.
Rechts: Der Vater in russischer Uniform, 1905

hatte er nicht. Aber sein Instinkt hat ihn richtig geleitet. Außerhalb des ärztlichen Berufes hätte ich ihn mir in keinem Metier denken können. Allenfalls wäre eine theologische Laufbahn für ihn angemessen gewesen. In dieser hätte er sich zurechtgefunden, wie sich bei uns zu Lande alle Originale in ihr zurechtfanden. Aber da er nicht gläubig war, so kam das nicht in Erwägung.

Er hatte die Gabe des Umganges mit Menschen mehr als die des Umganges mit Gegenständen, Sachverhalten und Fragen. In jeder vorwiegend auf wirtschaftliche Dinge gerichteten Tätigkeit wäre er unglücklich geworden und hätte er scheitern müssen. Zum Juristen, zum Landwirt, zum Forstmann – an diese Laufbahn hatte er eine Zeitlang gedacht – fehlte ihm alles Zeug.

In Untergebenen- und Vorgesetztenverhältnisse hätte er sich nie finden können. So richtete er beim Militär mit seiner Ahnungslosigkeit, Unbefangenheit und naiven Eigenmächtigkeit die merkwürdigsten Dinge an, obwohl er es mit allen Pflichten genau nahm. Aber jeden angerichteten Wirrwarr wußte er mit menschlich-glücklicher Hand doch immer wieder zu schlichten.

Wer ihn zu nehmen und ihm nach dem Munde zu reden wußte, konnte alles bei ihm erreichen. Arglos und menschenunkundig wie er war, durchschaute er den berechnenden Schmeichler nicht. Dies machte sich unter manchen anderen unser Diener Adolf zu nutze, den mein Vater liebte und den er dann auch im Militärverhältnis zu sich versetzen ließ, wo Adolf, obwohl nur Gefreiter, die von meinem Vater nie erkannte Rolle des mächtigen Günstlings und Großwesirs spielen durfte.

Mit Untergebenen war mein Vater zu kordial und verwöhnte sie durch allzu große Nachsicht und Güte, oft am falschen Ort. Sein Feldwebel, der ihn übrigens verehrte, schüttete mir einmal sein verzweifeltes Herz aus und sagte, mein Vater würde die Leute verderben, wenn er, der Feldwebel, meines Vaters Konzilianz und Humanität nicht immer wieder durch beabsichtigt übertriebene Rauheit ausgliche.

Eine kindliche und im Grunde rührende Freude hatte mein

Vater an allem militärischen Glanz, an der Uniform, an Ehrenbezeugungen, an seinen und seiner Söhne Orden.

Auf den Lazarettzug, den er befehligte, war ein verwundeter russischer Gefangener geraten, ein Kosak, seiner Stellung nach Sanitätsunteroffizier oder, wie es bei den Russen hieß, Feldscher. Es war ein sympathischer, anständiger, intelligenter Bursche, und er erinnerte meinen Vater an den Feldscher, den er während des russisch-japanischen Krieges gehabt und sehr geliebt hatte. Mein Vater behielt ihn jetzt bei sich, heilte ihn aus, zog ihm eine deutsche Uniform an und trug sich sogar mit dem abenteuerlichen Plan, ihm den preußischen Unteroffiziersrang zu verschaffen. Er ließ ihn Dienst tun und behauptete, er sei brauchbarer als alle Deutschen, wobei es ihn nicht störte, daß er sonst die Superiorität des Deutschen und die Inferiorität des Russen als Axiom verkündete. Es kümmerte ihn auch nicht, daß dieser Feldscher doch nicht im Etat geführt werden und in keiner Verpflegungs- und Löhnungsliste figurieren konnte. Eine Löhnung zahlte er ihm aus eigener Tasche. Schließlich wurde mein Vater durch eine Rotkreuzschwester, der er einen etwas zu nachdrücklichen Flirt mit einem seiner Unterärzte verwiesen hatte, bei seiner vorgesetzten Stelle denunziert, er verstecke bei sich russische Gefangene und treibe mit deren Hilfe Spionage. Mein Vater beantragte daraufhin Untersuchung gegen sich selbst. Diese ergab natürlich seine Unschuld, freilich ging es wohl ohne einiges Kopfschütteln und Lächeln nicht ab. Seinen Russen mußte er ausliefern. Selbstverständlich sorgte er dafür, daß nun auch die Rotkreuzschwester versetzt wurde.

Wenn er auch voller Schrullen und Seltsamkeiten war, so hatte er doch im Gegensatz zu vielen Schrulliers nichts Verstecktes. Er war kindlich offen, unfähig, Geheimnisse zu haben, aber auch wenig geeignet, die anderer Menschen zu hüten. Heimlichkeiten bedrückten ihn, und selbst, wenn er festliche Überraschungen vorbereitete, waren sie oft im Vorhinein zu erraten. Während der nationalsozialistischen Terrorzeit habe ich ihm manche Dinge vorenthalten, über die ich mit meiner Mutter in aller Offenheit sprechen konnte.

Seine Einbildungskraft war lebhaft, aber stereotyp. Die

Realität sah er kaum; sie wandelte sich ihm unter den Händen, und er lebte in Phantasien und Selbsttäuschungen. Aber hierin war er so unerschütterlich, daß das Schicksal sich scheute, ihn aus seinem selbsterschaffenen Zauberkreis herauszureißen; freilich hätte dazu die Kraft des Schicksals wohl auch nicht ausgereicht.

Kein Schlag hat ihm etwas anhaben, geschweige denn ihn umwerfen können. Von seinen vier Kindern fielen zwei Söhne im Ersten Weltkrieg, seine Tochter war mit einer unheilbaren, den ganzen Menschen in Mitleidenschaft ziehenden Krankheit behaftet, einer seiner Brüder wurde ermordet. Er verlor seine Heimat, und er erfuhr den Zusammensturz aller Ordnungen, die ihm als verehrungswürdig, ja, als absolut gegolten hatten. Aber so gefühlsweich er war, er wurde mit allem fertig.

Im Reichtum aufgewachsen, fand er sich mit bewunderungswürdiger Elastizität in alle späteren Verluste und beschränkten Verhältnisse, besonders nach dem Ersten Weltkriege und während des zweiten. Er klagte nie über Entbehrungen, nie über materielle Nöte, dagegen gern und ausführlich über depressive Stimmungen; hier hatte er die naive Egozentrik des leidenden Kindes.

Aber mit depressiven Stimmungen ging es nicht ab, vielmehr wechselten euphorisch-exaltierte und depressive Perioden in der klinisch bekannten Weise. Seine Depressionen konnten monatelang anhalten. Es ist schwer zu sagen, wer mehr unter ihnen zu leiden hatte, er oder seine Umgebung.

Mein Vater hatte eine erstaunliche Furchtlosigkeit gegenüber physischen Gefahren. So pflegte er während des Zweiten Weltkrieges bei nächtlichem Luftalarm ein Schlafmittel zu nehmen und sich auf die andere Seite zu drehen; auch meine Mutter, die wegen ihres fast ganz abgestorbenen Gehörs den Sirenenton nicht wahrnahm, weckte er nie, übrigens mit ihrem Einverständnis. Dagegen hatte er eine über alles Verhältnis gehende, quälende Angst vor Auseinandersetzungen mit feindlich gesonnenen, gehässigen Menschen und Behörden, und hierin bin ich ihm ähnlich.

Er stammte aus einer patriarchalischen Welt und konnte sich in keiner anderen zurechtfinden. Insbesondere war ihm alles fremd, was zur Sphäre der Amtlichkeiten gehörte, und die Mitwelt hatte freundliche Einsicht genug, dies nach Möglichkeit zu respektieren. Bei aller Beliebtheit, die mein Vater genoß, wäre doch niemand auf den Gedanken gekommen, ihm ein Amt anzuvertrauen, sei es nun in seiner Universitätszeit eine studentische Charge, sei es später eine Funktion in einer beruflichen oder sonstigen Vereinigung. Ein Ansinnen solcher Art hätte ihn in gar nicht abzusehende Verlegenheit und Verzweiflung gestürzt. Mit der hier zum Ausdruck kommenden Unfähigkeit, sich Sachverhalten hinzugeben, mag es auch zusammenhängen, daß er keine Passionen hatte. Unvorstellbar wäre er mir als Schach- oder Kartenspieler, und sei es selbst in der Nebenform des Patiencenlegers, unvorstellbar als Sammler, Rosenzüchter, Alpinist oder Sektierer gewesen. Das ganze Gefüge des sozialen Organismus, den staatlichen Apparat, die Zusammenhänge der Wirtschaft übersah er nicht. Den Unterschied zwischen einer Handelskammer und einer Aktiengesellschaft, die Abgrenzung zwischen den Kompetenzen eines Richters, Notars, Staatsanwalts, Verwaltungsbeamten und Polizeiwachtmeisters konnte er sich nicht begreiflich machen und wollte das auch gar nicht. Als durch Erbfolge den sogenannten privilegierten Ständen angehörig, war er im kaiserlichen Rußland von der Pflicht der Steuerzahlung befreit gewesen. Mit seiner Übersiedlung nach Deutschland sah er, der nicht rechnen konnte und es auch nicht zu können wünschte, der außerstande war, den Sinn eines amtlichen Formulars oder Fragebogens in sich aufzunehmen, sich vor fast unüberwindliche Schwierigkeiten gestellt. Immer aber fanden sich Menschen, die sich eine Freude daraus machten, ihm gefällig und hilfreich zu sein.

Schwer zu schildern ist die in Selbstanklagen sich Luft machende Verlegenheit, ja, das Elend, in das er geriet, wenn er eine Bankabrechnung durchzusehen hatte. Noch ärger waren Verrechnungen und Verhandlungen mit den Krankenkassen, die zu bestimmten Terminen fällig waren und deren Näherrücken wie der mit Sicherheit erwartete Ausbruch eines qualvollen Quartalsfiebers empfunden wurde. Aber auch die Ausstellung von Liquidationen für Privatpatienten war drük-

kend. Er fürchtete sich davor, jemanden tatsächlich oder auch nur vermeintlich zu übervorteilen und in den Geruch der Habgier zu kommen; ebenso fürchtete er jedoch, ein unsorgsamer Hausvater zu sein, er, der doch Nägel und Schnüre und das gummierte Papier von den Rändern der Briefmarken aufhob! So war er unsicher und litt unter dieser Unsicherheit. Bei uns zu Lande hatte es keine Krankenkassen gegeben, und für die Armen waren bestimmte kostenlose Sprechstunden und Hausbesuche eingerichtet, an denen alle Ärzte, die etwas auf sich hielten, freiwillig teilnahmen. Aber auch sonst hatte mein Vater kaum je Liquidationen ausgestellt, vielmehr die Honorarbemessung den Patienten überlassen. Da im alten Baltikum niemand sparte, war das möglich gewesen.

Gegenüber dem, was man die Schwierigkeiten des praktischen Lebens nennt, wäre mein Vater wehr- und ratlos gewesen, hätte er nicht die souveräne Gabe gehabt, alles das, dessen er nicht Meister werden konnte, von sich zu weisen, ja, ihm die Existenz abzustreiten. Aber hierfür rächte es sich in seinen depressiven Zeiten.

Er hatte wenig Gefühl für Qualitäten und hatte eine Neigung zum Mittelmäßigen, Approbierten und Obsoleten. Sein Konservatismus hing auch damit zusammen, daß er nicht beunruhigt werden wollte. Er ahnte, daß die Welt größer war als jener Ausschnitt, den er zu bewältigen vermochte. Aber das war ihm unbehaglich; er fürchtete Problematik und geistiges Abenteuer, dem er sich nicht gewachsen fühlte. Daher rührte seine Liebe zum Unverwickelten. Gut sollte gut, böse sollte böse sein, so wie man ihn das in der Kinderstube gelehrt hatte. In dieser klaren Welt der Kinderstube wäre er am liebsten für sein ganzes Leben verblieben; soweit dies möglich war oder vielleicht selbst über das Mögliche hinaus, hat er das auch zustande gebracht.

Gealtert, lebte er recht in seiner Kindheit und Jugend und darüber hinweg in den Vorelternzeiten. Er schrieb, mit den Jahren immer umständlicher, immer minutiöser werdend, an seinen Erinnerungen, bei denen er doch bezeichnenderweise über die eigentliche Kindheit nicht hinauskam, indem seine Affinität zu diesem Lebensalter ihn zu immer sich erweitern-

den Details nötigte. Es war, als fürchte er, sich einer Untreue schuldig zu machen, wenn er den geringfügigsten, in seinem Gedächtnis nur irgend auffindbaren Seitenumstand fortließ. Unnötig zu sagen, daß die Häufung der Details kein eigentliches Bild ergeben konnte.

Auf diese allzu große Gebundenheit an das Vergangene antwortete das Schicksal mit dessen vollkommener Auslöschung. Alle Manuskripte, Aufzeichnungen, Unterlagen, Briefe gingen zugrunde. Zugrunde ging aller alte, schöne Hausrat, der fünf, der sechs Generationen gedient und alle Umzüge und Neuanfänge eines viel umgetriebenen Lebens überdauert hatte, zugrunde gingen die Bilder, die ererbten, geschichtsreichen Pretiosen, das alte Silber, die Münzsammlung meines Großvaters, die Bücher aus dem Nachlaß meines Urgroßvaters, unter denen sich erste Ausgaben von Goethe, Lessing, Claudius befanden.

Ausgeplündert und vertrieben, starb er den Tod eines Bettlers. Er, der Schmuckfreudige, hinterließ keinen von seinen Ringen, keine Uhr, kein Stück Wäsche, nicht einmal ein Hemd, nichts als eine Krawattennadel und eine winzige Summe Geldes. Er ist ohne Sarg begraben worden.

Wörtlich gebe ich im folgenden einige Sätze aus dem Briefe wieder, den mir die Ärztin im Städtischen Krankenhause Berlin-Biesdorf, die ihn zuletzt behandelte, drei Vierteljahre nach seinem Tode geschrieben hat:

»Ihr Herr Vater wurde in allgemein schwer erschöpftem Zustand hier zusammen mit anderen Flüchtlingen eingeliefert. Eine verklärte Heiterkeit, die ihn scheinbar ganz erfüllte, ließ ihn die vergangenen Ereignisse und die Umgebung alter, kranker Leute hier nicht in ihrer eigentlichen Schwere empfinden. Er sah alles in einem vergoldenden Licht, war freundlich und dankbar und anspruchslos und immer glücklich, wenn man an sein Bett trat, mit ihm zu plaudern. Er erwähnte von den Ereignissen der Flucht nichts – es war, als sei dies alles aus seinem Gedächtnis geglitten, und wir haben ihn auch nicht daran erinnert. Er hatte jedesmal – noch bis zuletzt – die bezaubernde Geste des alten Kavaliers, der seiner Dame den Hof macht – seiner augenblicklichen Situation dabei völlig

enthoben... Er lebte in der sicheren Erwartung, sich zu erholen und dann zu Ihnen zu gelangen – die Schwierigkeiten der Reise zu Ihnen machte er sich nicht klar. Er versank immer mehr in ein entspanntes, glückliches Müdesein. Abends ging ich regelmäßig zu ihm, er freute sich dann. An den letzten beiden Tagen vor seinem Tode schlief er allmählich immer tiefer – als ich am vorletzten Abend an sein Bett trat, hatte er das gleiche bezaubernd glückliche Lächeln – versuchte die Augenlider noch zu heben – es wollte ihm aber nicht mehr gelingen, und ich meinte, er sei gewiß müde und sollte recht schön schlafen. Ich glaube, mich recht zu erinnern, daß er zur Antwort halb nickte und dann einschlief. Er ist danach nicht wieder zum Bewußtsein gekommen. Ich werde diesen freundlichen Schein, dies in einem innerlichen Sinne schöne, verklärte Antlitz nicht vergessen – es hat sich mir in seltener Weise eingeprägt – sowie auch die eigenartig klingende, warme Resonanz, die seine Stimme hatte – es war wie ein zartes Läuten darin.«

Es will mir scheinen, als sei in dem Brief dieser Ärztin, des letzten mir erreichbaren Menschen, der mit meinem Vater Umgang gehabt hat, vieles von dem gefaßt, was ihn kennzeichnete.

Bei meinem Vater überwog das Originelle, bei meiner Mutter das Originale. Wie grundverschieden sie von meinem Vater auch war, so glich sie ihm doch in einigen Einzelzügen, was wiederum zeigt, wie wenig das Bild eines Menschen sich mechanisch aus jenen Wesensdetails, die man Eigenschaften nennt, zusammensetzen läßt. Solche Eigenschaften, die sie mit meinem Vater, dem sie an Beliebtheit, nein, an Geliebtheit unter den Menschen nicht nachstand, gemein hatte, waren ihre Selbstlosigkeit, Liebesfähigkeit, Freigebigkeit, Hilfsbereitschaft, Wärme, Lebhaftigkeit, Pietät, ihr Mangel an Mißtrauen, auch da, wo ein Mißtrauen am Platz gewesen wäre. Aber die zwischen meinen Eltern vorwaltenden Unterschiede überwogen bei weitem, und was meine Mutter angeht, so ist mit Hervorhebungen wie den eben gemachten über das eigentliche Geheimnis ihres Wesens noch nichts ausgesagt.

Weiche und herbe Züge hatten sich in ihr zu einem – ich wähle dies Wort mit Bedacht – einzigartigen Gebilde vereinigt. Aber wo sie Härten zu zeigen schien, da stammten diese nur zum geringeren Teil aus ihrer Natur, vorwiegend aus einem System von Grundsätzen, das ihr frühzeitig eingeprägt worden war und dessen sie erst im letzten Drittel oder Viertel ihres Lebens gänzlich Herr wurde. Ihre Vorurteile, die auf Mängel der Erfahrung ruhten, korrigierten sich im Alter, wo sie sich immer mehr zur schönsten Freiheit und Milde, zur Weisheit des Herzens entfaltete. Überhaupt gehörte sie zu den wenigen Menschen, die noch im Alter eine Entwicklung haben; dies wirkte besonders stark angesichts der Entwicklungslosigkeit, die zu den dominierenden Zügen im Bilde meines Vaters rechnete.

Als ich neun Jahre alt war, hatten wir die Sommerferien am livländischen Strande verbracht, und die Rückreise nach Riga wurde mit Pferden gemacht. Für diese nicht ganz kurze Fahrt hatten wir – mein Bruder, ich und ein Kindheitsfreund, der die Ferien bei uns verlebt hatte – uns reichlich mit Zigaretten versorgt; ich glaube, es waren drei Päckchen. Aber bei der ersten Rast wurden wir von meiner Mutter rauchend entdeckt und mußten den ganzen Vorrat dem Kutscher ausfolgen. Zufällig erwähnte ich den Vorfall vier Jahrzehnte später bei einem alte Kindheitserinnerungen auffrischenden Gespräch. Ich war gerührt und fast erschrocken, als meine Mutter jetzt ausrief: »Mein Gott! Habe ich euch nicht einmal diese kleine Freude lassen können!« Ich hatte Mühe, ihre Selbstvorwürfe zu beschwichtigen.

Sie war fromm und gläubig, aber wie sie bei aller Pietät doch der Tradition nur das ihrer eigenen Natur Gemäße entnahm, so wahrte sie sich der lutherischen Kirche gegenüber die Freiheit, im Alter mehr als in der Jugend. An meiner und meiner Familie Konversion nahm sie im Gegensatz zu meinem Vater, der hier einen Rückfall in Aberglauben und zugleich einen Verstoß gegen die Familientraditionen erblickte, nicht das geringste Ärgernis. Überhaupt hatte sie jene so sehr seltene Art der Toleranz, die nicht zugleich ein Ausdruck der Indifferenz ist.

Sie war eine konservative Natur, aber anders als mein Vater war sie zugleich allem Neuen zugewandt, und die bloße Überkommenheit ist ihr nie eine Legitimation gewesen. Eigentlich interessierte sie alles, was auf sie zutrat. Aber ein sicherer Instinkt leitete sie an, der möglichen Fülle das ihr Dienliche und Assimilierbare zu entnehmen.

Sie beobachtete, so lange ihre Sinnesorgane das zuließen, viel schärfer als mein Vater, dem ein aus dem eigenen Inneren aufsteigendes Bild den Menschen oder den Sachverhalt, den er vor sich hatte, so leicht zudeckte. Im Gegensatz zu meinem Vater war sie der Natur zugewendet, sie liebte die Wirklichkeit, und das heißt: die Schöpfung schlechthin, nicht etwa nur das Pittoreske oder in einem herkömmlichen Sinn »Schöne« an der Natur, und konnte den Inbegriff der Schöpfung in einem Weidenkätzchen, einem Kinde oder kleinen Hund, einem Stückchen Brot oder einem Schluck Wein erkennen. Abstraktionen sagten ihr wenig. Für sie war alles natürlich, lebendig, plastisch und konkret. So hatte sie auch selber die vollkommenste Natürlichkeit und Unbefangenheit.

Sie konnte sehr lebhaft, sehr spontan sein. Ich höre sie noch impulsiv ausrufen – (ich hatte ihr erzählt, daß in einer schlesischen Stadt der nationalsozialistische Lokalsatrap eine öffentliche Vorlesung von mir mit der Motivierung: »Der Mann liegt nicht richtig«, verboten hatte –): »Mein Sohn liegt nicht richtig! Und warum? Weil er die alten Häuser liebt und die alte Vornehmheit!«

Ich bin gewiß, daß ich meine dichterische Gabe ihr verdanke. Sie hat freilich nicht mehr als vereinzelte Gedichte geschrieben und ein paar Prosaseiten mit Kindheitserinnerungen von einem schwer auszudeutenden Zauber. Keineswegs war sie eine vorzugsweise musische Natur. Aber sie war eine Natur *und reichte hinab in die Tiefe der Ursprünge.*

Nie wäre es ihr in den Sinn gekommen, die herkömmlichen Papierphrasen des Zeitungsdeutsch zu brauchen, wie mein Vater es in aller Harmlosigkeit tat. Es steckte in ihr eine sprachschöpferische Kraft, die sie immer die Worte und Wendungen finden ließ, deren der Augenblick bedurfte, ohne daß sie sich je darüber Gedanken gemacht hätte. Die Eindringlich-

keit und der Reichtum ihrer Ausdrucksweisen, im Gespräch wie im Brief, hatte etwas vollkommen Selbstverständliches.

Sie hatte Humor, wenn auch nicht Witz im Sinne meines Vaters. Sie lachte gern, und ihr Lachen hatte Wohlklang, Wärme und Impulsivität. Sie erzählte sehr prägnant, wich aber nicht im harmlosesten Detail von der buchstäblichen Wahrheit ab, während die Geschichten meines Vaters sich ihm unter den Händen ganz von selbst auf die Pointe hin stilisierten und manche Übertreibung unterlief, was meine Mutter dazwischen beunruhigte.

Sie war lauter und sachlich, unpathetisch, von einer grandiosen Schlichtheit und ohne jede Menschenfurcht. Ihre Demut, die sie zu strenger, aber durchaus unaufsehentlicher Selbstkontrolle veranlaßte, war die der starken, nicht die der unsicheren Naturen. Sie irrte sich oft in praktischen Dingen, selten im Urteil des Gefühls. Wo sie negative Züge an Menschen übersah, da geschah das nicht so sehr aufgrund einer Kritiklosigkeit oder gar einer Neigung, Unangenehmes von sich fern zu halten, als vielmehr aus Wohlwollen und aus der Besorgnis, ungerecht zu urteilen.

Die Intensität ihrer Anteilnahme an allen ihr begegnenden Menschen, vom Fürsten bis zum Briefträger, hatte nichts von der unruhigen Vielgeschäftigkeit meines Vaters, hinter der ja oft ein Ausweichen vor sich selber und vor den unmittelbaren Anforderungen verborgen war. Vielen Menschen wandte sie hilfreich ihre Liebeskraft zu und machte deren Angelegenheiten zu den ihren; allein es geschah bei ihr nie, was so häufig vorfällt, daß über den Nächsten nun die Allernächsten zu kurz gekommen wären. Die Kräfte ihres Herzens befähigten sie zu ihr ganzes Leben umspannenden Akten der Selbstlosigkeit und Aufopferungsfähigkeit. Nun gehörten solche Eigenschaften auch meinem Vater an. Allein wie ein lebhaftes Kind wünschte er doch, daß die von ihm gebrachten Opfer wahrgenommen würden, und wenn er sie unbemerkt brachte, dann sollte gerade diese Tatsache des unbemerkten Opferbringens zur Kenntnis genommen werden. Meine Mutter aber hatte den Wunsch, mit solchen Dingen gänzlich im Verborgenen zu bleiben.

Sie hat viel Schweres durchlebt. Von einigem ist bereits die Rede gewesen. Ihre Mutter hatte sie früh verloren, nachdem sie längere Zeit mit ihr an der Riviera gewesen war, von deren Klima für die Tuberkulose meiner Großmutter vergeblich Heilung erhofft wurde. Einer ihrer Brüder wurde 1919 von den Bolschewisten erschossen, ein anderer kam im gleichen Jahr in einem bolschewistischen Gefängnis ums Leben. Von ihren beiden Schwestern wurde eine durch die Nationalsozialisten ermordet. Sie selbst erlebte im Frühjahr 1945 noch den Verlust ihrer gesamten Habe und ihrer Wohnung und mußte, körperlich schon hilflos und durch Entbehrungen geschwächt, im Keller Unterkunft suchen. Hier wurde sie, wie auch mein Vater, von Bewaffneten bedroht; auf beide wurde gezielt. Ihre letzte Schwester, die sie unter allen Geschwistern am meisten geliebt hatte, wurde dabei durch beide Knie geschossen, deren älteste Tochter in Gegenwart ihrer Mutter und meiner Eltern durch einen Kopfschuß getötet.

Alle Bürden des Lebens haben sie nicht zerbrechen können, wenn sie sich auch zuletzt sehr nach der Erlösung sehnte.

Sie hatte schwache Augen. Im Alter erblindete sie gänzlich. Ihr Gehör hatte schon lange nachgelassen. Die letzten anderthalb Jahrzehnte ihres Lebens war sie so gut wie taub, das heißt: sie hörte, was man ihr deutlich und langsam ins rechte Ohr sprach, konnte aber an einem von mehreren Partnern geführten Gespräch nicht teilnehmen.

Die grausam erscheinenden Verkürzungen ihres Seh- und ihres Hörsinnes bewahrten sie vor den zahllosen zerstreuenden und im Grunde nichtswürdigen Eindrücken, denen wir anderen den ganzen Tag über ausgesetzt sind und denen wir so vielfältig zur Beute fallen. Sie lebte im Wesentlichen und sie lebte in einer vollkommenen Konzentration.

Sie hatte, auch über das Erwähnte hinaus, mit manchen körperlichen Beschwerden zu kämpfen. Gegen Medikamente und ärztliche Eingriffe hatte sie eine Abneigung. Hier mußte mein Vater sie oft überlisten. Sie fürchtete sich sehr vor dem Zahnarzt, dagegen gar nicht vor dem Tode, über den sie mit der größten Unbefangenheit sprechen und auch scherzen konnte. Diesen Zug teilte sie mit meinem Vater, und hier mag es sich um ein baltisches Wesensmerkmal handeln. Meine Eltern hatten beide eine besondere Vorliebe für meinen »Tod von Reval«, wie ich sie übrigens häufig bei hochbejahrten Landsleuten und Landsmänninnen gefunden habe.

Noch nach alter ländlicher Art auf dem väterlichen Besitz mit Zofe und eigenem Reitpferd aufgewachsen, fand meine Mutter sich später mit vollkommener Selbstverständlichkeit in alle Notwendigkeiten und Kümmerlichkeiten des enger gewordenen Lebens. Und doch war sie eigentlich nicht sehr anpassungsfähig. So hatte es ihr manche Mühe gemacht, sich an die fremden Lebensverhältnisse in Deutschland zu gewöhnen. Sie hatte viel Sinn für Behagen, das sie Hausgenossen und Gästen mitzuteilen wußte, und sie hatte eine feine Zunge. Eine glückliche Hand hatte sie unter anderem in der Kunst häuslicher Likörbereitung, die ja in meiner Heimat von alters her in hoher Schätzung stand und Feinheiten kannte, von denen man sich in Deutschland nichts träumen ließ. In den Notzeiten litt sie viel mehr als mein Vater unter der schlechten Beschaffenheit der Nahrungsmittel; weniger an deren unzureichender Menge, die sie nur um der anderen willen betrübte.

Sie starb im Alter von zweiundachtzigeinhalb Jahren, zwei Monate vor meinem Vater. Auch meine Mutter ist ohne Sarg begraben worden, in eine alte, braune Wolldecke gehüllt. Mein Vater war zu entkräftet, als daß er hätte mitgehen können. Aber Sarg, Grab und Grabgeleit gehörten für sie zur Materie, die der Mensch mit Freudigkeit hinter sich zu lassen habe.

In ihren letzten Tagen hat sie sehr wenig gesprochen, und überdies mit so schwacher Stimme, daß es kaum verständlich wurde. Einmal aber sagte sie mit der lebhaften Betonung von früher und in dem deutlich spürbaren Wunsche, unbedingt verstanden zu werden: »Hört ihr es alle: das Tor steht offen!«

Der hergebrachte Wunsch: »Möge ihr die Erde leicht sein!« wäre in ihrem Falle ohne Sinn. Sie liebte die Erde, von der sie ein Teil war, und hätte deren Schwere nie gefürchtet. Im Nehmen und Geben hatte sie das rechte Gefühl für das Irdische, wie sie das rechte für das Himmlische hatte.

»Der Saal«: Das Wohnzimmer im elterlichen Haus in Riga, Kalkstraße 12.
Links: Die Mutter mit Werner Bergengruen.
Rechts: Der Vater mit dem Bruder Wolf Bergengruen.
Winter 1895

Werner Bergengruen mit seinem
älteren Bruder Wolf, 1894

Meine Geburt

1892 wurde ich geboren, und zwar in Riga, das damals noch zum russischen Kaiserreich gehörte und sich, kleine Friktionen abgerechnet, im allgemeinen wohl dabei befand. Wie Jean Paul zu Wunsiedel, sage ich zu Riga: »Ich bin gern in dir geboren.« Meine Geburt ereignete sich nach dem alten Stil, das heißt: nach dem in Rußland damals noch geltenden julianischen Kalender. Eine energische Tante meiner Mutter nahm gelegentlich meiner ersten Deutschlandreise die Umrechnung des Datums in die von der übrigen Welt gebrauchte gregorianische Zeitzählung vor. Hierbei verzählte sie sich um einen Tag, denn die Rechenkunst war bei uns zu Lande wenig geachtet und wenig geübt – meist verließ man sich auf Schätzungen. Ich beging später den Fehler, den Irrtum zu korrigieren, indessen nicht mit der Energie jener Großtante, und der Umstand, daß sich in amtlichen Papieren von nun an zwei verschiedene Geburtsdaten fanden, hat mir manches behördliche Mißtrauen eingetragen. Als ich die Geburt eines meiner Kinder auf dem Charlottenburger Standesamt anmeldete, sagte ein strenger Mann: »Wann ist das Kind geboren? Sie wissen ja nicht einmal, wann Sie geboren sind!« Ich nahm die Zurechtweisung hin, denn wie könnte ein vor dem Schalter Stehender einem hinter dem Schalter Sitzenden eine Geschichte erzählen wollen, die mit: »Meine Großtante...« anfängt?

Werner und Wolf Bergengruen als »Tiroler Buben«.
Riga, 1895

Alte Anna

Alte Anna war unsere lettische Köchin und eine der großen Alltagsgestalten meiner Kindheit. Alte Anna schien in eine entfernte Vorzeit zurückzureichen, in eine archaische Welt. Es stimmte hierzu, daß sie weder lesen noch schreiben konnte, nicht einmal ihren Namen, vielmehr christlicherweise mit einem Kreuz unterzeichnete, obzwar selten, denn die Gelegenheiten waren gezählt. Aber sie war ja nicht zum Schreiben oder Lesen in unser Haus gekommen, sondern zum Kochen, und ihr Handwerk verstand sie besser, als wenn sie alle Kochbücher der Welt durchstudiert hätte, dazu die ganze moderne Literatur über die Ernährungswissenschaften und die Rationalisierung des Haushalts. Weiß Gott, zu Rationalisierungen hätte sie sich nie verstanden, und neumodische Ökonomien wären in ihren alten Kopf nicht hineingegangen. Von Kunstfetten wußte sie noch nichts, der saure Schmand mußte bei ihr stofweise fließen, und die Bouillon, die jeden Morgen aufgesetzt wurde, stark sein wie Mokka. Und doch konnte sie rechnen; rechnen nicht im Sinne von sparen, wohl aber im Sinne von Rechenschaft geben. Mit dem untrüglichen Gedächtnis der Schriftunkundigen legte sie Rechenschaft über ihre Einkäufe ab, addierte und subtrahierte im Kopf und irrte sich nie um eine Kopeke.

Etwa fünf Jahre war ich alt, da hatten mein Bruder und ich ein besonderes Spiel erfunden. Es hieß »auf Annajagd gehen« und bestand darin, daß wir, wilde Rufe ausstoßend, in die Küche einbrachen, alter Anna mit unseren Spielzeugwaffen bedrohlich zusetzten und sie in jeder Tätigkeit behinderten. Und einmal hörte meine Mutter meinen Bruder vor dem Einschlafen träumerisch zu mir sagen: »Weißt du was? Wenn wir morgen wieder auf Annajagd gehen, dann müssen wir alte Anna ihre Kuppeln durchbohren!« Alte Anna ihre Kuppeln waren sehr bemerkenswert.

Wenn sie deutsch redete, so sprach sie von sich selbst in der dritten Person und nannte sich dabei, ohne je den Artikel zu brauchen, »alte Anna«, und so wurde sie auch von uns anderen genannt, von Kindern und Erwachsenen.

Alte Anna liebte uns. Wir waren damals drei Brüder, ich hielt die Mitte und war dem jüngsten um vier Jahre voran.

»Kinder, jeht spielen«, pflegte sie zu sagen, »alte Anna hätt nich Zeit fir Dummheitens.« Aber um uns den Abschied leichter zu machen, drückte sie in jede Hand ein paar Rosinen, ein paar Mandeln oder Zuckerstücke. Das strenge Verbot, uns irgendetwas von den Schätzen der Küche zuzustecken, übertrat sie unbedenklich. Nur Getränke setzte sie uns niemals vor, wohl wissend, daß meine Mutter eine Freigebigkeit dieser Art mit der Kündigung geahndet hätte. Die Lehrmeinung, daß Kindern jedes Geistige schadet, hatte sich damals schon seit längerem durchgesetzt, während meinem Vater und seinen Brüdern auf hausärztliches Begehren noch kleine metallne Brustflaschen mit Portwein zur Stärkung in den Schulpausen mitgegeben worden waren.

Alte Anna war Köchin, was hatte alte Anna mit Kinderwäsche zu tun? Nichts, aber es gehörte zu alter Anna, daß sie die Grenzen ihrer Zuständigkeit überschritt, wenn es ihr danach zu Sinne war. Alte Anna war sehr dick und alte Anna war sehr weichherzig. Sie hatte gern Mitleid; mit sich und mit anderen Menschen. Alte Anna fand, daß wir zu spartanisch erzogen wurden, und am ärgsten dünkte es sie, daß wir unsere frischen Hemden ungewärmt anziehen mußten, wir, zarte und vor allen Rauhigkeiten zu behütende Herrschaftskinder! Sie erschien im Kinderzimmer, obwohl sie dort eigentlich nichts zu suchen hatte, aber sie verstand sich einzuschleichen, gerade im rechten Augenblick war sie da – unbegreiflich, wie sie ihn abpaßte! Sie murmelte etwas Mitleidiges, Zärtlich-Erbarmungsvolles, sie ergriff unsere Hemden und ging in eine Ecke. Sie hob ihre Röcke auf und klemmte unsere Hemden zwischen die Beine. Erst wenn sie hübsch warm geworden waren, durften wir sie anziehen.

Sie sah uns gerührt zu, vielleicht hatte sie getrunken, was, wie mir später meine Mutter erzählt hat, zwei oder drei Male in der Woche zu geschehen pflegte. Dann schluchzte sie mitunter auf, und es war von einem junggestorbenen oder auch treulos gewordenen Bräutigam die Rede. Um diesen Bräutigam habe ich redlich mitgetrauert, und ich habe es ihr auch geglaubt, daß ungewärmte Hemden ein hartes Los sind, obwohl meine Erfahrung es mich nicht eigentlich gelehrt hatte. Tränen des Selbstmitleids in den herzlichen hellblauen Kuhaugen, erzählte sie Geschichten aus ihrer Kindheit. Wahrhaftig, auch ihr war das Durchleben spartanischer Tage aufgegeben, und auch da hing es mit Hemden zusammen. Nichts habe man ihr angezogen als ein Hemd, so rauh, daß es die Haut zum Bluten brachte, und dann sie zum Kühehüten geschickt, drei Jahre sei sie alt gewesen.

Alte Anna wußte viel zu erzählen. Alte Anna kannte auch Gespenstergeschichten und noch schönere als das Stubenmädchen Katti. Beide wetteiferten, uns dergleichen zu berichten, wiewohl meine Mutter es ihnen aufs strengste verboten hatte. Dieses Verbot führte zu einem Gegenverbot: alte Anna und Katti nahmen uns das Versprechen ab, sie nicht zu verraten. Nun fühlten mein Bruder und ich uns als Mitwisser, ja, Mitverschworene und wären außerstande gewesen, die Schweigepflicht zu verletzen. Doch war es wenigstens mir nicht ganz deutlich, daß die Schweigepflicht uns nur mit Rücksicht auf jenes Verbot auferlegt worden war. Ich meinte vielmehr, es handele sich um Geheimnisse, die an Profane nicht weitergegeben werden durften, und ich kam nicht darauf, mir die Frage vorzulegen, was denn gerade meinen Bruder und mich im Gegensatz zu unseren Eltern vorausbestimmte, in den Kreis der Wissenden aufgenommen zu werden.

Von meiner frühen Kindheit an hat das dunkle Reich mich angezogen. Noch heute besitze ich ein Heft, das aus meinem achten oder neunten Jahre stammt, aber alle Umzüge und Zerstörungen überdauert hat. Es enthält unter anderem eine von mir verfaßte und mit dem Bleistift illustrierte Gespensterballade, vielmehr deren Anfang, denn nach den ersten Zeilen hatte mich die Phantasie oder doch die Verskunst verlassen. Diese Zeilen lauten:

»Der Tote langweilt sich gar sehr,
Drum schleppt er Menschenknochen her,
Die er daselbst genommen hat,
Aus Särgen in der Gräberstadt.
Davon macht er sich eine Leiter
Und klettert darauf eiligst weiter.«

Nach unserem heimischen Sprachgebrauch hatte ich übrigens »eilichst« geschrieben.

Das Bild zeigt den abenteuerlustigen Abgeschiedenen die Knochenleiter emporklimmen, offenbar doch zu keinem anderen Zweck, als um sich durch einiges Spuken in der oberen Welt Abwechslung und Zeitvertreib zu verschaffen. Zugleich zeigt es mich in der Vorstellung befangen, Särge würden viele, viele Mannslängen tief in die Erde gesenkt. Schlüsse auf den geplanten Fortgang der Handlung lassen sich aus einer zweiten Zeichnung ziehen. Hier sieht man den Toten aus dem Grabhügel auftauchen. Ein Friedhofsbesucher flieht entsetzt, während ein wohl zufällig anwesender Jäger hinter der Deckung eines Grabkreuzes das Gewehr auf den Urheber des Schreckens anschlägt; auffallenderweise gedenkt er links zu schießen. Die Frage, auf welche Art das dem Grabe entsteigende Gerippe die Erdkruste durchbrochen, ja, in welchem Hohlraum sich überhaupt sein Aufstieg vollzogen hat, habe ich offen gelassen.

Alte Annas Erzählungen waren vermutlich in ihrer Thematik wenig originell, aber woran hätte ich Unkundiger das abnehmen und wie hätte das mich stören können? Ich erinnere mich mit Genauigkeit nur einer aus ihren vielen Geschichten. Der Geist war der einer alten Frau, und ein übermütiger Jüngling namens Indriks hatte ihm, auf Grund einer Wette um Mitternacht über den Kirchhof gehend, die Kopfbedeckung abgerissen, eine weiße Haube mit Absettchens. Alte Anna bediente sich manchmal dieses Hauptworts. Seine Herkunft wie auch seine Bedeutung ist dunkel. Außer bei alter Anna scheint es nicht belegt. Ungebräuchlich ist der Singular. Ein Zusammenhang mit Besatz wird vermutet. Es dürften schmückende Überflüssigkeiten aus der Kurzwarenbranche gemeint sein.

Der Geist bat, zunächst mit geziemender Milde, um Rückgabe der Geisterhaube mit den Absettchens. Sein Ton steigerte sich, als Indriks renitent blieb, zu klagender Beschwörung: »Indriks, Indriks, gib mir meine Haube wieder, ich hätt sonst keine Ruhe nich.« Aber Indriks hörte nicht, denn Indriks wollte vor seinen Freunden mit der Haube großtun. Endlich geschah das Furchtbare: »Sie umärmte ihm und denn wär er tot.«

Gute alte Anna, ich habe viel Liebe von dir erfahren, und der Abschied wurde mir schwer. Man ließ es noch hingehen, daß du im vierzehnten Dienstjahr meiner Mutter erklärtest, nur noch im Zweispänner auf den Dünamarkt fahren zu können. Aber als du Sitz und Stimme usurpieren wolltest in einem Familienrat, der sich mit der Zukunft eines durch alle Examina fallenden Vetters befaßte, da wurdest du, als zu mächtig geworden, entlassen; entlassen unter Tränen. Gute alte Anna, mir warst du nie zu mächtig. Läge alle Macht auf dieser Erde in deinen Händen oder in Händen, die den deinen ähnlich wären, wir alle wären gut aufgehoben und uns allen wäre es wohl um die Herzen.

Reval, Kleine Dörptsche Straße, um 1900

Villa Totleben bei Doblen im Kurland, Sommer 1898. Auf der Terrassentreppe sitzend: Die Familie Bergengruen

Der Sommer der Jahrhundertwende

Unser eigentliches Sommerhaus lag land- und waldeinwärts. In jenem Sommer jedoch ließen gesundheitliche Erwägungen einen Strandaufenthalt wünschenswert erscheinen, und so blieb unser Sommerhaus verschlossen. An seiner Statt wurde eine Behausung am livländischen Strande gemietet, in einem kleinen, von Wäldern umgebenen Fischerort. Es war ein zweistöckiges Holzhaus mit Veranden und Balkonen. Der Garten war sehr groß, aber eigentlich nichts als ein Stück Wald, das man hier und da ein wenig gelichtet und mit ein paar langsam vergrasenden Kieswegen sowie einigen planlos aufgestellten Bänken versehen hatte. Westlich zogen die Dünen sich hin, dahinter lag das Meer. Fichten und Kiefern, auch wohl ein paar Birken überragten allerlei wildes Strauchwerk, und vor dem Hause stand als Stumpf eine mächtige, vom Blitz zerspellte Pappel, gewaltig noch in ihrer Erniedrigung. In der Nähe der Küche gab es ein paar Beete mit Radieschen, Salat, Petersilie. Auch meinem Bruder Wolf und mir – dem dritten konnte derartiges noch nicht angesonnen werden – waren zwei Beete zugewiesen. Doch wurde nicht viel aus solchen sanften Bestrebungen. Denn wir wollten Reiter sein und keine friedfertigen Gärtner.

Ganz versessen waren wir auf Pferde und Reiterei. Heute kann man sich das nicht mehr vorstellen, heute sind Kinder auf Motorräder und Autos versessen. Ich aber kann unsere damalige Verzauberung durch Pferd und Sattel mit nichts anderem vergleichen als mit dem Gemütszustand meines Sohnes, der, von seiner ersten Reitstunde heimgekommen, sich lang über sein Bett warf und in Tränen ausbrach. Wir hörten ihn schluchzen und gingen zu ihm. Seine Verzweiflung hatte ihren Grund: er wußte nicht, wie er die Zeit bis zur zweiten Stunde überleben sollte.

Alte Anna und das Stubenmädchen Katti waren in der Stadt

zurückgelassen worden, um meinen Vater zu versorgen, der meist nur am Sonnabend zu uns herauskam und am Montag wieder davonfuhr. Den Ausdruck »Wochenende« gab es noch nicht, höchstens, daß mitunter, indessen nur scherzhafter- oder aber anspruchsvoll-gebildeter und zugleich weitgereister Weise von »weekend« geredet wurde. An Stelle der beiden wurde eine mißlaunige ältere Frauensperson mitgenommen, zu der wir kein Vertrauen hatten und die den Umgangston mit Kindern nicht zu treffen wußte. Außerdem aber Anze – Anze, Anze, Anze!

Ich habe Anze aus dem Blick verloren, lange bevor noch meine Kindheit zu Ende ging. Ich weiß also wenig davon, welche Beschaffenheit sie damals hatte; mehr davon, in welchen Beschaffenheiten sie sich damals mir darstellte, und das gibt der Erinnerung an sie den zauberhaften Reiz eines frühen Geheimnisses. So will sie mir denn heute erscheinen wie eine volkstümlich schlichte Blume auf einem mißfarbenen Schutthaufen, etwa wie die blaurötlichen Weidenröschen auf den Trümmern der von Bomben zerschlagenen Städte. Ich habe ein sanftes, ja am Ende unterwürfiges Geschöpf vor Augen, schlank und von blasser Gesichtsfarbe, Kopf und Nacken in lieblicher Demut ein wenig gesenkt. Will ich mir etwa ihren Mund oder ihre Augen vorstellen, so kommen mir andere Erinnerungen immer wieder in die Quere. Deutlich aber sehe ich den Umriß ihres schmächtigen, zarten Gesichts, deutlich den madonnenhaften Scheitel ihres weißlich blonden Haares, das indessen meist von einem kattunenen weißen oder lichtblau geblümten Kopftuch verhüllt war.

Anze sollte im Haus und in der Küche helfen. Noch mehr aber hatte wohl der Wunsch meiner Mutter mitgesprochen, das bleiche, allzu schnell gewachsene Mädchen den Kräftigungen der Seeluft auszusetzen.

Es ist schwer zu sagen, was es war, daß gerade jetzt mein Herz und, wie ich bald merkte, das meines Bruders Wolf der stillen und unauffälligen Anze so leidenschaftlich entgegendrängte. Ein wenig mag dazu der Umstand beigetragen haben, daß sie von allen Erwachsenen uns im Alter am nächsten stand und, mit keinerlei pädagogischen Schergendiensten betraut, nie auf den Gedanken verfallen wäre, sie könnte im Verhältnis zu uns etwas wie die Rolle einer Autorität spielen oder sich zu deren Stellvertretung mißbrauchen lassen. Zu Hause in Riga hatten wir sie wenig beachtet. Sie war uns nicht so sehr als Einzelwesen, denn als ein etwas schattenhaftes Glied der troglodytischen Völkerschaft entgegengetreten. Sie verschwand unter ihren Stammesangehörigen. Jetzt aber stand sie, dem dämmerigen Reich entnommen, im heißen Sonnenschein, vor grünen Bäumen, blauem Himmel und blauem Meer, ja, sie gab sich als Teil des Sommers und all seiner Beglückungen zu erkennen. Sie gehörte nicht mehr einer halbverbotenen Unterwelt an, sondern unserem Hause und Lebenskreise, wir begegneten ihr unaufhörlich, und der Platz, den sie einnahm, stellte sie zwischen die beiden uns vertrauten, abwesenden Weibsleute, zwischen alte Anna und Katti. Doch reicht dies alles zur Erklärung nicht hin, und so darf ich mich wohl auf die Meinung zurückziehen, es sei nun einmal im Plan der Dinge gelegen und der Zeitpunkt für unsere vorbestimmte Liebe zu Anze eben damals gekommen gewesen. Staunend, ja, verzückt erkannten wir plötzlich, welch ein Schatz uns mit ihr ins Haus geraten war.

Bei uns zulande, wo alles reichlich zugemessen wurde, dauerten die Sommerferien etwa drei Monate. Oft nahm man sich daher einen Studenten oder älteren Gymnasiasten als Hauslehrer mit aufs Land. Auch von solcher Lästigkeit sollten wir in diesem Strandsommer freibleiben, aber es war dafür gesorgt, daß nichts in den Himmel wuchs, denn zu unseren Sommergästen gehörte Tante Alix.

Meine Großmutter mütterlicherseits war früh gestorben. So hatte meine Mutter sich schon als Kind gewöhnt, ihre töchterliche Liebe den Schwestern der Toten zuzuwenden. Unter diesen war Tante Alix.

Daß Tante Alix, die von meinem Vater gleichfalls von Kindesbeinen an so genannt wurde, einen leidlich entwickelten Damenbart hatte, möchte ich noch nicht zu den körperlichen Unregelmäßigkeiten rechnen. Ganz gewiß aber gehört unter diese eines der Wimpernhaare ihres rechten Auges, das sich vollständig und, wie man zugeben mußte, recht adrett mit

Haut und Fleisch umkleidet hatte. Was man auch sagen mag, auf diese Weise war dafür gesorgt, daß es nicht ausfallen konnte. Übrigens erörterten mein Bruder und ich häufig die Frage, ob die fleischerne Umhüllung wirklich ein Haar enthielt oder aber ganz einfach hohl war.

Tante Alix war eine Theoretikerin. In Riga, wo, wie allenthalben im Osten, Droschken und Schlitten häufiger benutzt wurden als im mittleren oder westlichen Europa, und nicht nur bei besonderen Anlässen, sondern tagaus, tagein, war es üblich, die Lohnkutscher, dort Fuhrleute genannt, zu duzen. »Fuhrmann, kannst du fahren?« fragte man und meinte damit: »Sind Sie, wie ich hoffe, frei?«

Tante Alix fand, es werde damit der Menschenwürde der Fuhrleute zu nahe getreten. Ich aber muß schon sagen, da unser Land nun einmal seit fast zweihundert Jahren zu einem Reich gehörte, dessen Kaiser nicht nur duzte, wen er wollte, sondern auch von den Bauern selber mit du angeredet wurde, so brauchte man sich über diese rigische Sitte eigentlich nicht zu entrüsten; überhaupt kommt es hier wohl mehr auf die Trinkgelder an als auf die Anrede. Tante Alix' Vater war noch selber bis an sein Lebensende geduzt worden, und zwar von seinem eigenen Kutscher, einem langbärtigen, russischen Altgläubigen, der aus der Moskauer Vorstadt stammte und mehr Pferde- als Menschenverstand hatte. Da er sich weder die schwierigen deutschen Vor- und Vatersnamen merken noch auch die Anrede »Exzellenz« erlernen konnte, hatte er meinen Urgroßvater nach alter Weise mit »Herr« und »du« angeredet, wie wir alle es Gott gegenüber tun, sofern wir überhaupt mit ihm verkehrten; jedenfalls hat man es uns so gelehrt. Niemand fand an diesem gegenseitigen Duzkomment zwischen dem Kutscher und dem Herrn etwas auszusetzen, und nur Tante Alix in ihrem eigensinnigen Doktrinarismus hatte schon als Kind Anstoß genommen.

Der Übelstand fuhr fort, sie auch während des Erwachsenenalters zu beunruhigen. Sie sann auf Abhilfe. Freilich hätte es in ihren Augen eine unzulässige Ausweitung des Begriffes der Menschenwürde bedeutet und damit der von Gott gesetzten Weltordnung widersprochen, wenn man dem Fuhrmann die

Anrede »Sie« zugebilligt hätte. Gewissenhaft wie sie war, suchte sie lange nach einem Ausweg. Endlich gewöhnte sie sich, als einziger Mensch auf der Welt, die rigischen Fuhrleute mit »Ihr« anzureden. Da sie reichlich Trinkgelder gab, wird es den Fuhrleuten recht gewesen sein.

Tante Alix, die schon meinen Vater als Knaben gekannt und häufig mißbilligt hatte, wandte ihre etwas doktrinäre Erziehungsfreudigkeit später meinen Brüdern und mir zu. Sie sprach häufig von der »Bergengruenschen Zerstörungssucht« wie von einem eindeutig festgestellten Familienmerkmal, wobei sie in der breiten Sprechweise ihrer Generation »Berjengriehnsche Zerstehrungssucht« sagte. Einmal hörte sie, wie mein Bruder Wolf und ich uns darüber unterhielten, was wir tun wollten, wenn wir erst groß wären, wobei wir nach Kinderart die Begriffe »groß« und »allmächtig« nicht recht unterschieden. Wir einigten uns darauf, daß wir uns zwei Eisenbahnzüge kaufen und von zwei hochgelegenen Punkten aus mit voller Wucht gegeneinander rasen lassen wollten, um das Schauspiel zu genießen.

Tante Alix griff ein und bemühte sich, uns das Verwerfliche solcher Neigungen klarzumachen. Wir sollten, so sagte sie, uns nur vorstellen, wie viele arme Kinder mit diesen Zügen, die wir mutwillig zertrümmern wollten, in den Süden fahren könnten, um ihre kranken Lungen auszuheilen. Mir aber war es schon damals gewiß, daß, wenn nicht alle armen Kinder ihre Schwindsucht an der Riviera kurieren können, der Mangel an rollendem Material an diesem Übelstande die bescheidenste Schuld hat. Es lag ja meinem Bruder und mir nicht an der Zerstörung von schätzbaren Verkehrsmitteln, sondern es lag uns an der Wucht eines großen Geschehnisses.

Tante Alix war zwar die leibliche Tante meiner Mutter, doch war sie bereits in jungen Jahren auch mit meiner Großmutter väterlicherseits befreundet gewesen. Unzählige Male hatte sie an meinen Vater die Frage gerichtet, die jetzt uns zu gelten pflegte und meist mit einem undeutlichen Gemurmel beantwortet wurde, die Frage: »Hör, Lieberchen, bist du auch ganz, wie du sein sollst?«

Überhaupt fingen ihre Sätze häufig mit »Hör, Lieberchen«

an. Einmal, als ich schon Gymnasiast war, sagte sie zu mir: »Hör, Lieberchen, wie heißt doch gleich der poetische Ausdruck für Henkersmahlzeit?« Und als ich Unwissender schwieg, besann sie sich selbst und sagte: »Ach richtig, Schwanengesang!«

Tante Alix kam nicht mit uns zusammen angereist, sondern erst eine Woche später, nachdem man sich bereits eingerichtet und eingehaust hatte. Zunächst genossen wir Tage einer vollkommenen und überseligen Freiheit. Die eine Quelle der Beglückungen war das Meer, die zweite waren die Pferde. Wellen und Pferde, das weiß die Menschheit seit Jahrtausenden, sind verwandt; ja, geheimnisvoller Vermählungen fähig. Pferde sind poseidonische Geschöpfe. Aus dem Ozean ließ der Gott die Pferde, die Wellenrosse an Land steigen.

Was man später unter Badeleben zu verstehen gelernt hat, war um die Jahrhundertwende nur an wenigen Strandorten meines Heimatlandes bekannt, und der von meinen Eltern erwählte gehörte nicht zu ihnen. Es gab eine von keiner Polizei vorgeschriebene, aber nie durchbrochene Übereinkunft, wonach der zum Baden bevorzugte Teil des Strandes zu bestimmten Stunden von den Männern, zu anderen von den Frauen benutzt wurde. Dies hatte seine Räson, denn der Gebrauch von Badehosen und Schwimmanzügen war bei uns zulande nicht bekannt – ebensowenig wie im eigentlichen Rußland, in Schweden oder an der Goldküste. Es gab keine Badeanstalt und kein Personal, nur ein paar hölzerne Badehütten zum Aus- und Wiederankleiden, die zu bestimmten Häusern gehörten und, wenn man mietete, miteinbegriffen waren. Sie verloren sich in der großartigen Weite, Freiheit und Einsamkeit des Strandes, die zur Unendlichkeit, zur Ungeheuerlichkeit des Meeres hinüberleitete. Der Strand gehörte dem Meere, nicht der Fremdenverkehrsindustrie des festen Bodens. Gast und Untertan des Meeres war man, wenn man ihn betreten hatte, nicht des Landes.

Zu unseren Beglückungen zählte auch das Barfußlaufen. Unmöglich können wir in jenem Sommer an Schuhsohlen etwas Nennenswertes verschlissen haben. Selbst wenn es über spitze Steinchen ging oder, gar später im Jahr, über Stoppeläkker, – wir ertrugen die Beschwerden mit geflissentlich strahlender Miene und versicherten, Stoppeln kitzelten so angenehm. Auch zu Pferde saßen wir barfuß, obwohl wir doch von Sporen träumten wie von allen Herrlichkeiten der zukünftigen Welt. Noch heute weiß ich, wie gut die Berührung mit dem warmen, atmenden Pferdeleibe tat, und noch heute meine ich, jeder Reitunterricht sollte nicht nur ohne Sattel und Bügel, sondern auch ohne Stiefel oder Gamaschen beginnen. Kein steifes Leder dürfte das Bein vom Tier trennen; im andern Fall müßte man lebenslang bei groben Schenkelhilfen verharren.

Tante Alix traf ein, und schon am nächsten Morgen wurden mein Bruder und ich nach dem Frühstück zu unserer Mutter gerufen. Sie eröffnete uns freundlich, aber wie mir jetzt scheinen will, mit einer kleinen Gezwungenheit, es müsse auch in unser Ferienleben etwas mehr Regelmaß kommen. Von morgen ab sollten wir zu bestimmter Stunde und für bestimmte Zeit Tante Alix zur Verfügung stehen.

Tante Alix konnte nur mit größter Anstrengung ihrer Augen und immer nur für kurze Zeit lesen und schreiben. Wir wußten das und erfuhren nun auch, daß unsere Mutter ihr täglich mehrere Stunden lang vorzulesen gedachte. So war es nicht schwer, auch uns zur Übernahme einer Pflicht willig zu machen: wir sollten nach Diktat schreiben.

Aber nun beide zugleich? Konnten mein Bruder und ich uns nicht abwechseln, so daß jeder einen Tag um den andern an der Reihe wäre?

Wir verständigten uns draußen und kehrten zu meiner Mutter zurück. Wir trugen ihr, unsere Gutwilligkeit betonend, die Sache vor; wie wir meinten, mit einleuchtenden Gründen. Sie erklärte, es sei nun einmal so bestimmt, und dabei müsse es bleiben, eine zusätzliche Schreibübung in den langen Ferien werde keinem von uns schaden.

Also eine Schreibübung war es. Traue einer den Erwachsenen! Kein Samariterwerk, sondern eine Ferienbeeinträchtigung! Wir Ahnungslosen – binnen kurzem sollten wir merken, daß es keineswegs auf eine Schreibübung abgesehen war, zum mindesten nicht in der Hauptsache, sondern auf einen Vorgang von ungleich gerissenerer Pädagogik.

Meine Mutter hätte uns diese Diktatschreiberei wahrscheinlich gern erspart. Aber schließlich konnten wir ja den ganzen Tag lang treiben, was wir wollten, da hatte diese eine Morgenstunde wohl nicht allzu viel Gewicht. Ach, wie schwer sollte sie wiegen!

Zur befohlenen Zeit fanden wir uns auf dem großen Balkon des Obergeschosses ein. Tante Alix war bereits zur Stelle, und ein Tintenfaß stand auf dem Tisch. Tante Alix schenkte jedem von uns einen Federhalter. Wir mußten uns bedanken und ihr die Hand küssen. Die Federhalter waren schwarzgrün geflammt und auf dem spitzen Ende saß ein metallnes Blümchen. Dergleichen konnte man in unserem abgelegenen Strandort nicht kaufen, das mußte aus der Stadt mitgebracht worden sein. Es war klar, daß es sich um einen von langer Hand vorbereiteten Anschlag handelte.

Tante Alix brachte zwei hellblaue Hefte zum Vorschein, jedes hatte ein weißes Etikett, auf dem sich schnörkelhafte Ornamente in ausschweifenden Biegungen rankten. Und auf dieses Etikett hatten wir zu schreiben:

»Tägliche Andachten für Kinder, geschöpft aus Gottes Wort.«

Die buchgerechte Fassung dieses Titels bringt mich auf den Verdacht, Tante Alix möge, nebenher und im stillen, von einer künftigen Veröffentlichung geträumt haben.

Gleich nach der ersten Diktatstunde, als wir, bloßfüßig platschend, die Treppe hinuntergelaufen waren, sagte mein Bruder: »Wieso kümmert Tante Alix sich um uns? Soll sie sich doch um Olaf kümmern, der merkt das noch nicht so.«

Unsere Schreibkünste waren noch nicht alt. Tante Alix diktierte flüssiger, als wir schrieben. Von Natur heftig, hatte sie sich zur Geduld erzogen. Sie hatte Geduld mit uns, aber sie ließ merken, daß sie Geduld hatte.

Der uns diktierte Text war zwar, streng nach dem auf dem Etikett gegebenen Versprechen, aus Gottes Wort geschöpft, zugleich aber auch und keineswegs in geringerem Grade aus unseren Handlungen, unseren Unterlassungen, kurz aus unseren Fehlern, von denen Tante Alix uns zu befreien entschlossen war. Ohne daß im Text unsere Namen genannt wurden, hatte alles Diktierte seine Beziehung auf uns. Was wir am Vortage angestellt hatten, das kehrte, durchsichtig verhüllt, am Morgen wieder, so daß wir uns bereits mit Unbehagen, ja, mit Trotz und Ingrimm auf dem Balkon einfanden. Hatten wir zum Beispiel allzu geräuschvoll gestritten und schließlich schreiend mit Fäusten aufeinander eingeschlagen, so konnten wir gewiß sein, daß in der nächsten Frühe das Psalmwort: »Siehe wie fein und lieblich ist es, wenn Brüder einträchtig beieinander wohnen« im Andachtsdiktat auftrat, und zwar wie unabsichtlich und als habe es ohnehin im Kalender gestanden, und doch ausgestattet mit einigen kleinen Nuancen, die, was allerdings nicht zugegeben wurde, uns merken lassen sollten, daß es sich hier keineswegs um eine kalendarische Zufälligkeit, sondern um eine verdiente Rüge handelte.

Einmal machte es sich so, daß ich auf Tante Alix' Anregung Berufspläne mit ihr zu erörtern hatte; wie ich schon damals empfand, verfrühterweise. Heute vermute ich, das ganze, etwas vom Zaun gebrochene Gespräch möchte von ihr als eine (pädagogisch gemeinte und daher erlaubte) Finte gedacht gewesen sein: sie wollte herausbekommen, wie weit ich in meiner von ihr geförderten Entwicklung auf den Lebensernst hin es wohl gebracht hätte.

Ich machte verschiedene Vorschläge, die aber wenig Beifall fanden und schließlich mit dem strengen Satz: »Ein Abenteuerer kannst du doch nicht werden!« zurückgewiesen wurden.

Das traf mich hart, denn gerade hierauf hatte ich es abgesehen. Vor wenigen Wochen im zahnärztlichen Wartezimmer eine Zeitschrift durchblätternd, war ich einem Bilde begegnet, das »der Abenteurer« hieß und mir über die Maßen eingeleuchtet hatte. Später kam ich dahinter, daß es die Reproduktion eines Böcklinschen Gemäldes war. Man sah einen gepanzerten Mann auf einem ungeheuren Pferde an einer Meeresküste, die er aber nicht von der Land-, sondern auf zunächst ungeklärte Weise von der Seeseite erreicht hatte; das Bild hielt den Augenblick fest, da das Pferd die Hufe auf den trockenen Boden setzte. Am Ufer lagen menschliche Gebeine umher, offenbar die Überbleibsel all derer, die vor unserem Manne und mit unzulänglicheren Kräften das Abenteuer versucht hatten; sie machten ihm nicht den geringsten Eindruck. In dem Manne und in dem Pferde sprach sich eine gewaltige Kraft aus, und etwas von dem Gefühl dieser Kraft ging augenblicklich auf den Betrachter über und mußte ihn mit unpräzisen Verheißungen erfüllen. Schon daß der Reiter von der Seeseite kam, dünkte mich bemerkenswert. Nach langem Grübeln hatte ich die Erklärung gefunden; er hatte es nicht erwarten können, daß sein Schiff den Strand des Schicksals erreichte und war mit seinem Pferde ins Wasser gesprungen. Es war alles eine rechte Kraftmeierei, eben das also, dem die Herzen von Kindern und von kindlich gebliebenen Erwachsenen so gern entgegenschlagen. Hier endlich sah ich die Rolle, die mir auf den Leib geschrieben war, hier öffnete sich ein Blick auf das, was die Zukunft für mich in Bereitschaft hielt, und dazu mußte mich jetzt die Verbindung von Meer und Reitpferd entzücken! Ich hütete mich vor jedem Versuch, Tante Alix an den berauschenden Schauern dieses Bildes einen Anteil zu gönnen, wie ich mich auch hütete, ihr zu widersprechen; denn Widerspruch zog alle Erörterungen in die Länge. Endlich wurde ich entlassen. Es war eine Entlassung der Resignation, und im Diktat des folgenden Morgens kehrte die Gestalt des Abenteurers beschämend, ja, wie ich es empfand, beleidigend wieder. Gott wurde gebeten, seinen Schutz all denen nicht zu versagen, die von den Verlockungen der Abenteuerlust angefochten wurden – »auf daß wir, wie Christen gebührt, in gutem Frieden unser Leben führen und zuletzt, wenn unser Stündlein gekommen ist –«

Das sollte nun also Tag für Tag, Woche für Woche so weitergehen. Schon darin, daß es gleich nach dem Frühstück anhob, gab sich eine fatale Ähnlichkeit mit allem Schulbetrieb zu erkennen.

Schon nach der zweiten Diktatstunde hatten wir das Gefühl, ersticken zu müssen, wenn wir unsere Empörung nicht zu irgend jemandes Ohren brächten. Wohin hätte ich mich wenden sollen, wenn nicht zu Anze? Und was ging es mich an, daß Anze vor Tante Alix einen recht großen und scheuen Respekt hatte?

Anze machte sich gerade an den Radieschenbeeten zu tun. Ich rannte hin, und es zeigte sich, daß mein Bruder auf die nämliche Absicht verfallen war. Zwar wußten wir, daß Anze keinerlei Macht hatte, Abhilfe zu schaffen, aber wir wollten unsere zornigen Herzen ausschütten und über Tante Alix so unumwunden unsere Meinung äußern dürfen, wie es vor den Ohren unserer Mutter nicht zulässig gewesen wäre.

Anze erhob sich, die Schürze voller Radieschen, aus ihrer Hockestellung. Sie hörte uns geduldig an und sagte:

»Schreiben muß man schon lernen. Ich kann schreiben auch. Mir hätte man einjelernt russische Buchstabens auch, nicht nur lutherische.«

Das war alles. Aber sie sagte diese unbedeutenden und die Situation vollständig verkennenden Sätze mit einer so strahlenden Herzlichkeit, daß wir uns für diesmal getröstet fühlten.

Überhaupt muß man nicht denken, wir wären nun in einem fort unglücklich gewesen. Freilich durften wir erst nach vollbrachter Diktatfron baden gehen. Aber der Tag der Kinder ist lang und nicht auszuschöpfen; der kommende Morgen liegt in nicht abmeßbarer Entfernung. Waren die letzten Tintenkleckse gelöscht, so war der Weg zu allen Glückseligkeiten offen.

Des Tages höchste Glückseligkeit war nicht das Meer; es waren die Pferde. Gewiß, das Baden war eine Herrlichkeit; baden indessen konnte ein jeder, die Pferde aber hoben uns auf eine höhere Daseinsstufe, was hätte mit ihnen verglichen werden können! Das Bad war die Vormittagsfreude, die Pferde wurden für eine Nachmittagsstunde gebracht.

Die Pferde gehörten einem beleibten, starkbärtigen Manne mit ausdrucksvollen, hellblauen Augen, der von uns mit Respekt und Neid betrachtet wurde. Er hieß Paggast und war Bauer und Fuhrhalter in einem. Natürlich waren es keine Reitpferde, sondern Bauerngäule, die gelegentlich unter dem Sattel gegangen waren, in der Hauptsache aber als Fahrpferde, bei Bedarf auch als Arbeitspferde dienten.

Auf einem schlecht zugerittenen, einem fehlerhaft gehenden Pferde ist freilich nicht gut reiten lernen, und der Anfänger, wenn er einige Aufmerksamkeit und Liebe mitbringt, lernt am meisten von einem vollständig durchgerittenen Tier. Da reitet das Pferd den Reiter zu, so wie es selber seinerzeit von einem anderen Reiter zugeritten worden ist. Von solchen Feinheiten wußten wir damals noch nicht viel. Unsere Reitkünste, die uns mit so ungezähmtem Stolz erfüllten, waren kindlich, und von fliegendem Galoppwechsel war uns noch nichts zu Ohren gekommen. Immerhin waren wir schon mit Pferden etwas vertraut geworden, und für den Anfang ist auch das bereits ein Gewinn. Diese Vertrautheit, ja Vertraulichkeit, durfte sich jetzt vertiefen. Ein wenig Reitunterricht hatten wir schon in der Stadt gehabt. Allerdings hätte er systematischer sein können, aber bei uns ging es nun einmal unsystematisch zu. Allein was war die dumpfige Manege gegen den freien, vom Salzatem des Meeres, vom Harzgeruch der Kiefern und Fichten durchwehten Himmel! Und hier ritten wir unter Anzes Augen.

Ich muß jetzt etwas von den beiden Pferden erzählen. Das eine, ein Schimmel, hatte eine auffallend zottige Mähne, sonst weiß ich nicht mehr viel von ihm, nicht einmal sein Geschlecht; allenfalls, daß einmal jemand äußerte, sein Besitzer habe es von Zigeunern gekauft und wahrscheinlich sei es ein gestohlenes Tier, aber am Ende habe ich mir das auch selber in den Kopf gesetzt, der, wie sich noch zeigen wird, ohnehin von allerlei Zigeunergedanken erfüllt war. Natürlich hätte ich es leicht, für dieses Pferd einen Namen zu erfinden, Progressor oder Vainqueur, Bric-à-Brac, Oriflamme oder Tosca, aber ein derartiger Name hätte ihm so wenig angestanden wie einer Fischverkäuferin auf dem Dünamarkt der Familienname Habsburg oder Carnegie. Den Namen des anderen Pferdes werde ich nie vergessen. Er war zum Erstaunen, denn er lautete Anze.

Anze war ein Wallach, und ich denke, das Tier werde ursprünglich Hans geheißen haben, woraus sich dann, da die Aussprache des ›H‹ der lettischen Zunge beschwerlich fällt, Ans, Ansse, Anze entwickelt haben mag.

Das war nun ein in allen seinen Glücksverheißungen bestürzendes Zusammentreffen, und es hat meine Gedanken aufs heftigste an sich gezogen. Es kam mir sogar der Einfall in den Kopf, beide Anzes möchten identisch sein, so als habe das Mädchen die Fähigkeit, mitunter in der Gestalt des Pferdes zu erscheinen, wie dergleichen mir vom Märchen her geläufig war. Und bei solchen Gedankenspielereien störte mich nicht die Erwägung, daß ich ja häufig Gelegenheit hatte, das Mädchen und das Pferd gleichzeitig zu erblicken, und ebensowenig störte es mich, daß ich im Grunde doch über die Unmöglichkeit solcher Verwandlungen Bescheid zu wissen meinte; denn über das Alter der ersten und vollkommenen Märchengläubigkeit war ich hinweg. Ja, ich kann sagen, mich hob und überwältigte geradezu die Vorstellung, daß ich etwas ganz und gar Unmögliches zu glauben wagte, als habe ich hiermit etwas vor den Erwachsenen voraus. Meinem Bruder freilich hätte ich so etwas nie sagen mögen, er hätte mich mitleidslos ausgelacht. Immerhin hat auch wohl er es fertiggebracht, in dieses Pferd gleich mir etwas von Anzes Eigenschaften hineinzulegen, etwas von ihrer Anmut, Zartheit und Geduld, obzwar vermutlich nicht ganz redlichen Gewissens, denn der Braune war träge und grobschlächtig, und insbesondere sein harter und stoßender Trab ist mir noch in Erinnerung.

Mit solchen Identifizierungsversuchen – ach, nicht nur mit ihnen – mochte es auch zusammenhängen, daß es mich immer wieder verlangte, von Anze huckepack getragen zu werden, und mein Bruder wollte da nicht zurückstehen, obwohl für ihn als den Älteren diese Neigung noch bloßstellender sein mußte als für mich.

Die fremde Frau in der Küche, die uns überhaupt einige Mißachtung bezeigte und der wir nach Tunlichkeit aus dem Wege gingen – doch da es uns um Anzes willen immer wieder zur Küchenregion zog, war diese Tunlichkeit eingeschränkt –, ließ uns sehr deutlich merken, daß wir uns solcher Rückfälle ins früheste Kindesalter zu schämen hatten. Sie sprach zwar selten mit uns, als seien wir ihr keiner Anrede wert, aber ihr kurzes und grausames Hohngelächter jagte uns oft die Röte ins Gesicht. Wir selber fühlten, daß wir für eine derartige Spielerei schon zu groß und vielleicht auch für Anzes Kräfte schon allzu gewichtig waren. Aber wer hätte da widerstehen können? Anze stellte sich langmütig zur Verfügung, trug uns kreuz und quer durch den Garten, lief Trab und lief Galopp, bockte, bäumte sich, schlug aus und hob ihre zarte Stimme zu wildem Gewieher. Mein Bruder und ich stritten uns darum, auf den Rücken des Mädchens Anze zu gelangen, wie wir uns um den gesattelten Rücken des Wallachs Anze stritten. Anze aber, eine geborene Friedensstifterin, wußte immer auszugleichen und jedem sein Recht zu geben. Auch Olaf, der alles haben wollte, was wir Großen hatten, und manchmal aufgebracht nach Pferden verlangte, kam nie zu kurz.

Unsere Neigung zur Huckepackreiterei braucht nicht weiter erklärt zu werden. Seltsamer war es schon, daß wir, die wir uns doch als alte Reitersleute fühlten, mit der ganzen Unbefangenheit der Kinderjahre und so, als müsse über die knappe, uns zugebilligte Nachmittagsstunde alle Zeit wenigstens ersatzweise der Reiterei gelten, gleichzeitig mit selbstgemachten Steckenpferden spielten. Sonderbarer Anachronismus! Diese Steckenpferde waren Baumäste, die wir uns mit den Taschenmessern herrichteten, am besten aus Kaddickholz und von der Länge etwa eines Spazierstocks. Ich bevorzugte Äste, die am dickeren Ende eine rechtwinklige Biegung hatten, und suchte nun diesen Fortsatz in etwas Pferdekopfähnliches umzuwandeln. Das mißlang oft, aber die aufgewandte Mühe band das Herz an jedes einzelne Ungetüm. Ihrer eines, es war das stattlichste und sein Kopf am pferdeähnlichsten geraten, hieß bei mir Anze, und ich hatte, wie ich das von Lattenzäunen oder Banklehnen kannte, ihm ein pfeildurchbohrtes Herz eingeritzt und darunter, wenigstens dem Auge Gottes und dem meinen erkennbar, die verschlungenen Buchstaben »A« und »W« angebracht.

An versteckten Plätzen im Gebüsch richteten wir uns Stallungen ein, schleppten Heu herzu, tränkten, fertigten aus Schnüren Zaumzeuge an – alles, ohne uns zu schämen. Es scheint ja, als hätten Kinder die Fähigkeit, in verschiedenen, logisch einander ausschließen müssenden, nun aber friedlich nebeneinander bestehenden Entwicklungs- und Bewußtseinszuständen zu leben, und sehr viel anders geht es bei den Erwachsenen wohl auch nicht zu. Da kann jemand über die Naturgesetze, wie sie sich seiner Zeitgenossenschaft darstellen, durchaus unterrichtet sein und dabei doch allerlei Vorstellungen aus Zeiten, in denen ganz andere Naturgesetze für gültig angesehen wurden, unverbrüchlich festhalten. Dies insbesondere, wo es um ein Spiel geht, und wo ginge es darum nicht, ob wir nun mit Steckenpferden spielen oder mit Börsenpapieren? Vor den Augen Gottes mag auch der Hazardeur, der um die Weltmacht oder um seinen Kopf Spielende wie ein spielendes Kind erscheinen.

Offenbar war Tante Alix auch mit unseren Steckenpferdspielen nicht durchaus einverstanden. Wir meinten, sie mißgönne es uns, wie wir überhaupt einiges an Mißgunst bei ihr voraussetzten. Sie mißgönnte uns unsere harmlose Freude an kräftigen Ausdrücken, deren kräftigste doch ihr gar nicht zu Ohren kamen, und unsere vielleicht um eine Winzigkeit weniger harmlose Lust an jeder Art von Schaustellung oder gar parodierender Menschennachahmung; ließen wir uns etwa beikommen, das Knotendeutsch zu imitieren, so wurden wir hart angelassen. Aber, ohne Beweise dafür zu haben, vermute ich (und vermutete es auf unbestimmte Kinderart schon damals), sie werde auch unsere Anhänglichkeit an Anze für unerwünscht gehalten haben. Uns schien, die einzige Sommerlust, die sie neben dem von allen Autoritäten für gesundheitsfördernd erklärten Baden uns gönnte, sei das Barfußgehen, und auch hier war man der Sache nicht vollständig sicher.

Wir machten den Fehler, Pädagogik und Mißgunst gleichzusetzen; sicherlich ist der Fehler entschuldbar, und es gehört manche Reife dazu, ihn zu vermeiden. Wem Tante Alix in den Weg trat, das war wohl nicht einmal unsere Reiterei, von der das Steckenpferdspiel nur einen Ausläufer bildete, nein, es war unsere mangelhafte Fähigkeit, Maß zu halten. Es war unser Übermut, dem sie den Kampf angesagt hatte. »Hör, Lieberchen, Übermut liebe ich wohl gar nicht«, war einer ihrer häufig wiederkehrenden Aussprüche.

Eines Morgens begann die Fron damit, daß sie uns die Geschichte des Königssohnes Absalom erzählte, wie sie im zweiten Buche Samuelis und im ersten der Chronika berichtet wird. Übrigens kannten wir sie schon, denn in der Stadt hatten wir allsonntäglich den Kindergottesdienst zu besuchen. Ich horchte argwöhnisch auf, als nachher im Diktat Gott angerufen wurde, er möge einen jeden vor den Fehlern Absaloms behüten. Denn was auch im täglichen Diktat vorkam, immer hatte es doch den bekannten Hintersinn. Also mußte auch die

Geschichte dieses unglücklichen Prinzen eine Beziehung auf uns haben. Worin aber sollte sie liegen? Die Erzählung mit ihrem betrüblichen Ausgang konnte sich zur Warnung eignen. Aber wovor? Gewiß könnte sie lehren, daß es für junge Leute mißlich ist, sich mit Heeresmacht gegen ihren Vater aufzulehnen; dergleichen aber hatten wir ohnehin nicht im Sinne.

Nun hatte sich, was Absalom angeht, in der lutherischen Christenheit eine merkwürdige Traditionsvorstellung gebildet, für die, davon habe ich mich später mit Staunen überzeugt, im Alten Testament keine Ursache gegeben ist. Der Grund lag in den Darstellungen einiger verbreiteter Bilderbibeln, und so hatte hier, im Luthertum gewiß ein seltener Fall, das Bild dem reinen Worte den Rang abgelaufen. Die Illustratoren nämlich hatten sich gewöhnt, Absalom mit einem ungeheuerlichen, fast schon simsonischen Haarwuchs auszustatten – wie hätte er anders mit dem Haupthaar in dem Astwerk einer Eiche hängen bleiben können? – und von hier aus taten sich Einblicke in seine Wesensart auf. Die Länge seines Haares war nicht Schlamperei oder Verwahrlosung und Gleichgültigkeit, denn er war nun einmal ein soignierter Prinz, sondern es schien hier eine eitel dem Kosmetischen zugewandte Gesinnung, ein dandyhaftes Raffinement am Werke; ja, das lange Haar, trunken von Ölen und Wohlgeruch, war das flatternde Banner seiner Hoffart und damit das Banner der Empörung gegen seinen König und Vater.

Was konnte uns das angehen? Wir waren gewiß auf unsere Haare nicht eitel, wir trugen die Köpfe kurz geschoren und befanden uns wohl dabei; den Gebrauch von Pomade und wohlriechenden Flüssigkeiten kannten wir nicht. Sollte einmal die Diktatstunde ohne eine verlarvte Rüge vorübergehen?

Keineswegs. Bald genug wurde die Diktierende deutlicher. Die Gefahren der Hoffart sollten uns dargetan werden, und Absaloms Hoffart hing mit seiner ausdrücklich bezeugten Vorliebe für reitbare Tiere, für Pferde und Muli zusammen! Daß Berührungspunkte zwischen Hoffart und Reiterei auch noch zu Zeiten des Neuen Bundes möglich waren, das mußte angesichts unseres unsinnigen Stolzes auf vermeintliche Sattelfestigkeit und vermeintlichen Pferdeverstand, angesichts der Tatsache, daß alle unsere Gespräche sich renommistisch um unsere Reiterei bewegten, am Tage liegen. Da sollten wir denn bedeutet werden, daß unsere Passion bereits ausgeartet und daß die natürliche Bewegungsart des Menschen das Gehen zu Fuß, das Fahren zu Wagen, zu Schlitten oder im Eisenbahnwaggon, in selteneren Fällen auch das zu Wasser war.

Da hatten wir es nun schwarz auf weiß. Daß Tante Alix unsere Freuden zu beschränken trachtete, das war nichts Neues. Hier aber streckte sie die Hände nach etwas aus, das mehr als ein Vergnügen, mehr als ein Spiel war, sie griff nach den Grundlagen des Daseins, sie griff nach dem Heiligen. Und obwohl wir wußten, daß wir bei unserer Reiterei die Eltern auf unserer Seite hatten, fühlten wir uns jetzt bedroht, wo nicht gar schon preisgegeben. Fast waren wir überzeugt, uns gegen Tante Alix auf die Eltern nicht mehr gänzlich verlassen zu können.

Ich brach, am Weiterbestande der Welt verzweifelnd, plötzlich in ein wildes Schluchzen aus und wischte mir die Tränen mit den tintenbekleckssten Fingern aus dem Gesicht. Tante Alix schien meinen Ausbruch nicht zu bemerken. Mein Bruder starrte haßerfüllt auf das von Fleisch umkleidete Wimpernhaar. »Immer wenn ich Wut auf sie habe, muß ich hinsehen«, hatte er mir einmal gesagt.

Wieviel kindliche Bitterkeit speicherte sich von diesem Tage an, und nicht erst von diesem Tage an, in uns auf! Aber auch wieviel bange Sorge vor einem tückischen Eingriff in unser Reiterleben! Welch aberwitzige Rachepläne wurden erwogen und wieder verworfen! Wie unfähig waren wir, dies überkrustete Herz zu erkennen!

Dieses Herz war voller Liebe. Möge Gott sie erwidert haben! Tante Alix ist von vielen Menschen verehrt worden. Nur die Liebe von Kindern wußte sie nicht zu gewinnen, so wenig wie die von Tieren. Es wäre ihr nach dem Sinne gewesen, wenn alle Menschen schon als Erwachsene und als gefestigte Charaktere auf die Welt gekommen wären. Was aber begänne alsdann die Pädagogik?

Tante Alix, gute, schwierige altjüngferliche Seele! Du warst voller Treue und Wärme, wie die uns Kindern so verhaßten schwarzen oder gar grauen Wollstrümpfe. Gewiß, sie waren treu und warm, aber sie kratzten auf der Haut. Die oft vorgebrachte Behauptung, Onkel Esche (mit langgedehntem »E« zu sprechen!) habe sie klaglos sein ganzes Leben lang getragen – der Unglückliche wurde vierundachtzig Jahre alt –, rührte uns nicht. Denn es konnte ihn ja niemand gezwungen haben als seine eigene Verblendung. Du warst selbstlos bis zur vollkommenen Abtötung. Stillschweigend verschenktest du den größten Teil deiner Einkünfte. Doch was du uns zu Weihnachten oder an Geburtstagen zu schenken pflegtest – ach, wäre nur ein einziges Mal ein Hampelmann für zehn Kopeken darunter gewesen! Aber Hampelmänner oder Marzipankartoffeln wuchsen nicht auf deinem Acker.

Du, Tante Alix, warst streng gegen dich selbst. Aber es ist ja verhängt und bekannt, daß, wer sich zur Strenge gegen sich selbst erzogen hat, an der erworbenen Strenge auch gegenüber anderen festhalten muß. Du hattest dich zur Selbstbeherrschung geschult und meintest nun, diese auch von deiner Umgebung mit Strenge verlangen zu müssen. Du hattest jene abgewogene, jene nach Regeln dosierte Ironie, gegen die alle Kinder so empfindlich sind. Vor allem, du hattest Grundsätze, und diese Grundsätze durchtränkten dermaßen deine Natur, daß sie sich ohne Umschweife als Grundsätze zu erkennen gaben.

Deine Liebe zur Wahrheit hatte die Großartigkeit des Unbedingten. Deshalb war sie von Menschen und gar von Kindern nicht immer gebührlich zu schätzen. Du haßtest Heimlichkeiten, und doch sind Heimlichkeiten das Paradies der Kinder, und auch die Erwachsenen sollten das respektieren. Die einzige Heimlichkeit, deren du dich je schuldig gemacht hast, bestand darin, daß du uns bei Erkältungen und Magenverstimmungen hinter dem Rücken meines Vaters homöopathische Arzneien verabreichtest. Aber das geschah nicht aus Schwäche, und kein Grundsatz wurde verletzt oder verleugnet. Es geschah der Wahrheit zuliebe. Denn mein Vater war in allopathischen Irrtümern befangen und weigerte sich, obzwar von dir belehrt, der homöopathischen Wahrheit die Ehre zu geben.

Ich hätte später nie gewagt, dir Studentenschulden zu beichten. Gewiß, du hättest sie bezahlt und noch gefragt, ob das auch wirklich alle seien. Aber du hättest Besserung von mir verlangt. Das aber, so hätte es mir erscheinen müssen, wäre ein Preis gewesen, den meine Gläubiger nicht um mich verdient hatten.

Gute Tante Alix, vergib uns.

Strand von Livland

Fräulein von Trense

Während unseres Strandaufenthaltes hatten wir die Gespenstergeschichten der beiden bei meinem Vater in der Stadt zurückgelassenen Erzählerinnen zu entbehren, aber da wurde uns ein unvermuteter, ein überreicher Ersatz zuteil. Dies geschah auf dem Wege über Fräulein von Trense.

Fräulein von Trense lebte ein paar Minuten von uns entfernt, aber auf eine gänzlich andere Art als wir. Nämlich sie war kein Sommergast, sondern hierorts seßhaft. Ihr Haus stand auf den Dünen, man sah weit aufs Meer hinaus, selbst aus dem unteren Stockwerk; dafür war es den Seewinden ausgesetzt, und man hatte, namentlich im Herbst und Winter, das Geheul der Stürme hinzunehmen. Halb in Mitleid, halb in gutmütiger Verachtung sah sie auf alle die Menschen hinab, die dazu verdammt waren oder leichtfertigerweise sich selbst verdammt hatten, den größten Teil des Jahres in der Stadt zu verbringen. Sie selbst haßte die Stadt. Sie hauste trotzig und stolz das ganze Jahr über in dem einsamen Ort, wo es zur Winterszeit nichts gab als Stürme, Schnee, Fischer, Bauern, Schmuggler und Strandreiter; eben das war ihr recht.

Fräulein von Trense hatte sehr große, blitzende, hellblaue Augen, schneeweißes Haar und kräftige Bewegungen. Bei meinem Bruder und mir führte sie sich auf die erstaunlichste Weise ein. Als wir zum ersten Male, mit einer Botschaft meiner Mutter, zu ihr kamen, schlug sie uns derb auf die Schulter und fragte mit ihrer dröhnenden Korporalsstimme:

»Nu, was ist, Jungens, habt ihr auch Läuse?«

Wir verneinten, mehr überrascht als gekränkt. Die alte Dame aber runzelte die Stirn und rief: »Was? Und ihr wollt Jungens sein? Als meine Brüder in eurem Alter waren, da hatten sie so viel Läuse, daß alle Bauern sich vor ihnen fürchteten!«

So etwas war uns noch nicht vorgekommen. Wir brannten darauf, das Erlebnis daheim zu erzählen, und machten den Rückweg im Laufschritt. Meine Mutter lachte, unbefangen amüsiert. Tante Alix indessen verzog keine Miene und sagte kein Wort. Bald gewannen wir den Eindruck, daß sie Fräulein von Trense mit aller Entschiedenheit mißbilligte, obwohl damals der Grundsatz galt, Kinder dürften nicht wissen, daß Erwachsene einander mißbilligten, außer wenn es sich um überführte Diebe, Mörder, Herumtreiber oder Trunkenbolde handelte, in welchen Fällen von der lautgemachten Mißbilligung auf die jugendlichen Zuhörer ein pädagogischer Einfluß ausgehen konnte. Diebe, Mörder, Herumtreiber und Trunkenbolde schienen sich ohne Rücksicht auf ihr Lebensalter aus dem Kreise der Erwachsenen selbst ausgeschlossen zu haben. Immerhin hatten Kinder, auch wenn von solchen Leuten die Rede war, sich allzu deutlicher Ausdrücke zu enthalten. Einmal erzählten wir beim Mittagessen begeistert, wir hätten einen Besoffenen auf der Landstraße liegen sehen, und ehe noch meine Mutter sich dazu äußern konnte, richtete Tante Alix sich auf ihrem Stuhl kerzengerade empor und sagte mit scharfer Betonung: »Lieberchen, betrunken genügt völlig zur Bezeichnung dieses seligen Zustandes.«

»Fräulein von Trense hat neulich auch besoffen gesagt«, antwortete mein Bruder und wurde belehrt, daß Fräulein von Trense selbst darüber entscheiden konnte, welche Ausdrücke sie für angebracht hielt; wir aber hatten uns an die Sprechweise unseres Elternhauses zu halten.

Fräulein von Trense hatte die ihr freistehende Entscheidung ein für allemal zugunsten unmißverständlicher Ausdrücke getroffen. Vielleicht hatte sie Kenntnis davon, daß sie als ein Original galt, und zog aus dieser Rolle ihren Vorteil. Sie liebte es, polternde, eigenwillige Behauptungen aufzustellen. Einmal hörte ich sie zu meiner Mutter sagen: »Aber ich bitte Sie, Liebe, das ist doch bekannt, daß die ganze Stadt Riga stinkt wie der Deiwel.« Das war dazumal eine für Damen ungewöhnliche Ausdrucksweise. Und bei einer anderen Gelegenheit hieß es: »Ich bitte Sie, was ist das für ein Bauer, der seine Kinder prügelt? Bauern tun das nicht, Bauern brauchen ihre Kräfte zur Arbeit. Bauern ziehen ihren Kindern die Hosen aus und setzen sie in die Nesseln. Manche auch in die Ameisenhaufen.«

Fräulein von Trense lebte mit noch einem, allerdings völlig

anders gearteten Fräulein zusammen, einer Verwandten oder Freundin, die jedoch ängstlich war und an Fräulein von Trenses rauher Redeweise und unbekümmerter Derbheit kein Gefallen hatte. Aber eben um dieser Ängstlichkeit willen konnte sie sich nicht gut widersetzen und hatte auch gewisse schreckenerregende Spiele mitzumachen, von denen ich noch zu erzählen gedenke. In meiner Erinnerung lebt sie allenfalls als ein blasser, schmaler Schatten. Beide kamen gelegentlich zum Kaffee zu uns, und manchmal wurden wir hinübergeschickt, um irgend etwas auszurichten. Das lockte uns, denn das mit uralten Dingen vollgestopfte Haus schien uns von Geheimnissen erfüllt zu sein, und gern bestaunte ich im Boudoir die altmodischen weißen Tapeten mit den roten Moosrosenbuketts; auch wurden wir jedesmal mit Pfefferkuchen bewirtet. Diese Pfefferkuchen waren hart wie Feldsteine und stammten offenbar aus der Weihnachtszeit des vergangenen Jahres. Mein Bruder und ich beschlossen großsprecherisch, beim nächsten Mal zu sagen: »Bitte Fräulein von Trense, geben Sie uns doch eine Säge und ein Stemmeisen dazu.« Uns erschien dieser Witz ungeheuerlich, aber nachher hatten wir doch nicht den Mut, ihn von uns zu geben.

Es ist nicht schwer einzusehen, daß eine Dame, die den größten Teil des Jahres in solcher Einsamkeit und neben einem zaghaften Schattenfräulein lebt, auf ihre Unterhaltung bedacht sein muß. Bald drang die Kunde von der Unterhaltung, die sie sich gewählt hatte, bis zu uns, und was zu uns drang, das war nicht Klatsch; es waren Heldenepen, wiewohl komische. Wie ich zuverlässig weiß, gehört der Ausdruck »das komische Heldenepos« in den Sprachschatz der Literaturgeschichte.

Fräulein von Trense spielte Spuk, und das Schattenfräulein mußte zitternd mittun. Heute, so nehme ich an, wird Fräulein von Trense keinen Spuk mehr spielen müssen; heute spukt sie wohl wirklich, während das Schattenfräulein zugunsten einer blassen Seligkeit ihr die Gefolgschaft aufgesagt hat.

Das Spiel, vornehmlich für die frühe Dunkelheit herbstlicher Abende geeignet, aber auch im Sommer keineswegs aufgegeben, könnte kindisch erscheinen; doch war es nichts anderes als der Ausfluß einer natürlichen, einer robusten

Lebenslust und Spaßfreudigkeit. Man lauerte, in weiße Laken gehüllt, hart an der Landstraße im Walde und trug als Kopf über sich auf einem Besenstiel einen ausgehöhlten Kürbis, durch dessen Augenlöcher es feurig glühte; denn im Inneren der Frucht war eine Kerze befestigt. Hörte man nun einen verspäteten Bauernwagen kommen, so sprang man mit furchtbarem Geschrei, klagend oder drohend, mitunter auch kettenrasselnd aus dem Dickicht. Der Bauer schrie auf, rief Gott und alles Heilige an und hieb auf sein Pferdchen ein.

Haben wir selbst etwas von Fräulein von Trenses Gespensterspiel gesehen? Ich glaube es nicht, denn in unseren Breiten dunkelt es im Hochsommer spät, und um acht, äußerstenfalls um halb neun, wurden wir in die Betten geschickt. Dennoch sehe ich alles noch vor mir. So hingerissen war ich von dem Gedanken dieses zauberischen Spiels, daß ich bald genug meinte, sein beseligter Augenzeuge gewesen zu sein.

So etwas also gab es, so etwas war möglich, ja, mehr als das, es war vorgesehen! Wer konnte uns verwehren, es Fräulein von Trense gleichzutun? Ich flammte vor Begierde. Ich zog meinen Bruder ins Verständnis. Er zeigte sich zurückhaltend. Aber als ich ihm dann meine neuen Gedanken vorlegte, nicht Bauernvolk zu erschrecken, das uns wenig anging und uns nichts getan hatte, da wurde er aufmerksamer. Das war es: Tante Alix sollte das Opfer sein, sie hatte es tausendmal um uns verdient!

»Vielleicht reist sie ab, wenn sie denkt, hier spukt es«, sagte mein Bruder, der mehr als ich gewohnt war, nach Zwecken und Ergebnissen zu fragen.

Es verstand sich, daß eine solche Unternehmung nicht vom Zaun gebrochen werden konnte. Sie bedurfte mancher Überlegungen und Vorbereitungen. Unsere Gedanken waren aufs unbändigste in Anspruch genommen.

Und plötzlich hatte alle Zwangsherrschaft, die Tante Alix über uns übte, ihre Grauslichkeit verloren. Wir waren nicht Opfer mehr, wir schickten uns an, Rächer zu werden, und der Entschluß lag bei uns. Alles hatte einen heimlichen Hintersinn. Bei jeder Ermahnung, jeder Rüge dachten wir von nun an: »Rede du nur. Wenn du wüßtest, was wir über dich beschlossen haben!«

Natürlich war es im Ort und in seiner Umgebung seit Jahren bekannt, was Fräulein von Trense trieb, und niemand, was wir Kinder aber nicht wußten, fürchtete sich davor. Aus Höflichkeit, vielmehr aus Unterwürfigkeit und vielleicht auch aus Lust an dem Gefühl der eigenen heimlichen Überlegenheit tat man jedoch, als erschrecke man. Wirkliche Chancen hatte Fräulein von Trense nur, wenn zufällig ein weitab Wohnender, bis zu dem der Ruf ihres Gespensterspiels noch nicht gedrungen war, des Weges fuhr. Aber in der Dunkelheit konnte sie verständlicherweise nicht feststellen, wohin ein vorbeikommendes Fuhrwerk gehörte und ob das Entsetzen echt oder gespielt war. Daher hatte sie ein für allemal beschlossen, über etwaige höfliche Täuschungsversuche hinwegzusehen und grundsätzlich überzeugt zu sein, ihr Streich sei gelungen.

Gelegentlich hatte Fräulein von Trense ihr Spukspiel auch am Strande getrieben und es hierbei mit einigen besonderen Geräusch- und Lichtwirkungen ausgestattet. Nachdem das eine Zeitlang gutgegangen war, hatte der Kommandeur der Strandreiter ihr einen Besuch gemacht und sie sehr höflich gebeten, das zu unterlassen: Es könnte sie in den Verdacht bringen, Schmugglerfahrzeugen auf See Signale zu geben, und schließlich wäre in stürmischen oder nebligen Nächten auch an eine Gefährdung der Schiffahrt zu denken. Was sie auf der Landstraße und im Walde treibe, das sei ihr überlassen. Sie versprach Besserung, und es hatten sich freundschaftliche Beziehungen zur Strandreiterschaft hergestellt.

Die Strandreiter waren eine Art Zolltruppe, die den Küstenschmuggel zu hindern hatte und aus gedienten Kavalleristen bestand. In ihrer nicht knapp bemessenen dienstfreien Zeit verrichteten sie allerhand Arbeiten, um ihrer Löhnung aufzuhelfen, wie das in der russischen Armee üblich war. Auch zu Fräulein von Trense kam von nun an einer dieser Leute, sooft es etwas zu tun gab, das Männerkräfte erforderte. Sie empfahl ihn meiner Mutter, und so tat er auch bei uns mancherlei Handreichungen. Er war ein anstelliger, gutaussehender Mann, immer dienstwillig und wohlgelaunt. Doch hatte das Schicksal ihm noch eine andere Rolle zugedacht als die eines dienenden Helfers.

Zunächst merkten wir, daß sehr viele Vorbereitungen nötig waren, und je weiter wir mit unserem Plan kamen, um so mehr wuchs deren Umfang.

Natürlich, uns in weiße Gestalten zu vermummen, das war eine Kleinigkeit. Da brauchten wir nichts als unsere Bettlaken. Nun aber die Köpfe!

Wir wußten aus den Erzählungen, die über Fräulein von Trense umliefen, aber auch aus allerlei Gelesenem, daß als Kopf ein ausgehöhlter Kürbis auf einen Besenstiel gesteckt werden mußte. Den Besenstiel hielt man hoch empor, und von seiner Spitze, gleich unterhalb des Kürbiskopfes, mußte das Laken herniederwallen, so daß der Eindruck übermenschlicher Größe hervorgerufen wurde. Den Kürbis auf den Besenstiel zu pflanzen, konnte man sich zutrauen; es galt nur, in den Kürbis ein Loch zu bohren, in das der Besenstiel paßte.

Zum Aushöhlen des Kürbisses mochten unsere finnischen Messer sich vortrefflich schicken. Aber wie höhlt man eigentlich Kürbisse aus? Man mußte doch wohl die gelbe Riesenkugel in zwei Hälften schneiden und aus jeder das Fruchtfleisch herauskratzen? Indessen nicht zu reichlich, sonst wurde die Schale zu dünn und konnte zerbrechen. Nachher wollte wir beide Hälften mit einer Schnur wieder zusammenbinden. Aber band man zu fest, so konnte die Schnur die Schale zerschneiden, band man zu locker, so rutschte die Schnur ab und die Hälften fielen auseinander.

»Man muß die Stimmen verstellen und ganz tief machen, du kriegst das wahrscheinlich noch nicht heraus«, sagte mein Bruder. Ich stimmte bei, obzwar mit dem Vorbehalt, daß ich das Verstellen der Stimme auch mir zutraute. Hier also lag keine Schwierigkeit; das Gegenteil befürchten hätte ja an der eigenen Männlichkeit zweifeln geheißen.

Richtig, der Kürbis mußte Augenlöcher haben, aus denen das Licht grell in die Nacht hinausfuhr. Die Kerze war leicht zu beschaffen, Kerzen standen auf allen Nachttischen. Natürlich wurde die Kerze in eine der Halbkugeln geklebt, bevor man sie wieder zusammenband. Anzünden mußte man sie durch die Augenlöcher. Aber zünde mal einer eine Kerze durch Augenlöcher an! Wird sie nicht aus unbekannten Ursachen sich weigern, Feuer zu fangen? Die Situation muß ihr ungewohnt sein. Erlischt nicht das Zündholz? Und wenn das Anzünden geglückt war, mußte die Kerze nicht erlöschen, sobald man die einem Schreckgespenst anstehenden wilden Bewegungen machte?

»Man muß dünnes Papier über die Augenlöcher kleben«, sagte ich.

»Das ist doch Blödsinn, da hat ja die Kerze keine Luft«, antwortete Wolf.

Auf die Lösung, überhaupt nur eine einzige Kürbishälfte zu verwenden, gleich einer Halbmaske, und lediglich en face zu spuken, sind wir nicht verfallen; Kinder träumen vom Vollkommenen. Gerade auf die Kerze kam so viel an. Wie sollte Tante Alix erschrecken, wenn ihren schwachen Augen der Spuk nicht wahrnehmbar genug würde? Alles war mühsam, mitunter konnte man mutlos werden.

Spät erst tauchte die Frage auf, die am Anfang hätte stehen sollen. Es war die Frage nach dem Kürbis. In unserem Garten wuchsen keine Kürbisse. Verschiedene Möglichkeiten der Beschaffung wurden erwogen, bevor uns die allergrößte Widrigkeit zum Bewußtsein kam: es war Sommer und noch lange nicht die Zeit der Kürbisreife.

Als dies ausgesprochen war, machte mein Bruder ein finsteres Gesicht. »Verdammt, verdammt!« sagte er.

Gleich darauf erhellte sich seine Miene. Es sei ganz einfach, verkündete er; statt des Kürbisses habe uns eine Arbuse zu dienen.

Diese prächtigste aller Sommererquickungen, in Deutschland als Wassermelone bekannt, aber weniger verbreitet als im Osten, erschien bei uns häufig als Nachtisch. Der Versuch, eine Arbuse auf die Seite zu schaffen, konnte kaum mißlingen. Das rosige Innere wäre rasch und mit Lust verzehrt, während am rohen Kürbisfleisch noch niemand Freude gehabt hat.

»Aber den Kürbisinhalt könnte man doch den Pferden geben«, sagte ich und bekam die Antwort: »Bist du verrückt? Womöglich kriegen die davon Kolik.« Kolik bei Pferden dünkte uns heilloser als Ruhr bei Menschen.

Ich schämte mich, stellte aber sofort meine Ehre mit einem

bisher unerwogen gebliebenen Einwand her. Nämlich die Arbusen waren zu klein! Wenigstens war es die Gattung, die den Weg in unseren Strandort fand. Und man konnte doch einem Schreckgespenst kein Kinderköpfchen aufsetzen. Riesengestalten schwebten uns vor, Riesengestalten mit furchtbaren Riesenaugen – »Augen so groß wie Teetassen, Augen so groß wie Wagenräder«, hieß es von einem Ungeheuer in den Andersenschen Märchen.

Nein, es mußte beim Kürbis bleiben, mochte die Natur sich verhalten, wie sie wollte.

Ach du Teufel, wie hatten wir denn das vergessen können? Ob nun Kürbis oder Arbuse, wir waren zu zweit, nicht nur die Anzahl der benötigten Besen und Früchte, auch das Maß der aufzuwendenden Arbeit verdoppelte sich. Und wie vieler Kürbisse, wie vieler Arbusen würde es ohnehin bedürfen, bis die erworbene Übung ein einwandfreies Gebilde zustande brächte!

Ach, es wurde immer gewisser, daß noch längst nicht alles bedacht war. Was für Widerstände würden uns noch in den Weg treten!

Und wenn wir nun zu Fräulein von Trense gingen und sie um Rat bäten? Was könnte es ihr ausmachen, uns alles Benötigte zu borgen? Vielleicht würde es ihr sogar Spaß machen und es wäre eine Ehre für sie. Aber kannten wir sie denn gut genug, um zu wissen, daß sie unser Ansinnen nicht übelnahm und alles verriet?

Diese vielen Überlegungen, mit feurigem Eifer und zugleich mit Beharrlichkeit getrieben, drängten für eine Zeitspanne – in Wirklichkeit werden es wenige Tage gewesen sein – fast das Reiten zurück; ganz sicher aber den Gedanken an die eigentliche Absicht unseres Spukspiels. Das Überlegenheitsgefühl gegenüber der Fronherrin, das der Rachevorsatz und das seiner Ausführung geltende Plänemachen uns gegeben, hatte fast schon die Rachebegier gesättigt.

Ich kann nicht verhehlen, daß ich auch Tante Alix gegenüber Anwandlungen von Gerechtigkeit verspürte, und meinem Bruder mag es ebenso ergangen sein. Wir beide ahnten mitunter, daß sie nicht aus Bosheit handelte, sondern weil sie falsche Ansichten hatte. Wir wußten, daß manches, was auf den Tisch kam, schlecht schmeckte, ja, wahrscheinlich schlecht schmecken mußte oder gar sollte, und so mußte vielleicht auch Tante Alix sein, wie sie war, und man hatte das hinzunehmen. Aber mußte sie denn gerade unsere Großtante und mußte sie gerade diesen Sommer bei uns sein? Hätte nicht Anze unsere Tante sein können – etwa als die Braut oder die Frau eines der vielen jungen Onkel, die in unser Haus kamen und für die wir Sympathien hatten?

All das zeigt an, daß unsere ursprüngliche Racheglut sich abgeschwächt hatte, und schuld daran waren die umständlichen, kopfzerbrechenden und schließlich doch nicht recht weiterführenden Beratschlagungen, die unsere Rachebegier, als sei sie sich selber feindlich, notwendig gemacht hatte, und die kühler, unleidenschaftlicher Köpfe bedurften. Vor allem aber war ein Gedanken aufgetaucht und ließ sich nicht mehr abweisen: der, daß es niedrig war, einem alten, behinderten, der Blindheit entgegengehenden Menschen, der noch dazu, wiewohl unbegreiflicherweise, von unserer Mutter geliebt wurde, einen solchen Schabernack anzutun.

Nun aber konnte alle aufgewandte Gedankenmühe nicht einfach vertan sein. Zu sehr hatten wir uns in Fräulein von Trenses Nachfolge hineinbegeben, um schmählich und vor uns selber beschämt zurückzuweichen; hier schien einige Ehre verpfändet. Wir dachten nicht mehr an Rache, die Lust am abenteuerlichen Spaß aber war geblieben. Kurz, wir beschlossen mit einem hurtigen Gedankensprung, wenn nicht Tante Alix, so Anze zu erschrecken.

Auf so etwas waren wir nicht ganz unvorbereitet, es gab Präzedentes. Und zwar ein Spiel, das wir in der Stadt eine Zeitlang mit Leidenschaft betrieben hatten.

In einem verborgenen Winkel unserer städtischen Wohnung stand, aus der Studienzeit meines Vaters stammend, ein menschliches Skelett. Es hatte eine kreisförmige Holzplatte unter sich, von der hinter seinem Rücken eine hölzerne Stütze bis über die Halswirbel aufstieg. Die Knochen waren durch spiralige, metallene Gelenke verbunden und in Scharnieren beweglich. Das Ganze wurde zur Schonung menschlicher Augen durch einen mantelartigen Umhang von grauem Kaliko verhüllt. Diesen Knochenmann schleppten wir in der frühen Dämmerung des Herbstes und Winters in den Garten oder auf den Hof, schlugen, wenn jemand vorüberkam, den Mantel zurück, ließen den Toten den rechten Arm drohend ausstrekken und brüllten dazu: »Liebchen!«

Das Spiel hieß »Liebchen«, weil es vor allem auf das Erschrecken von Mädchen abgesehen war. Das Wort »Liebchen« hatten wir von alter Anna übernommen, die es im Sinne von Liebling brauchte. So hieß bei ihr eine bestimmte, von meinem Vater geschätzte Fischsuppe, eine baltische Abwandlung der russischen Ucha, »Herr Dokters Liebchensuppe«, und die stürmischen Liebkosungen unseres Bernhardiners pflegte sie geschmeichelt mit den Worten abzudämmen: »Ja, Barry, ja, ja... du bist du ja alter Anna Liebchentier bist du ja...«

Und doch wußten wir, obzwar ungenau, daß dem Worte »Liebchen« noch ein anderer Sinn innewohnte, mehr ein verhüllender als ein offenbarender; einer, der geheimnisvoll das Unzulässige streifte und mit den Seligkeiten troglodytischer Dunkelgefilde im Bunde war.

Nichts Schlimmeres als der Knochenmannspaß, zu dessen Opfern auch Anze und ihre Schwestern oft genug gehört hatten, sollte ihr jetzt zustoßen. Und wenn uns die bevorstehende Unternehmung dennoch in einem unvergleichlich wundersameren Glanz erschien als gewöhnliche Liebchenspielereien, so lag das an ihrer Abstammung von Fräulein von Trenses abenteuerlichen Heldentaten, noch mehr aber an ihrer Nächtlichkeit und zu allermeist daran, daß das Mädchen, dem die sonderbare, aber leidenschaftliche Huldigung galt, nicht mehr ein Troglodytenwesen unter anderen ihresgleichen war, sondern die geliebte Rittmeisterin Anze.

Wir waren sehr erleichtert, als wir unseren Entschluß gefaßt hatten. Nicht nur, daß eine ungute Verfinsterung des Gewissens von uns gewichen war, auch die praktischen Unüberwindlichkeiten waren plötzlich weggestoben. Wir brauchten keinen Kürbis und keine Arbuse, keine Kerze und keinen Besenstiel, wir würden weiße Gestalten sein und sonst nichts; zum Erschrecken mußte das genügen, und alle Einzelheiten konnten getrost dem Augenblick überlassen bleiben. Es kränkte uns nicht, daß unser Plan so zusammengeschrumpft war. Wir fühlten, daß er heller geworden war, ja, ich möchte sagen, an Innigkeit gewonnen hatte.

Wir sahen keinen Grund, die Unternehmung, für die sich zwischen uns die Bezeichnung »das Anzeerschrecken« eingebürgert hatte, lange hinauszuzögern. Wir wußten, daß Anze nach Dunkelwerden ums Haus ging, um von außen die Fensterläden zu schließen und sie mit den eisernen Schrägstangen zu verwahren. (Die Läden des Oberstockes waren von innen zu schließen und blieben oft genug offen.) Wir verwandten einen Abend darauf, die Einzelheiten zu erkunden. Anze begann bei der Küche. Hörten wir sie die Läden der drei Küchenfenster zumachen, dann war der Augenblick gekommen. Wir würden die Laken über unsere Nachthemden hängen und aus dem Fenster steigen, und mit angehaltenem Atem schlichen wir uns zum Gebüsch an der südwestlichen Hausecke, die Anze wenige Augenblicke danach passieren mußte.

Wir hatten es für rätlich gehalten, den Besuch aus der Stadt vorübergehen zu lassen. Mein Vater war, von zweien seiner Brüder begleitet, am Sonnabend gekommen. Wir hatten ihnen vorgeritten und waren belobt worden. Am Montag früh waren sie abgereist, und für den Abend hatten wir Anzeerschrecken angesetzt.

Wir lagen in den Betten und brauchten nicht zu besorgen, etwa vorzeitig einzuschlafen. Wir waren in seliger Erregung. Eine Uhr hatten wir nicht, die Zeit ging langsam.

Endlich hörten wir, wie die Küchenfenster geschlossen wurden. Wir sprangen auf. Sinnloserweise und nur, weil es uns unmöglich war, uns mit weniger als allem zu bescheiden, hängte sich jeder Ober- und Unterlaken um, so als seien zwei Bettücher weißer als eins.

Während wir aus dem Fenster stiegen, kam mir ein Schreckgedanke: wie, wenn aus irgendeinem Grunde heute nicht Anze, sondern die fremde Frau aus der Küche die Läden schlösse? Aber da war auch der Augenblick schon gekommen, der Augenblick hieß Anze. Wir sprangen vor, mein Bruder stieß ein dumpfschauriges Gebrüll aus und schrie dann: »Liebchen! Liebchen!« Ich aber murmelte drohungsvoll und hohl: »Anze,

Anze, gib mir meine Haube mit Absettchens wieder, sonst muß ich dir umärmen, und denn bis du tot!« Und da Anze keine Haube mit Absettchens bei sich hatte, die sie mir hätte wiedergeben können, schrie ich triumphierend: »Ich umärme dir!«, umschlang sie und drückte sie an mich. Es schien mir geraten, den Spruch, um seine Schauerlichkeit nicht anzutasten, in alter Annas Sprache von mir zu geben.

Auch Anze hatte einen Schrei ausgestoßen, der Überraschung wohl mehr als des Schreckens. Dieser Schrei war nicht übermäßig laut, aber bei der spätabendlichen Stille wurde er gehört, wie auch unsere Stimmen gehört worden waren. Gleich danach rief meine Mutter durch ein offenes Fenster aus dem Obergeschoß: »Aber Kinder, was macht ihr denn da? Kommt einmal herauf! Anze, komm du auch.«

Es war uns ein Fehler unterlaufen, oder wir hatten Unglück gehabt. Sonst saßen um diese Zeit unsere Mutter und Tante Alix bei ihrer Lektüre, und zwar, der nächtlich ans Helle fliegenden Insekten wegen, hinter geschlossenen Fenstern. Diesmal aber hatten sie mit Rücksicht auf die im Hause noch fühlbare Hitze, im Dunkeln plaudernd, am offenen Fenster gesessen und waren zu Ohrenzeuginnen unseres Vergehens geworden.

Wir hätten sehen müssen, daß von oben kein Lichtstrahl fiel, und daraufhin alles verschieben! Aber wie konnten wir in unserer freudigen Ungeduld auf Kleinigkeiten achten, und wer vermag denn zwei rasende Eisenbahnzüge aufzuhalten?

Anze in der Mitte, gingen wir nach oben, die langen Laken schleiften über die Treppenstufen.

Auf das Geheiß meiner Mutter schloß Anze das Fenster und zündete die Lampe an. Meine Mutter saß am Tisch, auf dem noch ein aufgeschlagenes Buch lag. Jetzt richtete Tante Alix, die auf der Couchette gelegen hatte, sich zu einer steifen Sitzhaltung empor.

Da standen wir denn in den Kostümen unserer Rolle. Wir wurden streng verhört. Auch Anze wurde befragt. Errötet, den Kopf ein wenig gesenkt, die Augen bisweilen niederschlagend, gab Anze mit sanfter, zarter Stimme ihre Auskünfte. Sie verfiel dabei ins Lettische und nannte meine Mutter nun nicht mehr

»gnädige Frau«, sondern nach der Weise ihres Volkes bald »große«, bald »gnädige« Mutter – Wendungen, in denen noch etwas von der uralten Heiligkeit der Magna Mater aufklingt. Mir schwoll das Herz, als ich sie so in ihrer lieblichen Verlegenheit sah. Dennoch konnte ich nicht begreifen, warum unser Jux so schlimm gewesen sein sollte. Und auch Anze schien das nicht einzusehen. Ihr Bestreben war, uns zu entschuldigen und, wie Luthers Katechismus es ausdrückt, alles zum Besten zu kehren.

Wir wurden geheißen, Anze um Verzeihung zu bitten.

Ach, es war so süß, Anze um Verzeihung zu bitten! Und doch war es auch kränkend, da es auf Befehl zu geschehen hatte, und noch dazu vor Tante Alix.

Wir stammelten die gebräuchliche Formel. Was aber tat Anze? Sie beugte sich herab und gab jedem geschwind einen Kuß, streng nach der Anciennität, erst meinem Bruder, dann mir. Im Augenblick, da ihre Lippen mich berührten, glaubte ich etwas zu spüren wie ein winziges, plötzliches Zurückfahren, so als komme es ihr ins Bewußtsein, daß sie, verführt von ihrem mitleidigen, guten, liebevollen Herzen, sich etwas Unangemessenes herausgenommen habe.

»Das schadet ja nichts«, sagte sie halblaut, und es wurde nicht deutlich, ob sie unsere Untat oder ihre Küsse meinte und ob diese Worte uns oder unseren Richterinnen galten.

Anze wurde freundlich fortgeschickt. Sie küßte, obwohl meine Mutter ihr das mehr als einmal verboten hatte, beiden Damen den Ärmel und ging.

Die Einvernahme setzte sich fort. Meine Mutter wollte wissen, wie wir auf diesen sehr ungehörigen Einfall gekommen seien. Wir hatten Festigkeit genug, alte Anna und Katti nicht preiszugeben und kein Wort von ihren Gespenstergeschichten zu verraten. Auch vom Liebchenspiel haben wir nicht gesprochen und ebensowenig versucht, uns auf Fräulein von Trense herauszureden, die uns plötzlich als Bundesfreundin und Mitangeklagte erschien. Hier aber kam uns Tante Alix zu Hilfe, indem sie bemerkte: »Was für Einflüsse da gewirkt haben, das liegt wohl nicht fern.« So wurde denn hiernach nicht weiter geforscht.

Von dieser Äußerung abgesehen, hat Tante Alix während des ganzen Verhörs nur noch gesagt, der unschöne Ausdruck »Liebchen« habe ihr besonders mißfallen. Sonst aber verhielt sie sich wie ein Schuldirektor, der dem jungen Lehramtskandidaten aufmerksam zuhört, ohne sich jedoch in dessen Unterricht einzumischen.

Meine Mutter stellte zwei Verschuldungen fest. Die eine war das eigenmächtige Verlassen unserer Betten zu nachtschlafender Zeit. Dann aber hätten wir uns an Anze versündigt, und wußten wir denn, ob sie, die Zarte, nicht durch unsere Roheit einen fortwirkenden Schaden erlitten haben konnte? Dieser Vorwurf traf uns hart, mehrte aber nicht etwa unser Schuldbewußtsein, sondern nur unsere Zuneigung für Anze. Mein Bruder drückte das so aus: »Findest du nicht auch, daß Anze sich wahnsinnig anständig benommen hat?«

Als er das sagte, da befanden wir uns schon auf der Treppe. Denn es war uns befohlen worden, dort zu warten, bis wir wieder hereingerufen würden. Dies geschah endlich, und nun wurde uns unser Urteil verkündet. Wir hatten für eine Woche auf die Pferde zu verzichten.

Wir nahmen das wie völlig Betäubte entgegen, stumm und starr.

Des weiteren erfuhren wir, daß die ganze Geschichte meinem Vater erzählt werden mußte; dies Wort »mußte« schien mir nicht am Platz.

Vorwegnehmend will ich einschalten, daß mein Vater am nächsten Sonnabend wegen eines studentischen Erinnerungsfestes in der Stadt blieb, und als er am übernächsten kam, lag alles schon zurück. Er sagte uns ein paar tadelnde Worte und fragte dann geschwind, wieviel Grad das Wasser in der letzten Woche gehabt habe und ob wir nicht Lust hätten, von jetzt an die Pferde im Stall ihres Besitzers in Empfang zu nehmen, sie selbst zu zäumen und zu satteln und sie nach unserer Stunde zum Paggastschen Anwesen zurückzureiten. Dieser Vorschlag war für uns eine Freude; hier konnte ein weiterer Schritt zu unbeaufsichtigter, männlicher Selbständigkeit getan werden.

Ach, in diesen Augenblicken der Urteilsverkündung waren wir von männlicher Selbständigkeit recht entfernt. Man schickte uns schlafen, und zu unserer Beschämung wurde uns die weibliche Arbeit auferlegt, unsere durch Herausreißen der Laken verunstalteten Betten wieder in Ordnung zu bringen.

»Ich komme nachher noch und sehe es mir an«, sagte meine Mutter.

Sie dachte nicht daran, sich Betten und Laken anzusehen, als sie eine Viertelstunde danach zu uns kam, die wir mit zusammengebissenen Zähnen dalagen und Gott einen bösen Mann sein ließen. Sie setzte sich auf meinen, des Kleineren, dann auf Wolfs Bettrand, sie nahm uns in die Arme und tröstete uns, wie nach dem biblischen Wort »einen seine Mutter tröstet«. Der Entzug der Pferde, das müsse nun einmal sein, aber die Woche werde vorübergehen und es stünden uns noch viele Freuden bevor und noch viele Stunden im Sattel. Sie hat damit recht behalten.

Sie küßte uns zum Abschied und ging. Sie hatte uns nichts erklärt, und doch hatten wir alles verstanden. Mein Mitleid, anfangs nur auf mich gerichtet, wandte sich jetzt meiner Mutter zu. Mein Bruder und ich, wir wußten beide, daß es Pflichten der Pietät gab, und hatten auch schon die Beobachtung gemacht, daß die Erwachsenen es mit ihnen ernster nahmen als wir, die wir uns, ohne aufzufallen und gescholten zu werden, auf äußere Höflichkeitsformen beschränken konnten. Wie aber erst, wenn die Pflichten der Pietät sich mit den Pflichten der Gastfreundschaft zu verschwistern hatten! Eine unglückliche Familie waren wir!

Die Brüder Olaf, Wolf und Werner Bergengruen
(von links) mit einer Tante, 1899

Der Strandreiter

Ich habe bisher viel von Tante Alix und wenig von unserer Reiterei gesprochen. Das ist schon, als sei es ihr wenigstens auf diese Weise gelungen, uns aus den Sätteln zu werfen. Und doch hatten wir, wie es schien, der Standfestigkeit der Eltern voreilig mißtraut und baten es ihnen im stillen ab. Meine Eltern hatten beide eine Liebe zu Pferden. Mein Vater ritt gern, und meine Mutter, auf dem Lande geboren und aufgewachsen, hatte zu ihrem dreizehnten Geburtstag ein Reitpferd bekommen; es hieß Kitty nonpareille, und schon in unserer frühesten Kindheit mußte sie uns immer wieder von dieser flotten kleinen Stute erzählen. Mein Vater aber hatte mir mit Vergnügen davon gesprochen, daß er die Nachricht von meiner Geburt zu Pferde erhalten habe; er war zu einer Übung bei der Feldartillerie berufen worden, und während des herbstlichen Manövers, auf dem Marsch, brachte eine Ordonnanz ihm das Telegramm. Nein, hier durften wir uns sicher fühlen, und Tante Alix sollte nicht glauben, weil man ihr in Sachen der Diktatfron den Willen gelassen hatte, dies müsse sich nun in allen Stücken wiederholen.

Da nun in unserer Reiterei eine unfreiwillige Pause eingetreten war, ist es an der Zeit, aus ihren Anfängen noch einiges nachzuholen. Zunächst trieben wir sie ohne den Strandreiter. Unser Herzenswunsch aber war, sie nie ohne Anze zu treiben. Ja, am liebsten hätten wir Anze auch im Walde, auch auf dem Sande des Meeresufers dabei gehabt. Was konnte herrlicher sein als dies: sich zu Pferde vor Anze zu zeigen.

Im übrigen darf man sich unter unserer Reiterei nicht zu viel vorstellen. Vorderhand war da kaum Staat zu machen, und mein Vater fand manches zu korrigieren, wenn er des Sonnabends zu uns herauskam.

Vor dem Hause befand sich ein großes Rasen-, oder aufrichtiger gesprochen, Grasrondell. Es war von einem breiten, sandigen Fahrweg umgeben, und dieser schien sich vortrefflich zum Reiten auf dem Zirkel zu eignen; der sonst so gebräuchlichen

Mahnung, die Ecken richtig auszureiten, bedurfte es hier nicht. Einstweilen also sollten wir uns auf diese Bahn beschränken, denn dabei konnten die auf der Veranda sitzenden Erwachsenen uns im Auge haben.

Dies Reiten auf dem Zirkel muß recht drollig gewesen sein. Ich sagte wohl schon, daß wir beide bestrebt waren, auf den Wallach Anze zu kommen. Es gab manchen Streit, und meist war ich der Unterlegene, da mein Bruder ja älter und demgemäß stärker war. Nun wollte aber zugleich jeder den Têtenreiter machen. Anze jedoch war das trägere Tier und bedurfte des Beispiels, so daß als Têtenpferd eigentlich nur der Zigeunerschimmel in Frage kam. Man konnte nicht Anze und die Tête zugleich haben, und so ging es auch hier nicht ohne Gereiztheiten und Zänkereien ab. Schließlich griff meine Mutter ein, und wir hatten uns nach einem bestimmten Plan abzuwechseln. Es war ein tröstender Ausgleich, entweder Anze oder die Tête, und so hatte man immer sein Gutes. Übrigens ließ sich, da wir ja nur zu zweit waren, eigentlich nicht feststellen, wer die Tête und wer die Queue hatte, höchstens daran, daß der Têtenreiter die Gangart zu bestimmen hatte. Es erheitert mich, zu denken, daß wir diese Zusammenhänge damals gar nicht beachtet haben. Man brauchte ja nur den Abstand zu vergrößern, und es konnte sich nach Laune jeder als Têtenreiter fühlen.

Aber wir strebten vom Zirkel fort ins Gelände. Zum mindesten wollten wir das Zirkelreiten an die Nordseite des Hauses verlegen, dorthin, wo sich die Küche befand, die ebenfalls in eine Veranda ausmündete; freilich gab es dort kein Rondell. Hier war das Territorium der Leute, und hier pflegte, etwa gemüseputzend oder strickend, auch wohl singend, Anze sich aufzuhalten. Endlich drangen wir durch, nachdem mein Bruder Tante Alix in beiläufigem Tone zu verstehen gegeben hatte, die Pferde brauchten Schonung, und es sei besser, sie an der schattigeren Nordseite zu bewegen. Kurz, wir hatten unseren Willen, wir konnten uns von Anze bemerken und bewundern lassen und im übrigen, der lästigen Aufsicht entronnen, uns und die Pferde auf den Waldwegen oder am Strande herumtreiben. Kamen wir von da zurück, so wurde ausgiebig vor Anze paradiert, bevor wir absaßen und die Tiere dem schon wartenden Manne übergaben, der sie zum Paggastschen Stall zurückbrachte.

Bei einer dieser Paraden geschah es, daß mein Bruder in einem schwärmerisch überquellenden Ton, der ihm sonst nicht eigen war, und mit einer Handbewegung von stürmischer Galanterie dem Mädchen auf der Veranda zurief:

»Anze, du bist unsere Rittmeisterin!«

Ich war überrascht, ihn dies ungewöhnliche, aber mir meisterhaft erscheinende Wort finden zu hören, überrascht und wohl auch ein klein wenig neidisch.

Anze sah von ihrem Strickstrumpf auf und lächelte verlegen. Sie verstand ja nicht sehr viel Deutsch und hörte das schöne Wort gewiß zum ersten Male. Dann aber lachte sie, nickte und winkte herzlich mit der Hand.

Bis an diesen Tag hatte ich die Erfahrung noch nicht gemacht, daß Eros ein Gott der strengen Ausschließlichkeit ist. Jetzt aber verstand ich mit einem Schlage, daß Nicken, Winken und Lachen nicht uns beiden gegolten hatte. Es galt meinem Bruder, und es war der Dank für das unvergleichliche Kompliment, das er ihr gemacht hatte: »Anze, du bist unsere Rittmeisterin!«

Ich habe schon vom Strandreiter berichtet, der ja mittlerweile in unser Haus gekommen war, vergnügt allerhand Arbeiten verrichtete und sich auf soldatische Manier gern in der Küche oder in deren Nähe aufhielt. Er spaltete Holz, bediente die Pumpe, trug Wasser, brachte den verwilderten Garten in eine bescheidentliche Ordnung oder nahm geschickt kleine häusliche Reparaturen vor. Eifrig zuschauend, auch zum Mithelfen bereit, schlossen wir uns ihm an, obwohl die Verständigung schwierig war. Ein Litauer von Nation, sprach er wenig Deutsch und gebrochen Lettisch; mit dem Russischen aber hatten wir erst vor nicht sehr langer Zeit begonnen.

Einmal sah er uns beim Reiten zu, gab einige Ratschläge und verbesserte freundlich ein paar Fehler. Auf das natürlichste machte es sich dann, daß meine Mutter ihn mit der Aufsicht über unsere Reitübungen betraute. Da hatten wir denn einen Lehrer, von dem sich viel lernen ließ. Er war geduldig und höflich, und nur einmal rutschte ihm bei einer Ungeschicklichkeit, die einer von uns beiden begangen hatte, ein grobes, ja, höchst anstößiges Schimpfwort heraus. Aber mit einer liebenswürdigen Handgebärde und der Erklärung: »Das sagt man so zu den Rekruten, dabei dürfen die jungen Herrschaften sich nichts Übles denken«, hatte er den uns heimlich begeisternden, terminologisch gewinnbringenden Zwischenfall flugs in Ordnung gebracht.

Damals faßte ich den Entschluß, Strandreiterkommandeur zu werden und mit Schmugglern zu kämpfen. Doch hatte ich keine Neigung, Tante Alix in diesen Vorsatz einzuweihen. Sie würde die neue Laufbahn für ein Abenteuer erklären (eben das sollte sie sein), und am nächsten Morgen würde etwas von Zöllnern und Sündern diktiert werden.

Die pferdelose Woche hob an. Schon im Augenblick des Erwachens fiel mir die geschehene Austreibung aus dem Paradies der Erde ein.

Bei der Diktatfron war das Gleichnis vom Unkraut im Weizen gewählt worden. Sicher hatte Tante Alix lange und pflichtgetreu darüber gegrübelt, welcher Schrifttext den pädagogischen Erfordernissen des Dienstagmorgens am vollkommensten entsprach. Nach einer kühlen Morgenbegrüßung begann sie, diesmal die sonst üblichen Verlesungen und Verbesserungen noch hinausschiebend, mit dem schneidenden Ausruf: »Das hat der Feind getan!«

Dieser Ausruf besagt in jenem Gleichnis, daß der Teufel das Unkraut unter den Weizen gesät hatte. Uns sollte er ins Gewissen fahren wie ein feuriges Schwert und uns daran erinnern, daß wir den Einflüsterungen des Bösen Gehör gegeben hatten.

Viele Jahre später erfuhren wir, daß Tante Alix in jener richterlichen Beratung, während die Schuldigen in ihren weißen Sterbegewändern auf der Treppe warteten, mit einem ganz bestimmten Argument zugunsten einer unnachsichtigen Strenge plädiert hatte: Es komme, so betonte sie unermüdlich, alles darauf an, daß Fräulein von Trenses Einfluß paralysiert werde. Tante Alix glaubte vielleicht allzusehr an die Kraft von Einflüssen.

An diesem Dienstagmorgen meinte ich, wahrscheinlich zu

Unrecht, Tante Alix ihren Triumph anzumerken. Sie hatte erreicht, was sie wollte, wenn auch auf einem Umwege, den sie nicht hatte voraussehen können, und nur für begrenzte Zeit. Für uns allerdings hatte diese Zeit keine Grenzen, da waren wir wie weißhaarige Giftmörderinnnen, die zu fünfundzwanzig Jahren Zuchthaus verurteilt werden. Das Ende der Woche zu erleben, schien nicht möglich.

In hochmütig verhärteter Haltung schrieben wir die eigene Schande nieder; es berührte uns nicht.

Aber die erzwungene Starre bedurfte der Lösung. Nachdem wir entlassen waren, rannte ich in mein Steckenpferdgebüsch. Ich warf mich bäuchlings auf den Boden, raufte das Gras und schrie meinen Jammer in unzähmbaren Schluchzlauten hinaus.

Plötzlich fühlte ich mich an der Schulter berührt. Ich fuhr herum. Vor mir kauerte Anze. Ihr schmales Gesicht unter dem Kopftuch ist mir nie holdseliger erschienen als in diesem Augenblick.

Sie strich mir über das Haar und sagte:

»Ich denk gleich, wer heult da so? Du weinst ja nur, weil du denkst, du bist traurig. Bist ja gar nich! Wer weint, der denkt nur, er weint. Mußt nicht weinen, ist alles nur kleiner Spaß. Wart nur, wart nur, wirst bald wieder aufhören. Komm her, ich wer' sein dein Pferd.«

Schon saß ich auf ihrem Rücken, meine Arme um ihren Hals geworfen, die ihren an meinen Kniekehlen fühlend. Anze lief durch den Garten, durch das Gebüsch an der ansteigenden Landseite der Dünen bis auf die Höhe. Unter uns lag, blausilbern strahlend, das Meer.

Ich sprang ab und umschlang sie. »Anze, du bist meine Rittmeisterin!« rief ich, als fiele dieses Wort zum ersten Mal.

»Das hat Wolfchen auch schon gesagt«, antwortete Anze trocken.

Mich kränkte das nicht. Ich hatte Anze für mich allein, aller Kummer war beschwichtigt.

Am Morgen, während wir Tante Alix' aus Gottes Wort geschöpfte Gedanken über das Unkraut im Weizen hatten niederschreiben müssen, war Anze zu Paggast geschickt worden, um die Pferde abzubestellen. Jetzt fragte ich sie, scheu und doch voller Spannung: »Was hat er gesagt?«

»Was wird er gesagt haben?« antwortete Anze. »Gar nichts hätt er gesagt. Seine Frau hätt gesagt, sie wird bestellen. Er war gar nicht da.«

Die Woche, die nach Tante Alix' Willen eine Woche der Züchtigung, des Elends und der Verstoßenheit sein sollte, hatte begonnen, und sie war eine Woche noch nie erfahrener Seligkeit. Es versteht sich, daß auch mein Bruder an diesem Glück teilnahm. Aber ich fühlte, daß ich einen heimlichen Vorzug hatte. Ich war der Erkorene, und ich konnte nicht erkennen, daß mir als dem Jüngeren und seinem Leiden wehrloser Preisgegebenen nur das innigere Mitleid sich zugeneigt hatte.

Ich habe vorhin doch wohl übertrieben. Gewiß, Anze war unser Trost und unser Glück. Aber es war nicht so, daß wir die Pferde verschmerzt hätten. Auch schämten wir uns vor dem Strandreiter und suchten ihm aus dem Wege zu gehen. Einmal sagte er lächelnd: »Die Jungherren wollen sich ganz vom Sattel entwöhnen? Haben sich durchgeritten, was?« Ich fühlte, wie ich rot wurde, und wußte keine Antwort.

»Dann muß man sich in kaltes Wasser setzen, Meer ist genug, und zur Nacht mit Fett einschmieren«, fügte der Strandreiter hinzu. Ich konnte mir nicht klarmachen, was schimpflicher war: das Eingeständnis, daß man uns die Pferde entzogen hatte, oder das Handausstrecken nach der angebotenen Ausrede, wir hätten uns durchgeritten wie die Anfänger. Mein Bruder aber tat, als sei der Strandreiter gar nicht da, wandte sich zu mir und sagte auf deutsch: »Und wir sind noch so anständig gewesen, Anze zu erschrecken und nicht Alix.« Neuerdings pflegte er mir gegenüber einfach von Alix statt von Tante Alix zu sprechen; das war seine Rache.

Anze war der Engel der Bestraften. Ihr ganzer Reichtum an Gutherzigkeit tat sich auf. Noch nie hatte sie sich so viel mit uns abgegeben wie in dieser Woche. Sie war unermüdlich, uns huckepack zu tragen, uns abzulenken und zu belustigen. Und nur zu einem wollte sie sich nicht verstehen: zuzugeben, daß dies Reitverbot eine aberwitzige und durch nichts zu rechtfertigende Gemeinheit war. Da hatte sie also falsche Ansichten. Aber die durfte man ihr nicht zur Last legen, und es war nicht schwer, Anze einen Irrtum zu verzeihen.

An keinen Ort zog es uns in dieser Woche so unwiderstehlich wie in die Gegend der Küchenveranda. Und doch mußte man vorsichtig sein, um nicht aufzufallen; aber die notwendige Heimlichkeit vertiefte das Glück. Mein Bruder, reicher an Selbstbeherrschung als ich, mußte manchmal mahnen: »Gehen wir lieber woanders hin, Alix ist in der Nähe.«

Sehr liebten wir es, uns zu Anze zu gesellen, wenn sie etwas einkaufen ging, was freilich nicht sehr oft geschah. Denn was an Kolonialwaren gebraucht wurde, das war mit uns zusammen in großen Kisten aus Riga gekommen, und die meisten anderen Bedürfnisse, Fleisch, Fische, Milch, Gemüse, Beeren und Pilze wurden von Haus zu Haus angeboten. Einen eigentlichen Laden gab es nicht. Die Stelle eines Kaufmanns vertrat ein alter Fischer, der in einer abgeteilten Ecke seiner Scheune zu bestimmten Stunden allerlei Dinge des täglichen Bedarfs feilhielt. Kam man aber zu anderer Zeit, so hatte das auch nichts zu sagen. Man trieb ihn schon auf, am Strande, vor dem Kruge oder in seinem Gemüsegarten, und dann ging er mit einem zur Scheune, die durch eine riesige, schräg über die doppelflügelige Tür laufende und mit einem Schloß versehene Eisenstange gesichert war, und sperrte umständlich auf. Uns freute es, wenn die Suche nach dem Fischer sich in die Länge zog. Rechts und links zutunlich an Anzes Arm hängend, strichen wir schauend umher, und wenn man seiner irgendwo ansichtig wurde, wollte jeder ihn zuerst erblickt haben.

Wie erinnerlich ist mir noch die Scheune! Während des Einkaufs mußte die Tür offenstehen, denn die Scheune hatte keine Fenster. Es roch nach grüner Seife, Salzheringen, Schokolade und Petroleum, denn neuzeitlichere Beleuchtungen waren noch nicht in Schwung gekommen. Die Schokolade hatte einen Beigeschmack von Petroleum und rostigen Sensenklingen, das war exotisch und erinnerte vertraut an Anzes Ursprungsland.

Wir selbst konnten kaum etwas erstehen, so gern wir für Anze die ganze Scheune leergekauft hätten. Aber wir bekamen noch kein Taschengeld, denn die Eltern wollten nicht, daß der allzu frühe Umgang mit Geld eine kommerzielle Gesinnung in uns erweckte. Nur gelegentlich schenkte einem ein Onkel ein silbernes Zwanzigkopekenstück und sagte, man sollte sich einen Spaß machen. Zwei solcher Silberzwanziger fanden sich derzeit in unserem Besitz. Aber die sollten einstweilen unangetastet bleiben. Wir wußten von Anze, daß ein festlicher Tag bevorstand, und an dem dachten wir sie zu überraschen.

Mitunter kaufte Anze ein kleines Stückchen Schokolade, die vom langen Liegen weißlichgrau geworden war und durchaus anders schmeckte als die städtische. Wir verschmausten es zu dritt auf dem Rückwege, und das hatte etwas von einem sakralen Ritus; dann mußte Anze singen.

Anze sang gern und sie wußte viele Lieder, lettische, deutsche und russische. Das Lied, das mich am herzlichsten ergriff, war das von der schönsten, schönsten Schäferin. Ich kannte es schon von meinem Verkehr im Saulskalnsschen Höhlengelände. Jetzt aber hatte es einen ganz neuen Klang und ganz neuen Sinn bekommen:

Gestern abend sah ich dir
unter jener Linden.
Und ich hoffte für bestimmt,
heute dir zu finden.

»Jüngling, sprich, was tust du dort,
wo die Lämmchens weiden?
Dafür muß du sicherlich
schwere Strafe leiden!«

»Strafe, strafe nicht zu hart,
schon mein junges Leben!
Und wenn du mir schon strafen willst,
denn muß ich mir ergeben.

Scheenste, scheenste Schäferin,
ich lieg zu deinen Füßen
und begehr voll Zärtlichkeit
deinen Mund zu küssen!«

Wenn ich dies Lied hörte, war ich den Tränen nahe. Und wenn ich es nicht hörte, hatte ich es dennoch in den Ohren. Im Gegensatz zu früher sang ich es jetzt ungeniert vor mich hin, außer wenn Tante Alix in der Nähe war. Wenn Anze auf der Küchenveranda sang, dann hielt ich mich gern mit geschlossenen Augen im Gesträuch versteckt und redete mir ein, sie singe um meinetwillen, recht eigentlich für mich, nur für mich.

Jetzt muß ich vom Saljumball erzählen.

Ein Saljumball war in meiner Heimat ein volkstümliches, ländliches Tanzvergnügen im Freien, meist im Walde. Auf deutsch heißt es Grünball. Ich stellte mir darunter etwas Überirdisches an Herrlichkeit und Lust vor, und dahinter warteten die Pferde. Der Saljumball war am Sonntag, und von Dienstag an durfte wieder geritten werden.

Anze hatte mit strahlenden Augen erzählt, sie werde hingehen und habe sich von meiner Mutter bereits die Erlaubnis ausgebeten. Diese Worte schienen mir eine Aufforderung zu enthalten.

»Wirst du mit mir tanzen?« fragte ich. »Wirst du mir zeigen, wie man das macht? Versprichst du mir das?«

Anze lachte.

»Ach, du einer! Seh mal an«, sagte sie. »Warum nicht? Ja, ja, ich wer' schon.«

Ich war mir darüber klar, daß Wolf sich den heimlichen Besuch der Lustbarkeit ebenfalls nicht nehmen lassen werde. Nun, das mußte in Kauf genommen werden und konnte meine Seligkeitserwartungen nicht beeinträchtigen. Es standen Wunder bevor, der Tag mußte die Krönung des ganzen Sommers sein, dieses Sommers mit Anze.

Wolf und ich verständigten uns. Wir wußten, daß es beim Saljumball fliegende Händler mit allerlei Näschereien gab. Unser beider Zwanzigkopekenstücke sollten für etwas Wunderbares draufgehen, etwas Wunderbares für Anze.

Wir sprachen davon, was es für eine Musik geben werde. Würden Prager da sein? Oder Zigeuner? Prager hießen in unserem Lande von jeher, und schon lange vor der Eichendorffzeit, die von Eichendorff besungenen böhmischen Wandermusikanten, von denen freilich viele gar nicht mehr aus Böhmen, sondern aus Ländern und Provinzen des deutschen Reiches kamen. Sie trugen lange schwarze, meist glänzende Gehröcke und wehende schwarze Hüte. Sie waren überaus beliebt. Diese Musikbanden, um das altertümliche Institut mit dem altertümlichen Namen zu nennen, bestanden eigentlich aus Bläsern, doch waren wohl auch Geiger oder Zitherspieler unter ihnen. Fehlten die Prager und war auch keine ländliche Musikkapelle zur Hand, so hielt man sich an die Zigeuner, die immer, wo man ihrer bedurfte, wie aus dem Erdboden aufzutauchen wußten.

Die Zigeuner waren bei uns sehr häufig. Aber obwohl sie zur Alltäglichkeit gehörten, haftete ihnen ein Geheimnis an. Die Außenseite, die sie den seßhaften Leuten zukehrten und die deren Vorstellung von dem wahrhaft Zigeunerischen zu bestätigen hatte, erschien wie ein Schutzschild; was hinter ihm rauschte und brodelte, wußte niemand. In einem früheren Kindheitsstadium hatten wir sie mit den Freimaurern verwechselt. Ja, eine meiner Cousinen behauptete, auch die Heilsarmee sei etwas Ähnliches. Freimaurer oder Heilsarmeesoldaten hatten wir freilich nie gesehen, denn Maurerei und Heilsarmee waren in Rußland verboten, während die Zigeuner so unverbietbar waren wie die Sperlinge. Allen dreien wurden bedenkliche Dinge zugetraut: es war eine Trias wie »Juden, Freimaurer und Jesuiten« in gewissen Perioden der deutschen Geschichte.

Noch in unserem Jahrhundert hieß es von unseren baltischen Pastoren, es könne sich unter ihnen kaum einer erinnern, je einen Zigeuner beerdigt oder auch nur seinen Tod erfahren zu haben. Und das, obwohl bei uns die meisten Zigeuner lutherisch getauft und staatsgesetzlich verpflichtet waren, dem Pastor, der ja zugleich die standesamtlichen Funktionen versah, die in ihrer Familie vorgekommenen Todesfälle zu melden. Man schloß daraus, daß die Zigeuner ihre Toten in unseren riesigen Wäldern, deren manche ja noch Urwaldcharakter hatten, heimlich bestatteten. In früheren Zeiten, so wurde gesagt – aber wer wußte denn, ob dergleichen nicht auch jetzt noch vorkam? – brachten sie ihre Greise und Greisinnen ums Leben oder gruben sie gar lebendig im Walde ein, was diese angeblich selbst verlangten. Und in der Tat, wie soll ein alter, krank und hilflos gewordener Mensch als Nomade leben können, ohne Dach, Ofen, Bett? Kurz, was mich anging, so gab ich den schwarzhaarigen Zigeunern vor den schwarzröckigen Pragern den Vorzug. Aber ich nahm mir doch vor, auf Anze achtzugeben und sie zu beschützen, wenn ein Zigeuner ihr etwas antun wollte. Im Besitz meines finnischen Messers fühlte ich mich allen Zigeunern überlegen.

Am Sonntag war Anze bald nach dem Mittagessen unauffällig verschwunden. Wir aber mußten, als sei es ein gewöhnlicher Sonntag, noch zwei Stunden ausdauern, mußten am gemeinsamen Kaffeetisch teilnehmen, unsere Milch trinken und unseren Anteil am Sonntagsgebäck in Empfang nehmen. Wir zitterten davor, meine Mutter oder Tante Alix könnte eine gemeinsame Sonntagsunternehmung anregen, etwa ein sogenanntes jeu d'esprit, ein Rätsel- oder Schreibspiel, oder eins jener kindlichen Kartenspiele, über die hinweg man erst nach Jahren zu Whist und Préférence aufsteigen durfte.

Aber nichts Bedrohliches ereignete sich. Wir hüteten uns, durch Ungeduld irgendein Aufsehen zu erregen und etwa die Frage herauszufordern, ob wir etwas vorhätten. Sobald es nur anging, entfernten wir uns, heuchlerisch schlendernd. Kaum waren wir außer Sicht, so rannten wir waldwärts.

Im Wald machten wir halt und holten Atem. Es war nicht möglich, diesen Rennlauf fortzusetzen, dazu war die Entfernung zu groß; doch erlaubte unsere Ungeduld uns nicht, eine andere Gangart als die eines starken Schrittes einzuschlagen.

Es war ein lichter Wald mit hochstämmigen Kiefern; man merkte ihm die Nähe des Meeres und seiner Dünen an. Der Boden war mit Schwarzbeeren und Strickbeeren bestanden. Es war heiß und still. Auch wir sprachen nicht. In unbeweglichen Schwaden lagerte der Harz- und Nadelgeruch zwischen den Bäumen. Ich blickte mich eifrig um. Noch arm an Erfahrung, bildete ich mir ein, Anze werde irgendwo im Walde auf uns warten und wir würden gemeinsam den Einzug in das Festgelände begehen. Diese Zuversicht hing auch mit den Versen zusammen, die mir im Munde summten, die ich aber aus

Scheu vor meinem Bruder jetzt nicht laut singen mochte, den Versen:

und ich hoffte für bestimmt,
heute dir zu finden.

Die zwei Worte »für bestimmt« waren mein kostbares Unterpfand.

Zugleich aber erfüllte mich eine Empfindung schwüler, ja unheimlicher Verlassenheit. Der Saljumball schien mir unverbürgt oder doch unerreichbar wie alles, was jenseits des stummen, brütenden Waldes lag.

Weiterhin wurde es dichter und saftiger. Unter die Kiefern mischten sich Fichten und Birken und allerlei gestrüppiges Unterholz. Hier und da sahen wir Leute, die aus verschiedenen Richtungen dem Festplatz zuströmten. Wir meinten schon in der Ferne ein dumpfes Summen zu hören, Musik und Stimmengewirr.

Vielleicht hundertzwanzig Schritte vor uns wurde unser Weg rechtwinkelig von einer Schneise gekreuzt. Aus dieser Schneise traten von links her zwei Menschen in unser Blickfeld. Mein Herz fing zu klopfen an, es flimmerte mir vor den Augen, ich erkannte Anzes hellblaues Kleidchen und den weißen Sommerwaffenrock des Strandreiters. Die beiden blieben am Wegrande stehen. Anze bückte sich ins hohe Gras und pflückte ein paar Blumen zu dem Sträußchen, das sie in der linken Hand trug. Sie richtete sich wieder auf, und der Strandreiter legte ihr den Arm um die Schulter.

Anze kehrte ihm ihr Gesicht zu, und bei dieser Bewegung mußte ihr Blick auf uns fallen. Aber sie sah geschwind wieder fort. Sie schien etwas zu sagen, wahrscheinlich halblaut, denn er neigte den Kopf zu ihr; sie hatten sich verständigt und gingen eilends weiter. Im nächsten Augenblick hatten sie den Weg überquert.

Mein Bruder stieß einen bösen, höhnischen Knurrlaut aus wie den eines verwundeten und erbitterten Tieres. Ich blieb betäubt stehen, betäubt wie am Montagabend, als uns der Richterspruch bekanntgegeben wurde.

Ich wollte aufschreien, aber es war, als habe der stumme,

heiße Wald mich der Stimme beraubt und als halte er mich in die Ohnmächtigkeit eines Alptraumes gebannt. Endlich gewann ich mir einen halblauten Ruf ab: »Anze! Anze!«

»Sei still«, sagte Wolf.

Wir erreichten die Schneise und spähten nach rechts. Von den beiden war nichts mehr zu sehen. Sie mußten gleich hinter der Kreuzung in den Wald eingebogen sein.

Ich glaube nicht, daß ich den brennenden Schmerz der eifersüchtigen, verschmähten Liebe schon in dem Augenblick empfunden habe, da ich Anze und den Strandreiter miteinander gewahrte. Eher wird es ein Frösteln, ein Erschauern gewesen sein, wie es einen überkommt, wenn sich an einem Frühlingstage auf kurze Weile ein Wölkchen vor die Sonne stellt. Erst als der Strandreiter ihr den Arm um die Schulter legte und sie so geschwind fortguckte, da wußte ich, daß sich etwas nicht mehr rückläufig zu Machendes ereignet hatte. Wie konnte ich damals erkennen, was mir heute gewiß ist, daß dies Abwenden des Blickes nichts war als der Ausdruck ihrer Unsicherheit angesichts einer neuentstandenen, verwirrenden und noch nicht beherrschbaren Situation? Ich fühlte mich verleugnet und fühlte mich verraten. Mit Wolf war, obzwar mühsam und mit genauer Not, eine Art der Teilung möglich gewesen; mit dem Strandreiter konnte es dergleichen nicht geben. Ich war, so bildete ich mir ein, kein Kind mehr. Es stand mir nicht an, dort als kleiner Schatz mitzugelten, wo ein großer die eigentlichen Rechte übte.

Während wir dem Festplatz zugingen, empfand ich beschämt den Abstand zwischen Wolfs zorniger Festigkeit und meiner taumelnden Verzweiflung.

Den Fensterplatz gab eine Waldlichtung ab, auf die man Tische und Bänke gestellt hatte. In der Mitte befand sich eine bretterne Tanzfläche. Die Musik spielte. Es waren Zigeuner und keine Prager. Ein munterer Wirrwarr hatte sich entfaltet, und das Gedränge war groß. Zwischen zwei hohen Bäumen war eine Schaukel im Gang, und es gab dort viel Gekreisch und Gelächter. Ältere Männer saßen abseits im Baumschatten auf dem Waldboden und spielten Karten, fast in völligem Schweigen.

Es gab ein paar Verkaufsstände und fliegende Händler und Händlerinnen, die in großen Körben Pfefferkuchen, Sonnenblumenkerne und andere Leckereien feilhielten. Zigeunerkinder bettelten; Zigeunerweiber schlichen herum, griffen dreist nach Händen und erboten sich mit grellem Geschnatter, aus den Linien das Künftige zu eröffnen. Manchen Zuspruch fand ein Fotograf mit riesigem, unbehilflichem Kasten aus hellbraunem Holz. Ein kleiner, schwarzhaariger Infanterist, der sich mit Fräulein von Trenses Köchin fotografieren lassen wollte, zog sie zuerst mit sich unter das große, schwarze Tuch, das damals noch zur Ausrüstung der Fotografenzunft gehörte. Offenbar küßte er sie rasch, und als das Paar wieder auftauchte, wurde es mit beifälligem Gelächter empfangen.

Wir sahen uns vergebens nach Anze und dem Strandreiter um. Eine, wie mir schien, sehr lange Zeit starrten wir finster auf das Gewühl der Tanzenden.

»Da sind sie«, sagte Wolf.

Der Strandreiter hatte Anze am Arm genommen und führte sie auf die Bretterfläche. Anze sah erhitzt aus. Ein Strauß Waldblumen war an ihrem Gürtel befestigt.

Das Herz zog sich mir zusammen. »Tanze du nur«, dachte ich. »Tanze, tanze, tanze!« Und ich kehrte mich von dem Anblick ab, wie Anze sich von dem unseren abgekehrt hatte.

Eine Weile schlichen wir trübselig umher. Die Musik setzte aus, die tanzenden Paare wischten sich den Schweiß und strebten in den Schatten, zu Verkaufsständen und Bänken.

Bald danach erblickten wir Anze und den Strandreiter. Sie saßen, eng aneinandergeschmiegt auf einer lehnenlosen Bank und tranken Bier, Anze mit ihren kleinen, schüchternen, mir noch heute erinnerlichen Schlucken. Ihre Hand lag auf dem Knie und wurde von der des Strandreiters gestreichelt. Der Strandreiter winkte lachend mit der Flasche, wir möchten kommen und mithalten.

Wir waren heiß und durstig, aber wir machten kehrt, und ich folgte Wolf, der verbissenen Gesichts und mit entschlossenen Schritten den Weg zum Getränkeverkaufsstand einschlug.

Dieser bestand aus zwei aneinandergestellten Tischen mit

einem Stück Segeltuch als Sonnenschutz darüber. Körbe und Kisten mit Flaschenbier und Limonaden standen daneben.

Als wir uns durchgedrängt hatten, holte Wolf seinen Silberzwanziger aus der Hosentasche. Dann sah er sich nach Anze und dem Strandreiter um. Aber unsere Blicke fanden sie nicht, es war eine Menschenwoge zwischen uns gerollt. Nun wartete er, sich immer wieder in die Richtung der beiden umdrehend. Offenbar wünschte er, von ihnen gesehen zu werden. Ich fragte ihn, was er vorhabe, und bekam keine Antwort.

Endlich ließ sich der Platz nicht länger behaupten; er mußte geräumt oder der Einkauf vollzogen werden. Wolf schüttelte mit einer trotzigen Verneinung den Kopf und verlangte drei Flaschen rote Gazeuze mit Himbeergeschmack. Die Flasche kostete sechs Kopeken. Ein Zweikopekenstück bekam er heraus. Er winkte ein in der Nähe stehendes abgelumptes Zigeunerkind heran und warf ihm hastig die Kupfermünze zu, als brenne sie ihn an der Hand.

Gefragt, wieviel Gläser er wünsche, schüttelte er stumm den Kopf. Die Flaschen standen vor ihm, und er ließ alle drei öffnen. Ich muß gestehen, daß der Gedanke an diese reichliche, prickelnde, kühle und süße Labung inmitten aller Trübsal mir wohlgefiel.

Eine nach der anderen ergriff Wolf die geöffneten Flaschen, hob sie, zwar feierlich-würdig, jedoch eigentlich unpathetisch, ein wenig in die Höhe, drehte sie dann um und ließ den polternden roten Strahl auf den Waldboden laufen.

Erstaunte Ausrufe, Murren und Tadel, indessen auch Gelächter, erhoben sich.

»Der hat wohl den Verstand verloren!« schrie ein bejahrtes Frauenzimmer. »Zuviel Bier hat er getrunken.«

Wolf kümmerte sich um nichts. »Gehen wir«, sagte er unerschüttert, und wir gingen.

Ich bewunderte ihn sehr. Das war großartig, das war ein männliches Opfer am Altar der Rachegöttin, und wie die rote Flüssigkeit schäumend in den Boden eingesickert war, das hatte etwas von Blutvergießen gehabt.

Auf dem Heimweg sprachen wir kein Wort über den Vorgang. Ich war sehr stolz darauf, daß ich auf so heroische Weise um die Erquickung gekommen war, und beschloß, auch meinen Zwanziger in den Dienst eines Rachevollzuges zu stellen. Mein Ehrgefühl hätte es zwar nicht gelitten, es meinem Bruder nachzutun, aber es würde mir schon etwas einfallen, das nicht weniger großartig wäre.

Hätte er nicht Bier kaufen sollen? Das wäre doch noch großartiger gewesen. Aber nein, da hätte er nur zwei Flaschen bekommen, und die düstere Zeremonie verlangte doch ihrer drei; eine für Anze, eine für ihn, eine für mich; der Strandreiter mußte für sich selber sorgen.

»Übermorgen kommen die Pferde wieder«, sagte ich endlich, als sei das etwas Neues.

»Ja«, antwortete er, etwas von oben herab, und warf dann die Frage auf, ob es sich nicht durchsetzen ließe, daß Paggast anstatt des braunen Wallachs ein anderes Pferd stellte. »Alles, was recht ist«, meinte er, »aber es hat ja keinen Zweck, sich mit diesem Schinder herumzuärgern. Wir haben doch alles versucht, aber dem läßt sich nichts beibringen. Der ist zu nichts gut als zum Mistfahren.«

Wir kamen gerade noch so zeitig nach Hause und zum Abendessen, daß uns eine Frage, wo und wie wir den Nachmittag verbracht hätten, erspart blieb. Anze sahen wir nicht mehr; offenbar hatte sie die Erlaubnis, bis zu einer späteren Stunde fortzubleiben.

Als ich im Bett lag und das Licht gelöscht war, fühlte ich mit einem Male und einen Augenblick lang, daß ich in eine Periode großer Änderungen getreten war. Gleich danach schlief ich ein.

Der Tag nach dem Saljumball war schwül und gewittrig. Ich erwachte bedrückt und unter dem Gefühl undeutbarer Veränderungen. Morgen sollten die Pferde wiederkommen. Hierauf suchte ich meine Gedanken zu richten; doch waren es Gedanken der Gier, nicht der Freudigkeit. Sie konnten erhitzen, nicht trösten.

Wir waren wie Adam, nachdem er wissend geworden war: Wir schämten uns. Wir schämten uns, daß wir bei Anze Trost gesucht und gefunden hatten. Wir schämten uns der Huckepackreiterei, und es war uns gleichgültig, daß wir ja damit der fremden Frau in der Küche recht gaben. Wir schämten uns der

Steckenpferde. Ohne daß es zu einer ausdrücklichen Vereinbarung gekommen wäre, wurde beschlossen, den Stall aufzulösen. Meinem Bruder, der als der Ältere die Steckenpferdreiterei lässiger betrieben hatte, mag der Entschluß leicht gefallen sein. Mir aber, doch begriff ich das erst um eine kleine Zeit später, mir bedeutete auch er einen Abschied; nicht den einzigen in jenen Tagen.

Ohnehin hatten wir, seit uns die Gäule genommen waren, die Steckenpferde nicht mehr angerührt. Jetzt wurden die Stöcke und Knüppel, denn etwas anderes waren sie nun nicht länger, teils zerbrochen, teils nicht einmal einer solchen Geste gewürdigt. Wir rissen ihnen die Schnüre ab, die als Zügel gedient, wir zerstreuten mit Fußstößen die Häufchen gerupften, welk gewordenen Grases, die uns als Heuvorräte gegolten hatten, und warfen schließlich die ehemaligen Pferde ins Gebüsch. Auch der von mir in den Rang einer Anze erhobene Kaddickstock kam nicht davon; ja, ihn hatte ich, hiermit ein letztesmal seinen Vorrang anerkennend, über dem Knie in vier Stücke zerbrochen. Ich schleuderte die Trümmer in verschiedene Richtungen davon und sah sie ohne Bedauern im Grün des Gartens verschwinden.

Anze gingen wir aus dem Wege, und wenn wir ihr begegneten, dann beachteten wir sie kaum; höchstens, daß wir mitleidlos über ihre Sprechfehler lachten. Und selbst wenn ich das Lied von der schönsten, schönsten Schäferin hörte, selbst dann setzte ich keinen Fuß in die Nähe der Küche. Anze hatte mich verraten, jetzt verstieß ich sie. Und was ihren Verrat am ärgsten machte: Er geschah, während wir die Pferde entbehren mußten und uns auf Anzes Trost und Treue blindlings verlassen hatten. Die Rechnung war richtig, was gab es da noch zu reden? Und doch fühlte ich, daß ich mit Anze mich selber verstieß.

Heute denke ich, vielleicht hat Anze es gar nicht wahrgenommen, daß wir uns von ihr fernhielten. Sie war ja gewohnt, unsere Launen und Bockigkeiten langmütig zu übersehen. Über alle diese Dinge sprachen wir Brüder nicht eigentlich miteinander. Doch will mir scheinen, es habe sich auf Grund des gemeinsam Erfahrenen und Erlittenen etwas wie eine wortlose Verständigung zwischen uns hergestellt. Wir waren einiger als sonst. Die Eifersüchteleien, die uns so manchesmal getrennt hatten, waren untergegangen in dem gemeinsamen Zorn auf das saubere Paar. Ich erinnere mich, daß mein Bruder diesen aufgeschnappten oder angelesenen Ausdruck gebrauchte und daß er mir grimmig wohlgefiel.

Am Dienstag gingen wir unter trübem und feuchtem Himmel den Pferden entgegen, die Paggasts sechsjähriger Sohn, ein pfiffiges Knirpschen, heranführte. Halben Weges nahmen wir sie in Empfang und ritten in den Wald, ohne uns daheim sehen zu lassen. Unverabredet schlugen wir den Weg zum Festplatz ein.

Wir kamen an die Stelle, da Weg und Schneise sich kreuzten. Es begann ein dünner, langweiliger Regen zu fallen. Mit verwundeten Herzen galoppierten wir die Schneise entlang und kehrten danach, auf der selbstquälerischen Suche nach Nahrung für unseren Ingrimm, zur Kreuzung zurück. Ich ritt den Zigeunerschimmel, und mein Bruder mußte lange in mich dringen, bis ich ihn gegen die braune Anze eintauschte.

Wir kamen zum Festplatz. Die Tanzfläche lag verödet. Alles sah nach Verfall, Welke und Zerstörung aus. In den Zweigen hingen angesengte Lampions, deren bunte Farben der Regen verwaschen hatte. Überall auf dem Boden lagen leere Zigarettenschachteln, Flaschenscherben und Papier. Es war mir todestraurig zu Sinn.

Nachher richteten wir es so ein, daß wir dem Manne, der die Pferde abholen kam, unweit des Paggastschen Anwesens auf der Landstraße begegneten. Wir saßen ab, übergaben ihm die regennassen Pferde und kehrten zu Fuß heim.

Obwohl wir dem Strandreiter gar nicht so sehr grollten – denn nicht er, sondern Anze hatte uns verraten –, waren wir nicht aufgelegt, mit ihm zusammenzutreffen, und erst recht nicht, uns von ihm anleiten und belehren zu lassen. Mieden wir ihn jetzt, so machte sich das wie von selbst, denn wir hatten ihn ja, obzwar aus anderem Grunde, auch während der Verbotswoche zu meiden gesucht. Damit das im Hause nicht auffiel, wollten wir es uns zur Gewohnheit machen, die Pferde unterwegs zu übernehmen und wieder abzuliefern. Der Strandreiter erhielt das Vereinbarte, aber der Reitunterricht war abgebrochen. Meine Mutter schien das nicht zu bemerken; in allem, was das Reiten anging, ließ sie uns jetzt völlig freie Hand, als wollte sie uns für die Woche der Entbehrung entschädigen. Wir legten auch keinen Wert mehr darauf, von Anze zu Pferde gesehen zu werden. Was verstand die schon davon? Anze war nicht mehr unsere Rittmeisterin. Anze war eine Strandreiterin geworden.

Die Trennung vom Strandreiter wies mir den Weg, meine zwanzig Kopeken auf eine ansehnliche Art loszuwerden. Ich bestimmte sie dem Strandreiter, damit andeutend, daß Wolf und ich keine weiteren Dienstleistungen von ihm erwarteten. Doch war eine viel weiter greifende Absicht mit der Gabe verbunden, denn ich dachte mit ihrer Hilfe das rechte Verhältnis wieder herzustellen. Ich, ein Herr, gab ein Trinkgeld; wie war danach noch der Gedanke möglich, der Trinkgeldempfänger könnte mir etwas fortgenommen und mich als den Unterlegenen zurückgelassen haben. In hochmütiger Haltung überreichte ich ihm mein Silberstück, während er die Harke, die ihm im Garten gedient hatte, wieder ins Haus trug. Er sah mich erst etwas verwundert an, darauf aber lachte er, sagte kurz »danke« und steckte die Münze in seine Tasche. Wolf, der dem Vorgang aus der Entfernung angewohnt hatte, nickte mir beifällig zu.

Dies war am Mittwoch. Am Freitag geschah etwas ganz und gar Ungeheuerliches. Tante Alix reiste ab.

Wir kamen vom Baden und sahen einen zweispännigen Wagen vor dem Hause halten. Die Pferde gehörten Paggast, seine zwölfjährige Tochter Mihle saß auf dem Bock und erzählte uns, sie solle jemanden zur Eisenbahn fahren. Weiter wüßte sie nichts. Wir gingen ins Haus und erfuhren bald, was sich ereignet hatte.

Gleich nach unserem Aufbruch zum Badestrand war, ein höchst ungewöhnlicher Vorgang, ein Telegramm gebracht worden. Ein Telegramm für Tante Alix.

Das Telegramm kam von ihrer Freundin und berichtete von einer nicht unbedenklichen Erkrankung.

Tante Alix, augenblicks zur Abreise entschlossen, wollte

den Nachmittagszug erreichen, um noch in der Nacht in Riga zu sein, und die Bahnstation war mehrere Pferdestunden entfernt. Es war keine Zeit zum Packen, das große Gepäck sollte ihr nachgeschickt werden, und nur das Notdürftigste stopfte sie eilig in ihren mit altmodischer Perlstickerei verzierten sac-voyage.

Wie oft hatten wir von einem solchen Ende unserer Knechtschaft geträumt und Gott um seine Herbeiführung gebeten! Wir hatten gemeint, wir müßten toll werden vor Jubel, wenn dies Ende aufblitzte, und wir hatten einander zugezwinkert, als einmal das Psalmwort niederzuschreiben war: »Wenn der Herr die Gefangenen Zions erlösen wird, dann werden wir sein wie die Träumenden...« Jetzt, da die Erlösung geschah, nahmen wir sie gelassen, ja, fast mit einer sonderbaren Gleichgültigkeit hin.

Meine Erinnerung hat von den Einzelheiten des Abschieds nur wenig aufgehoben. Der Wagen legte den ersten, winzigen Abschnitt seiner Fahrt zurück: den Halbkreis um das Rondell, um das wir so oft unsere Pferde getummelt hatten, bis Tante Alix einsah, daß der grelle Sonnenschein ihnen nicht zugemutet werden konnte.

Am nächsten Morgen konnten wir ungehindert an den Strand rennen, den letzten Frühstücksbissen noch im Munde. Wir durften wieder tun, was wir wollten. Zu Kinderspäßen aber fühlten wir uns nicht mehr aufgelegt.

Wenn ich dies merkwürdige Gefühl der allenthalben sich vollziehenden Änderungen empfand, so lag das nicht allein daran, daß ich auf so schmerzliche Weise aus vermessenen Täuschungen gerissen worden war. Nein, als sollte mir über die erlittene Verstörung ein wenig hinweggeholfen werden, war mit einem Male in den Fluß der Tage ein neues Gefälle gekommen. Fortwährend geschah etwas, manches schien sich zu überstürzen. Hatte das aber in Wahrheit nicht schon mit dem Anze-Erschrecken begonnen? Alle Veränderungen schienen in einem verborgenen Zusammenhang zu stehen, ja, eine Ordnung zu haben. Und hierher gehörten wohl auch die Anzeichen dafür, daß der Sommer, der seine Scheitelhöhe überschritten hatte, nun immer geschwinder dem Herbst entgegenfallen mußte. Die Nächte waren kühl, die Tage feucht, auf dem Meer rollten die weißen Schaumkronen, und das Wasser konnte schon empfindlich kalt sein. Des Regens halber war an manchen Tagen an kein Baden zu denken. Wir trugen Schuhe und Strümpfe wie in der Stadt und saßen in Mützen und Wettermänteln zu Pferde.

Über den Sonntag kam mein Vater und machte uns den erwähnten Vorschlag, das Satteln und Zäumen, das Holen und Zurückbringen der Pferde von nun an als unser eigenes Geschäft zu betrachten. Dies, sowie daß er aus dem Anze-Erschrecken so wenig Wesen machte, tat uns wohl, ja, es war eine der wenigen Freuden jener Tage, doch konnte es uns die Unbefangenheit der alten Zeit nicht zurückbringen.

Nicht lange danach eröffnete meine Mutter uns, wir bekämen Besuch, und zwar von unserem etwa gleichaltrigen Vetter Ferdi. Wir nahmen das nicht gerade mit Freude, wohl aber mit Haltung auf.

Weiter sagte sie, auferlegen wolle sie es uns nicht, denn sie wisse ja, wie schwer wir die pferdelose Woche empfunden hätten, aber einen freiwilligen Verzicht würde sie uns hoch anrechnen. Ferdi sei ihres Wissens noch auf keinem Pferde gesessen, und da er in der nicht mehr sehr ausgedehnten Zeit bis zu unserer gemeinsamen Rückkehr in die Stadt unseren Vorsprung auch nicht annähernd würde einholen können, so müßte ein Mißverhältnis entstehen und es wäre ihr lieb, wenn das vermieden würde. Einem Gast müsse man es behaglich machen, soweit man irgend könne, und Ferdi werde es behaglicher sein, wenn überhaupt nicht geritten und auch vom Reiten nicht allzu viel gesprochen würde. Wir machten wohl etwas betroffene Gesichter, sagten aber nichts.

Meine Mutter fuhr fort, sie würde uns für den Verzicht schadlos halten. Ob wir wüßten, daß gegen Ende des Sommers in Riga ein großes, vieltägiges Fest gefeiert werden sollte – zur Erinnerung an die vor siebenhundert Jahren geschehene Gründung der Stadt durch den Bischof Albert, der aus Bremen gekommen war?

»Nun, überlegt es euch und gebt mir morgen Antwort«, sagte sie zuletzt.

Das war indessen nicht nötig, denn am selben Nachmittag erschien Paggast, verlangte meine Mutter zu sprechen und erklärte, von der nächsten Woche an benötige er die Pferde selbst. Er hatte irgendwelche regelmäßig zu leistende Fuhren übernommen, die ihm lohnender schienen; sie versprachen ihm einen festen Gewinn bis tief in den Herbst, wenn wir schon längst wieder in der Stadt sein würden.

Wie haltlos hatten wir uns unserem Jammer anheimgegeben, als man uns die Pferde verboten hatte. Jetzt empfanden wir kaum ein Bedauern. Es war eben alles anders geworden.

Mit dem Saljumball war über die Reiterei ein zu dunkler Schatten gefallen, als daß wir sie nach der geschlossenen Woche noch so selig wie ehedem hätten treiben können. Mit Anze hatten wir zuerst den Wallach ihres Namens mißachtet; doch auch der Zigeunerschimmel konnte sich nicht behaupten. All unsere ländliche Sommerreiterei dünkte uns fragwürdig und stümperhaft, allein, wir suchten die Ursache nicht bei uns. Hochmütig redeten wir uns ein, es stünden uns Reitpferde zu und keine Bauernklepper, und sprachen davon, daß wir uns auf den Unterricht in der städtischen Manege freuten, wo man wirklich etwas lernen konnte – kleine Blasierte, die wir waren. »Später setze ich mich überhaupt nur auf Pferde mit viel Blut«, erklärte Wolf. »Auf so etwas wie dem Paggast seine Biester werden mich keine zehn Gäule bringen.«

Wendet die Erinnerung sich auf Erlebnisse der Kindheit zurück, so geschieht es leicht, daß wir dem Kinde, das wir selbst gewesen sind, Bewegungen der Seele unterstellen, die erst späteren Jahren angehören können. So scheint mir, ich bin in Gefahr zu vergessen, wie groß die Ablenkbarkeit des Kindes auch inmitten seiner Leiden ist. Gewiß,ich habe gelitten, und mein Bruder wird ebenfalls gelitten haben. Was ich empfand, das war ein Kränkeln der Freudigkeiten, ein Bleicherwerden der Welt; dafür begannen ihre Konturen sich schärfer abzuzeichnen.

Jedes Lebensalter rechnet mit einer nur ihm eigenen Zeitvaluta, und so soll man wohl gegenüber den Kindern die Dauerbarkeit ihrer Gemütsverfassungen nicht nachträglich überschätzen: in vier Stunden ist Raum für einen Aufwand an

Leidenschaften und Erlebnissen, an Beglückungen und Qualen, mit dem man späterhin Wochen bestreitet. Die Schmerzen des Kindes sind akut, heftig, kurz, die der Erwachsenen chronisch, den Menschen allmählich bestimmten Veränderungen unterwerfend, gleichzeitig aber abgemildert durch die Kenntnis ihres zuletzt doch transitorischen Charakters.

So darf man nicht meinen, wir hätten die noch verbleibenden Strandwochen in reiner Bitterkeit hingeführt. Ich nehme vielmehr an, wir werden auch mit Anze gelegentlich in Harmlosigkeit umgegangen sein. Und doch, wenn ich auf die Essenz dieser Zeit blicke, dann meine ich mich berechtigt, ihr etwas von jener Düsterkeit und jener Strenge zuzusprechen, mit denen sie sich in meiner Erinnerung darstellen will.

Die Brüder Olaf, Werner und Wolf Bergengruen (von links), 1903

Weihnachtsbesuch bei der Vergänglichkeit

Mein Vater hatte uns häufig von seiner alten lettischen Kinderfrau Lisbeth erzählt, und ihre Lieder, ihre Aussprüche und Redensarten waren gänzlich in unser eigenes Kinderleben übergegangen, etwa: »Läßt ihr sich nur kämmen, Kinders, sonst werden die Läuse euch im Walde forttragen«, oder: »Lisbeth weiß alles. Eine weiße Rabe kommt in Küche geflogen und zählt Lisbeth alles, was Kinders machen«, oder die Sentenz: »Wär lügt, där stiehlt, un wär stiehlt, där wird jehungen.« Wir hatten die alte Lisbeth nie gesehen, aber sie war uns ein ähnlich geheimnisvoll vertrautes Stück Wirklichkeit wie der Kaiser, der lange verstorbene Großvater, das »bucklicht Männlein« oder der arme Reinhold aus unseren Kinderbüchern.

Am Weihnachtsnachmittag erklärte mein Vater meinen Brüdern und mir, auf dem Wege zur Kirche sollten wir ihn zu Lisbeth begleiten. Ich kann nicht schildern, in welchen Gefühlen der Erwartung ich mit Vater und Brüdern die ausgetretene, finstere Treppe emporstieg. Lisbeth würde ein tausendbuntes Zuckerwerk von Späßen und drolligen Aussprüchen aufglitzern lassen, sie würde von der »weißen Rabe« erzählen, würde meinem Vater um den Hals fallen und »Paulchen, alter Windhundchen« zu ihm sagen und mit ihm und uns singen: »Tudolin-Taggadin«! (Zu deutsch etwa: »Quitschequack-Dudelsack«.)

Wir fanden ein ärmliches, übermäßig geheiztes und übermäßig ungelüftetes Zimmer. Ein schirmloses Küchenlämpchen blakte neben der Tür. Ein winziges Wesen, in Decken gewikkelt, hockte im Halbdunkel neben dem Ofen. Es gab uns der Reihe nach die Hand und ließ uns unsere Namen sagen. Ich starrte Lisbeth an und wartete klopfenden Herzens auf all das Bunte, Lustige, Zutrauliche und Herzenwarme, das aus der Anfangsscheu dieser Begrüßung aufsprühen mußte. Ein ältliches Mädchen kam dazu, Lisbeths Nichte, mit der sie lebte, und machte sich geschäftsmäßig an das Auspacken unseres Weihnachtspakets. Mein Vater fragte herzlich nach Lisbeths Gesundheit.

»Wie soll jehen?« antwortete sie. »Altes Mensch hat Stiche, Stiche von Kopf bis Fieße.« Dann fragte sie ausdruckslos: »Und wie jeht alte Gnefrau gute?« Mein Vater berichtete, und ich begriff, daß unter »alte Gnefrau gute« meine Großmutter, die alte gnädige Frau, zu verstehen war.

Eine unerklärliche Beklommenheit hatte von mir Besitz ergriffen. Meine Brüder schwiegen und sahen gleichgültig der auspackenden Nichte zu. Mein Vater aber plauderte nach seiner Art unbefangen und aufgeräumt. Ja, bemerkte er denn gar nicht, was hier geschah? Ich war in dem Alter, welches noch das Unmögliche zu versuchen liebt und dem Schicksal Gewalt antun zu können meint. Ich faßte mir ein Herz und sagte schluckend: »Bitte singen Sie doch Tudolin-Taggadin.« – »Wo wär ich denn singen?« erwiderte sie hart. »Altes Mensch hätt Schande zu singen.«

Mein Vater sah nach der Uhr und sagte, wir müßten jetzt zur Kirche. Wieder gaben wir der Alten die Hand, wieder klingelte der Schlitten über den knirschenden Schnee. Mich hielt eine rätselhafte Todtraurigkeit umfangen – im Schlitten, in der Kirche, auf dem Heimwege, ja selbst noch zu Hause –, bis endlich die Tür zum Weihnachtszimmer sich öffnete und vor meinem Tischchen unter dem Lichterbaum die langen, braunhölzernen Schneeschuhe standen.

Die Kalkstraße in Riga, um 1901

НОТАРІУСЪ
А. БОХАНОВЪ
КОНТОРА НОТАРІУСА

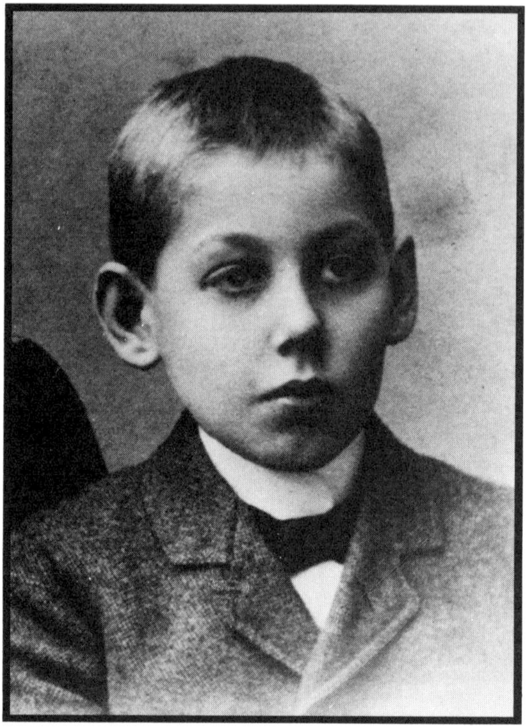

Der Sextaner im Lübecker Katharineum:
Werner Bergengruen, 1. Januar 1903

Meine Kindheit und Jugend

Meine Kindheit und Jugend standen noch unter dem Zeichen des Petroleums, der Stearinkerzen auf den Nachttischen, der gänzlich berufslosen Frauen, der Pferde und Monarchen. Republiken konnten dem lieben Gott nicht wohlgefällig sein, wenn auch in einzelnen Fällen sein unerforschlicher Ratschluß sie vorderhand noch tolerierte. Darwin galt für einen böswillig Irrenden, und auf Befehl Virchows hielten die Naturforscher das Skelett des Neandertalers für das eines preußischen Landwehrmanns aus der napoleonischen Zeit.

Damals waren, vielleicht nicht in Deutschland, aber bei uns zulande, noch Gespräche möglich wie das folgende. Ich saß, neunjährig, mit einem Buch auf einer Bank im Garten meiner geliebten Großtante Mathilde von Bidder. Ihr Gärtner fragte mich: »Was lesen Sie da, Jungherr?« – Ich: »Etwas über Geschichte«. – Er: »Was für Geschichte? Biblische Geschichte, Weltgeschichte oder Naturgeschichte?« Im Grunde zerfiel noch der größte Teil der Wissenschaft in diese Kategorien.

1900 bin ich zum ersten Mal in einer elektrisch betriebenen Straßenbahn gefahren, 1901 sah ich meinen ersten Film, der zugleich auch für die meisten Erwachsenen meiner Vaterstadt der erste war. Wann ich das erste Auto gesehen habe, weiß ich nicht mehr, offenbar hat es mir keinen sehr starken Eindruck gemacht. 1908 fuhr ich zum ersten Male in einem Autotaxi, 1910 habe ich zum ersten Mal telephoniert, und 1933 bin ich zum ersten Mal geflogen; heute spricht man vom Flug auf andere Planeten.

Das neunzehnte Jahrhundert endete 1914, aber der damals anhebende Krieg erscheint heute gegenüber dem siebzigeinundsiebziger als ein jüngerer Verwandter von ausgesprochener Familienähnlichkeit bei allerdings impetuoserem Temperament und entwickelteren Kunstfertigkeiten.

Kurz, was unsere Tage von den Ausläufern der Biedermeierzeit trennt, das hat Platz innerhalb eines einzigen Menschenlebens.

Als die schwerste Verletzung meines Lebens habe ich die Herausreißung aus meiner natürlichen Welt und die mir gewaltsam und unverständlich vorkommende Verpflanzung nach Deutschland empfunden. Sie erschien mir als eine Deportation. Ich war außerstande, die Gründe gelten zu lassen, von denen mein Vater geleitet wurde, und zu jung, als daß ich den Vorgang im Licht eines amor fati hätte sehen können. Ich begriff nicht, wie meine doch so liebevollen Eltern mich dem brennenden Heimweh ausliefern konnten, und niemand vermochte mir zu erklären, warum einem abstrakten Vaterlandsbegriff die konkrete, so geliebte Heimat geopfert werden mußte. Daß meine Brüder und ich vor dem Schicksal, in russische Schulen gehen zu müssen, bewahrt werden und für diese mit dem Verlust der Heimat zu bezahlende Bewahrung noch dankbar sein sollten, wurde uns unablässig vorgehalten. Aber auf meine oft wiederholte Frage, warum denn die russischen Schulen, in die doch alle unsere Kameraden und Altersgenossen gehen würden, für uns so schrecklich sein sollten, bekam ich nie eine bündige Antwort; und ebensowenig auf die andere Frage, warum wir denn nicht endlich heimkehren durften, nachdem im Jahre 1905 die deutsche Unterrichtssprache in den baltischen Provinzen wieder zugelassen worden war.

Mitunter hieß es auch, wir sollten davor bewahrt werden, in der russischen Armee dienen zu müssen. Aber ich konnte nie vergessen, daß mein angestammter Kaiser Romanow hieß und nicht Hohenzollern; und mein älterer Bruder sagte 1914: »Ich werde meine Pflicht tun, aber für mein Vaterland kämpfe ich nicht.«

Während des Krieges sagte mein Vater einmal, jetzt müsse ich doch zugeben, daß er mit unserer Verpflanzung das Rechte getan habe; es wäre doch fürchterlich, wenn ich in der russischen Armee gegen Deutschland zu kämpfen hätte. Ich erwiderte mit einem bösen, meinen Vater verletzenden Wort, das mir heute noch leid tut. Ich sagte: »Worin besteht der Unterschied? Bei den Preußen bin ich Leutnant, bei den Russen wäre ich schon Rittmeister.«

Werner Bergengruen mit einem Schulfreund, Lübeck 1903

In meinem elften Jahr, als ich noch nicht schwimmen gelernt hatte, badete ich einmal mit meinem Vater, einem seiner Studienfreunde und dessen mit mir gleichaltrigem Sohn in der Livländischen Aa, einem heimtückischen und an Strudeln reichen Fluß, der schon manches Leben an sich genommen hat. Es war bei Wolmar, mein Vater und ich hielten uns dort einige Tage auf, die beiden anderen waren einheimisch. Ich war als letzter noch im Wasser; die drei übrigen begannen schon, in der recht weit vom Ufer entfernten offenen Badehütte sich anzukleiden. Man rief mir zu, ich möge mich beeilen, und gab mir genau an, wie ich unter Vermeidung einer gefährlichen Strudelzone das Ufer erreichen sollte. Ein Mißverständnis war nicht möglich; aber es überkam mich eine unbezwingliche Lust, die Gefahr zu erproben. Ich schlug die verbotene Richtung ein, verlor augenblicks den Boden und wurde hilflos umhergewirbelt. Ich konnte nicht rufen, weil ich Mund und Hals voll Wasser hatte. Zuletzt, als ich schon fast ohne Bewußtsein war, bemerkte mein Vater meine Not und schaffte mich aufs Trockne. Nachher schämte ich mich, den Zusammenhang einzugestehen, und sagte, ich hätte die Anweisung mißverstanden, womit ich auch Glauben fand.

Als Kind begegnete ich einmal einem Buckligen. Ich war für mein Alter ungewöhnlich groß und vielleicht um einen halben Kopf länger als er. Plötzlich kam mir der Gedanke, dieses Mißverhältnis müsse ihn als einen Erwachsenen betrüben, und um ihm das zu ersparen, machte ich, während ich an ihm vorüberging, mich klein. Er fühlte sich verhöhnt und überschüttete mich mit Schimpfworten von nicht wiederzugebender Drastik; diese bestürzten mich um so mehr, als ich gemeint hatte, körperlich Verkürzte müßten sanftmütige Dulder sein.

Als ein Lehrer mich in der Obersekunda »Esel« genannt hatte, wollte mein Vater ihn fordern. Ich beschwichtigte ihn, denn ich hatte die Angelegenheit schon durch einen zur Kenntnis genommenen Protest erledigt.

Ich habe immer gern Ehren erwiesen, dort, wo sie hingehörten. Mein Leben lang habe ich, wie das bei uns zulande seit Jahrhunderten üblich war, meinem Vater morgens und abends die Hand geküßt, und das von Herzen. Ich habe mich in der Schweiz den Teufel darum geschert, daß dort der Handkuß als undemokratisch gilt und daß er in der Tat den ursprünglichen bäuerlichen Traditionen dieses Landes widerspricht. Ich habe die Hand geküßt, wem ich wollte, und ich darf behaupten, daß ich damit zugleich allen schweizerischen Damen eine Freude gemacht habe.

Wie nah meine Kindheit noch den menschlichen Ursprüngen gewesen ist, das mag aus den Benennungen erhellen, die unsere lettischen Dienstboten für die Herrschaft hatten. Die Kinder wurden mit »Jaunskungs« und »Jaunskunse« (Jungherr und Jungherrin) angesprochen. Der Hausherr hieß »Leelskungs« (Großherr) oder »Zeenigsleelskungs« (gnädiger Großherr), wobei sich in dem Worte »kungs« unser deutscher »König« verborgen hält. Die Herrin des Hauses aber war die »Zeemahte«, die gnädige Mutter, die »Leelmahte«, die große Mutter, oder die »Zeenigs Leelmahte«, die gnädige große Mutter. Steht hier nicht mit einem Schlage die Magna Mater der Urzeit vor uns?

Werner Bergengruen
mit seiner Schwester
Marlene, 1907

Das Gut Kuckochen bei Kandau in Kurland. Es gehörte der Familie der Mutter von Werner Bergengruen.

Die Pferdetante

Die Pferdetante war für uns eine mythische Gestalt, der Vorzeit angehörig. Mein Vater hat sie in seiner frühen Kindheit noch gesehen und ihr, der damals schon neunzigjährigen – vielleicht ein wenig befremdet – die Hand geküßt. Eigentlich war sie nicht seine Tante, sondern die seiner Mutter, und auch nur eine angeheiratete, denn ihr zweiter Mann war ein Onkel meiner Großmutter gewesen. Auch diesen begrub sie und lebte nun als zwiefache Witwe kinderlos auf ihrem kleinrussischen Gut, eine Figur aus der Welt Gogols und, wie sie selber es ausgedrückt hätte, »une femme de l'ancienne trempe«. Als junges Mädchen ist meine Großmutter oft bei ihr gewesen. Ihren Namen verdankte sie nicht nur ihrer Pferdepassion und ihrem Pferdeverstand, sondern vor allem ihrer Kopfform und den Zügen ihres langen Gesichts; doch kann ich nicht angeben, ob sie zum hecht- oder zum rammsköpfigen Pferdegeschlecht gezählt hat.

Die Pferdetante war eine starke Raucherin und bediente sich paritätisch der zahlreichen von ihren beiden Ehegatten hinterlassenen langen Pfeifen mit den geschnitzten Bernsteinmundstücken. Sie legte Wert auf Reinlichkeit des Hauses und besonders auf das Scheuern der Fußböden. Da kauerte sie denn, die Pfeife im Mund, mit hochgezogenen Füßen auf einem Sofa und sah zu, wie die Mägde mit Besen und Aufwischlumpen, mit Bürsten und grüner Seife und Strömen von Wasser auf dem Fußboden herumwirtschafteten. Wollte die Pferdetante sich trockenen Fußes in einen anderen Raum begeben oder eine bestimmte Stelle auf ihre Wohlgescheuertheit kontrollieren, so rief sie eine der Mägde heran, irgend so eine Praskowja oder Stepanida, glitt vom Sofa auf deren Rücken und ließ, das Pfeifenrohr wie einen Reitstock handhabend, die Erkorene als ein Reittier auf allen Vieren durch die Pfützen traben.

Wenn die Pferdetante im Herbst mit ihrem ganzen Hofstaat, eine lange Wagenreihe hinter sich, nach Njeshin oder Poltawa in ihr Stadthaus übersiedelte, dann brachte sie für die Wintermonate den selbstgebrannten Schnaps für sich, ihre Gäste und Dienstboten mit, und es war jedesmal eine aufregende Unternehmung. Damals hatte der Fiskus das Branntweinmonopol verpachtet.

Den Gutsbesitzern stand natürlich an dem von ihnen gebrannten Schnaps das Recht des Eigenverbrauches frei, indessen nur innerhalb der Gutsgrenzen. Zog also die Pferdetante zum Winter in die Stadt, so mutete man ihr zu, ihren Bedarf in den städtischen Verkaufsstellen des Branntweinpächters zu decken oder, wie sie betonte, ihren eigenen Schnaps zum Detailpreis von Halunken zurückzukaufen.

Zu einem solchen Respekt vor den Gesetzen versahen sich die Behörden seitens der Gutsbesitzerschaft einer geringen Bereitwilligkeit, und so standen an den Zufahrtstraßen der Städte Polizeibeamte, um die Branntweineinfuhr zu verhindern oder doch zu Gunsten der Pächter die Einfuhrgebühr zu erheben, die unterlassene Deklarierung aber mit hohen Strafzahlungen und Konfiskation der verheimlichten Flüssigkeiten zu ahnden. Man weiß heute nicht mehr, wie die anderen Gutsbesitzer sich geholfen und wieweit sie Glück gehabt haben. Von der Pferdetante aber steht es fest, daß sie nie auch nur ein kupfernes Kopekenstück als Abgabe entrichtet, nie auch nur ein Viertelchen in der Stadt gekauft hat und daß ihr nie auch nur ein Tröpfchen beschlagnahmt worden ist.

Die polizeilichen Zöllner an den Stadteingängen waren mit langen Piken ausgerüstet, nicht so sehr um damit ohne Not Menschen zu verletzen, als um stochernd sich vom Vorhandensein oder Nichtvorhandensein weißen und doch schwarzen Branntweins zu überzeugen. Sie stießen hinein in die dunklen Tiefen der riesigen, stubengroßen Wagen, der kleinen einspännigen Bauernfahrzeuge, ob im Heu oder Stroh ein Klirren die Anwesenheit von Flaschen verriete. Nichts klirrte und nichts verriet. Denn zwar mühsam nach Luft schnappend, aber mäuschenstill, lagen gekrümmt, mit ihren fülligen Leibern einen Wall um die Flaschenkörbe bildend, zwei, drei oder vier Mägde, irgendwelche Praskowjas oder Stepanidas, in Finsternis und Enge und nahmen geduldig alle Pikenstöße entgegen. Sie durften nicht schreien, wenn sie gestochen, ja, nicht einmal quieken, wenn sie gekitzelt wurden. Das gehörte zu ihren Pflichten wie der Trab durch die Fußbodenpfützen, und die Pferdetante war eine gutmütige, freigebige, christliche Herrin; wer ihr treu zu Willen stand, für den war gesorgt.

Einmal erwies es sich, daß man den Wintervorrat an Schnaps zu knapp bemessen hatte. Ein alter Diener wurde also, von Stepanida und Praskowja begleitet, auf das Gut geschickt, um Ergänzungen heranzuschaffen. Alles ging ohne Verdruß ab. Das wiederholte sich in den folgenden Wintern, und bald hatte die Pferdetante verstanden, daß sich ja auf die erprobte Weise auch weit über den Hausbedarf Schnaps in die Stadt bringen ließ. Kurz, sie schloß vertrauliche Übereinkünfte mit den Inhabern zweier Branntweinverkaufsstellen. Der Zwischengewinn des Pächters wurde gespart und zwischen der Pferdetante und ihren beiden Geschäftsfreunden geteilt. Mit der Zeit freilich kam in der Stadt einiges Gemunkel auf, aber es hatte keine Folgen, denn die Pferdetante stand nun einmal in hohem Ansehen – ihr Vater war einer der Generäle um Suworow und Kutusow gewesen –, dazu war sie doch eine Dame und eine Witwe überdies, und es gab niemanden, der den Branntweinpächtern nicht eine Einbuße gegönnt hätte.

Unter den Gutsnachbarn der Pferdetante war einer, den sie nicht liebte, ein kränklicher und übellauniger Junggeselle von schon höheren Jahren. Dieser hatte einen ausgezeichneten Kutscher, aber plötzlich faßte er einen Zorn gegen ihn und beschloß, ihn zu den Soldaten zu geben; die Dienstzeit betrug damals fünfundzwanzig Jahre. Der Kutscher erfuhr von der Absicht seines Herrn, ehe noch die ersten Schritte zu ihrer Ausführung getan waren. Er entfloh, erschien bei der Pferdetante und warf sich ihr zu Füßen.

»Mütterchen«, sagte er, »du kennst mich nicht. Ich aber habe mein Vertrauen auf dich gesetzt, und so wirst du mir helfen.«

Die Pferdetante sah sich eine Weile sein Gesicht an. Dann befahl sie ihm aufzustehen und sagte: »Wenn du wirklich dein Vertrauen auf mich gesetzt hast, dann hilft mir alles Widerstreben nicht, und ich kann dich nicht abweisen.«

»Gott wird es dir lohnen, Mütterchen, und von jetzt an

werde ich dir gehören und nicht mehr meinem Herrn, der mich unter die Soldaten stecken will«, sagte der Kutscher, als habe an seines Herrn Stelle er selbst über sich zu verfügen.

Weiter sagte die Pferdetante: »Nach deinem bisherigen Namen frage ich dich nicht. Ich mag ihn nicht wissen. Ich werde dir einen neuen Namen geben, dann bist du nicht mehr der Mann von früher.«

Ihr Schreiber sagte zu ihr: »Um Gottes willen, was gedenken Sie zu tun, Tatjana Ilinischna? Sie werden die ärgsten Scherereien mit Ihrem Nachbarn bekommen, und nun gar erst mit den Behörden. Strafbar machen Sie sich.«

»Kränke mich nicht mit deinen Reden«, erwiderte sie. »Weißt du nicht, daß man Barmherzigkeit haben muß? Und wie darf man sich einen Mann entgehen lassen, der im ganzen Kreise als der beste Kutscher und der beste Pferdepfleger gerühmt wird? Und was sollen denn das für Scherereien sein? Wenn junge Burschen ins Priesterseminar aufgenommen werden und sie sind keine Popensöhne, dann bekommen sie dort neue Familiennamen, weißt du das nicht? Und glaubst du, ich habe weniger Macht als die im Priesterseminar?«

Kurz, sie befahl dem Schreiber, den Kutscher unter dem neuen Namen als ihren Leibeigenen in die Register einzutragen.

Die Scherereien blieben nicht aus. Der Junggeselle erhob ein gewaltiges Geschrei. Schließlich reichte er eine Klage ein. Die Pferdetante erhielt ein Schreiben von der Gerichtsbehörde, ob es zuträfe, daß sie einem entlaufenen Leibeigenen des und des Namens Unterschlupf gewährt habe. Lange Zeit antwortete sie nicht, dann aber leugnete sie es ab. Später, als alles schon beigelegt war, sagte sie zur Erklärung: »Damals hieß er doch gar nicht mehr so. Wie die Menschen auf meinem Grund und Boden heißen, das bestimme ich und niemand sonst.«

Die Pferdetante brach mit ihrer Gewohnheit, den Winter in der Stadt zu verbringen. Dort schienen ihr die Behörden zu nahe. Schriftstücke hätten einen bequemen Weg zu ihr gehabt, und wie leicht konnte jemand vom Gericht in ihr Haus dringen und Unannehmlichkeiten erregen! Vor solchen Schrecknissen blieb sie jetzt bewahrt, dafür aber riß die Verbindung mit ihren beiden Branntweinverkaufsstellen ab, und so war manche Einbuße hinzunehmen. Die Pferdetante hatte das Gefühl, Opfer zu bringen, die ihre Sache zu einer gottgefälligen machen mußten.

In der Tag schien Gott solcher Meinung zu sein, denn ohne viel List, nur mit ihrer eigensinnigen Entschlossenheit wußte die Pferdetante ihre Sache hinauszuzögern und hatte bloß ein paar Male zwei Rubel achtzig Kopeken oder vier Rubel sechzig wegen Nichtbeantwortung oder doch nicht rechtzeitiger Beantwortung amtlicher Anfragen zu bezahlen, und auch dies rechnete unter die gottgefälligen Opfer. Alles erhielt sich längere Zeit in der Schwebe, und darüber starb der Junggeselle. Aber die Geschichte hatte nun doch einen solchen Lärm hervorgerufen, daß sie nicht mehr sehr lange in ihrer Schwebe bleiben konnte, vielmehr nach aller menschlichen Voraussicht ein schlimmes Ende nehmen mußte.

Mit des Verstorbenen ehemaligem Kutscher, dem sie längst ihre Livree angezogen hatte, fuhr die Pferdetante zur Beerdigung und nahm andächtig teil. Alle Leute betrachteten ihn mit Neugier. Er war ein stattlicher Mann mit einem schönen Bart und ungezwungenen Bewegungen. Sicher hätte er einen Kürassier oder Ulanen abgegeben wie aus einem patriotischen Bilderbuch; aber die patriotischen Bilderbücher berichten ja nur wenig davon, wie es in den Herzen der Menschen aussieht.

In ihrem Tagebuch, das übrigens in abscheulichem Französisch geführt war, erzählt die Pferdetante, daß sie auf der Rückkehr den Schlitten halten ließ und dem Kutscher befahl, auszusteigen und zu ihr an den Schlag zu treten.

»Du weißt selbst, daß du kein schlechter Kutscher bist. Ich bin mit dir zufrieden, und der Verstorbene wird es auch gewesen sein. Jetzt sage mir, warum er damals den Zorn auf dich geworfen hatte.«

Hiernach hatte die Pferdetante ihn bisher noch nie gefragt. Sie hatte sich daran genügen lassen, daß ihr Nachbar den besten Kutscher des Kreises zum Militär hatte abschieben wollen. Es war nicht ihre Gewohnheit, überflüssige Redereien mit dem Gesinde zu führen; vielleicht war sie auch der

Meinung gewesen, daß man ja stets um so frischer und entschlossener handelt, je weniger man weiß, und daß man Gefahr läuft, sich selber zu lähmen, wenn man eine Sache nicht nur mit den eigenen Augen betrachtet, sondern auch mit denen des Gegners. Stellte sie jetzt die Frage, so geschah das, weil mit dem Tode des Nachbarn die Ereignisse bis zu einem bestimmten Abschnitt gelangt waren.

Der Kutscher berichtete freimütig, sein ehemaliger Herr habe ihn mit einem Mädchen verheiraten wollen, an dem er keine Freude gehabt hätte, einer häßlichen und zänkischen alten Viehmagd.

»Warum?«

»Das waren so seine Gedanken, daß er immer befehlen mußte, zu heiraten.Und er selber hat doch unverehelicht zu sterben beliebt. Nein, ich weiß den Grund nicht. Doch, ja, einmal hat er zu sagen beliebt, ich würde dann ruhiger werden. Und weil er merkte, daß ich widerstrebte, statt ihm zu danken, darum hat er beliebt, mir zu zürnen.«

»Du hast also lieber in Sünde leben wollen?«

Der Kutscher lächelte, ehrerbietig und männlich zugleich.

»Mütterchen, wir sind ja so schwach!« sagte er dann. »Und es heißt auch, die Sünden des Fleisches würden leicht vergeben; leichter als die, die aus dem Kopf oder aus der Seele kommen.«

»Es ist gut. Fahren wir weiter.«

Die Pferdetante hat dann in ihr Tagebuch geschrieben:

»Dem Begrabenen das Himmelreich! Die Sünden des Fleisches hat er, wie man hört, gemieden. Aber die ärgeren Sünden des Hochmuts, des Zornes, des Unglaubens und der Gedankenfinsternis hat er auf sich geladen, und von denen hat mein Kutscher sich ferngehalten. Gott verzeihe dem Toten, wir sind alle schwach.«

Das Gut des Junggesellen fiel an eine seiner Verwandten, eine junge Witwe. Als die Pferdetante hörte, daß sie angekommen war, um ihren neuen Besitz zu übernehmen, da fuhr sie hin, warf sich der Erbin zu Füßen und sagte:

»Eine alte Frau demütigt sich vor Ihnen. Sie kennen mich nicht, ich aber habe mein Vertrauen auf Sie gesetzt, und so werden Sie mir vergeben und mir helfen, daß die Geschichte in Ordnung kommt.«

Die Erbin hob die Pferdetante auf, küßte ihr die Hände und ehrte sie. Sie einigten sich, daß die junge Frau die ererbte Klage zurückziehen und der Kutscher bei der Pferdetante verbleiben, die Erbin aber mit vier Gäulen aus der Zucht der Pferdetante entschädigt werden sollte.

Als alles abgesprochen war, sagte die Erbin: »Jetzt, bitte, erklären Sie mir eins, Tatjana Ilinischna. Wie hätten Sie sich aus der Affäre geholfen, wenn mein Onkel am Leben geblieben wäre?«

Die Pferdetante sah die junge Frau verwundert an und entgegnete: »Aber was denn? Liebes Kind, alle Menschen sterben doch zur rechten Zeit.«

Der Kutscher ritt selbst mit den Pferden auf das Nachbargut. Felle und Hufe blitzten, und allen vieren hatte er bunte Bänder in die Mähnen geflochten und die Halfter mit den ersten grünen Birkenzweigen geschmückt. Ehe er die Tiere ablieferte, bekreuzte er ein jedes und sagte dabei: »Ihr geht an meiner Statt. Gott gebe euch gute Tage. Und vergeßt meine Lehre nicht: für jedes Haferkorn einen Galoppsprung.«

Als die Leibeigenschaft aufgehoben wurde, war das Haar der Pferdetante schneeweiß und das des Kutschers fing an zu ergrauen. Er kam zur Pferdetante, warf sich auf die Knie und küßte ihren Rocksaum.

»Mütterchen«, sagte er, »du hast mir den Namen gegeben, ich bin wie dein leibliches Kind. Schon einmal hast du mich vor dem Unglück bewahrt. Habe auch jetzt Barmherzigkeit. Verstoße mich nicht.«

Die Pferdetante klopfte ihm auf die Schulter. Dann sagte sie: »Mache dir keine betrübten Gedanken. Du sollst mich zu Grabe führen und kein anderer, und nachher wird für dich gesorgt sein. Ich befehle dir nur, dein Leben lang auf meine Gesundheit zu trinken und für meine Seele zu beten. Denn das sind die beiden Dinge, die ein Mensch vom anderen nötig hat.«

Sommeridyll in Kurland, 1895

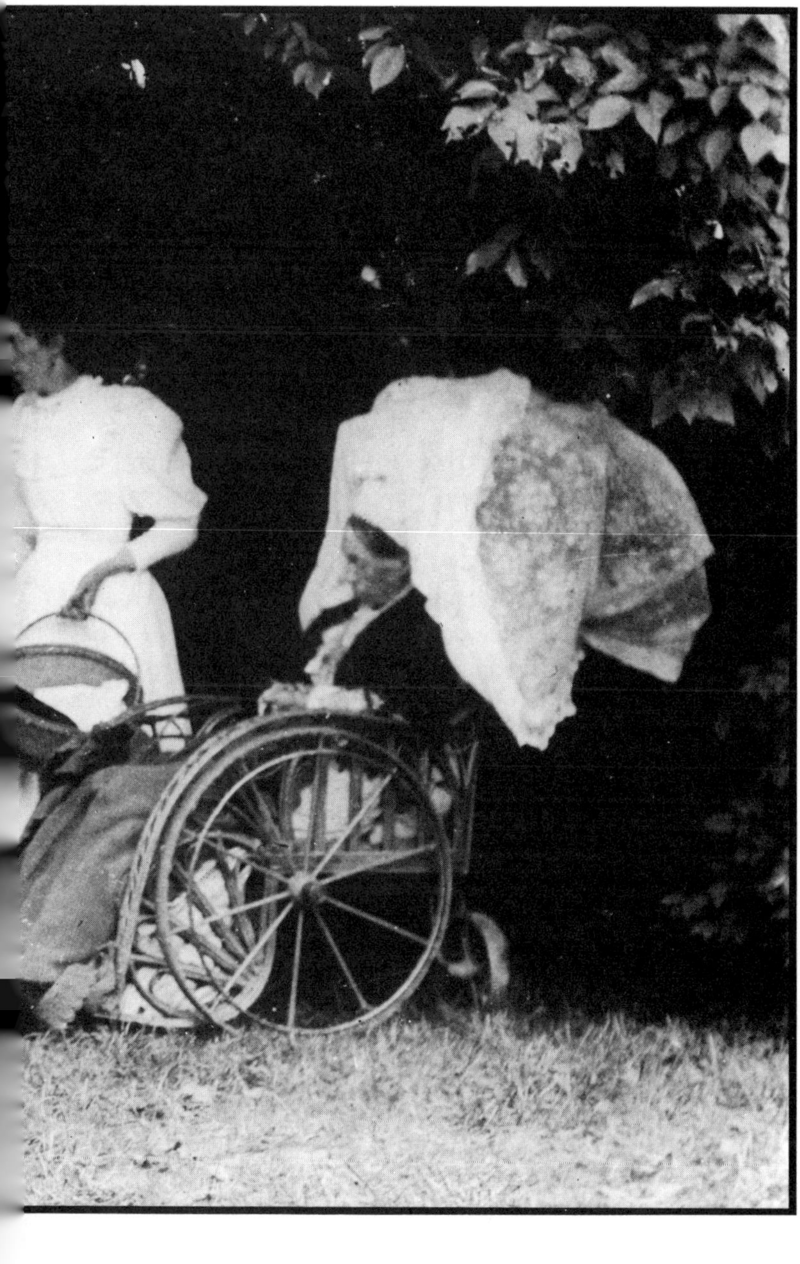

Die Greiffenschildtschen Damen

Die Greiffenschildts waren eine livländische Familie, und zu der Zeit, die ich im Sinn habe, stand diese Familie nur noch auf sechs Augen. Es waren die Augen dreier unverheirateter Schwestern. Jede von diesen Schwestern hatte stattlicherweise fünf Vornamen, aber so in der Eile bringe ich sie nicht mit Sicherheit zusammen, es kommt auch wenig darauf an, und darum wollen wir sie, in der Reihenfolge des Lebensalters, Annchen, Mariannchen und Susannchen nennen; übrigens waren die Altersunterschiede gering, und die sonstigen Unterschiede waren es ebenfalls.

Nun gab es in der Familie Greiffenschildt eine Überlieferung von einer angeblichen Zigeunerprophezeiung, wonach dereinst ein Blitz das Erlöschen des Geschlechts bewirken werde. Die Eltern gaben sich Mühe, den Töchtern diese sagenhafte Prophezeiung zu verheimlichen. Nicht daß sie ihr geglaubt hätten, denn sie waren vernünftige Leute, und der Vater hatte sich sogar die Schriften des Professors Kant schicken lassen, die unlängst (in der Hartknochenschen Buchhandlung) in Riga erschienen waren und, wie man hörte, in Deutschland oder, denn so hieß es bei uns, »im Auslande« Aufsehen machten. Aber das Greiffenschildtsche Ehepaar wollte in den Mädchen keine unnötige Gewitterangst entstehen lassen, und der Vater war auch der Meinung, junge Frauenzimmer hätten schon von Natur genug Albernheiten im Kopf: außerdem eigneten sich solche Geschichten für Bauern und Dienstboten, die ungeläuterte Religions- und keinerlei Philosophiebegriffe hätten, seien aber für die Gutsherrschaft vollkommen unziemlich.

Die Sorgfalt der Eltern nützte nichts. Die Mädchen erfuhren durch die Dienstboten von der Sage, indessen verursachte ihnen das keinen Schrecken; denn als sie klein waren, erschien ihnen das Lebensende noch so ungeheuer weit entfernt, daß es keine Wirklichkeit haben konnte; und als sie heranwuchsen, hielten sie sich, da sie an ein höchstes Wesen, an Tugend und Unsterblichkeit glaubten, für Philosophinnen. Sie lasen sogar eine Zeitlang philosophische Bücher, obzwar nicht gerade die Kantschen Schriften, die ihnen allzu anstrengend erscheinen wollten.

Es ist eigentlich nicht einzusehen, warum sie nicht geheiratet wurden. Sie waren hübsch, gefällig im Umgang, von guter Familie und auch leidlich wohlhabend, wenn schon das Greifenschildtsche Gut, es hieß Dulken, nach unseren Begriffen keinen übermäßig großen Umfang hatte und auch ein wenig heruntergewirtschaftet war. So könnte man denn wohl nur sagen, die Ehe habe eben nicht in ihren Horoskopen gestanden, aber wie um des Himmels willen dürfen wir in ihrer, der Philosophinnen, Gegenwart von Horoskopen sprechen? Doch, das dürfen wir, denn bei aller Hinneigung zu aufgeklärter Philosophie haben sie schließlich, die Jahre bringen dergleichen mit sich, den Glauben an die Unentrinnbarkeit der Prophezeiung angenommen und sind damit also weiter gegangen, als Freunde von Horoskopen zu gehen pflegen, für die es zwar Geneigtmachungen, nicht aber Nötigungen der Gestirnstände gibt. Offenbar aber tut es dem Menschen wohl, zu denken, daß schon lange vor seiner Geburt zukunftskundige Zigeunerweiber sich mit ihm beschäftigt haben, und gewissermaßen ist das doch eine schöne Ehre.

Nur über einen Punkt der Voraussage waren die Schwestern sich nicht im klaren. Die Prophezeiung war nämlich in verschiedenen Fassungen überliefert worden, und im Grunde ist das ja mit allen überlieferten Geschichten nicht anders, und von diesem Umstande leben die quellenforschenden Literarhistoriker, die dann von Lesarten und Versionen sprechen. In unserem Falle hatte die Kinderfrau die Wahrsagung so wiedergegeben und die Leuteköchin und die Küsterin anders, es ging da ein wenig drunter und drüber, und wahrscheinlich ist schon die ursprüngliche Prophezeiung nicht gerade sehr eindeutig gewesen; man weiß ja, daß Zigeunerinnen nicht pedantisch sind. Es gab also neben verschiedenen sonstigen Ungenauigkeiten auch die Lesart, eine von drei Schwestern werde am Blitz sterben müssen, und damit werde das Zeichen für das

Erlöschen des Geschlechts gegeben sein. »Eine von drei Schwestern« – bedeutete das nun irgendeine beliebige von den dreien oder war eine ganze bestimmte, nur eben noch nicht namhaft gemachte gemeint? Mit andern Worten, war der Ablauf unabänderlich festgelegt, oder ließ er sich noch beeinflussen? – beeinflussen nicht, was das Geschehnis an sich, wohl aber was die Person seines Opfers anlangte? Für uns, meine Damen und Herren, hat diese Frage natürlich keine sehr große Bedeutung, denn Annchen, Mariannchen und Susannchen waren sich ja alle drei recht ähnlich, und eigentlich brauchen wir sie gar nicht ängstlich auseinanderzuhalten, aber sie selbst machten sich da doch ihre Gedanken, und es gab eine ganze Reihe von Fragen, die sich erst zweckmäßig lösen lassen würden, wenn jene eine Grundfrage geklärt war, die sich bedauerlicherweise der Klärung widersetzte.

Inzwischen waren die Greiffenschildtschen Eltern gestorben und im Erbbegräbnis beigesetzt worden. Es befand sich nicht bei der Kirche, sondern im Park; denn wenn der Herr von Greiffenschildt Kant gelesen hatte, so hatte sein Vater Rousseau gelesen, und dieser Großvater unserer Greiffenschildtschen Damen hatte das bescheidene Mausoleum angelegt, unter den Trauerbirken und Weymouthskiefern, die er mit Hilfe seines aus Deutschland vertriebenen Gärtners gepflanzt hatte.

Übrigens sind hier auch die drei Töchter beigesetzt worden, und daraus dürfen Sie bereits schließen, daß sie unverheiratet geblieben sind und die Familie mit ihnen erloschen ist. Aber natürlich hat es vieler Jahre bedurft, bis die Greiffenschildtschen Damen zu der Erkenntnis gelangten, daß es ihnen bestimmt war, jüngferlich zu leben und jüngferlich zu sterben. Vorher nämlich meinte eine jede von den dreien, sie sei es, die, wenn auch nur in der weiblichen Linie, die Greiffenschildtsche Familie fortsetzen werde, und hiermit war denn verständlicherweise die sichere Überzeugung verbunden, daß die Prophezeiung unmöglich ihr gelten könne.

An dieser letztgenannten Überzeugung hielt eine jede fest, auch als die sänftlich hinfließenden Jahre die Heiratsgedanken bereits ein wenig fortgeschwemmt hatten. Und eben weil diese Überzeugung in jeder eine solche Festigkeit hatte, so bedurfte es keiner Auseinandersetzungen und Gespräche über den doch so wichtigen Punkt, die ja auch leicht etwas Mißliches hätten haben können; und nur ganz für sich grübelte eine jede darüber nach, welche der beiden anderen wohl die Auserlesene sein möchte. Aber selbst wenn es einmal kleine Verstimmungen gab, nie hat es sich ereignet, daß sich etwa zwei Schwestern darüber verständigt hätten, gemeinsam die dritte für das vorbestimmte Blitzopfer anzusehen. Und daß es in einer so merkwürdigen, viele, viele Jahre anhaltenden Lage ohne Gehässigkeiten und ohne ernsthafte Zerwürfnisse abging, dies macht deutlich, was für gute, verträgliche und freundliche Geschöpfe unsere drei blitzblanken Jüngferchen gewesen sein müssen, Annchen, Mariannchen und Susannchen. Ja, die Schwestern liebten sich, das darf man sich wohl getrauen zu behaupten, und am Ende könnte man sogar noch weiter gehen und die Behauptung aufstellen, die Schwestern hätten nicht nur sich, sondern auch einander geliebt. Aber wir wollen uns hier nicht in Untersuchungen über das Wesen der schwesterlichen oder gar der mitmenschlichen Liebe verlieren, das wäre auch gewiß nicht nach dem Sinne der Greiffenschildtschen Damen – man muß eben nicht allen Dingen auf den Grund oder auf die Schliche kommen wollen, wo gerieten wir da hin?

Heute denkt man hoch vom Wirtschaftsleben, und so werden Sie nichts dagegen haben, wenn ich auch auf etwas Wirtschaftliches zu sprechen komme. Hierher nämlich gehören jene oben angedeuteten Fragen, die nach Klärung verlangten und sich doch der Klärung bedauerlicherweise widersetzten. Herr von Greiffenschildt war ein philosophischer Landwirt gewesen und Dulken, das erwähnte ich bereits, ein schon zu seinen Lebzeiten etwas vernachlässigtes Gut, und nach seinem und seiner Frau Tode wurde das gewiß nicht besser, vielmehr hatten die Damen in der Wahl ihrer Bevollmächtigten und Verwalter, die überdies häufig wechselten, keine ganz glückliche Hand, und so gerieten sie in allerlei Verlegenheiten. Da nun ihre Gedanken sich immer wieder auf jenen einen Punkt zubewegten, so stellte sich begreiflicherweise auch zwischen jenem einen Punkt und diesen Verlegenheiten eine Verbindung her, denn es war ja klar, daß alle der Zukunft geltenden Erwägungen jenseits eines bestimmten, ob auch leider noch ungewissen Tages nicht drei, sondern nur zwei Damen und ihrer Versorgung zu gelten hatten. Freilich konnte dieser Tag, wenn das höchste Wesen es sich so in den Kopf gesetzt haben sollte, ebensogut erst eintreten, nachdem alle drei Schwestern das siebzigste, achtzigste oder neunzigste Jahr überschritten hatten. Aber das mochten sie sich doch nicht vorstellen, denn mit der Zeit waren sie ein klein bißchen ungeduldig geworden, und es ist ja dem Menschen eingeboren, selbst wenn er nicht übermäßig von Neugier geplagt wird, daß er gern wissen möchte, woran er ist. Kurz, eine Weile beschäftigte sie die Frage, ob nicht Dulken zu verkaufen und der Erlös in Leibrenten anzulegen sei, denn Leibrenten, so hörte man doch, sollten einen auf Lebenszeit aller Sorgen überheben. Nun zogen die Damen Erkundigungen ein, umständliche Erkundigungen, die viel Kopfzerbrechen und Ratschlagen verursachten, und da stellte es sich leider heraus, daß Leibrenten nicht einmal unter Geschwistern vererbbar waren. Das heißt also, man hätte wissen müssen, auf welcher beiden Schwestern Namen die Leibrenten lauten sollten: die dritte würde man dann auf Lebenszeit – und wie lange konnte das schon sein, Livland ist an Gewittern nicht arm – aus den Einkünften der beiden anderen versorgen, gewiß, gewiß, man würde es ihr an nichts fehlen lassen! Aber da konnte man sich schlecht einigen, und ganz deutlich beim Namen durften ja die Zusammenhänge nicht genannt werden. Immer zeigten, was man auch vorschlug, die beiden anderen sich hartnäckig, und ähnlich ging es auch, als der Gedanke einer Lebensversicherung aufgetaucht war, die doch den beiden Überlebenden wunderbar hätte zugute kommen müssen. Auch das wurde nun häufig und in einer ungemein ausfüllenden Weise erörtert, auch das freilich mit Behutsamkeit und in Andeutungen. Die Damen verwechselten da manches, indem sie mit großem Eifer von Lebensrente und Leibesversicherung sprachen, und auch von Versicherungsrenten und Rentenversicherungen scheint die Rede gewesen zu sein. Diese Dinge waren nun wirklich für Landdamen der alten baltischen Zeit schwer auseinanderzuhalten.

Wissen Sie, die Damen pflegten bei uns zulande in manchen Dingen, zu denen beispielsweise Versicherungsfragen gehörten – aber auch noch viel, viel wichtigere! –, unter Umständen etwas unerfahren geblieben zu sein, und wenn ihnen das in hohen Jahren ins Bewußtsein gelangte – manchmal kam das nämlich vor! –, dann bemerkten sie rückblickend mit einer leichten Empfindlichkeit: »Die Herren sagten uns ja nichts.« Nun, zu diesen Herren will ich nicht gehören, ich hätte es den dreien schon auseinandergesetzt, aber wo waren wir doch gleich stehengeblieben? Richtig, alles lief darauf hinaus, daß man von diesen wohltätigen Einrichtungen, mochten sie nun heißen, wie sie wollten, um so mehr Geld bekam, je länger man lebte, was schließlich nur in der Ordnung war. Und auch aus diesem Grunde hatte es viel für sich, zu den beiden Überlebenden zu gehören. Ganz und gar aber mußte man den störenden und alle Erwägungen verwirrenden Gedanken abweisen, daß ja unter den Greiffenschildtschen Damen auch natürliche und völlig blitzlose Todesfälle nicht ausgeschlossen waren.

Eigentlich hätten ja zwei Damen – wüßte man nur, welche! – sich insgeheim zusammentun und gemeinsam das Leben der dritten versichern müssen oder, um ganz sicher zu gehen, allenfalls eine das Leben der beiden anderen. Aber das Sichergehenwollen ist kostspielig, richtig zum Fenster wäre das Geld hinausgeworfen, und so ist schließlich aus allen diesen Finanzoperationen nichts geworden; mit der einen Ausnahme, daß nach langem Hin und Her Dulken verkauft wurde, und nicht einmal sehr ungünstig. Danach jedoch erhoben sich neue Bedenklichkeiten.

Der nunmehrige Besitzer, der das Gut nicht selbst bewirtschaftete, sondern nur zwei oder drei Male zur Jagd herüberkam, hatte den Damen auf Lebenszeit das Wohnrecht im Herrenhause eingeräumt, in jenem alten, guten Hause, in welchem der Großvater Rousseau, der Vater Kant gelesen hatte und den drei Damen ihre Kindheit und ihre Jugend freundlich dahingeflossen waren. Dies Haus galt es zu erhalten und zu behüten; kein Zweifel, es war bedroht.

Eine Weile war daran gedacht worden, das Haus gegen Blitzschaden zu versichern. Aber nicht nur, daß dies eine mühsame Transaktion gewesen wäre – »die Herren sagten uns ja nichts« –, nein, es hätte auch wenig Vorteil versprochen. Felder konnte man gegen Hagel versichern, das war den Damen bekannt, aber was das Haus anging, da mußte man doch an andere Vorsichtsmaßnahmen denken, denn selbst die höchste Versicherungssumme hätte ein zerstörtes Haus nicht in der alten Traulichkeit wiederherstellen können. Außerdem hatte es sich ergeben, daß, wenn denn eine besondere Versicherung für das Gutshaus hätte abgeschlossen werden sollen, dies Sache des neuen Besitzers von Dulken gewesen wäre, und womöglich hatte der hier längst das Seinige getan, es war den Greiffenschildtschen Damen peinlich, ihn danach zu fragen.

Es blieb also nichts übrig, als die Sache von einer anderen Seite her anzupacken: nämlich nicht nach einer Versicherung des Hauses mußte man trachten, sondern nach einer Sicherung.

Gewiß, es gab Blitzableiter, und auch die Dulkenschen Baulichkeiten hatten an ihnen keinen Mangel. Aber vertraue einer sich diesen neumodischen Erfindungen an! Und es hieß ja auch, der Blitzableiter stamme aus Amerika, also aus einem wenig zuverlässigen und schwer überschaubaren Erdteil, in welchem am Ende die Gewitter von völlig anderer Beschaffenheit waren als in Livland. Nein, da bedurfte es schon einer größeren Sicherheit, und sicherer erschien es eben, sich nicht auf den Blitzableiter zu verlassen, sondern den Blitz dem Hause fernzuhalten; das hieß: dafür zu sorgen, daß ihm die Veranlassung, das Dulkensche Gutshaus aufzusuchen, überhaupt genommen wurde. Wie geschah das? Nichts Blitzanziehendes durfte während eines Gewitters im Hause sein. Was aber zog den Blitz an? Eine der Greiffenschildtschen Damen – (wüßte man nur, welche!).

Bis die Schwestern zu dieser Schlußfolgerung gelangten, ist eine ziemliche Zeit hingegangen. Und sehr eingehender, sehr mühevoller Überlegungen hat es bedurft, bis die Damen endlich ihre sonderbaren Vorkehrungen in Angriff nahmen, Vorkehrungen, aus denen sich mit den Jahren ganz bestimmte Lebenssitten entwickelten. Kurz, man hatte sich, nicht gerade durchaus stillschweigender-, aber doch auch nicht völlig aus-

und abgesprochenermaßen, dahin geeinigt, sich während der gefährlichen Zeitspannen außerhalb des Hauses aufzuhalten. Ich habe ja schon gesagt, daß die Schwestern sich ähnlich waren, und sie waren das nicht nur in ihrem Äußeren, sondern auch in ihren Gedanken. Ja, sie dachten ganz in einer und derselben Richtung und brauchten sich daher über viele Dinge gar nicht erst mit Worten zu verständigen. Die einzige Frage, in der keine Verständigung möglich war, das war die nach der Person der zum Blitzopfer Bestimmten. Sonst aber dachte und handelte man einträchtig, und wo es Meinungsverschiedenheiten gab, da hatten sie ihre Ursache wohl weniger in einem Mangel an Übereinstimmung als vielmehr in einem verständlichen Bedürfnis nach Unterhaltung, denn leider ist es auf der Welt so eingerichtet – nicht von mir, nicht von mir, da müßte ich doch sehr bitten! –, daß Meinungsverschiedenheiten eben unterhaltlicher sind als Eintracht. Verzeihen Sie mir diesen Exkurs, ich komme gleich wieder auf die Hauptsache zurück.

Es läßt sich nicht leugnen, daß der Entschluß, die Gewitterzeiten im Freien zu verbringen, Unbequemlichkeiten mit sich brachte. Man muß daran denken, daß es mitunter Gewitter gibt, die stunden- oder tagelang nicht weichen wollen. Aber die Damen nahmen die Unbequemlichkeiten auf sich, jede in dem süßen Bewußtsein, daß die Zeit der Prüfungen und des Wartens einmal ein Ende haben müsse. Alle drei waren sich darin einig, daß sie hiernach, von der Trias zur Zweiheit zurückgeführt, bis an ihr noch sehr fernes Lebensende in allem Behagen das alte gute Haus bewohnen würden. Übrigens wurde alles getan, um die Unbequemlichkeiten so bequem wie möglich zu machen.

Die Zurüstungen und Gewohnheiten, die diesem Ziele dienten und sich zu immer entschiedenerer Unverrückbarkeit verfestigten, gaben, weit über die Grenzen des Kirchspiels, ja des Kreises hinaus, den Nachbarn und Abernachbarn viel Anlaß zu Kopfschütteln, Lächeln und Gerede. Schließlich jedoch gewöhnten sie sich an die Wunderlichkeiten der Greiffenschildtschen Damen, so wie sie sich an die beständige Weltuntergangsfurcht der Praksehdenschen Gräfin und an die zwölf Zimmer ausfüllende und noch immer wachsende Vogelbalgsammlung des Ordnungsrichters Dannenfeld gewöhnt hatten oder daran, daß die uralte Pastorin Pußmann sich jede Nummer der Rigischen Anzeigen vom ersten bis zum letzten Buchstaben abschrieb, um, wie sie sagte, für später eine Erinnerung zu haben.

Es gab an der Dulkenschen Parkmauer, die übrigens nur den vorderen sichtbaren Teil des Parkes umschloß, während der rückwärtige sich ohne viel Umstände und Zeremonien in allerlei Acker-, Wiesen-, Sumpf- und Waldgelände verlor – es gab da über einer Erdaufschüttung eine Art aufgesetzter Balustrade, einen kleinen, viereckig vorspringenden Ausbau, der nach drei Seiten von kniehohen Säulchen eingefaßt war. Dieser Platz war mit steinernen Fliesen gepflastert, und von jeher standen hier ein Tisch und ein paar Stühle, denn die Greiffenschildtschen Eltern hatten es geliebt, an schönen Tagen ihren Tee an dieser Stelle zu trinken und dabei über die Wiesen bis an den fernen Waldrand zu blicken, an dem das Rehwild seinen Wechsel hatte. Der Papa hatte dann stets ein zusammenschiebbares, mit Rosen bemaltes Taschenperspektiv von vergoldetem Messing neben sich liegen gehabt, einen zierlichen Gegenstand, dessen Hauptvorzüge freilich nicht auf optischem Gebiet lagen. Das heißt, natürlich lagen seine Vorzüge auf optischem Gebiet, denn das Perspektiv war entzückend anzusehen, und nur zur Vergrößerung und Erkennbarmachung entfernter Dinge war es nicht übermäßig dienstwillig. Der Papa hatte es von einer seiner Auslandsreisen mitgebracht – die Töchter meinten sogar: von Paris, doch waren sie ihrer Sache nicht ganz sicher. Wie alles von Eltern und Voreltern Stammende wurde es bei den Greiffenschildtschen Damen in Ehren gehalten. Es machte Freude, es auseinanderzuziehen und wieder zusammenzuschieben und die hübschen gemalten Rosen zu betrachten.

Es läßt sich denken, daß die Greiffenschildtschen Damen eifriger nach dem Wetter ausspähten als andere Menschen, und der erste Blick nach dem Erwachen vom Nacht- und Nachmittagsschlaf – beide pflegten tief, sanft und gesund zu sein – galt dem Himmel. Für diesen Blick hätte sich das Taschenperspektiv vortrefflich geeignet. Allein da die Schwestern getrennt schliefen, das Taschenperspektiv jedoch als gemeinsames

Besitztum galt, so war es ein strenggehaltenes Gesetz, daß es in seinem runden, roten, goldumrandeten Saffianlederfutteral im blauen Salon zu liegen hatte, und zwar auf der Mahagonikonsole zu Füßen der hohen Vase mit den Zittergräsern. Und von hier wurde es nur fortgenommen, wenn die Damen sich anschickten, zur Gewitterecke zu gehen.

Die Gewitterecke hieß nämlich jene Stelle an der Parkmauer, und Sie werden schon erraten haben, meine Damen und Herren, daß sie bei drohendem oder bereits niedergehendem Gewitter Annchens, Mariannchens und Susannchens Zufluchts- und Aufenthaltsort bildete.

Hier saßen sie hübsch im Trockenen, die Elemente mochten rasen, soviel ihre Unvernunft es ihnen eingab, denn über den Greiffenschildtschen Damen wölbte sich ein fest im Boden steckender, ungeheurer Schirm, fast schon ein wasserdichtes Zelt, und zudem waren sie dicht in Mäntel, Tücher, Plaids und Shawls vermummt. Erst nach vielen Versuchen und Änderungen hatte der Schirm seine jetzige Gestalt erhalten und war bei Karbowsky in Riga eigens für die Greiffenschildtschen Damen angefertigt worden. Sein unterer Rand ließ sich aufklappen, so daß der Aufblick gen Himmel jederzeit gestattet sein konnte.

Karbowksy hatte einmal die Frage aufgeworfen, ob der Schirm mit seiner Spitze nicht geradezu den Blitz anziehen könne. Vielleicht werde im Hinblick auf diese Gefahr ein hübscher, kleiner Blitzableiter gewünscht? Ohne Schwierigkeiten würde er sich oben anbringen lassen.

Über diese törichte Karbowskysche Anregung brauchten die Damen untereinander nicht erst zu verhandeln. Wie? Saßen sie denn nicht gerade unter dem Schirm, um den Blitz anzuziehen? Den Blitz, der einer von ihnen – wüßte man nur welcher! – unweigerlich verhängt war? Und eine Gefahr sollte dabeisein? Was denn für eine Gefahr? Wo doch eine jede wußte, daß sie persönlich unbedroht war und daß von den beiden Schwestern die eine zu Recht, die andere irrtümlicherweise sich ebenfalls für unbedroht hielt! Es wurde also angenommen, Karbowsky habe sich nur einen Extraverdienst schaffen wollen, und es wurde ihm kurz mitgeteilt, man könne hier keine Gefahr erblicken.

Sie saßen da und warteten auf den Tod; nicht gerade auf den eigenen, aber doch auf einen sie nahe berührenden. Manchmal sind sie, die Wahrheit zu sagen, schon ein bißchen ungeduldig gewesen. Wäre es nur endlich soweit, daß man in aller Friedlichkeit und Trockenheit auch bei Gewitter im behaglichen Hause sitzen durfte – versteht sich, zu zweien – und nicht ewig dies gräßliche Regengetrommel über sich auf dem Schirmdach zu hören brauchte! Aber sie ließen sich solche Stimmungen gegeneinander nicht merken – ich sagte ja schon, daß die Schwestern sich liebten, und vielleicht nicht nur sich, sondern womöglich auch einander. Bloß manchmal, wenn in Schwüle und Schwärze die Blitze näherrückten, dann kam wohl eine unruhige Spannung über jede der drei Damen, und man schaute verstohlen auf die beiden anderen, die wiederum verstohlen zurückschauten. Aber auch wenn diese verstohlenen Blicke sich einmal unverstohlen kreuzten, selbst dann gab es keine übertriebene Verlegenheit, denn man war das in langen Jahren, in langen Jahrzehnten gewohnt geworden.

Hätte es nicht leicht geschehen können, daß ein niederfahrender Blitz, ob nun von der Schirmspitze angezogen oder nicht, sich an einem einzigen Opfer – wüßte man nur, an welchem! – nicht hätte genügen lassen? Indessen, solch einem Gedanken gestatteten die Damen den Zutritt nicht, und auch hierin wie in all ihrem altjüngferlichen Verhalten drückte sich doch eine große Unerschrockenheit und Unbefangenheit aus. Aber unbefangen waren bei uns zulande die alten Damen überhaupt; anderswo, Gott weiß es, habe ich eine solche Unbefangenheit nicht gefunden, und die Unerschrockenheit gehörte auch dazu.

Einmal schlug krachend der Blitz in die große Pappel an der Parkmauer ein, etwa dreißig damenhafte Trippelschritte von der Gewitterecke entfernt.

»Das war wohl recht nahe«, bemerkte nach einer Weile Mariannchen mit halblauter Stimme.

»Ach ja«, sagten die beiden anderen, ebenfalls halblaut. Und dann sahen alle drei einander an und senkten hastig wieder die Blicke.

Leicht kann man sich vorstellen, daß den Barometern, deren

sich allmählich eine sehr stattliche Anzahl im Hause ansammelte, eine große Aufmerksamkeit zugewandt wurde. Aber auch von Trinkgeldern begleitete Gespräche mit alten und aus irgendeinem Grunde für besonders wetterkundig geltenden Bauern waren nicht selten. Es versteht sich, daß auch die Dienstboten zu sorgsamer Himmelsbeobachtung angehalten wurden und der Dulkensche Nachtwächter Weisung hatte, die Damen wecken zu lassen, sobald er auf Gewitter deutende Wahrnehmungen gemacht zu haben meinte.

Meistens indessen fanden, wie es ja die Naturgeschichte vorschreibt, die Sitzungen in der Gewitterecke bei Tageslicht statt, und da pflegte das Taschenperspektiv ausgiebig zu Rate gezogen zu werden, obwohl es doch nur ein winziges Himmelsfleckchen vor den Blick stellte, und auch dieses nicht mit großer Genauigkeit, und obwohl sich allerlei Unzukömmlichkeiten daraus ergaben, daß sich die Greiffenschildtschen Damen mit vorrückenden Jahren zur Benutzung von Brillen genötigt sahen und es umständlich oder gar unmöglich war, die Qualitäten der Brillen und die Qualitäten des Taschenperspektivs aufeinander abzustimmen. Die Greiffenschildtschen Damen schafften sich auch nicht gleichzeitig ihre Brillen an, sondern mit Abständen von Jahren, und so hatten sie zeitweilig kein Verständnis dafür, daß die schwesterlichen Augen mit dem Taschenperspektiv nicht ganz zurecht kamen.

»Ach bitte, Mariannchen, gib doch einmal Papas Perspektiv herüber«, sagte etwa Susannchen. »Du hast es jetzt schon so lange gehabt, und du spielst doch nur mit ihm. Kein einziges Mal hast du richtig hindurchgesehen!«

»Wie kannst du nur so etwas sagen, Susannchen! Also ich habe nicht hindurchgesehen! Großartig! Und daß ich es erst auf meine Brille einstellen muß und auf meine Augen, daran denkt hier niemand. Nun, ich bin eben für die Verträglichkeit. Bitte sehr, da hast du es! Das soll mir niemand nachsagen, daß ich... daß ich... also daß ich auf etwas, das noch von Papa stammt, allein Anspruch mache, obwohl... obgleich ich gerade jetzt so gern hindurchsehen würde, denn eben muß das Gewitter beim Poikenschen Pastor sein, das ist unmöglich zu verkennen.«

»Aber ich bitte euch um alles in der Welt«, rief Annchen, die als die Älteste zu Schlichtungsmanövern neigte, »was hat das schon zu bedeuten? Voriges Mal hat es auch über dem Poikenschen Pastorat gestanden, und was ist dabei auf Dulken gekommen? Nur ein klein bißchen Regen, gerade so viel, um die Steine bunt zu machen!«

»Nein, Annchen, ich finde, du siehst das zu subjektiv an«, antwortete Susannchen. »Verallgemeinern darf man nie, und ich habe immer beobachtet, daß die meisten Gewitter aus der Poikenschen Gegend auch zu uns kommen. Und was ich dir noch sagen wollte, Mariannchen, bitte, jetzt kannst du das Perspektiv ruhig behalten. Inzwischen ist es so nahe gekommen, daß ich auch mit bloßem Auge alles am Himmel erkennen kann.«

Das Perspektiv lag auf dem Tisch, und da weder Susannchen noch Mariannchen es anrühren wollten, so blieb es noch eine Weile liegen, und dann wurde es von Annchen ergriffen und langsam auf die Wolken gerichtet. Eine Weile schwiegen alle drei.

»So«, sagte endlich Mariannchen, »jetzt ist es beim Kabbasch-Gesinde und beim Praksehdenschen Kruge, aber da bleibt es hängen, weil es nicht über die Aa kann. Die Aa muß doch ein besonders kräftiger Fluß sein.«

»Erbarme dich, Mariannchen!« rief Susannchen. »Da bist du aber nun wirklich im Irrtum! Die Aa ist überhaupt nicht kräftig. Soll ich dir sagen, was die Aa ist? Tückisch ist sie – ganz einfach tückisch!«

»Ja, das ist bekannt, und davon hat man viele Beispiele«, antwortete Mariannchen langmütig. »Aber wenn sie auch tückisch ist, deswegen könnte sie doch zugleich kräftig sein – meint ihr nicht auch?«

Hiermit hatte sie Annchen ebenfalls wieder in das Gespräch hineinziehen wollen. Annchen indessen war mit dem Perspektiv beschäftigt und behielt sich ein schlichtendes Eingreifen einstweilen noch vor.

»Nein, das kann ich nun gar nicht finden«, sagte Susannchen. »Entweder kräftig oder tückisch. Und daß ein Gewitter nicht über einen Fluß kommt, das ist gar nichts Besonderes.

Papa hat immer gesagt, im Ausland wären die Flüsse sehr oft zugleich Wasserscheiden.«

»Aber Susannchen! Das kann doch nicht dein Ernst sein! Das kann Papa unmöglich gesagt haben! Wahrscheinlich hat er von Wetterscheiden gesprochen.«

»Nein, nein, das weiß ich ganz genau, und das ist doch auch nur logisch. Der Rhein und dann diese Flüsse bei Pyrmont und Bad Elster, das *sind* eben Wasserscheiden. Aber Wetterscheiden – erbarmt euch, was sollte denn das für einen Sinn haben?«

»Mama hat oft davon gesprochen, wie fein Papa auf Reisen beobachten konnte. Ja, noch kurz vor ihrem Tode, ihr beiden wart nicht dabei, da hat sie mir erzählt, wie er in Schwalbenlangbach –«

»Aber es heißt doch Langenschwalbach!«

Jetzt ließ Annchen das Perspektiv sinken, schob es energisch zusammen und legte es auf den Tisch. Die Unterhaltung, so fand sie, war allzusehr zum Zwiegespräch geworden, das war ja fast, als sei schon der Zeitpunkt gekommen, da es nur noch zwei Greiffenschildtsche Damen geben würde, und darin lag etwas vordeutend Unbehagliches.

»Ach, Kinder, zankt euch doch nicht!« sagte sie. »Erbarmung, was liegt schon daran? Da! Habt ihr den Blitz gesehen? Das muß wieder über dem Kabbasch-Gesinde gewesen sein. Paßt auf, jetzt kommt es doch noch über die Aa, wenn Mariannchen auch meint, die Aa wäre eine Wasserscheide.«

»Bitte, als Fräulein Hertzog bei uns war, da hat sie in der Geographiestunde auch von Wasserscheiden gesprochen.«

»Findet ihr wirklich«, meinte Annchen, »Mama hätte mit Fräulein Hertzog einen glücklichen Griff getan? War sie nicht am Ende doch ein bißchen kokett? Nicht sehr viel, nein, das bestimmt nicht, aber doch ein bißchen?«

»Und dann schmeichelte sie auch!« rief Mariannchen aufleuchtend, als sei mit dieser Feststellung auch die Frage der Wasserscheiden endgültig geklärt. »Sie hat Mama geschmeichelt, und sie hat Papa geschmeichelt, und wenn Onkel Arnold da war, dann hat sie ihm auch noch geschmeichelt.«

»Das hat nichts zu sagen«, entschied Annchen. »Früher gehörte Schmeicheln zur Höflichkeit. Aber Koketterie hat noch nie zur Höflichkeit gehört und wird auch nie dazugehören.«

Dies letztere sagte sie mit einer großen Bestimmtheit.

Anfangs war es etwas lästig gewesen, wenn die bedrohlichen Veränderungen am Himmel gerade in die für die Mahlzeiten bestimmten Stunden fielen. Ja, da hatte man doch, in der Gewitterecke sitzend, mit einiger Ungeduld und Sehnsucht des sorgsam gedeckten, mit so vielen appetitlichen Dingen bestellten Tisches im Speisezimmer gedacht, von dessen Wänden die nachgedunkelten Großeltern und Eltern vielleicht mit Verwunderung, vielleicht gar mißbilligend, auf die drei leeren Stühle um den runden Tisch herniedersehen mochten.

Solchen Ungedulds- und Sehnsuchtsgefühlen zu begegnen, hatte Susannchen eines Tages sich ein paar Biskuits und ein Reisefläschchen mit Portwein in die Gewitterecke mitgebracht, und obwohl Annchen und Mariannchen diese Neuerungen zunächst ungewöhnlich und nicht ganz passend gefunden hatten, so hatten sie mit der Zeit sich dies Verfahren ebenfalls zu eigen gemacht, und dann war ein förmlicher Wetteifer entstanden, und jede suchte die anderen durch neu ersonnene Stärkungs- und Erfreuungsmittel in Erstaunen zu setzen. Ich übergehe hier einige Entwicklungsstufen und bemerke, daß aus Susannchens gewagtem Entschluß allmählich eine der wichtigsten Greiffenschildtschen Gepflogenheiten erwachsen ist. Ich denke an nichts Geringeres als an die Greiffenschildtschen Gewittermahlzeiten.

Aber hier fällt mir etwas anderes ein. Nämlich vielleicht interessiert es Sie zu erfahren, wie ich auf die Geschichte von den Greiffenschildtschen Damen überhaupt geraten bin. Nun, immer kommen einem ja Gedanken beim Rasieren, als bei einer Verrichtung von zugleich aktiver und kontemplativer Natur, und gar der ersten des Tages. Also heute früh beim Rasieren stellte ich mir plötzlich vor, was für cin hübsches Bild das sein müßte: drei freundliche alte Damen mit silbernen Pudellöckchen und langen, dünnen vom Hals bis zum Gürtel reichenden Uhrketten, an denen zahllose kleine Ziergegenständchen baumeln, und die eine von ihnen hat eine silbergefaßte Brille, und alle drei sitzen sie häkelnd oder mit offenbar bestem Appetit speisend unter einem ungeheuren Regenschirm und einem noch ungeheuerlicheren Gewitterhimmel im Freien, im fließenden oder schon strömenden Regen, und mitunter sehen sie hinauf zu den schwarzen Wolken und den zuckenden Blitzen – aber mein Gott, das ist ja kein Bild mehr, das wird schon eine Folge von Bildern wie ein Kinofilm –, wobei sie sich gelegentlich auch wohl ein wenig um ein Perspektiv streiten, während ein alter Diener mit silbernen Bartstoppeln – aber halt, vom Diener später! Nur soll deswegen niemand denken, er habe für unsere Geschichte keine Bedeutung. Natürlich liegt sie nicht in den Bartstoppeln, obwohl auch diese... schließlich ist mir das Bild ja beim Rasieren eingefallen... nun, was den Alten angeht, er rasiert sich schon lange nicht mehr jeden Morgen, das Leben ist ohnehin anstrengend für bejahrte Menschen, und die Greiffenschildtschen Damen haben sich mit der Zeit abgewöhnt, das so genau zu nehmen; vielleicht bemerken sie es gar nicht, sie richten ja auch ihr Perspektiv nicht gerade auf seine Backen- oder Kinngegend.

Ja, also wenn ich zu malen verstünde – das wäre so etwas für mich gewesen! Heute indessen malt man ja dergleichen nicht mehr, heute malt man abstrakt... und doch könnte man am Ende die Meinung verfechten, es stäken auch in meiner Geschichte allerlei abstrakte Elemente, finden Sie nicht? Aber vielleicht werden Sie auch sagen, surrealistische, oder spricht man hier möglicherweise besser von existentiellen Grenzsituationen? Ich kenne mich da nicht so recht aus. Vermutlich ist das auch nicht sehr wichtig.

Was aber die erwähnten Greiffenschildtschen Gewittermahlzeiten angeht, so sind diese seinerzeit in ganz Livland berühmt gewesen – und hierbei mag man sich wieder der klassischen Novellenwendung erinnern, daß die Kunde von dem wunderbaren Ereignis sich zum großen Ergötzen aller durch die hurtige Fama weithin ausgebreitet habe. An dieser Berühmtheit hatte die hierbei geübte Methode des Servierens einen wichtigen Anteil. Janne, der uralte, noch aus Greiffenschildtschen Elternzeiten stammende Diener, hatte das Benötigte aus dem Hause zur Gewitterecke zu tragen, und auch dies geschah nach strenger Anordnung der Damen bei schon niedergehendem Regen nie anders als unter einem gewaltigen Schirm, der nicht nur die Speisen, sondern auch Janne selbst vor dem Naßwerden behüten mußte. Denn wie die Greiffenschildtschen Damen schon sind, sie denken nicht nur an sich, sondern auch an den alten Mann und seinen Rheumatismus. Allerdings hatte er, des Regenschirmes wegen, nur eine Hand zum Servieren und zum Transportieren frei, und so mußte er denn seinen Weg ungemein oft zurücklegen, aber dafür hatte er doch sein sicheres Brot und hatte diese Dienste nur bei Gewitter zu leisten, sonst aber wurde nicht viel von ihm verlangt. Dann muß man auch bedenken, daß die Greiffenschildtschen Damen ja freundliche und gutmütige Wesen sind, und so nahmen sie auf den alten Diener alle erdenkliche Rücksicht: Es gibt keine großen und schweren Bratenschüsseln und Suppenterrinen, sondern alles wird in winzigen Schüsselchen und Tellerchen angerichtet, ja es gibt kleine und niedliche Dinge zu essen, und im Grunde haben die einander so ähnlichen und so einträchtigen Schwestern die auch am liebsten.

Aufmerksam wie ein Jagdhund steht Janne unter dem säulengetragenen Vorbau des Hauses und wartet. Wenn die Damen ihn benötigen, so läuten sie mit der messingnen Tischglocke, die schon zu Großpapas Zeiten in Gebrauch gewesen ist. Donnert es aber so gewaltig, daß ihr schmächtiger Ton sich nicht durchzusetzen vermag, dann wird mit optischen Signalen gearbeitet; bei Dunkelheit eine Laterne geschwenkt, sonst aber ist es erst ein Handwink gewesen, dann ein Winken mit dem Taschentuch, in späteren Jahren mit der Serviette, mit einem Handtuch, und zuletzt bediente man sich einer recht umfänglichen Fahne in den weißroten Greiffenschildtschen Wappenfarben, denn Janne ist ja alt, und sein Augenlicht verschlechtert sich zusehends.

Über die Fahne hinaus hat es freilich keine Steigerung mehr gegeben, denn Janne legte sich hin und starb. Als die Schwestern an sein Krankenbett kamen, um Abschied zu nehmen, da murmelte er: »Altes Mensch muß sterben... was soll man da machen?... Gute Herrschaft, gewiß: gute Herrschaft... nur bißchen verdreht... ach ja, liebes Gottchen... ach ja, altes Mensch hat lange genug gelebt.«

Nach seinem Tode wurde der dritte Sohn des Kutschers in die Dienerlivree gesteckt, aber das war schon nicht mehr das richtige, und die Greiffenschildtschen Damen konnten sich nicht so ganz an ihn gewöhnen. Er wurde ebenfalls Janne gerufen, obwohl er Andreews hieß, aber wenn die Damen von ihm sprachen, so nannten sie ihn »der Kutschersche« oder »der Neue«.

»Er lauert immer«, pflegte Mariannchen zu sagen.

»Janne hat auch gelauert«, meinte Susannchen. »alte Menschen lauern eben, das ist nicht anders, und man muß ihnen das lassen und sich abfinden. Aber was hat so ein junger Schmurgel zu lauern? Das kann doch nur von einem Mangel an Opinion kommen.«

»Opinion ist überhaupt selten«, erklärte Annchen nachdrücklich, als wollte sie mit dieser Feststellung das Gespräch abschließen.

So schnell indessen mochten die anderen ihr Thema nicht im Stich lassen.

»Ach ja«, stimmte Susannchen zu. »Eben, eben! Das ist ja, was ich sage. Darum wird ja auch so viel gelauert.«

»Aber das Lauern ist noch nicht alles«, bemerkte Mariannchen. »Wenn der Kutschersche nur lauerte, da wollte ich noch nicht viel sagen. Aber ich finde, er figuriert auch.«

»Was du schon wieder hast, Mariannchen!« sagte Annchen. »Nein, von Figurieren habe ich noch nichts bemerkt. Man muß auch nicht *zu* empfindlich sein.«

Die Greiffenschildtschen Damen wären wahrscheinlich in Verlegenheit und infolgedessen in Störrischkeit geraten, wenn man sie gefragt hätte, was sie in diesem Zusammenhange unter Opinion und Figurieren verstanden; ja sogar das Lauern wäre am Ende nicht ganz leicht zu erklären gewesen. Nun, es fragte sie niemand, und das rechnen wir ihm zum Guten, es ist nicht chevaleresk, alte Damen in Verlegenheit zu setzen.

Janne hatte den Schirm in der Gewitterecke stets vortrefflich instand gehalten. Ob nun der Kutschersche es hier an Sorgfalt fehlen ließ oder ob der Schirm sich abgenutzt hatte oder der

Gewalt eines über alles Gewohnte hinausgehenden Unwetters von Hause aus nicht gewachsen war, diese Unzulänglichkeit aber bisher nicht hatte merken lassen – jedenfalls, es geschah, daß er Beschädigungen erlitt und wie ein entwurzelter Baum zur Seite stürzte. Bald waren die Damen trotz aller Vermummung naß bis auf die Häute. Dennoch hielten sie aus und kehrten erst ins Haus zurück, nachdem das Gewitter in einen friedlichen, obzwar hartnäckigen Regen übergegangen war. Sie begaben sich sofort in ihre Betten, sie schluckten Pülverchen und Pillen, sie gurgelten mit allerlei Aufgüssen, sie nahmen schweißtreibende Kräutertees, und sie tranken mehr »warme Gläser«, als es für Damen herkömmlich ist. Auf diese Weise hatten Annchen und Susannchen ihre Erkältungen nach zwei oder drei Tagen überwunden; bei Mariannchen aber wurde aus der Erkältung eine Lungenentzündung, und nach wenigen Wochen ist sie gestorben.

Da waren es denn nur noch zwei Greiffenschildtsche Damen, nämlich Annchen und Susannchen, die Älteste und die Jüngste, und da hätte man nun meinen sollen, die Frage »du oder ich?« müßte sich von nun an in ihrer äußersten Schärfe gestellt haben. Aber sehen Sie, meine Damen und Herren, jetzt kommen wir wieder auf das zurück, was man Versionen oder Lesarten nennt. Nämlich die einen behaupten allerdings, von jetzt an habe es kein verstohlenes Blickekreuzen mehr gegeben, sondern nur noch unverheimlichte Blicke von funkelnder Gehässigkeit, ja spitze und böse Worte. Die anderen aber wollen das nicht gelten lassen und haben eine nahezu entgegengesetzte Theorie aufgestellt, indem sie sagen, Annchen und Susannchen hätten sich, zwar nicht durchaus stillschweigender-, aber doch auch nicht völlig aus- und abgesprochenermaßen, dahin geeinigt, jene zigeunerische Prophezeiung als erfüllt anzusehen. Mariannchen *war* doch am Blitz gestorben. Woher hatte sie denn ihre Lungenentzündung, wenn nicht vom Gewitter? Man mußte nur gutwillig sein, und das ist in der Frage des Eintreffens oder Nichteintreffens von Prophezeiungen ohnehin anzuraten – übrigens auch sonst, in allen Dingen, das versteht sich ja von selbst.

Hier also sind Widersprüche in der Überlieferung, aber sie

sollen uns nicht bekümmern. Mag sich der künftige, kunstmäßige Nacherzähler meiner Geschichte, dem wir hier nicht vorgreifen wollen, mit ihnen auseinandersetzen und sie ins gleiche bringen, nach seinem Behagen und Belieben, und vielleicht erfindet er auch etwas ganz Neues und höchst Überraschendes! Alle Einzelheiten sind ohnehin nicht mehr aufzuhellen, es ist doch schon recht lange her und inzwischen so viel passiert, wie soll man da alles so genau wissen, und es kommt wohl auch nicht sehr viel darauf an.

Dies eine aber scheint festzustehen, daß Mariannchens Tod in den Gepflogenheiten der Greiffenschildtschen Damen keine wesentlichen Veränderungen bewirkt hat, und das könnte wiederum denjenigen recht geben, welche die Lesart vom Glauben der beiden Schwestern an eine bereits erfüllte und damit hinfällig gewordene Voraussage verwerfen. Aber natürlich läßt sich da einwenden, in höheren Jahren sei es nicht mehr leicht, sich von Gewohnheiten loszusagen, selbst wenn die Ursachen dieser Gewohnheiten fortgefallen sind, und es wäre doch auch schade, wenn alle so sorgsam ersonnenen Vorrichtungen nun plötzlich sinnlos geworden sein sollten. Kurz, die Damen saßen auch weiterhin in der Gewitterecke, nur war die Unterhaltung ein wenig wortkarger geworden, und in verdrießlichen Gesprächspausen sagte Annchen, als habe sie eine Rücksichtslosigkeit zu rügen, mit mildem Vorwurf: »Mariannchen hat uns allein gelassen.«

Ach, es dauerte nicht mehr sehr lange, da hatte sie in einem ähnlichen, wenngleich schmerzlicheren Tone vor sich hin zu flüstern: »Mariannchen und Susannchen haben mich allein gelassen.« Denn Susannchen, die jüngste der drei blitzblanken Jüngferchen, war eines Morgens nicht zum Frühstück erschienen; man fand sie behaglich hinübergeschlummert.

Auch über Annchens letzte Lebenszeit gehen die Meinungen auseinander. Es heißt, sie habe, nachdem sie zur einzigen Greiffenschildtschen Dame geworden war, den Glauben an die Prophezeiung vollständig von sich getan. Ich weiß nicht, ob das stimmt; träfe es zu, so würde ich es beklagen, denn es ist schwer abzusehen, womit sie die durch den Wegfall dieses Glaubens entstandene Lücke hätte ausfüllen sollen. Natürlich liegt es nahe, mit jener Version zu meinen, die Greiffenschildtsche Dame sei jetzt zur Erkenntnis gekommen, daß ihr nichts mehr drohte. Aber was heißt denn das? Daran, daß ein Blitzschlag *ihr* bestimmt gewesen wäre statt einer ihrer Schwestern, daran hatte sie ohnehin nie geglaubt. Und damit, daß sie Mariannchen und Susannchen überlebt hatte, damit war sie doch nicht auf einmal unsterblich geworden! Wenn es auch kein Blitz sein sollte – mein Gott, sie war alt, wie lange konnte es denn im wohlwollendsten Falle mit ihr dauern? Freilich, ob das gute Haus heil blieb über ihre Lebenszeit hinaus, das durfte ihr jetzt gleichgültig sein.

Einmal, so besagt eine andere Lesart, einmal kam ein merkwürdiger Gedanke über sie: nämlich es stieg ihr die Frage auf, ob denn in der Prophezeiung ausdrücklich gesagt war, es werde nur eine einzige der drei Schwestern am Blitz oder doch am Gewitter sterben. Aber sie verscheuchte, vielleicht törichterweise, diesen Einfall, der sie immerhin hätte in Anspruch nehmen und unterhalten können.

Sie war nun sehr einsam. Sie hatte auch nichts mehr, das ihre Gedanken recht beschäftigte, denn der wichtigste ihrer ehemaligen Gedankeninhalte war ihr ja genommen worden. Es tröstete sie auch nicht, daß ihr niemand mehr das Taschenperspektiv streitig machte und daß es jetzt nicht mehr im viel zu geräumig gewordenen blauen Salon auf der Mahagonikonsole zu Füßen der hohen Vase mit den Zittergräsern liegen mußte, sondern seinen Platz auf ihrem Nachttischchen erhalten hatte. Am Ende könnte man geradewegs sagen, sie habe sich entsetzlich gelangweilt.

Sie versuchte nun, sich die großen philosophischen Ideen ihrer Jugend in den Sinn zu rufen, die Gedanken an ein höchstes Wesen, an Tugend und Unsterblichkeit, aber es kam nicht viel dabei heraus. Es blieb alles bleich und grau. Wie belebt aber und reich war das Dasein gewesen, als sie noch mit Mariannchen und Susannchen beim Gewitter unter dem Schirm gehäkelt und gespeist hatte und so unbeschreiblich gespannt darauf gewesen war, welche von den beiden anderen denn nun endlich vom Blitz getroffen werden würde!

Um nun wenigstens etwas festzuhalten aus dieser glücklichen Zeit von ehemals, blieb sie bei der alten Gewohnheit, sich zu Gewitterzeiten an der Parkmauer und unter dem längst wieder hergerichteten Schirm niederzulassen. Aber sie blieb bei ihr nicht lange, denn bald starb sie ihren Schwestern nach.

Da waren denn nun alle drei Greiffenschildtschen Damen richtig gestorben, Annchen, Mariannchen und Susannchen, richtig gestorben und auch richtig begraben. Sie lagen im großväterlichen Erbbegräbnis unter den Trauerbirken und Weymouthskiefern, daran ist gar nicht zu zweifeln, und notfalls ließe es sich aus dem Kirchenbuch nachweisen; da gibt es keinerlei Lesarten. Dennoch wurde behauptet, hin und wieder, insbesondere an schwülen und gewitterverheißenden Hochsommertagen, sähe man immer noch bald eine der Schwestern, bald zwei und bald alle drei draußen an ihrem Regenschirmplatz sitzen und über die Wiesen und hinauf zum Himmel blicken, manchmal durch das Taschenperspektiv, manchmal mit unbewaffnetem Auge. Von den Dulkenschen Bauern und von denen der Nachbarschaft wurde die Erscheinung der Damen, die so lange vergeblich auf einen passenden Blitz gewartet hatten, als Anzeichen eines unveränderlich schönen und heiteren Wetters genommen. Dann mußte man Heu machen! Und hieran glaubten die Bauern mindestens so fest, wie nur jemals die Greiffenschildtschen Damen an die Zigeunerprophezeiung geglaubt hatten. Es gab sogar Spezialisten, die ihre sehr ins einzelne reichenden Wettervorhersagen darauf gründeten, welche und wie viele von den Greiffenschildtschen Damen sich hatten wahrnehmen lassen; aber das führt vielleicht schon etwas zu weit.

Ob das jetzt noch so ist, darüber fehlen mir die Nachrichten. Sie haben ja davon gehört, daß es in meiner Heimat heutzutage ganz anders aussieht und zugeht als in meiner Jugend.

Ein Gartenhäuschen in Kurland

Das Tempelchen

Das in Weißrußland gelegene Gut Makarjewskoje gehörte im vorigen Jahrhundert der Familie Makedonow, und nachdem sie in der männlichen Linie ausgestorben war, kam es schließlich durch Heirat an den Kollegienassessor Tschaikin. Die Großmutter seiner Frau war eine geborene Makedonowa.

Diese Großmutter lebte in Petersburg und war die Witwe eines Oberstleutnants, der zuletzt an einer militärischen Erziehungsanstalt Kriegsgeschichte gelehrt hatte. Eines Sommers, schon nach der Jahrhundertwende, kam sie für ein paar Wochen zu Besuch, um, wie sie sagte, noch einmal ihr Geburtshaus zu sehen und unter dem alten Dache zu schlafen.

Sie war klein, zart und gebrechlich. Gern ging sie am Arm ihrer Enkelin durch den Park und erzählte von Vergangenem. Wie es bei alten Leuten zu sein pflegt, waren das oft Geschichten, die sie nicht zum ersten Male erzählte. Dann aber bekam Jelisaweta eine Erzählung zu hören, die ihr neu und überraschend war und sich ihr tiefer einprägte als alle anderen. Ja, nachdem sie selber bereits zu Jahren gekommen war und nachdem sich auf Grund der Umgestaltungen, die vom zweiten Jahrzehnt unseres Jahrhunderts an über die östlichen Länder hingingen, auch in ihrem Leben vieles geändert hatte, hat sie diese Großmuttergeschichte im Sinn behalten und hat gemeint, in ihr ein stattliches Maß angedeuteter Aufschlüsse und Erfahrungen niedergelegt zu finden, und vielleicht mehr, als die Großmutter selbst gewußt hatte. Manchmal gar wollte es ihr – man möchte annehmen: irrigerweise – fast scheinen, als läge hier eine Art Schlüssel zur Dechiffrierung des Lebens und der menschlichen Schicksale bereit. Doch war es auch der Enkelin nicht gegeben, diesen Gehalt zu erkennen und für das eigene Dasein fruchtbar zu machen.

Eines Vormittags, als die beiden am Tennisplatz vorüberkamen, sagte die Großmutter:

»Bevor Onkel Kostja den Tennisplatz angelegt hat, war hier eine Art Wildnis. Die Wege waren verwachsen, und es stand da ein Lusthäuschen, so ein weißes Tempelchen in der griechischen Manier. Kannst du dich daran erinnern?«

»Erinnern nicht, Großmamachen«, antwortete die junge Frau, »ich habe nur gehört, daß es so etwas gegeben hat, und es lag auch bei meinen Eltern eine Zeichnung herum. Dann weiß ich noch, daß nachher umgebaut wurde, und an die Stelle des hölzernen Lusthäuschens kam ein steinerner Pavillon. An den erinnere ich mich noch genau.«

»Ach, Kindchen, du sprichst von dieser Veränderung! Nun, als sie vorgenommen wurde, da war ich seit drei Jahren verheiratet, Onkel Fedjuscha war schon geboren, und ich erwartete Tante Katja, und Großpapa und ich waren zu Besuch hergekommen. Wir gingen im Park spazieren und sahen eine Weile zu, wie das Tempelchen abgebrochen wurde, das doch für mich eine so große Bedeutung gehabt hatte. Wir setzten uns auf eine Bank, und ich dachte, jetzt müßte ich es dem Großpapa erzählen, jetzt sei der rechte und vielleicht gar der letzte Augenblick, und ich hatte auch den festen Vorsatz dazu. Diesen Vorsatz hatte ich übrigens schon lange, nämlich seit unserer Verlobung, aber seine Ausführung schob sich hinaus, weil ich fürchtete, Großpapa würde mich nicht so verstehen, wie ich es mir wünschte, und vielleicht würde er sich nur ärgern und mich ausschelten. Jetzt auf der Bank jedoch wollte ich danach nicht mehr fragen, sondern ganz einfach den Mund auftun. Aber Großpapa interessierte sich so sehr für die Bauarbeiten, das war ja bei ihm eine alte Passion, und alle Augenblicke sprang er auf, lief hin und sprach mit den Arbeitern, und einmal hat er einem ein Werkzeug aus der Hand genommen und ihm auseinandergesetzt, was er falsch machte, das war so seine Art. So wurde aus dem Erzählen nichts, und als wir nachher wieder in unserer Garnison waren, da hatte jeder Tag sein Füllsel, und da fühlte ich, daß die Gelegenheit vorüber war. Und doch sind auch später noch Augenblicke gewesen, in denen ich es ihm zu sagen dachte, aber es hat dann immer irgendein Hindernis gegeben.

Vielleicht bin ich zum letzten Male in Makarjewskoje. Und jetzt, da nicht einmal der Pavillon mehr steht, von dem alten Tempelchen gar nicht zu reden, und da außer mir niemand am

Leben ist von uns allen, die wir damals hier zusammen waren, jetzt möchte ich doch einmal aussprechen dürfen, was ich so lange in mir bewahrt habe. Freilich, in den letzten Jahren hat es mich nicht mehr viel beschäftigt – so treulos ist die Seele! –, weder bedrückt noch beglückt, denn mit der Zeit blaßt alles ab, und nur die frühen Kinderjahre, ja, die behalten ihre Unverwelklichkeit.

Das wirst du ja gehört haben, Kindchen, daß Großpapa als junger Mann bei uns im Quartier war und daß wir uns hier kennengelernt und verlobt haben. Damals stand er noch bei den Sappeuren, und er hatte die Aufgabe, die Brücke bei Gorodischtsche neu zu bauen, die von den Insurgenten gesprengt worden war. Das war, als der Aufstand schon zu Ende ging. Gelegentlich fielen wohl noch kleine Gefechte vor, aber wir in unserer Gegend, wir haben ja von der ganzen Sache überhaupt wenig gemerkt, eigentlich war die Brückensprengung das einzige gewesen. Hier war eben kein rechter Boden für diese Geschichten, in unserem Kreise gab es damals nur zwei oder drei polnische Gutsbesitzer, die Bauern waren meistens Rechtgläubige, und katholische Leute fand man selten; wie das jetzt ist, das wirst du besser wissen als ich.

Großpapa liebte die Polen nicht und sagte, sie seien Aufrührer von Natur, aber ich bin immer gut mit ihnen ausgekommen. Großpapa hatte so militärische Ansichten, weißt du, der Kaiser hier und der Kaiser dort, und niemand soll räsonnieren. Nun, damals ist das so gewesen, heute denken viele anders, und manche auch schon allzusehr. Ich meine immer, auf das Herz des Menschen kommt es an und nicht auf seine Sprache oder auf die Gedanken in seinem Kopf. Die Gedanken in seinem Kopf, die können alle falsch sein, das ist wie mit der Orthographie oder dem höheren Rechnen, wo man sich auch sehr täuschen kann. Aber in seinem Herzen hat der Mensch einen Punkt, da kann er nicht irren. Und an dem kann man ihn erkennen.

Damals gab sich Großpapa schon viel Mühe um mich, und natürlich gefiel mir das. Aber ich sah ihn doch nicht sehr häufig, weil er immer bei der Brücke war. Ganz versessen war er auf diesen Bau!

Der Sommer ging schon in den Herbst über, es war naß und kühl. Eines Morgens war ich ganz früh im Park herumgegangen und dann im Walde und dann wieder im Park. Ich hatte gemerkt, daß Großpapa richtige Absichten auf mich hatte, und auch meine Eltern hatten mir so etwas angedeutet, und da meinte ich, ich müßte in der Einsamkeit und in der Natur mit mir zu Rate gehen, wahrscheinlich hatte ich irgendwo gelesen, daß man das so macht. Ich war noch sehr jung, jünger als heutzutage die Mädchen zu sein pflegen, um die man anhält. Du warst, glaube ich, zwanzig, nicht wahr? Mir scheint, ich bin an diesem Morgen nicht sehr weit gekommen mit meinen Überlegungen, ich war auch noch so kindisch, daß ich mich von jedem Eichhörnchen ablenken ließ. Dann fand ich es an der Zeit, zum Frühstück ins Haus zu laufen, aber da ging plötzlich ein Schauer nieder, ich war gerade in der Nähe des Tempelchens, und so wollte ich dort Schutz suchen.

Du sagst ja, daß du ein Bild von ihm gesehen hast. Da weißt du, daß es im Gebüsch versteckt lag und gerade so groß war, daß eine kleine Gesellschaft dort Tee trinken konnte; der Pavillon ist stattlicher gewesen, aber damals ging alles noch bescheidener zu. Wir benutzten das Tempelchen selten, weil meine Mutter fand, es herrsche dort ein fauliger Geruch. Vielleicht war auch der Schwamm darin. Aber von außen machte es sich doch hübsch mit seinem weißen Anstrich mitten im Grünen, genau so, wie man sich das Altertum vorstellt.

Also gut, ich gehe hinein. Ich kann dir sagen, ich bekam einen großen Schrecken. Auf dem Boden lag ein Mensch, den ich noch nie gesehen hatte.

Er hatte sich eingewickelt in die blaugelbe Tischdecke, und auf dem kahlen Tisch lag ein Bündel wie ein Lumpenknäuel, und daneben eine Mütze, die schon jede Gestalt und Farbe verloren hatte.

Unwillkürlich stieß ich einen Schrei aus. Der Fremde schien geschlafen zu haben, aber sofort war er munter wie einer, der weiß, daß er auch im Schlaf nicht alle seine Achtsamkeit auf die Seite tun darf. Nicht daß er aufgesprungen wäre, aber sein Kopf und sein Oberkörper schnellten förmlich in die Höhe, und zugleich griff er mit der rechten Hand sehr geschwind nach seiner rückwärtigen Hosentasche, als wollte er eine Waffe hervorziehen; diese Bewegung zeichnete sich deutlich unter der Decke ab. Aber inzwischen hatte er bemerkt, daß niemand eingetreten war als ein junges Mädchen, und so führte er seine Bewegung nicht zu Ende. Er lächelte und ließ sich wieder zurücksinken, ohne aber seinen Blick von meinem Gesicht zu entfernen.

Die Furcht verließ mich. Ich war überrascht und unwillig. Ich fragte ihn, wer er sei und wie er hierherkomme.

Ich muß dir jetzt erst beschreiben, wie er aussah. Es war ein junger Mensch. Das heißt, heute weiß ich, daß er jung war wie ein Spatz. Damals habe ich vielleicht mehr empfunden, daß er fast ein Jahrzehnt vor mir vorausthaben mochte. Die schwarzen Haare waren ungekämmt, er hatte einen schmutzigen Stoppelbart und ein bleiches Gesicht. Die Wangen waren hohl wie bei einem Hungernden oder einem Kranken. Als er sich aufrichtete, da wurde sichtbar, daß er keinen Rock trug, sondern nur ein fetzenhaftes Hemd. Ja, er sah abgerissen und verwahrlost aus, und doch war es unverkennbar, daß er nicht zu den Landstreichern gehörte, sondern zu uns, und dann kam es mir auch zum Bewußtsein, daß ich ihn ja unwillkürlich ›Sie‹ genannt hatte, schon bei der ersten Anrede. Ja, und gerade darum war seine Erscheinung ergreifend, weil Schönheit und Adel erst durch eine solche Verhüllung von Schmutz und Verwahrlostheit hindurchleuchten mußten. Er war schlank und kräftig gewachsen, und er hatte schöne, geistvolle Augen, dunkelbraun und von sehr lebhaftem Ausdruck. Das alles habe ich natürlich nicht gleich im ersten Augenblick wahrgenommen, aber so in der Erzählung fasse ich es schon jetzt zusammen.

›Verzeihen Sie, ich bin nicht sehr präsentabel‹, sagte er lächelnd und zog die zurückgeglittene Decke wieder hinauf, so daß seine schmutzigen, bäuerlichen Stiefel zu sehen waren. Sein Lächeln hatte eine solche Ungezwungenheit und Heiterkeit, daß man ihm augenblicks wohlgesinnt sein mußte; auch etwas Spöttisches war dabei, weißt du, von der Art jenes Spottes, den der Spötter auch gegen sich selbst richten kann, das ist mir aber erst später bewußt geworden. Das Spöttische war auch mit Schwermut gemischt, das läßt sich kaum beschreiben. Jetzt tat es mir leid, daß ich ihn so unfreundlich gefragt hatte, aber er hat wohl richtig verstanden, daß das nur von meiner Überraschung kam. Und zugleich fiel es mir auf die Seele, wie elend er war und wie kalt er es gehabt haben mußte; die Fenster des Tempelchens waren ja unverglast, wahrscheinlich hat es im Altertum noch kein Glas gegeben.

›Verzeihen Sie, mein Fräulein‹, fuhr er fort, ich bin in einer ungewissen Lage und auch nicht bei sehr guter Gesundheit. Ich habe die regnerische Nacht nicht draußen verbringen mögen. Da nahm ich mir die Freiheit, hier einzudringen. Ich hoffe, Sie finden das nicht unverzeihlich. Ich bin unterwegs.‹

›Wohin?‹ fragte ich. Und ich weiß noch, daß es mir Mühe machte, dies kleine Wort herauszubringen, in einen solchen Zustand war ich geraten.

Er ließ die Frage unbeantwortet. Er wollte freilich etwas sagen, aber er hustete. So viel Mühe er sich gab, es zu unterdrücken, es gelang ihm nicht.

Ich faßte mir ein Herz und fragte geradezu, ob er von den Insurgenten sei. Er nickte.

›Wer Sie auch sind‹, sagte ich, ›ich werde Sie nicht verraten.‹

Kindchen, stelle dir das vor! Ist es nicht das, wovon alle jungen Mädchen träumen? Zu meiner Zeit jedenfalls taten sie das. Wir waren ja noch, möchte man sagen, eine romantische Generation.

›Sie können hier nicht bleiben‹, erklärte ich ihm. ›Wir haben Soldaten im Quartier. Das heißt, für den Augenblick sind Sie hier im Tempelchen noch am sichersten, bei diesem Wetter wird niemand herkommen, das ist ungefährlicher, als wenn Sie versuchen wollten, sich durch den Park davonzuschleichen. Sicher haben Sie Hunger?‹

Er nickte, und sein Lächeln war wieder spöttisch und schwermütig zugleich. ›Seit längerem‹, antwortete er.

›Ich werde Ihnen nachher etwas bringen‹, sagte ich. ›Aber vielleicht müssen Sie noch ein wenig Geduld haben. Ich muß vorsichtig sein.‹

›Sie sind ein Engel‹, erwiderte er. ›Mein Schutzengel sind

Sie.‹ Dann erkundigte er sich, wo er sei, und aus seinen Fragen entnahm ich, daß er gar keinen Begriff von der Gegend hatte. Ich antwortete, in Makarjewskoje, beschrieb ihm die Lage und gab ihm Auskunft über den Fluß, den Brückenbau und unsere Kreisstadt und nannte ihm auch meinen Namen. Daran mußte er merken, daß wir keine Polen waren, aber das hat er wohl schon vorher gewußt. Nämlich zuerst hatte er polnisch gesprochen und dann französisch, und als er wahrnahm, daß mir das Französische nicht so geläufig war wie ihm, da war er zum Russischen übergegangen, aus Höflichkeit gegen mich. Sein Französisch war aber nicht unser lumpiges Provinzfranzösisch, nein, wie ein Genfer oder Pariser hat er gesprochen.

Ich merke schon, es hat keinen Sinn, daß ich dir das alles mit solcher Ausführlichkeit erzähle, und es ist ja auch nur, weil meine Erinnerung so innig dabei verweilen möchte. Kurz, ich mußte ihn jetzt verlassen, hinübergehen und mich zu den andern an den Frühstückstisch setzen. Großpapa war nicht dabei, der war schon längst bei seiner Brücke, aber ich habe seine Abwesenheit kaum bemerkt. Es fiel mir nicht leicht, mich am Gespräch zu beteiligen, und ein paar Male habe ich konfuse Antworten gegeben; da sah ich, wie meine Eltern lächelten und einander zunickten und sich damit zu verstehen geben wollten, ich sei wohl in Gedanken an Großpapa befangen. Gut, sollten sie das nur denken! Ich aber konnte gar keine anderen Gedanken mehr haben, als wie ich ihn versorgen und ihm weiterhelfen könnte, und es kamen mir listige Einfälle und lauter kleine Verschlagenheiten, die ich mir bisher in meinem einfachen und übersichtlichen Leben nie zugetraut hätte. Plötzlich befiel mich auch eine brennende Neugier, seinen Namen zu erfahren. Ja, wahrhaftig, ich merkte, daß ich schon anfing, mir Namen für ihn auszudenken.

Später ging ich wieder ins Tempelchen, mit klopfendem Herzen. Unter meinem Mantel hatte ich ein schottisches Plaid untergebracht und eine Flasche mit heißem Tee und ein Fläschchen mit Schnaps und allerlei zum Essen, und es war nicht ganz einfach gewesen, das alles ohne Aufsehen zusammenzubekommen.

Als ich eintrat, lag er nicht mehr, sondern saß am Tisch, und die blaugelbe Decke hatte er sich umgehängt, das war wie in der Oper, irgend so ein Ritter oder Spanier oder auch Sarastro. Er bedankte sich feurig, er küßte mir die Hand und nannte mich wieder seinen Schutzengel. Dann sagte er mit einer kleinen Verlegenheit, die viel Anmut hatte, ohne mich anzublicken und mit halblauter Stimme: ›Ich bin sehr ausgehungert. Es ist mir nicht lieb, wenn Sie mir beim Essen zusehen.‹

Ich ging hinaus und stellte mich ins tropfende Gebüsch und sagte mir, so halte ich zugleich Wache für ihn. Mich befiel die Neigung, ans Fenster zu schleichen und einen verstohlenen Lauerblick zu tun, aber ich mochte dieser Neigung doch nicht den Willen lassen, und so blieb ich draußen und fuhr in meinen Überlegungen fort.

Ich wußte natürlich, daß auch in unserem Gouvernement der Kriegszustand verkündet worden war und daß Strafen darauf standen, wenn jemand geflüchtete Insurgenten bei sich beherbergte. Ich hatte auch gehört, daß Güter konfisziert worden waren, nur weil sich ohne Wissen der Besitzer dort Flüchtlinge aufgehalten hatten. Freilich hatte es sich da um polnische Gutsbesitzer gehandelt, und hätte man denn auch mit uns so verfahren können?

Einen Augenblick hatte ich wohl gedacht, mich meiner Mutter zu Füßen zu werfen und sie um Schutz und Hilfe für meinen Polen zu bitten. Aber dann sagte ich mir, wenn etwas Unglückliches geschieht, dann ist es besser, die Eltern wissen von nichts und können sagen, das war eine Kinderei von unserer Tochter, und dann würde man ihnen das nicht zu schlimm anrechnen, und mein Vater hatte doch bei der Garde gestanden und hatte seine Konnexionen von früher her. Und nur wenn er selber wissentlich gegen die Gesetze verstoßen hätte, dann würden ihm auch seine Verbindungen nicht viel helfen. Nein, es lag auf mir allein, und ich mußte es zu Ende führen.

In das Tempelchen zurückgekehrt, fand ich den Insurgenten in besserer Verfassung. Er hatte sich gesättigt und schlürfte nun langsam den Tee, am Tische sitzend und in das Plaid gehüllt. Ich wollte ihm vortragen, was ich ausgeheckt hatte, aber ich mochte das nicht zu geradwegig tun, und so fragte ich ihn, nachdem ich seine Dankesworte abgewehrt hatte, wie ich ihn anreden sollte.

›Nennen Sie mich Jerome‹, antwortete er rasch. Und dann setzte er zögernd hinzu: ›Ich habe keinen Namen mehr. Ich habe meinen Namen abgelegt, und ich werde ihn erst wieder an mich nehmen, wenn Polen frei ist.‹

Diese letzten Worte waren in einem Ton der Hoffnungslosigkeit gesprochen, der mein Mitleid noch vermehrte. Mein Gott, dachte ich, wir haben Länder genug, soll man doch diesen Polen geben, was sie sich so sehr wünschen, was kann das schon ausmachen? Ich sagte dir ja schon, ich war nicht so sehr für das Patriotische, und es kann ja auch keine Bedeutung haben, sobald man einen Menschen vor sich hat, der in Not ist.

Es war, als sei sein Vertrauen zu mir gewachsen, seit er mir die Möglichkeit gegeben hatte, ihn bei einem Namen zu nennen. Denn nun begann er, etwas von seinen Schicksalen zu erzählen. Er hatte eine Schußwunde gehabt, und da hatten die anderen ihn zu den Bernhardinern gebracht – er hat mir aber nicht gesagt, in welches Kloster –, und die haben ihn versteckt gehalten und gepflegt. Dann sollte das Kloster durchsucht werden, aber unmittelbar vorher haben sie eine Warnung bekommen, und da hat er fliehen können. Das war jetzt einige Wochen her, und seitdem war er unterwegs, ohne Obdach und ohne alles, was der Mensch nötig hat, und in steter Gefahr. ›Nun, und die Bauern‹, sagte er, ›von denen habe ich nicht viel Gutes zu erwarten; Sie wissen ja, wie die Behörden sie gegen uns aufgehetzt haben.‹

Ich fragte nach seiner Wunde.

›Ach, die war schon so gut wie verheilt, ich dachte ohnehin an den Aufbruch, und nur, daß es so schnell gehen mußte, war schlimm. Ich konnte mich nur notdürftig anziehen und fast nichts zu mir stecken als ein Stück Brot.‹

Jetzt kam ich mit der Frage heraus, die mich am stärksten beschäftigte, nämlich was er weiter vorhabe und wohin er sich zu wenden denke. Er nannte mir keinen Ortsnamen; er sagte nur, er habe Leute, auf die er sich verlassen könne, aber bis zu denen sei es weit, und die Russen hätten mehr Wachsamkeit als früher.

›Gott wird Sie behüten!‹ rief ich aus. ›Ja, gewiß, und ich werde seine Mutter Ihretwegen anrufen. Und was ich für Sie tun kann, das werde ich tun.‹

Für einen Augenblick streichelte er flüchtig meinen Arm, sagte aber nichts.

›Hören Sie, was ich mir ausgedacht habe‹, fuhr ich fort. ›Sie müssen heute den Tag über hier im Tempelchen bleiben, es wird bestimmt niemand kommen. Und zur Nacht bringe ich Sie woanders unter. Ich führe Sie in eine Kammer bei der Brennerei, da ist es warm, und nach Feierabend ist kein Mensch in der Nähe. Morgen früh führe ich Sie dann hierher zurück.‹

›Morgen früh? Wo denken Sie hin? Ich muß sehen, daß ich noch heute bei Dunkelheit weiterkomme.‹

›Das ist nicht möglich!‹ rief ich. ›Bei dem Zustande, in dem Sie sind, kann ich Sie doch nicht in die Nässe und Kühle hinauslassen. Und wenn wir auch Militär im Quartier haben, Ihr Leben ist hier doch weniger gefährdet als in der Elendsfreiheit im Walde. Den Tod können Sie sich holen.‹

Wie zur Bekräftigung meiner Worte überkam ihn ein Hustenanfall. Er unterdrückte ihn mühsam.

›Sehen Sie wohl!‹ sagte ich rasch, und dabei atmete ich auf, als hätte ich nun bereits alles gewonnen. Ich dachte dabei aber nicht nur an ihn. Ich dachte auch an mich selbst und daran, wie ich denn den nächsten Tag und alle folgenden Tage leben sollte, wenn er fort wäre. Mir würde ja zumut sein, wie in einen ausgetrockneten tiefen Brunnen gefallen, dunkel, leer, ohne Laut.

Noch einmal wurde er von einem heftigen Hustenanfall erfaßt. Sein ganzer Körper schütterte, aber es war kein Geräusch zu hören, und ich bewunderte seine Willenskraft. Er entschuldigte sich.

›In der Kammer bei der Brennerei dürfen Sie nicht husten‹, sagte ich, als sei alles übrige schon abgemacht. ›Ebensowenig wie Licht machen. Sonst aber kann Ihnen dort nichts zustoßen. Ich werde Ihnen ein Fläschchen Kirschlorbeerwasser bringen, zwölf Tropfen genügen, dann schlucken Sie jeden Husten herunter.‹

Er sträubte sich noch ein wenig, aber schließlich gab er nach.

Vielleicht hätte er gleich nachgegeben, wenn ich ihm einen Spiegel hätte zeigen können; wahrscheinlich wußte er gar nicht, wie erbärmlich er aussah.

Wir trafen nun die nötigen Verabredungen. Am Abend, schon bei gänzlicher Dunkelheit, geleitete ich ihn zur Brennerei.

Die Soldaten kannten mich. Ich nahm an, sie würden auch meine Stimme kennen. Als wir die Nähe des Postens passierten, sang ich laut, und wir wurden nicht angehalten.

Heute ist ja auch die Brennerei umgebaut. Überhaupt, seit Onkel Kostja mit seiner großen Tatkraft oder auch mit seiner großen Unruhe hier gewirtschaftet hat, ist vieles anders geworden, und manchmal habe ich Mühe, mein altes Makarjewskoje wiederzuerkennen. Damals hatte die Brennerei einen Anbau nach der Seite des Obstgartens hin, mit ein paar Zimmern, in denen sich nur tagsüber jemand aufhielt, und auch das nicht immer. Es wurden da irgendwelche Akten verwahrt, Rechnungspapiere, was weiß ich, und es gab in der Kammer auch einen Diwan, so groß, wie damals diese Möbelstücke waren, auch zum Schlafen geeignet, und auf dem sollte Jerome liegen.

Ich konnte ihn nur hinbringen, dann mußte ich gleich wieder hinüber, denn bei uns war es so, daß abends alle beisammen sitzen mußten. Großpapa hatte sich entschuldigt, er hatte noch schriftliche Arbeiten zu erledigen. Ich hatte etwas zu nähen, und ich konnte es kaum ertragen, daß dieser Abend hingehen sollte wie jeder andere Abend. Mein Vater rauchte seine Pfeife und las Zeitungen, und Mama legte ihre Patience und murmelte mitunter vor sich hin, wo denn die Cœur-zwei geblieben sei, sie habe sie doch vorhin noch in der Hand gehabt, und Tasso, Papas Lieblingshund, lag auf dem Teppich und schnaufte im Traum. Und ich saß dabei in all meiner Aufregung und mußte mir ein alltägliches Ansehen geben.

Glaube mir, Kindchen, es ist herrlich, ein wichtiges und gefährliches Geheimnis zu haben in einem Alter, in dem man eigentlich noch keine Geheimnisse bewahren kann! Das ist, als würde man in die Luft gehoben, zwölf Ellen über alle andern und über sich selbst! Man kommt sich vor wie eine Zarentochter im Märchen, unscheinbar gekleidet und von niemandem erkannt, und doch weiß sie, ich bin mehr als alle diese Leute um mich her, ich müßte mich nur offenbaren, dann würden sie Augen machen! Vielleicht würden sie alle zu Boden fallen und einem den Rocksaum küssen, vielleicht würden sie einen auch töten, aber in jedem Falle stünde man da wie in einem Glorienlicht. Dies Glorienlicht ist eine übermächtige Versuchung, aber man darf ihr nicht nachgeben, und davon kommt dies berauschende Kraftgefühl. Nur spielen darf man mit dem Gedanken der strahlenden Helligkeit, aber wenn man versuchen möchte, sie wirklich zu kosten, dann ist auch schon alles zu Ende.

Am nächsten Morgen holte ich ihn ab, und am Abend brachte ich ihn wieder in die Brennerei. Wenn ich dir sage, das ist drei Tage hindurch so gegangen, dann habe ich damit noch gar nichts gesagt. Wenn man jung ist, dann ist ja die Zeit ausgedehnt; erst wenn man alt ist, fliegt sie davon wie mit acht Pferden und hat für nichts mehr Raum. Damals aber war es wie Wochen, Monate, Jahre – das Herz fragt ja nicht nach der Uhr und nicht nach dem Kalender.

Hätte das nun nicht immer so fortgehen können? Ja, hätte es nicht eigentlich so fortgehen müssen? Ich versuchte, ihm die Meinung aufzunötigen, er sei doch noch zu geschwächt zum Weitermarsch, noch einige Tage, noch zwei, einen einzigen nur –

Er lächelte, wenn ich so redete. Und einmal unterbrach er mich mit der Frage, ob ich ihm nicht eine Landkarte beschaffen könnte.

›Meine Dankesschuld ist schon so riesengroß wie der Ozean‹, fügte er bei. ›So haben Sie mich dreist gemacht und nun bitte ich Sie ungeniert, Sie möchten noch ein Flüßchen dazu strömen lassen, eins und noch eins.‹

Später hat es mir wie ein Wunder vorkommen wollen, daß es mir gelungen ist, ihn drei Tage lang verborgen zu halten, und daß alles gut gegangen ist. Vielleicht hatte ich Glück. Aber ich muß auch schon sagen, daß ich all meinen Verstand und all mein bißchen Schlauheit zusammengenommen habe, und vielleicht hat es in meinem ganzen Leben nie wieder eine Zeit gegeben, wo ich in einer solchen strengen Zusammengefaßtheit aller Kräfte gelebt habe wie damals. Ich war wie im Fieber, wie in der Betrunkenheit, wie in der Verzauberung, und dabei doch von einer hellsichtigen Besonnenheit. Manchmal war es auch ein traumhaftes Gefühl, immer inmitten der Gefahr, und ich kam mir vor wie jemand aus Tausendundeiner Nacht: der mußte barfuß einen Abgrund überschreiten, jenseits dessen das Paradies lag, und die Brücke bestand nur aus einem bloßen Schwert, dessen Schneide nach oben gekehrt war.

Ich erwog jede Möglichkeit, jeden Schatten einer Bedrohung. Ich habe mich selbst darüber gewundert, welche Kraft der Verstellung ein Mädchen überkommt, wenn es – ja, soll ich wirklich sagen: wenn es liebt? Nun, ob man meinen Zustand nun Liebe nennen oder ihn mit irgendeinem neumodischeren Ausdruck bezeichnen will, so mit irgendetwas aus der Psychologie, in jedem Falle hatte Jerome sich alle meine Gedanken untertan gemacht.

Ich mußte sehr vorsichtig sein, bei allem, was ich ihm brachte. Was hätte ich denn sagen sollen, wenn ich ertappt worden wäre? Und wie oft habe ich mich in diesen Tagen zu ihm geschlichen, denn bei jedem einzelnen Male konnte ich ihm doch nur so viel hintragen, wie sich bequem unter dem Mantel verbergen ließ. Ich habe ihm auch Bücher gebracht, damit er sich nicht langweilte und nicht immer gezwungen war, an seine Verschwörungen und Staatsverfassungen zu denken. Wir hatten ja genug französische Bücher, auch solche, die für mich zu schwierig waren.

Es fiel mir jedesmal schwer, mich von ihm zu trennen, ob es nun im Tempelchen war oder in der Kammer, und einige Male hat er mich ans Fortgehen erinnern müssen und hat gesagt, ich könnte in der Familie vermißt werden. Es war immer nur eine kurze Zeit, daß ich bei ihm sein konnte, ich hatte ihm so tausend Dinge erzählen wollen, und dann fiel mir doch nichts Gescheites ein. Und er? Ja, er hatte wohl eine bezaubernde Art zu sprechen, aber eigentlich hat er mir doch von sich selber fast nichts erzählt, was er nicht schon an jenem ersten Morgen ausgesprochen hätte, außer daß er auf ausländischen Universitäten gewesen war und Glucksche Opern liebte. Ja, und dann hat er einmal auch noch gesagt, mit der englischen Küche habe er sich nicht befreunden können.

Es war so vieles, an das ich zu denken hatte. Zum Beispiel an Bijou. Das war ein drolliger junger Pudel, der sehr an mich gewöhnt war und mich meistens zu begleiten pflegte. Ja, er rannte herzu, sobald ich nur Miene machte, das Haus zu verlassen. Ich war ihm sehr gut, aber er hatte die Unart, daß er alle Augenblicke kläffen mußte, und mein Vater sagte manchmal, das sei, als habe man mir eine Glocke um den Hals gehängt, so wisse man immer, wo ich sei. Du kannst dir denken, was das nun für Schwierigkeiten mit sich brachte! Und es durfte doch niemand merken, daß ich plötzlich nicht mehr von Bijou begleitet werden wollte, denn wie hätte ich das erklären sollen? Dann mußte ich auch sehr achtgeben, daß nicht irgendeine dumme Kleinigkeit in der Kammer zurückblieb, und sei es auch nur ein Papierfetzchen. Ich weiß noch genau, wie besorgt ich war, als Jerome am zweiten Morgen ein wenig Kirschlorbeerwasser verschüttet hatte und nun der bittere, aromatische Geruch in der Luft hängen blieb. Und dann hatte ich mir auch zur Gewohnheit gemacht, jeden Gang, den wir miteinander getan hatten, hinterher allein zu wiederholen, um die Spuren zu zertreten, die Jeromes Stiefel in dem aufgeweichten Boden hinterlassen hatten. Heute kommt mir ja vor, als sei das etwas übertrieben gewesen. Denn daß Fußspuren eine solche Wichtigkeit haben, das ist doch nur in den Kriminalromanen.

Es half alles nichts, die Zeit ließ sich nicht festhalten, Jerome mußte fort. Er wollte mir seine Ungeduld nicht zeigen, aber ich spürte sie. Er war gut ausgeruht, und auch der Husten schien ihn nicht mehr zu plagen. Er war ja noch in dem Alter, wo die Kräfte sich geschwind erneuern. An seinen Fragen merkte ich, wie sehr ihn die einzuschlagende Richtung beschäftigte.

Kindchen, hier muß ich mich etwas anklagen. Nämlich so fest ich entschlossen war, ihm zu helfen und so sehr ich hierin meine eigentliche Lebensaufgabe zu sehen meinte – ich fürchtete mich doch schrecklich davor, er könnte für seine Flucht von mir ein Pferd verlangen. Das hätte mich in große Schwierigkeiten gestürzt, und ich konnte mir nicht vorstellen, wie ich mit ihnen fertig werden sollte, und so bat ich Gott, er möge es doch einrichten, daß Jerome kein Pferd von mir verlangte. Aber er sagte bald von selbst, ein Pferd würde ihn zwar schneller vom Fleck, zugleich aber auch sicherer ins Verderben bringen, und in den Wäldern verstecke sich ein Fußgänger am leichtesten. Da fiel mir ein Stein von der Seele, und zugleich habe ich mich geschämt wie eine Treulose. Ja, wenn es damals schon Fahrräder gegeben hätte, das wäre das richtige gewesen! Aber vielleicht auch nicht, denn Jerome konnte sich ja nicht an die Landstraßen halten, und auf den feuchten Waldwegen wäre es ein schlechtes Vorwärtskommen gewesen. Und ich meine ja auch nur, weil doch ein paar Fahrräder, um die sich keiner mehr kümmert, heute in jedem größeren Haushalt herumliegen, da hätte es mir keine Mühe gemacht, eins für ihn auf die Seite zu schaffen, und vermutlich wäre das erst viele Monate später bemerkt worden oder auch nie.

›Werden Sie mir irgendeine Botschaft schicken können, daß Sie glücklich durchgekommen sind?‹ fragte ich. ›Mir schreiben?‹

Er lächelte wieder, spöttisch, nachsichtig und schwermütig.

›Mein liebes Fräulein‹, sagte er, ›ich bin kein ganz ungefährlicher Korrespondent. Aber wenn sich, möglicherweise erst viel später, einmal eine Gelegenheit bieten sollte, daß ich Ihnen eine Nachricht geben könnte, ohne Sie zu gefährden oder bloßzustellen, dann würde ich das natürlich mit Freuden tun.‹

Wie hätte das geschehen sollen? Ich merkte mit Bekümmernis, daß er das nur zu meiner Beschwichtigung sagte.

Ich hatte Jerome eine Landkarte aus Papas Arbeitszimmer gebracht, der arme Papa hat nachher lange gesucht, ich habe ihm suchen geholfen, und ich konnte ihm doch nicht sagen, was aus ihr geworden war.

Jerome entschied sich zuletzt dafür, den Weg durch die Sümpfe von Stary Dwor zu nehmen. Du weißt ja, daß Onkel Kostja nichts so lassen konnte, wie es war – immer bauen und drainieren und meliorieren und was weiß ich alles! So ist das Sumpfgebiet heute nicht mehr so groß wie in meiner Jugend, und da ist auch kein solcher Urwald mehr, freilich sind auch die Bekassinen seltener geworden. Die heutige Kreisstraße gab es noch nicht, durch die Sümpfe führten ein paar Knüppelwege, aber wer die nicht kannte, der verirrte sich leicht, besonders im Dunkeln, und es war ja klar, daß Jeromes Aufbruch in der Dunkelheit sein mußte. Darum bot ich ihm an, ich wollte ihn führen, wenigstens bis auf die Höhe von Onissimowitschi, von da an konnte er nicht mehr fehlen, und wenigstens der Sumpf war dann keine Gefahr mehr.

Ich brachte ihm einen alten Halbpelz von Papa, den dieser doch nicht mehr trug, und Wäsche und Lebensmittel und alles Geld, das ich besaß, in das Tempelchen, und von hier aus sind wir dann aufgebrochen, in den Wald und in den Sumpf.

An diesem letzten Abend hatte ich mich gleich zurückgezogen und hatte gesagt, ich hätte Kopfschmerzen, und Mama hatte mich auch gehen lassen, nur ein Pulver mußte ich noch unter ihren Augen schlucken. Ich schloß mich in meinem Zimmer ein, und ein wenig später bin ich aus dem Fenster gestiegen.

Als wir den Park verließen, da sahen wir von weitem eine Patrouille, das heißt, wir sahen nicht sie, sondern bloß die Stallaterne, die sie bei sich hatten. Das war eigentlich dumm, denn mit diesem Lichtschein warnten sie doch jeden, der nicht mit ihnen zusammentreffen wollte. Aber wahrscheinlich wußten sie das selbst und machten den Rundgang nur, weil er ihnen einmal vorgeschrieben war.

Dann kamen wir in den Wald. Es regnete nicht mehr, und auch der Nebel hatte sich verzogen, und dazwischen blitzten die Sterne durch die Baumkronen. Jeder Stern, jeder Vogelruf schien mir Bedeutung zu haben und jedes Rascheln und Knacken mir zu gelten. Wir sprachen wenig, aber das Herz war mir so voll, und wie wir da nebeneinander durch die Dunkelheit wanderten, da kam es mir vor, als würde und dürfe dieser nächtliche Gang in alle Ewigkeit kein Ende nehmen.

Ich besaß eine kleine geweihte Silbermedaille, die ich bei meinem Taufkreuzchen um den Hals trug. Auf der einen Seite war die Gottesmutter mit dem Kinde, auf der andern der heilige Wundertäter Nikolai. Ich hatte sie am Nachmittag von dem Kettchen abgelöst und sie auf eine Schnur gezogen und hatte sie jetzt in der Manteltasche.

Wir waren an die Stelle gekommen, wo ich umzukehren gedachte. Von hier führte ein Weg schnurstracks zu einem Platz, wo mein Vater im Winter das Reh- und Schwarzwild füttern ließ. Es war eine Hütte dabei mit Heuvorräten und dergleichen, und die Tür war mit einem Holzpflock verschlossen, damit das Wild nicht von selber darangehen konnte. Dort sollte Jerome übernachten, und beim Morgengrauen wollte er seinen Weg fortsetzen.

Wir blieben stehen, und nun kam die Verzweiflung über mich. Alles was sonst zu meinem Leben gehörte, das hatte mit einem Schlage seine Wirklichkeit und seinen Anspruch verloren. Ich wußte und fühlte nur noch das eine, daß ich mich nicht von ihm trennen konnte und daß wir zueinander gehören mußten.

Ich fing an, in ihn zu dringen. Ich weiß nicht, was ich ihm alles gesagt habe, es mag verworren genug gewesen sein. Er sollte mich mitnehmen, ich wollte alles für ihn tun, ihn pflegen und für ihn sorgen und ihm dienen. Er sollte hier warten, ich wollte nur noch ein paar Sachen vom Hause holen, ja, und auch ein Pferd würde ich holen, denn jetzt hatte ich alle Bedenken hinter mich geworfen, und ich hatte auch ganz vergessen, daß er mir doch auseinandergesetzt hatte, wie ein Pferd eher Gefahr bringen werde als Nutzen.

Jerome hörte mir zu, ohne mich zu unterbrechen, und streichelte nur ein wenig meinen Arm.

›Das wäre ein schlechter Dank für alle Ihre Güte‹, sagte er dann, ›wenn ich meinem Herzen folgen und Sie mit mir in Elend und in Gefahren verschleppen wollte.‹

Ja, das hat er gesagt, ›meinem Herzen folgen‹, und dafür bin ich ihm dankbar gewesen, und selbst wenn das gelogen war und er nur an sich selbst dabei dachte und keine Fessel am Bein haben wollte – diese drei Worte sind mir doch ein Trost gewesen, und in den folgenden Tagen habe ich sie mir unzählbare Male wiederholt.

›Wir müssen jetzt Abschied nehmen‹, sagte er.

Ich konnte nicht sprechen. Ich zog die Medaille heraus, hängte sie ihm um den Hals und bekreuzte ihn. Und jetzt will ich dir auch gleich erzählen, was weiter mit dieser Medaille gewesen ist. Aber nein, ich will doch lieber bei der Reihenfolge bleiben.

Er dankte mir noch einmal, er küßte mir beide Hände, und dann schloß er mich in die Arme und küßte mich auf den Mund. Das war nur eine Sekunde, nur eine flüchtige Lippenberührung war es. Ich dachte, daß ich von dieser Sekundenberührung ein ganzes Leben lang würde zehren müssen, aber in diesem Augenblick glaubte ich, daß ich die Kraft dazu haben würde.

Dann war auch schon alles vorbei, und Jerome war im Dunkel verschwunden. Einmal habe ich ihn noch husten hören, aber vielleicht habe ich mir das auch nur eingebildet. Ich meinte sogar, mit diesem lauten Husten zeigte er, vielleicht ohne Absicht, mir an, daß er jetzt in seine wilde Freiheit zurückgekehrt war und es nicht mehr nötig hatte, sich Zwang und Rücksichten aufzuerlegen.

Als ich wieder zuhause und an manchen Gefahren vorbei in mein Zimmer gekommen war, da lag ich lange wach in Elend, aber auch in Erhobenheit. Zuletzt bin ich dann doch eingeschlafen, denn ein bißchen schläft der Mensch immer, auch wenn er noch so verzweifelt ist, alles andere ist Unsinn oder Schwindel.

Am nächsten Morgen, noch vor dem Frühstück, ließ mein Vater mich in sein Arbeitszimmer rufen. Ich glaubte, alles sei entdeckt und nun müßten sich fürchterliche Dinge ereignen. Ich bekreuzte mich, ehe ich hinüberging, und die Knie haben mir gewankt. Papa saß an seinem Schreibtisch und Mama auf dem kleinen Sofa zwischen den Fenstern, und beide sahen sie ernst und feierlich aus, und Mama hatte ihr Taschentuch in der Hand. Papa räusperte sich zuerst, und darauf fing er an zu reden, und bald hatte ich verstanden, daß Großpapa um mich angehalten hatte.

Papa sagte dann noch allerlei, nötigen wolle er mich nicht, aber Mama und er hätten sich entschlossen, mir zuzureden. ›Das ist ein ordentlicher Mensch, er trinkt nicht und spielt nicht, immer hinter den Büchern her, Mathematik und Fortifikationswesen und solche Wissenschaften‹, und dann fiel Mama ein, schluchzte ein wenig und meinte, er könnte es weit bringen, und sicher käme er noch in den Generalstab. Enttäuschungen wie manche anderen Frauen würde ich bei ihm nicht erleben, und ganz unbemittelt sei er auch nicht. Dann sahen sie mich erwartungsvoll an.

Was sollte ich sagen? Ich fand ja auch, daß er ein ehrenhafter und guter Mensch war, und mein Herz war so zerrissen, daß ich mir irgend jemanden oder irgend etwas zum Trost gewünscht habe, und da habe ich denn Ja gesagt.

Sie haben mich dann umarmt und beglückwünscht und waren gerührt, und mittags, wenn Großpapa von der Brücke zurückkam, sollte es festlich zugehen. Einstweilen sagte ich, ich wollte ein wenig allein sein, und das fanden sie begreiflich und küßten mich, und dann bin ich zum Tempelchen gelaufen. Bijou rannte mit mir und kläffte und war ganz närrisch vor Freude, daß er wieder in Gnaden angenommen war.

Aufzuräumen gab es nichts mehr. Ich habe den öden Raum betrachtet, wie ich es in der folgenden Zeit so oft tat, und habe gedacht, daß ich in diesem Tempelchen ein Götterbild hatte beherbergen und verehren dürfen. Ich habe geweint und bin mit beiden Händen über die blaugelbe Tischdecke hin und her gefahren, und dann bin ich niedergekniet und habe alles Himmlische um Beistand für Jerome angerufen. Besonders die Gottesmutter und den Wundertäter Nikolai, die ja auf den beiden Seiten der Medaille abgebildet waren. Und jetzt komme ich wieder auf die Medaille.

Also denke dir, fast zwei Jahre später, nicht lange vor meiner Hochzeit, gingen wir einmal im Wald spazieren, meine Mutter und ein paar Gäste und ich, und wir waren schon jenseits von Onissimowitschi. Es wurden Blumen gepflückt, und ich kam an so eine morastige Stelle, wo Vergißmeinnicht wuchsen; nun, da habe ich eben Vergißmeinnicht gepflückt, ohne mir etwas dabei zu denken. Da hatte ich plötzlich jene Medaille in der Hand. Fast hätte ich laut aufgeschrien! Ich reinigte sie rasch im Bachwasser, und dann habe ich sie zu mir gesteckt, und ich habe Mühe gehabt, die andern nicht merken zu lassen, daß mir etwas Bedeutungsvolles zugestoßen war.

Siehst du, das riecht nun abscheulich nach einer sentimentalen Geschichte. Gerade Vergißmeinnicht, das ist ohnehin so eine lyrische Blume, das klingt nach Heine, nach Burns, der hat doch auch solche Lieder gemacht, oder nicht? (Dann verwechsle ich ihn.)

Später habe ich freilich manchmal gedacht, und mitunter denke ich das noch heute, es könnte auch eine andere Medaille gewesen sein, so eine ähnliche, es gibt deren ja viele, und wer weiß, wer sie verloren hat und wann das gewesen ist, vielleicht erst ein paar Tage, bevor ich sie fand, und vielleicht schon vor meiner Geburt. Ich habe sie dann in einer Schatulle verwahrt, bei meinen Andenken; jetzt allerdings weiß ich nicht mehr, wo sie hingekommen ist, wir sind auch so oft umgezogen.

Aber selbst wenn es nicht die Medaille gewesen ist, die ich ihm damals umhängte – darin, daß ich sie in einer so auffallenden Art gefunden hatte, darin mußte doch für mich ein Hinweis auf Jerome liegen, das wirst du zugeben, und ich wußte nur nicht, wie er zu deuten war.

Damals habe ich noch die ganze Umgegend jener Vergißmeinnichtstelle abgesucht. Aber da war nichts, aus dem ich irgendeinen Schluß ziehen konnte. Hatte er die Medaille in einem Gefecht verloren und war er am Ende ums Leben gekommen? Aber konnte es nicht auch so gewesen sein, daß er sie fortgeworfen hatte, weil er nicht an mich erinnert werden wollte? Vielleicht war er auch so fanatisch, daß er einer Russin nichts zu verdanken haben mochte? Ungläubig ist er möglicherweise auch gewesen. Aber natürlich ist auch das denkbar, daß die Schnur sich an einem Zweig verfangen hat und gerissen ist, ich hatte sie ihm ja im Dunkeln über Papas Halbpelz umgehängt und konnte sie nicht erst unter den Hemdkragen schieben.

Ach, ich habe noch viel über Jerome nachgegrübelt und darüber, daß diese drei Tage mit ihm etwas so Einzigartiges waren! Weißt du, wenn ich sie mit meinem übrigen Leben vergleiche, dann ist das wie ein großer Garten, wo alles Mögliche wächst, eins besser, eins schlechter, und da sind natürlich auch sehr bunte und starkriechende Blumen dabei. Aber diese drei Tage, das war wie der Extrakt, Tausende von Rosen braucht es wohl, bis ein Fläschchen mit Rosenöl zustandekommt, und manchmal möchte man den ganzen übrigen

Garten verachten. Nun, das ist wohl falsch, und später habe ich das auch nicht mehr getan. Nur in den ersten Jahren nach meiner Heirat, da konnte ich noch nicht anders, und als wir in Baden-Baden und in Ems waren, da habe ich mir immer eingebildet, plötzlich würde ich Jerome vor mir sehen, in der Lichtentaler Allee oder auf der Kurpromenade, und ich habe mir das so sehnlich gewünscht, und sei es auch nur, um gewiß zu werden, daß er noch lebte und nicht im Walde von Stary Dwor umgekommen ist. Das war natürlich lächerlich, aber du weißt wohl, wie wir von der älteren Generation waren: Immer wenn wir im Auslande reisten, bildeten wir uns ein, wir müßten jemanden von zu Hause treffen, einen Gutsnachbarn oder einen Kameraden von der Junkerschule, eine Gefährtin aus dem Fräulein-Institut, eine entfernte Cousine oder einen ehemaligen Tänzer. Und oft geschah das auch. Habe ich dir schon erzählt, wem ich einmal auf dem Markusplatz begegnet bin? Nun, ein andermal, ich merke schon, eben will mir der Name nicht einfallen, und dann gehört es wohl auch nicht her. Verzeih mir schon, Kindchen, du weißt, ich werde leicht müde, und dann bin ich noch vergeßlicher als sonst.

Nachher kam natürlich eine Zeit, wo Jerome für mich in den Hintergrund geriet, denn der Mensch muß ja an das Gegenwärtige denken, an Kinder und an ihre Krankheiten, an Dienstboten und Verkehr mit anderen Menschen und an Rechnungen, und dann sind da die Schneiderinnen und Modistinnen, du weißt ja, wie das geht.

Aber dann bin ich viel, viel später noch einmal an Jerome erinnert worden, und doch konnte ich nicht mit aller Sicherheit dahinterkommen, ob es sich um ihn handelte oder um jemand anders, das war ebenso ungewiß wie die Geschichte mit der Medaille, und manchmal möchte ich meinen, etwas von dieser Ungewißheit steckt in allen den Dingen, aus denen unser Leben sich zusammensetzt. Nämlich, als unsere Kinder schon anfingen, groß zu werden, da war einmal so ein kameradschaftliches Erinnerungsfest, da kamen, soweit sie noch am Leben waren und nicht gerade in kaukasischen oder sibirischen Garnisonen standen, alle die zusammen, die damals an der Niederwerfung der Insurrektion teilgenommen hatten.

Großpapa mußte sich dabei auch sehen lassen, und am nächsten Morgen (er war ein bißchen verdrießlich, wie immer, wenn er den Abend zuvor hatte trinken müssen, er tat es nicht gern, aber er konnte doch nicht ganz gegen die Höflichkeit und die Kameradschaftlichkeit verstoßen), also am nächsten Morgen, beim Frühstück, erzählte er dies und das, und dann sagte er auch: ›Weißt du, wen ich getroffen habe? Denis Denissowitsch, diesen Sosnowski... du kennst ihn nicht? Natürlich, woher solltest du ihn auch kennen? Aber er ist damals, als wir uns verlobten, mit seiner Kompanie eine Weile in eurem Nachbarkreise stationiert gewesen. Es kommt übrigens auf ihn nicht weiter an, aber er hat mir da eine interessante Geschichte erzählt. Das heißt, eine Geschichte ist es gar nicht, und interessant eigentlich auch nicht, nur daß mir dabei allerhand Gedanken gekommen sind. Also nach dem, was Denis Denissowitsch erzählt hat, muß sich damals in der Gegend von Makarjewskoje ein ganz toller Kerl herumgetrieben haben, ein Insurgentenoffizier, der sich erst in einem Kloster versteckt gehalten hatte. Alle Kommandostellen und alle Zivilbehörden waren alarmiert worden, und es waren Belohnungen ausgesetzt.‹

›Daß Sie aber auch gar nichts davon wissen!‹ sagte er. ›Sie sind doch damals in Makarjewskoje im Quartier gewesen, oder vielleicht haben Sie es auch bloß vergessen! Und nun stelle dir vor, wenn ich den erwischt hätte! Einen Orden hätte ich gekriegt und vielleicht auch eine Beförderung außer der Reihe. Ich hätte auf mich aufmerksam gemacht, und vielleicht wäre alles anders gekommen. Na, so habe ich Jahrzehnte lang den Karren gezogen, und jetzt muß ich diese dummen Jungen belehren, wie ein alter Schulmeister!‹

›Und hat man ihn erwischt?‹ fragte ich.

›Wen?‹ fragte Großpapa zerstreut zurück, und ich merkte daran, daß er nur an seine eigenen Angelegenheiten gedacht hatte. ›Ach so, den Polen? Nein, ich glaube nicht, wenigstens wußte Denis Denissowitsch nichts davon. Wie er hieß? Den Namen hatte Denis Denissowitsch nicht mehr im Gedächtnis, es wird einer von diesen verdammten polnischen Namen gewesen sein, die einander alle so ähnlich sind. Aber weißt du –

daß diese Geschichte auch so völlig an mir vorbeigehen konnte! Das muß doch im Divisionsbefehl gestanden haben! Aber freilich, ich hatte damals ja für nichts Sinn als für diese alberne Brücke, aus der ich ein Wunderwerk an Akkuratheit und gutem Bau machen wollte, als ob das nun eine Wichtigkeit gewesen wäre. Wahrhaftig, nichts als die Brücke hatte ich im Kopf! Und dann natürlich auch dich, natürlich, natürlich, das versteht sich ja von selbst.‹

Als Großpapa das erzählte, da war ich wohl zuerst sehr betroffen, und ich dachte, ob ich diese Geschichte wohl als eine Bürgschaft dafür aufnehmen dürfte, daß Jerome heil davongekommen sei. Und dann kam mir auch der Gedanke, allerdings nur für einen Augenblick, ob ich nicht jetzt alles erzählen sollte. Aber es lag doch nun so weit zurück, da wäre es mir sinnlos vorgekommen, davon zu sprechen. Zugleich freilich muß ich sagen, daß von diesem Tage an meine Gedanken wieder an Jerome hingen. Indessen ist das vielleicht nicht richtig ausgedrückt, und sie hingen nicht an Jerome, sondern an meinem eigenen Schicksal, und an Jerome eben nur insofern, als er zu diesem Schicksal gehörte.

Meine Eltern hatten mir gesagt, gewiß würde ich mit Großpapa glücklich sein. Nun, glücklich bin ich wahrscheinlich nicht gewesen, aber zufrieden – ja, das war ich wohl. Ich habe gute Kinder gehabt, und mit der Gesundheit ist es die längste Zeit auch gegangen, und mein Mann kam vorwärts, das ist für eine Frau doch auch eine Genugtuung. Nun ja, er hat keine sensationelle Karriere gemacht, aber immerhin – der General wäre ihm sicher gewesen, er ist nur zu früh gestorben. Also zufrieden konnte ich schon sein, und wenn man zum Beispiel sich gewöhnte, statt von ewiger Glückseligkeit lieber von ewiger Zufriedenheit zu sprechen, wäre das nicht auch schon etwas?

Ja, damals, ich war ja noch ein halbes Kind, also da hatte ich natürlich das Glück im Kopf, und das ist wohl überhaupt sehr verbreitet. Aber im Grunde weiß man doch recht wenig über das Glück, und auch derselbe Mensch stellt sich etwas ganz Verschiedenes darunter vor, je nachdem, in welchem Alter und in welchen Lebensumständen er gerade ist. Damals, hier in

Makarjewskoje, dachte ich mir unter Glück irgend etwas Gewaltiges, so etwas, das einen packt wie ein Bussard, der auf ein Mäuschen stößt! Von diesem Herniederstoßen und von diesem Gepacktwerden träumt man. Und wenn man selber dabei sein Leben verlieren sollte, sein armes kleines Mäuschenleben, was läge daran! Ja, so wäre es vielleicht mit Jerome gewesen.

Ach nein, glücklich wäre ich mit ihm nicht geworden, und zufrieden erst recht nicht. Er hat wohl auch eine Schuld auf sich geladen. Ich habe ihm mein ganzes menschliches Herz angetragen, – nein, angetragen habe ich es ihm eigentlich nicht, aber entgegengetragen, verstehst du, stillschweigend entgegengetragen, und ganz zuletzt, im Walde, auch nicht mehr stillschweigend. Und er? Er hing nur an Dingen außerhalb des menschlichen Herzens. Die Stelle der Herzensempfindungen, die hatte bei ihm etwas anderes eingenommen, sein Nationalstolz oder sein Ehrgeiz oder sein Zorn auf die Russen oder seine Gewöhnung an die Konspiration (es heißt ja, man könne an ihr Geschmack finden wie am Morphium); irgend so eine Besessenheit, was weiß ich! Und sieh mal, wenn die Umstände danach gewesen wären, hätte er sich womöglich auch nicht bedacht, mich nur auszunutzen und dann in irgendeiner Weise aufzuopfern – diese Menschen, deren ganzes Leben aus Selbstaufopferung besteht und die sich selber nicht schonen, die haben ja auch keine Schonung für andere. Und wer sich selber nicht liebt, wie kann denn der einen andern lieben?

Nein, Kindchen, da habe ich ihn dir falsch geschildert, verzeih mir, und er soll mir auch verzeihen. Jerome war darin nicht anders als alle anderen Mäner. Ich liebte ihn, und ich fühlte, daß er mich auch geliebt hat oder doch, daß er mich hätte lieben wollen oder lieben müssen. Ja, geliebt hat er mich, das lasse ich mir nicht nehmen, allerdings nicht auf die Art, wie man es sich wünscht und wie in den Romanen und in den Gedichten geliebt wird. Aber so lieben die Männer ja überhaupt nicht, dazu sind sie nicht geschaffen. In der Jugend bilden sie es sich allenfalls ein, aber nachher ist da immer etwas anderes, und dies Andere ist das Wichtigere, selbst wenn ein Mann noch so sehr von der Leidenschaft ergriffen wird, und es kann die verschiedensten Namen haben, Konspiration oder Karriere, Kaiser, Brückenbau, Insurrektion, Beruf, Pflicht, Interesse, Orden oder womöglich ganz einfach Geld oder daß sie bauen und verändern müssen wie Onkel Kostja. Also diese Verschrobenheiten haben alle Männer, und wahrscheinlich muß das so sein. Es ist nur arg, daß man uns das nicht von vorneherein klarmacht. Aber hätte es denn einen Zweck? Wir könnten es ja doch nicht aufnehmen.

Also, wie gesagt, Kindchen, wenn schon nicht Glück, dann wenigstens Zufriedenheit. Nur manchmal denkt man, wir könnten auch mit der Zufriedenheit nie ganz zufrieden sein, so wie mit dem Glück nie ganz glücklich. Nun, das wäre noch lange nicht das Schlimmste. Denn alsdann könnte man immer noch denken, man würde auch mit dem Unglück nie ganz unglücklich und mit der Unzufriedenheit nie ganz unzufrieden sein.«

Der Bahnhof in Riga, Stich von A. Weger

»Wie das Herzstück der Welt«

Oft hat mich die naive Verwunderung und Entrüstung amüsiert, mit der meine Landsleute es zur Kenntnis nahmen, daß man in Deutschland und erst recht in der übrigen Welt so wenig von ihnen wußte, sich in den komplizierten ethnographischen und geschichtlichen Voraussetzungen ihrer Existenz nicht zurechtfand und alle hergehörigen Begriffe verwechselte. Solche Verwunderung und Entrüstung wirkten oft drollig, wo nicht gar provokant, denn sie schienen sich von der Vorstellung zu nähren, unser kleiner und entlegener Winkel sei etwas wie das Herzstück der Welt, zum mindesten aber ihres deutschsprachigen Sektors.

Heute ist alles anders geworden, und fast kann man sagen, unser Land sei von der Erdkarte verschwunden. Aber da manches von dem, was ich geschrieben habe, in den baltischen Provinzen seinen Schauplatz hat, so will ich, um Mißverständnissen zu begegnen – Mißverständnissen etwa, wie sie sich in der oft an mich gerichteten Frage äußern, ob das Deutsche eigentlich meine Muttersprache sei oder ob ich es erst später erlernt habe –, hier einige erklärende Worte niederlegen.

Die Bezeichnung »Balten«, von der alten Benennung »Mare Balticum« für Ostsee abgeleitet, hat in den letztvergangenen Jahren nicht bei uns, wohl aber in der übrigen Welt einen vollkommenen Bedeutungswandel erfahren. Sie ist erst neueren Datums und etwa in den dreißiger bis vierziger Jahren des 19. Jahrhunderts aufgekommen. Sie meinte ausschließlich die deutschen, vorwiegend der Oberschicht angehörenden Bewohner der drei russischen Ostseeprovinzen Livland, Estland und Kurland, während die beiden anderen Nationalitäten, auf die es in diesem Zusammenhang ankommt, nämlich die Esten und Letten, bei ihren eigenen Namen genannt wurden. Dies hatte seinen Sinn, denn Esten und Letten waren zwei nicht nur von den Deutschen, sondern auch voneinander durchaus verschiedene Völker mit scharf gesonderten Sprachen. Die Esten bewohnten Estland und das nördliche Livland, die Letten Südlivland und Kurland.

Die Balten zerfielen in Livländer, Estländer und Kurländer, welche drei Bezeichnungen ebenfalls nur für die deutschen Bewohner der drei Provinzen gebraucht wurden, so wie ja auch in Finnland die Urbevölkerung als Finnen, die schwedische Oberschicht aber als Finnländer bezeichnet wurde.

Nach dem Sturz des russischen Kaiserreichs verloren die Balten die bis dahin durch die Jahrhunderte behauptete Vorherrschaft in ihren drei Provinzen. Aus diesen bildeten sich zwei Nationalstaaten, in denen die Balten sich in die Rolle von Minderheitsstämmen gedrängt sahen. Das waren die beiden Republiken Estland und Lettland. Den ethnographischen Verhältnissen entsprechend setzte sich das neue Estland aus dem alten Estland und dem estnisch besiedelten Nordlivland zusammen, während das von Letten bewohnte Südlivland mit Kurland die Republik Lettland ausmachte. Man begann jetzt von den baltischen Randstaaten zu sprechen, und zu den beiden genannten wurde nun auch die angrenzende, ebenfalls neu entstandene Republik Litauen hinzugerechnet, deren Territorium bis dahin mit den drei alten baltischen Provinzen nichts zu tun gehabt hatte, vielmehr in jeder Hinsicht durch seine Nachbarschaft zu Polen bestimmt worden war.

Die Jahre 1918 und 1919 haben unser altes Baltikum mit seinen drei historischen Provinzen Livland, Estland und Kurland zu Trümmern geschlagen. Der Landbesitz, der Wohlstand, die Privilegien, die uralte Vormachtstellung – das alles wurde uns genommen. Aber ärger als dies war doch, daß wir, die bisher ein Gebilde sui generis gewesen waren, zu Auslandsdeutschen, Volksdeutschen, Grenzdeutschen degradiert wurden.

Dieser Begriff war uns bis dahin fremd gewesen; wir hatten

nur die undeutliche Vorstellung gehabt, daß ein paar hurrapatriotische Vereine in Deutschland und Österreich, deren guter Gesinnung man nicht einmal ganz sicher sein konnte – und unter guter Gesinnung verstanden wir Altmodischen das Festhalten an den überlieferten Ordnungen mit ihren monarchischen Spitzen –, etwa die Siebenbürger Sachsen mit solchen Namen bezeichneten.

Von jener Wende an gehörten auch wir in die Kategorie. Wir waren arm und unterstützungsbedürftig geworden. Ohne Berliner Subsidiengelder hätten nicht einmal die Bettelgehälter für die Lehrkräfte an unseren deutschsprachigen Schulen aufgebracht werden können.

Das Dritte Reich verbot uns die Bezeichnungen »Balten« und »baltisch«; wir durften nur noch »Baltendeutsche« heißen, nach der Analogie des künstlich geschaffenen abscheulichen Wortes »Sudetendeutsche«, so wie die Österreicher »Ostmärker« zu heißen hatten. (Als Ostmark hatte bisher ohne genauere geographische Festlegung das an Polen grenzende Gebiet schlechthin gegolten; die an den Böhmerwald stoßenden bayerischen Landstriche waren sogar »bayerische Ostmark« genannt worden, freilich nur im pathetischen Papierdeutsch, denn die Umgangssprache hat sich hartnäkkig geweigert, das Wort »Ostmark« aufzunehmen.) Das Wort »Baltendeutsche« war überdies ein törichter Pleonasmus, denn unter Balten hatte man bisher ausschließlich die deutschen Einwohner unserer drei Provinzen verstanden.

Zu den hübschesten Zügen unserer alten baltischen Gesellschaftsordnung gehörte es, daß niemand ängstlich und mithin unfrei darauf bedacht war, einen Rang zu hüten; denn der Rang konnte ja nicht verloren werden.

In Deutschland gab es vor dem Ersten Weltkriege im Grunde nur drei oder vier Laufbahnen, die für den Adel als standesgemäß galten. Geschah eine andere Berufswahl, so fiel das auf. Bei uns fand niemand etwas dabei, wenn junge Mädchen aus den ältesten Adelsfamilien des Landes Unterricht gaben oder Männer der gleichen Schicht Universitätsprofessoren, Ärzte, Pastoren oder Lehrer wurden, falls der

Sinn ihnen danach stand. Der Beruf war unwichtig. Der Mann adelte das Amt, nicht umgekehrt; manchmal freilich war er auch viel zu gleichgültig, um das Amt zu adeln, das ihm ja weder etwas nehmen noch etwas geben konnte. Es kam mehr auf die Familie an, der einer entstammte, als auf den Beruf, den er ausübte. Selbst wer aus irgendwelchen Gründen in einen untergeordneten Beruf geraten war, verlor dadurch nicht eigentlich an Achtung, denn eine solche Veränderung betraf ja weder seine Person noch die Sphäre, aus der diese Person hervorgegangen war. Und vollends waren die wirtschaftlichen Umstände eines Menschen auf seine gesellschaftliche Schätzung von einem erstaunlich geringen Einfluß. Man kannte einander, und so hieß es nicht: »Das ist ein Beamter aus der und der Behörde, ein Angestellter aus der und der Unternehmung«, sondern: »Das ist der junge X., der Sohn von dem alten X. Y.« In diesem Sinne war jeder von uns ein Hidalgo, welches Wort ja aus »jijo de algo« entstanden ist und »Sohn von Jemand« bedeutet.

Bei uns sagte man: »Mein Bruder, der Jurist« und »Mein Bruder, der Soldat«. In Deutschland heißt es: »Mein Bruder, der Oberlandgerichtsrat« und »Mein Bruder, der Oberstleutnant«.

Unter den Balten gab es mehr hohle Blender als anderswo, aber sie blendeten häufiger Fremde als etwa die eigenen Landsleute. Formen und Überlieferungen gesellschaftlicher Kultur waren so wirkungsmächtig, daß in der Konversation die Strohköpfe sich auszudrücken und zu geben wußten wie anderwärts die Gescheiten; nur war nichts dahinter. So wußten die Fremden nicht, woran sie waren, ließen sich zu übertriebenen Wertschätzungen und später zu übertriebenen Abneigungen verleiten und sprachen von baltischer Unzuverlässigkeit.

In Kurland war man vor allem vital und vitaler als in den beiden Schwesterprovinzen Livland und Estland. Ästheten und lyrisch gestimmten Dekadenten begegnete man nirgends im deutschen Sprachgebiet so selten wie dort. Man jagte, ritt, soff, lachte dröhnend und griff hurtig zur Pistole, wenn man sich beleidigt glaubte; für schwierige Selbstanalysen hatte man wenig Sinn.

In Riga, wo, wie allenthalben im Osten, Droschken und Schlitten häufiger benutzt wurden als in Deutschland – selbst unsere Köchin fuhr in der Droschke zum Markt –, war es üblich, die Kutscher, dort Fuhrleute genannt, zu duzen. Eine alte Tante von mir fand, es werde damit ihrer Menschenwürde zu nahe getreten. Auf der anderen Seite freilich hätte es in ihren Augen eine unzulässige Ausweitung des Begriffes der Menschenwürde bedeutet und der damit von Gott gesetzten Weltordnung widersprochen, wenn man dem Fuhrmann die Anrede »Sie« zugebilligt hätte. Gewissenhaft wie sie war, suchte sie lange nach einem Ausweg. Endlich gewöhnte sie sich, als einziger Mensch auf der Welt, die Fuhrleute mit »Ihr« anzureden. Da sie reichliche Trinkgelder gab, wird es den Fuhrleuten recht gewesen sein.

Ein eigentümliches soziales Gebilde war unsere baltische Landpastorenschaft; bis zu einem gewissen Grade ließe sie sich vielleicht mit einem heute wohl kaum mehr antreffbaren Typus englischer Landgeistlichkeit vergleichen.

Zum größten Teil gehörten unsere Pastoren schon nach ihrer Herkunft der deutschen Herrenschicht an, und dem entsprach auch der patriarchalische, ländlich-breite Lebenszuschnitt. Sie hatten keine sehr hohen Bareinkünfte, dafür aber stattliche Pfarrgüter, und bis zur Aufhebung der bäuerlichen Erbuntertänigkeit, also bis ins erste Fünftel des vorigen Jahrhunderts, war jeder von ihnen unumschränkter Herr über leibeigene Bauernfamilien gewesen. Vielleicht könnte man sagen, dergleichen sei für die geistliche Seite des Pfarramts kein Vorteil. Aber man muß es im Rahmen unserer Verhältnisse sehen, in denen die Ablösung des Naturalsystems durch die neuzeitliche Geldwirtschaft sich auch in unserem Jahrhundert noch nicht vollendet hatte. Gab man dem Pastor Land – und wie hätte er sonst leben sollen? –, so mußte man ihm so viel geben, daß er als ein Herr leben konnte. Für die lettischen und estnischen Bauern hätte er nie eine Autorität sein können, wenn er weniger Land und Vieh gehabt hätte als sie, oder gar überhaupt keins, und wenn er nicht am Lebensstil des Herrenstandes teilgenommen hätte. Er mußte seinen Kutscher haben, seine Fahr- und Arbeitspferde, seine Knechte und Dienstboten.

Manche Pastoren verpachteten, andere wirtschafteten selbst, manche nahmen sich sogar junge Leute als landwirtschaftliche Eleven ins Haus, manche hatten – diese allerdings waren nicht in der Überzahl – bis zu hundert Kühen. Oft waren sie auch in Ansehung ihrer Landwirtschaft die Berater ihrer bäuerlichen Gemeindeglieder. Einige züchteten Pferde, viele waren passionierte Jäger, und es gab sogar Parforcereiter unter ihnen. Es kam vor, daß ein Pastorat durch drei Generationen, durch hundert Jahre in der nämlichen Familie blieb, und da fehlte nicht viel an der Ausbildung majoratsähnlicher Formen.

Das alles mag wie ein Märchen klingen, wenn man an die engen und gedrückten Verhältnisse denkt, unter denen zur gleichen Zeit die evangelische Geistlichkeit in Deutschland lebte. Diese Verhältnisse gingen zu einem Teil darauf zurück, daß in Deutschland nach der Reformation die Erbschaft der alten Kirche nicht durch eine neu sich bildende evangelische Kirche angetreten wurde, sondern durch die Landesherren, zu deren abhängigen Beamten die Geistlichen nun wurden.

Bevor wir in der zu Anfang des neunzehnten Jahrhunderts gegründeten Dorpater Universität unsere eigene Hochschule hatten, kamen viele junge Theologen aus Deutschland als Hauslehrer ins Land, wurden heimisch und erhielten später Pfarrstellen. Sie wuchsen in den vorgefundenen Lebensstil hinein, und ebenso taten das diejenigen Letten und Esten, die in die deutsche Bildungsschicht aufstiegen und zum Pfarramt gelangten.

Ich glaube nicht, daß unsere Pastoren schlechtere Geistliche waren als ihre deutschen Amtsbrüder. Viele von ihnen hatten gelehrte Neigungen, und wie am Lebenszuschnitt, so hatten sie auch am Bildungsniveau der Oberschicht ihren

Anteil, nicht nur was Kenntnisse, sondern auch was gesellschaftliche Formen angeht. Servilität gegenüber dem Patron war selten, wie denn überhaupt Servilität nicht zu unseren Untugenden gehörte. Die meisten waren gläubig, auch in einer Zeit, da dies in Deutschland von einem Pfarrer nicht mehr ohne weiteres vorausgesetzt werden konnte. Wie überall, so gab es auch unter unseren Pastoren dumme und gescheite, humorlose und witzige, schwerfällige und bewegliche Männer. Aber urwüchsige Originale waren unter ihnen nicht selten, und ich glaube, im ganzen darf man ihnen schon jenes Zeugnis ausstellen, das meine schwermütige Liebe allem Altbaltischen auszustellen bereit ist.

Die erste Erfahrung des in Berlin eintreffenden Fremden war die, daß er nicht die Freiheit hatte, sich am Bahnhof die ihm zusagende Droschke zu wählen. Vielmehr hatte er sich vom Schutzmann eine numerierte Blechmarke geben zu lassen, die ihn einem bestimmten Kutscher überantwortete; und was ihn noch mehr auffallen mußte, die Eingeborenen fanden das durchaus natürlich. Der Fremde, aus dem Osten gekommen, war gewohnt, daß an Bahnhöfen alle Kutscher durcheinander schrien, jeder rühmte seine Vorzüge, die Geschwindigkeit seines Pferdes, die Bequemlichkeit seines Wagens oder Schlittens, die Bescheidenheit seiner Forderung; es war lustig wie auf einem orientalischen Bazar, und wer das richtige Auge hatte, fand sich am besten bedient. Hier aber sah sich der Angereiste plötzlich in eine trübselig gedrillte Welt der Ordnung versetzt. Was hätte die Freiheit der Wahl ihm geholfen? Das Fahrtempo war polizeilich vorgeschrieben, und von den Kutschern zuckelte der eine genau so kläglich dahin wie der andere. Vollends, seit die Pferdedroschke vom Autotaxi verdrängt ist, wird sich nichts mehr dagegen einwenden lassen, daß die Polizei auch den Menschen als ein Zubehör des Mechanismus mechanisch und preußischerweise auf ein uniformes Vehikel befiehlt.

Die praktischen Vorteile, welche die Einführung des metrischen Systems mit sich gebracht hat, werden von niemandem bestritten, nicht einmal von mir. Aber gleich allen Unifizierungen hat auch diese dem Reichtum und der Farbigkeit der Welt Eintrag getan; sie hat ein Netz sinnvoller und symbolkräftiger Beziehungen zerrissen und öde Abstrakta an ihre Stelle gesetzt. Wieviel Kraft, Sinn, Besonderheit und Bedeutung lag in all diesem Wildwuchs von Liespfund, Schiffpfund, Fuß, Meile, Faden, Klafter, Oxhoft, Scheffel, Wispel, Rute und Zoll – von den Münzen ganz zu schweigen! Fast jede dieser Bezeichnungen hatte eine lange Geschichte, eine ehrwürdige Überlieferung, und knüpfte unmittelbar an Fundamentaldinge an. Besonders reich waren hierin die baltischen Provinzen bedacht, wo neben den russischen Maßen immer noch die landeseigenen, aus deutscher oder schwedischer Zeit stammend, in Geltung waren. Die »Lofstelle« etwa bezeichnete jene Fläche, zu deren Besämung ein Lof Saatkorn erforderlich war. Und als kleinste Gewichtseinheit stand ganz unten, weil jenseits des in Deutschland nur noch als Kaffeehohlmaß bekannten Lotes, wirklich und wahrhaftig das in der übrigen Welt nur noch metaphorisch zugelassene »Quentchen«, ein charmanter Diminutiv von Quantum.

Die alten baltischen Provinzen waren ein Naturschutzpark, nicht nur für Sitten, Zustände und Menschentypen, sondern auch für in Deutschland längst aus der Mode gekommene Worte und Redewendungen. Man boudierte (schmollte), weil man eine Reprimande (Rüge) erhalten hatte. Kinder grasierten (grassierten), d.h. tobten; anderswo grassieren nur noch Epidemien. In Todesanzeigen las man: »der weiland Obrist« statt »der Oberst a.D.«. Es hieß bei uns, wie noch bei Schopenhauer, nicht »Ausflug«, sondern »Ausfahrt«. die Mehrzahl Professore, Pastore, Faktore war herrschend. Wir gingen zum Friseuren und begegneten einem Offizieren. Man adressierte: »An den oblaudierten (löblichen) Verein der Grundstücksmakler.« Formeln wie L. S. (loco sigilli), S. T. (salvo titulo), in fidem copiae waren gebräuchlich und verständlich. Das Zeitwort »siezen« kannte niemand. Wir sagten »itzen«, was aus dem altmodischen »ihrtzen« (mit »Ihr« anreden) entstanden ist. Anschaulich war das Wort »einpassieren« für »anlangen«, das sich bei Jean Paul und seinen Zeitgenossen findet, im heutigen Deutschland aber nicht mehr verstanden wird; es drückt vortrefflich die Situation des Ankömmlings aus, der mit seinem Wagen in eine Stadt hinein- und gleichzeitig durch das Tor hindurchfährt.

Im ganzen liebt die deutsche Sprache die Endbetonungen nicht, und die süddeutsche Sprechweise noch weniger als die norddeutsche.

Die Betonung Grégor ist in Deutschland die Regel; bei uns, wo dieser Name übrigens viel häufiger war als im Reich, gab es nur das klangvollere Gregór, das familiariter in Gori gekürzt wurde. Woher die baltische Vorliebe für diesen Namen stammt, ist mir unerklärlich. vielleicht ist an den Einfluß des russischen Grigorij zu denken.

Es gab bei uns nur Geórg und Johánn. In Deutschland stehen, je nach der Landschaft, die Formen Géorg und Jóhann gleichberechtigt daneben.

Emíl hatte bei uns den Ton streng auf der Endsilbe. Der auf der Anfangssilbe betonte deutsche Émil hatte für unser Ohr etwas ausgesprochen Komisches.

Dem südlich-westlichen Lóthar entsprach der baltische Lothár. Maximilián hat bei uns und in Norddeutschland allgemein den Ton auf der letzten Silbe, nur die Bayern betonen das vorletzte »i«, gleichwie sie ja auch als einzige Giséla statt Gísela sagen.

Die baltische Vorliebe für Endbetonungen, wie sie sich auch in den bei uns vorkommenden Namen Arist, Aurel, Modest, Ernest usw. äußerte, mag mit unserer altmodischen Vorliebe für Fremdworte und für das Französische zusammenhängen.

In meiner Familie war der Name Maximilian und dessen Abkürzung Max nicht selten, ich selbst heiße mit meinem zweiten Vornamen Maximilian. Ich denke aber auch an eine in frühester Kindheit von mir sehr geliebte und Max genannte Puppe. Dieser Max war ein »Lichatsch«, also ein Kühner oder – denn »Lichatsch« ist ein Hauptwort – ein Kühnling, das heißt, er trug das klassische Kostüm des russischen Kutschers, und mit dem leuchtendroten Hemd, dem ärmellosen Wams aus schwarzem Samt und der Pfauenfeder an der schwarzen Kappe gehörte er zur Aristokratie des Kutschervolks. Kein Lichatsch gab sich mit gewöhnlichen Gäulen ab, er war stolz auf seine Blutpferde, er fuhr wie der Teufel und ließ sich hoch bezahlen. Ja, ein Lichatsch war so recht ein Märchenheld, und wenn man als Kind einem auf der Straße begegnete, wie er stattlich, bärtig, bunt und selbstbewußt auf dem Bock thronte, dann war auf den ganzen Tag ein Stück Glanz gefallen. Und nun erst, wenn man mit ihm hatte fahren dürfen!

Knechtshaus in Livland

Der Flankierbaum

Ich habe dem hochwürdigen Herrn Pfarrer, der noch jung ist und immer wissen möchte, wie es früher zugegangen ist, das Versprechen geben müssen, diese Geschichte aufzuzeichnen. Aber ich bin ein einfacher Mann und verstehe mich nicht auf die herrschaftlichen Worte. Es ist auch nur ein Zufall, daß ich das Schreiben gelernt habe, weil ich doch so lange bei den hochwürdigen Vätern Kapuzinern im Spital gelegen bin, nachdem ich den Sturz getan hatte auf der Hetzjagd, wo mein gnädiger Herr sich den schönen roten Galarock aus Wilna zerriß. Aber was ich aufschreiben will, das geschah, als ich noch nicht Piqueur war, sondern Stalljunge.

Mein gnädiger Herr hatte zwei Kinder, einen Sohn und eine Tochter. Was aus ihnen geworden ist, das weiß ich nicht, weil mein gnädiger Herr später sein Dorf an den Pan Mlodziejowski verkaufen mußte, da wurde ich mitverkauft und kam schließlich nach Podgorze, wo es immer Jagdgäste und Trinkgelder gab, so daß ich sehr zufrieden war.

Aber damals lebte mein gnädiger Herr noch in seinem Dorf, nur diesen Sommer war er viele Wochen fort, bei irgendeinem großen Grafen oder Fürsten, weil er sich da irgend etwas ausbitten wollte, wegen der Zukunft des gnädigen Jungherrn, indem mein gnädiger Herr nicht sehr begütert war. Und die gnädige Frau war damals auch nicht zu Hause, sondern war für den ganzen Sommer ins Ausland gefahren, weil sie Lust bekommen hatte, zu baden. Und so lange wohnte da nur ein altes Fräulein, eine Verwandte von der gnädigen Fau, da konnten die jungen Herrschaften machen, was sie wollten.

Der gnädige Jungherr war vielleicht dreizehn Jahre alt und das gnädige Fräulein eine Zahl von Jahren älter. Das gnädige Fräulein war sehr schön und hatte eine ganz weiße Haut, das kam davon, daß sie nur Herrenkost aß und einen seidenen Sonnenschirm hatte und sich mit frischgefallenem Regenwasser bespritzte. Sie war aber sehr vollblütig oder ich kann wohl auch sagen rossig, denn es ist ja schon sechzig Jahre her. Wenn ein Knechtskind in die rossigen Jahre kommt, dann nimmt alles seinen natürlichen Verlauf, aber bei einem Herrenfräulein können andere Dinge geschehen. Und meine Meinung ist die, daß mein gnädiger Herr das Fräulein hätte verheiraten sollen, aber er sagte immer, sie wäre noch zu jung; damit meinte er wohl, es sollte noch ein Reicherer gefunden werden, die Herren drücken sich ja so umwunden aus.

Der Kutscher hieß Josef. Er hielt sich sehr sauber und trank nicht. Er ist nicht schlecht zu mir gewesen, aber ich habe ihn nicht sehr gut leiden können, weil er die Augen niedergeschlagen hielt und eine leise Stimme hatte, was sich für einen Kutscher nicht gehört. Aber er war ja auch nicht der richtige Kutscher, den hatte die gnädige Frau mit ins Ausland genommen.

Ein paar Tage, nachdem der gnädige Herr abgeritten war, kam Jan mit den Zehen, der Kammerlakai, in den Stall. Er hieß Jan mit den Zehen, weil es noch einen anderen Jan im Hause gab und weil ihm die großen Zehen nach innen abstanden, das fiel jedem auf, denn Stiefel brauchte er nur anzuziehen, wenn die Herrschaften Besuch bekamen. Josef und ich waren beim Tränken, es war gerade um Mittagszeit. Jan mit den Zehen sagte, Josef sollte den kleinen Jagdwagen anspannen, das gnädige Fräulein wolle spazierengefahren werden.

»Gut«, sagte Josef und befahl mir, den Staub vom Jagdwagen zu wischen.

»Spazierenfahren!« sagte Jan mit den Zehen. »Das ist auch so eine Herrendummheit.«

Dann ging er. Aber in der Stalltür kehrte er um, ging noch einmal auf Josef zu, blieb vor ihm stehen und zwinkerte. Dann schlug er ihm auf die Schulter und lachte sehr laut.

»Spazierengefahren werden will sie von dir, Josef! Fahre sie nur spazieren. Spazierenfahren, Spazierenfahren!« Und dann lachte er wieder und ging fort.

Also ich machte den Jagdwagen sauber und half Josef beim Anspannen. Dann fuhr Josef vor, und das gnädige Fräulein kam und stieg ein. Ich sah ihnen noch eine Weile nach, dann mußte ich mit dem Fuchs zur Schmiede. Den Fuchs konnte Josef nicht leiden, weil er ihn einmal vor den Bauch geschlagen hatte.

Am Nachmittag hatte ich nichts zu tun. Ich hätte gern Flöte geblasen, aber dann hört gleich jemand, daß man nichts zu tun hat, ruft einen zu sich und gibt einem eine Arbeit. Darum legte ich mich lieber auf die Streu. Ich dachte darüber nach, was Jan mit den Zehen wohl hatte sagen wollen und warum er gezwinkert und gelacht hatte. Heute glaube ich, daß er nur einen dummen Witz machen wollte, denn bis zu jenem Tage hatte das gnädige Fräulein mit Josef kaum ein Wort gesprochen, ausgenommen die Worte, die ein Herrschaftsfräulein eben mit dem Kutscher spricht.

Ich schlief ein in der Stallhitze und erwachte erst vom Gerumpel des zurückkommenden Wagens. Da sprang ich auf und lief hinaus.

Ich merkte gleich, daß Josef blaß und erschrocken aussah. Das gnädige Fräulein sah ihn im Aussteigen geschwind an und sagte: »Du Dummkopf.« Sie hat es halblaut gesagt, aber ich habe es doch gehört, weil ich so schnell dazugekommen war. Dann ging das gnädige Fräulein hinein, und wir spannten aus. Ich sah, daß Josef dabei die Hände zitterten. Er atmete auch wie einer, der in einer großen Gefahr gewesen ist.

Von da an befahl ihn das gnädige Fräulein recht oft zum Spazierenfahren, und Jan mit den Zehen lachte und zwinkerte. Aber vielleicht hat er auch jetzt nur gelacht und gezwinkert, weil das so seine Manier war, daß er immer alberne Witze machen mußte.

Ich konnte wohl merken, wie sehr Josef diesem Spazierenfahren widerstrebte. Manchmal brachte er Ausflüchte vor, da brauchten die Pferde Schonung oder da war etwas am Wagen nicht in Ordnung oder das Wetter würde nicht halten, aber meistens nützten diese Ausreden ihm nichts. Er war niemals gesellig und munter gewesen wie andere Männer seines jungen Alters, darum riefen die Hofmägde ihm nach »keuscher Josef!«, aber jetzt wurde er noch scheuer als sonst.

Früher habe ich wohl gemeint, er wäre sehr stolz oder sehr fromm, aber heute denke ich eher, er war schüchtern und hatte zu nichts einen Mut, wie ein Mann ihn haben soll; und wenn er das gnädige Fräulein sah, dann suchte er sich davonzumachen, ehe sie ihn wahrgenommen hatte. Davon bekam er einen hinterhältigen Ausdruck. Nein, leiden können habe ich ihn nicht sehr gut.

Inzwischen war der gnädige Herr zurückgekehrt, und nun hörte das viele Spazierenfahren auf. Aber dafür kam das gnädige Fräulein recht oft in den Stall, indem sie sich dort irgendein Gewerbe machte. Sie wollte sehen, wie man Tieren mit angelaufenen Beinen einen Lehmanstrich macht, sie brachte einem Pferde Brot, ein anderes fütterte sie mit Zuckerstückchen, was der gnädige Herr nie erlaubt hätte, weil der Zucker damals noch nichts Wohlfeiles war, und nach einer halben Stunde kam sie wieder, weil sie ihr Nasentuch im Stall liegengelassen hatte.

Josef war immer erschrocken, wenn sie kam, und er richtete es so ein, daß ich auch im Stall war. Aber das war dem gnädigen Fräulein nicht recht, und einmal schickte sie mich weg, ich sollte mir in der Küche ein paar Stückchen Brot für Marzec geben lassen, das war unser bestes Pferd, und der gnädige Herr hatte es auch nicht zu dem Grafen mitgenommen, damit der Graf nicht denken sollte, wir wären noch leidlich wohlhabend – wenigstens haben die Leute so geredet.

Einmal hat Josef das gnädige Fräulein wohl kommen sehen, da sagte er zu mir: »Bleib du im Stall, ich muß um Hafer zum Verwalter, es kann eine gute Stunde dauern, bis ich zurückkomme.«

Das gnädige Fräulein ist sehr unzufrieden gewesen, hat mir aber nichts Böses gesagt, sondern nur eine Weile den Marzec gestreichelt, und dann ist sie wieder weggegangen.

Ich muß jetzt etwas vom Stall erzählen. Der Stall war sehr lang, aber weil der gnädige Herr nicht mehr so viel Pferde haben konnte wie sein Vater, darum stand er zu zwei Dritteln leer. An einem Ende lag die Sattelkammer, in der schlief ich, und am andern Ende war eine kleine Stube, die gehörte Josef. Diese Stube hatte zwei Türen, eine in den Stall und eine auf den Hof.

In einer Nacht wachte ich auf, weil ein Pferd den Halfter abgestreift hatte und die Stallgasse entlanglief und die anderen Pferde unruhig machte. Da ging ich in den Stall, brachte das Pferd an seinen Ort und band es wieder fest. Darauf ging ich in die Sattelkammer zurück und legte mich hin. Es war schon ein klein wenig hell, und weil ich mit dem Pferd Mühe gehabt hatte, darum war ich etwas munter geworden und schlief nicht gleich wieder ein. Die Tür zum Stall hatte ich nur angelehnt, das tat ich immer, damit ich es gleich hören konnte, wenn ein Pferd sich losgemacht hatte oder zwei Pferde sich schlugen, denn es kam oft vor, daß eins über den Flankierbaum trat oder daß ein Flankierbaum sich aushing, besonders beim Marzec, der ein unruhiger Wälzer war.

Im Stall war es jetzt ziemlich still geworden, denn ganz still ist es ja in einem Stall nie, da gibt es immer ein wenig Schnaufen und Rascheln, und oft zirpen da auch die Heimchen, aber das hört unsereiner schon nicht mehr, wie es die Herren ja auch nicht hören, wenn bei ihnen im Schlafzimmer eine Uhr schlägt. Und da war es mir, als hörte ich vom Hofe her ein Geräusch, nämlich von daher, wo die Tür von Josefs Stube auf den Hof führte. Aber dann dachte ich, ich habe mir das nur so eingebildet, und es lag ja auch die ganze Länge des Stalles dazwischen. Nun vernahm ich auch nichts mehr, aber bald danach wurde an die Stalltür gepocht, erst ganz leise, aber dann ist es lauter geworden. Da bin ich aufgestanden und hingegangen, nicht gerade mit Angst, denn wenn einer Pferde stehlen will, dann wird er ja nicht anklopfen, aber es war mir doch so zu Mut, als könnte etwas Unholdiges geschehen. Das Pochen ist immer noch gewesen, bald lauter und bald schwächer, und schließlich habe ich das gnädige Fräulein an der Stimme erkannt, denn sie hat nach Josef gerufen, sehr scharf, aber doch gedämpft, so wie man ruft, wenn man will, es soll ein Bestimmter hören, aber sonst niemand. Da habe ich gemerkt, das gnädige Fräulein hatte erst an Josefs Stubentür geklopft, aber da hat er nicht aufgemacht, und sie hat gedacht, vielleicht hört er es nicht, sondern hält sich gerade im Stall auf, und darum hat sie es jetzt an der Stalltür versucht.

Ich war ganz dicht bis zur Tür geschlichen, und da konnte ich alles hören, wie sie nach Josef rief und wie wild sie atmete, denn die Stalltür war nicht sehr dicht, da gab es viele Ritzen, und nur zum Winter wurden die mit Moos verstopft. Ich wurde immer erschrockener und wußte nicht, wie ich mich verhalten sollte, ob ich nicht vielleicht den Querbalken von der Tür zurückschieben oder ob ich den Josef wecken sollte, aber da hörte ich, wie Josef in seiner Kammer seufzte und ein paar Schritte machte. Da habe ich gedacht, wer weiß, was geschehen kann, ich will mit der Sache nichts zu schaffen haben und bin zurück in meine Kammer. Aber wie ich ein paar Schritte auf der Stallgasse getan habe, da geht Josefs Tür auf, und er kommt in den Stall. Er läuft zur Stalltür, und er hat mich wohl nicht gesehen, denn ich bin gleich von der Stallgasse in einen von den Pferdeständen gesprungen, weil ich mir doch vorgenommen hatte, daß ich nichts damit zu tun haben will.

Josef hat eine Stimme und einen Atem, als wenn er eine Viertelmeile gelaufen ist. »Falle zu Füßen, gnädiges Fräulein«, sagte er, »aber ich kann nicht aufmachen.« Was das gnädige Fräulein sagte, das konnte ich nicht verstehen, dazu war ich schon nicht mehr nahe genug von der Tür. Josef antwortete: »Haben Sie Erbarmen mit mir! Falle zu Füßen, was wird der gnädige Herr Vater sagen? Unser beider Leben wird in Gefahr sein.« Und so bat er noch eine Weile, aber dann muß das gnädige Fräulein ihm einen strengen Befehl gegeben haben, da schob er den Querbalken zurück und machte die Tür auf, davon wurde es viel heller im Stall. Das gnädige Fräulein kam herein, und ich konnte sehen, daß sie einen roten Schlafrock anhatte und sonst nur Schuhe und Strümpfe, und Josef wich zurück und bekreuzigte sich.

Ich denke mir jetzt, der gnädige Herr muß zufällig wach gewesen sein und gemeint haben, es könnten Pferdediebe gekommen sein, denn so stark, daß er davon hätte aufwachen müssen, ist der Lärm nicht gewesen, sonst hätten ja auch andere Leute aufwachen müssen. Also der gnädige Herr kam in den Stall gelaufen ohne Stiefel, im Schlafrock, und in der Hand hatte er einen bloßen Säbel, und das graue Haar und der lange Schnurrbart hingen wüst herunter, und über der Brust stand das Hemd offen. Und gleich darauf kam auch der gnädige Jungherr angelaufen, der im Zimmer neben dem gnädigen Herrn schlief, in Hemd und Hose, und er hatte den kleinen Säbel in der Hand, den sein Herr Pate ihm zum Namenstag geschenkt hatte.

Ich dachte jetzt nur noch, wie ich am besten in die Sattelkammer komme, ohne daß sie mich sehen. Darum kroch ich immer von einem Stand in den anderen, unter den Pferden durch, und einmal hat der Fuchs mir dabei auf die Hand getreten, da habe ich die Zähne gegeneinandergebissen, und so habe ich nur gehört, daß sie laut durcheinander sprachen und schrien, aber zum Zuhören hatte ich keine Gedanken. Dann aber fürchtete ich, sie könnten mich sehen, wenn ich die Stallgasse überquerte, um an meine Tür zu gelangen, und es fiel mir auch ein, daß ja meine Kammertür knarrt, wenn man sie aufmacht, und das Herz klopfte mir so sehr, da bin ich in den großen Haferkasten geklettert, der war anderthalbmannshoch und stand offen, ungefähr in der Stallmitte. In dem hatte ich mich schon einmal versteckt, als der Kutscher von einem Besuch mich durchprügeln wollte, weil sein Pferd vom Marzec geschlagen worden war, woran ich ganz bestimmt keine Schuld hatte.

Ich hockte mich auf den Hafer, und dazwischen richtete ich mich auf und lauerte ein wenig über den Kastenrand, da konnte ich sehen, denn dort, wo die vier standen, da war es hell von der offenen Stalltür, und jetzt konnte ich auch hören, was sie sagten.

»Tu ihm nichts, Vater, er ist unschuldig!« hat das gnädige Fräulein geschrien. »Es ist nichts geschehen.«

»Kannst du schwören?« hat der gnädige Herr sie gefragt.

»Ja«, hat sie geantwortet, sehr laut, und dann hat sie wieder gerufen: »Du darfst ihm nichts tun.«

»Verfluchte Gans, davon verstehst du nichts«, hat mein gnädiger Herr geantwortet, und dann hat er geschrien: »Scher dich in dein Bett, zum Herbst gebe ich dir einen Mann!« Das gnädige Fräulein hat dableiben wollen, aber der gnädige Herr jagte sie hinaus und sagte zum gnädigen Jungherrn: »Du bleibst hier. Du sollst lernen, wie ein Szlachcic für seine Ehre sorgt.«

Dann sagte er zu Josef: »Und du denkst wohl, du wirst jetzt herumkriechen und überall erzählen: Die Herrentochter ist mir nachgelaufen wie eine geile Hündin?«

»Falle zu Füßen, gnädiger Herr, Gott soll mich bewahren, ich werde meinen Mund nicht auftun«, hat Josef geantwortet, und er hat kaum sprechen können vor Zittern.

Josef fiel auf die Knie, von da an konnte ich ihn nicht mehr sehen, und da wird er dem gnädigen Herrn nach den Füßen oder den Knien gegriffen haben, denn der gnädige Herr trat zwei Schritte zurück.

»Ich werde nie ein Wort sprechen, ich schwöre es dem gnädigen Herrn, unser Väterchen Jesus Christus soll mir helfen«, so hat Josef gefleht, und dann hat er geweint und geschrien.

»Bekreuzige dich«, sagte der gnädige Herr. Wahrscheinlich hat Josef aber nicht mehr die Hand heben können in seiner Angst, denn der gnädige Herr nahm den Säbel in die linke Hand und bekreuzigte Josef mit der rechten. »Im Namen des Vaters und des Sohnes und des heiligen Geistes. Amen.«

»Du mußt jetzt beten, Josef«, sagte er dann. »Du hast nicht mehr viel Zeit.«

Josef heulte, da befahl mein gnädiger Herr dem gnädigen Jungherrn, die Stalltür zuzumachen.

»Kannst du die Litanei vom heiligen Josef?« fragte der gnädige Herr. Dann, als er von Josef keine Antwort bekam, da befahl er dem gnädigen Jungherrn, die Litanei zu beten, und der fing an, aber er wußte nur ein paar Stellen daraus, und seine Stimme zitterte vor Aufregung, und dazu war sie gerade im Wechsel: »Heiliger Josef... du Gatte der Gottesgebärerin... bitte für uns... du keuscher Jungfrauenbehüter... gerechtester Josef... keuschester Josef... Du Trost der Elenden... Du Patron der Sterbenden...« – und da wußte er auch nicht weiter. Der gnädige Herr hatte das »Bitte für uns« immer laut mitgebetet, aber Josef hatte kein Wort herausbringen können und nur gewimmert, das klang wie ein kleines Kind schreit, und mir lief der Schweiß über alle Glieder.

»Sprich ein Vaterunser, Josef«, sagte der gnädige Herr, als sie alle nicht weiter wußten.

Josef fing an, aber bei der zweiten Bitte konnte er nicht mehr beten, sondern ächzte wieder und hörte auf.

Der gnädige Herr schrie: »Willst du wohl beten. Bete, oder du sollst was erleben!«

Es hat so laut in mir gepocht, daß ich beinah dachte, sie müßten meinen Herzschlag durch den ganzen Stall hören und würden mich aus dem Haferkasten herausziehen und mein gnädiger Herr würde mich mit seinem Säbel totschlagen. Ich war fast von Verstande, aber als der gnädige Herr diese Worte sagte: »... oder du sollst etwas erleben!«, da ist es wie eine Teufelsversuchung über mich gekommen, daß ich hätte lachen müssen, denn wie kann man einem Menschen, der sterben soll, solch eine Drohung sagen? Ich habe einmal gehört, daß die Seelen der Verdammten in der Hölle lachen müssen, so schauerlich lachen mußte ich auch, und da biß ich mit meinem ganzen Gesicht tief in den Hafer, so daß mein Höllenlachen erstickt wurde. Als ich meinen Kopf wieder aufhob, da hörte ich meinen gnädigen Herrn den englischen Gruß beten, und er war schon fast zu Ende: »... bitte für uns Sünder, jetzt und in der Stunde unseres Absterbens. Amen.« Und dann wiederholte er das letzte noch einmal und ließ nur das Wörtchen »und« weg, so daß es hieß: »Jetzt in der Stunde unseres Absterbens.«

»Gnädiger Herr! Gnädiger Herr!« schrie Josef. »Gnädiger Herr, schlagen Sie mich nicht tot! Ich werde ja schweigen, aber der Stalljunge Adam, der muß es auch gehört haben, daß das gnädige Fräulein in den Stall gekommen ist!«

»Adam!« brüllte der gnädige Herr, und ich dachte, jetzt wird die Stalldecke herunterfallen. »Adam!«

Dann sagte er zum gnädigen Jungherrn: »Los. Geh in die Sattelkammer und hole ihn her.«

Und der gnädige Jungherr ging die lange Stallgasse hinunter an meinem Haferkasten vorbei. Er machte die knarrende Tür auf und ging in die Kammer. Hinter sich machte er die Tür zu. Da habe ich auch erfahren, daß es Augenblicke gibt, in denen man Gebetsworte vergessen kann.

Nach einer Weile kam er heraus und kehrte zu meinem gnädigen Herrn zurück und sagte: »Adam kann nichts gehört haben. Der schläft so fest, ich habe ihn gar nicht munter bekommen können.«

Darauf fragte der gnädige Herr nicht weiter nach mir, und ich bat Gott, daß ich dem gnädigen Jungherrn auf irgendeine Weise meinen Dank zeigen könnte.

Josef sagte jetzt nichts mehr, er wimmerte nur ganz leise und mit genauen Abständen. Das war gewiß nicht richtig von ihm, denn es lag da in seiner Nähe ein ausgehängter Flankierbaum, den hätte er nur aufzuheben brauchen, und einmal hätte er bloß zuschlagen müssen, da hätte dem gnädigen Herrn sein krummer Säbel nichts geholfen, und es hätte alles seine Ordnung gehabt. Und dann hätte Josef den Marzec aus dem Stall reißen sollen, ungesattelt und weg, da hätte ihn keiner eingeholt, und gleich hinter Skreble fangen ja die großen Wälder an, wo einen niemand findet und wo es gute Leute gibt, die auch irgendein Unglück mit dem Herrenstande gehabt haben. Das dachte ich schon damals in meiner Angst, daß Josef das hätte tun müssen, und wenn sie mich gefunden hätten, dann hätte ich das auch versucht, obwohl ich damals noch nicht zu meiner rechten Größe und Kräftigkeit gewachsen war. Aber heute verstehe ich, daß er das nicht konnte, denn wenn er so einer gewesen wäre, dann wäre er ja auch nicht vor dem gnädigen Fräulein davongelaufen, sondern hätte gelacht und sich seinen Spaß mit ihr gemacht.

Der gnädige Herr hat noch eine Stelle aus den Sterbegebeten gewußt: »Ziehe hin, christliche Seele, aus dieser Welt im Namen des allmächtigen Vaters, der dich erschaffen, im Namen Jesu Christi, der für dich gelitten, im Namen des heiligen Geistes, der in dich ist ausgegossen worden. Amen.«

Dann sah ich, wie er seinen Säbel hob und zuschlug, mehrere Male, aber Josef konnte ich nicht sehen, weil er ja am Boden lag.

Nach ein paar Tagen kam ein Herr vom Gericht angeritten und hat mit meinem gnädigen Herrn gesprochen und hat sich auch die Stelle im Stall zeigen lassen und dann den gnädigen Herrn gefragt, wieviel er für den Marzec gegeben hat und ob er auch schon gehört hat, daß man mit dem Gestüt von Chojewo nicht mehr so zufrieden ist. Darauf haben sie miteinander gefrühstückt und auch etwas Schriftliches gemacht, und der fremde Herr ist wieder weggeritten und weiter ist nichts mehr gewesen in der Sache. Damals hatten wir ja noch die russischen Gerichte nicht im Lande.

Dem gnädigen Jungherrn wollte ich gern meine Dankbarkeit zu erkennen geben, aber ich wußte nicht, wie ich das machen sollte, und er hat mich auch nie angesehen. Er kam auch bald aus dem Hause, weil jener große Graf oder Fürst für ihn sorgen wollte, da wollte ich ihm beim Abschied noch etwas Besonderes sagen, aber ich habe dann nur gesagt: »Falle zu Füßen, wünsche alles Beste, gnädiger Jungherr.« Und das haben ja die andern auch alle gesagt. Nur Jan mit den Zehen sagte: »Krongroßmarschall soll unser gnädiger Jungherr werden, die Heiligen werden das schon einzurichten verstehen.« Und dabei hat er nach seiner Gewohnheit gelacht und gezwinkert.

Nun hat es mir ja wohl leid getan, daß Josef so ohne eine Schuld sein Leben verloren hat, aber die Herren haben da solche Anschauungen, das muß man schon wissen, und er hätte ja auch den Flankierbaum aufheben können. Ich habe ihn nie recht leiden mögen, und dann hat er an den Fuchs, der keinen Buchweizen vertrug, immer wieder Buchweizen verfüttert, ja das hat er, ich habe es selber gesehen.

Gut aus dem 18. Jahrhundert

Die Fahrt des Herrn von Ringen

Ernst Johann Biron, Günstling der Zarin Anna und zeitweilig Regent des russischen Kaiserreiches, ein Mann rücksichtslosen und harten Willens, wurde nach dem Absterben des herzoglichen Hauses zum Herzog von Kurland gewählt; hinter ihm standen die russischen Kanonen und Bajonette. Er residierte nicht wie seine Vorgänger in Mitau, sondern blieb am Petersburger Hofe. Ein Netz von Spähern überzog das Herzogtum; wer in den Verdacht bironfeindlicher Gesinnung oder gar bironfeindlicher Äußerungen geriet, dem konnte es geschehen, daß er bei Nacht aufgehoben und ohne Verhör und Urteil nach Sibirien oder in entlegene Gouvernements des russischen Reiches verschleppt wurde.

Es war die Zeit der Intrige, der Willkür, des Geheimnisses. Man kennt die Eigentümlichkeiten despotisch geübter Macht. Vorrichtungen und Getriebe wachsen über die Köpfe der zu ihrer Bedienung Bestellten; eine Verwechslung, ein Fehler in der Schreibung eines Namens, die verdrießlich geknurrte Bemerkung eines Vorgesetzten, nur zur Hälfte verstanden, aber vom ängstlichen Untergebenen vorsichtshalber als Befehl aufgefaßt, kann lösend, verstrickend, umstürzend in jedes Privatverhältnis einwirken. Wer das merkwürdige Schicksal des Herrn von Ringen auf Aldenshof erwägt, mag sich Derartiges vor Augen halten.

Der junge, noch unvermählte Heinrich von Ringen lebte mit seiner ledigen Schwester im elterlichen Hause und bewirtschaftete an Stelle des kränklichen Vaters das kleine Gut. Bei dem schmalen Vermögen der Familie hatte er keinen leichten Stand. Die landwirtschaftliche Tätigkeit nahm ihn gänzlich in Anspruch. Um die öffentlichen Dinge kümmerte er sich nicht. Er lebte gleichmäßig und still. Seine Erholung fand er in der Jagd, im Umgang mit den Seinigen oder in gelegentlichem Verkehr mit den Nachbarn.

Am Abend eines heißen Sommertages geschah es, daß er nach dem Einbruch der Dunkelheit in der vom Herrenhause zur Landstraße führenden Pappelallee lustwandelte, um die Kühle zu genießen. Da sah er vier Männer auf sich zukommen, die ihm unbekannt schienen. Er blieb stehen und fragte sie in deutscher und, als keine Antwort erfolgte, in lettischer Sprache nach ihrem Begehr. Die Männer schwiegen, dem Herrn von Ringen wurde es unheimlich. Er hatte keine Waffe bei sich, nicht einmal einen Stock, im Augenblick war er gepackt und zu Boden geworfen. Grobe Hände schlossen sich um seinen Hals und verhinderten ihn am Schreien. Er wurde gefesselt und geknebelt und dann zur Landstraße gebracht, wo ein geschlossener zweispänniger Wagen stand, neben dem einige Reiter und Handpferde hielten. Die Männer, die den Herrn von Ringen überfallen hatten, wechselten mit den Reitern einige Worte in einer Sprache, die er nicht verstand und die ihm Russisch zu sein schien. Dann wurde die Wagentür geöffnet und der Gefangene hineingeschoben. Die Tür schloß sich wieder, und der Wagen setzte sich samt seiner Eskorte in Bewegung.

All dies war so schnell vor sich gegangen, daß der junge Mensch zunächst nicht recht zum Bewußtsein dessen kam, was mit ihm geschah. Erst jetzt, da er in der Finsternis auf dem übrigens reichlich geschütteten Stroh lag – einen Sitz enthielt der Wagen nicht –, begann er sich zu sammeln und seine Lage zu überdenken.

Er entsann sich der Stellung, in welcher der Wagen auf der Landstraße gestanden hatte, und schloß daraus, daß die Fahrt in östlicher Richtung, also der livländischen, und das bedeutete: der russischen Grenze zu, gehen müsse. Wer aber waren die Männer, die ihn überfallen hatten und fortschleppten?

»Ich hätte rechtzeitig um Hilfe rufen sollen, gleich im ersten Augenblick!« dachte er. »Immer entschließe ich mich zu langsam.«

Vergeblich fragte er sich, ob er einen mächtigen Feind habe. Konnte er jemandem im Wege stehen, jemanden unwissentlich gekränkt haben? In dem beschränkten Kreise seiner Bekannten wußte er keinen, der ihm übel wollte.

So konnte er denn nicht anders glauben, als daß ein Irrtum vorgefallen oder daß er Räubern in die Hände geraten war. Bei diesem Gedanken beruhigte er sich ein wenig, indem er sich sagte: »Was sollte mir drohen? Was kann meinen Begleitern oder sonst jemandem auf der Welt an meinem Leben gelegen sein, dem Leben eines unbedeutenden Landedelmannes? Ist es ein Mißverständnis, so muß es sich aufklären. Sind es Räuber, so werden sie Lösegeld verlangen. Der Vater wird Geld aufnehmen, vielleicht ein Stück Wald schlagen lassen müssen. Gewiß, das wäre arg, aber es ließe sich überstehen.« Er begann in seiner langsamen Art zu rechnen, darüber verwirrten sich seine Gedanken, und da er seit dem frühen Morgen tätig gewesen war, schlief er ein, von der gleichmäßigen Bewegung des Wagens gewiegt.

Als er erwachte, hielt das Fuhrwerk. Die Tür wurde geöffnet, er wurde hinausgezogen und von Fesseln und Knebel befreit. Gleichzeitig zeigte ihm aber einer der Männer seine Pistole und gab ihm durch allerhand Zeichen zu verstehen, welches Schicksal ihn im Falle eines Fluchtversuches erwartete. Der Herr von Ringen sah sich um und erkannte im Mondenschein eine kleine, wohl zwei Meilen östlich von Aldenshof gelegene, ihm von der Jagd her vertraute Waldwiese, auf der er weidende Pferde erblickte. Und um sich gewahrte er etwa acht bewaffnete Männer, deren einige ihm die Uniform russischer Husaren zu tragen schienen. Sie lagerten sich im Kreise, hießen ihn durch Zeichen ihrem Beispiel folgen und begannen eine Abendmahlzeit einzunehmen, nicht ohne ihrem Gefangenen von ihren aus kaltem Fleisch, Brot und Branntwein bestehenden Vorräten reichlich mitzuteilen. Sei es aber, daß keiner von den Männern der deutschen oder der lettischen Sprache mächtig war, sei es, daß ein höherer Befehl ihnen den Mund verschloß: sie gaben auf alles Anreden und Fragen des Herrn von Ringen keine Antwort, und es gelang ihm nicht, zu erfahren, wer seine Entführer waren und was für Pläne sie mit ihm hatten.

Das wurde auch an den folgenden Tagen nicht anders, an denen die Reise genau in der bisherigen Form fortgesetzt wurde, nur mit dem Unterschiede, daß der Gefangene von

Fesseln und Knebel frei blieb. Dafür waren aber die Fenster des Wagens dicht verhängt, und die Tür blieb verschlossen. Nur wenn der Trupp rastete, was stets an abgelegenen und einsamen Orten geschah, durfte der Herr von Ringen sein Gefängnis verlassen. Seine Begleiter behandelten ihn nicht schlecht und verpflegten ihn reichlich, nie aber gelang es ihm, auf seine Fragen eine Antwort zu erhalten. Er merkte indessen, daß die Fahrtrichtung östlich blieb, und konnte daher gewiß sein, daß der am zweiten Tage auf einer Fähre überschrittene Fluß die Düna gewesen war.

Fast stündlich erwartete der Gefangene das Eintreten eines Ereignisses, das seine Lage klären oder wenigstens das Abenteuer in einen neuen Abschnitt bringen müsse. Indessen verging Tag um Tag, und nichts geschah: es wurde gefahren, gerastet und wieder gefahren. Aus den Tagen wurden Wochen, und keine Änderung trat ein. Die Tage begannen kürzer, die Nächte kühler zu werden, und man gab dem Herrn von Ringen einen Schafspelz und einige Pferdedecken. Gerastet wurde nicht mehr unter freiem Himmel, sondern auf Gütern oder in einsamen Bauernhöfen. Aber jeden Annäherungsversuch des Herrn von Ringen an deren Bewohner verhinderten seine Wächter.

Und ganz allmählich begann die Ungeduld des Gefangenen sich zu legen. Längst hatte er gemerkt, daß ihm für Leib und Leben keine unmittelbare Gefahr drohte, und wie denn der Mensch sich an fast alles zu gewöhnen vermag, so gewöhnte der Herr von Ringen sich auch an dieses Leben im Wagen. Er war überzeugt, daß irgend einmal irgendeine Lösung geschehen mußte, und da er keinerlei Möglichkeiten sah, etwas zu unternehmen, das die Heraufkunft dieser Lösung beschleunigen konnte, so faßte er sich geduldig, wie es denn überhaupt nicht in seiner Art lag, sich unnützen Gedanken oder gar Hirngespinsten hinzugeben.

Die Männer, die ihn begleiteten, wurden mehrmals durch andere abgelöst, die aber an Schweigsamkeit und Wachsamkeit ihren Vorgängern nichts nachgaben. Aus dem geschlossenen Wagen war ein geschlossener Schlitten geworden; man fuhr über endlose Schneefelder und rastete häufiger als im Sommer.

Hatte der Herr von Ringen anfangs noch aus dem Stande der Sonne und der Sternbilder Schlüsse auf die Fahrtrichtung ziehen können, so gab er das allmählich auf, nachdem er beobachtet hatte, daß es wohl zuerst nach Osten gegangen war, dann aber alle Himmelsrichtungen einander abwechselten.

Der Schnee schmolz, die Wasser schäumten, die Frühlingsstürme stoben über die weite Ebene, und die Zeit der schlimmsten Unwegsamkeit wurde in einem einsamen Kruge abgewartet. Dann wurde der Schlitten wieder mit einem Wagen vertauscht, und die endlose Fahrt hob abermals an. Die Zugvögel kehrten zurück, die Sonne schien, es wurde Sommer, es wurde Herbst, Winter, Frühling und wieder Sommer. Der Herr von Ringen aber hatte längst alle Hoffnung verloren, daß die Fahrt jemals ihr Ziel erreichen und er seine Freiheit wiedererlangen könne. Zwei Jahre fuhr er im geschlossenen Gefährt, zwei Jahre rastete er an fremden Feuern, zwei Jahre sprach niemand ein Wort mit ihm und er mit niemandem. Da hatte sich denn sein einfacher Geist in den Gang des Geschehens gefügt; er hatte sich dumpf ergeben und meinte, es sei Gottes Wille und sein Schicksal, daß er also reisen müsse.

Da geschah es eines Nachts, daß er erwachte, während der Wagen hielt. Aber alles blieb totenstill, und niemand kam wie sonst, um die verschlossene Tür zu öffnen und ihn hinauszulassen. Der Herr von Ringen wartete geduldig Stunde um Stunde, aber nichts drang an sein Ohr. Da faßte er den Griff der Wagentür, sie war unverschlossen und gab nach. Der Herr von Ringen stieg aus und sah in der Morgensonne den Park und das Herrenhaus von Aldenshof vor sich liegen. Er schüttelte sich, als wollte er einen Traum verscheuchen, er fuhr sich mit der Hand über die Augen, aber das Bild blieb. Er schaute sich um, der Wagen stand allein, und es waren weder Pferde noch Begleiter zu sehen.

Da ging es wie ein Erwachen über ihn hin, langsam ging er durch den Park, in welchem er als Knabe so oft gespielt hatte, auf sein Vaterhaus zu. Er trat ins Eßzimmer ein, wo seine Eltern und seine Schwester bei ihrer Morgenmahlzeit saßen, und blieb schweigend an der Tür stehen. Sie sahen erst überrascht auf, sie erkannten ihn nicht in seiner schlechten, groben

Kleidung, seinem langen, wirren, ungepflegten Haupt- und Barthaar, dann schrie seine Mutter: »Heinrich!«, stürzte auf ihn zu und schloß ihn unter Tränen in ihre Arme. Alle drei küßten und umarmten ihn, weinten, lachten und fragten durcheinander. Er aber blieb scheu und abwesend, fast wie einer, der von Fremden fälschlicherweise für einen der Ihrigen gehalten und mit ihrem Vertrauen beschenkt wird, ohne den Zusammenhang zu verstehen und das Mißverständnis so schnell aufklären zu können.

Allmählich jedoch fand er sich in den Kreis der Seinen, und wenn er auch nicht viel sprach, so ließ er doch ein wenig Freude erkennen. Sie pflegten und stärkten ihn, so gut sie konnten, und nach einigen Wochen ging er wieder seinen früheren Beschäftigungen nach, als sei nicht viel vorgefallen. Nur blieb er wortkarg und ernst, zeigte sich ungern den Nachbarn, die auf die Kunde von seiner Rückkehr in Scharen zu Gaste kamen, und behielt einen fremden und abwesenden Gesichtsausdruck bei.

Sein Vater, der vor Zeiten studiert hatte und in allen Schriftkünsten erfahren war, verfaßte eine umfangreiche Klageschrift und sandte sie, mit seinem Siegel und des Sohnes Bestätigung versehen, durch die Ritterschaft an die herzogliche Regierung.

Eine Weile nach der Rückkehr des Herrn von Ringen fuhr eines Nachts sein Patenkind, der kleine Stalljunge Indrik, aus dem Schlafe auf und gewahrte eine Gestalt im Stall. Er erkannte den jungen Herrn, der eine Laterne in der Hand trug, sprang hinzu und fragte nach seinen Befehlen. Der aber winkte ihm schweigend ab, zog selbst zwei Pferde aus dem Stall, und während der Junge schon wieder schlief, spannte er den großen geschlossenen Wagen an, mit dem er zurückgekommen war, und fuhr langsam in die Nacht hinaus. Und wie sehr man ihn auch am nächsten Tag und in der Folgezeit suchte, so hat ihn niemand je wieder zu Gesichte bekommen.

Die Klageschrift aber war mittlerweile an den herzoglichen Hof gelangt, lagerte hier eine Zeitlang in allerhand Kanzleien und wanderte dann zur russischen Regierung weiter, wo sie zunächst das gleiche Schicksal hatte.

Dann gelangte sie auf dem Umwege über den herzoglichen

Hof und die kurländische Ritterschaft wieder nach Aldenshof zurück, und es war ein Begleitschreiben dabei, welches besagte, man werde mit alleräußerster Strenge verfahren, wenn der Klagesteller imstande sei, die Schuldigen an der Entführung seines Sohnes anzugeben.

Als aber dieser Bescheid in Aldenshof eintraf, da war der Herr von Ringen schon lange verschollen.

Ansicht von Riga. Im Vordergrund die Düna.

Der Strom

Zur schwedischen Zeit lebte in Riga ein Witwer, der einer begüterten patrizischen Familie angehörte, sein Vermögen aber in chymischen und magischen Spekulationen erschöpft und sich darüber von seiner Verwandtschaft und den Menschen seines Standes zurückgezogen hatte. Seinem einzigen Sohn Christoph hinterließ er nichts als einen kleinen, verschuldeten und verwahrlosten Besitz jenseits der Düna, welcher Schadeckshof hieß und wenig eintrug.

Christoph Hochgereuth sah, wie seine Vettern und Altersgenossen ins Reich auf Universitäten gingen und gelehrte Grade erwarben oder im Auslande Kriegsdienste nahmen. Oder sie heirateten, bekleideten städtische Ämter, befaßten sich mit der Kaufmannschaft und verwalteten und mehrten ihren Besitz. Er dagegen brachte sein Leben nur so hin, und obgleich er ein wohlgeschaffener junger Mensch war, konnte er sich zu nichts entschließen. Überall, so meinte er, müsse ihm seine Armut und ererbte Absonderung im Wege stehen. Von den Neigungen des Vaters war nichts auf ihn gekommen, es sei denn ein Hang zu einem unfrohen und müßigen Grüblertum, doch mochte dieser mehr in seinen Lebensumständen als in seiner Natur begründet sein.

In einigen Räumen des baufälligen Hauses lag allerhand Gerümpel, schadhaft gewordenes Gerät, das der Vater zu Zwecken, die dem Sohne unverständlich blieben, gebraucht hatte. Die gedruckten Bücher hatte Christoph verkauft und von dem Erlös einige Schulden beglichen. Von einem Stoß alter handgeschriebener Werke aber hatte er sich nicht trennen mögen, auch dünkten sie ihn wertlos. Sie lagen in einer schwarzen Holztruhe, deren Deckel in geschnitzter Arbeit das Hochgereuthsche Wappen trug und den Spruch: »Riga rigat gentes«. Dieses stolze, von langem her überlieferte Wort – »Riga benetzt die Völker« – war in jenen Tagen den Leuten nicht mehr recht verständlich. Ursprünglich hatte es wohl den alten Rang der völkerbekehrenden, heidentaufenden

Bischofsstadt bezeichnen wollen. In den neueren Zeiten setzte man es eher in einen Zusammenhang mit dem Dünastrome, welcher der Stadt ihren Hafen gegeben hatte, und dachte an die Belebung des Handels und Wohlstandes, wo man es nicht gar als eine scherzhafte Hindeutung auf Trink-, Brau- und Brenntüchtigkeit oder den weit nach Rußland hineinreichenden Weinhandel nahm.

Die handgeschriebenen Bücher, zum Teil in lateinischer Sprache abgefaßt, doch auch an morgenländisch anmutenden Charakteren nicht arm, verrieten dem jungen Manne wenig von ihrem Inhalt. Dennoch ergötzte er sich manchmal daran, in ihnen zu blättern und die sonderbaren Zeichnungen zu betrachten. Manche schienen sich aus geometrischen Figuren zu entfalten und mit Sternen-, Pflanzen- und Gestaltenzierwerk sich zu hohen Sinnbildern zu erheben. Verstand er auch nicht, worauf sie im einzelnen abzielten, so gab ihr Anblick ihm doch ein Wohlgefühl ins Herz, denn er mußte spüren, daß sich hier eine schöne Übereinstimmung aller Weltendinge andeutete. Oft meinte er, die Verheißungen dieser Sinnbilder – auf Verheißungen nämlich schien es ihm hinauszulaufen – müßten auch auf sein eigenes Schicksal ihren Bezug haben, und da ließ er sich gern von seiner Einbildungsgabe in allerlei träumerische Vorstellungen forttragen, wie sie in vielen jungen Menschen lebendig sind, des Sinnes etwa, das Glück werde, denn so pflegt das ausgedrückt zu werden, eines Tages auch bei ihnen anklopfen oder gar ins Haus brechen. Und doch wagte er nicht zu glauben, daß dergleichen ihm je widerfahren könne.

In die Stadt, von der er ja durch die Düna getrennt war, kam er selten, als habe er eine Scheu, den Strom zu überqueren. Gern gab er sich mit dem Fischfang ab und hob hierbei den Blick zu den Türmen des anderen Ufers. Ja, alle Beschwernisse und Stauungen seines Lebens stellten sich ihm dar unter dem Bilde eines breiten dunklen und stark strömenden Gewässers, das ihn von den anderen Menschen schied und über das er nicht zu gelangen wußte; und dieses Bild kehrte in allerlei Einkleidungen auch in seinen nächtlichen Träumen wieder. Manchmal erinnerte er sich auch daran, daß sein Vater ihm vor vielen

Jahren gesagt hatte, der Name Düna, welchen die das Quellgebiet bewohnenden Russen Dwina aussprachen, hänge mit dem Worte zwei zusammen, mit dem lettischen diw, dem lateinischen duo und mit dividere, teilen, und bedeute den teilenden, den trennenden Strom. Dies schien ihm dann eine große Bedeutung zu haben, wie etwas Endgültiges.

Eines Vormittags im Hochsommer saß er in seinem der Hitze wegen halbverdunkelten Zimmer und spielte Schach mit sich selber. Von draußen her hörte er den Hufschlag zweier Pferde und wunderte sich, denn Schadeckshof lag nicht an einer Landstraße, und wer anritt, der mußte auf dem Wege zu ihm sein. Wer aber sollte zu ihm kommen?

Gleich danach klopfte es, und es trat ein Reitknecht ein, stattlich gekleidet und mit jener Überlegenheit der Haltung, wie sie den Dienstboten großer Häuser eigen sein kann. Er bat Christoph, herauszukommen; das Fräulein Rosencrona wünsche ihn zu sprechen. »Wer?« fragte Christoph erstaunt.

Der Diener wiederholte ruhig den Namen.

Wie fernab der junge Mann auch von der städtischen Geselligkeit und dem städtischen Gerede lebte, dieser Name war doch bis zu ihm gelangt, und er war umgeben von allerlei Erzählungen und Gerüchten.

Christine Rosencrona war von der Königin aus der Taufe gehoben und mit ihrem Vornamen und, wie manche meinten, auch mit einigen ihrer Wesenszüge begabt worden. Ihr Vater war Statthalter der schwedischen Krone in Finnland gewesen, wo auch seine Erbgüter lagen. Hier verbrachte sie ihre Kindheit, abseits des städtischen Lebens und unter Leuten eines Volkes, denen in den Nachbarländern zauberische Neigungen und Fähigkeiten nachgesagt wurden.

Seit dem Tode ihrer Eltern lebte sie bei einem Vetter ihres Vaters, ihrem Paten und Vormund Gyllenflycht, in einem Hause der Marstallstraße, dessen schöngeziertes Portal noch lange Zeit nachher zu sehen gewesen ist. Er ließ ihr jede Freiheit und fragte sie in vielen Dingen um ihren Rat. Sonst war, dem Wohlanstand zuliebe, noch eine ältliche Verwandte im Hause; sie hatte sich längst in Christines Sonderbarkeiten geschickt und störte sie nicht.

Christine gab viel zu reden. Sie sprach und schrieb Latein, las Bücher und trieb Studien, die, wie es hieß, den entlegenen Wissenschaften zugewandt waren. Es sei, so sagte man, nicht bei den Studien geblieben. Vielleicht hätte man sie der Hexerei beschuldigen mögen. Beschuldigungen dieser Art ließen die Gesetzbücher noch zu, und der alte Herr von Samson, der Generalsuperintendent, suchte immer noch in zornmütigen Predigten die Obrigkeit zur Aufspürung aller Hexerei anzueifern. Doch war dergleichen jetzt aus der Übung gekommen, und dazu hatte Christine einen hochgestellten Mann zum Vater gehabt. Sie hielt sich in einer stolzen Zurückgezogenheit und lächelte geringschätzig über die jungen Leute, die sich in Scharen um sie bewarben. Gyllenflycht hatte es aufgegeben, ihr zur Eheschließung zuzureden.

Christine wandte Christoph ihr schönes, hochmütiges Gesicht zu. Ihr silberhelles Haar quoll an beiden Seiten unter dem Reithut hervor; es bewegte sich im Sommerwinde wie ein leicht wogendes Weizenfeld.

Er grüßte. Sie nickte flüchtig und fragte, ob er der Herr Hochgereuth sei. Sie ließ ihm kaum Zeit zur Bejahung und sagte, es sei ihr etwas von den handgeschriebenen Büchern aus der Verlassenschaft seines Vaters zu Ohren gekommen. Ob er sie ihr zeigen möge? Vielleicht werde sie Lust haben, sie zu erwerben; in diesem Falle würde sie bereit sein, einen reichlichen Preis zu zahlen.

Er starrte sie an, und es kam ihm vor, als tue er das in einer bäurischen Art.

Schließlich raffte er sich auf und antwortete, natürlich mache er sich ein Vergnügen daraus, ihr die Bücher zu zeigen.

Nun wollte er ihr beim Absteigen behilflich sein, aber sie hatte geschwind den Sattel verlassen, ohne auf seine Bereitschaft zu achten.

Er mochte sie nicht in sein ärmliches und unordentliches Haus führen. So bat er sie in eine Laube von Fliedergesträuch, in der es einen hölzernen Tisch und um ihn her drei wacklige Bänke gab. Er fragte, ob er ihr eine Erfrischung bringen lassen dürfe. Sie verlangte nichts als einen Becher Wasser.

Er rief mit aufgeregter Stimme nach seiner alten Magd. Sie

kam bloßfüßig und wirrhaarig heraus und starrte auf die Dame wie auf eine Wundererscheinung. Dann brachte sie das Begehrte, es war das gelbliche, wie schalgewordenes Dünnbier aussehende Wasser der Gegend, von dem es hieß, die Schwächlichgeborenen stürben an ihm in der ersten Kindheit, nur die Zähen überlebten, und so sei alles ein ausgesuchtes Volk.

Christine trank langsam, während auf Christophs Anordnung der Reitknecht und die Magd gemeinsam die Truhe heranschafften.

Derweil redete der junge Mann ein paar Worte, die ihm gerade in den Sinn kamen und töricht erschienen. Christine antwortete nachlässig und von oben herab. Nicht daß sie die Absicht gehabt hätte, ihn zu kränken, denn dafür war er ihr zu gleichgültig, aber es entsprach ihrer Art, daß sie mit ihm nicht anders umging als etwa mit dem Sattler, dem Buchbinder oder Schuhmacher, dem sie einen Auftrag gab.

Die Truhe wurde geöffnet, die Bücher lagen auf dem Tisch, Christine betrachtete und blätterte. Sie schien Christophs Gegenwart nicht mehr wahrzunehmen. Endlich stand er auf, verließ die Laube und ging draußen im heißen Sonnenlicht auf und nieder, bedrückt und wie ein Hinausgewiesener. Lange sah er dem Reitknecht zu, der die beiden Pferde tränkte. Nach einer Weile kehrte er in die Laube zurück.

Christine hörte seinen Schritt und sah flüchtig auf. Dann fuhr sie zu blättern und zu lesen fort. Er setzte sich ihr gegenüber und wußte nicht, wie er sich verhalten sollte.

»Ich wünsche die Bücher zu besitzen, alle miteinander«, sagte sie schließlich und fragte dann nach ihrem Preise.

Da er schwieg, setzte sie hinzu: »Es sind Schriften darunter, nach denen ich lange gesucht habe, Schriften, von denen es nicht einmal verbürgt schien, ob sie sich überhaupt von den älteren Zeiten her erhalten hätten.«

»Ich weiß nicht, ob ich sie verkaufen werde«, antwortete er zögernd.

Sie bot eine sehr hohe Summe und erhöhte diese im Verlauf des Gespräches. Christoph gewahrte, daß sie alle Hartnäckigkeit und allen Willen auf den Erwerb dieser Bücher gerichtet hatte.

»Was nützen sie Euch?« fragte sie. »Lest Ihr Latein?«

Er schüttelte den Kopf.

»Ich komme in einigen Tagen wieder. Überlegt es Euch. Ich werde mir überlegen, was ich Euch weiterhin bieten oder womit ich Euch sonst zu Gefallen sein kann.«

Sie ließ ihn in Verwirrung und Aufgestörtheit zurück. Hier ging es nicht um ein Geschäft gleich jenen anderen Verkäufen, mit denen er den Nachlaß seines Vaters abgestoßen hatte. Sondern dieses stolzen Geschöpfes ganzes Verlangen war auf etwas gerichtet, das zu gewähren oder zu verweigern in seiner Macht stand.

Er fühlte, daß in seinem unbeherzten Leben etwas Neues geschehen war. Er ging aus dem Garten ins Haus und nahm den Kalender zur Hand, als treibe es ihn, den Tag zu bezeichnen. Da sah er mit Verwunderung, daß dieser Tag sein Namenstag war. Es stand da »Christoph«, und vom Vortage hieß es »Christine«.

Über ein paar Tage war sie wieder da, und sie saßen abermals in der Laube. Christoph hatte den Tisch und die Bänke befestigen, abhobeln, scheuern und hatte vom überhängenden Rankenwerk einiges wegschneiden lassen. Alles hatte ein ordentliches Ansehen, doch schien Christine das nicht zu bemerken.

Die Summen, die sie ihm bot, hätten für ihn von einer großen Wichtigkeit sein müssen. Willigte er aber in den Verkauf, so würde der Reitknecht die Bücher zusammenpakken und über den Strom schaffen. Und über den Strom würde auch Christine entschwinden, und er würde sie nie wieder zu Gesicht bekommen.

Er erbat sich Bedenkzeiten; es blieb nicht bei diesen zwei Besuchen. Christoph beharrte auf seiner Weigerung oder doch auf seiner Unschlüssigkeit. Er konnte sich nicht lösen von der Vorstellung, daß eine solche Vollmacht des Gewährens oder Versagens in seiner Hand lag, und gerade diesem Mädchen gegenüber.

Sie mochte nicht bitten, dies wäre ihr demütigend erschienen. So blieb ihr nichts als zu bieten und zu überbieten.

»Wenn Ihr kein Geld wollt, was wollt Ihr sonst? Verlangt es Euch nach einem Amt? Mein Vormund kann das einrichten.

Wollt Ihr ein Offizierspatent? Eine Kompanie, hierzulande oder in Stockholm? Soll ich Euch ein Stück Land überschreiben lassen? Ihr könnt fordern, was Ihr wollt. Aber ich muß diese Bücher in meinen Besitz bringen.«

Allein das alles, was sie ihm versprach, hatte keine Lokkungskraft für ihn.

Es war ihm noch nie widerfahren, daß ein Mensch mit seinem ganzen Seelenfrieden von ihm und seiner Entscheidung abhing. Er merkte, daß sie besessen war von ihrem Verlangen nach den Büchern. Aber ein Besessener war nun auch er. Es gab keine Stunde, in der er nicht Christine vor Augen gehabt hätte.

Zugleich jedoch war er zornig auf sie, denn er meinte, sie habe ihn hochfahrend behandelt und ihn fühlen lassen, daß sie mit ihm nicht als eine Dame mit einem Herrn, sondern als Kauflustige mit einem Verkäufer umgehe. So hatte er eine grimmige Lust, sie zu demütigen.

Plötzlich, sie saßen wieder in der Laube, senkte er den Kopf, und indem er vor sich auf den Erdboden starrte, über welchen ein paar Ameisen liefen, sagte er heiser: »Ihr könnt alle Bücher haben. Laßt mich dafür drei Nächte lang Euer Gast sein.«

Er erwartete, sie werde ihn ins Gesicht schlagen. Immer noch hielt er den Blick auf die Ameisen am Boden gerichtet. Es schien ihm nicht glaublich, daß er die Schamlosigkeit gehabt haben sollte, dergleichen über die Lippen zu bringen.

Endlich wagte er es, zu ihr aufzusehen.

Sie war nicht errötet, und sie hatte keine Miene verzogen. Vielleicht daß sie auf eine nicht ganz deutbare Art ein wenig lächelte, doch schien sie nicht verletzt. Eher war es, als sei ihr eine überraschende, vielleicht unsinnige Preisforderung genannt worden und als erwäge sie nun, wie sich Vorteil und Nachteil zueinander verhielten und wie sie selber sich daraufhin zu verhalten habe. Lebte sie so weit ab von den anderen Menschen und von den ihnen geläufigen Meinungen und Gefühlen, daß sie auch von einem Ansinnen, welches ihnen als eine Beleidigung gegolten hätte, nicht als von etwas Beleidigendem angerührt werden konnte?

»Ich bin einverstanden«, sagte sie.

Christoph erschrak vor sich selbst und vor dem Handel, den er ihr vorgeschlagen hatte und der ihm nun ungeheuerlich vorkam. Aber nicht weniger ungeheuerlich erschien ihm ihre Einstimmung. Ja, es graute ihm vor ihr wie vor einem Wesen, das außerhalb aller Menschlichkeit daheim ist.

Sie vereinbarten Tag und Stunde. Sie beschrieb ihm die Gelegenheit des Hauses. Vom Hof einer benachbarten Herberge aus werde er in einen Garten gelangen, den er selbst in gänzlicher Dunkelheit nicht verfehlen könne. Hier finde sich hinter den Stachelbeerbüschen eine rückwärtige Tür, für deren Offenstehen gesorgt sein solle. Nun führe eine Treppe hinan, und droben im Gang werde sie ihn erwarten.

Nach diesen Mitteilungen stand sie auf und ging aus der Laube. Der Reitknecht kam mit den Pferden aus dem Baumschatten.

Christoph starrte ihr nach, unfähig, sich zu erheben und sie zu begleiten. Er, der bisher nie einen Mut zu den Frauen gehabt, er fühlte einen ungestümen Stolz, weil er es fertiggebracht hatte, seine Forderung zu stellen, und es war ihm, als müsse nun sein ganzes Leben verwandelt werden. Gleich danach schämte er sich und erschien sich selber als Inbegriff aller Niedrigkeit. Dann jedoch kam wieder der Zorn über ihn, und er sagte sich: »Zwinge ich sie denn? Es steht alles in ihrem freien Willen. Sind ihr die alten Bücher kostbarer als ihre jungfräuliche Würde – sie muß wissen, was sie tut. Sie hat bisher auch ohne die Bücher leben können. Wäre es ein armes Mädchen und brauchte sie Brot, ich schenkte ihr alles ohne eine Bedingung.«

Zur vereinbarten Zeit fand er sich ein. Über Hof, Garten, Treppe gelangte er in einen schwach beleuchteten Gang. Christine stand vor ihm und bedeutete ihn, kein Geräusch zu machen. Sie ging voran, er folgte ihr wie ein Verzauberter.

Im Schlafzimmer brannte eine wohlriechende Ampel. Christine sprach gleichmütig zu ihm, etwa wie zu einem Handwerker, der im Hause etwas herzurichten kommt. Sie gebot ihm, sich zu entkleiden und niederzulegen. Er gehorchte stumm.

Sie löschte die Ampel, und nun hörte er ihre Kleidungsstücke rascheln. Er lag im Bett, die Ellenbogen aufgestützt, und wartete.

Plötzlich merkte er, daß er seiner Schläfrigkeit nicht mehr lange würde widerstehen können. Er ließ die Unterarme zur Seite fallen und lehnte sich zurück gegen die Kissen. Danach wußte er nichts mehr von sich. Später erinnerte er sich undeutlich an Träume. Er konnte sich ihren Inhalt nicht mehr gegenwärtig machen, doch war es ihm, als habe er immer wieder umsonst versucht, über den Strom zu gelangen.

Er fuhr auf, als er sich am Arme gerüttelt fühlte. Die Ampel brannte wieder. Christine stand angekleidet vor ihm und sagte: »Es fängt bald an, hell zu werden. Ihr müßt jetzt aufstehen und gehen.«

Er streckte die Arme nach ihr aus. Sie schien das nicht zu bemerken. Ein Wort der Bitte brachte er nicht über die Lippen, es hätte seine unbegreifliche Demütigung noch härter gemacht. Sie hielt sich abgewandt, während er sich ankleidete. Sie führte ihn stumm bis an die Treppe, beschied ihn auf den nächsten Tag zur Wiederkunft und entfernte sich. Voller Scham und Verstörung, außerstande, das Geschehene, das Nichtgeschehene zu fassen, schlich er sich davon, gewaltsam sich in die Erinnerung rufend, daß ja noch zwei Nächte vor ihm lagen.

Die nächste Nacht glich in allem der ersten. Er fand sich nach dem Erwachen in einem solchen Zustande der Verzweiflung, daß er in bald stürmischen, bald flehentlichen Worten zu bitten anhob.

Sie forderte ihn gleichgültig auf, die Stunde des Fortgangs nicht zu versäumen. Er sei die Nacht bei ihr gewesen, sie habe das Ausbedungene gehalten. So mußte er gehen.

Nun waren seine Gedanken gänzlich auf die dritte Nacht gerichtet. Er war nicht mehr fähig, über sie hinauszudenken, und nahm teil an dem großen Irrtum aller solchermaßen Besessenen, die ja vergessen, daß das Leben weitergeht. Das war für ihn nicht irgendein Liebesabenteuer, wie es andere junge Leute haben mochten und wo es ging wie im Kriege, auf der Jagd oder im Spiel, daß es nämlich heute Unglück geben kann und morgen schon wieder Glück. Sondern es dünkte ihn all seine Ehre verpfändet, ja mehr als seine Ehre. Denn mißlänge es ihm abermals, so schien ein Zeichen gegeben, daß er vor dem Leben selber verworfen und für alle Zeit in seinem stockenden Zustande begraben sein sollte.

Am Tage vor der dritten Nacht hatte ihn die Unruhe schon zeitig aus dem Hause getrieben. Bereits um die Mittagszeit war er drüben in der Stadt. Er ging am Gyllenflychtschen Hause vorbei und starrte hinauf. Doch konnte er sich nicht klarmachen, hinter welchem der Fenster Christine ihr Schlafzimmer hatte. Im Weitergehen wiederholte er sich oft den einfältigen Vers:

»Die letzte Hand
klopft an die Wand,
die wird mich nicht verlassen«

– so wie er sich aus seiner Kindheit erinnerte, das man wohl sagte, wenn man bei einem Spiel schließlich sein Letztes einsetzte. Aber den Glauben daran, daß diese letzte Hand ihn nicht verlassen werde, den hatte er nicht mehr.

Er gelangte an den Hafen, er betrachtete die Schiffe und all das laute und belebte Wesen um sich her. Er schlenderte flußaufwärts, hier war es ein wenig stiller, und nun kam er in die Gegend, wo die Strusen anzulegen pflegten, jene eigentümlichen Fahrzeuge, die, halb Flöße, halb Barken, weit her vom oberen Dünalande kamen und Getreide, Hanf, Talg, Eisen und Töpferwaren nach Riga brachten, indessen nie zurückkehrten; denn sie fuhren, mit langen Stangen gelenkt, in der Strömung, die Balken, aus denen sie zusammengesetzt waren, wurden am Ziel verkauft, und nun wanderten die Schiffer, die man Strusenrussen oder Ishewitzen nannte, zu Fuß in ihre entlegene Heimat zurück. Wegen der langen Reise pflegten sie aber nur einmal des Jahres zu kommen, im Frühjahr oder Sommer.

Es stand hier unter einem Vordach ein rohgeschnitztes, verwittertes Standbild des Großen Christoph, des heiligen Nothelfers Christophorus, mit dem Kinde auf der Schulter. In den alten Zeiten war es von allen ausfahrenden und anlegenden Schiffen verehrt worden. Glaubensneuerungen und Bildersturm waren an ihm vorübergegangen; die Geistlichkeit hatte freilich beim Rat oftmals auf seine Entfernung gedrungen, aber da hatten sich die Kaufleute, die mit den Ishewitzen ihren Handel trieben, ins Mittel gelegt. Denn obwohl die Strusenrussen doch der östlichen Kirche angehörten, welche nur gemalte Heiligtümer duldet und die Verehrung von Standbildern verwirft, so hatten sie für dieses eine große Anhänglichkeit und Andacht. Der riesenhafte Ferge, der auf seinen Schultern das Christkind über den Strom getragen hat, galt ihnen als Schutzherr und sein Bild als Schutzbild, und wenn sie die lange, gefahrvolle Fahrt, an Stromschnellen, Strudeln und Kalkfelsen vorbei, vollendet hatten, dann kamen sie zu ihm, verrichteten ihre Dankgebete, schmückten ihn mit Blumen oder Birkenzweigen, mit bunten Lappen und Bändern und warfen Kupfermünzen in den Opferkasten, dessen Inhalt der Armenfürsorge der evangelischen Stadt zugute kam. Aber auch unter den Städtern hefteten sich an das Standbild noch gewisse Gepflogenheiten, und es kam vor, daß lutherische Mädchen ihm Nadeln in den Fuß steckten und sie erst herauszogen, wenn er ihnen den begehrten Mann verschafft hatte.

Um diese mittägliche Stunde war es hier still, öde und schwül. Die Sonne stach durch einen dunstig verhangenen Himmel, der Strom glitzerte, und was an Segeln aufblitzte, das schien schlaff zu hängen. Christoph kam an dem Holzbilde vorüber, er fühlte die Verlassenheit des Ortes schwermütig um sich, es überkam ihn eine Müdigkeit, und er ließ sich, vielleicht zwanzig Schritte entfernt, unter einem Weidengebüsch nieder, unweit eines kleinen moorigen Tümpels, über dem schillerndes Kleingetier summte.

Er sah zwei junge Männer in russischer Kleidung lange vor dem Schnitzbilde knien, und er fühlte ein heftiges Verlangen, sich, wie diese Leute es taten, einem mächtigen Beistand überantworten zu dürfen. Er dachte daran, daß doch er selber den Namen des uralten Stromdurchschreiters trug und daß doch am Christophstage alles begonnen hatte. Für einen Augenblick berührte ihn der Gedanke, es möchte die Vorstellung von den Namenspatronen und von den Nothelfern nicht bedeutungslos sein, und er hieß ja auch nicht zufälligerweise Christoph, sondern nach seinem Großvater, und der hatte den

Namen wiederum von seinem Großvater, und zu dessen Zeiten hatten die Namenspatrone noch gegolten. Er erinnerte sich der Geschichte von dem arglosen, ja einfältigen Riesen, der niemandem hatte dienen wollen als dem stärksten Herrn. Wer aber Gott selber über den Strom getragen hatte, so dachte Christoph, sollte der nicht sein Leben, das da festlag wie ein auf Sand gefahrener Kahn, wieder freimachen können?

Er hielt den Gedanken nicht an, und es war, als scheuche er mit der Handbewegung, mit der er jetzt die Fliegen verjagte, auch ihn hoffnungsarm von sich. Er sah die beiden jungen Leute sich entfernen und hatte wieder Christine vor Augen und nichts anderes.

Nach einer Weile kam eine zerlumpte alte Strusenrussin. Sie ging an einem ungeschälten Wacholderstock, und das graue Haar quoll verworren unter dem roten Kopftuch hervor. Sie betete lange vor dem Großen Christoph, dann stand sie mit einem Ächzen auf und begann ein Bündel aufzuknoten. Sie schien ihm eine Münze zu entnehmen, und nun fuhr sie mit der Hand an den Opferkasten.

Christoph war aufgestanden und näherte sich der Alten. Er dachte, dies ärmliche Geschöpf möge wohl sein letztes Geldstück hingespendet haben, und die Vorstellung übermächtigte ihn, wie auch hier, es sei nun in Bitte oder Dank, die letzte Hand an die Wand klopfte und wie darin vielleicht das eigentliche Gesetz des Lebens sich ausdrückte. Plötzlich stand er neben der Alten, ergriff ihre verknitterte Hand, bog sie dergestalt um, daß der Handteller offen nach oben lag, zog seinen Geldbeutel und schüttete dessen ganzen Inhalt hinein.

Die Alte stieß einen Ruf der Verwunderung aus und hob ihr Gesicht zu dem jungen Manne. Er sah in bläuliche, unbeschreiblich strahlende Augen, doch war dies Strahlen nicht durch das überraschende Geschenk bewirkt, sondern gehörte zur Natur dieser Augen und ihrer Eigentümerin. Es ging von ihnen etwas aus, das in einer großartig unvernünftigen Weise zu trösten und zu kräftigen schien.

Die alte Frau küßte Christoph den Ärmel und unterschied sich in ihren Danksagungen durch nichts von ihresgleichen. Sie sprach Russisch in einem singenden, mitunter weinerlich klingenden Tonfall. Christoph, der des Russischen nicht recht kundig war, verstand sie nicht gänzlich; allein es bedurfte dessen wohl auch nicht, denn was konnte sie ihm mitzuteilen haben? Dennoch empfand er betroffen eine solche Eindringlichkeit ihres Gesichtsausdrucks, daß er wünschte, es möge ihm auch von ihren Worten nichts verlorengehen, und so war es ihm lieb, daß sie polnische, lettische und endlich auch deutsche Worte in ihre Rede einzuflechten begann. Nun meinte er den Sinn ihrer Mitteilungen wenigstens ungefähr zu erraten; manches freilich verblieb im Halbdunkel. Sie erklärte, daß sie im oberen Waldlande daheim sei, seit ihr selber nicht mehr zählbaren Jahren die Strusenfahrt mache, den Männern koche und sie in Krankheitsfällen pflege. Dann aber unterbrach sie ihre Schilderung mitten im Satze und sagte: »Guter junger Herr, das eine verstehe ich nicht, daß du so einfältig bist, dem zu trauen, der dich schon zweimal hintergangen hat.«

Wie sie das meine, fragte Christoph bestürzt. Als wisse sie darauf keine Antwort, lächelte sie ihn an. Er hätte nicht sagen können, ob es das Lächeln einer erfahrenen Greisin oder eines zutraulichen Kindes war. Er selbst fühlte es wie einen Wellengang des Zutrauens, ja, der Zuversicht, durch sein Herz fluten, ohne daß er unterschieden hätte, ob diese Wellen zu der alten Frau hindrängten oder zu dem hölzernen Bilde und dem Beistand, den es verkörperte.

Unversehens begann er zu erzählen, und was er niemandem offenbart hätte, das offenbarte er dieser alten Frau.

»Guter junger Herr«, sagte sie, »ich will dir helfen. Ich habe gleich gesehen, daß du ein bedrücktes Herz hast.«

Sie waren, während Christoph redete, miteinander auf und ab gegangen und befanden sich jetzt in der Nähe des Moortümpels. Die Alte bückte sich, schöpfte mit der hohlen Hand von dem schwarzen, sumpfigen Schlammwasser und schaute hinein wie in einen Spiegel.

Hierbei aber verdrehten sich ihre Augen nach oben, so daß Christoph sich wunderte, wie sie denn die Flüssigkeit in ihrer Hand zu betrachten vermöge.

Sie ließ das Wasser wieder auslaufen und lächelte verschmitzt, und nun hatte sie das Aussehen eines kupplerischen alten Weibes, das seine Freude daran hat, zwei junge Leute zusammenzubringen, und sich dafür einen Lohn erwartet.

Sie sagte: »Es liegt etwas unter dem Kopfkissen, das muß fort. Unter dem Kopfkissen oder unter dem Laken, an der Stelle, wo der Kopf zu ruhen kommt. Sobald die Ampel gelöscht ist, greife dorthin, sprich in deinen Gedanken: ›In Sankt Christophs Gewalt‹, und wirf, was du finden wirst, so weit von dir, wie du kannst.«

Christoph fragte, was für ein Gegenstand das sein werde.

Die Alte zuckte die Achseln und sagte: »Das ist noch undeutlich. Es kann ein Stückchen gegerbtes Leder sein, körnig anzufassen und mit allerlei Zeichen darauf, oder es sind Blätter vom Schlafdorn, die Federn bestimmter Vögel oder ein Stein oder auch das alles miteinander in irgendeinem Behältnis. Das also tu fort, und an dessen Stelle lege unter das Kissen etwas, das ich dir zu geben vorhabe.«

Nun fragte er, mit was für einem Lohn er ihr danken sollte, und es hätte ihm nichts ausgemacht, seinen ganzen Besitz ihr zu überantworten; denn das konnte er sich ja nicht vorstellen, daß er schon morgen wieder würde weiterleben müssen wie jeder andere Mensch.

Sie antwortete, darum brauche man jetzt nicht zu handeln, sie werde sich den Lohn schon holen. Morgen früh trete sie mit ihren Leuten die Rückwanderung an, aber sie komme ja wieder, es sei ihr alljährlicher Weg, und bis dahin möge er es anstehen lassen.

Sie gebot ihm, sich um Sonnenuntergang abermals beim Großen Christoph einzufinden, da werde sie ihm geben, wessen er bedürfe; und dann ging sie rasch davon.

Es fiel Christoph schwer, diese Wartezeit auszudauern. Er streifte unruhig umher, er badete und lag danach lange am Ufer. Er hätte gern etwas getrunken oder gegessen, aber nun hatte er all sein Geld bis auf das letzte Kupferstück der Alten geschenkt, und irgendeine Gastfreundschaft in der Stadt mochte er nicht ansprechen, denn es widerstrebte ihm, Tischunterhaltungen zu führen; auch scheute er sich, Erklärungen geben zu müssen, warum er sich so lange nicht hatte blicken lassen. Er überlegte sich viele Dinge, die er die Alte fragen wollte. Mitunter peinigte ihn der Zweifel, und wie sollte denn dies alte Frauenzimmer ihm helfen können? Und was für eine Wand war es denn, an die er geklopft hatte? Aber nun war er schon so weit in die Wunderbarlichkeiten des Schicksals hineingeraten, da ziemte es sich nicht, kleinherzig zu mutmaßen und zu rechnen.

So brachte er die Zeit im Zwiespalt zwischen Aufschwüngen und Niedergeschlagenheiten hin und war lange vor Sonnenuntergang zur Stelle. Er hatte zu warten und war wieder gänzlich von den leidenschaftlichen Gedanken an Christine erfüllt.

Von der Landseite her kam ein Trupp einfach gekleideter, ja abgelumpter Leute, und Christoph war der Gedanke unlieb, an ihnen Zeugen seines Zusammentreffens mit der Alten zu haben. Sie waren schon ganz nah, da erkannte er die Alte unter ihnen. Sie trennte sich von ihren weitergehenden Begleitern und humpelte auf Christoph zu. Er lief ihr entgegen und meinte von den nächsten Augenblicken Eröffnungen von der höchsten Wichtigkeit erwarten zu dürfen. Aber nun erschien sie ihm fremd, und auch das Strahlen ihrer Augen hatte nichts Ungewöhnliches mehr. Sie streckte ihm ein schmutziges kleines Leinwandbeutelchen entgegen und sagte ein paar russische Worte, die er nicht verstand; doch war ihr Tonfall alltäglich. Sie betrug sich wie eine gleichgültige Mittelsperson, und kaum hatte Christoph das Beutelchen an sich genommen, als sie schon eilfertig trachtete, ihre stadtwärts gehenden Gefährten wieder einzuholen.

Christine empfing ihn wieder an der gewohnten Stelle und mit dem gewohnten Gleichmut; kaum daß sie sich die Mühe nahm, ein wenig spöttisch zu lächeln.

Dann lag er im Bett und griff unter das Kissen, indem er die Worte »In Sankt Christophs Gewalt« vor sich hin flüsterte. Seine Hand ertastete ein kleines, wollig sich anfühlendes Bündelchen. Er warf es in die Dunkelheit und tat an seine Stelle das leinene Beutelchen, das er im rechten Hemdenärmel verborgen gehabt hatte.

Wieder hörte er Christines Kleidungsstücke rascheln. Er begann vernehmlich zu atmen, mit der Gleichmäßigkeit eines Schlafenden.

Christine schien noch zu zögern. Endlich mochte sie überzeugt sein, daß er schlief. In allen Sinnen geschärft, meinte er die näherkommenden Schritte ihrer bloßen Füße zu hören. Dann legte sie sich neben ihn.

Er streckte die Arme aus, umschlang Christine und drückte sie an sich. Sie schrie auf, voll eines maßlosen Schreckens. Sie sträubte sich; sie begann in geflüsterten Worten um Schonung zu bitten. Er antwortete zornig und fast mit Verachtung: »Welche Schonung hast du um mich verdient?«

Alle seine Bücher wollte sie ihm lassen, wenn er nur sie selber freigäbe. Ja, was nur in ihrem Besitz sei, das solle alles sein werden. Und in ihrer Demütigung flehte sie ihn an, er möge großmütig sein. Er aber, der seit seinen Knabenjahren noch nie einen Gegner niedergeworfen hatte, er, für den es in einem schärfsten Sinne um sein Leben selber ging, wie hätte er großmütig sein können?

So überwältigte er sie und vollbrachte an ihr seinen Willen. Und in diesem einen Augenblick wurde ihr Herz verwandelt und zur Liebe gegen ihn entzündet.

Verwandelt aber wurde auch das seinige. Er hatte keinen Zorn mehr und kein Verlangen, sie zu erniedrigen, sondern nur noch die Leidenschaft, sie zu halten und nicht mehr von sich zu lassen.

Einmal begann sie zu weinen und ihre verlorene Macht zu beklagen. Aber er liebkoste sie, und wie mit einem plötzlichen Entschluß fing sie an zu lachen und schmiegte sich an ihn.

»Jetzt gehören alle Bücher dir«, sagte Christoph.

»Jetzt gehörst ja du mir«, antwortete Christine.

Gegen Morgen wollte er aufstehen.

»Geh nicht fort«, sagte sie und schlang die Arme um seinen Hals.

»Es wird hell«, murmelte er.

Sie hielt ihn den Tag über bei sich verborgen, den Tag und die folgende Nacht.

Sie erzählten einander viel. Sie sprach davon, wie sie es für eine Schande gehalten habe, von einem Manne überwunden zu werden, und es ist ja auch ein alter Glaube, daß mit dem Verlust der Jungfernschaft bestimmte Kräfte von höherer Art entweichen. Sie habe eine Geringschätzung für die Männer gehabt, aber auch für die anderen Frauen, denen sie nicht habe gleichen mögen, und dies wiederum habe sie in ihrer Abneigung gegen die Männer befestigt. Er erzählte ihr von der alten Strusenrussin, und sie bekannte ihm, daß sie, in der Laube in seinen Büchern blätternd, die Kunst erfahren habe, sich seiner zu erwehren.

Von der Alten redeten sie lange, und auch davon, welcher Art wohl der Lohn sein möge, den sie bei ihrer Wiederkunft fordern werde. Sie öffnete das leinene Beutelchen. Es enthielt nichts als ein wenig Sand und ein kleines rotes Läppchen, ähnlich jenen, mit welchen die Ishewitzen das Christophsbild zu schmücken pflegten. Sie redeten auch davon, wie ihrer beider Leben abgetrennt gewesen sei und sich nun mit dem natürlichen Strome vereinigt habe. Sie redeten auch von dem großen Beiständer Christophorus, diesem Patron der Stromreisenden und Stromüberquerer und Patron der Sterbestunde, und erzählten einander, was sie von seiner Legende wußten. Christoph sagte ihr ferner, daß sie am Christophorustage zu ihm gekommen war und daß ihrer beider Namenstage nebeneinander lagen, wie sie selber jetzt in Christines Bett.

Danach schwieg Christine lange in Nachdenklichkeit und mochte wohl die Bewandtnisse des eigenen Lebens erwägen. Auch sie hatte, da sie sich der Erkenntnis verschrieb und an gemeinhin verschlossene Türen pochte, dem Riesen gleich niemandem dienen wollen als der mächtigsten Herrschaft. Nun aber, zur Liebe überwunden, sah sie sich in Wahrheit dem stärkeren Herrn untertan. Dieser stärkere Herr war Christoph Hochgereuth gewiß nicht, obwohl die gestaute Kraft seines Daseins sich von jetzt an regsam entfalten sollte; aber an der männlichen Eigenschaft, unter welcher Gott als der Herr alles Lebens vorgestellt wird, hatte ja auch er seinen Anteil.

Die Heirat der beiden verursachte viel Aufsehen und Gerede. Niemand von Christophs Altersgenossen konnte begreifen, daß gerade er diese Braut gewonnen hatte, der kein anderer Bewerber gut genug gewesen war.

Gleich nach der Hochzeit reiste Christoph mit seiner Frau nach Finnland, übernahm ihren dortigen Besitz und traf allerlei

Einrichtungen. Als die beiden einige Monate später nach Riga zurückkehrten, da hatten die Leute Zeit gehabt, sich an diese Ehe zu gewöhnen, und nun machte man auch bald die Wahrnehmung, daß man sich entweder in dem jungen Hochgereuth geirrt oder daß er sich in einer überraschenden Weise gewandelt hatte. Die Scheu, die ihn früher von den Menschen ferngehalten, hatte sich verloren. Er schien munter und tätig. In Schadeckshof wurde ein neues Herrenhaus gebaut, und es wurden noch allerhand Ländereien dazuerworben. Christoph hatte Lust an der Bewirtschaftung; zugleich begann er sich um die städtischen Angelegenheiten zu kümmern. Später, nachdem er das vierzigste Jahr überschritten hatte, ist er in den Rat gewählt worden.

Wohl verloren Christine und er sich nicht an den geselligen Umgang, aber sie entzogen sich ihm nicht und leisteten unbefangen, was die Welt verlangt. Christine las wohl noch in den Büchern, die nun in der Truhe mit der Aufschrift »Riga rigat gentes« hatten bleiben dürfen; sie machte sich ihre Gedanken und ihre Aufzeichnungen, aber das hatte keine Ausschließlichkeit mehr.

Daß sie beide miteinander lebten und daß ihr Leben aus zwei so verschiedenen Stücken zu einem geworden war, das erschien ihnen natürlich, und daher geschah es, daß die Erinnerung daran, wie dies alles zugegangen und zustande gekommen war, ein wenig in den Hintergrund geriet. So verschwand auch die Alte, von der sie im Anfang so oft geredet und die doch auch in Christines Leben folgenreicher eingegriffen hatte als irgendein anderer Mensch, mit der Zeit aus ihren Gesprächen und aus ihren Gedanken.

Im ersten Jahr freilich war das anders gewesen, und nachdem im späten Frühling die ersten Strusen eingetroffen waren, hatte Christoph von Tag zu Tag auf die Alte gewartet und war häufig zum Großen Christoph gegangen, in der Meinung, sie hier zu treffen, manchmal von Christine begleitet. Aber der Alten waren sie nicht ansichtig geworden.

Christoph dachte an sie mit Verlangen, denn er wollte ihr seine Dankbarkeit zeigen, aber bisweilen auch in Besorgnissen, denn es fielen ihm allerlei Geschichten ein, die er in seiner

Kindheit gehört hatte, von hilfreichen Wesen, die sich einen nicht genau bezeichneten Lohn ausbedangen und hernach das erstgeborene Kind oder das rechte Auge oder die linke Hand oder die Seele des Lohnpflichtigen begehrten. Aber nun blieb die Alte aus, und Christoph gewöhnte sich daran, daß diese Besorgnis wie eine ferne Gewitterwolke oder wie die Gewißheit des Todes über ihm stand, und es scheint ja auch, als gehöre dergleichen, in welche Einhüllungen es sich nun kleiden mag, in das Leben des Menschen hinein. Schließlich, als sie älter geworden waren, nahmen die beiden Eheleute an, die Strusenrussin sei gestorben.

Im Rat bekleidete Christoph das Amt des Fährherrn, das heißt, jenes Ratsherrn, der die Angelegenheiten des Flusses und des Hafens zu verwalten hatte, und da waren auch die Flößer und Strusenrussen seiner Aufsicht unterstellt. Er nahm sich ihrer mit Zuneigung an; er liebte es, ihnen entgegenzusehen, wenn sie den Strom herabkamen und vor den dreieckigen Holzhütten ihrer floßartigen Fahrzeuge hockten, vor denen in der Dämmerung das Kochfeuer brannte, und liebte es, ihren schwermütigen, langgezogenen Liedern zuzuhören. Er ließ das Schutzdach über dem Christophsstandbilde erneuern, und als wieder einmal einige Pastoren die Abschaffung dieser Götzendienerei verlangten, da trat er ihnen mit Festigkeit entgegen.

Christoph und Christine hatten Kinder und hatten auch Enkel, und sie lebten lange miteinander, bis sie endlich in einem und demselben Jahre ihre Seelen Gott zurückgaben. Zuerst starb Christine, und einige Monate darauf erkrankte Christoph.

Er war schon recht geschwächt, und das Reden fiel ihm beschwerlich, da wurde ihm eines Tages gemeldet, eine alte Strusenrussin sei gekommen und verlange ihn zu sprechen. Er befahl, sie an sein Lager zu führen.

Sie trat ein, auf ihren Wacholderstock gestützt. Christophs Augenlicht hatte abgenommen, er erkannte sie nur noch im Ungefähren, aber ihre bläulich strahlenden Augen meinte er zu erkennen und gleich danach auch ihre Stimme. Sie bat, es möchten alle hinausgehen, und da Christoph durch Zeichen diesen Wunsch billigte, so geschah das.

Die Alte setzte sich auf sein Bett und nahm seine Hand.

»Guter junger Herr«, sagte sie.

»Warum bist du nicht früher gekommen und hast deinen Lohn gefordert?« fragte er. »Du hast doch gesagt, du werdest übers Jahr mit den Strusen wiederkehren?«

Sie erwiderte: »Wir rechnen nicht nach euren Jahren. Und warum hätte ich kommen sollen? Ich war meines Lohnes ja auch so gewiß.«

»Worin besteht dein Lohn?«

Da sie nicht antwortete, wiederholte er seine Frage.

»Ich bin ja gekommen«, sagte sie mit jenem sanftmütigen Eigensinn, den Kinder und ganz alte Leute haben können.

Er dachte darüber nach, welches denn der Wortlaut gewesen war, mit dem sie ihn auf ihre Wiederkunft hingewiesen hatte, aber er brachte ihn nicht recht zusammen. War denn das überhaupt gewiß, daß sie gesagt hatte, sie werde mit den Strusen im Frühjahr kommen? Jetzt wollte es ihn eher bedünken, sie habe etwas anderes gemeint, des Sinnes etwa, sie werde kommen, wenn es wieder den Übergang über einen Strom gelte, denn das sei ihre gewöhnliche Art, und nur er habe das damals nicht aufzufassen gewußt; auch war die Verständigung ja nicht leicht gewesen. Und dann kam ihm in den Sinn, jenes Geld, das er damals der Alten schenkte, das möchte wohl das frühzeitig erlegte Fährgeld gewesen sein für eine gnädige Überfahrt. Er dachte an die Reihenfolge, daß vor ihm die Alte stünde, hinter ihr der Große Christoph, hinter diesem aber Gott. Als habe er das laut ausgesprochen, sagte die Alte:

»Der Träger steht wohl für das Getragene und der Diener für den Herrn. Wir sind geringe Leute. Ist es da nicht recht, daß wir uns an den Diener halten, solange die Ehrfurcht uns hindert, auf den Herrn selber zuzutreten? Der Herr wird uns schon ein Zeichen geben, wenn er wünscht, daß wir auf ihn zugehen, ihm den Rockärmel küssen, uns von ihm anreden lassen oder ihn selber anreden.«

Hierauf hatte Christoph nichts zu erwidern.

Mittlerweile hatten seine Augen sich an den Anblick der Alten gewöhnt, und nun wunderte er sich, daß sie ihm so gänzlich unverändert erschien; und gleichzeitig wunderte er sich darüber, daß er sie so ohne Mühe verstehen konnte, da es doch seinerzeit, vor einem halben Jahrhundert, so schwierig gewesen war. Aber auch er selber sprach jetzt ohne Mühe.

»Weißt du nicht, daß du mir meinen Lohn schon gegeben hast?« fragte sie.

»Was für ein Lohn sollte das gewesen sein?« fragte er zurück. »Doch nicht das Geld, das ich dir gab, ehe wir noch miteinander gesprochen hatten?« Sie schüttelte den Kopf.

»Ist nicht der Lohn des Gärtners das Aufblühen der Pflanze? Und müßt ihr von Guttat und Lohn immer denken, wie es die Marktleute tun? Ich habe dir zeigen wollen, daß es auf der Welt noch eine andere Gnädigkeit gibt als die, von der bei euch gelehrt wird. Aus dieser Gnädigkeit hast du gelebt, und hat nicht ein jeder an deinem Leben Freude haben können? Und nun weißt du, worin mein Lohn besteht.«

»Ich weiß es noch immer nicht«, antwortete Christoph.

»Guter junger Herr! O du Gott befohlene Seele!« rief sie lächelnd. »Du hast mir gedankt. Und Dank ist der Welt Lohn, nichts anderes.«

»Womit hätte ich dir gedankt?«

»Du hast Bäume gepflanzt, Brot gegessen, Wein getrunken und Recht gesprochen. Du hast Kinder gezeugt, und deine Kinder haben getan wie du. Du hast gelacht und Tränen geweint, und das gleiche haben deine Kinder getan und werden deine Enkel und deine Urenkelskinder tun. Was für einen anderen Dank sollte ich verlangen? Und erinnerst du dich nicht, daß du einmal zu deiner Tochter gesagt hast, das Leben erschiene dir wie ein schwarzes Brot, ohne ein anderes Gewürz als das Salz, einfach, bitter, nahrhaft und recht?«

»Ich erinnere mich nicht«, antwortete Christoph.

»Auch das ist dein Dank und mein Lohn gewesen«, sagte die Alte.

»Du hast mir jetzt manches eröffnet. Aber warum habe ich das nicht früher erfahren dürfen als eben jetzt, da mein Leben zu Ende geht?«

»Was hätte es dir genützt, es eher zu wissen?«

Christoph wußte keine Antwort.

Die Alte schwieg eine Weile, dann sagte sie: »Du bist ein

schlechter Rechner, wenn du diesen letzten Bruchteil des Lebens geringer veranschlagst als alles Voraufgegangene. Kann denn ein Mensch in seinen äußersten Augenblicken das Ganze der Welt nicht inständiger ergreifen als in den sieben oder acht Jahrzehnten zuvor?«

Christoph wollte alles verstehen, was sie ihm gesagt hatte. Er dachte angestrengt nach, dann fühlte er, daß diese Anstrengung nicht richtig war und daß er alles, was sein Nachdenken ihm hätte verschaffen können, ja schon besaß, vergleichbar einem Menschen, der eine bestimmte Kostbarkeit nicht erst zu suchen braucht, weil sie innerhalb seines Hauses in einer seiner Truhen liegt, er weiß nur im Augenblick nicht, in welcher – aber kommt es denn darauf an? Er fühlte, daß er nichts mehr zu verstehen brauchte, und in der glücklichen Müdigkeit, die ihn ergriffen hatte, schien ihm die ausgepreßte Süße allen Wachstums aus seinen gesamten Lebensaltern beschlossen zu sein, die Süßigkeit der Bitternisse, des Kummers, der Sorgen und der Verzweiflungen, die Süßigkeit der Leidenschaften und Aufschwünge, der Zuneigungen, Erinnerungen und Gegenwärtigkeiten. Und so mochte ihm denn auch dies inständige Ergreifen gegeben sein, von welchem die Alte gesprochen hatte.

Undeutlich sah er sie jetzt aufstehen und fühlte, wie sie seine Hand streichelte. »Lebewohl, guter junger Herr«, sagte sie. »Lebewohl, du Gott befohlene Seele.«

Als Christophs Angehörige wieder eintraten, um nach ihm zu sehen, da war er nicht mehr am Leben. Sie wunderten sich, ihn allein zu finden, denn niemand hatte die Alte davongehen sehen.

Nach dem Tode des Ratsherrn Hochgereuth hat der Große Christoph noch mehr als zwei Jahrhunderte an der Düna gestanden und ist von den Strusenrussen und Flößern verehrt worden. Man sagte wohl, er sei der Behüter der Stadt am Strome, der alten Stadt der Heidenbekehrer und der Seefahrer, und es könne ihr nichts geschehen, solange sein Standbild aufrecht stehe. Erst die Republik Lettland hat ihn im dritten Jahrzehnt unseres Jahrhunderts abbrechen und in ein Museum schaffen lassen. Sie hat ihn nicht lange überlebt.

Bischof und Ritter, Relief in der Kirche von Dondangen in Kurland

Die leichte Erde

Am Karsamstag hatte Vater Jewlogi sich die Stoppeln rasiert, die oberhalb seines priesterlichen Bartes standen, aber in der Osternacht, während er die Messe las, in der Osternacht, da alles zu sprießen beginnt, waren sie ihm wieder gewachsen. Und während wir am Ostertisch saßen, frühmorgens in seinem hölzernen Häuschen, das so bunt gestrichen ist wie ein Osterei, da spielte die Ostersonne mit den kleinen silbrigen Punkten in seinem faltigen Gesicht.

Am Ostermorgen, nach dem nächtlichen Gottesdienst, da ist des Rechtgläubigen Herz so voll von Freude, daß er allen seinen Gliedern Freude geben muß: seiner Lunge, darum atmet er den lieben Osterwind; seinen Ohren, darum hört er auf Glockenläuten und Starengeschrei; seinen Händen, darum streicheln sie weiche Weidenkätzchen und weiche Mädchenwangen; seinen Augen, darum blinzeln sie in der Frühlingssonne; seinem Magen, darum ist der Ostertisch gedeckt mit all den Dingen, die den Menschen froh machen sollen, wenn die Fastenzeit vorbei und der Herr aus dem Grabe gestiegen ist: mit buntgefärbten Eiern und mit rosigem Schinken und mit fetten Piroggen und mit süßem Pascha und mit dem lieben weißen Schnaps, durch den die Sonne scheint wie durch die hellen Ostergewässer auf den überschwemmten Wiesen.

Wir aßen und tranken, und aus der Ferne hörten wir das Kreischen der Mädchen von der Osterschaukel.

»Väterchen!« sagte ich. »Wie leicht ist das Leben geworden und wie leicht ist die Erde geworden, daß sie mit uns schwingt wie eine Osterschaukel!«

»Aber, mein lieber junger Mensch«, antwortete Vater Jewlogi, »du darfst nicht glauben, die Erde sei leicht geworden vom Schnaps. Nein, lasse mich dir erklären, wovon sie so leicht geworden ist. Vom Schnaps könnte sie wohl dir und mir leicht geworden sein, denn wir haben Schnaps getrunken, wir haben viel Schnaps getrunken, ja, und vielleicht könnte sie auch der Akulina Akimowna leicht geworden sein, meiner Magd; denn ich möchte schwören, das dreimal verfluchte Frauenzimmer hat sich eine Karaffe auf die Seite gebracht, hat sie sich in den nackten Hals geschüttet, ohne Zubiß – wer tut denn das ! – oder als Zubiß hat sie um des Anstandes willen an einem Brotkrümchen gerochen, verstehst du: getrunken wie ein Oberst, gepickt wie ein Hühnchen! Ja, also der Akulina Akimowna könnte die Erde auch leicht geworden sein vom Schnaps, vom weißen Schnaps, diesem lieben Väterchen! Aber es kommt nicht vom Schnaps, es kommt wahrhaftig nicht vom Schnaps, denn heute ist die Erde ja auch allen anderen Geschöpfen leicht geworden. Sieh nur aus dem Fenster, die Katze springt ja herum wie ein Ball, und Warlamows Hausdach torkelt, und der Glockenturm tanzt wie ein Bräutigam, und der Hühnerstall hüpft wie eine Bachstelze, und das Wasser auf der Wiese rollt, und der Ofen, Väter der Welt!, der Ofen fliegt durch die Stube, wahrhaftig, er fliegt! Urteile doch selbst, wie könnte das vom Schnaps kommen? Hat denn Warlamows Hausdach vielleicht Schnaps getrunken oder der Glockenturm oder der Ofen oder gar das Wasser auf der Wiese? Wie? Das kannst du doch nicht glauben. Nein, mein Lieber, das kommt nicht vom Schnaps! Ich will dir sagen, was es mit der Leichtigkeit der Erde auf sich hat. Im Anfang, da war unsere Erde leicht, eine bunte Seifenblase war sie in ihrer Unschuld, eine Seifenblase, die Gott sich gemacht hatte zu seiner eigenen Freude. Sie war so leicht, daß sie sich drehen konnte, und sie drehte sich um die Sonne und zeigte ihr bald die obere, bald die untere Seite. Aber dann, mein lieber junger Mensch, dann ist sie schwerer geworden, immer schwerer von den Sünden der Menschen, da hing sie in der Luft wie eine Kettenkugel von hundert Pud, die ein Sträfling am Fuße schleppt, da konnte sie sich nicht mehr um die Sonne drehen, und da mußte schon die Sonne anfangen, aus reiner Gutherzigkeit sich um die Erde zu drehen, damit doch alle Länder ein wenig Licht bekämen. Ja, so schwer war die Erde geworden. Und dann wurde sie plötzlich ein wenig leichter, aber immer noch nicht so leicht wie jetzt. Das war damals, als des Erlösers kleine Füßchen sie zum ersten Male berührten, als die Gottesgebärerin, unser allheiliges Mütterchen, ihn zum ersten Male vom Schoße nahm und auf den

Boden stellte. Da hat die Erde einen Sprung getan, ein kleines Sprünglein wie eine junge Katze.

Dann aber geschah es, daß des Erlösers Leib in die Erde gelegt wurde. Da ist so viel Heiligkeit in sie gekommen, daß das Gewicht ihrer Sünden wie fortgepustet war. Und gar am Ostermorgen, als der Herr auferstand aus der geheiligten Erde, da war alle Schwere von ihr genommen, da war sie leicht wie dem Auferstehenden der Felsblock, den die Jünger auf sein Grab gewälzt hatten, da tat sie einen Sprung wie ein Dorfstier! Und seitdem schwingt sie an jedem Ostermorgen durch die blaue Luft, schwingt, schwingt höher als eine Osterschaukel, tausendmal höher! Und wenn wir tot sein werden, du und ich, dann wird sie uns auch leicht sein, leicht wie ein Federchen. Siehst du, mein lieber junger Mensch, so verhält es sich also mit der Leichtigkeit der Erde.«

Vater Jewlogi sah mich so herzlich an mit seinen schwimmenden alten Kinderaugen, und dann nickte er und sprach noch einmal den Ostergruß:

»Christus ist auferstanden!«

Und ich antwortete ihm, wie ich antworten will bis an meinen Tod:

»Er ist in Wahrheit auferstanden!«

Vater Jewgenij

Meines Vaters Mutter ist in Moskau aufgewachsen und hat dort bis zu ihrer Verheiratung gelebt. In einem mir heute nicht mehr erinnerlichen Zusammenhange erzählte sie mir einmal, als ich noch Gymnasiast war, von einem Besuch, den sie in ihrer Jugend dem Abt des Moskauer Slatoust-Klosters zu machen hatte. Während sie ihm im Sprechzimmer gegenübersaß und ihr Anliegen vorbrachte, schlug er, aufmerksam zuhörend, die Beine übereinander. Hierbei verschob sich ein wenig seine Kutte, und, wie meine Großmutter sah, trug er seidene –

An dieser Stelle ihrer Erzählung stockte sie für einen Augenblick. Aber sie überwand sich tapfer, und mit einem Lächeln, das dem faltigen Gesicht Anmut gab, sagte sie: »Unterhosen«, wenn sie nicht, dessen entsinne ich mich nicht mehr, nach damaliger Sitte einen unverfänglicheren umschreibenden Ausdruck gebraucht hat.

Meine Großmutter war Lutheranerin. Ich weiß nicht mehr, was die Ursache jenes Besuches gebildet hat. Vielleicht hing er mit dem Umstande zusammen, daß einer ihrer Brüder ein, freilich viel jüngerer, Regimentskamerad des Abtes war; denn dieser Abt, Vater Jewgenij, war ein ehemaliger Offizier und hatte bei der Gardekavallerie gestanden. Die seidenen Unterhosen, sagte meine Großmutter, seien das einzige Rückbleibsel aus jener Zeit gewesen. Mir erschien diese Schwäche nicht nur amüsant, sondern in einem umfassenden Sinne liebenswürdig, ja, rührend, und wenn ich das außerordentliche Schicksal des Mannes erwäge, will sie mir heute noch, und zwar in höherem Grade, so erscheinen.

Ich nehme an, jenes seidene Wäschestück oder meiner Großmutter hübsche kleine Verlegenheit bei dessen Erwähnung wird es gewesen sein, was der unbedeutenden Erzählung einen Platz in meinem Gedächtnis bereitete. Jahrzehnte später hörte ich in einer Gesellschaft in Riga den Abt des Slatoust-Klosters erwähnen. Der Sprecher war ein alter Herr.

Ich wurde aufmerksam. Ich fragte, ob es sich um den Abt mit

den seidenen Unterhosen handele, und berichtete die Erzählung meiner Großmutter.

»Ich habe den Abt noch selbst gekannt«, sagte mein Gesprächspartner. »Freilich mag das vierzig oder fünfzig Jahre nach jenem Klosterbesuch Ihrer Frau Großmutter gewesen sein. Ich erinnere mich noch gut an seine Erscheinung, an den ausdrucksvollen Kopf, an die noblen Hände und an die schöne Gebärde, mit der er den Segen erteilte. Er starb erst im jetzigen Jahrhundert, im äußersten Greisenalter, und ich habe nie anders von ihm sprechen hören als im Tone der höchsten Verehrung; ja, man sagte, das Volk habe ihm zuletzt den Ruf der Heiligkeit beigelegt. – Über seine Wäsche«, setzte er dann lächelnd hinzu, »bin ich nicht unterrichtet. Immerhin könnte ich mir dergleichen vorstellen.«

Es war nun eine Weile von dem Abt, seinen Schicksalen und Jugendfreunden die Rede. Ich gebe seine Lebensgeschichte wieder.

Ekenholt, letzter Träger dieses Namens, entstammte einer livländischen, aber in einigen Generationen Petersburgischen Militär- und Hofdienstes russifizierten oder, wie es bei uns hieß, »verrussten« Familie, deren deutscher Ursprung sich fast nur noch im festgehaltenen lutherischen Glaubensbekenntnis ausdrückte; doch waren diesem letzten Ekenholt kirchliche Dinge recht gleichgültig. Sehr jung, indessen schon eltern- und anhanglos, war er bei der Chevaliergarde eingetreten, hatte im ungarischen Feldzuge drei Orden erhalten und es rasch zum Oberleutnant gebracht. Vielbewundert als Reiter, als Tänzer, als Schauspieler bei Liebhaberaufführungen, allem Glanz, allem Ungestüm des Lebens zugewandt, ein offener, schöner, feuriger Mensch, war er beliebt weit über das eigene Regiment hinaus.

Reibungen und Eifersüchteleien zwischen Truppenteilen, die am selben Ort garnisonieren, gelten als unvermeidlich. Zur Zeit Nikolais des Ersten indessen herrschte unter den Petersburger Garderegimenten, wenigstens denen der gleichen Waffengattung, viel Kameradschaft und Freundschaftlichkeit. Ekenholts vertrauterer Umgangskreis, der ihn willig als Hauptgestalt anerkannte, bestand aus jungen Leuten verschiedener Regimenter. Zu ihm gehörte Lopatkin, Stabsrittmeister bei den roten Leibhusaren, häufig geneckt mit seiner Leidenschaft für ein kaum den Kinderjahren entwachsenes Mädchen.

Die Neckereien hörten auf; es war offensichtlich, daß diese Leidenschaft sich Lopatkins ganzes Wesen unterworfen hatte. Der Gegenliebe des Mädchens war er versichert. Er fuhr zu ihrem Vater und brachte seinen Antrag vor.

Der Mann, den er sich, wiewohl nur mit halber Zuversicht, als seinen Schwiegervater vorgestellt hatte, Graf Kamskoi, Inhaber eines ansehnlichen Hofamts, Herr eines riesigen Grundbesitzes und Vermögens, empfing ihn mit kalter, die Nichtachtung kaum verbergender Höflichkeit.

Lopatkin sprach von seiner Bereitschaft, den Abschied zu nehmen und seine elterlichen Güter zu bewirtschaften.

»Sie mißverstehen mich«, antwortete Kamskoi. »Ein Krautjunker in der Provinz ist mir nicht willkommener als ein verschuldeter Husar.«

Die Abweisung traf den jungen Menschen nicht nur in seinen verliebten Hoffnungen, sondern auch in seinem reizbaren Selbstgefühl; sie raubte ihm alles Gleichgewicht der Seele. Er, sonst besonnener und weniger zu Maßlosigkeiten neigend als manche seiner Freunde, überließ sich einer vollkommenen Verzweiflung. Das Gefährliche solcher Zustände liegt darin, daß ein einzelner Gedanke sich zum Herrn über alle Lebensverflechtungen erhebt und solchergestalt dem Befallenen die Welt verzerrt. Lopatkin war es, als sei ihm auf immer jegliche Nahrungsaufnahme untersagt worden. Er war überzeugt, sich an der Grenze der Daseinsmöglichkeit zu befinden.

Er hatte sich seinen Freunden mitgeteilt. Sie versuchten ihn abzulenken, ihn durch vergnügliche Unternehmungen zu zerstreuen; nichts verfing. Sie versuchten ihn zu trösten; aber der Verzweifelte begehrt ja nicht Trost, sondern Umkehrung des Weltlaufes. Lopatkin fiel in Schweigen und Erstarrung, er vernachlässigte Dienst und Gesellschaft. Es kam vor, daß er Drohungen gegen Kamskoi ausstieß. Er sprach davon, ihn in seinem Palais zu überfallen, ihn auf der Straße niederzuschießen. Andere Äußerungen ließen vermuten, daß er daran dachte, sich selber das Leben zu nehmen.

Die Kameraden beunruhigten sich und empfanden eine Verantwortung; eine Verantwortung begreiflicherweise mehr für ihn als für das Mädchen. Man konnte und durfte ihn nicht dem eigenen Abgrund überlassen, es mußte etwas getan werden.

Agafonow, Kornett bei den Leibulanen der Kaiserin, ein flinker, wendiger, vielleicht etwas bedenkenloser Bursche von ursprünglich mohammedanischer Abkunft, hatte sie in seiner Wohnung versammelt. Schon beim Essen war stark getrunken worden. Lopatkin trank ebenfalls, aber seine Verdüsterung blieb.

»Höre jetzt mit deiner verfluchten Traurigkeit auf!« sagte Ekenholt. »Wenn Kamskoi nicht will, dann müssen wir die Sache in die Hand nehmen. Ihr wollt heiraten? Gut. Man treibt irgendeinen versoffenen alten Popen auf, einen von denen, die für eine Handvoll Rubel eine Bordellmutter ohne Aufgebot mit deren eigenem Sohn trauen. Seid ihr getraut, dann geben die Alten nach. Als Erstes: das Mädchen wird in einen Schlitten gepackt – los! Galopp!«

Tollkühne Entführungen, heimliche Trauungen beherrschten damals in Rußland mehr als anderswo die Phantasie junger Leute. Sie waren nicht selten. Auch hatte jedermann Puschkins »Schneesturm« gelesen.

So pflichtete man lärmend bei, man stieß auf das Gelingen an. Alle waren sie jung, übermütig, zu Späßen und Unternehmungen aufgelegt, und hier hatte das Abenteuer noch jene Rechtfertigung, die das Gewissen des Menschen sich wünscht: es war Freundschaftspflicht, dem Unglücklichen zu helfen.

Lopatkin zögerte. Aber die stürmische Gemütsverfassung der andern war zu mächtig, als daß er sich ihr lange hätte widersetzen können. Er stimmte zu. Alle wollten sich umtun, mit dem Teufel müßte es zugehen, wenn der Pope sich nicht fände.

Der Pope fand sich nicht. Jeder der Angegangenen scheute zurück, sobald er den Namen Kamskoi hörte. Zureden und Versprechungen blieben ohne Frucht. Lopatkin fiel abermals in seine Schwermut. Ja, sein Zustand war ärger als zuvor; alles schien zu tödlicher Endgültigkeit erstarrt.

Am leidenschaftlichsten hatte Ekenholt, den Friedensdienst, Kasernenhof und Rekrutenreitbahn langweilten, sich der Sache angenommen. Plötzlich hatte seine Tatenlust eine Richtung erhalten. Jetzt aber war er unmutig; er meinte seine Ehre verpfändet.

Seine Bemühungen vervielfachten sich, doch sprach er wenig von ihnen.

»Was gehen mich die alten Kamskois an?« sagte er zu Agafonow, den er sich zum Helfer gewählt hatte. »Habe ich ihnen gegenüber eine Verpflichtung, weil ich ein paarmal bei ihnen getanzt habe?«

Eines Tages erschien er bei Lopatkin und erzählte, am Ziel zu sein.

»Wir haben den Popen. Nächsten Donnerstag gegen Abend könnt ihr getraut werden.« Er nannte den Namen eines vor der Stadt gelegenen Dorfes, das später von der wachsenden Residenz eingesogen worden ist. »Es wird alles vorbereitet sein. Du brauchst dich um nichts zu kümmern. Sieh nur zu, daß ihr beide zur Stelle seid.«

Lopatkin blickte ihn an, finster und zweifelhaft. Dann zuckte er die Achseln und starrte auf die Bilder an der Wand, kolorierte englische Lithographien, die Rennpferde und Fuchsjagdszenen darstellten. Plötzlich sprang er auf, als habe er erst jetzt begriffen, und umarmte Ekenholt mit feuchten Augen.

Darauf verlangte er Näheres zu erfahren. Ekenholt wehrte ab.

»Am besten, du weißt so wenig wie möglich davon. Ich nehme es auf mich. Ihr habt nichts zu tun, als in der Kirche euer Ja zu sagen.«

Lopatkin drängte noch ein wenig, dann ließ er ab. Wie ein leidenschaftlicher Maître de plaisir gab Ekenholt ihm Ratschläge für die Entführung.

Lopatkin begann seine Vorbereitungen zu treffen. Er bat seine nächsten Freunde zu Trauzeugen und Brautmarschällen, darunter Ekenholt und Agafonow. Beide, so sagten sie, waren dienstlich verhindert, doch versprachen sie, sich nach der Trauung zum Diner im Hôtel de Londres einzufinden, in welchem Lopatkin Zimmer bestellt hatte. Am nächsten Morgen wollten die Neuvermählten abreisen. Lopatkin hatte zwei Monate Urlaub genommen. Zunächst dachten sie auf ein kleines Gut im Pleskauschen Gouvernement zu gehen, das Lopatkin von seiner Großmutter geerbt hatte. Erst von dort aus wollte er seine Eltern verständigen. Wie alle Beteiligten war er des festen Glaubens, nach geschehener Trauung werde die Familie Kamskoi sich nicht lange unversöhnlich zeigen. Hätte man ihn nach dem Grunde dieser Zuversicht gefragt, so wäre er um die Antwort vielleicht verlegen gewesen; doch fragte ihn niemand.

Kamskoi hatte es nicht für notwendig gehalten, seine Tochter von Lopatkins Antrag in Kenntnis zu setzen. Er sprach nur mit seiner Frau, und die Gräfin billigte sein Verhalten. »Was für eine Naivität!« rief sie. »Als hätten wir auf ce jeune Lopatkin gewartet!«

Es war Winter, die Zeit gesellschaftlicher Vergnügungen. Die Eltern wollten der Tochter über den Kummer, der ihr anzumerken war und über den mit ihr zu sprechen sie sich nicht entschließen mochten, auf leidliche Art hinweghelfen. Infolgedessen ließ man sie mehr als sonst an Bällen und Abendunterhaltungen teilnehmen. Gerade das erwies sich als falsch. Lopatkin freilich zeigte sich nirgends, wo er annehmen konnte, sie zu treffen. Aber ihre Tänzer und Kavaliere konnten ihr Botschaften von ihm übermitteln, und die Verbindung riß nicht ab. Zuletzt übergab Ekenholt ihr während der Polonaise den entscheidenden Brief; niemand bemerkte es.

Am Donnerstag, die Dämmerung ging schon in Dunkelheit über, und es fiel schleierig ein dünner, trockener Schnee, kam Katjas Zofe in das Boudoir der Gräfin gestürzt. »Es ist ein Unglück geschehen!« schrie sie, kaum der Sprache, geschweige denn einer geordneten Erzählung mächtig.

Die Komtesse, der die Sitte der Zeit ein ungeleitetes Ausgehen verwehrte, hatte die Zofe gerufen und ihr befohlen, sie zur Kirche zu begleiten. Die Kirche, die sie nannte, lag wenige Schritte vom Kamskoischen Palais entfernt; so hatte es nichts Auffälliges, daß von der Benutzung eines Fuhrwerks abgesehen wurde. Zwischen Palais und Kirche glitt ein kleiner einspänniger, unbesetzter Schlitten heran. Der Kutscher pfiff die

Anfangstakte eines damals volkstümlichen Liedes und verlangsamte die Gangart des Pferdes. Die Komtesse sprang hinein, der Schlitten war augenblicklich in der Dunkelheit verschwunden. Die erschrockene Zofe hatte keine Zeit gehabt, irgendein Merkmal, sei es am Schlitten, am Kutscher oder am Pferde, aufzunehmen oder gar sich einzuprägen. Alles war in Sekunden geschehen.

»Lopatkin!« schrie die Gräfin, sprang auf und lief zu den Zimmern ihres Mannes. Aber der Graf war ausgefahren, ob zu einer Amtssitzung oder einer Kartenpartie, wußte niemand. Eine Anzahl von Bedienten wurde auf die Suche geschickt. Endlich trieben sie ihn auf.

Zur vereinbarten Zeit waren die Schlitten vor der unansehnlichen, aus Holz gebauten Dorfkirche, als erster der des Brautpaars. Gleich danach trafen die jungen Leute ein, die als Brautmarschälle, Zeugen oder freundschaftlich Anwesende an der Trauung teilnehmen sollten. Die Fahrt war in ausgelassener Stimmung gemacht worden. Einige hatten Champagner mitgenommen, und schon auf dem Hinwege wurden leere Flaschen an den aus dem Schnee ragenden Werstpfählen zerschellt.

Die kleine Kirche lag zwischen öder Schneefläche und schwarzen Zäunen, abseits der Ortschaft. Dennoch waren die Kutscher angewiesen worden, nicht auf dem Platz vor der Kirche zu warten. Jedes Aufsehen sollte vermieden werden. So hatte man auch die Vorsicht gebraucht, das eigene Fuhrwerk daheim zu lassen und Lohnschlitten zu nehmen.

Das Innere der Kirche war ärmlich und nur schwach beleuchtet. Die dumpfe Luft hatte Eiseskälte, jeder Atemzug stieg auf wie Gewölk. Alles war bereit, Priester und Diakon zur Stelle. Das Gold des Ornats schimmerte matt. Inmitten des Raumes stand das Analogion, jenes Stehpult, von dem aus der Diakon das Evangelium verliest. Das Evangelienbuch lag auf der schrägen Platte.

Die Herren waren in Paradeuniformen, die Braut im Pelz. Sie sah reizend aus mit ihrem frischen, von der Kälte geröteten Gesicht unter dem schräg sitzenden Pelzmützchen. Sie nahm es jetzt ab und gab es einem der Herren zu halten.

Ach, früher, in ihren Mädchengedanken, hatte sie sich die Hochzeit anders vorgestellt. Hier stand sie in einer unscheinbaren halbfinsteren dörflichen Kirche, ohne Eltern, ohne Verwandte und Freundinnen, ohne Chorsänger, ohne Brautkleid, Schleppe und Schleier. Sie hatte Tränen in den Augen und preßte Lopatkins Arm. Aber dann fielen ihr wieder die alten volkstümlichen Entführungslieder ein, die sie in diesen Wochen so oft gesummt hatte. Fast hätte sie jetzt zu singen begonnen:

»Wächter, hör, es geht ans Tagen!
Wächter, hör den Säbel klirren,
Wächter, hör die Hufe schlagen!
Auf die Tür! Und sprich: Willkommen.
Denn die Herrin, weiß und lieblich,
vor mir auf dem Sattel sitzend,
hab ich heute heimgetragen!«

Hier brauste ihr ein Element strahlender Ungezähmtheit entgegen, tausendmal herrlicher als all der schale Hochzeitspomp der Herkömmlichkeit. Und nun dachte sie mit einem freudigen Schauer an die altertümliche Huldigung, die sie und ihren Mann – ja, ihren Mann, freilich ihren Mann! – hernach beim Aufbruch erwartete, an die Stahlgasse. Am Kirchenausgang würden alle Spalier bilden und mit Geklirr die hocherhobenen entblößten Säbel kreuzen, und wie unter einem Triumphbogen würden sie beide hindurchschreiten.

Die Trauung sollte bis hart an die Grenze der Zulässigkeit abgekürzt werden. Die Verlobungszeremonie, die sonst der Eheschließung unmittelbar vorangeht, blieb fort. Die entzündeten Kerzen in der Hand, wurden die Brautleute zum Analogion geleitet. Der Diakon sang mit unschöner Stimme jenen Psalm, der den Gottesfürchtigen selig nennt und ihm Glück und Nachkommenschaft verheißt. Wie ein reich tragender Weinstock wird sein Weib in seinem Hause sein, und wie die Triebe des Ölbaums sollen seine Söhne den Tisch umranken.

Ohne sich mit der üblichen Ansprache aufzuhalten, fragte der Priester: »Hast du, Nikolai Alexandrowitsch Lopatkin, den guten und ungezwungenen Willen und den festen Vorsatz, diese Jekaterina Lwowna Kamskaja, die du hier neben dir siehst, zur Gattin zu nehmen?«

»Ja, ehrwürdiger Vater, das habe ich«, antwortete Lopatkin.

»Hast du dich keiner anderen Braut versprochen?«

»Nein, ehrwürdiger Vater, keiner.«

Der Geistliche wandte sich mit seinen Fragen an die Braut. Sie antwortete kaum hörbar, aber mit festem und freudigem Gesichtsausdruck.

Der Priester hatte schnell und mit gedämpfter Stimme gesprochen; mitunter ging sie in ein undeutliches Geflüster und Gemurmel über, sowohl bei den Fragen wie bei den nun folgenden Gebeten; auch mit diesen faßte er sich kürzer, als es die Gewohnheit war.

Jetzt wurden die Brautleute gekrönt, zum Zeichen, daß sie Fürsten und Urheber der von ihnen abstammenden Geschlechter sein sollten und Sieger über die Leidenschaften der Welt.

»Es wird gekrönt der Knecht Gottes Nikolai für die Magd Gottes Jekaterina, im Namen des Vaters und des Sohnes und des heiligen Geistes, Amen. Es wird gekrönt die Magd Gottes Jekaterina für den Knecht Gottes Nikolai, im Namen des Vaters und des Sohnes und des heiligen Geistes, Amen.«

Dreimal segnete der Priester die beiden, dreimal sprach er: »Herr, unser Gott, kröne sie mit Ruhm und Ehre.«

Näselnd, in psalmodierendem Tone verlas der Diakon hastig die im Epheserbrief gegebenen Anweisungen zum ehelichen Leben und das Evangelium von der Hochzeit zu Kana. Dann brachte er die Gemeinschaftsschale, die zu segnen und dreimal dem Bräutigam, dreimal der Braut zu reichen war. Während der über den roten Wein gesprochenen Segensworte des Priesters, bei denen dieser, vielleicht zufällig, die Stimme ein wenig hob, kam es den Umstehenden vor, als stutze Lopatkin für einen Augenblick. Es war wie eine winzige, eine nur angedeutete Ruckbewegung des Kopfes. Gleich danach schien die Anwandlung vorüber.

Der Priester ergriff die Brautleute an den Händen und führte sie dreimal um das Analogion, während Lopatkins zur Seite schreitende Regimentskameraden die hohen Goldkronen über die Häupter der beiden hielten. Katjas dunkles Haar glänzte im schwankenden Kerzenschein. Noch einmal wurden die Kronen aufgesetzt, dann nahm der Priester sie murmelnd ab, die Neuvermählten küßten sich und empfingen den Entlassungssegen.

Damit war die Trauung vollzogen. Jetzt wurde gratuliert, von einigen halblaut, von anderen geräuschvoll. Katja nahm die Glückwünsche mit strahlendem Liebreiz entgegen, offenbar dünkte sie alles in einen Kreis der Zuneigung, der Herzlichkeit, ja, der Innigkeit eingeschlossen, und jeder Händedruck mußte dem eine ewige Fortdauer verbürgen. Lopatkin dagegen erschien befangener, fast steif.

Der Pope und der Diakon hatten sich bereits in die Sakristei begeben. Die Übrigen sollten nachfolgen, denn jetzt war die Eintragung in das Kirchenbuch vorzunehmen.

An der Kirchentür entstand Geräusch. Plötzlich füllten neue Uniformen den dämmerigen Raum. Diese Uniformen, das bemerkte die Hochzeitsgesellschaft sofort, waren keine kameradschaftlichen. Es waren feindliche: das kalte Hellblau der Gendarmerie.

Der Gendarmerieoberst erschien mit zweien seiner Begleiter in der Sakristei.

»Väterchen, haben Sie die Trauung vollzogen?«

Der Geistliche zögerte mit der Antwort.

»Ihr Name?« fragte der Oberst.

»Ekenholt, Oberleutnant in der Chevaliergarde Seiner Majestät«, antwortete hochmütig der Mann im Priesterornat. Er nahm Bart und Perücke ab und warf beides nachlässig auf den Tisch.

Agafonow, der Diakon, trat heran und tat das gleiche.

»Teufel! Sie haben getraut? Das heißt, eine Trauung vorgespiegelt? Wem? Wer hat davon gewußt?«

»Niemand«, antwortete Ekenholt. »Auch das Brautpaar war nicht im Einverständnis.«

»Tant mieux. Und das Kirchenbuch? Ist ein Eintrag vorgenommen worden?«

Ekenholt zeigte ihm das bereitliegende Buch. Der Oberst blätterte flüchtig. Es enthielt wohl die üblichen Vordrucke, aber keinerlei Eintragungen oder Stempel. Offensichtlich hatte es nur dazu dienen sollen, im Brautpaar und in den Zeugen den Glauben an die Gültigkeit der Trauung zu bestärken.

»Gott sei gelobt, Sie haben keinen Versuch einer Urkundenfälschung gemacht. Und der richtige Pope? Nun, das können Sie mir nachher im Schlitten erzählen. Bitte beeilen Sie sich mit Ihrer Toilette, meine Herren. Ich erwarte Sie in der Kirche.«

Als Ekenholt und Agafonow, wieder in Uniform, das Kirchenschiff betraten, hatte die erste Bestürzung sich gelegt. Katja war nicht mehr anwesend. Ein Gendarmerieoffizier hatte sie respektvoll zum Schlitten geleitet und gesagt: »Belieben Sie einzusteigen, Komtesse. Wir führen Sie nach Hause.«

Übrigens heißt es, sie sei, als sie die Wahrheit erfuhr, in Ohnmacht gefallen. Bleibe das dahingestellt. Uns Heutige kommt es schwer an, solchen Berichten zu glauben, der Vorgang scheint uns in die Konventionalitäten früherer Zeiten zu gehören. Doch wie man über ihn denken mag, man darf ihn gelten lassen, sobald man ihn lediglich als ein abkürzendes Zeichen für eine Erschütterung nimmt, der die gewöhnlichen Kräfte des weiblichen Organismus nicht gewachsen sind. Katja kam in einem Zustande der Versteinerung zu den Ihrigen, wortlos und tränenlos. Die Mutter weinte, der Vater tobte, die Auseinandersetzungen gingen bis weit über Mitternacht. Am nächsten Morgen wurde Katja zu ihrer Großmutter aufs Land geschickt.

Jetzt, bei Ekenholts und Agafonows Erscheinen in der Kirche hoben sich alle Blicke ihnen entgegen. Doch sagte keiner von den Kameraden ein Wort, offenbar hatte der Oberst sie inzwischen vom Geschehenen verständigt.

Das Betragen der Gendarmerieoffiziere war von ausgesuchter Höflichkeit. Sie mochten denken: Wer weiß, in ein paar Jahren ist von diesen jungen Leuten der eine oder andere Flügeladjutant, später gibt es da einen General, einen Personalchef im Militärkabinett, da soll er sich meiner nicht im Bösen erinnern.

Sie hatten es sehr eilig, offenbar wollten sie so geschwind wie möglich wieder in der Stadt sein. Die Dritte Abteilung der Höchsteigenen Kanzlei Seiner Majestät und die ihr unterstellte

Gendarmerie legten Wert auf den Ruhm der Schnelligkeit, mit der sie Dunkelheiten erhellten, Aufträge erledigten, Zugriffe vollzogen; dieser Ruhm durfte nicht durch vermeidbare Zeitverluste geschmälert werden.

»Ich verzichte darauf, Sie um Ihre Säbel zu bitten, meine Herren«, sagte der Oberst. »Aber ich muß Sie leider ersuchen, sich uns anzuschließen. Wir haben Befehl, Sie zur Hauptwache zu begleiten. Sie stehen zur Verfügung des Stadtkommandanten.«

Jedem ist der Hergang vertraut, der bei Ausgelassenheiten von Kindern, bei studentischen Exzessen so häufig ist. Man steigert sich gegenseitig, bis die allen gemeinsame Stimmung in der Tat eines einzelnen, eines Protagonisten explodiert, und nun wenden die andern, betroffen und jählings zu Verstand gekommen, verleugnend sich ab: so hatten wir es doch nicht gemeint! O ja, sie hatten es sämtlich so gemeint, aber nur in dem einen, dessen Hingerissenheit unbedingter, ernsthafter und, wenn man will, reiner war, nur in diesem einen war die schäbige Verständigkeit nicht rechtzeitig Herrin geworden über die Leidenschaft, die in ihm wirklich loderte, während sie bei den anderen wie in einem Spiel zur guten Hälfte vorgegeben wurde. So sah Ekenholt und mit ihm sein Schildknappe Agafonow sich plötzlich allein gelassen. Es war zwischen diesen beiden und den übrigen ein leerer Raum entstanden, etwa wie eine Schlucht, aus der es kalt aufstieg.

Die Arretierten wurden auf ihre Schlitten und die der Gendarmen verteilt. Der Oberst, Lopatkin, Ekenholt und Agafonow saßen beisammen. Der Oberst stellte noch einige Fragen. »Wenn Sie nicht mögen, brauchen Sie mir natürlich nicht zu antworten«, sagte er. »Im Grunde geht es mich ja nicht viel an. Mein Auftrag endet an der Schwelle der Hauptwache. Dort wird man freilich jede Einzelheit wissen wollen.«

Ekenholt erzählte. Agafonow, der es nicht vertrug, unbeachtet zu sein, drängte sich mitunter ans Wort.

»Sie haben mit viel Umsicht operiert«, sagte der Oberst. »Jeder kann Pech haben.«

»Wie haben Sie uns gefunden?« fragte Ekenholt finster.

»Ich kann es Ihnen ruhig erzählen. Es war nicht so schwer,

wie Sie vielleicht meinen. Allerdings war auch Glück dabei. Aber wer Glück braucht, der hat es auch.«

Er erkannte, daß diese Bemerkung fehl am Platze war, und fing hastig an zu berichten.

Kamskoi sei in höchster Aufregung zu Orlow gekommen, dem Leiter der Dritten Abteilung, und habe vermutungsweise Lopatkins Namen genannt. Sofort schickte Orlow in Lopatkins Wohnung, zur Regimentskanzlei der Leibhusaren, zu Lopatkins Freunden. Keiner der Herren war zu Hause, beim Regiment erfuhr man von Lopatkins Urlaub, sein Bursche gab an, es sollte kommenden Morgens ins Gouvernement Pleskau gehen. Wo sein Herr sich im Augenblick aufhalte, wisse er nicht. Am Nachmittag seien einige Freunde gekommen, er nannte die Namen, der Stabsrittmeister habe Paradeuniform angelegt, dann seien sie in mehreren Schlitten davongefahren. Ob in einem der Schlitten eine Dame gesessen habe? Nein. Natürlich, so vorsichtig waren die Herren schon gewesen, daß die Komtesse erst anderswo zu ihnen stieß! Der Hausportier erinnerte sich der Richtung, in der die Schlitten abgefahren waren. Sie zu beschreiben, war nicht schwer, man wußte ja, welche Uniformen darin saßen. Jetzt wurden Polizeireviere und Straßenschutzleute befragt, insbesonders an den Stadtausgängen, der Verdacht einer heimlichen Trauung war ohnehin gegeben, es lag nahe, zuerst an eine der Dorfkirchen in der Umgebung zu denken; eins kam zum andern.

»Glauben Sie mir, das Geheimnis der Schnelligkeit ist nur dies, so viele Leute und Pferde zu haben, daß die notwendigen Schritte nicht hintereinander getan werden, sondern gleichzeitig. Nun, da haben wir keinen Mangel.«

Lopatkin schien nicht hinzuhören. Während der ganzen Fahrt hatte er die Stirn in die Hand gestützt und kein Wort gesprochen. Erst als sie die Hauptwache fast schon erreicht hatten, ließ er die Hand sinken, sah Ekenholt und Agafonow aus starren Augen an und sagte halblaut, mit gramvoller Stimme: »Was habt ihr mit mir gemacht?«

Noch während Ekenholt und Agafonow sich in der Sakristei umkleideten, hatte der Oberst zwei berittene Gendarmen im Galopp zur Stadt geschickt, einen zur Dritten Abteilung, einen zur Stadtkommandantur. Daher traf wenige Minuten nach den Verhafteten der Adjutant des Stadtkommandanten auf der Hauptwache ein. Er befragte einen jeden einzeln und ordnete an, daß sie auch für die Nacht getrennt untergebracht würden. Die Einvernahme, die Anfertigung der Protokolle zog sich durch manche Stunden hin. Es war klar, daß am folgenden Morgen das Ergebnis dem Kaiser unterbreitet werden würde. Ohne weiteres konnte man annehmen, daß er, zum mindesten umrißweise, bereits durch Orlow, den er zu seinen persönlichen Freunden rechnete, unterrichtet war. Alle in irgendeinem Sinne bedeutsameren Angelegenheiten, in welche Offiziere der Garde verwickelt waren, mußten ihm unmittelbar vorgetragen werden. Oft genug geschah es auch, daß er sich selber ihre Entscheidung vorbehielt; die zuständigen Instanzen hatten dann nur den Urteilsvollzug zu veranlassen.

Die Nachricht von dem Vorgefallenen verbreitete sich mit ungeheurer Geschwindigkeit in der Petersburger Gesellschaft. In den Kreisen des Hofes, der Garde, der höheren Ämter wurde von nichts anderem mit gleicher Anteilnahme gesprochen. Verwandte und Freunde der Betroffenen suchten alle ihre Beziehungen ins Spiel zu bringen. Man wußte, daß der Kaiser eine schnelle Justiz liebte. Dennoch war die Spannung so groß, daß sie Ungeduld erzeugte wie die Atmosphäre vor Gewitterausbruch. Die oberste Schicht der Hofgesellschaft, die glänzendsten Regimenter, die klangvollsten Namen waren in ein Vorkommnis von höchster Anstößigkeit verstrickt, Gerüchte entstellten und übertrieben, niemand wußte genau, wer als Handelnder, wer als Leidender hineingezogen war; auch schien beides gegeneinander schwer abzugrenzen. Der Vorfall selbst fand verschiedene Beurteilung, und auch was die erwartete kaiserliche Willensäußerung anging, wurden viele voneinander sehr abweichende Mutmaßungen laut.

Als erstes wurde bekannt, daß der Kaiser Kamskoi zu sich ins Winterpalais beschieden hatte.

Er empfing, und das sprach sich in wenigen Stunden herum, den Grafen in der roten Attila seines Leibhusarenregiments. Dies schien befremdlich; wollte der Kaiser durch die Wahl der Uniform ein Verständnis für Lopatkins Verfehlung bekunden und zu erkennen geben, daß er die Sache nicht als Richter, sondern wie ein älterer Kamerad, wie ein Regimentskommandeur, ins reine zu bringen dachte?

Der Inhalt der Unterredung wurde erst einige Tage später bekannt, gleichzeitig mit dem kaiserlichen Urteilsspruch.

Nikolai sagte einleitend ein paar knapp bemessene Worte des Bedauerns. Dann fragte er:

»Was hast du mit deiner Tochter vor, Graf?«

Kamskoi erklärte, einstweilen wolle er sie auf dem Lande in der Verborgenheit lassen; ihr Wiedererscheinen in der Gesellschaft scheine ihm vorderhand nicht möglich.

»Sage mir, Graf, warum hast du Lopatkin abgewiesen?«

»Es sprach nichts für ihn, Eure Majestät.«

»Vielleicht. Jetzt spreche ich für ihn«, sagte Nikolai und erhob sich, wie er es an ihm wichtig erscheinenden Gesprächsstellen zu tun liebte. Er war der Meinung, die mächtige, fast riesenhafte Gestalt sei ihm von der Vorsehung nicht zuletzt deshalb verliehen worden, damit sie seinen Worten Nachdruck gäbe.

Keine Miene, keine Bewegung ließ die zornige Enttäuschung erkennen, die Kamskoi in sich aufwallen fühlte. Er verneigte sich stumm.

»Ich spreche nicht für ihn allein«, fuhr der Husar fort, und seine kalte, oft leer anmutende Stimme begann sich von nun an um ein Geringes zu beleben, ja, zu erwärmen. »Ich spreche zugleich für deine Tochter. Im Oktober ist sie Ihrer Majestät und mir vorgestellt worden. Ich erinnere mich ihrer genau. Ein liebes Kind, wir wollen sie nicht zu sehr betrüben. Nach dem, was geschehen ist – was könnte denn anders aus ihr werden als Madame Lopatkina? Aber ich spreche noch für ein Drittes, ich spreche für das geschändete Sakrament. Ich bin es dem rechtgläubigen Volk und seiner Kirche schuldig, aus der blasphemischen Komödie eine Wahrheit zu machen. Die Trauung muß stattfinden, noch nicht gleich, vielleicht übers Jahr. Du siehst es ein?«

»Zu Befehl, Eure Majestät«, antwortete Kamskoi.

»Das höre ich gern. Du weißt, daß ich den bloßen Gehorsam, den Gehorsam ohne Einsicht, nicht liebe.«

Nikolai lächelte flüchtig. Es war bekannt, und auch Kamskoi wußte es, daß der Kaiser ihn nicht mochte und ihn im engsten Kreise »Truthahn« nannte.

»Söhne dich mit deinem Schwiegersohn aus, Graf. Ich habe mir seine Konduitenliste vorlegen lassen. Seine Vorgesetzten geben ihm kein schlechtes Zeugnis. Straflos freilich kann er nicht bleiben, und daß ich ihn maßregele, bin ich auch dir und der Gräfin schuldig. Aber vorausgesetzt, daß er sich von nun an ehrenhaft führt – ich verspreche dir, du wirst keinen Anlaß haben, dich seiner Laufbahn zu schämen.«

Kamskoi bedankte sich. Er tat dies mittels einiger wie Scheidemünze geprägter Wendungen, die jederzeit zur Ausgabe bereit lagen; ein für allemal hatte man sich darauf geeinigt, daß sie zwar nicht bestimmte Empfindungen voraussetzten oder ausdrückten, wohl aber bestimmten Situationen angemessen waren.

Der Kaiser winkte ab. »Schon gut. Empfiehl mich der Gräfin. Sie wird Kummer und Unruhe genug gehabt haben.«

Die Offiziere befanden sich noch auf der Hauptwache in Haft, als die kaiserliche Entscheidung erging. Sie strafte jede Mutmaßung Lügen, sie beherrschte alle städtischen Gespräche, sie schien milde und scharf zugleich. Von den Servilen wurde sie als wahrhaft salomonisch gerühmt. Aber auch mancher unabhängig Denkende bewunderte die Sorgfalt, mit der dieses Urteil alles Für und Wider aneinander gemessen zu haben schien. Insbesondere wurde anerkannt, daß es davon absah, Ekenholt als Kirchenschänder dem Gericht zu übergeben, welches auf Grund der geltenden Gesetze nicht gut anders hätte erkennen können als auf eine schimpfliche, in Sibirien zu vollstreckende Zuchthausstrafe. Hier schien erwogen zu sein, daß er als Lutheraner nicht jenen Begriff von der Würde des durch ihn verunehrten Sakraments haben konnte, wie er bei einem Rechtgläubigen vorausgesetzt wurde, dann aber auch, daß er gänzlich uneigennützig und nur zugunsten eines Freundes gehandelt hatte.

Um bei den Straffälliggewordenen geringeren Grades zu beginnen, so kümmerte das kaiserliche Urteil sich nicht um den Popen, der gegen eine reichliche Vergütung seine Kirche zur Verfügung gestellt und für die fraglichen Stunden das Dorf verlassen hatte. Es wurde der geistlichen Obrigkeit anheimgegeben, ihn zur Verantwortung zu ziehen; wie es auch ihr überlassen blieb, nach Ermessen die geschändete Kirche neu zu weihen oder durch einen Sühnegottesdienst in einen Zustand der Unangetastetheit zurückzuführen. Die Trauzeugen, Brautmarschälle und sonstigen Teilnehmer der Zeremonie wurden von der Garde zur Linie versetzt; angesichts der großen Bevorzugungen und Privilegien, die nicht nur die Garde, sondern auch der einzelne Gardist genoß, wog diese Strafe nicht leicht.

Agafonow, so hieß es weiter, werde aus der Armee entlassen. Er habe in dem von ihm selbst erwählten Stande zu verbleiben und nach angemessener Vorbereitung die für das Diakonat vorgeschriebenen Weihen zu empfangen.

Auch Lopatkin schied aus der Garde aus. Er wurde in eine öde kleine Garnison in der Nähe der asiatischen Grenze versetzt, und es war hinzugefügt, er habe sich für die Dauer eines Jahres keine Hoffnung auf einen Urlaub oder auch nur eine Abkommandierung zu machen, so daß bei ihm die Versetzung schon einer Verbannung gleichkam. Danach aber sollte die Trauung stattfinden, und man nahm allgemein an, sie werde mit Lopatkins Rückversetzung zur Garde zusammenfallen.

Die Trauung leitet schon hinüber zu jenem Teil des Urteils, der dem Hauptschuldigen galt. Ekenholt habe das Gaukelspiel der Scheintrauung dadurch zu sühnen, daß er die Brautleute in einer rechtmäßigen Trauung zur Ehe zusammengäbe. Zu diesem Behuf habe er dem lutherischen Bekennntnis zu entsagen, den Glauben der Kirche anzunehmen und Mönch im Slatoust-Kloster in Moskau zu werden. Der Kaiser, der ja zugleich das Oberhaupt der Kirche war, bestimmte ferner, Ekenholts Noviziats- und Ausbildungszeit sei abzukürzen; er habe die Weihen so zeitig zu empfangen, daß er nach Verlauf eines Jahres die Trauung vorzunehmen vermöchte.

Dies Urteil wurde Ekenholt durch den Adjutanten des Stadtkommandanten vorgelesen und dann übergeben. Der Adjutant, ein junger Kapitän mit kaltem Strebergesicht, wartete eine Weile und sah Ekenholt an. Ekenholt beherrschte seine

Miene; sie blieb unbeweglich. Der Adjutant fügte Erläuterungen bei, reichte Ekenholt die Hand und entfernte sich.

In seiner genauen, auch dem Unbedeutenden die gebührliche Ehre gebenden Art hatte der Kaiser noch einige Anordnungen für Ekenholts Übergang vom weltlichen zum klösterlichen Leben getroffen. Zwei Tage nach Bekanntgabe des Urteils sollte Ekenholt nach Moskau abreisen; es wurde erwartet, daß er sich dort unverzüglich im Kloster meldete. Zwei Tage also waren ihm zur Ordnung seiner weltlichen Angelegenheiten gegönnt, doch sollte er die Hauptwache nicht verlassen, sondern sich für die kleineren Dinge der Hilfe seines Burschen bedienen; für die wichtigeren stand ihm der Adjutant seines Regiments zur Verfügung. Außer diesen beiden sollte ihn niemand besuchen dürfen. Der Kaiser wünschte nicht, daß er von irgendeinem Menschen seines Umgangskreises Abschied nähme.

In diesen Anordnungen schien sich ein Wunsch nach Schonung auszusprechen, ein Bestreben, es dem Schuldiggewordenen leichter zu machen, indem er von allem, davon er sich zu lösen hatte, mit einem Schlage fortgerissen wurde. Der Bruch, der Schnitt sollte rasch und völlig sein. Und auch daß der Kaiser statt eines der berühmten Petersburger Klöster dies kleine, durch nichts ausgezeichnete, ja, ärmliche Kloster in Moskau gewählt hatte, auch das deutete auf eine, freilich strenge, fürsorgliche Wohlbedachtheit. Er versetzte ihn aus der weltläufig-europäischen Residenz in die altrussische, altrechtgläubige zweite Hauptstadt; nichts konnte ihn dort an seine Vergangenheit erinnern.

Ekenholts Bursche brachte ihm bürgerliche Kleidung und nahm dafür die militärische an sich. Mit dem Regimentsadjutanten besprach Ekenholt die Auflösung seines Besitzes. Die bewegliche Habe, Pferde, Pretiosen, Jagdwaffen, Bücher, alle Gegenstände der Behaglichkeit und des Daseinsschmuckes wurden unter die Kameraden verteilt. Für die Unteroffiziere und Mannschaften seiner Schwadron setzte Ekenholt eine größere Summe aus. Alles andere, darunter sein livländisches Gut und ein in Warschau gelegenes Mietshaus, sollte auf das Klostervermögen überschrieben werden.

Als alles beredet war, umarmte und küßte ihn der Regimentsadjutant, wie es unter Kameraden und Freunden der Abschiedsgepflogenheit entsprach. Dann ging er. Ekenholt öffnete die schon geschlossene Tür, um das schwächer werdende Klirren der Sporen noch einmal zu vernehmen.

Der gegen ihn ergangene Spruch hatte eine furchtbare Endgültigkeit. Ein Mensch zu Anfang der zwanziger Jahre, wurde er zur Einsargung bestimmt. Daß er sich von der Kirche, in welcher er geboren und erzogen war, zu trennen hatte, dünkte ihn das Geringste, und doch wollte plötzlich auch dies ein Gewicht annehmnen. Er trennte sich von allem, von Namen, Besitz, Überlieferung und Lebensweise, von Gegenwart und Zukunft; es bedeutete wenig, daß er sich auch von einer kleinen Ballettänzerin zu trennen hatte.

Wer blickt in das Geheimnis einer Seele? Wer weiß, auf welche Weise Ekenholt die Engpässe der Verzweiflung durchschritt und zuletzt fast gewalttätig den Bruch vollzog? Nach langer Zeit, als er bereits die Abtswürde erlangt hatte – was ihm in verhältnismäßig jungen Jahren widerfuhr –, hat er sich andeutungsweise hierüber geäußert. Nämlich er sagte: »Erst habe ich versucht, mein Urteil aus der Hand des Kaisers hinzunehmen. Das hat mir nicht gelingen wollen. Danach habe ich mich bemüht, es aus der Hand des Schicksals anzunehmen. Auch das war schwierig. Zuletzt habe ich mich gefragt: sollte ich es nicht einfach annehmen aus der Hand Gottes? Und danach ist es mir leichter geworden.« Er fügte noch hinzu: »Ich habe glauben gelernt. Ich bin ein glücklicher Mensch geworden. Ich segne das Andenken des Kaiser. Er hat wahrhaft kaiserlich geurteilt.«

In der bescheidenen Kirche des Slatoust-Klosters hatte sich wohl noch nie ein solcher Glanz entfaltet wie bei der Trauung. Ein Teil der Gäste fand keinen Platz und mußte sich draußen im Klostergarten und im langen Torweg von den Neugierigen drängen lassen. Der Kaiser hatte einen Flügeladjutanten entsandt. Wie sich nachher zeigte, hatte er für Lopatkin die Beförderung zum Rittmeister und die Rückversetzung zur Garde in der Tasche. Als Brautmarschälle und Zeugen dienten dieselben jungen Leute, die ein Jahr zuvor von Lopatkin hierzu gebeten worden waren. Die Trauung war beendet, und es sollte in der Sakristei die Eintragung in das Kirchenbuch stattfinden. Die feierliche Strenge der Zeremonien hatte sich gelöst, und so stand jetzt ein persönliches Wort dem Geistlichen frei.

»Vergebt mir«, sagte er zu den Vermählten.

Sie küßten ihm die Hand. Er lächelte. Dieser Handkuß, seinem jetzigen Stande geschuldet, erschien ihm wie ein Siegel; er selbst würde nie wieder einer Dame die Hand küssen. Er las Rührung, Zuneigung und Dankbarkeit in den Blicken der beiden. Lopatkin sagte: »Im Grunde haben wir dir alles zu danken. Verzeihe du uns.«

Der Mönch bat auch die Brauteltern um Vergebung. Kamskoi antwortete mit einer gefälligen französischen Phrase. Die Gräfin sagte: »Ach, reden wir nicht von der Generalprobe, halten wir uns an die Aufführung.«

Der eine früher, der andere später, kehrten nach Lopatkin auch die anderen zur Garde zurück; einige von ihnen gelangten unter Alexander dem Zweiten zu ansehnlichen militärischen Stellungen. Agafonows Spuren verlieren sich. Es heißt, er habe sich aus Verzweiflung zu Tode getrunken; doch wird auch behauptet, er sei ins Ausland geflohen und habe sich dort einem umstürzlerischen Geheimbunde angeschlossen.

Wie Vater Jewgenij den Kaiser, dessen Sohn und Enkel überlebte, so überlebte er auch die meisten seiner Jugendfreunde. Lopatkin starb im Generalsrang als Militärbevollmächtigter in Paris. Jemand zeigte dem Abt den Nachruf im »Russischen Invaliden«, dem Militärblatt, und sagte, jener ersten Trauung gedenkend, voller Bewunderung: »Das war einmal ein Freundschaftsdienst!«

»Ach nein«, antwortete Vater Jewgenij, »so müssen Sie das nicht ansehen. Was mich lockte, das war der abenteuerliche Glanz der Unternehmung. Ihm und meiner Natur, nicht Lopatkin zuliebe habe ich gehandelt. Wissen Sie, Lopatkin habe ich eigentlich nie leiden können, er hatte mir zu wenig Phantasie. Aber sagen Sie es nicht weiter, ich möchte seinem Andenken nicht schaden.«

Heimat und Vaterland zugleich

Unsere baltischen Urgroßväter sagten noch in aller Unbefangenheit: »Livland« (oder Kurland oder Estland) »ist mein Vaterland«. Deutschland wurde von ihnen als das Mutterland empfunden, ob auch selten ausdrücklich bei diesem Namen genannt. Von Rußland als von einem Vaterlande wurde nur im Pathos des behördlichen Feierstils und der Loyalitätsadresse gesprochen.

Später, unter dem Einfluß des heraufkommenden Nationalitätenwahns, wurden unsere drei alten Provinzen ausschließlich als Heimat bezeichnet, der Name eines Vaterlandes nur noch Deutschland gegeben. Bei der brutalen, als Umsiedlung bezeichneten Deportation der baltischen Deutschen im Herbst 1939 rief Alfred Rosenberg seinen Landsleuten zu: »Sie sollen Ihre Heimat verlieren, um dafür ein Vaterland zu gewinnen!« Von den so Angeredeten fand fast die Hälfte ihr Grab, andere zerstreuten sich in Kanada, den Vereinigten Staaten, Südamerika, Australien; die Mehrzahl geriet in das deutsche Vater- oder Mutterland, um hier im Lauf einiger Jahrzehnte oder Generationen ihre Sonderempfindungen abzutun.

Für mich persönlich sind die Ostseeprovinzen Heimat und Vaterland zugleich gewesen.

Zu den merkwürdigsten Erlebnissen, deren der Mensch teilhaftig werden kann, gehört das Verschlagensein in eine vollkommen fremdsprechende Umgebung. Mir ist das ein einziges Mal widerfahren, und zwar auf einer kleinen Bahnstation in Estland; es war kein des Deutschen, Russischen oder Lettischen Kundiger zur Stelle. Jedes germanische, romanische oder slawische Idiom hätte mir doch irgendeinen Punkt geboten, an den sich hätte anknüpfen lassen. Das Estnische aber, von dem ich nicht mehr als fünfzehn oder zwanzig Worte wußte, hat mit keiner der großen europäischen Sprachen auch nur die entfernteste Stammesverwandtschaft. Ich

Riga, Rathaus mit Roland

erschien mir wie in der Tiefsee. Zum ersten Male begriff ich, wie sehr unser Leben auf die mögliche Verständigung mit den Menschen der Umwelt angewiesen ist. Alle die vertrauten Bewegungen, Mienen und Handlungen der Menschen, ihr Lachen, Husten, Spucken, Kauen und Rauchen, das war plötzlich in eine unheimliche Beleuchtung der Irrealität gerückt; ich fühlte mich an den Anblick einer Mondlandschaft erinnert.

Unser winziger Splitterstamm, der, gemessen an anderen deutschen Minderheiten jenseits der Grenzen, ja nie mehr als eine Handvoll Menschen ausmachte, hat, was sich geschichtlich leicht erklärt, eigentlich immer aus Leuten bestanden, die eifersüchtig auf die Wahrung nicht nur ihrer gruppenmäßigen, sondern auch ihrer individuellen Sonderart bedacht waren. In dünnbesiedelten, aber dichtbewaldeten Ländern, wo die Nivellierungsmaschine kein so leichtes Fortkommen findet wie anderswo, hat das nichts Befremdliches. Ich glaube, ich habe mich immer zu den Zugehörigkeiten als zu den überpersönlichen, überindividuellen Mächten bekannt, und fast möchte ich sagen: in jeder Zeile, die ich geschrieben habe. Ja, ich könnte mich mir selbst kaum vorstellen als den Angehörigen eines anderen Volksstammes, – bei allem leidenschaftlichen Hang zu Einzelgängerei und Unabhängigkeit, zu dem ich mich ebenfalls mit aller Heftigkeit und allem Nachdruck bekenne... Was ist dieser Hang anders als eine der prononciertesten und kennzeichnendsten Eigentümlichkeiten meiner baltischen Herkunft, als ein nicht aufgeprägtes, sondern angestammtes und angeborenes Siegel des geliebten Nordostens, Zeichen jener Heimat, die für mich nicht so sehr in eine räumliche Entfernung geraten ist – räumliche Entfernungen haben in unseren Tagen ja nicht mehr das Gewicht von ehedem –, sondern hineinversunken ist in die Tiefe der Zeit, in der sie nur noch vom Gedächtnis des liebenden Herzens aufgefunden werden kann!

Die Nikolaikirche in Reval

Der Tod von Reval
Kuriose Geschichten aus einer alten Stadt

Mein Buch »Der Tod von Reval« hat verständlicherweise bei meinen baltischen Landsleuten eine besondere Beachtung gefunden und oft den Gesprächsgegenstand abgegeben. Folgende Äußerung eines alten Herrn aus Reval wurde mir zugetragen: »Es heißt immer, Bergengruen habe dies Buch geschrieben. Ich will Ihnen genau sagen, wie es war. Als er in Reval war, haben wir eine Nacht mit ihm im Aktienklub durchgesoffen – und da sind natürlich allerhand Geschichten erzählt worden. Die hat er dann ganz einfach aufgezeichnet, und da sagt man jetzt, er hätte das Buch geschrieben!«

Die Stadt der Toten

Mein Lieber, setze dich zu mir. Die Flasche steht auf dem Tisch. Es ist Herbst, es ist Dämmerzeit, draußen schreien die Krähen, draußen schreien die Winde. Hörst du nicht die armen Seelen im Fegfeuer stöhnen?

Ich möchte dir ein paar Geschichten erzählen: Geschichten aus einer alten Stadt hoch droben im Norden, hoch droben im Osten, einer Stadt am Meer. Aber es sind nicht Geschichten von dieser Stadt: es sind Geschichten von ihren Toten.

Alle alten Städte sind Nekropolen. Dies wenigstens haben sie voraus vor den jungen, den überwachen, den hurtig zur Höhe gewachsenen: das Volk ihrer Toten ist unzählbar. Eine alte Stadt mag Menschen haben, so viel sie will; was ist die Menge derer, die sie bewohnen, vor der Menge derer, die sie bewohnt haben? Die in Häusern leben und über Straßen gehen, das sind ja die Wenigen; die Vielen aber wohnen in den grauen Kirchen und Gruftkapellen der Stadt unter den schweren, gemeißelten Grabplatten, unter dem Rasen der Friedhöfe vor ihren Toren, unter dem Steinpflaster ihrer Kirchenplätze. Die Lebenden sind ein Augenblick gleich der Gegenwart; die Toten aber sind die Unendlichkeit der Zeit und sind die Beständigen. Heute ist ihnen wie gestern und morgen, den Unterschied der Jahre kennen sie nicht, und sie sind in einer großen Gelassenheit.

Die Stadt, von welcher ich dir erzählen will, hat eine sonderbare Sage. Nämlich von dem Domberge als von dem ersten Keim der Stadt Reval wußten die Ureinwohner des Landes von jeher zu überliefern, die Riesin Linda habe den mächtigen Kalksteinfelsen aufgerichtet als ein Grabmal für ihren Geliebten, den starken Kalew. Und so steht ein Grab am Anfang dieser Stadt.

Auf einem halb verwitterten, dunkel übermoosten Revaler Grabstein las ich die Worte, mit Mühe zu entziffern: »Parva domus, magna quies – klein das Haus, groß die Ruhe.« Der Gräber sind viele in den Kirchen und auf den Friedhöfen von Reval. Da sind merkwürdige Grabstätten und Totensteine in einer großen Fülle, kunstvolle Monumente, kostbare Epitaphe.

Da liegt jene Frau, deren Gesang das Herz eines Leipziger Studenten ergriff und die seither den Menschen der Goethezeit als Vorbild der Mignon galt; da liegt der Graf Matthias Thurn, an welchem ein großer und totenreicher Krieg sich entzündete. Da liegen allerlei fürstliche Personen, allerlei berühmte Kriegsleute; Seehelden und Weltumsegler liegen in Reval begraben. Und es ist in Reval auch eine kleine Straße, welche den Namen Spukgasse führt noch am heutigen Tage.

Die Nikolaikirche bewahrt ein mittelalterliches Totentanzgemälde, und es sind niederdeutsche Verse voll einer großartigen Unerbittlichkeit, welche die Malereien begleiten.

»To dessem danße rope ik alghemene:
pawes, kaiser unde alle creaturen,
arme, ryke, grote unde klene!«

Und es steht hier auch das Wort geschrieben:

»Se ik vore efte achter my,
ik vole den dot my alle tyt by.«

Geschlechter um Geschlechter haben diese Malereien und diese Verse vor Augen gehabt. Und vielleicht magst du auch die Geschehnisse, von denen ich dir berichten möchte, als eine wunderliche Ergänzung jener Malereien annehmen.

Aber das ist keine Stadt der Schwermut, und es sind auch nicht Geschichten der Schwermut, die ich dir erzählen will. Jeder Tod hat ja sein Gelächter. Und es ist keine Unehrerbietung, wenn wir uns auch unsern Scherz mit ihm machen; denn er will uns ja vertraut werden, und auch wir sollen ihm keine Fremdlinge sein. Und da wir zu einem vertraulichen Umgang selbst mit der Gottheit als mit der Gewalthaberin über Leben und Tod aufgefordert werden, unbeschadet ihrer Majestät – wie sollte ein vertraulicher Umgang nicht auch mit dem Tode stattfinden können, unbeschadet seiner Schauer und seiner Strenge?

Aber verhält es sich denn so, magst du mir einwerfen, daß eine Stadt mit dem Tode eine engere Nachbarschaft soll halten können als eine andere? Denn der Tod hat doch einerlei Beschaffenheit in Reval und in Rom, in La Trappe und in Gent.

Vielleicht, so meinst du, eigne der alten Stadt Reval eine graue und nordische Düsternis, und von dieser habe ich mich verführen lassen, Reval in eine auszeichnende Verbindung zum Tode zu setzen und in diesem Betracht allerlei Vorfällen ein Augenmerk und ein Gedenken zuzukehren.

Ach nein; ein solcher Charakter, wenn denn von ihm gesprochen werden dürfte, hätte allenfalls auf einen Landfremden wirken können, nicht aber auf mich, der ich als ein Nachbar dieser Stadt zur Welt gekommen bin. Allein darin will ich dir recht geben, daß man vielleicht ein Nordländer sein muß, gewohnt an lange Winternächte und an kurze Getränke, um eine solchermaßen unbefangene Nachbarschaft mit dem Tode halten zu können und es selber nicht einmal gewahr zu werden. In den hellen, heißen Ländern, in denen der Wein gekeltert und getrunken wird, hat auch der Tod ein anderes Gesicht. Sie kennen keine Dämmerung und keinen Übergang: Tag und Nacht, Licht und Dunkel, Leben und Tod sind hart voneinander gesondert. Das süße Licht strömt klar über alle Erscheinungen hin und gibt ihnen scharfe Umrisse. Der Tod ist ein schwarzes und schauervolles Loch; niemand mag an ihn denken. Und die Abgeschiedenen sind tot.

Aber dort im Norden, dort oben im Osten, dort oben am Meer, dort wird der schwere kräftige Branntwein getrunken. Dort sind die Dämmerungen zu Hause und die Nebelwolken und Schneegestöber, und im hohen Sommer geht die Abendröte mählich hinüber in den roten Morgenschein. Und mitten in allem Leben sind die Toten gegenwärtig.

Heute ist ihr Tag. Heute treten die Menschen an die Gräber, in Trauer, in Beschämung oder in Gehorsam gegen ein Herkommen; und vielleicht manche in Furcht.

Wir aber wollen uns nicht vor dem Tode fürchten, sondern getrost nach seiner Vertraulichkeit trachten.

Die Stadtmauer von Reval mit den sieben Türmen, um 1890

Bericht vom Lebens- und Todeslauf eines merkwürdigen Mannes

Wie ein leidender Leib den Fremdkörper ausscheidet im eitrigen Aufbruch einer Stelle, so schied das Geschlecht der Herzöge von Croy den jungen Karl Eugenius aus, und es brauchte nur geringer Zeit, da hatte die Wunde sich wieder geschlossen nach dem Gesetz der Selbstheilung, das unzerstörten Leibern und Geschlechtern eigen ist. Endlich ließ sich auch die Narbe nicht mehr gewahren, es sei denn dem in langen Nächten geschärften Mutterblick der Herzogin; die aber starb nach wenigen Jahren.

Der Fremdkörper geriet in kriegerische Wanderschaft. Karl Eugenius diente der Krone Dänemark, den Generalstaaten, dem Kaiser, dem sächsisch-polnischen Hause. Er zeichnete sich aus, er avancierte; aber die unzügelbaren Ausbrüche seiner grobschlächtigen Lebegier brachten den Trinker, Spieler und Schuldenmacher immer wieder in ärgerliche Händel. Nach einem vielbelachten, zugleich höchst anstößigen Auftritt sah König August die Notwendigkeit, ihn für eine Weile zu entfernen, und sandte ihn mit einem Auftrage zu seinem Verbündeten, dem Zaren Peter, welcher seit Wochen die estländische Stadt Narwa belagerte, beschoß, vergebens bestürmte. Gutgelaunt, allen Gläubigern unerreichbar, traf Croy um die Mitte des Novembermonats vor Narwa ein, zur Zeit, da die ersten Meldungen vom Anmarsch der schwedischen Entsatzarmee kamen. Der breitgesichtige, vierschrötige Mann, dem niemand sein erlauchtes Geblüt ansah, stand salutierend vor dem Zaren in der prunkvollen Unwohnlichkeit des Blockhauses; er trug seine Sache vor, trocken und eifrig wie ein sorgsamer Bauer, dem seine Verrichtung wichtig ist und der außer ihr wenig im Kopfe zu haben braucht, es sei denn die lärmige Freude, welche er sich vom Feierabend erwartet. Peter musterte ihn genau, bestellte ihn zum Abendessen, füllte ihm selber den bauchigen Branntweinpokal. Schnaufend, mit hochroten Köpfen und geöffneten Westen hingen sie in ihren Sesseln, erzählten einander grobe Späße, brüllten ihr Gelächter, wie besoffene Seeleute es tun.

»Was, erst Oberst?« schrie Peter. »Bruder, bei mir hättest du es weiter gebracht!«

Er umarmte ihn, als Croy schon auf der Bahre lag, um von zwei Gardisten in sein Quartier getragen zu werden.

Vier Stunden danach, noch vor Morgengrauen, sprang Peter vom Bett, ließ sich mit eiskaltem Wasser übergießen, befahl sein Pferd. Als er aus dem Blockhause trat, bemerkte er im rötlichen Fackellicht den Herzog in Federhut und Reitpelz, ein Pferd am Zügel.

»Was, schon ausgeschlafen?« fragte der Zar.

»Ausgeschlafen, Ew. Majestät«, erwiderte Croy ruhig.

»Gut, komm mit«, sagte Peter. Sie stiegen zu Pferde, ritten die verschneite Stellung ab, revidierten die Posten, prüften die Ausbesserungsarbeit in den zerschossenen Laufgräben.

Einige Tage gingen. Peter hatte den Herzog erprobt: beim Trunk, im Kriegsrat, im Abreiten der Stellungen. Er fand an ihm ein Gefallen, das Gefallen wuchs. Was ihn anzog, war dies Beieinandersein von soldatischer Sachkunde, soldatischem Verlaß und breitwürfig säuferischem Ungestüm, hinter welchem er eine reiche und leidenschaftliche Natur vermuten mochte; hier meinte er, ob auch im kleineren, ein Stück des eigenen Wesens bestätigt zu finden.

König Karl rückte näher, in zwei, drei Tagen war der Angriff zu erwarten.

Peters Beweggründe haben sich nicht aufhellen lassen: Dachte er wirklich Verstärkungen heranzuholen und meinte er, nur seiner flammenden Tatkraft könne das ohne Zeitverlust gelingen? Oder riet ihm ein dunkles Vorgefühl, den eigenen, kriegerisch noch unbewährten Kaisernamen nicht durch die Verantwortung für eine Niederlage zu gefährden?

Genug, mitten in der Nacht befahl er seinen Schlitten, seine Generäle und den Herzog von Croy. Die Herren waren versammelt, Peter trat reisefertig vor sie und unterrichtete die Betroffenen knapp und herrisch von seinem Entschluß.

»Komm her, Herzog«, fügte er hinzu. »Ich übertrage dir den Oberbefehl. Du bist Generalfeldmarschall.«

Croy riß Mund und Augen auf, hob den Kopf, wollte Einwendungen machen.

»Ach was!« schrie Peter. »Hier ist die Order!«

Er warf ein gesiegeltes Papier auf den Tisch, grüßte kurz und verließ den Raum. Gleich danach hörte man draußen Peitschenknall und Schellengeklingel, der sechsspännige Schlitten jagte davon.

Tags darauf geschah im Schneegestöber die Schlacht. Wir kennen den Ausgang. Ob Croy ihn hätte wenden können, das hat uns hier nicht zu kümmern. Bei Dunkelheit, mit durchschossenem Hut, ohne Pferd, mußte er sich ergeben.

König Karl ließ sich einige der gefangenen Generäle vorstellen. Als ihm der Herzog genannt wurde, winkte er mit Schärfe ab. »Ich will den Säufer nicht sehen.« Er kannte seinen Ruf.

Die gefangenen Mannschaften wurden waffenlos in ihre Heimat entlassen, die Offiziere in das befreite Narwa geführt. Croy sah sich finster nach Würfelgefährten um, Kost und Quartier in der lange belagert gewesenen Stadt waren erbärmlich, der Herzog fluchte wie ein Stallknecht. Oder er hockte trübselig da, ein riesiges, von aller Vorstellungskraft leeres Kind, das sich plötzlich ohne Spielzeug und Zeitvertreib findet.

Was ging ihn Zar Peter an? Croy hatte in fünf Armeen gedient, warum sollte er nicht in der sechsten dienen? Er bat um Audienz bei König Karl, die Bitte wurde abgeschlagen. Er wandte sich an den Obersten Horn, Festungskommandanten von Narwa: »Herr Bruder, richten Sie es mir ein, Ihr König soll mir ein Kommando geben, ich verspreche Ihnen die Hälfte meines ersten Jahrsoldes.«

Horn kam zurück und erklärte: »Die Majestät hat nicht die Gnade gehabt, auf mein Vorbringen zu antworten. Im übrigen ist Befehl gegeben, die gefangenen Herren nach Reval zu führen.«

Dem Herzog war bekannt: In Reval gab es Reichtum, Behagen und jede Gemächlichkeit, die in Narwa entbehrt werden mußte. Sein Ansuchen, in schwedischen Dienst übernommen zu werden, hatte, ihm selber kaum deutlich, nur den Sinn gehabt, ihm aus der kargen Öde seines Narwaer Lebens zu helfen. In herzlicher Wohllaune hörte er Horns Mitteilungen an, in herzlicher Wohllaune traf er mit den Gefährten seiner Niederlage und Gefangenschaft – es waren neun Generäle und zwei starke Dutzend höherer Stabsoffiziere – in Reval ein. Auf dem Boden dieser Stadt sollte er nach dem Ratschluß der Vorsehung zwei Jahre verleben und zwei Jahrhunderte verbringen.

In Reval erhielten die Gefangenen ihre Degen zurück und durften sich auf Ehrenwort frei bewegen. Man wies ihnen Quartiere in den Häusern reicher Patrizier an. Schon am Abend nach seiner Ankunft wurde Croy von einigen Stadtsoldaten respektvoll in seine Wohnung getragen, eine Woche später kannte ihn jedes Kind, nicht lange danach wurde in der ganzen Landschaft Harrien von ihm gesprochen; Leute kamen zur Stadt, nur um ihn zu sehen, mit ihm bekannt zu werden und zu trinken.

Croy war genau gewesen in seinem Dienst; vielleicht hatte ein Trieb in ihm gewußt – denn sein Kopf wußte wenig von solchen Dingen –, daß er einer strengen Lebensverzäunung bedurfte, um nicht gänzlich der eigenen Ungezähmtheit überantwortet zu sein. Jetzt, aller Verpflichtung, aller Verrichtung ledig, rannte er stierisch in ein plumpes und unfürstliches Schenkenbehagen. Er spielte und soff in Gildstuben und Herbergen, in den Quartieren der Gefangenen und der schwedischen Garnisonsoffiziere, den Häusern rasch gewonnener und ohne Wahl gepflegter Bekanntschaften. Er bewirtete wildfremde Menschen ohne Rücksicht auf Stand und Art. Auf offenem Markt traktierte er zur Stadt gekommene Bauern mit französischem Rotwein. In einer Laune zerschlug er am Hafen mit einer Seemannsaxt drei Fässer Aquavit; holländische, schwedische, finnische Matrosen stürzten heran, rauften um den Platz, fingen die Flüssigkeit in Hüten und Hohlhänden. Der Herzog stand dabei, rot angelaufen im Gesicht, und brüllte mit seinem dröhnenden Korporalsgelächter: »Heran! Heran! Wasser des Lebens umsonst!« Ein Stadtsoldat wollte den ärgerlichen Auflauf zerstreuen, Croy gab ihm einen Taler und jagte ihn mit gutmütiger Grobheit weg. Der Mann salutierte noch aus der Ferne, wie hätte er den Feldmarschall und Herzog anrühren können?

Die Matrosen schrien, einer stach mit dem Messer, hier und

dort kollerte ein Steifgetrunkener zur Seite. Dem Herzog quollen die Augen vor, die Gier hielt ihn nicht länger; plötzlich sprang er mitten in den tobenden Haufen, riß zwei Mann zur Seite, kniete unter der Menge und trank vom Faßboden wie aus einer Quelle.

Seine Mitgefangenen, unter denen ja viele hochgestellte Männer waren, Russen und Ausländer, hatten sich ihm anfangs ferngehalten; teils weil sie ihm die unbillige Bevorzugung verdachten, die er von Peter erfahren hatte, teils weil ihnen seine bauernburschige Derbheit zuwider war; vielleicht auch waren manche der Meinung, der Zar könne ihm die Schuld an der Niederlage aufbürden, da sei es nicht ratsam, in den Geruch der Freundschaft mit ihm zu kommen. Mit der Zeit aber mußten sie sich ihm zum Umgang ergeben, denn es war ja nicht möglich, seinem kindlichen Ungestüm und seinem treuherzigen Andringen zu widerstehen. Einige unter ihnen, welche deutscher oder schottischer Abkunft waren, suchten mitunter den Herzog, wiewohl vergeblich, von allerlei Tollheiten abzuhalten; die Russen aber lachten und ließen ihn gewähren.

Obwohl der Herzog keine feine Zunge hatte – denn wie hätte dieser Bärenleib etwas Feines in sich dulden können? –, rühmte er sich gern seiner Kenntnis sämtlicher Weinarten, die in Europa gebaut, sämtlicher Biergattungen, die in Europa gebraut wurden. Nun aber ließen ihn die winterliche Kälte und der Brauch des Landes mit der dritten Grundart der starken Getränke bekannt werden, mit dem Branntwein, mit dem er bis dahin nur in einem Verhältnis oberflächlicher Gelegenheitsfreundschaft gestanden war. Auch hier indessen war es ihm mehr um die Menge und Kräftigkeit des Trunkes zu tun als um die feine und kunstvolle Art der Mischungen, der Zusätze und Abzugsprozesse, wie sie in den nordöstlichen Ländern mit liebreicher Sorgfalt und mit wetteifernder Erfindung in allen Häusern gehütet und vererbt wird. Er nahm den Schnaps aus Weinbechern und Biergefäßen, er schlang Gesalzenes dazu, Gepfeffertes und Geräuchertes, indem er auch hier der Menge vor der Güte den Vorzug ließ, mit jener unschuldigen und auf kein Verhehlen bedachten Gier, mit welcher ein gesundes Kind von zwei Jahren seine Nahrung nimmt. Im Trunk schloß er tolle Wetten und hatte eine Kinderfreude, sie unter Leibesgefahr zu gewinnen; davon waren bald viele Erzählungen im Schwange. Den Verlust aber im Wetten wie im Spiel nahm er gleichmütig hin, ohne Groll, ja, mit einem Lachen gutherziger Schadenfreude, als sei einem fremden Verlierer sein Recht geschehen.

Über der Stadt Reval, im Schloß auf dem Domberg, residiert Matthias von Poorten, Statthalter des Königs, ein strenger und genauer Mann, von welchem König Karl immer wieder Geld, Korn, Pferde und Rekruten verlangt. Poorten hat die Höflichkeit gehabt, den Herzog einmal zu seiner Tafel zu bitten, und der Herzog meint nachher, er habe sich sehr gut unterhalten. Der Statthalter aber ist folgenden Tages von seiner Frau und einigen anderen Damen gebeten worden, es möge bei diesem einen Mal sein Bewenden haben; dies hat er ihnen auch zugestanden.

Poorten zahlt den Gefangenen zu ihrem Unterhalt einen Sold, nach ihrem Range gestuft und mit der Sparsamkeit bemessen, welche in großen Kriegszeiten geboten ist; und der König hat ja über jedes Kupferstück eine Rechenschaftslegung eingeführt. Des Herzogs Sold als der des Generalfeldmarschalls ist natürlich der höchste, er selber aber bekommt ihn kaum zu Gesicht, denn an den Zahlungstagen drängen sich seine Gläubiger vor der Kanzlei der Statthalterschaftskasse. Dies kümmert ihn wenig: Sein Rang und Name haben ihm ja vom ersten Tage an einen weiträumigen Kredit geöffnet. Seine Schulden wachsen geschwind, dennoch borgt man ihm in der reichen Stadt unbedenklich weiter. Croy zahlt nicht, Croy rechnet nicht, er läßt sich geben, was er braucht, und unterschreibt, was von ihm verlangt wird. Dies scheint ihm in der Ordnung, und die Leute haben im Borgen ja auch eine freundliche Bereitwilligkeit; die meisten können ihn gut leiden, er ist ein Mensch, den man nicht gern traurig oder in Nöten sieht; es ist, als ahnte man wohl, daß er ja auch mit einer Traurigkeit und einer Not nichts anzufangen wüßte.

Er ist ein glücklicher Mensch, der Herzog von Croy: Denn bei allem, was er treibt, ist sein Herz gänzlich. Nicht viele

Menschen leben so, daß nicht irgendein Winkelchen in ihrem Wesen leer bliebe, unbeteiligt, unangerührt von ihrem Tun; da muß er sich füllen mit allerlei Ungenügen, allerlei Sehnsucht, allerlei quälerischen Ängsten. Von solchen Dingen weiß der Herzog nichts, das spüren auf ihre Weise alle, die ihm begegnen, die Kinder auf der Straße, die Bauern vom Lande, die Stauer am Hafen, die Soldaten. Allein auch diejenigen, die ihren Anstoß nehmen an seinen ärgerlichen Tollheiten – bejahrte Edelleute, strenge Geistliche, ernsthafte Handelsherren und tüchtige Matronen und selbst der Statthalter Poorten –, auch sie finden zu eigenem Erstaunen, daß sie ihn nicht verdammen können ohne eine unerklärliche Beschwernis des Gewissens. Und noch lange Jahre nach seinem Tode haben ruhige alte Männer in plötzlicher Heftigkeit gerufen: »Der Herzog von Croy, ja, das war einer! Solch einem Manne werden wir nicht wieder begegnen!« Schon bei Lebzeiten indessen ist er zur Sage geworden.

Nicht lange nach Weihnachten begannen die Fastnachtslustbarkeiten, die dem Herzog recht behagten. Der Feind war weit und der König siegreich, so behagten sie der ganzen Stadt. Die Fastenzeit kam, mit der nahm es der Herzog nicht genau. Allein auch darum tadelte ihn niemand. Selbst der Superintendent spürte eine Neigung, ihn zu entschuldigen, und sagte zu seinem Adjunkt: »Er weiß das nicht besser; nun, er ist eben ein Papist, man darf es ihm nicht zur Last legen.« Und dabei war es dem Superintendenten doch wohl bekannt, daß die Römischen die Fasten strenger zu halten pflegen als die Lutheraner von Reval.

In der Fastenzeit begegnete einer der Statthalterschaftsbeamten auf der Straße dem Ältermann Sturm von der Großen Gilde, mit welchem er gut bekannt war. Sie gingen ein paar Schritte miteinander, indem sie von allerhand Neuigkeiten plauderten. Und so erzählte der Sekretär auch von einem königlichen Befehl, demzufolge die Gefangenen mit Wiedereröffnung der Schiffahrt nach Stockholm überführt werden sollten.

»Der Herzog auch?« fragte Sturm heftig. Der Sekretär bestätigte.

Sturm, kein unguter Mann, aber auf seine Geschäfte bedacht, wie das ein Handelsherr ja sein muß, gehörte zu den Hauptgläubigern des Herzogs. Er verabschiedete sich von dem Sekretär, eilte in sein Kontor und lud durch ausgesandte Boten Croys Gläubiger auf den Abend zu einer Ratschlagung in das Haus der Großen Gilde.

Da saßen sie nun, patrizische Großkaufleute und berufsmäßige Geldleiher, wohlhabende und geringe Handwerker, Gastwirte und Krämer, und die kleinen Leute fanden sich wichtig und geehrt, daß sie in der Gildstube am gleichen Tsich, beim gleichen Bier und gleichen Wachskerzenschein und in den gleichen Nöten sitzen und ratschlagen durften mit Angehörigen der großen Stadtgeschlechter, mit Schwarzhäupterbrüdern und Ratsherren. Sie redeten ernsthaft, aufgeregt und besorgt.

Sturm selbst eröffnete die Sitzung mit dem Bekanntgeben ihres Anlasses, der freilich den meisten nicht mehr fremd war. Danach sprach er auf eine kluge und eindringliche Art von Nutzen und Notwendigkeit eines gemeinschaftlichen Verhaltens und bat die Anwesenden, ihre Forderungen an den Herzog mitzuteilen. Es gab nun ein jeder das Seinige an, einer brachte die Ziffern zu Papier, und so hatte sich etwas hergestellt wie eine Vereinigung der Herzogsgläubiger. Es wurde addiert und gerechnet, wobei allerlei Kopfschütteln und Verwunderung entstand; endlich ergab es sich, daß der monatliche Gefangenensold den Zinsendienst für die ausstehenden Summen mit Bequemlichkeit sicherte. Auf eine Rückgabe der Kapitalien ließ sich während der Kriegsdauer ohnehin keine Rechnung machen, dies wußte jeder – aber des Teufels hätten sie ja sein müssen, den Stockholmern ihre Zinsen zu schenken! Nein, ihren Herzog wollten sie sich nicht fortführen lassen, die anderen mochten nach Stockholm gebracht werden! Einmal mußte der Krieg zu Ende gehen, dann würden der Zar und der polnische König ihren Heerführer auslösen; war erst der Geld- und Handelsverkehr auf der Ostsee und auf dem Landwege durch Polen wieder frei, so konnte es überdies nicht schwierig sein, aus den reichen pikardischen, flandrischen, westfälischen Besitzungen der herzoglichen Familie die gestundeten Summen mit Zins- und Zinseszins zu erhalten; denn von des

Herzogs Zerfall mit den Seinen hatte man in Reval keine Kenntnis. Ließ man es aber zu, daß Croy nach Stockholm gebracht wurde, so waren nicht nur die laufenden Zinsen verloren, nein, man verlor ihn selber, verlor ihn aus Umgang und Augenmerk, und wie leicht konnte es nach Endigung des Krieges geschehen, daß die Stockholmer Geldleute einem den Rang abliefen! Die Versammelten erwärmten, erhitzten sich, es fielen scharfe Worte über Stockholm und die Schweden und sogar über den kriegstollen König selber, der allen Handel störte, alle Steuern verschärfte und den Männern jetzt noch ihren Herzog fortnehmen wollte!

So wurde beschlossen, sich der Wegführung Croys entgegenzustellen. Ja, die Ratschlagung endigte mit einer Freundschaftskundgebung oder gleichsam Kreditwürdigkeitserklärung für den Herzog. Ältermann Sturm versprach, selber die nötigen Schritte zu tun. Die Beschlüsse waren gefaßt, die Männer blieben noch beim Bier zusammen in jenem erhöhten Herzenszustande, welcher von einmütigen Entschließungen bewirkt wird, da ein jeder sich an der Festigkeit des Nachbarn stärkt und entzündet. Die Tür ging auf, Croy kam herein, wie immer auf der Suche nach abendlicher Zechgenossenschaft, und winkte freudig mit der mächtigen roten Tatze. Sie begrüßten ihn lärmend, sie tranken ihm zu. Sturm geleitete ihn an den Ehrenplatz, und da saß er nun lachend unter den Gläubigern, traktierte sie für ihr eigenes Geld und schrie: »Ich bleibe in Reval! Lieber fahre ich zum Teufel als nach Stockholm! Mich bringt niemand fort!«

Tags darauf ging Sturm mit zwei andern Herren aufs Schloß. Der Statthalter Poorten, selber ein Revaler Patrizierssohn, versprach den Mitbürgern sein Möglichstes. Seiner Mühe, der Geltung, in welcher er beim König stand, gelang es. Karl schrieb eigenhändig: »Behaltet den Säufer. Besser, er plündert Reval als meine Hauptstadt Stockholm.«

Die Schiffahrt ging auf, die Gefangenen stiegen an Bord. Croy stand am Hafen, rotbäckig, lachend, die Perücke zausig im Winde, und schwenkte Hut und Arme. Dann ging er pfeifend durch die Strandpforte in die Stadt.

Der Herzog blieb in seiner Gewohnheit des Lebens. Sein

bärenstarker Bauernleib schien jedem Ansinnen standzuhalten. Seine Beliebtheit schien gesteigert, seit die Gefahr seiner Fortführung aufgetreten und bezwungen worden war. Die Leute hatten zu ihm eine Empfindung, als sei er der Preis eines verderbendrohenden, allein zuletzt mit harter Mühe siegreich bestandenen Kampfes. Aus allen Häusern wurde ihm zugewinkt, Bettler und Schmarotzer ließen ihn hochleben. Plötzliche Spielgewinne verstreute er freigebig. War dann ein gewandter Gläubiger in der Nähe, so konnte es diesem leicht gelingen, zu dem Seinigen zu kommen und zu den aufgelaufenen Zinsen überdies; denn die Zeit war bald vorbei, da der Gefangenensold zur Zinsdeckung gereicht hatte. Mitunter saß Croy im Schuldturm; hier gab er seinen Gläubigern eine Gasterei, von der noch lange in Reval gesprochen worden ist. Seine fünfundzwanzigste Pfändung feierte er durch ein Essen, welches er den Vollstreckungsbeamten des Rates gab. Nicht lange danach wurde er um die Kosten eben dieses Essens von einigen der Festteilnehmer zum sechsundzwanzigsten Male gepfändet. Hierüber hat er unmäßig gelacht.

Im zweiten Jahre seines Revaler Aufenthaltes scholl eines Nachts ein wildes Geläut durch das Strahlbornsche Haus, in welchem der Herzog seine Wohnung hatte. Hausinsassen und Dienerschaft fuhren aus dem Schlaf, dachten an Feuersbrunst, liefen treppauf und treppab, das rasende Läuten dauerte einige Augenblicke fort, plötzlich riß es ab; dies Verstummen war unheimlicher noch als der gellende Klang zuvor. Atemlose Menschen drangen in das Schlafzimmer des Herzogs, denn von hier war das Läuten gekommen.

Sie fanden ihn leblos in seinem Bett. Der breite Mund stand offen und war von Schaumbläschen überzogen; im Flackerschein der Kerze, welche in der Hand einer erschrockenen Magd bebte, schien er zu zucken. Die Augen quollen wild vor. Das Gesicht war dunkel und verzerrt, die Faust noch um den gestickten Griff des Klingelzuges geschlossen, der in Reichweite des Schläfers vom Betthimmel niederhing.

Ein Arzt wurde geholt, er forschte bedächtig und sprach dann von einer plötzlichen Gehirnblutung, deren Ursache nicht mit völliger Klarheit ausgemittelt, aber wohl zu des Herzogs Lebensgewohnheiten in Beziehung gesetzt werden könne. Allein schon vor dem Anlangen des bestätigenden Arztes hatten die Hausbewohner erkannt, daß diese sonderbare Seele sich von dem Leibe getrennt hatte, der ihr so ähnlich gewesen war. Sie schlossen dem toten Feldmarschall die Augen, sie öffneten das Fenster, sie sprachen ihr Vaterunser, jeder nach seiner Art, die einen mit Scheu und halblaut, die andern herzhaft und mit Zuversicht. Sie bedachten mit Ernst den jähen Zersprung dieses mächtigen Lebens, und sie ahnten nicht, daß dem, der so riesenhaft und unbewegt vor ihnen lag, die größten Seltsamkeiten seines Schicksals noch aufgespart waren.

Niemand weiß, ob Gott den Tod leicht oder schwer will. Dies indessen meinen wir sagen zu können, daß er dem Herzog von Croy kein arges Sterben zugemessen hat; denn er starb ja mitten aus der Art und Fröhlichkeit seines Lebens hinaus. Hieran hat sich mancher erinnert, als später die grausame Zeit anhob; als der König in der Türkei verschollen war und alles Land um Reval von den Russen verwüstet wurde; als die eingeschlossene, die bombardierte Stadt im Hunger lag und die Pest von zehn Menschen immer neun fortnahm. Da starb niemand an Fröhlichkeit. Da konnte es wohl heißen: »Der Herzog ist zur besten Stunde hinübergegangen.«

Am Morgen lief die Todesnachricht durch die Stadt. Sie beherrschte Markt und Barbierstuben, Schenken und Herbergen, Kanzleien, Kontore und Bürgerhäuser. Sie übte stärkere Wirkung, als es sonst wohl die Kunde vom Fallissement eines großen Handelshauses oder vom Untergang eines beladenen Schiffsgeschwaders vermochte. Hier schien ein städtisches Wahrzeichen gefallen, ein Gemeinbesitz allen Lebens zerstört. Und wer hätte denken dürfen, dieser noch junge Riesenleib könne einer plötzlichen Auflösung vorbestimmt sein?

Auf den Abend fanden sich die Gläubiger auf der Gildstube ein. Es waren ihrer fast dreimal so viele wie bei jener ersten Versammlung. Ältermann Sturm hieß sie willkommen, und auf sein Ansuchen erhoben sich alle von ihren Sitzen, um den

Abgeschiedenen schweigsam zu ehren. Da standen sie nun, alle diese untadelhaften, auf Obsorge für Frauen und Nachkommen bedachten, dem Gemeinwesen nützlichen Männer, da standen sie mit schicklichen Trauermienen und erwiesen ihre Huldigung vor dem Andenken eines Säufers und Wildlings, der keine Frau hatte, keine Nachkommen und kein Gemeinwesen, der niemandem einen Nutzen gebracht und ihrer aller Geld vertan hatte. Sturm selber, der Verwunderung sonst wenig zugänglich, war nicht ohne Gefühl für die düstere Schnurrigkeit des Vorganges und hatte Mühe, ein Lächeln zu verheimlichen.

Nun begann die Ratschlagung, in welcher Schrecken und Besorgnisse laut wurden. Wieder wurden Summen angegeben, Additionen und Zinsberechnungen vorgenommen. Das Ergebnis überstieg um ein Vielfaches einen Betrag, der zu seiner Zeit im gleichen Raume die Zusammengekommenen betroffen gemacht hatte.

Sturms Rede schien zunächst die allerärgsten Befürchtungen zerstreuen zu wollen. Die Soldzahlungen freilich fielen fort, doch konnte die Schuldenlast wenigstens nicht mehr wachsen. Die Forderungen blieben zu Recht, die Besitzungen des Herzogshauses hafteten weiterhin, unangerührt durch das Abscheiden des Feldmarschalls.

»Ein nachteiliger Umstand freilich will bedacht sein«, fuhr der Ältermann fort, »nämlich, daß wir nicht mehr wie bisher ein Pfand für unsere Ansprüche in Händen halten. Dieses Pfand war zu seinen Lebzeiten der selige Herzog selbst, und unsern Willen, es nicht aus den Händen zu lassen, haben wir damals selbst der Majestät gegenüber bekundet und durchgesetzt.« Sturm hielt inne. Diese Erinnerung an sein Einwirken auf den Statthalter Poorten, für das man ihm immer noch Dank wußte, sicherte seinem weiteren Vorbringen ein beifälliges Gehör. Er fuhr fort: »Die Herren und Brüder wollen aber erwägen, daß der Herzog mit seinem beklagten Abscheiden nicht notwendig aufgehört zu haben braucht, uns ein bürgendes Unterpfand zu sein. Zum Nutzen aller Versammelten und ihrer Familien habe ich mir in Ansehung der sonderbaren Umstände an rechtsgelehrter Stelle Rat geholt. Mein Vorschlag geht also dahin –« und hier hob er die Stimme –, »den Leichnam des Herzogs als unser haftendes Pfand anzusehen und in festen Händen zu behalten.«

Hierauf entfaltete er ein Blatt Papier und verlas allerlei altertümliche Sentenzen lübischen Rechts und revalschen Brauches samt Beispielen, wie zu früheren Zeiten in ähnlichen Fällen prozediert worden war, und auch ein Gutachten seines Rechtsfreundes. Aus all diesem ging unzweifelhaft hervor, daß der alte Rechtsbrauch, auf welchen der Ältermann sich berief, zwar außer Übung geraten, niemals indessen durch eine Verordnung außer Kraft gesetzt worden war. Ja, es fand sich sogar eine neuere Bestimmung, nach welcher in Fällen ungewöhnlich hoher Verschuldung vor den Leichenfeierlichkeiten das Einverständnis der Gläubiger beizubringen war, damit nicht das Geld für Seelenschmäuse und Totenprunk, für Ankauf oder Errichtung von Kapellen, Grabdenkmälern und Epitaphen seinen rechtmäßigen Ansprechern entzogen werde. Den Leichnam, so endigte Sturm seine Worte, unbestattet und aller kirchlichen Totenehren bar zu erhalten, dies sei die allersicherste Gewähr dafür, daß der Zar, der polnische König, das Geschlecht der Herzöge von Croy nach geschehenem Friedensschluß Eile haben würde, sämtliche Schulden zu berichtigen, um dem Feldmarschall auf eine standesmäßige Art in geweihte Erde zu verhelfen.

Die Versammelten hörten dem Ältermann mit einhelliger Aufmerksamkeit zu. Er hatte die Geschicklichkeit gebraucht, seine Rede in die Länge zu ziehen; hierdurch nämlich war einem jeden Zeit gewährt, sich an einen befremdenden Gedanken zu gewöhnen, bevor er sich über ihn äußern konnte. Und obwohl der Ältermann anfangs, um einen bereitwilligen Gemütszustand zu finden, mit recht viel Zuversicht von den Aussichten einer künftigen Schuldenbegleichung gesprochen hatte, so hatte er zuletzt in seinen Hörern diese Zuversicht wieder abgeschwächt oder ihnen doch zu begreifen gegeben, daß eine solche Hoffnung nur dann in ihrem Rechte sei, wenn sie sich auf ein Pfand wie das vorgeschlagene zu stützen vermöge.

Dies empfanden viele, daß dem von Sturm heraufgeholten

Rechte bei aller Billigkeit etwas Unmenschliches innewohne. Als aber jemand das aussprach, da rief ein Weinhändler: »Besser, ein toter Herzog wartet eine Weile auf sein Grab, als daß meine lebenden Kinder in Ewigkeit auf ihr elterliches Erbe warten.«

Und ähnlicher Ausrufe wurde noch eine ganze Reihe gehört. Einer meinte, der Herzog selber wäre der letzte, der sich diesem Vorschlag widersetzt hätte. Was fragte der nach Grab und Leichensermon! Und nun riefen sie alle durcheinander, wie sie damals gerufen hatten, als sie ihn nicht nach Stockholm lassen wollten: »Wir geben ihn nicht heraus! Wir halten den Toten in Schuldknechtschaft! Unser Herzog darf nicht unter die Erde! Wir lassen uns den Herzog nicht nehmen!« Es war sonderbar, welch eine halbverhohlene Wärme bei allem Starrsinn aus diesen Worten zutage trat. Da war nicht nur die Rede von einem wertvollen Pfande, das aus Händen zu geben man nicht gewillt war; nein, da wurde gesprochen wie von einem nahen Menschen oder einem ans Herz gewachsenen, ob auch auf gemeine Art nicht nutzbaren Besitztum, das man sich nicht entreißen läßt. Ja, sie hatten ihn alle gern gehabt, er hatte ein Bestandstück ihres Lebens ausgemacht und des Lebens ihrer Stadt. Wären die Schulden nicht gewesen, ein jeder hätte sich willig finden lassen zu einer Kollekte, und sie hätten ihm auf gemeine Kosten ein Prunkbegräbnis geschafft, wie die Domkirche kein stattlicheres kannte, aus reiner Freundschaft und Herzlichkeit!

Zuletzt ermächtigte die Versammlung einstimmig den Ältermann Sturm, die notwendigen Rücksprachen mit Rat, Statthalterschaft und Geistlichkeit zu nehmen und dem Einspruch des Gläubigerzusammenschlusses Gehör zu sichern. Dies alles bewirkte eine neue und große Einmütigkeit, nachdem es seit jener ersten Eintracht allerlei Eifersucht und Feindseligkeiten gegeben hatte; denn dieser und jener hatte immer wieder versucht, Zahlungen auf Kosten der übrigen zu erhalten, auch waren ja insbsondere die kleineren Leute schwer in der Lage, ihr Geld auf sehr lange Frist ausstehen zu lassen. Jetzt aber teilte der Ältermann mit, die Hinterlassenschaft des Herzogs an Kleidungsstücken und Wertgegenständen sei auf Anordnung des Rates bereits in den Morgenstunden beschlagnahmt worden, und augenblicks einigten sich die Versammelten, den Bedürftigsten unter ihnen einen bevorrechteten Anspruch auf diese Habseligkeiten zuzuerkennen. In solcher Einträchtigkeit blieben sie noch lange beisammen und tranken auf das Andenken des Verblichenen. Manche kamen mit schweren Räuschen nach Hause.

Am nächsten Tage schon begann Ältermann Sturm seine Unterhandlungen mit den Behörden. Es zeigte sich, daß man auch in den Amtsstuben sich bereits die Frage gestellt hatte, was mit dem toten Herzog zu beginnen sei.

Wir müssen uns daran erinnern, daß jene Zeiten, was das Bestatten angeht, andere Gedanken und Bräuche hatten als die unseren. Zunächst wurde ihm eine größere Wichtigkeit zuerkannt und eine größere Würde. Darum war es nicht ausdenkbar ohne einen angemessenen Prunk, welcher wieder ohne große Geldaufwendungen nicht abging. Es wurden nur gemeine und undeutsche Leute vor der Stadt in die Erde gebracht, alle anderen aber in den Kirchen »gesenkt«, das heißt in einer ausgemauerten Grabhöhlung unter dem Fußboden geborgen, ohne daß diese Höhlung mit Erde gefüllt worden wäre; so waren denn auch die Worte »beerdigen« oder »begraben« damals noch kaum im Gebrauch. Wer von Namen und Stand war, der wurde in einer mit hohen Kosten eigens erbauten oder doch erkauften Kapelle gesenkt, und es wurde Leichenstein und Epitaph errichtet. So hielten es aber nicht nur die ansässigen Geschlechter, sondern auch ein Fremder von Rang, der in Reval weder Familie noch Erbgruft hatte, konnte unmöglich auf eine andere Art beigesetzt werden. In dieser Weise hätte denn auch mit dem toten Herzog verfahren werden müssen, und die Behörden befanden sich mithin in einiger Verlegenheit. Ihn vor der Stadt zu verscharren wie einen undeutschen Knecht, das ging nicht an. Ihn mit standesmäßigen Ehren zur Ruhe zu bringen, dies war unmöglich, denn wer hätte für die Kosten aufkommen sollen? Der Statthalter Poorten wußte, daß er seines Königs äußersten Unwillen erregen würde, wenn er sich einfallen ließe, fiskalische Mittel auszukehren, ja, daß der König ihn mit seinem eigenen Vermögen haftbar machen würde.

In solchem Zwiespalt war Sturms Einspruch und Vorschlag willkommen, zumal er sich namens der Gläubiger erbot, wenigstens für die Einsargung und für eine vorläufige Aufbewahrung des Leichnams Sorge zu tragen. Seinen rechtsgelehrten Argumenten konnte man sich nicht verschließen, auch waren Statthalterschaft, Rat und Garnisonskommando der Meinung, daß vor einer endgültigen Bestattung erst Weisungen der herzoglichen Familie abgewartet werden müßten, welche zur Zeit, des Krieges halber, ja nicht zu erlangen waren. Einzig die Geistlichkeit brachte ernsthafte Einwendungen vor. Auch diese indessen verstummten, als Ältermann Sturm mit höflichem Spott fragte, ob die Pastorenschaft geneigt sei, aus ihren Mitteln die Kosten eines standeswürdigen Begräbnisses zu bestreiten – von den Schulden wolle er nicht reden.

Nun wurde über den Ort der Leichenaufbewahrung beraten, und die Entscheidung fiel auf St. Nikolai, in welcher Kirche eine ansehnliche Kapelle leerstand und gegen eine geringe Gebühr zu Diensten gestellt werden konnte. Auch meinte einer der Ratsherrn mit einem kleinen Lächeln, St. Nikolai schicke sich vor allen anderen Revaler Kirchen, denn es finde sich ja hier noch aus den alten katholischen Zeiten unter anderen berühmten Malereien jenes Bild, das St. Nikolaus als Fürbitter um die Freilassung gefangener Kriegsleute zeige.

So wurde der Herzog in einen wohlfeilen Fichtenholzsarg getan und in diesem ohne Teilnahme eines Geistlichen, jedoch von Sturm und zahlreichen anderen Männern begleitet, aus dem Sterbehause in die Nikolaikirche getragen. Als die Träger ihn in der Rosenkapelle abgesetzt hatten, sprach der Ältermann ein Vaterunser, und hierauf begaben sich alle in die Gildstube zu einem Gedächtnisessen, an welchem der Herzog recht seine Lust gehabt hätte.

Auch in der Folgezeit haben Zusammenkünfte und Besprechungen sich als nötig erwiesen, und es kann gleich an diesem Orte gesagt werden, daß der Gläubigerverein manches Gute wirkte, indem hier Angehörige der verschiedenen Stände, die sich sonst voneinander gesondert hielten, auf eine unbefangene, ja, freundschaftliche Weise zusammenkamen. Jeder einzelne zahlte einen Beitrag, welcher errechnet wurde im Verhältnis zur Höhe seiner Forderung. Hiervon wurden die Unkosten der Sitzungen bestritten, die Kerzenbeleuchtung, die Bewirtung und die Gebühr, welche der Gilde entrichtet werden mußte, dazu die Abgabe an die Kirchenkasse von St. Nikolai für das dem Herzog gewährte Gastrecht. Und auch wenn späterhin Auskünfte von Rechtsgelehrten eingeholt oder allerlei Schreibereien gemacht werden mußten, so wurde das Geld dazu dieser Kasse entnommen. Ja, im Verlauf der Zeit bürgerte sich sogar die Sitte ein, daß der Gläubigerbund gleich anderen Körperschaften eigene Fastnachtsschmäuse ausrichtete, die viel Zuspruch, Ansehen und Beliebtheit hatten.

Aus solchen Umständen, die ja alle auf Unflüchtigkeit und Dauer hinweisen, läßt sich schon absehen, daß die Angelegenheit der Schuldenbegleichung keinen geschwinden Fortgang nahm. Der getroffenen Abrede zuwider versuchten ein paar Gläubiger, ohne die anderen in Kenntnis zu setzen, ihr Glück auf eigene Faust, indem sie durch Vermittlung eines hohen Landesbeamten an den König ein Bittgesuch richteten, in welchem von der Not der revalschen Kaufmannschaft und von der Nötigkeit eines christlichen Begräbnisses für den Herzog die Rede war. Karl antwortete nicht, sie schickten einen zweiten Brief; endlich schrieb er aus dem Feldlager: »Die Herren von Reval tun besser, mich unbefragt zu lassen. Bestünden sie auf einer Antwort, so müßte ich ihnen sagen: Werft das Schwein auf den Schindanger.« Die Empfänger dieses Reskripts suchten die Sache geheimzuhalten, dennoch gelangte sie zu Sturms Kenntnis. Die Eigenmächtigen wurden aus der Vereinigung ausgeschlossen und durften nun nicht mehr an deren Fastnachtsschmäusen teilnehmen.

Nicht im Gedächtnis, wohl aber in den Alltagsgedanken der Revalenser wurde die Croysche Angelegenheit von der Zeit ein wenig zurückgeschoben; dann aber geschah etwas, das ihr mit einem Schlage ein erregtes Aufmerken der Menschen wieder zuwandte.

Einige Jahre nämlich nach des Herzogs Ableben, während

König Karl in Polen focht und in Polen unterhandelte und während Zar Peter mit einer abenteuerlichen Stadtgründung beschäftigt war, trieb sich in Reval ein abgeheuerter finnischer Matrose herum, ein roher und dumpfer Mann lappischen Stammes. Dieser hörte reden, es liege in St. Nikolai ein Herzog im hölzernen Sarge, unversenkt, in der östlich angebauten Kapelle, zu welcher man aus der Vorhalle der Kirche gelange. Der Matrose ging am nächsten Sonntag zum Gottesdienst und hörte geduldig die zweistündige deutsche Predigt an, von welcher er kein Wort verstand. Er hatte nie einen Herzog erblickt, aber wohl gehört, er müßte etwas sein wie ein König, und so dachte er denn in einer verworrenen Gier an eine goldene Krone, Fingerringe mit klaren Steinen, auch Szepter und Reichsapfel von Gold; dergleichen hatte er auf Kirchenbildern gesehen.

Der Lappe war früh gekommen und nach Endigung des Gottesdienstes erst spät gegangen. Beim Kommen, beim Gehen war er aufmerksam umhergeschlendert, um sich die Gelegenheit zu betrachten. Da war an Wänden und Pfeilern viel Blankes, Buntes und Kostbares ihm in die Augen gefallen, Bilder über Bilder, und auch die Malereien des Totentanzes, auf denen Kaiser und Kaiserin, König und Kirchenfürsten in reichem Goldschmuck zwischen grinsenden, musizierenden, sargtragenden Gerippen zur Schau standen. Und dies Beieinander von Tod und Schätzen schien geschaffen, alle seine Gedanken und Hoffnungen zu bestätigen. Zur Nachmittagspredigt kehrte er wieder, ergänzte seine Kenntnisse der Örtlichkeit und kam zu der Einsicht, daß seinem Vorhaben wenig im Wege stand. Denn es war ein Seitenpförtchen, das nicht verschlossen, sondern nur von innen mit einem Riegel versperrt wurde; durch dies dachte er die Kirche ungesehen zu verlassen, wenn er seine Absicht vollendet haben werde.

Am nächsten Sonntag saß er im Nachmittagsgottesdienst bescheidentlich auf einer der abseitigen Bänke, in seinem weitfallenden Wettermantel, unter dem er eine Blendlampe, ein Schiffsmesser und ein Stemmeisen trug.

Die Gemeinde verlief sich, die Kerzen wurden gelöscht. Der Lappe verbarg sich im Chorgestühl. Die hohen eckigen Pfeiler erschienen wie Riesenbäume zur Dämmerzeit. Der letzte Schritt verließ hallend die Kirche. Schlüssel rasselten und schnappten. Es wurde dämmeriger, es wurde dunkel, bald ließen die Fensterausschnitte sich nicht mehr unterscheiden. Der Lappe entzündete die Blendlaterne und durchquerte die Kirche. Bis jetzt war das Dunkel gleichmäßig gewesen, nicht anders als unter den Lidern eines Menschen, der die Augen geschlossen hält. Nun aber sprangen bei jedem seiner Schritte abenteuerlich verzerrte Schatten gierig auf ihn zu. Die Bilder der Vergänglichkeit, die er wahrgenommen hatte, die lange Wartezeit in der hochgewölbten einsamen Kirche, das alles mag ihn vorgestimmt haben auf manche Schauder, die nun eine Gewalt über ihn erlangten. Er kam an die Kapelle und überkletterte die Zierwand. Sein Mantel verfing sich im Schnitzwerk, er riß sich frei und gelangte hinüber, aber das Grauen griff ihm ans Herz, noch ehe er den Sarg erreicht hatte. Leute, die in den Abendstunden dieses Tages an der Nikolaikirche vorübergekommen sind, erklärten nachher, ein Geschrei des Entsetzens vernommen zu haben. Man fand in der Rosenkapelle einen Mantelfetzen und ein Stemmeisen. Mehrtägige Nachsuchungen ergaben, daß beide Gegenstände dem Lappen gehört haben mußten. Man forschte nach ihm bei seinen Herbergsleuten und in den Kreisen seines Umganges, doch wurde man seiner nicht habhaft; es hieß, er habe anderen Morgens die Stadt verlassen, und es wollte jemand bemerkt haben, sein Haar sei über Nacht weiß geworden.

Allein ein größeres Gewicht als die versuchte Untat dieses Matrosen hatte die Wahrnehmung, welche der Küster folgenden Tages vor dem erbrochenen, doch unberaubten Sarge des Herzogs gemacht hatte. Er meldete sie bestürzt dem Pastor und dem Ältermann Sturm. Nach wenigen Stunden bereits drängten sich die Menschen in der Kapelle. Und was sie hier sahen, das ließ sie begreifen, wie den Einbrecher das Entsetzen überfallen hatte. Er hatte den Sarg wohl geöffnet, der Deckel lag schräg daneben; allein dann war er geflohen, ohne den Toten angerührt zu haben, ja, ohne sein Werkzeug mitzunehmen.

Denn dieser Tote schien nicht tot. Fünf Jahre lag er in einem einfachen Holzsarge ohne metallene Hülse, in luftdurchlässigem, unverpichtem und unverlötetem Behältnis. Aber kein Gesetz der Vergänglichkeit und Verwesung hatte Gewalt über ihn zu üben vermocht. Hier lag in Reiterstiefeln, Generalsrock und Schärpe, den Degen zur Seite, ein Schläfer, in nichts unterschieden von jenem Manne, den sie alle in seinem Wachen gekannt hatten. Nur der behutsam das Schläfergesicht anrührende Finger fühlte das lebendige Fleisch zu steinerner Härte getrocknet.

Die Männer hatten ihn bei Lebzeiten gesehen und in den ersten Tagen nach seinem Ende, bis der Sarg geschlossen wurde. Damals war das Gesicht des Toten von einem maßlosen Schrecken verzerrt gewesen. Nun aber hatte diese Entsetzensmiene sich, grauenhaft anzusehen, zu einem Lächeln umgebildet. Behaglich, etwas verwundert, ein klein wenig spöttisch und sehr überlegen, so blickte dies Gesicht mit den geschlossenen Augen die Männer an. Ja, es war, als sei nun erst wieder das bisher von grober Leiblichkeit überhüllt gewesene herzogliche Geblüt zum Vorschein gekommen. Und sein Lächeln schien zu besagen: »Macht mit mir, was ihr wollt und was euch freut – mich kümmert es nicht mehr.«

Beim schmalen Schein des Blendlämpchens, im schaurigen Düster des mächtigen Kapellengewölbes hatte wohl ein Grausen ausgehen können von der Lebendigkeit dieses Gesichts. Jetzt, im reinlichen Tageslicht, sahen die Versammelten in die vertrauten Züge, und sie empfanden nichts als eine sonderbare Beschämung, die ihnen selber unerklärlich verblieb.

In Scharen kamen von nun an die Menschen, um das Wunder der Unverweslichkeit am Körper des Herzogs zu bestaunen. Es kamen die Edelleute vom Domberg, es kam der Statthalter Poorten mit seiner Frau, es kamen die Kaufherren und Handwerker, die Geistlichen aller Kirchen, die Offiziere und Soldaten, die Seeleute und die Bauern, es kamen Weiber und Kinder. Der Küster und der Kirchenkerl hatten keine Ruhe; es fielen ihnen Trinkgelder zu, größere und geringere; endlich erhoben sie von jedem Beschauer eine feste Gebühr für den Zutritt zur Kapelle.

Gelehrte und Ärzte untersuchten den Leichnam. Ihrer manche äußerten sich dahin, es müßten im Baugestein gewisse salpetrige Einflüsse ihre Wirksamkeit üben; in derlei Fällen könne es geschehen, daß menschliche und tierische Körper sich unverweslich erhielten. Solche Erklärungen aber nahmen die Leute von Reval nicht an. Sie hatten ihren Herzog gekannt, was brauchte es langer Erörterungen über Salpeter und Baugestein? Was den Herzog vor aller Verwesung schützte, das waren die ungeheuerlichen Mengen geistiger Flüssigkeiten, die durch diesen Leib gegangen waren und ihre Rückstände abgelagert hatten. Ein Wunder hatte sich begeben, Wasser des Lebens hatte des Todes zerstörende Kraft zunichte gemacht, hier lag reliquiengleich ein Schutzheiliger aller Trinker!

Von weit her kommen die estnischen Bauern, um ihn zu sehen. Sie drücken die Fellmützen scheu gegen die Brust, sie murmeln ein Vaterunser, wenn sie vor der Leiche stehen. Bei aller Grobheit kann der Küster es nicht hindern, daß manche niederknien und dem Herzog Stiefel oder Rockschoß küssen; wem es aber gelungen ist, Hand oder Gesicht des Toten mit seinen Lippen zu berühren, der meint einen rechten Segen mit heimzubringen. Das ist ja der Fürst gewesen, der nicht nur mit den großen Herren zur Tafel saß. Nein, er hatte mit dem gemeinen Manne getrunken und ihm eingeschenkt, soviel das Herz verlangte. Und sie mengen ihn wunderlich in ihre Sagen von alten Helden und Riesen, vom starken Kalew und seinem Sohn und von dem gewaltigen Zauberer Lagadis, der in vormaligen Zeiten des schwedischen Königs Feldherr war. Sie erzählen von dem guten Riesen, der das Weltmeer austrinken konnte und einmal wiederkehren wird zu den Esten, um jedem armen Manne Branntwein, Ackerland und Gerechtigkeit zu geben, bis er selber ruft: »Genug!«

Binnen kurzem ersah der Gläubigerbund seinen Vorteil; es war nicht notwendig, daß Küster und Kirchenkerl sich reich machten. Zuerst wurde ein Abkommen getroffen, nach welchem die taxmäßigen Gebühren für die Aufbewahrung der Leiche, wie sie der Kirchenkasse zustanden, von den Eintrittsgeldern bestritten werden sollten. Die Einnahmen wuchsen, Ältermann Sturm griff zu, und endlich kam es dahin, daß dem Gläubigerbündnis nach Abzug der Aufbewahrungskosten und einer Vergütung für den Küster und den Kirchenkerl noch ein reichlicher Überschuß blieb, so daß es zur Deckung der laufenden Ausgaben nicht mehr auf die Beiträge seiner Mitglieder angewiesen war. Ja, es soll des öfteren imstande gewesen sein, kleine Abschlagszahlungen auf die ausstehenden Zinsen auszuschütten. Und so hatte denn der Herzog endlich zu zahlen begonnen.

Er zahlte nicht lange, denn es fiel die arge Zeit ein, die Zeit des Hungers, der Pest, der russischen Belagerung. Niemand kam in die Stadt; die Städter aber hatten andere Gedanken, denn ein allgemeiner Untergang schien sich anzukündigen.

Die Pest veränderte alle Zustände auf Jahre hinaus. Häuser standen leer, Straßen verödeten, Familien starben aus, Menschen kamen in Bettelhaftigkeit. Dokumente gingen verloren, aus allen Rechtsverhältnissen schwand die Übersichtlichkeit. Viele von denen, die sich der Bestattung des Herzogs widersetzt hatten, sind damals gestorben und ohne rechtes Grab geblieben. Zu Haufen warf man die Toten in große Gruben und beschüttete sie mit Kalk, und so wurde auch mit dem Leichnam des Ältermanns Sturm verfahren.

In solchen Bewandtnissen ist Reval eine russisch-kaiserliche Stadt geworden, und da nun nach aller Zerstörung eine neue Lebendigkeit allmählich sich herstellen wollte, war es den verarmten Revalensern bitter um Geld zu tun. Überlebende und Erben der Gestorbenen fanden sich in Sachen der Croyschen Schulden zusammen. Viele waren es nicht mehr; mancher konnte den Anspruch durch keine Urkunde mehr erhärten. Einige hatten ihre Forderungen in der Hungerszeit zediert, manche Zessionen waren um Spottpreise aufgekauft worden. Die jetzt miteinander in der Gildstube ratschlagten, das war nicht mehr die alte fröhliche Genossenschaft, die sich lachend von ihres toten Herzogs Trinkertaten erzählt hatte. Das waren arm und ernst gewordene Männer, die sachdienlich miteinander verhandelten und sich eilig auf den Heimweg machten, sobald ein Beschluß gefaßt war.

Kraft eines solchen Beschlusses wurde nun getan, was die kriegerischen Läufte bisher nicht zugelassen hatten. Es wurde ein Brief gesandt an das derzeitige Haupt des herzoglichen

Hauses Croy und in aller Devotion der Anno 1702 geschehene Tod des Feldmarschalls mitgeteilt und beklagt. Des ferneren wurde um Anweisungen in betreff der Bestattung ersucht und zuletzt gebeten, die von dem seligen Herzog in Reval kontrahierten Schulden begleichen zu wollen. Diesem Brief lagen allerlei Schriftstücke bei, eine beglaubigte Kopie des Sterbescheins, ein Verzeichnis der Schulden samt Zinsberechnung, sowie gleichfalls beglaubigte Abschriften der Schuldscheine und Zessionsurkunden.

Es verlief eine lange Zeit, ohne daß eine Antwort einging. Das Ansuchen wurde wiederholt, der Ton der Briefe wurde dringlicher, ja, es blieb nicht unangedeutet, wie wenig eine vorläufige und ansehenslose Aufbahrung dem Range des Toten, dem Namen seines Geschlechtes angemessen sei. Allein auch solche Hinweise blieben ohne Wirkung.

Inzwischen hatten die Gläubiger sich bereits an ihren neuen Souverän gewandt, den Kaiser Peter I., denn als sein Heerführer war Croy gestorben – wie würde er dulden können, daß seine Untertanen zu Reval des Herzogs halber um das Ihrige kämen und der Herzog als kaiserlicher Feldmarschall um sein Grab?

Das Gesuch blieb unbeschieden. Die Gläubiger wiederholten es mündlich, als der Zar seine Stadt Reval besuchte und gutlaunig für jedermann zu sprechen war. Peter, seltenen Naturerscheinungen mit Lebhaftigkeit zugewandt, ließ sich an des Herzogs Leiche führen, betrachtete sie sehr aufmerksam und fuhr ihr mit der Hand über die immer noch vollen Backen. Dem Küster schenkte er einen Silberrubel als Trinkgeld, zu den Gläubigern aber sagte er: »Der Herzog hat mir die Bataille von Narwa verloren und damit Geld genug gekostet.« Und da ja die Menschen der Selbstrechtfertigung zu bedürfen meinen, so kann es in der Tat sein, daß Peter sich gewöhnt hatte, im Herzog von Croy den Schuldigen an jener Niederlage zu erblicken, der er selber sich durch seine plötzliche Abreise entzogen hatte.

Ohne Hoffnung, nur um nichts zu unterlassen, wandte sich der Gläubigerverein an den Dresdner Hof. Dieser erwiderte unverzüglich namens des Königs und Kurfürsten Friedrich August, Croy habe eigenmächtig seinem Dienstverhältnis ein

Ende gemacht und sich in die russische Armee einreihen lassen; es müsse daher den Revaler Gläubigern anheimgestellt werden, sich mit ihrem Anliegen an den Zaren als des Herzogs obersten Kriegsherrn zu wenden.

Über diesen Schreibereien langte endlich, kaum mehr erwartet, auf fortgesetztes Drängen hin auch eine Antwort des Hauses Croy an. Sie besagte bündig, die herzogliche Familie kenne seit längerem kein Glied ihres Geschlechtes mehr mit dem Namen Karl Eugenius.

Das Haus Croy hat zu einer solchen Antwort seine Ursachen gehabt, und sie mögen geachtet werden. Wir aber, die wir weder in den Diensten der Herzöge von Croy noch sonst irgendeines Menschen stehen, wir, die wir nicht zu Hütern der herzoglich Croyschen Reputation bestellt sind, sondern zu Sachwaltern aller Närrischkeiten und Absonderlichkeiten dieser geliebten Welt, wir dürfen uns wohl gestatten, eine späte Liebe dem Ausgestoßenen zuzuwenden, der da arglos war, wie ein Tier, ein Wind, eine Flußwelle oder ein wilder Apfelbaum arglos ist. Und so werden wir seiner gedenken als eines tapferen Soldaten, eines freigebigen Kameraden und eines bravoureusen Zechkumpans, kurz, als eines Mannes mit einem fröhlichen Herzen, das ja zuletzt nach Shakespeares Wort am längsten lebt.

Denn der Herzog von Croy hat sie auf seine Art alle überdauert, die Zeitgenossen und die Nachzeitgenossen. Der strenge, mäßige Krieger Karl, Feind der Frauen, des Trunks und des Spiels, der König und Kurfürst Friedrich August der Starke und der Zar Peter der Große, der Statthalter Poorten und alle die Verteidiger und Belagerer Revals, die Revaler Ratsherren, die Älterleute, Ältesten und Gildenbrüder, die Pastoren und Küster und Kirchenkerle von St. Nikolai, die Gläubiger und die Erben der Gläubiger, alle die tüchtigen, ehrenhaften, vielleicht gegen sich selber strengen Männer, und all die Glieder des Herzogsgeschlechts, die ihn als einen Verlorenen aus dem Gedächtnis des Hauses gelöscht haben, und deren Kinder und Enkelkinder: Sie alle starben und mußten unter die Erde, und ihre Leiber zerfielen. Und auch alle die, welche im Verfluß der Jahrzehnte mit Neugier oder Schauer vor der Mumie gestanden sind, auch sie starben und mußten unter die Erde, und ihre Leiber zerfielen. Aber Croy, der Säufer und Spieler, der Unnütze und Tunichtgut, er überdauerte sie alle.

Längst hat der Gläubigerverein sich aufgelöst, und wo noch ein Schuldschein sich findet, da wird er aufgehoben als eine wertlose Kuriosität. Längst ist der Herzog kein Unterpfand mehr, sondern nichts anderes als ein betrachtenswürdiger Gegenstand der Schaulust. Aber immer noch liegt er unverändert da, Jahrzehnt um Jahrzehnt, trocken und geschrumpft, doch auch noch in diesem Zustand seine aufgedunsene Körperbeschaffenheit beibehaltend und die freundliche Geringschätzung in seiner Miene.

Allen ist er ein Wohlvertrauter, ein Mitbürger, ein Gliedstück des selbstverständlichen Lebens, wie er es ihren Voreltern gewesen ist, als er noch leibhaft in den Revaler Schenken saß. Von einem Geistlichen, über dessen Predigten viele Erzählungen im Umgang waren, wurde behauptet, er habe auf der Kanzel ein Wort aus dem Prediger Salomo angeführt, nämlich »Die Lebendigen wissen, daß sie sterben werden, die Toten aber wissen nichts, sie verdienen auch nichts mehr.« Und es hieß, er habe hinzugefügt: »Hier sehen wir, andächtige Zuhörer, daß Gottes Weisheit allüberall Ausnahmen zuläßet. Denn der tote Herzog von Croy verdient mehr als viele Lebende.«

Längst erhebt niemand mehr einen Anspruch auf die Besichtigungsgelder; die Einnahmen kommen der Kirche zugute und ihren Gemeindearmen. Dies fügt sich recht zu des Herzogs freigebiger Art. Aber daß einem Verarmten jede Unterstützung entzogen wird, weil er sich ihrer durch hartnäckige Trunksucht und ärgerlichen Wandel unwürdig gemacht habe, dies hätte nicht geschehen dürfen, denn gerade ihm hätte der Herzog gewiß am liebsten und reichlichsten gegeben.

Jeder Fremde, der nach Reval kommt, schreibt es in sein Reisejournal oder in einen Brief an die Seinigen daheim, er habe die Mumie des Duc de Croy besichtigt; ja, auch wer allem anderen Schaubesitz der Nikolaikirche, den Totentanzmalereien, den Jakobsbildern, den kostbaren Flügelaltären und dem reichen Schnitzwerk keinen Blick zuwenden mag, den seligen Herzog läßt er nicht unbesucht. Manchmal entsetzt sich eine Dame vor dem lebensähnlichen Leichnam in dem düsteren Totengewölbe, vor dem schwarzen Sargbehang und dem strengen Modergeruch und hastet schnell in den Sonnenschein und Lindenschatten des Kirchhofs, auf dem grünumkleidet noch die alten steinernen Grabmonumente stehen, mit den verschnörkelten und unleserlich gewordenen Schriftzügen. Neue freilich kommen nicht hinzu, das Jahrhundert des zwölften Karl und des großen Peter ist zu Ende, und die Obrigkeit leidet keine Beisetzungen mehr innerhalb der Stadtmauern. Aber es ist ein angenehmer Ort geworden zum Lustwandeln, und vornehmlich im Sommer, wenn sich die Buden und Verkaufsstände des Johannismarktes über den alten Gräbern von St. Nikolai erheben, dann drängt sich hier die elegante Welt, dann werden Hüte und Halstücher, Shawls und Handschuhe und Seidenstoffe betrachtet und beurteilt, Mädchen begegnen ihren Verehrern, Bekannte grüßen sich, alte Freunde, die sich ein Jahr lang nicht gesehen haben, finden herzhaft zueinander; denn es ist ja Johanniszeit, und von weit her ist in Kaleschen und Equipagen der Landadel aus allen vier Kreisen Estlands in der Hauptstadt zusammengeströmt zu Geschäften, Einkäufen und geselligen Lustbarkeiten. Kinder betteln um Süßigkeiten, vom Karussell und von den Schaukeln kommt Gekreisch, Invaliden drehen den Leierkasten, Ausrufer laden in ihre Schaubuden, und so hält das Leben getreuliche Nachbarschaft mit dem Tode. Der Küster und der Kirchenkerl haben gute Tage, wie sie alle ihre Vorgänger um Johanni gehabt haben und wie sie alle ihre Nachfolger haben, nachdem längst der grüne Friedhof verschwunden ist und nur noch die mächtigen vielästigen Linden des Platzes den Gottesacker der alten Jahrhunderte bezeichnen.

Freilich, der Küster kennt auch seine Schuldigkeit. Er sorgt für seinen Herzog, er hat Katzen in die Kapelle gesperrt, seit es sich zeigte, daß die herzogliche Garderobe einigen Schaden durch die Kirchenmäuse von St. Nikolai gelitten hat. Und er sorgt auch dafür, daß den Besuchern recht etwas geboten werde für ihr Geld, und so hat er es sich angelegen sein lassen, die herzogliche Gewandung auf einen besseren Stand zu bringen; hierzu bot eine vortreffliche Gelegenheit sich an.

Da nämlich der Staatsrat von Kotzebue Reval verließ, um zum Kummer der ganzen Provinz Estland in seine Vaterstadt Weimar zurückzukehren, da geriet das weitberühmte Theater, das er begründet, geleitet und mit immer neuen Schau- und Lustspielen versorgt hatte, in Auflösung, und es kam sein Fundus in Verkauf. Der Küster hat nicht viel Geld aufzuwenden gehabt, und der Herzog von Croy gelangte dennoch zu angemessener Kleidung. Nun trug er Seidenstrümpfe und Schnallenschuhe, einen goldbordierten, grünsamtenen Justaucorps mit einem funkelnden Ordensstern, und in der rechten Hand hielt er einen silberbeschlagenen Marschallstab. Nur der Degen von Narwa war ihm belassen worden.

In der ersten Zeit nach dieser Einkleidung geschah es wohl, daß diese oder jene Theaterenthusiastin wehmütig den Kopf schüttelte, wenn sie den Herzog im grünsamtnen Justaucorps erblickte und dazu sagte: »Ach ja, der Chevalier Riccaut de la Marlinière! Wie prächtig hat seinerzeit bei der Liebhaberaufführung der junge Nottbeck dieser Rolle excelliert!«

Allmählich aber geriet die Herkunft des Justaucorps, des Ordenssternes und Marschallstabes in Vergessenheit, und die Besucher bestaunten von neuem die Dauerbarkeit, welche vom branntweingesättigten Körper des Herzogs sich auf seine Umhüllung übertragen hatte.

Der hundertundfünfzigste Jahrestag der Zugehörigkeit Revals zum russischen Reiche wurde begangen durch die Aufführung eines Festspieles, das ein jüngerer Oberlehrer von der Domschule gedichtet hatte. Das Gesetz erlaubte nicht, russische Herrscher auf die Bühne zu bringen, so fiel, neben dem Genius Rußlands, dem Fürsten Menschikow als dem Vertreter des Zaren Peter die Hauptrolle zu. Das Regiekomitee beriet lange über die Wahl eines Kostüms, das allen Erfordernissen geschichtlicher Echtheit zu entsprechen habe. Endlich wurde beschlossen, den grünen Justaucorps zum Vorbilde zu nehmen. Und der Küster, welcher seinem Schwiegervater im Amte gefolgt war und mit den herzoglichen Toilettengeheimnissen Bescheid wußte, sagte behaglich zu seiner Frau. »Vom

Theater zum Theater! Das ist in seiner Ordnung und eine schöne Ehrung für uns alle: für den Herzog, für den seligen Staatsrat Kotzebue, für deinen Vater und für uns beide.«

Nicht sehr lange nach dieser Feier fiel ein unheimliches Geschehnis vor, das den Herzog von Croy abermals auf die Zungen der Leute brachte.

Fräulein Kitty Rutz, eine nicht mehr junge Musikfreundin, hatte sich die Erlaubnis ausgewirkt, zu einsamer Seelenbelustigung hin und wieder die Orgel der Nikolaikirche zu benutzen, und sie bevorzugte die jeder Träumerei förderlichen Stunden des späten, schon gegen den Abend sich streckenden Nachmittags. Da liebte sie es, dem Ausschwingen der Töne sich zu überlassen und der in der alten Kirche sich entfaltenden Dämmerung. Da blickte sie, des Spieles vergessend, vom Orgelchor nieder in das mählich sich verdüsternde Mittelschiff, darin wie dunkle Urweltstämme die schlanken Pfeiler in Ruhe standen, und auf das riesige, nun schwarz erscheinende Triumphkreuz, das hoch vor dem Chor in der ergrauenden Luft schwebte. Sie war die einzige lebende Seele in diesem Hause der Toten, der Vergangenheit und der Vergänglichkeit. Und in solcher Träumerei, die sich ihr verband mit der Erinnerung an allerlei Verse und Schilderungen aus den Werken der Dichter, meinte sie eine wehmütige und zugleich erhebende Ergänzung ihres stillen und eingeschränkten Lebens zu finden.

An einem dieser Spätnachmittage – es war im Herbst, und Dämmer und Dunkel waren frühzeitig eingefallen – hatte Fräulein Rutz längst die Hände sinken lassen und horchte in einem wohligen Frösteln auf den Sturm, der draußen um die Kirche schnob, und auf das Niederprasseln der gebrochenen Lindenäste, die Augen abwärts ins Mittelschiff gerichtet, hinein in Schatten und Dunkelheit des Todes. Plötzlich war ihr, als habe sie durch Sausen und Prasseln ein anderes Geräusch vernommen, ein Schlurfen, das in der menschenleeren Kirche vom Echo der Wölbungen verstärkt zurückerstattet wurde. Sie schrak auf, sie beugte sich vor, es kamen Schritte aus der Richtung der Eingangshalle. Kitty Rutz gewahrte ein einsam schwebendes Flämmchen, sein Schein zuckte hin über eine riesenhafte Gestalt, die Umrisse zerrannen in der Schwärze.

Dem Fräulein auf dem Orgelchor läuft es eisig über die Schulterblätter. Das bläuliche Licht des Flämmchens fällt auf den grünsamtenen Rock, der silberne Ordensstern blitzt, einmal schimmern die hellen Seidenstrümpfe. Und so kommt der Herzog von Croy mit ruckhaften ungeschmeidigen Bewegungen von der Vorhalle her und verschwindet hinter der Pfeilerreihe, welche das linke Seitenschiff vom Mittelschiff scheidet. Kitty Rutz will das Herz in der Haut sterben, und doch möchte sie sich versichern, sie habe sich getäuscht. Aber wenige Augenblicke danach erscheint der Herzog im Mittelschiff und durchquert es auf die gleiche Weise. Er verschwindet hinter den Pfeilern, die das Mittelschiff gegen das rechte Seitenschiff abgrenzen, und nun wird er gleich, von dem schwebenden Flämmchen geführt, im rechten Seitenschiff auftauchen. Allein das nimmt Fräulein Kitty Rutz nicht mehr wahr, sie hat hellauf geschrien, und das Bewußtsein ist ihr dahingeschwunden in eine große Schwärzlichkeit hinein.

Nur vor einem winzigen Winkelchen ihres Wesens scheint diese Schwärzlichkeit Halt gemacht zu haben, und in diesem Winkelchen meint Fräulein Rutz zu spüren, daß allerlei Fürsorgliches mit ihr vorgenommen wird. Ja, in diesem Winkelchen ist Raum für die huschende Erinnerung an Gelesenes, für die vorgeschriebene Frage: »Wo bin ich?«, und die Frage findet eine tröstliche, eine sogar behagliche Antwort, da Fräulein Kittys erster Augenaufschlag ihr die geblümte Tapete der Küsterswohnung zeigt, die freundlich brennende Petroleumlampe, das schwarze Wachstuch des Roßhaarkanapees und das küsterliche Ehepaar, das um Kitty Rutz besorgt ist.

Die Küsterin redet ihr mütterlich zu, obwohl doch Fräulein Rutz um gute zwei Jahrzehnte älter ist, sie labt sie mit Baldriantropfen, Rosenlikör und heißem Kaffee, sie läuft nach Decken und Wärmkruken, und dazwischen preist sie Gott, daß alles gut vorübergegangen und dem Fräulein nichts ernstlich Schlimmes zugestoßen ist. Der Küster scheint ein wenig verlegen, aber in freundlichem Zureden und Obsorgen ist auch er geschäftig. Und so zwischen Grausen, Neugier und Behaglichkeit erfährt Fräulein Rutz den Hergang und verspricht eifrig, keiner Menschenseele etwas von dem Geschehenen offenbar zu machen; und nun, da das Entsetzen hinter ihr liegt, nun ist sie sehr glücklich über ihre Teilhaberschaft an einem romantischen Geheimnis, denn das ist ja ein Schatz auf Lebenszeit.

Es ist alles sehr wunderbar und doch wieder sehr natürlich. Das Dach der Rosenkapelle ist ein wenig schadhaft geworden, und der hölzerne Sargdeckel ist es auch, und es ist ja die Zeit der großen herbstlichen Regenstürze; da hat denn auch der grünsamtene Justaucorps einige Feuchtigkeit abbekommen, und es ist doch seinerzeit allerhand Geld in die herzogliche Garderobe gesteckt worden, da muß man auf ihre Schonung und Erhaltung bedacht sein; gleichwie der Küster mit Hilfe seiner Frau ja auch auf Schonung und Erhaltung der eigenen Garderobe bedacht ist. So pflegt denn der Küster an regnerischen Abenden seinen Herzog aus dem Sarg zu nehmen und huckepack durch die Kirche zu tragen, damit der gute Kachelofen der Sakristei den zerstörlichen Wirkungen der Feuchtigkeit Einhalt tue, und den Holzgriff der kleinen Stocklaterne klemmt er sich unter die Achsel, da er ja die Hände nicht frei hat. Weil aber der Herzog von mächtiger Gestalt ist und der Küster ein kleines Männchen, darum hat Fräulein Rutz von der Höhe des Orgelchors aus wohl den riesigen Herzog, nicht aber den ihn tragenden Küster wahrgenommen.

Der Küster hat in der Folge zu schweigen gewußt, seine Frau desgleichen. Allein Fräulein Rutz konnte es nicht über sich gewinnen, hier und da nicht eine Andeutung fallen zu lassen, ob auch nur eine kleine. So geschah es, daß nicht der eigentliche Vorgang bekannt wurde mit seiner unverfänglichen Erklärung, sondern daß halbverschleierte, sich umgestaltende und vergrößernde Einzelheiten in die Stadt drangen. Und Fräulein Kitty Rutz hat wohl auch nach menschlicher Weise die bei näherem Zusehen doch höchst alltägliche und der Würde ihres Erlebnisses wenig angemessene Aufklärung aus dem Gedächtnis verloren und sich lieber das schaurige Bild des wandelnden Herzogs vor Augen gerufen und das Schwanken und Zittern des bläulichen Flämmchens, das zwischen den Pfeilern gespenstig umherhuschte und wohl des Herzogs nicht zu ihrer Ruh gelangte Seele habe sinnbilden wollen.

Nun tauchten bald allerlei spukige Berichte auf. Da sollte Croy natürlich in der Nähe des Sterbehauses gesehen worden sein, unter den Kirchenlinden oder vor dem Süßen Loch, der jahrhundertealten Weinstube im Hause der Großen Gilde. Im Vollmondlicht, im späten, zögernden Morgendämmer der langen Winternächte, in den weißen Nächten des Hochsommers wollte dieser oder jener ihn wahrgenommen haben, auf der nach Katharinental führenden Allee, auf dem weiten stillen Schloßplatz des Domberges, auf dem hölzernden Hafenbollwerk, in den engen, krummen Gassen der Altstadt, in allerlei düsteren Gemäuerwinkeln der Befestigungen. Ja, ein Betrunkener, den man eines Morgens vor der Schmiedepforte auflas, behauptete noch lange nachher, er habe die Nacht mit dem großen Herzog in einer estnischen Bauernkneipe verzecht.

Einige Männer, welche der Meinung waren, es sei eine neue Zeit angebrochen, dem Aberglauben feind, nahmen an diesen Geschichten Anstoß; man tue, sagten sie, am besten, den Herzog endlich zu beerdigen. Die Sache kam auch im Rat zur Sprache; allein hier wurde sie einer Kommission überwiesen, und so hat man nicht mehr viel von ihr gehört. In der Stadt aber wurde erzählt, der Herzog dürfe deshalb nicht beerdigt werden, weil Doktor Barg, ein beliebter Sonderling, dessen Eigentümlichkeit es ist, zunächst in jedem Toten einen Scheintoten zu vermuten, seinen Einspruch erhoben habe.

Immerhin wurde der Küster vom Oberpastor zu St. Nikolai befragt. Er bequemte sich, das Verfahren zu schildern, das er zur Schonung des grünsamtenen Justaucorps anwandte, und nahm einen gutmütigen Verweis in Empfang. Um aber ähnliche Vorkommnisse in Zukunft auszuschließen, wurde nun eine Umquartierung des Generalfeldmarschalls verfügt. Der Sarg wurde aus der Rosenkapelle in die gegenüberliegende Kapelle der Familie Clodt von Jürgensburg geschafft. Hier gab es ein wetterfestes Dach, und überdies wurde der hölzerne Sargdeckel, der bisher bei jeder Besichtigung abgehoben worden war, durch einen unbeweglichen gläsernen ersetzt. Der

Herzog von Croy aber ließ sich auch diese Neuerung mit seinem gleichmütigen Lächeln gefallen, so wie er gelächelt hatte über den finnischen Matrosen und den Zaren Peter, über den neuen Samtrock und Fräulein Kitty Rutz und über alles Tun der Menschen.

Nun sind abermals einige Jahrzehnte hingegangen, ohne daß sich in den Umständen des Herzogs von Croy etwas geändert hätte. Viele Dinge in Reval haben ein anderes Ansehen bekommen; nur er nicht. Darüber nähert sich das neunzehnte Jahrhundert seinem Ende.

Im Schloß auf dem Domberge, hoch über der Stadt, wo zu des Herzogs Lebzeiten Matthias von Poorten als Statthalter des Königs von Schweden residiert hat, dort wohnen seit fast zweihundert Jahren die Gouverneure der russischen Kaiser. In ihre Reihe gehört Herr Skalosubow, der sich als brauchbarer Verwaltungsbeamter in Sibirien bewährt hat und frisch von dort in das alte deutsche Reval versetzt worden ist. Er weiß, was die Petersburger Regierung von ihm erwartet, nämlich Tatkraft, Verständnis und Geschick. Diese drei Eigenschaften bedeuten im vorliegenden Falle, daß er alles daransetzen soll, das Gouvernement Estland mit seiner Hauptstadt geräuschlos seiner noch verbliebenen alten deutschen Sonderprivilegien zu entkleiden und beide nach Möglichkeit den Gouvernements und Gouvernementsstädten Kaluga, Tambow, Wjatka oder Simbirsk anzugleichen. Skalosubow hat Ehrgeiz, Skalosubow möchte Minister werden; also ist er entschlossen, tatkräftig, verständnisvoll und geschickt zu sein.

Skalosubow ist noch nicht lange in Reval, da meldet er bereits dem Innenministerium, er sei einem unerhörten Zustande auf die Spur gekommen. Im Nebenraum einer lutherischen Kirche liege unbeerdigt und ohne jegliche vorschriftsmäßige Abzeichen ihres hohen Ranges die Leiche eines kaiserlichen Generalfeldmarschalls und sei seit längerer Zeit unter unbegreiflicher Duldung der Behörden zu Schaustellungen benutzt worden, in einer Weise, die nicht nur aller gesetzlichen Grundlagen ermangele, sondern geradezu einen Hohn auf die Ehre und Würdigkeit der russischen Armee darstelle. Sofort nachdem dieser empörende Zustand zu seiner Kenntnis gelangt sei, habe er in schuldiger Anhänglichkeit für das kaiserliche Haus, die Ehre der Armee und seine eigenen dienstlichen Obliegenheiten die Schließung und Versiegelung des Kapellenraumes verfügt und den Kirchenvorstand wissen lassen, daß er sich weitere Maßnahmen vorbehalte. Den städtischen Behörden habe er eine strenge Rüge zuteil werden lassen. Ganz gehorsamst bitte er nunmehr das Ministerium der inneren Angelegenheiten, sich mit dem Kriegsministerium in Verbindung setzen zu wollen, damit Verfügungen über eine schleunige und dem hohen Rang des Toten angemessene Beisetzung auf dem Revaler Militärfriedhof getroffen werden könnten.

Das Innenministerium setzte sich mit dem Kriegsministerium in Verbindung, und schon nach wenigen Monaten erhielt Skalosubow eine Antwort.

Zum Verständnis dieser Antwort muß gesagt werden, daß in den fast zweihundert Jahren, die seit Croys plötzlicher und formloser Ernennung zum Generalfeldmarschall verflossen waren, dieser Rang und Titel eine sehr hohe und auszeichnende Seltenheit erlangt hatte. Kaum konnte das lebende Geschlecht sich rühmen, einen russischen Generalfeldmarschall mit Augen gesehen oder gar seiner Bestattung beigewohnt zu haben. Für eine solche hatte mittlerweile die militärische Etikette überaus strenge und umständliche Vorschriften entstehen lassen. Ein Vertreter des Kaiserhauses, der Ministerkonseil, fast die gesamte Generalität, Abordnungen aller russischen Regimenter mit ihren Fahnen, Abordnungen der Flotte, der militärischen Bildungsanstalten hatten zugegen zu sein, und der Trauersalut durfte nur von der Gardeartillerie geschossen werden. Allen Teilnehmern mußten je nach ihrem Range Reise- und Tagegelder gewährt werden. Die Abordnungen der sibirischen, der mittelasiatischen Garnisonen bedurften zur Hin- und Heimfahrt einer langen Reihe von Wochen. Und dieser ungeheuerliche Aufwand an Geld, an Zeit, an Menschenkräften hätte geleistet werden sollen um eines Mannes willen, dessen die Kriegsgeschichte kaum mehr Erwähnung tat, es sei denn, daß sie ihm die Schuld an der verlorenen

Schlacht vor Narwa beimaß, eines Mannes, dessen Leichnam zwei Jahrhunderte lang nichts anderes gewesen war als das dreiköpfige Kalb eines Schaubudenbesitzers? Da entsenden die großen Zeitungen Europas und Amerikas ihre Berichterstatter, ihre Zeichner und Fotografen, die ganze Welt liest, die ganze Welt lacht!

»Il est fou, notre ami Scalozouboff«, sagt der Kriegsminister freundlich. »Man hätte ihn in Sibirien lassen sollen.«

Skalosubow erhält also auf seinen Bericht die Antwort, die in solchen Fällen gebräuchlich ist: nämlich, er möge die Sache erneut untersuchen und sodann abermals einen Bericht einreichen. Skalosubow ist lange genug im Dienst, um zu begreifen, wie das gemeint ist. Das Erstatten eines solchen zweiten Berichts gehört zu den heikelsten Leistungen, die von einem Beamten gefordert werden können. Hier hat er die Aufgabe, das Gegenteil der von ihm kundgetanen Meinung kundzutun, ohne sich bloßzustellen. Er hat zu zeigen, daß das von ihm als schwarz Bezeichnete weiß ist, daß er aber dennoch recht hatte, es als schwarz zu bezeichnen.

Skalosubow hatte einen alten Schreiber, Timofej Sacharowitsch Masilkin, der ihn durch alle Strecken seiner bisherigen Laufbahn begleitet hatte und gewohnt war, seinem bescheidenen Range zum Trotz in allen schwierigen Dingen unauffällig das letzte Wort zu haben. Skalosubow ließ ihn rufen und erzählte ihm mißlaunig die Angelegenheit, wobei er klar zu verstehen gab, wie fest er sich auf Masilkins Findigkeit verlasse. Masilkin deutete mehr durch Mienen als durch Worte in allem schuldigen Respekt an, so gehe es eben, wenn die Hohe Exzellenz Schritte tue, ohne sich zuvor mit ihm beraten zu haben. Darauf versprach er dem Gouverneur, sich die Sache durch den Kopf gehen zu lassen. Er überlegte, er hörte sich um, er überlegte abermals und fand schließlich den Ausweg. Nach einer kleinen Weile schon legte er der Hohen Exzellenz den Entwurf des neuen Berichtes vor. Skalosubow las, Skalosubow pfiff durch die Zähne, Skalosubow unterschrieb. Der Bericht ging ab, und von nun an bewunderte und beschirmte Skalosubow seinen Schreiber noch mehr als zuvor. Binnen kurzem war Masilkin ein wohlhabender Hausbesitzer.

Masilkin nämlich, der wendige, spürige, findige Masilkin, war bei seinem Stöbern über die deutschen Wörter: Bestatten, Beerdigen, Begraben, Einsargen und Beisetzen geraten, unter die er den alten revalschen Sprach- und Bestattungsgebrauch des »Senkens« mengte. Er brachte in seinem Bericht alle diese Worte in deutscher Sprache vor, von Anführungsstrichen eingefaßt, er schüttelte und wirbelte sie durcheinander, erklärte jeden dieser Begriffe durch einen anderen, welcher seinerseits für das Verständnis der Petersburger Behörde der Erklärung bedurft hätte, und verwirrte sie allesamt.

Und so war denn in des Gouverneurs Bericht zu lesen, er habe befehlsgemäß die von ihm eingeleiteten Untersuchungen fortgesetzt und dabei in Erfahrung gebracht, daß die hierorts übliche »Senkung« zwar unterblieben, eine Einsargung indessen bereits vor langer Zeit vorgenommen worden sei. Mittlerweile habe er selber die Senkung ins Werk bringen lassen und glaube damit im Sinne der vorgesetzten Dienststelle gehandelt zu haben. Für das bei Senkung von Generalfeldmarschällen zu beobachtende Zeremoniell gebe es seines Wissens keine Vorschriften, da die einschlägigen Verfügungen sich samt und sonders, wie ihrem Wortlaut ohne weiteres zu entnehmen sei, lediglich auf Einsargungen und Begräbnis bezögen. Sollte das Kriegsministerium die Vornahme nachträglicher militärischer Ehrungen wünschen, so bitte er um Befehle; er werde die Angelegenheit alsdann pflichtschuldigst dem Garnisonskommando übergeben. Einstweilen hoffe er das Innenministerium mit den von ihm getroffenen Maßnahmen einverstanden.

Auf diesen Bericht hat Skalosubow keine Antwort mehr erhalten; es sei denn, man wolle in der Verleihung eines nicht übermäßig hohen Ordens, die ihm anläßlich eines Festtages im Herrscherhaus nicht lange danach widerfuhr, eine Antwort erblicken.

Die Senkung aber, welche Skalosubows Bericht als vollzogen meldet, ist folgendermaßen geschehen. Auf Skalosubows Befehl wurde in der Clodtschen Kapelle ein Stück des steinernen Bodens ausgehoben, groß genug, um einen stattlichen Sarg aufzunehmen. An einem kalten Januartage fanden die Bestellten sich in der Kapelle ein. Es waren der Oberpastor Luther,

Hauptgeistlicher zu St. Nikolai, der Küster samt vier Friedhofsarbeitern, der städtische Polizeimeister und ein Vertreter des Garnisonskommandos. Sie standen wartend neben der dunklen Bodenöffnung in der eisigen Kapelle und sahen stumm auf den Herzog, der unter seiner gläsernen Sargdecke gleichmütig lächelte. Dem Küster war es trübselig ums Herz, und nicht nur wegen der Besichtigungsgelder. Er sagte flüsternd: »Herr Oberpastor, ich hätte eher geglaubt, Reval stürzt ein, als daß unser Herzog unter den Steinboden müßte.«

Der Geistliche gab keine Antwort, denn nun erschien der Gouverneur mit seinem Adjutanten und mit seinem Schreiber Masilkin. Er grüßte kurz und sagte: »Ich bitte anzufangen.«

Die Militärs salutierten, der Oberpastor sprach ein Vaterunser. Danach sagte er: »Erde zu Erde, Staub zu Staub.«

Die Friedhofsarbeiter schlangen die Stricke um den Sarg und ließen ihn hinab. Die Blicke aller Anwesenden lagen auf des Herzogs lächelndem Gesicht, bis die Schatten der Gruft es unkenntlich machten. Und diese elf Männer sind die letzten auf Erden gewesen, die den Herzog von Croy mit Augen gesehen haben.

Draußen vor der Kirche standen trotz der Kälte viele Neugierige, doch wurden sie von einem Polizeibeamten am Betreten der Kirche gehindert. Als sie die Russen herauskommen, in ihre Schlitten steigen und davonfahren sahen, da war es einigen, als müßten mit dem Herzog von Croy manche von Revals alten Schutzgeistern zu dieser Stunde im Kapellenboden vermauert worden sein.

Und hiermit endet der Todeslauf des Herzogs fast zweihundert Jahre, nachdem sein Lebenslauf geendet hatte. Zweihundert Jahre lang hat er immer wieder die Hirne und Zungen, die Herzen und Federn der Menschen beschäftigt. Er ließ ihnen keine Ruhe.

Dic Gruft der Clodtschen Kapelle wurde verschlossen mit einem schlichten Grabstein, welcher den Namen des Herzogs trägt.

Unter allem alten Zierat der Nikolaikirche findet sich auch eine Folge von Gemälden, welche auf ihre wunderliche und einfältige Art die Geschichte des Erzvaters Jakob erzählen und lauter Männer in der Revaler Patriziertracht des siebzehnten Jahrhunderts abschildern. Da reist Jakob in Mantel, Schlapphut und Tellerkrause nach Ägypten, und da wird er endlich in einem Sarge, der, weithin lesbar, mit dem Namen »Jakob« bezeichnet ist, zu Grabe geführt. Unter jedem Bilde steht ein vierzeiliger Vers. Der des letzten lautet:

»Jakob endlich kommt zur Ruh,
als er schleußt die Augen zu.
Unsere Ruh wird gleichfalls seyn
unter einem Leichenstein.«

Und unter einem Leichenstein ist denn auch der Herzog von Croy endlich zur Ruhe gekommen. Aber wer von uns Kurzwissenden kann sagen, es sei seine letzte?

Der Hafen von Reval

Der Seeteufel

An der estländischen Küste, abseits der Städte und der Verkehrswege, liegt das Kronsgut Leonorenhof. Da die Krone ihr Landeigentum ja nicht selber bewirtschaften kann, so sitzt dort ein Kronsarrendator. In Deutschland würde man ihn Domänenpächter nennen, aber das Wort Pächter klingt unseren Ohren fremd und erinnert an einen Mann, der einen Zeitungsstand oder eine Theatergarderobe gepachtet hat, und so sagen wir seit Jahrhunderten Arrendator, Arrende und arrendieren.

Kronsarrendator von Leonorenhof ist Karluscha. Seinem Vater haben vier schöne Güter gehört; aber da waren neun Kinder, und sehr regsam ist Karluscha auch nicht, so ist er zuletzt, nachdem er dies und jenes versucht hat, in Leonorenhof hängengeblieben. Karluscha hat keine Frau und sucht wenig Verkehr auf den Nachbargütern. Da ist eine Generalin, die von Tierschutz und Seelenwanderung redet; da ist ein Junggeselle, der auch in Livland begütert ist und höchstens einmal im Jahr auf seinen einsamen estländischen Besitz kommt; da ist ein dritter Nachbar, mit dem Karluscha sich nicht vertragen kann – einmal haben sie sich bereits geschossen –, und ein vierter, der sich den ganzen Tag mit seiner jungen Frau schnäbelt. Übrigens sind auch diese Nachbarn weit genug entfernt.

Seinen Hauptumgang hat er darum mit dem Pastor und dem Doktor, die es nur zwei bis drei Fahrstunden weit haben bis nach Leonorenhof. Mindestens einmal in der Woche kommen sie zusammen, spielen Whist und Préférence und erproben neue Mischungen. Alle drei sind aneinander gewöhnt seit vielen Jahren, und außerdem sind sie das, was man in den Ostseeprovinzen Zeitgenossen nennt; hierunter versteht man nicht wie anderwärts Menschen, die miteinander auf der Erde leben, sondern solche, die zu gleicher Zeit in Dorpat studiert haben. Der Pastor ist zwar um rund ein Jahrzehnt älter als der Doktor und der Arrendator, allein deshalb sind sie doch Zeitgenossen, der Pastor hat nur länger zu seinem Studium gebraucht als die beiden anderen.

Es ist öde, rauh und windig in Leonorenhof. Das einstöckige, recht bescheidene Herrenhaus steht nicht weit vom Strande, Tag und Nacht, Sommer und Winter muß man die See hören. Der Boden ist schlecht, an der Küste Sand, weiter landeinwärts Moor; es ist nur gut, daß es dort Birkwild und Morasthühner gibt. Der Boden mag so gering sein, wie er will, wer an der Küste wirtschaftet, dem gibt das Meer einen Düngstoff, den man nicht verachten darf; nur das Einbringen macht Mühe, er muß aus dem Wasser geholt werden. Das ist der Seetang, der in riesigen dunklen Massen am Ufer aufgeschichtet wird, vornehmlich wenn es Sturm gegeben hat; denn die Stürme reißen ihn vom Meeresboden los und jagen ihn landwärts. Dies Bild hat Karluscha vor den Fenstern, jahraus, jahrein: die schwarzen Tanghaufen und die Reiher, die Ketten von Doppelschnepfen und Strandläufern, die sie durchstöbern.

Früher hat Karluscha gelesen, wenn er Langeweile hatte. Es standen in Leonorenhof ein paar Bücher herum, noch von seinem Vorgänger her: Thümmels »Reise in die mittäglichen Provinzen von Frankreich«, Luise Mühlbachs geschichtliche Romane, in denen sehr viele Kaiser und Könige vorkamen, und die gesammelten Werke von Johann Ladislaus von Pyrker. Ordentlich, der Reihe nach pflegte Karluscha diese Bücherei zu durchlesen, und es gibt heute sicherlich keinen so gründlichen Kenner der Pyrkerschen Werke mehr, wie er es gewesen ist.

Mit der Zeit aber waren ihm diese Bücher allzu vertraut geworden, so gewöhnte er sich an eine andere Art der Unterhaltung, die ja einem Landwirt auch besser ansteht. Er beobachtete das Wetter, er machte sich Aufzeichnungen und entwikkelte allerlei kuriose Theorien über Anzeichen und Vorhersagungen und stritt hierüber häufig mit dem Doktor und dem Pastor, welche doch auch ihre Erfahrungen hatten. Jeden Abend trug er das Wetter des Tages in einen Folianten ein und verglich es mit dem Wetter der gleichen Kalendertage aus früheren Jahren. Er ließ sich aus Reval ein Thermometer kommen, und zum Glück besaß er ein Barometer ohnehin, ein längliches, halbmannshohes Stück, eins von der guten altmodischen Art, wie es sie früher in den baltischen Häusern gab. Da war nicht nur Sturm, Regen, Schönwetter und Trockenheit abzulesen, sondern es stand da auch »Erdbeben« und »Weltuntergang« verzeichnet. Heute wird diese Art nicht mehr angefertigt, heute wollen die Menschen ja nicht mehr an den jüngsten Tag glauben. Es kam vor, daß Karluscha seinen Verwalter rief und ihm sagte: »Nächsten Mittwoch wird Sturm sein, am Donnerstag soll Tang eingebracht werden.«

Das Wetter ist also seine eine Unterhaltung, und die andere ist der Schnaps. Das ist nun nicht so zu verstehen, als hätte Karluscha mehr getrunken als die anderen Menschen in Estland. Und doch brachte er mit dem Schnaps einen großen Teil des Tages hin, soweit er sich nicht in der Wirtschaft zu schaffen machte, auf die Jagd ging oder sich um das Wetter kümmerte.

Was der Boden trägt an Kräutern, Beeren und Früchten, was die Sonne heißerer Länder an Gewürzen reif kocht – es ist nichts, worauf sich nicht der kräftige weiße Spiritus abziehen ließe. Kirschen, Pflaumen, Johannisbeeren, das sind gewöhnliche Dinge, jede Wirtschaftsmamsell kennt die Rezepte. Karluscha aber lockten die Feinheiten; ihn reizte das Neue, Absonderliche, das noch von keinem Gewagte. Er war unermüdlich in allen kunstvollen Destillierungs- und Mischungsprozessen, in Erfindungen und Unterscheidungen.

Da gibt es einen Haselnußlikör, der vierzig Wochen bei bestimmten, langsam gesteigerten und dann wieder gemilderten Temperaturen ziehen muß, einen anderen, bei welchem die kürzere Reifezeit durch einen geheimnisvollen Zusatz von Pfefferkörnern, Rosenblättern und einer Messerspitze Soda ausgeglichen wird. Da gibt es Pielbeeren, die den ersten Frost bekommen haben, und Pielbeeren, die unmittelbar vor dem ersten Frost gepflückt sind – ein wahrhafter Wetterkundiger muß den Zeitpunkt im Herzen haben. Da gibt es Faulbaumblätter mit Kardamom, Hagebutten, Kalmuswurzeln, Hanfsamen mit Honig, Birkenknospen, junge Kieferntriebe und die Knospen der Balsampappeln, Bocksbeerblätter, Berberitzenblätter und Berberitzenfrüchte. Und alle so gewonnenen Auszüge lassen sich wieder miteinander kreuzen, jeder Kreuzung kann durch bestimmte Beimischungen ein neues Stückchen Seele eingehaucht werden. Die Welt ist unendlich, wie die Romane der Luise Mühlbach unendlich gewesen sind.

Karluscha veredelt auch durch pfiffige Zutaten den als Neunmannskraft berühmten Dorpater Studentenschnaps, der aus neunziggrädigem Spiritus, auf rotem Pfeffer abgezogen, besteht und die Kehle hinabgleitet wie ein Fackelzug. Karluscha nimmt die Beschäftigung mit seinen Schnäpsen ernst. Die hellen Flaschen, in denen der Spiritus die geheimsten Kräfte aus Früchten, Pflanzen, Gewürzen zu locken hat, stehen in langen Reihen an den Fenstern. Kein Dienstbote darf sie berühren. Karluscha trägt sie eigenhändig von Zimmer zu Zimmer, von Fenster zu Fenster – sorgsam, denn sie vertragen kein unzeitiges Schütteln –, je nach Tageszeit und Sonnenstand, und es ist gut, daß er die Sonnenstunden im voraus zu berechnen vermag, denn die Sonnenkraft ist wichtig; es kommt vor, daß er sie durch Brenngläser und Spiegel verstärkt. Und wie seine Wetterbeobachtungen, so trägt er auch seine Branntweinerfahrungen, Branntweingedanken und Branntweinträume peinlich in Folianten ein.

Der Doktor und der Pastor sind sachverständige Männer. Es ist Karluschas Stolz, ihnen seine Neuheiten vorzuführen. Eines Tages sind sie wieder da, und Karluscha sagt: »Was ihr heute bekommt, das habt ihr noch nie bekommen.«

Andächtig gießt er die Gläser voll. Die Gäste halten sie in die Höhe und lassen das Licht durchscheinen. Der Schnaps ist bräunlich, er erinnert in der Farbe an alten Portwein. Die Gäste ziehen die Witterung ein.

»Er riecht kräftig«, sagt der Pastor. »Davon müßte man gesund werden können ohne Doktor und Apotheker, einerlei, was einem fehlt.«

»Was ist es für einer, Karluscha?« fragt der Doktor.

»Ihr müßt raten«, erwidert Karluscha. »Das ist einer, den vor euch und vor mir noch kein Mensch getrunken hat.«

Nun trinken alle drei und schieben geschwind den Zubiß hinterher.

Karluschas Gesicht glänzt vor Neugier und Stolz. »Nun? Wie schmeckt er?« fragt er gierig. »Wovon ist er gemacht? Wonach schmeckt er?«

Der Pastor bewegt den Kopf langsam hin und her, riecht noch einmal an dem geleerten Glase, riecht an der Flasche und antwortet dann in seiner bescheidenen und bedächtigen Art: »Wenn du mich schon fragst, Karluschinka – ich würde sagen: So etwa nach ertrunkenen Matrosen schmeckt er.«

Der Doktor hat ebenfalls den Kopf hin und her bewegt, nur schneller und lebhafter als der Pastor. Er hat gerochen und hat sich ein wenig geschüttelt, wie in einem wohligen Mißbehagen. Dann lacht er ein bißchen und sagt: »Wie er schmeckt? Karluschinka, ich möchte sagen: Er schmeckt genau wie die Kapitänin Holmberg.«

»Wie die Kapitänin Holmberg? Was heißt das? Wer ist die Kapitänin Holmberg?«

»Ach, ihr Hinterwäldler!« sagt der Doktor. »Als ich noch in Reval zur Schule ging, da hat jedes Kind gewußt, wer die Kapitänin Holmberg war.«

Nun fragt auch der Pastor nach der Kapitänin. Aber der Doktor will erst wissen, woraus Karluscha den Schnaps gemacht hat. Karluscha dagegen will erst wissen, wer die Kapitänin Holmberg war. Ja, er gerät ein wenig in Aufregung, denn er denkt, hier könnte vielleicht irgendein Schnapsgeheimnis liegen, das ihm bislang verborgen geblieben wäre. Und so gibt der Doktor nach und erzählt.

Holmberg war Kapitän eines Revaler Segelschiffes. Es ist lange her, und damals gingen Revaler Segelschiffe noch auf große Fahrt. Holmbergs hatten keine Kinder und kein Zuhause. Wenn sie in Reval waren, wohnten sie bei Verwandten; dies war gastweise. Holmberg hatte eine Wohnung nehmen und für seine Frau einrichten wollen, aber sie lachte ihn aus: »Du glaubst, ich lasse dich allein an Bord? Du wirst alles zum Schinder gehen lassen, wenn ich nicht hinter dir her bin!« Und so hat er keine Fahrt tun dürfen ohne die Frau; sie war eine Kapitänstochter und von Jugend an mit aller Schiffahrt vertraut.

Seeleute trinken gern, Holmberg trank auch. Aber die Kapitänin haßte den Schnaps und alle seine Liebhaber. Sie selbst bewachte die Vorräte; kleinere Schnapsportionen sind auf keinem Schiff ausgegeben worden als auf der »Ulrike«. Sie selber hieß so, sie hatte es durchgesetzt mit ihrem harten Willen, daß die Reederei den neuen Segler auf ihren Namen taufte; Gott weiß, wie sie das zuwege gebracht hat.

Die Reederei ist noch mit keinem Kapitän so zufrieden gewesen wie mit Kapitän Holmberg. Aber das liegt nicht an ihm, das liegt an der Frau. Vielleicht war er von Hause aus nicht schlechter als andere, aber dann ist er geworden wie ein verprügelter Hund, so daß er kein Zutrauen mehr hatte zu sich selber und nichts Rechtes zustande brachte. Allein, das tat nichts, die Kapitänin hatte jede Gewalt über ihn und das Schiff, so ging alles wie am Schnürchen. Die Kapitänin war ein kurzgewachsenes Frauenzimmer, aber scharf und grob wie gehacktes Bauernschrot. Unablässig schrillte ihre Stimme. Nachts kontrollierte sie die Wache. Sie verdrosch eigenhändig die Schiffsjungen.

Wie Holmberg von seiner Frau dachte, das weiß man heute nicht mehr. Aber der Steuermann Pridik und die Mannschaft haßten sie wie das Feuer. »Der Seeteufel« hieß sie bei den Leuten.

Die »Ulrike« sollte wieder auf große Fahrt gehen, einerlei wohin, vielleicht zum Kabeljaufang bei Island oder den Lofot-Inseln. Die Kapitänin hustete und fieberte, sie hatte rote Flecken auf den Wangen. Holmberg sagte: »Bleib diesmal zu Hause, Ulrikchen. Du wirst krank werden.« Sie lachte ihn grimmig aus und fuhr mit. »Das ganze Schiff kommt zum Teufel, wenn ich es euch allein lasse.«

Eine längere Weile waren sie schon unterwegs, da merkte die Mannschaft die Veränderung. Die Kapitänin kam nachts seltener an Deck; Hustenanfälle erstickten ihr Geschimpf, endlich blieb sie ganz in der Kajüte.

Eines Morgens erschien Holmberg mit verstörtem Gesicht, ließ die Mannschaft antreten und sagte: »Die Kapitänin ist gestorben. Nachher kann jeder herunterkommen und Abschied nehmen.«

Da lag sie auf dem weißen Laken in ihrem Sonntagskleid, die Hände gekreuzt vor der Brust, und die Nase war noch spitzer als bisher. Der Reihe nach traten die Leute ein, blieben vor der Toten stehen, falteten die Hände und dachten Gott weiß was.

Holmberg trug den Todesfall umständlich ins Schiffsjournal ein, seine Finger zitterten dabei; vielleicht hatte er Mühe zu begreifen, daß von nun an sein ganzes Leben anders werden mußte. Die Leute aber redeten dreist miteinander, wie sie ihr die letzte Ehre geben wollten. Kräftig angepackt, ein fröhlicher Schwung, über Bord, ein Aufklatschen und nichts mehr! Den Seeteufel hat der Teufel in die See geholt! Und dann sollte der Alte Schnaps ausgeben, der abgefahrenen Seele zu Ehren! Er sollte Schnaps ausgeben, heute und alle Tage, von nun an!

Aber es kam anders. Denn in der letzten Nacht hat die Kapitänin den Mann gezwungen, vor ihrem Lager niederzuknien und die Hand zu heben. In Reval will sie begraben sein, neben ihren Eltern. Er hat schwören müssen, sie nach Reval zu bringen. Auch als Tote will sie ihre Krallen nicht abziehen von dem Schiff, das ihren Namen trägt.

Holmberg teilt das der Mannschaft mit, verlegen und unter vielem Räuspern. Er bespricht sich mit dem Steuermann, und dann gibt er seine Befehle.

Nun vollzieht sich ein Vorgang, der an Bord nicht herkömmlich ist, nämlich eine vorläufige Beisetzung. Die Mannschaft muß im Laderaum antreten. Da stehen sie gedrängt in dem engen, dunklen, mannigfach verstellten Behältnis und sehen einander an, höhnisch, neugierig gereizt. Vor ihnen liegt längelang ein stattliches leeres Faß, der Schiffszimmermann hat den einen Boden entfernen müssen.

Der Trauerzug stolpert heran, es ist eine starke See, und das Schiff schlingert. Erst kommt der Kapitän, der scheut sich, den Blicken der Leute zu begegnen. Es folgen zwei Matrosen, die an Schultern und Füßen die Kapitänin im Sonntagsstaat tragen, und Pridik, der Steuermann, macht den Beschluß. Sie bleiben stehen, der Kapitän nimmt seine Mütze ab, die andern tun es ihm nach. Holmberg gibt dem Steuermann einen Wink, und nun spricht dieser ein ingrimmiges Vaterunser, während der Kapitän finster auf den Boden starrt.

Pridik sagt böse: »Amen!«, und das ist, als hätte er gesagt: »Gottverflucht!« Die beiden Träger schieben die Kapitänin ins Faß, die Füße voran. Um ein Haar wären sie damit nicht zurechtgekomen, denn eben jetzt wirft der Seegang die »Ulrike« von einer Seite auf die andere. Dann wird das Faß aufgerichtet. Ein paar kleine Fässer stehen bereit, aus denen wird der sonderbare Sarg mit Branntwein gefüllt bis obenhin, denn so hat es die Kapitänin angeordnet, und Holmberg hat ja schwören müssen, ihr den letzten Willen zu tun.

Alle setzen ihre Mützen wieder auf. Damit ist die Feierlichkeit beendet, nun geht jeder wiederum an seine Arbeit. Nur der Schiffszimmermann bleibt zurück, er hat das Faß zu schließen, und der Kapitän steht neben ihm und sieht schweigend zu.

Die Schnapsvorräte der »Ulrike« waren nicht groß, dafür hatte die Kapitänin bei der Ausreise gesorgt. Und nun ging von ihnen noch all das ab, was dem Seeteufel in seinen Sarg hatte gegeben werden müssen. Dennoch wurde mit dem Verbliebenen nicht gespart. Denn der Seeteufel hatte ja nicht mehr die Gewalt, die auszugebenden Schnapsportionen zu bestimmen und die Ausgabe zu überwachen. Der Alte trank, der Steuermann trank, die Matrosen tranken, die Schiffsjungen tranken; scheu und einsam der Kapitän, lärmerisch und mit Gesang die Mannschaft.

Das ging eine Weile so hin, dann wurde der Schnaps knapp. Der Kapitän hatte es den Leuten gegönnt; dennoch hatte er sich heimlich einen kleinen Vorrat zu eigenem Gebrauch abgefüllt. Er hielt sich an den mit einer ingrimmigen, verbissenen Freude, und er tat, als sähe er nicht, daß die Mannschaft ohne Branntwein war. Ohne Branntwein bei Sturzsee und Regenfall, ohne Branntwein bei Wind und Kälte! Und es war keine Möglichkeit, irgendwo anzulaufen und neuen Branntwein an Bord zu nehmen, denn man konnte ja nicht die günstigen Fangverhältnisse ungenutzt lassen und Kurs auf einen Hafen halten, der Hunderte von Seemeilen entfernt lag.

Längst war Holmberg auch mit dem eigenen Vorrat fertig. Er schlich verdrossen umher, spuckte und knurrte und sprach kein Wort. Eines Nachts steckte er den Kopf an Deck, als die Wache sich ablöste. Er hörte den Abgelösten fragen: »Na, wie schmeckt er?« – »Gallenbitter und scharf«, antwortete der Ablösende, »aber das gibt Lust in die Knochen.«

Am nächsten Tag stolperte Holmberg im Morgengrauen über einen Betrunkenen, riß ihn hoch und schimpfte. Ein Matrose kam dazu und hielt dem Kapitän einen gefüllten Trinkbecher hin.

»Bitte, Herr Kapitän«, sagte er, »Sie sollten trinken, dies verdammte Wetter leidet es nicht anders.«

Holmberg sah dem Mann mit vorquellenden Augen ins Gesicht und sah wieder zur Seite. Er streckte die Hand aus, die Hand machte eine fahrige Bewegung und sank wieder. Holmberg streckte die andere aus, riß dem Matrosen das Gefäß aus den Fingern und trank es hastig leer. Dann räusperte er sich und ging rasch davon.

Den Tag über stapfte er unruhig herum. Vor jedem, der ihm begegnete, machte er halt und hob sein Gesicht zu ihm, als wollte er ihn anreden. Aber er schüttelte nur mit dem Kopf und stapfte schweigend weiter.

Gegen Abend schrie er aus seiner Kajüte. Ein Schiffsjunge kam vorbei, Holmberg winkte ihn her und befahl ihm heiser, ein halbes Stof Schnaps zu holen.

Und nun ging alles, wie es in der ersten Zeit nach dem Tode der Kapitänin gegangen war. Einmal, als Holmberg sich mutig getrunken hatte, fragte er so nebenbei den Steuermann: »Wo kommt eigentlich der Schnaps her?« Aber er mochte ihn nicht ansehen, als er das fragte, und die Worte kamen ihm heiser und halblaut aus dem Munde.

»Ach, da hat sich noch etwas gefunden«, antwortete Pridik.

Es blieb nicht viel zu berichten. Als die »Ulrike« wieder in Reval einlief, da war längst kein Tropfen mehr im Faß. »Bei jedem Schluck haben wir gedacht: Hole dich der Satan!« erzählte später ein Matrose. »Und wir haben ja gewußt, daß sie damit ihre höllische Absicht hat wahrmachen wollen, noch über den Tod hinaus. Darum haben wir gelacht, gelacht bei jedem Schluck! Nochrajew war der erste, ›Nur so, einmal zur Probe‹, hat er gesagt. Das hat uns anderen keine Ruhe gelassen. Und wie sie herausgenommen wurde, richtig vollgesogen ist sie gewesen, als hätte sie nach dem Tode noch alles nachholen müssen, denn bei Lebzeiten hat sie keinen Tropfen über die Lippen gelassen. Daran sieht man am besten: Nur einmal zu begießen hätte man sie gebraucht, und sie hätte sich frisch erhalten. Das war bloß ihre Bosheit, daß das ganze Faß vollgeschüttet werden mußte.«

In Reval sprach sich die Geschichte herum. Jemand sagte,

man solle die tote Kapitänin zur Leiche des Herzogs von Croy legen, die vollgesogene Branntweinhasserin zum vollgesogenen Säufer. Aber sie wurde in Ziegelskoppel beerdigt, wie sie es angeordnet und wie der Kapitän es beschworen hatte. Nein, es ist in keinem Stück von ihren Befehlen abgewichen worden. Aber wurde wohl je einer abgeschiedenen Seele ein wunderlicheres Trankopfer dargebracht als dem schnapsfeindlichen Seeteufel?

»Und was ist aus dem Kapitän geworden?« fragte der Pastor, als der Doktor zu Ende erzählt hatte.

»Er hat den Seeteufel nicht sehr lange überlebt«, antwortete der Doktor. »Er fing an zu trinken – richtig zu trinken, nicht was unsereiner so nennt. Er verlodderte, das Schiff wurde ihm genommen, er ist als gewöhnlicher Matrose gefahren, und zuletzt war er Gelegenheitsarbeiter am Hafen. Als er starb, da hat seine ehemalige Reederei das Begräbnis bezahlt. Er wurde neben seiner Frau beerdigt. Und er hatte doch immer gesagt: Bei grober See will ich versaufen, sonst legen sie mich noch zu der Alten. – So, nun wißt ihr, wo die alte Redensart herstammt: ›Schmeckt wie die Kapitänin Holmberg.‹ Und jetzt will ich wissen, woraus du diesen höllischen Schnaps gemacht hast, Karluschinka!«

»Aus Tang«, sagte Karluscha. »Alles andere hatte ich schon durchprobiert.«

Der Pastor nickte und sagte: »Ertrunkene Matrosen. Ich habe es doch gleich gemerkt.«

Der Doktor aber schrie: »Donnerwetter! Wir hätten ja alle an Jodvergiftung draufgehen können! Nur gut, daß du fünfundsechziggrädigen Spiritus genommen hast, das hat die Giftwirkung paralysiert.«

»Ach, weißt du«, sagte der Pastor, »ich für mein Teil, ich möchte lieber an die Erbarmung Gottes glauben als daran, daß es die Fünfundsechziggrädigkeit deines Spiritus gewesen sein soll, was uns gerettet hat. Also, dann gieße mir noch einen Seeteufel ein, Karluscha.«

Jakubsons Zuflucht

Daß Frau Ältester Heydenacker hat sterben müssen, das ist kein Wunder, sie war in den Achtzigern, da überstehen auch geringe Krankheiten sich schwer. Ein Unglück ist es auch nicht, sie hat ihr Leben gehabt, und wir sind alle zum Sterben auf die Welt gekommen. Sie wird, das ist gewiß, anständig und mit Respekt betrauert werden, wenn auch ohne Leidenschaft. Vorderhand indessen wissen ihre Angehörigen noch nichts von ihrem Tode. Sie liegt in ihrem letzten Bett, die Hände gefaltet; dies Bett steht in einem ärmlichen einstöckigen Holzhause der Dörptschen Vorstadt.

Frau Ältester Heydenacker war eine Witwe. Aber sie war kinderlos und hatte ihren Mann schon bei sehr jungen Jahren verloren, und so hatten sich in ihr allerlei Wunderlichkeiten ausbilden können, wie man sie sonst wohl den alten Jungfern nachsagt. Und im letzten Viertel ihres Lebens waren diese Wunderlichkeiten stärker geworden als alle Gewöhnungen und Rücksichten. Sie war wohlhabend, aber sie fürchtete zu verarmen. Daher mochte sie keinen Besuch sehen und lebte in einer sonderbaren Eingeschränktheit. Sie war gesund und fürchtete krank zu werden. Sie lebte unangefochten und fürchtete sich vor Nachstellungen. Es kam zuletzt dahin, daß sie unaufhörlich die Wohnung wechselte, aus Besorgnis vor Verfolgern, die sich ihr bald als Krankheitserreger, bald als wilde Männer darstellten. Ihr Haus hatte sie verkauft, ihre Möbel verdarben auf irgendeinem Speicher. Sie wohnte zur Miete in abgelegenen Stadtgegenden, in unansehnlichen Häusern und pflegte sich mit einem einzigen Zimmer zu begnügen. Zu ihrer Verwandtschaft unterhielt sie fast gar keine Beziehungen; sie unterließ es, ihre Quartierwechsel bekanntzugeben.

Kraft solcher Lebensgewohnheiten war sie auch in das hölzerne Haus der Dörptschen Vorstadt geraten. Hier hatte sie bei der Witwe eines russischen Kanzleischreibers ein Zimmer genommen, hier war sie gestorben, und nun hatte die Witwe sich auf den Weg gemacht, um die Angehörigen ihrer Mieterin von dem geschehenen Tode in Kenntnis zu setzen. Wir aber wenden uns Jakubson zu.

Jedermann in Reval kennt Jakubson. Man müßte ihn einen Landstreicher nennen, doch vermag er sich von Reval nicht zu trennen, und so ließe er sich allenfalls als ein Stadtstreicher bezeichnen. Er spielt Ziehharmonika, er kann alle Melodien pfeifen, daß man meint, ein kunstvolles Instrument zu hören, er liebt es, allerlei Späßchen zu machen, welche die Leute einander mit Behagen weitererzählen. Wenn er betteln kommt, gibt man ihm gern etwas in den Revaler Häusern, obwohl man weiß, daß er es vertrinkt. Hält man ihm dies vor, so erklärt er, er bettle ja nicht nur, um seinen Hunger zu stillen, sondern auch, um ein bißchen Freude zu haben. Dagegen läßt sich denn nicht viel einwenden. Bei Frau Ältester Heydenacker hat er freilich nie etwas bekommen.

Jakubson ist auf seine Art beliebt, und nur Pastor Sturm von der Olaikirche nennt ihn unverschämt, wiewohl mit einem Lächeln. Pastor Sturm hat ihm eines Morgens, um ihn loszuwerden, einen halben Rubel gegeben. Jakubson hat sich bedankt und das Geschenk in die Rocktasche gesteckt. Pastor Sturm hat hinzugefügt: »Aber nun versaufen Sie es nicht gleich wieder, Jakubson!« Da hat Jakubson den Pastor mit einem sehr verwunderten Lächeln angesehen und hat geantwortet: »Was ich mit meinem Gelde mache, Herr Pastor, das geht Sie gar nichts an.« Und zu Pastor Sturms Ehre muß gesagt werden, daß er noch selbigen Tages einundzwanzig Werst gefahren ist, von Reval bis Sellifer, nur um seinem alten Jagdfreunde, dem Oberförster Kremers, der gleich ihm ein Liebhaber von Anekdoten ist, als erster diesen Ausspruch Jakubsons zu hinterbringen.

Frau Ältester Heydenacker wechselt, wir sagten es, unablässig ihre Wohnungen. Hier gibt es fast eine merkwürdige kleine Vergleichsmöglichkeit zwischen den beiden, denn auch Jakubson hat kein Zuhause. Wollte man ihm eins geben, so wüßte er keinen rechten Gebrauch dafür, denn Jakubson liebt die Freiheit, und ebensowenig wie Frau Ältester Heydenacker vermöchte er lange unter dem gleichen Dache auszudauern. Aber auch wer kein Zuhause will, braucht doch ein Obdach, eine Zuflucht, insonderheit wenn er verfolgt wird.

Jakubson hat sicherlich viele Vorzüge, um derentwillen die

Leute ihn gern haben. Aber ein tapferer Mann ist er nicht, wenigstens nicht in der Art jener, die es für richtig halten, sich von vier angetrunkenen und streitwütigen Freunden die Knochen zerschlagen zu lassen, statt davonzulaufen. Mit diesen vier Freunden hat Jakubson am Abend Karten gespielt, und da hat es Unfrieden gegeben.

Jakubson hat noch einen Vorsprung, allein der Vorsprung verringert sich; die Laufschritte seiner Feinde hallen ihm schrecklich nach in den stillen, dunklen Straßen der Dörptschen Vorstadt. Er rennt um eine Ecke, zwei Häuser weiter steht ein Laternenpfahl, ein hoher, viereckiger Holzpfosten mit einer trübe brennenden Petroleumlampe. Die Straße ist leer. Das Licht fällt nicht weit. Gerade so weit fällt es jedoch, daß es ein halb geöffnetes Fenster zu ebener Erde sichtbar macht. Jakubson darf sich nicht lange besinnen, gleich müssen seine Verfolger um die Ecke kommen, Jakubson steigt ein. Und da steht er nun in einem fremden dunklen Zimmer, drückt die Hand gegen sein pochendes Herz und hört die vier Freunde vorbeilaufen, hört sie schimpfen und hört allmählich ihre Stimmen und ihre Schritte in der Ferne verklingen.

Nun hätte er eigentlich seine Zuflucht wieder verlassen können; allein es war ja keineswegs sicher, daß die Verfolger nicht umkehrten oder er ihnen nicht an irgendeiner Straßenecke unvermutet in die Hände lief. Auch mußte er fürchten, beim Aussteigen gesehen zu werden und in einen bösen Verdacht zu geraten.

Jakubson hatte den Wunsch, sich ein wenig zurechtzufinden. So tastete er vorsichtig umher, sehr langsam, ohne alles Geräusch. Er gelangte an einen Tisch, der Tisch trug mancherhand Gegenstände, einer davon war ihm vertraut, es war eine Flasche von leidlicher Größe, zu drei Vierteln voll. Jakubson führte sie an die Nase, es roch kräftig und süß, und Jakubson hätte vor lauter Vergnügen am liebsten den Jungfernkranz aus dem Freischütz gepfiffen. Jakubson war kein Weinkenner, er wußte nichts von Südweinen, die als Krankenstärkung verschrieben werden, aber das merkte er, daß dieses Getränk schmackhaft und wohltätig war, und so hatte er seine Freude an ihm, bis die Flasche leer war.

Jakubson tastete weiter, behaglich und neugierig. Er gelangte an Schalen, Pillenschächtelchen und ähnliches Gerät. Er gelangte an Arzneiflaschen, die widrig rochen, und an eine andere Flasche, die freundlich roch. Sie roch nach Spiritus, und in der Tat war Spiritus darin, guter, weißer Spiritus. Jakubson bedachte sich nicht lange, denn wozu ist Spiritus da?

Als auch die Spiritusflasche leer war, fühlte Jakubson sich nicht mehr geneigt, ein Obdach von solcher Gastlichkeit zu verlassen; überdies hatte es draußen zu regnen begonnen. Jakubson war müde, Jakubson dachte auf ein Nachtlager. Er schloß behutsam das Fenster. Hinter der vorgehaltenen Hand entzündete er ein Streichholz, um die tastweise im Finstern gewonnene Örtlichkeitskenntnis zu ergänzen. Im Licht dieses Streichholzes gewahrte er ein Bett, schön weiß bezogen und mit einer sauberen warmen Decke versehen. Indessen war dies Bett nicht leer; vielmehr lag in ihm eine kleine Greisin von strengem Aussehen, und die Hände waren ihr über der Brust zusammengelegt. Es war unschwer zu erkennen, daß sie nicht mehr zu den Lebenden gehörte.

Man kann nicht sagen, daß Jakubson erschrocken gewesen wäre. Erschrocken war er gewesen, als seine vier Freunde ihm zu Leibe wollten. Aber was kann eine tote alte Frau einem schon tun? Verwundert indessen, ja, das war er.

Allein Verwunderungen halten nicht lange stand, wenn man eine Flasche Südwein und eine Flasche Spiritus im Magen und im Kopfe hat; da ist man nachsichtig gegen das Ungewöhnliche.

Jakubson faltete die Hände und nahm seine Mütze ab, denn das gehört sich doch so, wenn man zu einem Toten tritt; und er strich der Alten sehr behutsam in einem wohlwollenden Mitleid über das dürftige weiße Haar.

Sehr bald indessen beschäftigte ihn nicht so sehr die Tote, welcher ja nicht mehr zu helfen war, als das gute, breite, weiße Bett, von dem die schmächtige Alte nur einen bescheidenen Teil einnahm. Ach, wie lange hatte Jakubson nicht in einem solchen Bett gelegen! Und wie müde war er vom langen Stadtstreichen und vom langen Kartenspielen, von der Flucht und dem Südwein und dem klaren Spiritus!

Unter solchen Bewandtnissen fiel es Jakubson nicht sehr schwer, seinen Entschluß zu fassen.

Jakubson machte nicht viel Umstände mit der Toilette, das war nicht seine Gewohnheit. Gerade der Stiefel entledigte er sich, und die Ziehharmonika, die an einem alten Riemen vor dem linken Hüftknochen zu baumeln pflegte, die legte er auf einen Stuhl; hierbei verbrauchte er sein drittes und letztes Streichholz. Dann murmelte er etwas vor sich hin und kroch unter die Decke.

Jakubson schläft, und wir wollen jetzt wieder zu Frau Ältester Heydenacker zurückkehren. Aber nein, wir sind ja schon seit einigem zu ihr zurückgekehrt, und so bleibt uns nachzutragen, daß ihre Wohnungsgeberin den Neffen der Verstorbenen, den Hofgerichtsadvokaten Kawelkamp, in seinem Hause nicht angetroffen hat. So hat sie ihre Trauerbotschaft dem Diener des Hofgerichtsadvokaten bestellt, der wird sie seinem Herrn gleich bei der Heimkehr weitergeben, und ohne Zweifel wird sich der Herr Hofgerichtsadvokat gleich morgen früh im Sterbehaus seiner Tante einfinden.

Es ist taghell, als Jakubson erwacht. Er fühlt sich schön ausgeschlafen und dehnt wohlig seine Gliedmaßen. Aber er hat seine klaren Sinne nicht ganz aus dem Schlaf zurückerhalten und kann nicht recht begreifen, was da eigentlich neben ihm liegt und wie er überhaupt hierher geraten ist. Er schließt die Augen, er denkt nach, und darüber fällt er noch einmal in einen leichten und glücklichen Morgenschlummer.

Er wird wach von einem zornigen und gewalttätigen Geschrei. Er meint, es müssen zehn tobende Menschen im Zimmer sein, aber es sind nur zwei, nämlich die russische Mietwirtin und der Hofgerichtsadvokat Kawelkamp.

Jakubson reibt sich die Augen, blinzelt umher und macht ein betrübtes Gesicht; es sind schon mehr böse Worte auf ihn herniedergegangen, als er aufnehmen und behalten kann, und noch immer hat es kein Ende.

»Schweinehund! Leichenschänder! Einbrecher! Nach Sibirien bring ich dich!« schreit der Hofgerichtsadvokat, ein langer dürrer Mann mit flohfarbenem Backenbart und einer runden, in Gold gefaßten Brille vor zornigen kleinen Augen. Und dann ächzt die dicke, niedrig gewachsene Russin dazwischen mit ihrer kurzatmigen Stimme: »Gott, mein Gott! Und in meinem Hause! Herr, erbarme dich! Herr, wolle es nicht zurechnen!«

Aber es ist dem Hofgerichtsadvokaten nicht genug, den armen Jakubson zu beschimpfen. Auch der Witwe muß er Vorwürfe machen.

»Sie dwatsches Frauenzimmer!« schreit er sie an. Und weil ihm einfällt, daß sie ja kein Deutsch versteht, so fährt er in seinem fehlerhaften Russisch fort: »Sie sind schuld an allem! Wie konnten Sie denn weglaufen und das Fenster offen lassen? Was?«

»Aber ich bitte Sie, sehr geehrter Herr!« ruft die Witwe gekränkt. »Ich habe Ihr Tantchen gepflegt, wie eine leibliche Mutter bin ich zu ihr gewesen. Und jetzt wollen Sie mich beleidigen? Ich habe keinen Mann mehr, ich stehe unter Gottes Schutz, alle Menschen müssen einmal sterben; Sie, sehr geehrter Herr, Sie werden vor Gott verantworten müssen, was Sie da sagen. Als ob nicht Unglück genug in mein Haus gekommen wäre! Und wissen Sie denn nicht, Euer Hochwohlgeboren, daß man das Fenster öffnen muß, um die Seele hinauszulassen, wenn jemand gestorben ist?«

»Meinetwegen«, erwidert der Hofgerichtsadvokat. »Aber was glauben Sie denn, wie lange die Seele der gnädigen Frau braucht, um den Weg aus Ihrer Dreckbude zu finden? Die ist froh, wenn sie draußen ist. Warum in Teufels Namen haben Sie das Fenster dann nicht wieder zugemacht? Wissen Sie, was Sie getan haben? Das ist fahrlässige Beihilfe zur Leichenschändung! Dafür kann ich Sie vor Gericht bringen!«

»Ich gebe ja zu, ich habe vergessen, das Fenster wieder zu schließen«, antwortete die Frau und schnauft dabei vor Kurzatmigkeit und vor Erregung. »Aber sonst habe ich alles getan, was ein Mensch tun kann! Zur Apotheke bin ich gelaufen, Medizin habe ich geholt, Krankenwein habe ich eingekauft. Ich habe in der Dunkelheit den weiten Weg bis zu Ihnen gemacht, Euer Hochwohlgeboren, und ich habe der gnädigen Frau – Gott soll ihr das Himmelreich geben! – die Augen zugedrückt und die Hände zusammengelegt, und wenn sie eine

Rechtgläubige gewesen wäre, dann hätte ich ihr noch eine Sterbekerze hineingesteckt.«

»Aber als Sie von mir zurückgekommen waren, da hätten Sie doch noch einmal hineingehen und nach dem Rechten sehen müssen!«

»Warum? Was sollte ich hineingehen, sehr geehrter Herr? Verstorbene rennen nicht weg. Es war ja nichts mehr zu verrichten, und wer läuft denn für nichts in ein Zimmer, wo ein Toter liegt?«

Hierauf weiß der Hofgerichtsadvokat nichts mehr zu erwidern, und so fallen sie denn alle beide von neuem über Jakubson her.

Jakubson hat ein wenig Mut geschöpft, da er inne geworden ist, daß seine Angreifer sich gegenseitig in die Haare gerieten. Er ist inzwischen unter der Decke hervorgekrochen und sitzt nun auf dem Bettrande, mit dem Anziehen seiner Stiefel beschäftigt; den Rücken hat er vorgekrümmt, den Kopf tief in die Schultern geduckt, als wolle er ein ungutes Regengestöber ablaufen lassen.

Endlich hebt er den Kopf wieder und sieht die Scheltenden verständnislos an, wie ein unschuldig Leidender.

»Steh auf, Leichenschänder!« schreit der Hofgerichtsadvokat. »Du kommst nach Sibirien!«

Jakubson steht gehorsam auf. »Aber warum soll ich denn nach Sibirien kommen?« fragt er bescheiden. »Das kann ich gar nicht verstehen. Was habe ich denn getan? Das kann doch keine Leichenschändung sein, das ist doch in allen Ehren geschehen. Und ich bin ja kein Einbrecher. Das wissen Sie doch selbst, Herr Hofgerichtsadvokat. Wie oft habe ich an Ihrer Tür geklingelt, und Sie haben mir fünf Kopeken geben lassen. Oder ich bin in Ihrer Küche gewesen, und man hat mir einen Teller Suppe gegeben, gute Suppe mit Fleischklößen, nichts zu sagen. Aber nicht ein Stückchen Zucker habe ich aus Ihrer Küche weggetragen. Nein, so etwas müssen Sie mir nicht vorwerfen. Wenn ich schlechte Gedanken gehabt hätte – die alte gnädige Frau hat doch den schönen goldenen Trauring an der Hand und den anderen Ring mit dem großen violetten Stein. Habe ich denn irgend etwas angerührt?«

»Und seine Ziehharmonika hat er noch mitgebracht!« ruft der Hofgerichtsadvokat. »Hast wohl gar noch Musik gemacht? Musik im Angesicht des Todes? Oder gepfiffen?«

»Aber wo werde ich denn Musik gemacht haben?« antwortet Jakubson. »Ich weiß doch auch, was sich ziemt. Und gepfiffen habe ich ebensowenig, ich wollte ja alles unnütze Geräusch vermeiden. Nein, gebetet habe ich noch für sie. Und dann habe ich mich ganz still hingelegt, mit aller Vorsicht, und breitgemacht habe ich mich auch nicht, bei Gott!«

In aller seiner Ängstlichkeit kommt ihm ein lustiger Gedanke, er will ihn nicht äußern, aber so etwas kann man schlecht bei sich behalten, und so zwinkert er ein bißchen nach seiner Gewohnheit und sagt dann: »Sogar gefragt habe ich, in aller Ehrerbietung gefragt. Die gnädige Frau hat nichts dagegen gehabt.«

Der Hofgerichtsadvokat geht drohend auf ihn zu, aber er prallt zurück und schreit: »Besoffener Halunke! Nach Schnaps stinkst du auch noch!« Und im gleichen Augenblick hat die Wirtin die leere Südwein- und leere Spiritusflasche entdeckt, und jetzt hebt das Schelten und das Schnaufen von neuem an. Jakubson steht stumm da, mit gesenktem Kopf, und nur dazwischen hebt er das Gesicht und sieht den Hofgerichtsadvokaten bekümmert an.

»Herr Hofgerichtsadvokat«, sagt er endlich, als die beiden für einen Augenblick innehalten, »Herr Hofgerichtsadvokat, jeder hat nur ein Leben, er muß sehen, daß er sich das erhält. Und wenn Ihr Leben bedroht ist, Herr Hofgerichtsadvokat – was tut der Mensch nicht in einem solchen Fall?«

Und nun schildert er, wie die Ungerechten hinter ihm hergewesen sind mit finnischen Messern und Fleischerbeilen, wie er halbtot gewesen ist vor Schreck und wie er eine Stärkung nötig gehabt hat. Der Hofgerichtsadvokat lacht höhnisch und voller Geringschätzung bei dieser Geschichte, und die Wirtin tut es ihm nach.

»Und ich bitte, was hat es denn der Toten geschadet?« fragt Jakubson treuherzig. »Ja, wenn sie noch das Leben gehabt hätte!«

»Was es ihr geschadet hat?« wird ihm geantwortet. »Ihr

Andenken ... ihr Ruf ... eine Schändung ist es! Es wird herumgeredet werden –«

»Mein heiligstes Ehrenwort«, beteuert Jakubson. »Keiner Menschenseele werde ich ein Wort erzählen.«

Er macht eine kleine Pause, er schluckt ein wenig, und dann sagt er tapfer: »Und dann ist da noch etwas, Herr Hofgerichtsadvokat. Nämlich, ich bin doch gewissermaßen der letzte Mensch, der mit der gnädigen Frau zusammengewesen ist. Wenn ich da bitten dürfte: ein kleines Andenken hätte ich wohl gern.«

Niemand antwortet. Der Hofgerichtsadvokat reißt die Tür auf und deutet, hochrot im Gesicht, mit dem abgespreizten Daumen der rechten Faust hinaus. Jakubson nimmt seine Ziehharmonika und seine Mütze, wirft noch einen Blick auf die Tote und entfernt sich mit einem bedauernden Kopfschütteln.

Damals waren in Reval noch allerlei sehr feststehende Trauergebräuche im Schwange. Zwei Tage nach dem Tode der Witwe Heydenacker fand die Leichenfeier im Kawelkampschen Hause statt, von dem aus unmittelbar danach der Trauerzug zum Friedhof von Ziegelskoppel aufbrechen sollte. Der große Saal war ausgeräumt und mit Palmen, Tannengrün und Strickbeerkraut düster geschmückt. Die Stühle standen in Reihen; diese Anordnung im Verein mit dem Harmonium ließ an ein Konzert denken.

Die Trauergäste begannen sich zu versammeln, schwarz gekleidet und überdies Florschleifen an Kastorhut und Ärmeln; die Herren in Frack und weißer Binde, und wer zur Verwandtschaft der Toten gehörte oder ihr auf andere Weise besonders nahe gestanden hatte, der trug den schwarzen Frackkragen weiß eingekantert. Man begrüßte sich gemessen, man nahm Platz. Kein lautes Wort fiel, nur hier und da wurde wohlanständig geflüstert. Diener mit Servierbrettern gingen geräuschlos umher und boten jedem Gast das herkömmliche Glas Franzwein und das herkömmliche Leichenkonfekt an, ein zartes Makronengebäck aus der berühmten Studeschen Konditorei, weißglaciert und höchst kunstvoll mit schwarzen Traueremblemen in Schokoladenguß verziert, mit Urnen,

Zypressen, Trauerweiden, Palmenzweigen, Kreuzen, Stundengläsern, zerbrochenen Ankern, Schädeln und gekreuzten Knochen. Alle nippten sie, alle kauten sie mit betrübten Gesichtern und warteten auf den Hausherrn und die Seinen. Denn es war hergebracht, daß diese als die nächsten Leidtragenden die Gäste nicht begrüßten, sondern erst unmittelbar vor dem Pastor eintraten und Platz nahmen. Einstweilen warteten sie im Nebenzimmer auf die Meldung, der Pastor habe das Haus betreten.

Plötzlich geschah in dieser feierlichen Stille ein Köpfewenden, Räuspern und Tuscheln. Mitten unter den Trauergästen wurde Jakubson bemerkt. Er war sauber rasiert und trug einen alten schwarzen, ihm allzu weiten Rock, dem nur am linken Schoß ein Stückchen fehlte. Die Kragenaufschläge aber waren mit weißen Kreidestrichen eingefaßt. Es versteht sich, daß er seine Ziehharmonika nicht mitgebracht hatte; da man ihn jedoch sonst nie ohne sie zu Gesicht bekam, so scheint dieser Umstand immerhin der Hervorhebung nicht unwert.

Jakubson bewegte sich in gänzlicher Unbefangenheit. Er begrüßte diesen und jenen mit einer stummen Verbeugung und suchte sich seinen Platz; nicht gerade in einer der allervordersten Reihen, aber auch keineswegs ganz hinten oder am Rande einer Stuhlreihe. Er ergriff ein Glas Franzwein und einige Makronen, ja, binnen kurzem hatte er ein zweites Glas an sich zu bringen gewußt. Im übrigen betrug er sich geziemend; höchstens könnte gerügt werden, daß er ein wenig schmatzte.

Es war an jenem Morgen im Sterbezimmer freilich ausgemacht worden, der Vorfall sollte geheimgehalten werden. Aber aus wessen Schuld immer, diese Übereinkunft war durchbrochen worden, und es ist in Reval ja auch nicht leicht, Geheimnisse zu bewahren. So wußten denn manche unter den Trauergästen bereits, wie die Geizige, die Gastfeindliche eine sonderbare Gastfreundschaft nach ihrem Tode geübt hatte, und sie hatten nun manche Mühe, ihre lächelnwollenden Gesichter in schicklichen Trauerfalten zu erhalten.

Die Dienstboten waren in Unruhe und Verlegenheit. Sollte dieser Mann wirklich vom Herrn Hofgerichtsadvokaten eingeladen sein? Einige unter den Anwesenden stimmten flüsternd dafür, nach dem Hausherrn zu schicken; andere hatten die Meinung, man solle Jakubson unauffällig entfernen, bevor die Feier ihren Anfang nehme; indessen wäre dieses vielleicht nicht ohne einiges entweihende Geräusch abgegangen. So geschah denn vorderhand nichts, und jetzt öffnete sich auch schon die Seitentür, und der Hofgerichtsadvokat trat mit Frau und Kindern und einer Reihe Kawelkampscher und Heydenakkerscher Verwandter ein. Unmittelbar darauf erschien im Ornat Pastor Sturm von der Olaikirche, zu dessen Gemeinde die Familie des Hofgerichtsadvokaten gehörte. Er war heute von einem sehr ernsthaften Gehaben, und wer ihn so sah, der hätte ihm die Fahrt nach Sellifer nicht glauben mögen; indessen ist sie bezeugt. Alle Anwesenden scharrten brauchgemäß zur Begrüßung mit den Füßen. Die Feier begann, und es war keine Möglichkeit mehr, in Sachen Jakubson das geringste zu unternehmen.

Das Harmonium präludierte. Nach den Eingangsworten des Pastors wurde ein Choral gesungen. Jakubson sang laut und andächtig mit. Er wußte nichts von jener eigentümlichen Befangenheit, die häufig auch singenskundige Menschen nötigt, inmitten des Gemeindegesanges stumm zu bleiben oder ihre Stimme in halber Höhe zu halten.

Nach dem Choral begann Pastor Sturm seine Ansprache, in welcher er das Lob der Abgeschiedenen verkündete. Jakubson hörte sehr aufmerksam zu, das Gesicht gehoben und dem Munde des aufrechtstehenden Geistlichen zugewandt. Der Pastor sprach von ihren Eltern, ihrem Gatten, den vielen Prüfungen ihres Lebens; er sprach von ihrem christlichen Sinne, ihrer Wohltätigkeit, Herzensgüte und Gastfreiheit. Bei solchen Erwähnungen nickte Jakubson gedankenvoll und in Zustimmung. Ja, einmal stieß er die neben ihm sitzende Ratsherrin Korbmacher mit dem Ellbogen an, um sie auf eine vornehmlich rührende und treffende Stelle aufmerksam zu machen und sich ihres Einverständnisses zu versichern.

Nach dem Schlußliede erhob sich die Versammlung, der Pastor trat zu den Hinterbliebenen, alle Gäste drängten gemessen dieser Gruppe zu, um den Leidtragenden murmelnd die Hand zu drücken. Während dieses Vorgangs achtete niemand auf Jakubson. Als man sich seiner wieder erinnerte, war er verschwunden.

Nun geleitete ein langgedehnter Trauerzug die Verstorbene nach Ziegelskoppel. Abermals wurde gesungen, abermals redete Pastor Sturm von der trefflichen Artung der Abgeschiedenen und dem gerechten Schmerz der Zurückbleibenden. Allein es läßt sich nicht sagen, daß große Trauerausbrüche stattgefunden hätten. Der Sarg wurde in die Erde gelassen, ernst und höflich trat einer nach dem andern an das offene Grab und verrichtete stumm die abschließende Ehrenerweisung. Die Reihe der Erdstreuenden erschöpfte sich mit der russischen Witwe, in deren Hause Frau Ältester Heydenacker gestorben war. Obwohl eine Rechtgläubige, hatte sie sich bei der lutherischen Beerdigung eingefunden. Schnaufend warf sie unter der gesenkten Stirn hervor einen scheuen und wenig freundlichen Blick auf den Hofgerichtsadvokaten, bekreuzte sich eifrig und verschwand.

Da aber trat, ohne eine Scheu und in gänzlicher Sicherheit, Jakubson überraschend hinter einem Gebüsch hervor; er mag, so darf angenommen werden, heimlich auf dem rückwärtigen Trittbrett der letzten Kutsche nach Ziegelskoppel gelangt sein. Jakubson ging auf das Grab zu, die Mütze in der linken Hand zusammengeknüllt. Er warf ernsthaft drei Handvoll Erde hinunter und sagte sehr laut:

»Auf Wiedersehen, gnädige Frau. Und ich bedanke mich auch.«

Danach setzte er seine Mütze auf, fuhr sich mit dem Rockärmel erst über die Nase, dann über die Augen – denn es war wohl schicklich, einige Traurigkeit zu bekunden – und verschwand. Noch im Abgehen hörte man ihn pfeifen; kunstvoll hatte er all die Choralmelodien dieses Tages ineinandergeschlungen. Schließlich aber schien er doch wieder beim Jungfernkranz aus dem Freischütz angelangt zu sein.

Die wunderliche Herberge

In Reval und anderen Städten ist es so geordnet, daß Brauer, Fleischer, Schuster und Ärzte für die Lebenden sorgen, Totengräber und Geistliche für die Gestorbenen. Für die Scheintoten aber hat nie jemand gesorgt, außer dem Doktor Barg.

Doktor Barg liegt begraben auf dem Friedhof von Ziegelskoppel vor Reval, und sein Grab ist bezeichnet durch einen niedrigen, verwitterten Säulenstumpf mit einer sechszeiligen gereimten Inschrift. Sie beginnt mit den Worten:

»Hier ruht ohne Sorg und Arg
Doctor medicinae Barg –«

Außerhalb Revals wird wohl behauptet, das zweite Verspaar laute:

»Und die hier um ihn liegen,
verdanken ihm dies Vergnügen.«

Von der Irrtümlichkeit dieser Aussage kann sich indessen ein jeder überzeugen. In Wahrheit heißt es weiter:

»– der durch sechsundfünfzig Jahr
Hippokrat zu Reval war.«

Ganz unleserlich geworden sind aber die zwei letzten Zeilen; einzig das Wort »Schein-Tod« kann hier mit einiger Mühe entziffert werden.

Das Gedächtnis der Menschen hat mehr Dauerbarkeit als ein in Stein gemeißelter Grabspruch. Der naheliegenden Vermutung, Dr. Barg selber sei einmal fälschlicherweise für tot gehalten worden, läßt sich entgegentreten mit einem Bericht der Hergänge, wie sie in der forterbenden Erinnerung der Revalenser sich aufbewahrt haben.

Es mag sein, daß erst der Gedanke an das unvermeidbar näherrückende eigene Begräbnis den Dr. Barg in seinen letzten Jahren veranlaßte, der Erscheinung der Asphyxie – denn so nennt der Gelehrte, was wir Ungelehrten als Scheintod bezeichnen – seine Aufmerksamkeit zuzuwenden; es mag sein, daß dieser Gegenstand ihn schon früher im stillen beschäftigt hatte, indessen erst nach außen trat in jenem vorgeschrittenen Lebensalter, da die Gleichgültigkeit gegen das Köpfeschütteln der Menschen zunimmt und schrullige Absonderlichkeiten sich unmaskiert hervorwagen; in jedem Falle bemächtigte sich seiner jene Vorstellung, die alle paar Jahrzehnte irgendeinen Arzt zu überkommen pflegt, während viele Laien ihr fortdauernd ausgesetzt bleiben: die Vorstellung nämlich, die Schutzmaßnahmen gegen das Lebendigbegrabenwerden für tot gehaltener Menschen seien unzureichend und der furchtbarste aller Irrtümer ereigne sich häufiger, als man insgemein annehme.

Eines Nachmittags, als seine Haushälterin, die Witwe Kathinka Sebber, ihm den Kaffee in sein Studierzimmer brachte, sah er sie aus leeren Augen an und raunte: »Sebbersche! Sebbersche! Wenn Sie wüßten, was für gräßliche Sachen jeden Tag vorfallen!« Er schüttelte nachdenklich und in ratloser Bekümmernis den Kopf, die Sebbersche aber erschrak und machte, daß sie hinauskam.

Dr. Barg verfaßte eine Schrift mit dem Titel: »Die Asphyxie – eine Geißel der Menschheit«, ließ sie auf eigene Kosten drucken und versandte sie, ohne je eine Antwort zu erhalten, an alle gelehrten Körperschaften des In- und Auslandes. Er suchte jüngere Kollegen zu überzeugen, er hielt aufklärende Vorträge, er kam im Klub spätestens beim dritten Gläschen auf die einem jeden drohende Gefahr zu sprechen und entwickelte seine Gedanken in umständlicher Weise an Krankenbetten. Mochte er damit in einigen Köpfen unnötige Besorgnisse wecken, im ganzen scherzte man über seine Altersschrulle und fuhr fort, den freundlichen Junggesellen nach Verdienst gern zu haben. Immerhin gelang es seiner hartnäckigen Aufdringlichkeit, den Rat zu geringfügigen Änderungen der Leichenschau- und Bestattungsvorschriften zu bewegen. Der Tag, an dem die Neuerungen Rechtskraft erlangten, war sein stolzester. Er trank zwei Flaschen Pontac im Klub und verkündete: »Von heute ab wird in Reval kein Lebender mehr verscharrt. In Dorpat und Riga – meinetwegen.«

Indes hielt die Zuversicht nicht an; nach einiger Zeit begann er wiederum den Rat, ja, den Gouverneur mit Eingaben zu überlaufen, in welchen weit ausgreifendere Maßnahmen, wie Einführung des obligatorischen Herzstichs und der Pulsaderöffnung, gefordert wurden. Er machte sogar ein Immediatgesuch an den Kaiser; darin hieß es: »Unmöglich kann es der gnädige Wille Ew. Zarischen Majestät sein, daß Jahr für Jahr ungezählte pflichttreue Untertanen...«

Endlich, er hatte das achtzigste Jahr überschritten, geriet er in die merkwürdige Vorstellung, bloß sein persönliches Wirken habe bisher die Bestattung zahlloser Lebender verhindert und nur auf diese Weise sei es zu erklären, daß nie ein Fall solcher Art zu seiner und der öffentlichen Kenntnis gelangt sei; nach seinem Tode aber müsse sich, zumal Pulsaderöffnung und Herzstich immer noch nicht verordnet waren, Unabsehbares ereignen. Da belebt sich der erloschene Pupillenreflex; Lunge und Gefäßsystem, die bis jetzt unwahrnehmlich arbeiteten, beginnen entschiedener zu wirken. Zögernd noch kehrt der Herzschlag wieder, um die baldige Rückkunft des Furchtbarsten vorzukündigen: des Bewußtseins. Augen öffnen sich langsam in der Schwärze, Hände recken sich gegen die unerbittlichen Wände des luftarmen Behältnisses, ein erstes Röcheln, auf grauenvolle Weise dem ersten Schrei des Neugeborenen verwandt – nein, still! Wir wollen uns das Entsetzliche nicht vormalen; es zu dulden, möchte unser Herz nicht hart genug sein, und das Herz des freundlichen, mitleidenden Absonderlings ist es auch nicht. Und so macht es denn Gebrauch von dem schönsten Vorrecht der Unlogik. Dr. Barg also überspringt jene grausigen Bilder und kehrt sich einem anderen zu; auch dieses ist beängstigend genug, doch kann menschliches Vermögen hier helferisch eingreifen. Dr. Barg nämlich wendet seine Vorstellungskraft von der Lage des Scheintoten ab und richtet sie auf die Lage des Scheintotgewesenen, dem es bereits gelungen ist, auf irgendeine Weise – dies soll sein eigene und Gottes Sache sein, Dr. Barg verzichtet hier auf jede Zuständigkeit – seine schauerliche Kammer zu verlassen. Da steht er nächtlicherweile – denn Dr. Barg vermag nicht zu bedenken, daß derlei auch bei freundlichem Tageslicht möglich sei – im Totenhemd zwischen Leichensteinen und Hügeln, im heulenden Wind, vielleicht gar bei Schneesturm, vor Kälte zitternd, im immer noch bestrittenen Halbbesitz seiner Lebenskräfte, weit von der Stadt, weit von jeder wärmenden Menschenbehausung. Und selbst wenn es ihm glückt, die Stadt zu erreichen – man erwärmt sich ja über dem Laufen – was erwartet ihn? Nächtliche Straßengänger fliehen ihn entsetzt, das eigene Haus hält sich verschlossen; wer ins Sterberegister einging, ist aus dem Leberegister gelöscht. Seinen Pelz, seine Uhr trägt ein anderer, sein Bett ist weggeräumt, sein Ort am Tisch in allem Raume des Lebens eingenommen. Seine Stelle ist nicht mehr bei Toten, noch nicht wieder bei den Lebenden. Wohin kompetiert er, Angehöriger eines Zwischenstandes, wo bleibt er, bis der Vorgang seiner Wiedereinsetzung in die Lebensrechte sich vollzogen hat?

Erschwernisse dieser Art auszuschließen, machte Dr. Barg das wunderlichste aller Testamente. Er bestimmte den Großteil seines Vermögens zur Errichtung einer »Herberge für Scheintote«, die von seiner Haushälterin, der Witwe Kathinka Sebber, geführt werden sollte. Für sich selber hegte er keine Befürchtungen, hier war alle Obsorge getroffen. Zur Vornahme des Herzstichs, der Pulsaderöffnung, hatte ein wohlgesinnter Kollege sich willig erklärt. Dr. Barg starb getröstet und im Bewußtsein redlich getaner Pflicht, und er wurde zu Grabe gebracht mit vieler Teilnahme und Ehrung und natürlich unter dem Voranritt der gelben Totenvorreiterschen, einer alten und geisteswirren Person, deren Gewohnheit es ist, sich allen Trauerzügen an die Spitze zu setzen. Übrigens wird von ihr noch die Rede sein.

Und nun ist also von den Einwohnern Revals, deutschen und undeutschen, ein Verhängnis abgewendet. Nun steht – denn der Anfechtungsklage, welche der erblüsterne Fiskus anstrengte, hat das Gericht nicht stattgegeben –, nun steht ein freundliches, einstöckiges Holzhaus an der Straße nach Ziegelskoppel, nicht übermäßig weit vom Friedhofseingang, und sein gelber Anstrich schimmert tröstlich durch die Fliederbüsche des Gartens. »Willkommen!« steht über der Tür. Gleich einem gütigen Hafenlicht brennt die ganze Nacht über eine Laterne an der Gartenpforte.

Die Sebbersche hält sich genau an ihre Vorschriften und wird in ihrer Pflichttreue ein- oder zweimal jährlich durch Dr. Bargs Testamentsvollstrecker überprüft. Immer sind in den drei Gastzimmern die Betten sauber bezogen, während der kalten Jahreszeit die Öfen geheizt und die drei Wärmflaschen ständig mit heißem Wasser gefüllt. Immer ist der Samowar voll glimmender Holzkohlen. Über jedem Bett hängt eine farbige Lithographie, den Gründer der wohltätigen Anstalt darstellend, einen freundlichen alten Herrn mit weißen, ein wenig kräuseligen Haaren, roten Bordeauxbäckchen und rundlichen wasserblauen Augen. Dort, wo etwa der vierte Westenknopf sich befinden müßte, wenn es sich nicht eben um ein Brustbild handelte, stehen in Golddruck die Worte: »Herberget gerne. Römer zwölf, Vers dreizehn.«

Auf den Tischen ist Schreibzeug zum Gebrauch bereit, damit der Ankömmling die Scheinhinterbliebenen behutsam auf seine baldige Rückkehr vorbereiten kann.

Unabhängig davon ist die Sebbersche als Herbergsverwalterin selbstverständlich verpflichtet, in gedachten Fällen ungesäumt Medizinalbehörden und Polizei in Kenntnis zu setzen. Erwähnenswert ist noch der freundliche Blumenstrauß – im Winter wird er durch Tannengrün ersetzt –, der auf jedem Tische steht, und natürlich muß die Einkehr in dieses Heim zur Fliederzeit am schönsten sein, denn es ist nicht zu beschreiben, wie herrlich es da duftet und funkelt!

Es sind nach Dr. Bargs Abscheiden einige Jahre vergangen. Pünktlich zu den vorgesehenen Terminen empfängt die Sebbersche die ausgeworfenen Summen aus den Erträgnissen des Stiftungskapitals. Sie hält das Haus sauber, sie werkelt ein wenig im Garten, nicht zu viel, sie sitzt in der Fliederlaube und strickt; sie empfängt die Besuche ihrer Verwandten und Freundinnen, die immer wieder gern die Ausstattung der Zimmer und die Vorräte an Wäsche und Kleidung bewundern; denn da es ja vorkommt, daß die Hinterbliebenen mit Eilfertigkeit die Kleidungsstücke der Abgeschiedenen veräußern oder verschenken, so hängen in den Schränken einige Anzüge, so wie sie sich für die verschiedenen Stände schicken, städtische und bäuerliche Kleidung, die jedes Jahr pünktlich zu Georgi mit Mottenpulver bestreut wird. Selbstverständlich ist auch für

Wäsche gesorgt, und sogar für Hemden, denn der gutherzige Dr. Barg hatte nicht gewollt, daß einer seiner Gäste das mit manchen lästigen Erinerungen beladene Totenhemd länger als unbedingt nötig sollte tragen müssen.

Da reden denn die Weiberchen beim Kaffee und den frischen warmen Kümmelkuchen über den seligen Doktor und die Herberge: Wie schön, behaglich und zweckgemäß alles eingerichtet ist, und dazwischen meint eine der Frauen, es sei doch schade, daß von all diesen Anstalten kein rechter Gebrauch gemacht werde. Ja, und dem stimmt die Sebbersche wohl zu.

Es ist verständlich, daß die Sebbersche, seit sie die Herberge leitet, für Sterbefälle und Beerdigungen eine herzlichere Aufmerksamkeit hat als früher; mit Eifer studiert sie die Todesanzeigen in der Zeitung, und an dieser Lektüre können sich mancherlei Gedanken entzünden; so zum Beispiel, als der Friseur Krausberg gestorben war, ein stattlicher und vermögender Witwer, Ältester der St. Kanuti-Gilde, Obermeister der Friseurinnung, zwiefacher Hausbesitzer, Vorsteher der Liedertafel »Polyhymnia« – mein Gott, Krausberg reißt nachts am Klingelzug – – – Krausberg im Totenhemd – – – Krausberg verehrt in der Sebberschen seine Wohltäterin, Krausberg wird – – – Nun, der selige Krausberg hat weder geklingelt noch verehrt, der selige Krausberg ist offenbar allzu tot gewesen.

Vom Fensterplatz ihrer Wohnstube sieht die Sebbersche den Trauerzügen zu; das ist ihre Hauptunterhaltung. Anfangs hat sie dabei jedesmal den Gedanken gehabt, ob dort nicht ein künftiger Herbergsgast für sie vorübergefahren werde; allein solche Gedanken hat sie seit längerem nicht mehr. Denn verständlicherweise ist es ihr im Laufe der Zeit ein wenig aus dem Gedächtnis geraten, aus welchem Grunde eigentlich das Haus dasteht und sie selber darin ihre Behaglichkeit hat. Sie schaut zu, was an Kränzen aufgewendet worden ist, wer von der Geistlichkeit und wer von den bekannten städtischen Geschlechtern teilnimmt und was für Vereinigungen aufmarschieren; sie zählt und begutachtet die Wagen und die Leidtragenden, und als erstes überzeugt sie sich natürlich, ob die gelbe Totenvorreitersche auch ihre Pflicht tut. Die Sebbersche ist eine räsonable Person und pflegt die gelbe Totenvorreitersche abschätzig für eine verdrehte Schachtel zu erklären; aber es würde ihr doch etwas mangeln, wenn einmal ein Trauergeleit ohne solche Führung nach Ziegelskoppel zöge. Allmählich ist etwas Gemeinsames entstanden zwischen den beiden Frauen, obwohl sie nie ein Wort miteinander gesprochen haben, und während die gelbe Totenvorreitersche auf dem Wege zum Friedhof starr geradeaus blickt, so pflegt sie auf dem Heimweg, wenn sie gewissermaßen aus einer öffentlichen Einrichtung wieder zu einer privaten Person geworden ist, der am Fenster sitzenden Sebberschen mit freundlicher Würde zuzunicken. Dieser Gruß bildet für die Sebbersche den Abschluß des Schauspieles; nun sagt sie ein Vaterunser und kehrt alsdann zu ihrem Strickstrumpf oder Kaffeetopf zurück. Auf diese Weise also lebt die Sebbersche in einem guten Frieden; allenfalls will es ihr mitunter etwas eintönig erscheinen, und da kann es vorkommen, daß sich ein Wunsch nach Geschehnissen regt.

Unter den Verwandten, welche in gewissen Zwischenräumen die Sebbersche zum Kaffee besuchen und die Ausstattung der Gastzimmer rühmen, befindet sich auch ihre Nichte Hannchen, ein hübsches und gutwilliges Mädchen, dessen Vater Verkäufer in einer Materialwarenhandlung ist. Die Sebbersche hat Hannchen gern, und wir können sie unbedenklich ebenfalls gernhaben.

Hannchen hat einen Kummer; einen Kummer und ein Anliegen. Dies offenbart sich, als sie eines Nachmittags allein gekommen ist. Sie sitzen nebeneinander auf dem schwarzen Roßhaarsofa mit dem Wachstuchbezug, vor ihnen steht der große, blaugeblümte Kaffeetopf, und da wird Hannchen immer stiller, und plötzlich hat sie in jedem Auge eine Träne. Die Sebbersche streichelt sie und redet ihr zu, und schließlich lehnt Hannchen ihren hübschen Kopf gegen die weichen Fülligkeiten der Tante und schluchzt ein klein wenig, nicht gerade wie eine Verzweifelte, sondern eher wie eine Verlegene, die gern möchte, daß ihr Mut gemacht werde. Also macht die Sebbersche ihr Mut, und nun wagt sich, wiewohl zaghaft, nach dem Kummer auch das Anliegen hervor.

Hannchen hat, es war zu erraten, eine Liebschaft, und ihr Liebhaber ist ein junger Herr, welcher in Dorpat studiert. Das ist betrüblich, denn es bedingt, daß er nur zu den Ferien in Reval sein kann. Die Ferien gehen bald zu Ende, und es wird lange dauern, bis er das nächste Mal von Dorpat zurückkommt; bisher haben sie sich bald hier, bald da getroffen, immer in Heimlichkeit und ständiger Besorgnis vor Entdekkung. Nun aber haben sie sich gedacht, sie möchten doch einmal so recht nach Herzenslust beisammen sein dürfen, ohne Störung und Furcht.

Das alles hat Hannchen recht stockend und recht rot hervorgebracht, und dazwischen hat ihr kleines Geschluchze sie innehalten lassen. Darauf jedoch verstummt sie gänzlich, und die gerührte Tante muß mit viel Eifer in sie dringen, damit sie weiterspricht. Endlich faßt sie sich ein Herz, und nun ist es heraus: Der Student und Hannchen sind auf den Gedanken verfallen, daß die schönen Gastzimmer hier doch unbenutzt stehen, und ob die Tante es nicht erlauben würde –

Sie bricht ab, wird noch röter und flüstert, nun wird die Tante gewiß Gott weiß was von ihr denken. Die Tante versichert beschwichtigend, sie denke nicht daran, Gott weiß was zu denken. Und das tut sie auch wirklich nicht, vielmehr hat sie nur ein wenig gestutzt vor diesem fremdartigen und zunächst etwas verwirrenden Ansinnen, dann aber gerät es ihr plötzlich wie mit einer wohltätigen Wärmewelle ins Bewußtsein, daß ihr einförmiges Leben nun mit einem Schlage seine ereignisvolle Bereicherung erfahren könne!

Sie möchte indessen doch noch mit sich zu Rate gehen, und so entläßt sie ihr Hannchen mit einem Kuß und mit der Aufforderung, am nächsten Tage wiederzukommen.

Hannchen tut das, es ist ihr etwas bänglich zumute, aber die Sebbersche drückt sie schon beim Türöffnen an sich, ihre Augen glänzen von rührseligem Eifer, sie klopft Hannchen auf die Backen und sagt: »Laß nur, laß nur, Kindchen, brauchst nichts mehr zu reden. Ich weiß ja, junge Leute wollen Freude haben! Paß auf, wir werden alles fein einrichten.«

Sie war aufgeregt und geschäftig wie eine Brautmutter, und sie hatte bereits, einem Gefühl für das Schickliche folgend, aus dem Zimmer, das dem gutwilligen Hannchen und ihrem Studenten zugedacht war, die beiden Gesangbücher entfernt und sie in ihre Wäschekommode gelegt. Denn Dr. Barg hatte das in seinem Testament so angeordnet, daß auf jedem Nachttischchen neben dem Leuchter zwei Gesangbücher liegen müssen, das deutsche und das estnische, damit der Gast nicht in Verlegenheit gerät, wenn er das naheliegende Bedürfnis spürt, sich bei seinem Schöpfer für die gnädige Rettung zu bedanken.

Das Zusammensein der beiden fand statt. Wir brauchen es nicht im einzelnen zu beschreiben, und seine Wiederholungen auch nicht. Diese Wiederholungen erreichten zunächst ein Ende, als der Student zu Hannchens herzlichem Kummer nach Dorpat abreiste. Aber nun war man es einmal so gewohnt, und Hannchen war ja ein gutwilliges Mädchen, wir erwähnten das schon; also verging nicht sehr viel Zeit, da erschien sie mit einem jungen Landmesser. Weil aber der Dr. Barg für drei Zimmer gesorgt hatte, mußten mit der Zeit auch aus den beiden anderen die Gesangbücher entfernt werden. Es fanden sich Freundinnen von Hannchen ein, höchst ermunternde Mädchen, die wieder ihre Freunde mitbrachten, auch der Landmesser blieb nicht ohne Nachfolger, und nun hatte also die Herberge nach so langem Leerstand ihre Gäste. Der Zuspruch ist lebhaft, ja, es kommt vor, daß das Haus überfüllt ist und unangemeldete Besucher abgewiesen werden müssen. Die Sebbersche scheint um ein Jahrdutzend verjüngt, ja, sie hat förmlich etwas Strahlendes angenommen. Tags freilich, wenn die Leichenzüge vorbeikommen, sitzt sie immer noch am Fenster und nickt der gelben Totenvorreiterschen zu; abends jedoch bemächtigt sich ihrer eine kuppelmütterlich zwinkernde Emsigkeit. Da wirtschaftet sie im Haus herum, in der Küche und in den Gastzimmern, und hat ein wohlwollendes und vertrauliches Mitwisserlächeln. Sie sorgt für Süßigkeiten, Getränke und Imbiß, einer von den Herren hat eine Ziehharmonika zum Hausinventar gestiftet, es wird getanzt, ja sogar die Anschaffung eines gebrauchten Pianos wird häufig erwogen und besprochen. All dies neue Getreibe ist für die Sebbersche eine schöne Auffrischung ihrer Lebensgeister, und eine hübsche Einnahme ist es auf die Dauer natürlich auch; so verdient sie sich denn eine tüchtige Garnitur guter und erwärmender Kuppelpelzchen für ihren winterkalten Lebensabend. Und das alles geht in vergnügter Heimlichkeit vor sich, niemand hört etwas von der Musik oder dem Gelächter, denn wer kommt schon zu solcher Stunde an der Herberge für Scheintote vorüber?

Mitten in diese verschwiegene Lustbarkeit fiel ein merkwürdiges Begebnis. Um eine regnerische herbstliche Abendstunde war die Sebbersche in der Küche mit der Herrichtung des von Zimmer Nr. 2 verlangten Punsches beschäftigt, als an der Gartenpforte geläutet wurde. Die Sebbersche riß das Fenster auf und rief eifrig in die Dunkelheit: »Alles besetzt!« Hierauf schloß sie das Fenster und machte sich an das Auspressen einer Zitrone.

Nach wenigen Minuten wurde ans Fenster geklopft; die Sebbersche ging ärgerlich hin und öffnete. In der Dunkelheit war nicht viel zu erkennen, außer daß hier ein Mensch im Hemde stand, und die Sebbersche hatte sich so sehr aller Gedanken an den eigentlichen Zweck des Hauses entwöhnt, daß sie annahm, es habe sich einer ihrer Gäste für einen Augenblick in den Garten begeben und wolle nun wieder ins Warme; verwunderlich blieb es dennoch, und auch das Geläute an der Pforte wollte plötzlich nicht mehr eindeutig erscheinen.

»Ja, was ist denn?« fragte die Sebbersche.

»So machen Sie doch die Tür auf! Lassen Sie mich hinein! Ich komme vom Kirchhof!« schrie eine rauhe und erschöpfte Stimme.

Der Sebberschen kamen ein paar Laute aus der Kehle, ihre Knie schlugen gegeneinander, sie taumelte durch die Küche.

Im Vorraum fand sie wenigstens die Stimme wieder. Sie kreischte: »Hannchen! Hannchen! Meine Herren! Gott im Himmel!«

Das Petroleumlämpchen bebte in ihren Händen. Sonderbarerweise war es jetzt ihr vordringlichster Gedanke, daß alle Gesangbücher aus der Wäschekommode wieder an ihre Orte getan werden müßten. Und zugleich überfluteten sie dunkle und drohende Erinnerungen aus der Schule und dem Konfirmationsunterricht: Ich werde kommen wie ein Dieb in der

Nacht... in das Seinige kam er, die Seinen haben ihn nicht aufgenommen...

Eine Faust schlug mehrere Male gegen die Haustür.

»Aufmachen! Aufmachen!« rief der Ankömmling.

Kraftlos drehte die Sebbersche den Schlüssel, mühselig schob sie den Riegel zurück.

»Und daß man erst über den Zaun klettern muß! Eine schöne Wirtschaft ist das hier! Und was heißt denn das: alles besetzt–?« sagte der Eintretende zornig. Es war ein kräftig gebauter Mann von vielleicht vierzig Jahren, mit bleicher Gesichtsfarbe und tagealten Bartstoppeln. Vom kurzgeschorenen Kopfhaar lief das Wasser. Er zitterte vor Kälte, das kurze grobe Hemd war vom Regen durchnäßt und klebte am Körper. Die nackten Füße und Beine waren mit einer feuchten Erdschicht überzogen.

»Gnädiger Gott, gnädiger Gott«, stammelte die Sebbersche. »Bitte... bitte... wenn Sie näher treten möchten...«

Ihre Kräfte wollten sie verlassen; der Scheintote stützte die Lebendige, und so gelangten sie ins Wohnzimmer.

Auf die Schreie der Sebberschen hatte sich in den Gastzimmern allerlei Geräusch erhoben. Jetzt kamen die Gäste, unordentlich, ja, notdürftig bekleidet, einer nach dem andern zum Vorschein und drängten sich schaudernd, aufgeregt durcheinander fragend, um den Mann im Hemde, der sich in den Lehnstuhl am Ofen gekauert hatte und finster zur Sebberschen hinüberstarrte; die Sebbersche saß mit aufgestützten Armen am Tisch und stöhnte. Den Fragenden antwortete er mit einer düsteren Miene und mit einer düsteren und fortweisenden Handgebärde: »Fragt mich nicht. Es war grauenvoll.«

Die guten Mädchen fanden sich als erste tatkräftig in die Bedürfnisse des Augenblicks; eins stürzte davon, um ein Bett zu richten, eins lief nach Tee, Punsch und Branntwein in die Küche, ein drittes schleppte heißes Wasser und Decken heran. Darüber kam auch die Sebbersche wieder zu Kräften und zum Bewußtsein ihrer Obliegenheiten; sie hastete zwecklos und mit heftigem Geschnauf durch die Zimmer, verteilte die Gesangbücher auf die Nachttische, ja, sie rückte an den Porträts des seligen Dr. Barg, weil sie meinte, eins von den dreien habe schief gehangen.

In kurzem lag der Scheintote – denn nach Dr. Bargs Vorgang brauchen auch wir nicht ängstlich zwischen Scheintoten und Scheintotgewesenen zu unterscheiden, auch hatte die versammelte Gesellschaft sich bald gewöhnt, ihn so zu bezeichnen – mit heißen Getränken gelabt, mit einem schönen neuen Nachthemd bekleidet, wohl zugedeckt im Bett. Drei junge Leute, drei gutwillige Mädchen, dazu die Sebbersche, standen, saßen, huschten um sein Bett herum, liefen zwischen dem Gastzimmer und der Küche hin und her, brachten Essen, brachten Tropfen aus der Hausapotheke, redeten und fragten und genossen, ein jeder auf seine Art, den ungewöhnlichen Vorfall. Auch der Sebberschen hatte man einige Labung zukommen lassen, und die allgemeine Munterkeit begann allmählich auch sie ein wenig einzuschließen.

Inmitten dieses Trubels verzehrte der Scheintote heißhungrig, was man ihm vorsetzte, trank reichlich und schien sich zusehends zu erholen. Nur dazwischen schüttelte er sich plötzlich, als schaudere ihn bei der Erinnerung an alle ausgestandenen Schrecknisse. Sonst aber schien eine Art Behagen ihn zu erfüllen und von ihm auszugehen. Er rauchte sogar genießerisch eine Zigarre, die einer der jungen Leute ihm angeboten hatte. Zur Sebberschen sagte er: »Sie sind doch hier die Wirtin? Sind das hier alles auch Scheintote? Dafür finde ich sie schon recht munter.«

»Nein … das nicht … nun, so – … ich habe ein bißchen Besuch«, antwortete die Sebbersche verlegen, und da kam es ihr zum ersten Male siedeheiß ins Bewußtsein, welche Unannehmlichkeiten, ja, welche Gefahren befürchtet werden mußten, wenn dieser Mann die Bewandtnisse des Hauses erfaßte und in der Stadt preisgab!

Ihn von allen gefährlichen Gedanken abzulenken, begann sie ein hastiges Plappern: Wenn er sich erst erholt haben werde – ob er dann seinen Angehörigen schreiben wolle? Oder ob er wünsche, daß gleich eine Nachricht abgehe? Vielleicht wolle er ein paar Worte diktieren? Einer der Herren werde sicher so gut sein, den Brief zur Stadt mitzunehmen. Wo er denn wohne? Und der Name? Sie selbst sei ja auch verpflichtet, der Behörde unverzüglich Meldung zu machen.

»Wie ich heiße? Kaarberg«, antwortete er. »Nein, Anhang in der Stadt habe ich nicht. Das ist alles vom Krankenhaus aus gemacht worden. Schweinebande, alle diese Ärzte und Wärter und Schwestern! Einen lebendigen Menschen –« Er brach finster ab.

»Aber, wie sind Sie denn herausgekommen, Herr Kaarberg?« fragte Hannchen und schüttelte sich wohlig vor Gruseln.

»Na, eben so«, erklärte Kaarberg. »Das ist nicht so schwer, man muß nur die richtigen Griffe haben. Ich war ja auch noch nicht im Grabe. Der Sarg stand in der Friedhofskapelle, da hatten sie mich so hingekarrt, vom Krankenhaus, morgen sollte die Beerdigung sein. Ja, hingekarrt, wie eine verreckte Kuh.«

»Darum, darum!« sagte die Sebbersche eifrig. »Ich habe mich auch schon so gewundert. Während Sie aßen, da habe ich immer gedacht, wer mag der Herr wohl sein? Was waren denn schon für Beerdigungen die letzten Tage? Da war die Baronin Maydell und der Makler Husch und dann noch eine Kinderleiche – sonst nichts.«

»Ja, die sind sparsam mit Feierlichkeiten«, erzählte der Scheintote weiter, »die im Krankenhaus. Die machen mit einem, was sie wollen! Das Haar haben sie mir kurz geschoren, Anstaltswäsche haben sie mir angezogen. Und nicht mal als Toter kriegt man ein ordentliches Leichenhemd! Im gewöhnlichen Krankenhaushemd legen sie einen in den Sarg. Pfui Teufel! Schmeißen Sie das Ding in den Ofen, nicht mit einem Auge will ich es mehr sehen!«

Ja, der Meinung waren sie nun alle, ein besseres Hemd hätte man ihm im Krankenhaus schon geben müssen zur Einsargung, sozusagen ein feierlicheres. Dieses, das er angehabt hatte, war rauh und schlissig und mit einer Nummer bedruckt. »43« stand groß auf der linken Brustseite. Jetzt hing es zum Trocknen in der Küche über einem Stuhl.

»Und was Ihre Meldung ist an die Behörde, das lassen Sie nur bleiben! Ich habe genug von der Wirtschaft, oder glauben Sie, ich will wieder mit denen vom Krankenhaus zu tun bekommen? Eben erst haben sie mich um ein Haar lebendig in die Erde gesteckt. Nur kein Doktor! Ach, lassen Sie mich zufrieden mit der ganzen Wirtschaft! Schließlich wird es auf ein paar Tage auch nicht ankommen.«

Dabei bleibt er, und dann erklärt er, er möchte schlafen. Seine Zigarre hat er ja auch zu Ende geraucht.

Als alle gegangen sind, ruft er: »Frau Wirtin! Frau Wirtin! Einen Augenblick!«

Die Sebbersche kommt zurück, der Scheintote sieht sie streng an und sagt: »Glauben Sie, Sie können mich dumm machen? Glauben Sie, ich habe nicht gemerkt, was hier im Hause ist?«

»Herr Kaarberg... Herr Kaarberg...« stammelt die Sebbersche. »Herr Kaarberg... wir haben Sie doch so aufgenommen, und jetzt sagen Sie... das ist doch eine Schande, Herr Kaarberg!«

Herr Kaarberg grinst. »Was meinen Sie, was wird sein, wenn ich in der Stadt erzähle, wie es bei Ihnen zugeht? Ach, heulen Sie doch nicht gleich – wem werde ich denn was erzählen? Glauben Sie, ich laufe zu einer Behörde, damit sie mich wieder ins Krankenhaus stecken? Keinen Ton sage ich, aber Sie werden auch keinen Ton sagen, und eine Meldung machen werden Sie auch nicht, verstehen Sie mich? Und das sagen Sie auch den jungen Leuten und den Mädchen!«

Die Sebbersche hat noch ein Weilchen geklagt und beteuert und sich verwahrt, der Scheintote hat sie ruhig gewähren lassen und dazwischen gelacht; zuletzt hat sie eingesehen, daß sie ihn wirklich nicht ans Krankenhaus ausliefern darf, und so haben denn die beiden ihre Abmachung getroffen; mit dieser Abmachung haben sich auch die Gäste einverstanden erklärt.

Nach solchen Aufregungen hat die Sebbersche eine unruhige Nacht. Erst gegen Morgen schläft sie ordentlich ein, und als sie aufwacht, ist es recht spät. Sie horcht an Herrn Kaarbergs Tür: es ist nichts von ihm zu hören, also schläft er wohl noch; das läßt sich leicht verstehen, wenn man bedenkt, was für Erlebnisse hinter ihm liegen. Nachdem die Sebbersche gefrühstückt hat, klopft sie zaghaft bei ihm an, denn Herr Kaarberg muß doch auch sein Frühstück bekommen.

Allein drinnen im Zimmer rührt sich nichts, und so wartet sie wieder eine Weile. Endlich wird sie unruhig, ruft seinen

Namen, erst leise, dann lauter; zuletzt will sie die Tür öffnen, aber die Tür ist verschlossen. In ihrer Angst läuft sie in den Garten, um durchs Fenster zu sehen.

Das Fenster ist nur angelehnt, das Zimmer ist leer. Die Sebbersche schleppt, mühsam atmend, die Gartenbank herbei und steigt durchs Fenster. Ja, Herr Kaarberg ist fort, Schrank und Kommode stehen offen. Herr Kaarberg hat sich von Kopf zu Füßen eingekleidet.

Die Sebbersche nimmt Zuckerwasser und Baldriantropfen und verbringt eine arge Zeit. Mit großer Bänglichkeit wünscht sie den Abend herbei, in der Hoffnung, es werde jemand von ihren gewöhnlichen Gästen erscheinen, mit dem sie über all diese beklemmenden Vorkommnisse sich aussprechen könnte.

Allein sie braucht nicht bis zum Abend zu warten, denn bereits am Nachmittag kommt jemand; es ist ein schnauzbärtiger Polizist.

Erst fragte er, ob sie die Witwe Sebber ist, so und so, geboren dann und dann. Darauf läßt er sich ein Glas Tee vorsetzen – fast hätte sie es fallen lassen – und erzählt, was sich begeben hat: nämlich gestern nachmittag ist es einem Strafgefangenen geglückt, sich bei den Straßenarbeiten davonzumachen. Man hat gesucht, und da ist auch etwas gefunden worden, und zwar ist das die Sträflingskleidung, die hatte er im Gemüsegarten versteckt, dort drüben, hundert Schritt von der Herberge. Bloß das Hemd hat er anbehalten, es trug seine Sträflingsnummer, die Nummer 43. Und weil sich das doch hier in größter Nähe abspielte, darum will der Polizist fragen, ob die Sebbersche nicht etwas Verdächtiges bemerkt hat. Am Ende habe sie einen Mann im bloßen Hemd gesehen?

Die arme Sebbersche erschrak ohne Maß und begann ein gänzlich unsinniges Geplapper; sie wisse von nichts, und sie habe noch nie mit der Polizei zu tun gehabt, nein, da könne sie leider keine Auskunft geben, aber vielleicht sei dem Herrn Revierinspektor ein Imbiß gefällig, einen Augenblick, sie wolle etwas holen – und damit läuft sie in die Küche in ihrer Kopflosigkeit, sie will nur ein paar Minuten allein sein, um ihr flatterndes Herz zu beruhigen und sich zu überlegen, wie denn alles eigentlich beschaffen ist und was weiter passieren wird.

Aber da ist der Polizist ihr nachgegangen, und kaum ist er in die Küche gekommen, da sieht er das Hemd über der Stuhllehne, gerade die Vorderseite mit der großen Nummer »43« hängt nach außen; denn natürlich hat die Sebbersche in allen Verstörungen dieses Tages gänzlich vergessen, es wegzutun.

»Das ist Fluchtbegünstigung«, sagt er streng und hält das Hemd in die Höhe. »Das Hemd nehme ich mit«, fährt er fort. »Aber Sie auch.«

»Erbarmen Sie sich, Herr Revierinspektor«, schreit die Sebbersche, »ich bitte Sie um alles in der Welt, ich habe doch nichts gewußt, keine Ahnung habe ich gehabt, ich schwöre Ihnen...«

»Das werden Sie schwer beweisen können«, antwortet der Polizist.

»Alle die anderen können das bezeugen, beschwören werden sie es –«

»Welche anderen?« fragt der Polizist.

Und nun nennt sie die Namen: »Ja, ich hatte ein bißchen Besuch, lauter hochanständige junge Leute, ich schwöre Ihnen, Herr Revierinspektor, und daß ich es nicht gleich anfangs gesagt habe, ja, das war nur, weil ich Angst hatte, ich habe eben noch nie mit der Polizei zu tun gehabt, und ich will schwören, daß –«

Der Polizist sagt, sie soll sich hinsetzen. Er bringt ihr ein Glas Wasser, damit sie ruhiger wird, und setzt sich auch hin und läßt sich alles erzählen und schreibt es in sein Notizbuch. Er stellt sehr viele Fragen, und dann durchsucht er das ganze Haus und fragt wieder, dieses und jenes, und ehe die Sebbersche es gewahr wird, da hat sie sich verplappert, und nun sagt er ihr auf den Kopf zu, was sich hier in der Herberge für Scheintote alles ereignet hat.

»Nur aus Gefälligkeit, nur aus Gefälligkeit, Herr Revierinspektor!« winselt die Sebbersche.

Das alles hat seine zwei Stunden gedauert, allmählich ist man ein bißchen bekannter, ja, vertrauter miteinander geworden, und zuletzt schlägt der Polizist die dringlich und oft wiederholte Einladung zu einem Imbiß nicht mehr aus. Die

Sebbersche bringt also den guten Pomeranzenschnaps, den sie für ihre Gäste immer im Hause hat, und marinierte Fischchen und Gurken und eingemachte Pilze und noch dies und das, und der Polizist vespert reichlich und in wohllauniger Gelassenheit, während sie ihm bald schmeichelnd, bald flehend zusetzt, er möge doch die Sache auf sich beruhen lassen und eine Witwe nicht ins Unglück stürzen. Er gibt ihr keine bestimmte Zusage, immerhin beschränkt er sich beim Aufbruch auf die Mitnahme des Hemdes. Auf dem Heimwege jedoch macht er sich klar, daß er von der Sebberschen allenfalls eine Reihe weiterer Imbisse, von seinen Vorgesetzten hingegen Beförderungen und Gehaltszulagen zu erwarten habe. Brachte er keinen entflohenen Sträfling mit, so wollte er außer dem Hemde wenigstens eine ablenkende dienstliche Neuigkeit mitbringen.

Dies tat er, und damit war die freundliche Schutzhülle der Verborgenheit, die bis jetzt wachstumfördernd über den Geschehnissen in der Herberge gelegen hatte, endgültig durchstoßen.

Nun sollte eigentlich gegen die Sebbersche ein Verfahren wegen Kuppelei und zugleich wegen fahrlässiger Fluchtbegünstigung eröffnet werden. Aber schließlich mußte das Andenken des Dr. Barg, der zu den Wohltätern der Stadt gehörte, bei Ehren gehalten werden, und da wäre doch ein Skandal nicht schön gewesen. Gerade damals war, nach langen Erwägungen, ob dem beginnenden Zeitalter des Verkehrs der Zutritt auch nach Reval gestattet werden könne, der Bau der Baltischen Eisenbahn beschlossen und in Angriff genommen worden. Es traf sich glücklich, daß das Grundstück der Herberge für Scheintote gerade auf dem Gebiet der projektierten Bahnanlage gelegen war; so wurde es gegen eine angemessene Entschädigung enteignet und das Haus abgerissen. Die Stiftung wurde aufgelöst, ihr Vermögen auf allerhand wohltätige Anstalten verteilt, die Sebbersche aber in ein Stift für alleinstehende und unbescholtene Bürgerwitwen eingekauft.

Kaddri in der Wake

Tönno lebte in einer Fischerhütte, nicht sehr weit von Reval, nicht sehr nah von Reval, gerade so, daß es sich noch lohnt, die Fische zu Fuß in die Stadt zu bringen. Freilich, er selber hat die Zeit nicht dazu, da muß die Frau gehen. Die Frau heißt Kaddri, und Tönno hält sie für sein Unglück. Kaddri putzt sich gern, Kaddri macht gern Augen, Kaddri trinkt, Kaddri treibt sich herum; es ist gefährlich, sie nach Reval zu schicken, aber was bleibt einem übrig, wenn man niemanden hat außer ihr, kein Kind, keinen Bruder, keinen Knecht?

Freilich, wer trinkt nicht? Tönno trinkt auch, aber da ist ein Unterschied: Er sieht auf seine Sachen. Er könnte im Wohlstand sein, wenn Kaddri nicht wäre.

Tönno hat sich lange gequält, Gott weiß das und wird es einmal in Rechnung stellen. Er hat kein Glück gehabt mit Lachs und Killo, Strömlingen, Wemgallen und Butten. Dann hat er sich auf den Aalfang gelegt, und siehe da, die Aale lieben ihn. Er fängt sie auf jede Weise, mit Stellnetz und Stecheisen, und besonders lieben ihn die Winteraale. Er läßt sich aber auch keine Mühe verdrießen, er verabsäumt nichts; er arbeitet mit Netzen, die am Karfreitag ausgebessert sind, und an allen hohen Feiertagen gießt er ein paar Tropfen Schnaps in die See – nicht nur wenn Feiertag in der Kirche ist, sondern auch, wenn der Kaiser oder die Kaiserin oder irgendein Großfürst den Namenstag begeht. Tönno räuchert selber, und er hat viel Geschick dabei, er hebt seine Gruben aus, macht Feuer von harzigem Holz, von Kiefern- und Fichtenzapfen und von Kaddikzweigen und setzt die Aale im Rahmen darüber. Bei ihm kommt es nicht vor, daß ein Aal fade schmeckt, weil er zuwenig Rauch bekam, oder daß er den scharfen Brandgeschmack hat, weil er zu stark geräuchert wurde. Es gibt keine bessere Räucherware als seine, mit der ist man nicht an den Markt gebunden, mit der kann man in Reval in alle Häuser gehen.

Die Aale lieben ihn, die Kopeken lieben ihn nicht. Daran ist Kaddri schuld.

Was ist da zu machen? Zwei Pferde sind zusammen vor den

Schlitten gespannt, sie müssen miteinander laufen, bis der Kutscher sie abschirrt.

»Du kannst eine Frau dreißigmal am Tag prügeln, du kriegst sie nicht in Ordnung«, hat Tönno einmal im Kruge gesagt. »Vielleicht hat ihr nur noch das einundreißigste Mal gefehlt, aber da hast du keine Lust mehr gehabt, keine Kraft mehr, keine Zeit mehr oder keine Hoffnung mehr. Und so bleibt sie schon, wie sie ist.«

Aber so etwas sagt er selten, er hat wenig Umgang mit den anderen Fischern, denn es ist ihm nicht lieb, spöttische oder gar mitleidige Worte zu hören. Manchmal denkt er daran, daß er vom Pastor gelernt hat, es gehe alles auf der Welt nach Gottes Gerechtigkeit. Aber was ist das für eine Gerechtigkeit, wenn einer sich plagt und mit aller Arbeit schindet, und die Frau läßt es nicht geschehen, daß er in die Höhe kommt?

Im Winter haut Tönno Waken ins Ostsee-Eis und legt seine Schnüre aus, er kennt die besten Stellen. Aber das ist die geringste Arbeit und auch die geringste Beute, wenigstens in diesem Winter. Es lohnt sich kaum noch, nach den Schnüren zu schauen. Tönno wundert sich darüber, denn so selten er auch mit anderen Fischern zusammenkommt, er hört doch von ihnen, daß sie dies Jahr auch über den Netzfang nicht klagen dürfen. Tönno meint, es gebe zwei Arten von Aalen: die einen, die im Winter die Wache halten müssen, die fängt er mit Schnüren; und die anderen, die ihren Winterschlaf halten dürfen, auf dem Meeresboden, im Schlamm, die wollen gestochen sein. Da muß man stundenweit über das Eis gehen, runde Waken schlagen an den Schlummerstellen und mit dem langen Fünfzack unter die fetten Schläfer fahren. Und wenn Tönno mit dem Fang heimkommt, hungrig, müde, verfroren, dann ist der Ofen nicht warm und die Grütze nicht gekocht. Seine Hütte steht abseits von den übrigen, es ist ein windschiefes, undichtes Gebäu, die hungrige Ziege hat Moos und Schilf vom Dach abgeweidet, man sieht den Verfall schon aus der Ferne. Es hilft nichts, daß Tönno ein anschlägiger und zugreiferischer Mann ist; unter Kaddris Händen muß alles verkommen.

Aber wo, in Dreiteufelsnamen, treibt sie sich herum, das gottverfluchte Frauenzimmer? Die Hütte ist leer, es ist heut der zweite Tag. Gestern früh hat sie nach Reval gehen sollen, gestern beim Heimkommen hätte Tönno sie zu Hause vorfinden müssen.

Sie ludert in Reval herum, weiß der Satan, mit wem! Aber jetzt soll es einmal sein Ende haben!

Tönno läßt sich keine lange Ruhe, Tönno steckt ein Stück Schwarzbrot in den zerlumpten Schafspelz, Tönno nimmt seinen dicken Stock und macht sich auf den Weg. Er wird Kaddri finden und ihr alle Knochen zerschlagen, und bei Gott, nie wieder in Zukunft wird er vor dem einunddreißigsten Male haltmachen aus Mangel an Lust oder an Kraft oder an Zeit – denn Hoffnung hat er ja nicht mehr.

In Reval hat Tönno seine Frau nicht gefunden, obwohl er überall hinging, wo sie hätte sein können, zu Bekannten, zu Verwandten, in die Einkehrhäuser, die von seines- und ihresgleichen aufgesucht wurden. Er mochte niemanden geradezu fragen: »Hast du meine Frau gesehen?«, aber er brachte umwunden das Gespräch auf Kaddri, und wenn jemand ihrer ansichtig geworden wäre, so hätte Tönno es erfahren. Aber es hatte sie keiner zu Gesicht bekommen.

Tönno übernachtete bei seinem Vetter, der Pförtner in einem großen Hause der Breitstraße war, und setzte folgenden Morgens seine Nachsuchungen fort. Endlich sagte er sich, daß er doch um Kaddris willen seine Aale nicht in Ewigkeit versäumen dürfe. Also kehrte er heim, und unterwegs malte er sich zornmütig aus, wie er Kaddri zum Teufel jagen würde, wenn sie heute oder morgen zurückkäme.

Zu Hause war sie nicht. Es war leer, kalt und dunkel.

Das Aalstechen war für diesen Tag verpaßt, so ging Tönno wenigstens, nach den Schnüren zu sehen. Denn bis zu den wachen Aalen ist es kein langer Weg, nur die guten Schlummerstellen liegen weit ab.

Es war schon dämmrig, ein trüber schneelichtiger Tag, als Tönno vor der Wake stand. Er schlug die dünne Eisschicht weg, mit welcher der Frost der letzten Tage die Öffnung aufs neue geschlossen hatte. Er wollte die Schnüre hochziehen und verspürte eine gewaltige Schwere. Den ersten Augenblick lang freute er sich über den guten Fang, im zweiten lief ihm schon der gewohnte trübselige Gedanke durch den Kopf: »Was nützt alles? Kaddri bringt es durch, Kaddri läßt es verkommen.«

Aber wie gewaltig beladen ist sein Fanggerät! Er will es hochbringen, aber nein, das ist kein Fischsegen mehr, das ist eine andere Last, da hat sich etwas verfangen, er muß fürchten, es wird alles Schnurwerk zum Reißen bringen! Er fährt mit der Hakenstange hinein, packt zu und zieht. Er fühlt, wie das Schwere zur Höhe gelangt. Fast hätte er die Stange losgelassen. Da ist ein gestreifter Rock, eine vielfarbige Schürze, ein Umschlagetuch, da blinkt die Glasperlenkette. Das ist seine Frau Kaddri, und sie ist über und über bedeckt mit Aalen, fetten, glänzenden Aalen, so dick sind sie wie Kinderarme.

Und nun liegt Kaddri vor ihm auf dem Eise. Tönno beugt sich schwer atmend über sie. Es ist gut, daß es nicht mehr heller Tag ist.

Und hier, indessen Tönno in allerlei Gedanken auf das sonderbare Bündel niederstarrt, auf dem sich im winterlichen Dämmerlicht hier und dort etwas bewegt, so daß man einen unheimlichen Eindruck gewinnen muß von einer trüglichen Lebendigkeit, hier kann mitgeteilt werden, wie das alles zugegangen ist. Kaddri nämlich hatte die Gepflogenheit, während Tönno draußen beim Stechen war, das Schnurwerk heimlich nachzusehen und einen Teil des Fanges abzunehmen, nicht alles, denn sonst hätte es dem Tönno zu sehr auffallen müssen. Auf diese Weise blieb ihr vom Revaler Aalerlös immer ein Stückchen Geld, von dem Tönno nichts wußte, ein Stückchen Geld zu Schnaps und Flitterputz. Tönno aber wunderte sich, warum diesen Winter die wachen Aalen so spärlich ausgefallen waren. Denn wie hätte er sich vermuten sollen, daß die eigene Frau ihm das antat, was unter Fischern als die allerärgste Sünde gilt: über eines anderen Netzwerk zu gehen!

Kaddri hatte nach den Schnüren sehen wollen. Sie war aber voll Schnaps gewesen und hatte keinen sicheren Gang mehr, da hatte sie beim Vorbeugen das Übergewicht bekommen und war in die Wake gefallen. Sie war recht von Herzen betrunken, so wird sie keinen mühsamen Tod gehabt haben, zudem ist es eine hübsche Reihe von Jahrzehnten her, da brauchen wir uns ihrethalb das Herz nicht mehr schwer werden zu lassen.

Einer der Aale macht eine Bewegung, und diese Bewegung reißt Tönno aus seinen Gedanken. »Du willst wohl ins Wasser zurück, Freund? Warte nur!« Und jetzt hat Tönno keine Gedanken mehr an Kaddri, jetzt hat er nur noch Gedanken für die Aale, dafür ist er ein Aalfischer! Also zieht er die Leiche ein Stück von der Wake weg, greift zu, versichert sich der Aale, sammelt sie in seinen Behälter und ist als ein Aalfischer nur noch angefüllt von einem einzigen Erstaunen und einem einzigen Triumph, denn das ist ein Fang, wie er ihn noch nicht getan hat, seit er mit Schnurwerk und Stecheisen umgeht.

Erst als alle notwendige Hantierung verrichtet war, kehrte dem Fischer das Bewußtsein dessen zurück, daß jenes dunkle, nun schwarz erscheinende Bündel vor ihm auf dem Eise ja seine Frau war, mit der er in der Kirche vor neun Jahren eingesegnet worden war und seitdem freilich in Härte und Unfrieden, allein dennoch in einer Nähe gelebt hatte, wie sie sich enger nicht ausdenken lassen will, Leib an Leibe. Dies durchschauerte ihn wohl eine karge Weile. Allein er war ja ein Aalfischer und ein bettelarmer Mann dazu, und wer ihn hatte arm bleiben lassen bei all seiner Arbeitsmühe und Emsigkeit, das war Kaddri, das dunkle Stück auf dem hellen weißgrauen Eise!

In den nächsten Tagen kam Tönno nicht zur Besinnung. Das Stechen hatte er aufgegeben, er fand nicht die Zeit, den Weg an die Schlummerstellen zu machen, und hätten sie ihm denn Fänge geben können, wie die Wake es tat? Zwei Male des Tages, vor Morgengrauen und am Nachmittag nach Einfall der Dämmerung, ging er mit einer abgeblendeten Laterne an die Wake und erntete die Aale ab. Jeden Tag trug er keuchend die Last nach Reval, jeden Tag brachte er Taschen voller Geldstücke heim. Und die Zeit, die ihm blieb, verwandte er auf die Räucherarbeit. Nun endlich, nun war die Gerechtigkeit in sein Leben gekommen. Denn das war ja die allerhöchste Gerechtigkeit, daß Kaddri selbst, aus deren Schuld er hatte arm bleiben sollen, daß Kaddri selbst ihm den reichsten Fang und den reichsten Erlös schaffen mußte.

Nun gibt es ein geheimes Zeitmaß, das allem menschlichen Handeln sein Gesetz auferlegt; bestünde ein solches nicht, so wäre nicht einzusehen, warum Tönno seine Art des Aalfanges nicht bis zum Frühjahr hätte fortsetzen sollen. Eine Ahnung davon liegt wohl im Innern des Menschen; bringt er sie zum Schweigen, so muß sie sich der Umwelt bedienen, um sich ihm vernehmlich zu machen.

Auch Tönno fühlte eine Ahnung dieser Art, allein er mochte sie sich nicht recht deutlich werden lassen, er war allzusehr besessen von seiner Arbeit, allzusehr besessen von der Vorstellung einer sich endlich erfüllenden Gerechtigkeit. Daher mußte denn jenes Zeitmaß, von welchem gesprochen wurde, sich eines äußeren Werkzeuges bedienen.

Also trat in einer Abendstunde der Gemeindeschreiber Peet bei Tönno ein und sagte: »Du sollst zum Gemeindeältesten kommen.« Tönno sah den Schreiber ärgerlich an, denn wie alle seinesgleichen nahm er einen Anstoß an seinem hochmütigen und verdrießlichen Wesen. »Warum?« fragte er.

»Das wirst du erfahren«, antwortete Peet, den es unangemessen dünkte, wahrheitsgemäß: »Das weiß ich nicht«, zu sagen.

»Wann soll ich kommen?«

»Wann du willst.«

»Dann gehe ich gleich, weil es schon dunkel ist. So verliere ich keine Arbeitszeit«, sagte Tönno. Und er dachte auch, es werde weniger bemerkt werden, wenn er den Gang in der Dunkelheit täte.

Maddis, der Gemeindeälteste, war ein Fischer wie die anderen auch, nur um ein weniges wohlhabender. Er war im Besitz einer Dienstmütze; diese nahm er vom Haken und legte sie vor sich auf den Tisch, nachdem Tönno eingetreten war und sich hingesetzt hatte, damit Tönno sah: Es war eine Amtshandlung.

Tönno hatte ein verdrießliches Gefühl. Aber er sagte sich, ein solches Gefühl hat jeder, der zum Gemeindeältesten gerufen wird. Denn das weiß man ja, daß einen dort kein Geschenk erwartet; sondern was sich auch anspinnt, es endet damit, daß man Geld bezahlen muß oder sonst irgendeine Schererei an den Hals bekommt.

Maddis kratzt sich in seinem dichten grauen Haar und in seinem dichten grauen Schifferbart. Maddis zwinkert ein wenig hin und her mit den listigen Augen, um welche die vielen Falten in seinem bräunlichen Ledergesicht liegen. Maddis räuspert sich und spuckt zur Seite. Endlich fragt er: »Wo ist eigentlich deine Frau?«

»Meine Frau? Wo soll die sein?« fragt Tönno zurück.

Maddis sieht ihn streng an und spielt dabei bedeutsam mit der Dienstmütze auf dem Tisch. Tönno denkt: »Wenn ich Ältester wäre, so würde ich mich schämen, so eine schmutzige und abgegriffene Dienstmütze zu haben.« Aber da fällt ihm auch gleich ein, daß jetzt keine rechte Zeit für solche Gedanken ist. »Warum willst du das wissen?« fragt er. Und im selben Augenblick begreift er, daß ja Maddis schon irgendeine Kenntnis haben muß, und so fährt er sehr ruhig fort, ohne dem Gemeindeältesten die Zeit zu einer Antwort zu lassen: »Wo meine Frau ist? Ja, wenn du mir da Bescheid geben kannst! Ich weiß es nämlich auch nicht.«

Nun erzählt Maddis, es sei aufgefallen, daß seit einer Reihe von Tagen niemand mehr Kaddri gesehen habe. »Und man weiß ja auch, daß ihr nicht sehr gut miteinander gelebt habt.«

Tönno dagegen erzählt, er vermisse seit kurzem seine Frau und er habe sie schon überall gesucht.

»Wo?« fragte der Gemeindeälteste. »Und warum hast du dich denn nirgends nach ihr erkundigt?«

»Erkundigt habe ich mich schon. Da kannst du in Reval fragen, wen du willst. Nur hier habe ich mich nicht erkundigen mögen, denn die Leute wissen doch, wie es mit Kaddri ist, da habe ich mich geschämt.«

»Du hättest dich nicht schämen sollen, Tönno. Das wäre vorsichtiger gewesen.«

Tönno sagt, Kaddri werde gewiß wiederkommen. Wahrscheinlich treibt sie sich irgendwo herum, davon wird sie eines Tages genug haben.

Maddis erwidert, es sei ihm einerlei, wie die Sache zusammenhänge. Aber er will keinen Ärger mit seiner vorgesetzten Behörde haben, darum muß Ordnung in die Angelegenheit gebracht werden.

»Sieh zu, daß du deine Frau bis übermorgen heranschaffst. Geht das nicht, dann komm her und mache mir ordnungsgemäß die Vermißtenanzeige. Zwei Tage gebe ich dir noch.

Danach muß ich die Sache von mir aus aufgreifen und weitermelden.«

Tönno geht nachdenklich nach Hause. Das ist ja nun klar, daß dieser gute Aalfang nicht mehr fortgesetzt werden kann. Tönno bedauert es. Indessen tröstet er sich damit, daß in Zukunft niemand mehr da sein wird, der ihm den Ertrag seiner Arbeit verschlampen und verkommen lassen kann. Aber wie soll er sich zu der Forderung des Gemeindeältesten verhalten? Soll er hingehen und die Vermißtenanzeige machen?

»Gehe ich jetzt, nachdem Maddis mir das gesagt hat, zu ihm und erkläre, ich habe soeben Kaddri in der Wake gefunden – morgen oder übermorgen –, so ist das auffällig. Und was könnte mich vor dem Verdacht schützen, ich selber habe sie hineingestoßen?«

Tönno grübelte die halbe Nacht durch. Zuletzt entschloß er sich, die beiden nächsten Tage gleich den vorigen für den Aalfang zu nutzen. Dann aber wollte er irgendwo weit draußen bei Nacht eine Wake hauen, die sollte Kaddris Leib aufnehmen. Er würde ihn nicht wieder anrühren. Er würde hingehen und bei Maddis die Anzeige erstatten. Nun mußte das Suchen anheben. »Vielleicht wird Kaddri in der neuen Wake gefunden werden. Vielleicht finde ich sie dort selber, das werde ich entscheiden, wenn die Zeit da ist.«

Tönno tat nach seinem Vorsatz. Er erntete die guten fetten Aale ab und fand, daß sie noch nie so stark und dick gewesen waren wie jetzt. Aber es half nichts, das Ding mußte sein Ende haben.

Tönno ging in einer kalten Neumondsnacht mit der abgeblendeten Laterne zum letztenmal hinaus. Als er sich der Wake näherte, meinte er etwas Dunkles auf dem Eise liegen zu sehen. Er trat hinzu und erkannte Kaddri.

Tönno fluchte vor Schrecken. Er erwog, was zu tun war. Es schien ratsam, den Überraschten zu spielen. Er beschloß, augenblicks zu Maddis zu gehen und ihn aus dem Schlaf zu pochen.

Es war nicht nötig, Maddis stand plötzlich vor ihm und meinte gleichmütig: »Wenn ich dir jetzt sage: Gib mir deinen Gürtel und lasse dich damit binden, so wirst du es tun müssen, ohne Gegenwehr und Flucht. Meine drei Söhne sind in der Nähe. Ich muß nur rufen oder pfeifen, so stehen sie hier. Aber du kannst ruhig mit mir sprechen, wenn du mir etwas zu erklären hast. Denn so nahe, daß sie deine Worte verstehen können, sind sie nicht.«

»Was soll ich dir erklären?« fragte Tönno. »Erkläre du mir lieber.«

Maddis hatte schon vorgestern erzählt, daß Kaddris Verschwinden den Leuten aufgefallen war. Aber es waren ihnen auch, so erzählte er jetzt, Tönnos reiche Erträge aufgefallen. Indessen argwöhnte niemand einen Zusammenhang, auch Maddis nicht; und der Argwohn, der sich gegen Tönno richtete, war ein unbestimmter und ein allgemeiner. Aber da ging einer von Maddis Söhnen gestern über das Eis, und es war nicht weit von Tönnos Wake, da fand er eine Glasperle, dick und grellfarbig, wie Kaddri sie zu tragen liebte. Er ging näher und fand eine zweite. Er sagte es seinem Vater, und der pfiff alle drei Söhne zusammen, und sie gingen zu Tönnos Wake, um nach dem Rechten zu schauen.

Es ist ja deutlich, wie es zugegangen ist, da müssen ein paar Perlen von der zerrissenen Kette mit den Aalen in Tönnos überfüllten Tragkorb geraten und hinuntergerollt sein.

Tönno hört schweigend zu und sieht nieder auf Kaddris dunklen Körper.

Maddis sagt, nun wisse man ja, woher Tönnos reiche Fänge stammten; ganz bedeckt mit Aalen sei die Leiche gewesen, er habe die Aale durch seine Söhne abnehmen und wieder in die Wake werfen lassen. Tönno lacht höhnisch, denn das glaubt er ihm nicht, weil doch der Gemeindeälteste auch ein Fischer ist.

Maddis läßt dies Lachen ruhig geschehen, wartet dann eine Weile und wiederholt sehr ernst: »Also das wissen wir jetzt, wo die Aale herkommen, und wir wissen auch, wo Kaddri hingekommen ist. Aber da bleibt noch zu erfahren, auf welche Weise sie dort hingekommen ist. Hast du mir darüber etwas zu sagen?«

»Helfe mir Gott«, erwidert Tönno, »ich weiß es selber nicht. Ich habe sie dort gefunden. Hineingefallen ist sie. Das sieht man ja.«

»Ich habe sehr lange darüber nachgedacht, wie das zugegangen sein mag«, erklärt Maddis. »Und ich weiß auch, was du vielleicht nicht wissen wirst, was aber viele Leute im Dorf seit längerem wissen: Daß nämlich deine Frau, wenn du draußen beim Stechen warst und sie sich auf den Weg zur Stadt machte, immer vorher die Aale aus der Wake genommen hat. Ich denke, das hat sie ohne deine Kenntnis getan, denn sonst wärest du selber ja nicht kurze Zeit nach ihr zur Wake gegangen, was doch manche des öfteren beobachtet haben. Und es ist auch manchen aufgefallen, daß du einige Male mit Verwunderung gesagt hast, es seien dies Jahr wenig Aale in deinen Schnüren. Auch hat euch nie jemand zusammen zur Wake gehen sehen, und außerdem will ich keine Scherereien mit dem Ordnungsgericht haben oder mit der Polizei, und es ist ja keinem lieb, wenn in seiner Gemeinde ein Mordverdacht aufkommt. Darum will ich glauben, daß deine Frau auch diesmal allein an die Wake gegangen ist, wahrscheinlich im Rausch, und da ist sie hineingefallen.«

»So wird es gewesen sein«, sagte Tönno.

»Aber nun sollst du nicht meinen, die Sache hätte damit ihr Bewenden«, fuhr Maddis fort. »Denn was du da getrieben hast, das ist eine große Übertretung, und das wird dir nicht leicht hingehen.«

»Was denn für eine Übertretung? Was redest du da?« rief Tönno und sah Maddis böse an. »Ich wäre ja ein rechter Narr gewesen, den schönen Gottessegen etwa ungenutzt zu lassen, und ein Undankbarer dazu!«

Tönno empfand einen großen Zorn. Dieser Mann da mit der schmierigen Dienstmütze hatte begonnen, sich hämisch in Tönnos Dinge zu mengen. Tönno hatte es hingenommen, Tönno war des guten Willens gewesen, den Aalfang mit Kaddri aufzugeben. War das nicht genug? Aber nicht einmal die vereinbarten zwei Tage hatte Maddis warten können. Nein, bei Nacht schlich er sich an eine fremde Wake. Und was er an Aalen findet, das muß sein Sohn abschleppen, morgen wird es in Reval verkauft werden. Was will er jetzt noch?

»Ich will dir sagen, Tönno, was für ein Verbrechen du begangen hast: eine Leichenschändung!«

»Ich habe die Leiche nicht geschändet. Ich habe nichts Unehrerbietiges mit ihr vorgenommen. Wegen Leichenschändung kannst du die Aale verklagen«, antwortet Tönno höhnisch.

»So. Du glaubst also, die Obrigkeit kann dulden, daß Aale mit Leichen gefangen werden?«

»Ich kenne die Fischereiordnung. Es steht nicht darin, daß ich etwas Verbotenes getan habe.«

Bei aller Sicherheit seines Gehabens und Redens befand sich Maddis, um die Wahrheit zu sagen, in einiger Bedrängnis. Tönno hatte sich schuldig gemacht, dies war gewiß, und es mußte dem Ansehen des Gemeindeältesten höchst nachteilig sein, wenn er ihm das straflos hingehen ließe. Allein gegen was für ein Gesetz denn hatte Tönno verstoßen? Und in welcher Verordnung war ein Geschehnis wie dieses vorgesehen und unter Strafe gestellt?

»Du hast die Aale mit Menschenfleisch gefüttert!« schrie er.

»Aale sind nicht meine Haustiere«, entgegnete Tönno mit steifsinniger Ruhe. »Ich habe sie zu fangen, aber nicht zu füttern. Wie kann ich ihnen vorschreiben, was sie fressen sollen? So ist der Aal nicht, den kenne ich seit vielen Jahren. Dem kannst du nichts befehlen, das ist nicht wie bei den Menschen.«

»Du hast wohl noch nicht gehört, daß es ein Gesetz gibt über die Beschaffenheit von Nahrungsmitteln, die öffentlich zum Verkauf geboten werden? Wie kann man Aale verkaufen, die mit Menschenfleisch gemästet sind? Das ist ekelhaft! Wie sollen die Leute in Reval solche Aale essen?«

»Gefallen ihnen meine Aale nicht, so brauchen sie sie nicht zu kaufen.«

»Aale abnehmen von einem Toten!«

»Du hast ja die Aale auch abgenommen.«

»Ich habe sie in die Wake zurückgeworfen, zum Teufel!«

»Das mußt du mir nicht erzählen, Maddis. Aber selbst wenn es wahr wäre, dazu hast du kein Recht. Denn es waren Kaddris Aale, und ich weiß wohl, es gibt ein Gesetz, daß von einer verheirateten Frau der Witwer erben soll und sonst niemand!«

»Eine Sünde ist es gewesen! Unchristlich ist es gewesen!«

»Das kann sein, aber für Sünde hat Gott Erbarmen. Und dann hast du mir nicht von Sünde zu sprechen, dafür bist du nicht da, Maddis. Das kann der Pastor tun, wenn er will.«

»Ich habe dir gesagt, Tönno, ich will nicht, daß du unter Mordverdacht in Haft kommst. Dafür hättest du Ursache, mir dankbar zu sein.«

»Auslachen werden sie dich mit deinem Mordverdacht!« rief Tönno. »Ich habe keine Dienstmütze und keinen Schreiber. Aber so viel weiß ich doch: Ich habe nicht nötig zu beweisen, daß ich unschuldig bin. Gerade umgekehrt: Das Ordnungsgericht müßte mir nachweisen, daß ich meine Frau in die Wake geworfen habe. Da mußt du mir nicht von Dankbarkeit reden.«

Maddis schwieg eine Weile. Dann fing er abermals an: »Also du meinst, Tönno, du habest dich in allen Dingen, die nicht Pastorssache sind, ohne Tadel verhalten?«

Tönno antwortete nicht sofort. Maddis sagte: »Mag das mit dem Mordverdacht sein, wie es will. Also dann werde ich meine Meldung machen, und vielleicht werden dich die Läuse im Gefängnis gefressen haben, bis man dich als Unschuldigen wieder freigibt. Besser wäre es freilich, wir machten die Sache unter uns ab, wozu soll man erst zu den Deutschen oder den Russen laufen? Du weißt ja, daß ich dir nichts Böses will. Aber das wirst du mir zugeben müssen, daß du dich verfehlt hast. Und sei es nur darum, daß du den Todesfall nicht nach der Vorschrift angemeldet hast innerhalb der gesetzlichen Frist, bei mir nicht und beim Pastor nicht.«

»Gut, das gebe ich zu«, sagte Tönno lachend. »Aber sonst ist da nichts, weswegen ich gestraft werden könnte.«

Sie reden noch eine Weile, und dann sind sie einig geworden, und Maddis ist zufrieden, daß sich alles auf diese Weise geordnet hat. Er wird Tönno in Strafe nehmen wegen der versäumten Anmeldung des Todesfalles; aber das wäre ja gewissenlos, wollte er einem armen Manne die Zahlung baren Geldes auferlegen. Darum erlaubt er ihm, die Zahlung in Gestalt von Aalen zu entrichten, so und so viele Pfund müssen es sein, und damit Tönno keinen allzu großen Schaden hat, darum erlaubt er ihm, Kaddri noch einmal für zwei Tage in die Wake zu tun; danach soll Tönno zu ihm kommen und die

Auffindung der Leiche melden, und auch zum Pastor soll er dann gehen. Er, Maddis, wird schweigen und alles einrichten, daß es keinen weiteren Verdruß gibt.

Und nun ist Maddis gut gelaunt, greift in die Hosentasche und bietet Tönno ein Stück Kautabak an. Und weil er ihm noch etwas Angenehmes sagen möchte, so beginnt er jetzt, sich darüber zu verbreiten, daß Tönno es ja in der Tat mit Kaddri nicht leicht gehabt habe, so eine Frau sei recht eine Züchtigung Gottes, und schließlich, es sei zu begreifen, wenn man sie zu dem benutze, wozu sie allein gut sei, nämlich zum Aalfang. Und nach solchen Freundlichkeiten wünscht er Tönno einen schönen Morgen und geht.

Der schwarze Himmel ist unterdessen schon ein klein wenig fahl geworden. Tönno hat das alles angehört und kein Wort dazu gesagt. Regungslos steht er da und sieht Maddis nach. Maddis verschwindet, bald ist nichts mehr von ihm wahrzunehmen als das schwächer werdende Knirschen seiner Schritte auf dem Eise.

Plötzlich spuckt Tönno den von Maddis geschenkten Tabak in einem zornigen Bogen aus dem Munde und schreit dem Gemeindeältesten nach: »Das ist nicht wahr, daß Kaddri heimlich die Aale aus meiner Wake geholt hat! Ich hatte sie geschickt! Das kannst du jedem sagen, der es hören will!«

Tönno denkt nicht mehr an eine Gerechtigkeit, die sich an Kaddri erfüllt. Er denkt daran, daß Kaddri und er einander christlich angetraut worden sind und daß es einmal eine kurze Zeit gegeben hat, da sie zärtlich miteinander waren. Und er denkt auch an alle die guten Aale und guten Geldstücke, die Kaddri ihm zubrachte nach ihrem jämmerlichen Sturz in die kalte Wake.

Er beugte sich nieder und hob Kaddri auf. Aber anstatt sie wieder in die Wake gleiten zu lassen, trug er die steifgefrorene Last auf der Schulter nach Hause. Er legte sie sorgsam auf die Schlafbank und deckte sie zu, denn es sollte kein Auge mehr auf den verwüsteten und zerfressenen Körper fallen, der einmal seine Freude gewesen war. Er saß neben ihm, bis es vollends hell wurde. Dann stand er auf und ging zum Pastor, um den Sterbefall anzumelden und das Begräbnis zu bestellen. Nichts wollte er sparen, es sollte eine stolze Leiche werden: Lang und laut sollte die Predigt sein, und so lang und laut das Glockengeläut, wie er es irgend zahlen konnte.

Alte Friedhofskapellen, Ziegelskoppel bei Reval

Schneider und sein Obelisk

Ein junger Mensch, Jean Jacques Schneider, aus dem estländischen Städtchen Hapsal, hatte in Reval die Kaufmannschaft erlernt und war danach einige Jahre im Comptoir einer Reederei tätig gewesen. Als Superkargo begleitete er einen Segler seiner Firma nach Stockholm, lernte hier durch einen Zufall Ebba Risius kennen, die Tochter eines Advokaten, und verlobte sich mit ihr.

Der Advokat wollte seine Tochter keinem abhängigen Manne geben. Schneider solle warten, bis er selbständig sei. Der Advokat glaubte, damit sei die Heirat bis an die griechischen Kalenden verschoben, und seine Tochter werde sich inzwischen auf einen anderen besinnen. Denn wie sollte Jean Jacques Schneider es zur Selbständigkeit bringen, ein schüchterner junger Mann ohne Vermögen, ohne große Munterkeit des Geistes und, wie es dem Advokaten scheinen wollte, von geringen Gaben?

Ebba hingegen beharrte auf ihrer Erklärung, an ihm festhalten zu wollen, auch als er schon lange wieder in Reval war. Als Unterpfand eines glücklichen Ausganges nahm sie nicht so sehr ihres Jean Jacques etwaige kaufmännische Fähigkeiten, welche ja ihrem Urteil nicht zugänglich waren, als vielmehr die Erinnerung an seine zärtliche Stimme und an seine sanften, ein wenig traurigen Augen, dazu seine langen Briefe, aus denen ein Überfluß der Empfindung ihr entgegenströmte.

Schneider war fleißig und beharrlich, er sparte, er lernte Sprachen, er knüpfte Verbindungen an. Doch reichen ja bekanntermaßen solche Dinge nicht aus, einem mittellosen jungen Kaufmann die selbständige Etablierung möglich zu machen. Allein da fiel ihm eine unerwartete Erbschaft zu, und nun eröffnete er ein bescheidenes Geschäft, auf dessen goldgerändertem Porzellanschild in schön verschnörkelten und geschwänzten Buchstaben »J. J. Schneider, Spedition und Commission« zu lesen war. Der Advokat hatte verspielt, die Stockholmer Hochzeit wurde gehalten, dann brachte Schneider seine Frau nach Reval.

Es ist nicht nötig, viele Worte über das Glück der jungen

Leute zu verlieren. Sie lebten sehr eingezogen. Ebba hatte als eine Stockholmerin in Reval keinen Anhang, Jean Jacques als ein Hapsaliter ebensowenig. Allein sie fanden aneinander ein volles Genügen. Des Abends saßen sie beisammen, Ebba über ihre Perlstickerei gebeugt, und der Lampenschein lag auf ihrem silberblonden Scheitel; Jean Jacques las ihr mit seiner wohllautenden Stimme die deutschen Dichter vor, welche er liebte. Dazwischen drangen ihm Tränen aufwärts in die Kehle, dann verstummte er, drückte Ebbas Hand und suchte mit seinen vergißmeinnichtfarbenen Augen ihr Gesicht. An anderen Abenden blies er auf der Flöte »Philomele, süßer Schall« oder »O silberne Selene!«, und Ebba akkompagnierte auf dem Klavier. Auch spielten sie miteinander Schach, und Jean Jacques, der eine jahrelange Übung besaß, brachte es nicht über das Herz, seine Ebba matt zu setzen. So beging er zuallerletzt gewöhnlich irgendeine Mißgeschicklichkeit, die seinen Könige den Thron kosten mußte.

Diesem zärtlichen und stillen Leben wurde ein plötzliches Ende gesetzt. Ebba erkrankte und starb. Draußen in Ziegelskoppel, unter den alten Eichen, wurde sie begraben.

Jean Jacques Schneider war zu einem innigen und treuen Kummer geschaffen, nicht zu einer leidenschaftlichen Verzweiflung, und so sänftigte sich in nicht sehr langer Zeit die Raserei seines ersten Schmerzes. An ihre Stelle trat der Wunsch, ja, die Entschlossenheit, von der wunderbaren Harmonie dieses Lebens zu zweien das Festhaltbare festzuhalten in alle Dauer hinein.

Und warum sollte das nicht möglich sein? fragte sich Schneider. Wußte er denn nicht aus seinen Dichtern, aus seinem Flötenspiel, aus allen Ahnungen seines Herzens, daß der Geist stärker ist als die Bedingnisse der äußeren Welt?

So begann denn jenes wunderliche Treiben, dessen Erinnerung in Reval noch heute nicht ganz erloschen ist. Es hatte in seinem Anbeginn noch nichts Auffälliges; denn das ist ja natürlich, daß ein Hinterbliebener seine Gedanken auf das ihm Genommene wendet, und so war es dem Witwer natürlich, sein eigentliches Leben dort zu suchen, wo dessen Gefährtin lag. Mit Sorgfalt überwachte er die gärtnerische Herrichtung des Platzes; er beschäftigte sich eine geraume Zeit mit Überlegungen und Entwürfen, die auf ein würdiges Grabmal abzielten, er unterhandelte lange mit verschiedenen Steinmetzwerkstätten, er durchstreifte die Friedhöfe, hielt Umschau und trachtete, Anregungen zu gewinnen. Besonders taten es ihm dabei jene Baulichkeiten an, in denen Vorkehrungen für ein längeres Verweilen der Trauernden an den Gräbern ihrer Toten getroffen waren, in Gestalt von Überdachungen, verschließbaren Mausoleen, Ruhebänken. Und daß all das sich in Ansätzen erschöpfte, dies schrieb Schneider der Art der Menschen zu, welche ja anfangs häufig ihre Gräber besuchen, dann des Sonntags allein, zuletzt nur noch am Totenfest und endlich überhaupt nicht mehr, bis man sie in Särgen hinschafft.

Als Ergebnis all solcher trauerlichen Geschäftigkeit hob sich über Ebbas Grab auf viereckigem Sockel ein Obelisk von grauem Sandstein, übermannshoch, und die nach Osten gekehrte Seite trug, dem frühesten Morgenschein erreichbar, eine runde Bronzeplakette mit Ebbas Reliefbildnis. Die lange und nach der Weise der Zeit gefühlvolle Inschrift schloß mit den Worten: »Auf Erden war sie die Wonne ihres Gatten. Nun vermehrt sie in einer besseren Welt unter Freudentränen die Wonne der seligen Geister.«

Daneben stand unter einem Fliederbusch eine hölzerne Ruhebank, und hier pflegte Schneider viele Stunden hinzubringen. Doch empfand er wohl,daß der Örtlichkeit noch ein Charakter des Vorläufigen eignete, und dies wurde deutlicher, je mehr das Jahr sich dem Herbste entgegenneigte. An einem kühlen und nässenden Spätsommertage saß er fröstelnd unter dem aufgespannten Regenschirm und mußte bedrückt gewahren, wie schwer es ihm fiel, wetterlichen Unbilden zum Trotz seine Gedanken gänzlich auf Ebba gerichtet zu halten. Und wie, so fragte er sich, wie sollte es in den Wintermonaten werden, bei zehn, zwanzig Kältegraden, fadenhohem Schnee, schneidenden Winden?

In diesen Wintermonaten begannen in Reval sonderbare Erzählungen sich auszubreiten. Die Handwerker, die Schneider um das Grab seiner Frau beschäftigte, mögen als erste geredet haben. Bald warf mancher von denen, die den Friedhof von Ziegelskoppel besuchten, im Vorbeigehen neugierige Blicke auf das Bauwerk.

Es hatte damit begonnen, daß alles Gewächs entfernt und der Grabhügel eingeebnet worden war. Auf quadratischem Umriß um den Obelisken als Mittelpunkt entstanden Fundamente und Mauern. Nicht lange, so war das Gebäude aufgeführt und weißlich verputzt. Errichtet in der einfachen Tempelform des Altertums, glich dies Trauerhäuschen jenen Lusthäuschen, die sich in manchen Parks finden. Hinter dem griechischen Dreiecksgiebel verbarg sich das austretende Eisenrohr eines Kanonenofens. Aber jeder Blick in das Innere wurde verwehrt; denn im Gegensatz zu den üblichen Gruftbauten war die Vorderseite nicht offen und nur durch ein schmiedeisernes Gitter versperrt geblieben, sondern der Eingang hatte durch eine Tür zu geschehen, die der Bauherr und Eigentümer verschlossen hielt. Und das kleine rückwärtige Fensterchen, das als Lichtgeber diente, lag hoch, hart unter der Decke.

Inmitten des solchergestalt geschaffenen Raumes stand nun der Obelisk. Der Boden war gepflastert und zur Abwehr der Kälte mit dicken Teppichen belegt. Und nun war alles dazu hergerichtet, unserem Jean Jacques Schneider durch jeden Wechsel der Jahreszeit ein unbeeinträchtigtes Trauern zu gestatten.

Hierbei jedoch sollte es sein Bewenden nicht haben, denn mit der Zeit meldeten sich neue Bedürfnisse; Schneider säumte nicht, ihnen Genüge zu tun. Wie wohl ein eifriges Kind immer neue Kostbarkeiten mit glühenden Wangen in eine geliebte und verborgene Spielecke schleppt, so brachte er bei jedem Friedhofsbesuch ein Stückchen Hausrat mit, und auf solche Weise entstand allmählich eine wohlgeordnete kleine Wirtschaft.

Alle diese Anstalten überstiegen eigentlich Schneiders Vermögenskräfte. Aber er lebte ja still und sparsam. Er spielte nicht Karten, er besuchte weder Klub noch Theater. Er arbeitete fleißig die Woche über. Sonntags aber, wenn er die Predigt gehört und sein einsames Mittagsmahl verzehrt hatte, dann fuhr er in seinem kleinen Kabriolett, das je nach der Jahreszeit auf Räder oder Schlittenkufen gesetzt werden konnte, mit seinem sanften Schimmelchen nach Ziegelskoppel hinaus. Das Gefährt wurde beim Friedhofsaufseher eingestellt. Schneider schloß sein Trauerhäuschen auf und heizte den Ofen. War der Raum durchwärmt, so legte er den Pelzmantel ab und schlüpfte in den geblümten Schlafrock. Er zog die Pantoffeln mit der Perlstickerei an, die Ebba ihm gearbeitet hatte; auf dem rechten waren zwei schnäbelnde Tauben, auf dem linken zwei rosenumkränzte Herzen zu sehen.

Hinter dem Kattunvorhang befanden sich in einer Ecke Brennholz, Wassereimer, Staubwisch, Besen und Schippe. Auf einem Wandregal standen Jean Jacques und Ebbas Lieblingsbücher, danben lag die Flöte; auf einem anderen wurden allerlei Vorräte bewahrt. An Möbeln enthielt der Raum einen Tisch und einen gepolsterten Lehnsessel.

Dem Witwer wiederholten, ja, verewigten sich bis in die kleinsten Einzelbewandtnisse die abendlichen, die sonntagnachmittägigen Stunden seines häuslichen und stillen Glükkes. Er blies auf der Flöte Ebbas Lieblingsmelodien, bis ein aufsteigendes Schluchzen ihn zum Innehalten nötigte. Manchmal nahm er das Schachbrett vom Regal, loste mit geschlossenen Augen, wer Schwarz und wer Weiß bekam, und begann eine Partie. Oder er legte eine jener Patiencen, an denen er mit Ebba zusammen eine Zerstreuung gefunden hatte; freilich war ihm nie recht bewußt geworden, daß Ebba an dieser Verrichtung kaum je einen anderen Anteil genommen hatte, als daß sie ihn freundlich lächelnd fragte: »Nun, mon ami, wird es aufgehen?« Er bereitete sich den Kaffee und rauchte den guten finnländischen Knaster, dessen Geruch Ebba als aromatisch gerühmt hatte. Manchmal brachte er Ebbas Lieblingsblumen, häufiger Ebbas Lieblingsgebäck und Lieblingskonfekt mit und ließ es langsam im Munde zergehen. Gern las er mit halblauter Stimme in den Büchern, die er mit Ebba gelesen hatte. Besonders liebte er Jean Pauls Aufsätze über das Immergrün unserer Gefühle, das Leben nach dem Tode und den Trost bei dem Totenbette einer Freundin. Und er las auch das Buch vom Armenadvokaten Firmian Stanislaus Siebenkäs, freilich nicht ohne eine Einschränkung; denn nie hätte er sich erlaubt, fortzulesen über die Verpfändung des künstlichen Brautstraußes hinaus. Bei diesem Kapitel nämlich hatten sie gehalten, als Ebba erkrankte; es umschloß die letzten Entzückungen, die er mit ihr hatte teilen dürfen.

Ab und zu unterbrach er sich, legte Holz nach und warf einen gerührten Blick auf Ebbas Reliefbild, das nun freilich von keiner Frühsonne mehr angeglüht werden konnte.

Am vorgerückten Nachmittag setzte er abermals Wasser auf und mischte sich einen kräftigen Punsch. Sein Abendbrot bestand aus kalter Küche, doch ging er mit der Zeit zu einiger Abwechslung über; denn das Kanonenöfchen bot eine angenehme Gelegenheit, Ochsenaugen, Klops oder Heringspfännchen zu bereiten.

Spät am Abend erst machte er sich an den Heimweg, und ehe er aufbrach, besorgte er noch mit Genauigkeit allerlei kleine häusliche Verrichtungen, als: Fegen, Lüften, Wasserholen und Lampenreinigen.

Auf diese Weise ging es fort durch die Jahreszeiten und durch die Jahre, und es hätte der Witwe Kathinka Sebber etwas Wichtiges gemangelt, wenn sie einmal am Sonntagnachmittag vom Fenster der Herberge aus vergebens nach dem gutmütigen Schimmelchen vor dem kleinen Kabriolett hätte ausschauen müssen.

Es versteht sich, daß es anfänglich in Reval viel Gerede, viel Kopfschütteln, viel Anstoß und Neugier gesetzt hatte. Allein dergleichen pflegt ja nach und nach von der Gewöhnung eingeschluckt zu werden. Viele freilich fuhren fort, Jean Jacques Schneider für närrisch zu halten. Andere aber meinten, es drücke sich hier doch ein rührendes Gemüt aus, und man könne eigentlich die Frau beneiden, der eine solche Herzenstreue sich zuwende. Ja, so müsse man geliebt werden wie Ebba Schneider! Unter denen, die so dachten, waren viele junge Mädchen und junge Frauen. Und wenn Schneider auch nicht mehr so fein und schmächtig war wie damals als Superkargo oder als junger Prinzipal, sondern rundlich geworden an Bauch und Bäckchen, so war er doch immer noch angenehm zu sehen mit seinen schönen vergißmeinnichtfarbenen Augen und seinem freundlichen Lächeln, dessen Wehmut sich um ein weniges verringert hatte.

Denn das ist nun nicht zu verhehlen, daß der Trauernde allmählich, ihm selber unvermerkt, in ein Behagen hineingeraten war, in ein Behagen und in liebe Gewohnheiten. Dies ganze Sonntagsleben, das er sich so fürsorglich aufgebaut hat, das ist auch nicht mit einem Male und nach einem vorgefaßten Plan ins Werk gerichtet worden, sondern es hatte alles im allmählichen Verfluß der Zeit sich entwickelt und immer eines aus dem andern folgerecht sich ergeben. Anfangs war doch Schneider nur bedacht gewesen, sich von der Witterung der böseren Jahreszeit in seiner Trauer nicht stören zu lassen; dann hatte er durch ein bescheidenes Sorgetragen für die Nahrung hindern wollen, daß die Bedürfnisse seines noch unverklärten Leibes ihn in seinem innigen Geistesleben an der Seite der Verklärten beeinträchtigten. Aber es haben ja alle Dinge auf Erden ein Bestreben nach Wachstum, Ausbreitung und Herrschaft.

So war Schneider längst vom Lieblingsgebäck der Frau zu seinem eigenen übergegangen, nachdem er erst noch eine Weile hindurch bei seinen Einkäufen die verschiedenen Sorten hatte mischen lassen. Auch in seiner Lektüre hatte sich eine Wandlung begeben, denn ohne daß er selber es gewahr wurde, hatte er eines Tages über die Brautstraußverpfändung weitergelesen bis zum Schwenkschießen und zum Glanze des Reisens und zu den Gärten des Schlosses Fantaisie und Firmians Begegnung mit der himmlischen Natalie. Und nun war es einmal geschehen, und Ebba hätte gewiß nichts dagegen gehabt, um so weniger als ja Schneider redliche Tränen vergoß über den Tod der geliebten Lenette Stiefel, vormals Siebenkäs, gewesene Jungfer Egelkraut aus Augsburg. So ergötzte er sich an den Abenteuern des Apothekers Marggraf, des Feldpredigers Schmelzle, des Doktors Katzenberger und des Luftschiffers Giannozzo die folgenden Sonntage über. Später griff er auch zu allerhand frisch erschienenen Büchern, er übte sich neuaufgekommene Flötenstücke ein. Und was das Patiencelegen angeht, so hatte er lange schon den beschränkten Kreis seiner Ehezeit hinter sich gelassen. Er hielt sich nicht mehr an die große Harfe oder die Bildergalerie, bei denen Ebba ihm zugesehen hatte, sondern er war kühnlich zur Achter, zur Zehner, zur Napoleonspatience übergegangen. Allein auch unter so veränderten Umständen hielt er treulich fest an der allsonntäglichen Fahrt nach Ziegelskoppel, gleichwie andere Revalenser des Sonntags ihre Lustfahrten nach Katharinental, Tischer, Kosch oder St. Brigitten richteten.

Eines Nachmittags, als Schneider so recht behaglich an seiner Pfeife sog, den Sommerregen auf das Dach prasseln hörte und sich sein gutes Sonntagshaus lobte, wurde gegen die Tür gepocht. Nun hatte Schneider an diesem Tage bereits einige Gläser Punsch getrunken, um der schädlichen Feuchtigkeit der Luft entgegenzuwirken, und so war er nicht nur nachsichtig gestimmt gegen eine unziemliche Störung, sondern auch in einer Laune neugieriger Kühnheit gegenüber dem Ungewöhnlichen. Nach kurzem Besinnen ordnete er mit ein paar Griffen seine Halsbinde und verließ den Lehnsessel.

Indessen pochte es ein zweites Mal, und eine Stimme rief: »Liebster Herr Schneider, gönnen Sie uns für einige Augenblicke eine Zuflucht vor dem Regen!«

Schneider öffnete und erblickte einen Bekannten, welcher beim Hafenzoll angestellt war und in Geschäften seines Dienstes häufig mit der Firma J. J. Schneider zu tun gehabt hatte. Doch war der Beamte, übrigens ein wohlerzogener junger Mann, keineswegs allein – was ja seine ersten Worte bereits zu erkennen gegeben hatten –, sondern es fand sich in seiner Begleitung ein schlankes Mädchen in einem hellen, duftigen Sommerkleide, und der Beamte stellte dies Mädchen als seine Schwester Alwine vor; gemeinsam hatten sie das Grab ihrer Eltern besucht und waren vom Regen überrascht worden.

Schneider bewillkommte in einiger Verwirrung seine Gäste und starrte auf den großen bebänderten Schutenhut, der ein regelmäßiges ovales Gesicht mit freundlichen braunen Augen umrahmte. Alwine setzte den regenschweren Hut ab, und nun kam ein reiches, kastanienfarbenes Haargeflecht zum Vorschein.

»Wir müssen sehr um Verzeihung bitten, daß wir hier in einer Stunde stillen Gedenkens eindringen«, sagte das Mädchen errötend.

»Aber ich bitte, Mademoiselle«, antwortete Schneider. »Es

wäre gewiß am wenigsten nach dem Herzen meiner seligen Frau, jemandem bei Regenwetter ein Obdach zu versagen.«

Nun herrschte eine kleine Befangenheit. Aber da besann sich Schneider, daß er seinen Gästen mit Rücksicht auf die ausgestandene Feuchtigkeit wohl einen wärmenden Schluck anzubieten schuldig sei. Also wurde Holz nachgelegt und Wasser aufgesetzt, Alwine griff zu, und bald gab es wieder Kaffee und Punsch, und daß sich allerhand kleine Schwierigkeiten einstellten, weil ja alle Vorkehrungen dieses Haushalts nur auf einen einzigen Menschen zugerichtet waren, dies eben erzeugte rasch ein Miteinander-Tätigsein und ein Miteinander-Vertrautwerden.

Schneider zeigte nicht ohne Stolz seinen Gästen alle Einrichtungen seiner kleinen Wirtschaft, lobte bescheiden ihre Zweckmäßigkeit und nahm gern ein bestätigendes Lob von dem Zollbeamten und dem freundlichen Mädchen entgegen. Dann aber begann er hastig und unvermittelt, als entsinne er sich plötzlich einer beschämenden Versäumnis, von seiner seligen Ebba zu sprechen, bekam darüber in der Tat redliche Tränen der Rührung in die Augen, und Alwine sah ihn mitleidsvoll an. Gleichwie Erzvater Jakob – so erzählte Schneider tropfenden Auges und ein wenig beklommen, denn er merkte, daß er die verzwickte Geschichte nicht mehr gänzlich im Kopf hatte – sieben Jahre um Erzmutter Rahel dienen mußte, so habe er um Ebbas willen hart, aber voll Freudigkeit arbeiten und sich quälen müssen, bis er es endlich zur eigenen Firma gebracht habe; denn daß hierbei die Erbschaft den Ausschlag gegeben hatte, dies war in seinem Gedächtnis im Laufe der Zeit ein wenig in den Hintergrund gerückt. Und als endlich die Rosenketten des Glücks gewunden waren, mit welcher Unbarmherzigkeit wurden sie zerrissen! Bei solchen Schilderungen mußte auch Alwine sich einige Male über die großen braunen Augen fahren, und sie tat es mit einem winzigen, zarten Spitzentüchlein und auf eine anmutige, wiewohl ernste Weise. Hierbei sah Schneider dankbar zu ihr hinauf, denn selbstverständlich war ihr der gepolsterte Lehnsessel eingeräumt worden, während die beiden Männer es sich zu Füßen des Obelisken auf dem Teppich bequem oder unbequem gemacht hatten. Alwine stellte Fragen, sie hing mit den Blikken an Schneiders Munde; immer mehr wollte sie hören von diesem vergangenen Glücksleben, dieser getreuen Liebe und dieser herzlichen Wehmut.

Immer noch rauschte draußen der Regen. Es war natürlich, daß die Geschwister Schneiders bescheidenes Abendbrot teilten. Sie taten es ohne Ziererei und unter angenehmen und freundschaftlichen Gesprächen. Spät erst ließ der Regen nach, und der Mond trat milde aus den Wolken. Ehe sich die drei zum Aufbruch anschickten, wollte Schneider sich an seine herkömmlichen Hausarbeiten machen; allein das ließ Alwine nicht zu, sie erklärte dergleichen für Frauensache, sie fegte und räumte auf, und Schneider sah in wohlgefälliger Bewunderung ihren flinken Bewegungen zu.

Man war nun vertraut geworden, und Schneider lud die Geschwister ein, in seinem Kabriolett mit ihm zur Stadt zurückzufahren. Das Kabriolett war klein, man mußte sich arg zusammenpressen, und so geschah die Rückfahrt in einiger Wärme und Munterkeit.

Als Jean Jacques Schneider am folgenden Sonntag hinausfuhr, nahm er sich einiges an Tassen, Gläsern, Tellern und Bestecken mit, denn es könnte doch, so versicherte er sich, dieses oder jenes Stück schadhaft werden, da möchte es gut sein, etwas im Vorrat zu haben. Und in der Tat vergingen nur zwei Sonntage, da hatte er Anlaß, das neubeschaffte Gerät in Benutzung zu setzen, freilich ohne daß zuvor etwas zerbrochen wäre. Denn die Geschwister stellten sich ein, diesmal ohne Regen, und Alwine brachte einen Strauß weißer Rosen mit, den sie schweigend vor Ebbas Reliefbild zu Füßen des Obelisken niederlegte. Schneider drückte ihr ergriffen die Hand.

Auf dem Tische stand eine angefangene Schachpartie, und es fügte sich so, daß Alwine die Stelle der Toten einnahm, nachdem der Bruder sich erinnert hatte, daß er ja willens war, noch das Grab eines Jugendfreundes aufzusuchen. Schneider setzte sie matt; erst als es zu spät war, fiel es ihm vorwürfig ein, daß er bisher die Tote meist hatte gewinnen lassen. Danach nahm er die Flöte und blies klangvoll und wehmütig: »Philomele, süßer Schall«.

Die Besuche wiederholten sich, Alwine brachte ihre Handarbeit mit, ein zweiter Lehnsessel wurde hinausgeschafft. Es kam dahin, daß Schneider mit Ungeduld dem Sonntag entgegensah und doch etwas wie eine Gewissensbedrängnis deswegen verspürte. Aber dann schärfte er sich ein, daß er ja in der von ihrem Bruder begleiteten Alwine einen Trauergast empfange, der an dieser Stätte Ebbas zu gedenken und seinen ehrfürchtigen Mitschmerz zu bezeigen vorhabe; hierbei erinnerte er sich, von einer italienischen Friedhofssitte gehört zu haben, daß nämlich am Allerseelentage Visitenkartenschalen an den Gräbern aufgestellt werden und die Hinterbliebenen nach der abendlichen Heimkehr mit Neugier, mit Stolz oder Enttäuschung die abgegebenen Karten zählen und feststellen, wer alles an ansehnlichen Leuten ihrem Toten die Ehre geschenkt hat. Und Schneiders hatten ja so sehr außerhalb aller Revaler Geselligkeit gelebt, da war bisher noch niemand gekommen, das Grab seiner Ebba aufzusuchen. Denn die Neugierigen, die sich im Anfang der Bautätigkeit hinzuschleichen suchten, die zählte Schneider nicht.

Jean Jacques Schneider prüfte ernsthaft sich und sein Leben. Er erkannte betroffen und beschämt, daß Ebba an seinen Sonntagen nicht immer so zugegen gewesen war, wie es hätte sein müssen. Aber das sollte anders werden! Denn nun hatte er ja jemanden, der seiner wankenden Trauer und Treue den Stab machen konnte. Gemeinsam würden sie dem Andenken der Seligen ihre Herzen und Sonntage hingeben.

Es ist ja klar, daß ein Erzählender nicht wohl tut, sich und den Hörer mit dem durchaus Selbstverständlichen aufzuhalten. So muß wohl nicht berichtet werden, wie Jean Jacques und Alwine sich verlobten, aufgeboten wurden und heirateten. Selbstverständlich ist es auch, daß sie am ersten Sonntag ihrer Ehe mit einer besonderen Feierlichkeit nach Ziegelskoppel hinausfuhren, Schach spielten, Patience legten und lasen. Und als Jean Jacques seine Alwine vor Ebbas Reliefbild in die Arme schloß, da rollten ihm Tränen über die wohlrasierten und wohlgerundeten Wangen, denn er fühlte die segnende Gegenwart der Verklärten, die das in ihrem Namen geschlossene Bündnis heiligte: Eine einzige wunderbare Harmonie sollte von nun an drei gleichgestimmte, drei schöne und zärtliche Seelen vereinigen.

Allein zu den Selbstverständlichkeiten gehört es wohl auch, daß die Sebbersche in der Folge Anlaß erhielt, sich zu wundern, wiewohl nicht von heute auf morgen. Es kam dahin, daß sie kopfschüttelnd und in Besorgnissen ihren Kaffeebesucherinnen zu erzählen begann, es sei die alte Regelmäßigkeit nicht mehr auf der Welt. Denn nicht mehr unverbrüchlich sei es, daß man Herrn Schneider jeden Sonntagnachmittag in seinem Kabriolett nach Ziegelskoppel fahren sehe; schon habe er sich hin und wieder eines Mietwagens bedient, auch wohl den Weg zu Fuß gemacht, ja, an manchen Sonntagen sei sie seiner überhaupt nicht mehr ansichtig geworden.

Es hat begreiflicherweise seine Zeit gebraucht, bis die Dinge auf diesen Stand kamen, ob auch keine übermäßig lange. Zunächst freilich war alles, wie es sich unser guter Jean Jacques vorgemalt hatte. Alwine trieb Perlstickerei, Alwine ließ sich Jean Paul vorlesen, Alwine akkompagnierte Jean Jacques Flötenspiel auf dem Klavier; es wurde Schach gespielt, es wurden Patiencen gelegt. Das alles geschah wochentags zu Hause, sonntags, das Klavier abgerechnet, in Ziegelskoppel.

Unmerklich aber wandelten sich Geruch und Geschmack dieser Dinge. Über dem Titan schlief Alwine ein, das Campanertal erklärte sie für langweilig. Zur silbernen Selene und »Philomele, süßer Schall« wußte sie nur noch zu sagen: »Ach, Jean Jacques, das hast du schon so oft gespielt.« Es war wohl auch gewiß, daß es modischere und flottere Musikstücke gab, und Schneider erinnerte sich mit Beschämung, daß es eine Zeit gegeben hatte, da auch er der Lockung neuerer Flötenweisen erlegen war. Aber war denn der Bund nicht über Ebbas Grabe geschlossen, und geschlossen in ihrem Andenken? Selten nur noch, wenn er allein zu Hause war, blies er Selene und Philomele; ach, diese Melodien bedrückten ihn immer schwerer, zuletzt ließ er sie ganz fort.

War es denn wirklich so gemeint gewesen, daß nun ohne eine Ausnahme jeder, jeder Sonntag zur Fahrt nach Ziegelskoppel genutzt werden mußte? Hin und wieder, gewiß! Hin und wieder, meinetwegen! Aber was wird denn die Welt sagen, wenn Alwine fortdauernd zum Grabe ihrer Vorgängerin wallfahrtet? Dergleichen mochte für einen Witwer seine Schicklichkeit gehabt haben, aber ein Witwer war doch Jean Jacques nicht mehr!

Solche Meinungen mußte Schneider häufig hören, es blieb nicht bei den Meinungen. Ja, ihm selbst kam die Frage: Wie durfte man denn sagen, Ebba sei zugegen, wenn Alwine und er nach dem Abendbrot beisammensaßen und sich keinesfalls darüber einigen konnten, ob jetzt die Cœur-Sieben oder der Pique-Bube in Bewegung zu setzen war?

Ach, die Reihe der Selbstverständlichkeiten ist noch nicht beschlossen, denn unter die Selbstverständlichkeiten gehört wohl auch dies, daß Alwines zärtlicher Gefühlsreichtum sich verzehrte – ob er nun von der Mode ihr anerzogen gewesen war oder angelesen oder angeflogen wie ein süß duftender Blütenstaub, den nach wenigen Frühlingstagen der Wind wieder davonführt. Genug, Jean Jacques meinte eine Veränderung zu gewahren gleich dem Armenadvokaten Siebenkäs, dessen geliebte Lenette, die gewesene Jungfer Egelkraut aus Augsburg, sich ja auch zu einem rührenden kleinen Teufel mit Staubwisch und Scheuerlappen entwickelt hat.

Im übrigen ging manches vortrefflich. Alwine hatte von Mutterseite her ein hübsches kleines Erbteil, das nun ins Geschäft gesteckt worden war und es wohltätig belebte; so wohltätig, daß die Firma sich zu dehnen begann und daß die Einstellung eines Prokuristen sich notwendig machte. Dieser wurde gefunden in der Person des Herrn Schmidt, eines geschäftigen und gefälligen Mannes mit munteren schwärzlichen Augen und munteren schwärzlichen Favoris.

Alwine beanspruchte Schimmel und Kabriolett zu sonntäglichen Ausfahrten nach Katharinental, Tischer, Kosch und St. Brigitten. Schneider gestand ihr das Fuhrwerk seufzend zu; er kutschierte und mußte unterwegs häufig zu feiertäglicher Heiterkeit der Miene ermahnt werden. Hatte er es sich aber durchaus in den Kopf gesetzt, allein nach Ziegelskoppel zu wallfahrten, so fand sich für Alwines Ausflüge ein munterer Begleiter in der Person des Herrn Schmidt.

Eines kalten Wintersonntags, nachdem Jean Jacques Schneider seit fünf Wochen nicht mehr in seinem Trauerhäuschen gewesen war, machte er sich bekümmert auf den Weg zum Friedhof. Er ging zu Fuß, denn Alwine und Herr Schmidt hatten das Schimmelkabriolett zu einer Schlittenfahrt genommen. Schneider fand eine grauenvolle Veränderung vor. Die Tür war erbrochen, der Raum leer. Der Teppich, die beiden Lehnsessel, die Vorräte, die Pfeife, der gute finnländische Knaster, die Bücher, das Schachbrett, der geblümte Schlafrock und die Pantoffeln mit der Perlstickerei von Ebbas Hand, das Brennholz, der Besen, Teller und Gläser und Bestecke, alles fehlte. Nichts, nichts fand sich mehr in dem öden Raume als der steinerne Obelisk. Doch hatte der Einbrecher alles unterlassen, was seine Tat in die Nachbarschaft einer Grabschändung hätte rücken können. Ja, er hatte den sonderbaren Humor gehabt, einen riesigen düsteren Kranz, der von einem frischen Grabe stammen mochte, zu Füßen des Obelisken niederzulegen; so stellte sich das Geschehene weniger als ein Frevel dar; denn als ein erzieherischer Hinweis von volksmäßiger Deutlichkeit.

Da hockte denn Jean Jacques Schneider auf dem steinernen Boden und weinte und weinte. Er schlang die Arme um den Obelisken; es war ihm kein anderer Halt geblieben als dieser. Aber er weinte nicht um die toten Dinge, obwohl doch in den Jahren seit Ebbas Fortgang ein jedes von ihnen sein Leben gewonnen hatte und ein Stück seines eigenen Lebens geworden war.

Jean Jacques Schneider hatte nicht den Gedanken, zum Friedhofsaufseher zu gehen oder nachher in der Stadt den Vorfall zur Kenntnis der Behörden zu bringen. Nicht der Einbrecher, er selbst war schuldig: er, der Treulose, der Verräter und Verleugner. Er erfuhr eine Erschütterung, und sie war mächtiger als jene, die er an Ebbas Totenbett erfahren hatte. Denn nun erst litt er jenen großen Schmerz, der nichts Spielerisches mehr in sich duldet; denn nun erst gewahrte er die Vergänglichkeit in ihrer unerbittlichsten Form: nicht daß Ebba von ihm, sondern daß er von ihr gegangen war; nicht daß Ebbas Leben hatte vergehen müssen, sondern daß seine Treue und Trauer hatten vergehen können. Ja, er erkannte auch, daß sein

Abfall schon begonnen hatte inmitten seiner Treue, nämlich als er anfing, sein eigenes Behagen mitten in seinen Schmerz hineinzurücken.

Vielleicht hatte Jean Jacques Schneider mit solchen Erkenntnissen in seinem Falle jenes äußerste Reifemaß erlangt, welches einem jeden Geschöpfe, wiewohl verschiedenförmig, gesetzt ist, und es hatte ihm die Vorsehung danach keine weiteren Aufgaben mehr zu verhängen. Als er heimkam, da hatte er Stunden des Aufenthalts im eiskalten Steingewölbe und da hatte er den Fußweg im schneidenden Nordwind hinter sich. Schneider hustete und fieberte, und doch ließ er sich nicht hindern, folgenden Sonntags abermals zum Obelisken hinauszugehen. So befiel ihn eine Lungenentzündung, und nach zwei Wochen war sein Leben zu Ende.

Alwine sah sich auf eine verstörende Weise aus ihrem tätigen und fröhlichen Dasein gerissen; und sie hätte, dies sah sie bald danach ein, gänzlich verzweifeln müssen, wäre ihr nicht Schmidt, der getreue Prokurist, zur Seite gewesen. Er übernahm alle Veranstaltung des Begräbnisses, er sorgte dafür, daß Jean Jacques Schneiders Reliefbild in genau gleicher Arbeit dem der verewigten Gattin gegenüber, also auf der westlichen Seite, dem Obelisken eingefügt wurde. Er fuhr mit Alwine des Sonntags nach Ziegelskoppel hinaus, ja, wenn das Geschäft es irgend zulassen mochte, auch inmitten der Woche, sie waren ja das gemeinsame Fahren bereits gewohnt. Er leitete die Firma mit Umsicht. Und so hatte es seine Selbstverständlichkeit, daß die beiden nach Ablauf des Trauerjahres heirateten. Von da an wurde Ziegelskoppel seltener aufgesucht, bis es zuletzt in eine gänzliche Vergessenheit geriet.

Eine Reihe von Jahren lebten sie beisammen, dann mußte Alwine an einer gleichgültigen Krankheit sterben. Schmidt ließ sie unter dem Obelisken beisetzen, ihr Reliefbildnis wurde an der südlichen Seite angebracht, und nie verging der Totensonntag, ohne daß er hinausfuhr und drei vollkommen gleiche Kränze höflich um den Obelisken gruppierte.

Schmidt, den ja die Frauen nach Alwines Vorgang gern hatten, hielt sich nicht an das Trauerjahr. Schon nach fünf Monaten verheiratete er sich zum zweitenmal, da, wie er sagte, ein Geschäftsmann nicht ohne Frau sein kann, weil er doch aus Gründen des Ansehens und der Bonität ein Haus machen muß. Die Frau brachte Geld, Schmidt fand überdies einen Kompagnon, und die Firma »J. J. Schneider Successores, Spedition und Commission« gelangte rasch auf eine stattliche Höhe.

Wir haben nicht Anlaß, des Verlaufes dieser Ehe ausführlich zu gedenken. Genug, Schmidt starb nach nicht sehr vielen Jahren aus unbekannter Ursache und vielleicht lediglich der Symmetrie dieser Geschichte zuliebe. Man begrub ihn bei seiner ersten Gattin; die Nordseite des Obelisken erhielt sein Reliefbild.

Der Obelisk hatte, wie es ja der Natur eines Obelisken entspricht, vier Seiten. Wäre das Grabmal ein Dekaeder, ein Dodekaeder oder sonst ein Polyeder gewesen, so müßte diese Geschichte wohl noch lange forterzählt werden. So aber ist sie hier zu Ende, wie auch alle Treue und Trauer der Menschen einmal zu Ende sind.

Der Kopf

»Disjecta membra poetae«
Horaz, Sat. I, 4

Magnus Rutz, der Sohn eines wohlhabenden Revaler Kaufmannes, hatte aus guter Kenntnis des Theaters eine Reihe von Bühnenstücken geschrieben, die ihm Erfolg eintrugen und ihn daher auf den Gedanken brachten, er sei ein Dichter.

In solchem Glauben, der, da er ja ein Glaube war, unbeirrlich und unwiderlegbar blieb, lebte Rutz bei reiferen Jahren in einem kleinen Ort an einem der norditalienischen Seen. In dieser Umgebung – sein Haus nannte er »Villa Parnasso«, auch hatte er Pinien, Lorbeer und einen für echt gehaltenen antiken Torso im Garten – erfüllte er sich immer stärker mit allerlei herkömmlichen Dichtervorstellungen: etwa daß er seiner Zeit voraus sei und daher mit Notwendigkeit mißkannt werden müsse; daß etwas, das er unklar, aber innig als »reine Schönheit« empfand, den Anspruch habe, wieder als lebenführende Macht eingesetzt zu werden; und daß seine Verserzählungen den Vergleich mit Dante und Byron ehrenvoll auszuhalten vermöchten. In allem bestärkte ihn die sklavische Bewunderung seiner ältlichen Haushälterin und der Ortsansässigen, denen der Entschluß, auf ihn stolz zu sein, in Unkenntnis seiner Dichtungen und Muttersprache leicht gefallen war. Sie redeten von ihm als dem berühmtesten aller ausländischen Dichter, und da seine Bühnenstücke ihm, der schon von Hause aus nicht unvermögend war, ein tüchtiges Geld eintrugen, so gab es reichlich an ihm zu verdienen. Im übrigen war er ein gutmütiger Mann, dem wir seine Eitelkeit nicht zu hoch anrechnen wollen.

Wohl wissend, daß in seinem Vaterlande der Prophet in geringer Geltung zu stehen pflegt, und in diesem Wissen durch manche kleine Erfahrung bestärkt, hatte Rutz nach Absolvierung des Revaler Gouvernementsgymnasiums seine Vaterstadt und Heimat verlassen und sich, statt herkömmlicherweise sein Studium in Dorpat zu beginnen, nach Deutschland begeben. Er ist nie wiedergekehrt, auch nicht zu kurzem Besuche. In Reval hörte man wenig von ihm; später verlautete,

Saal der Estländischen Literärischen Gesellschaft in Reval

er habe Bühnenwerke geschrieben, die vielfach aufgeführt worden seien. Aber da er in Reval, zu Recht oder Unrecht, seinen Altersgenossen als hochmütig und empfindlich, dem älteren Geschlecht als anmaßend und vorlaut gegolten hatte, sah das Revaler Theaterkomitee keinen Anlaß, bei der Direktion auf die Aufführung eines seiner Stücke zu dringen.

Magnus Rutz rächte sich durch eine herzliche Verachtung der Revaler Banausen; allein diese Verachtung konnte die Wunde nicht gänzlich schließen. Ja, je älter er wurde, um so häufiger überkamen ihn schwermütige Gedanken an die alte und wohlgefügte Revaler Welt. Eine elegische Milde gewann die Oberhand über die zornige Mißachtung, in welcher er sich so lange bestärkt und erhalten hatte, und in allerhand zeilenreichen Stanzen und Oden schufen solche Gemütszustände sich ihre Äußerung.

Unter mancherlei wunderlichen Gedanken war ihm schließlich auch der gekommen, seine Heimatstadt werde zu guter Letzt, wenn seine Bedeutsamkeit voll erkannt sei, sich mit Beschämung und Stolz seiner als ihres Sohnes erinnern. Dann, so meinte er, werde an seinem alten elterlichen Hause in der Rußstraße, in welchem inzwischen eine Korsettfabrik sich niedergelassen hatte, eine Gedenktafel angebracht, ja, es werde wohl gar das ganze Gebäude zu einem Rutz-Museum umgestaltet werden. Für diesen Fall wünschte er gerüstet zu sein.

Er erwarb einen Bestattungsplatz unweit der Villa Parnasso und ließ ein Grabmal anfertigen, auf welchem ein Lorbeerkranz, eine Lyra und ein Genius mit umgestürzter Fackel zu sehen waren. Hier sollte sein Leib ruhen. Sein Kopf aber, so verfügte er, hatte abgelöst, einbalsamiert, in seinen Heimatort gesandt und bis auf ein weiteres dem Museum der Estländischen Literärischen Gesellschaft übergeben zu werden. Denn in den baltischen Provinzen sagt man noch heute »literärisch«, wie man es vor anderthalb Jahrhunderten auch in Deutschland gesagt hat, und man verteidigt diese Gepflogenheit gern mit dem Hinweis darauf, daß ja auch die Reichsdeutschen »militärisch« sagen und nicht »militarisch«.

Es war alles sorgfältig bedacht: Die Einbalsamierung sollte durch die Firma Gebrüder Serra, Jagdtrophäen und Ausstopferei, Verona, Via Mazzini, vorgenommen werden. Rutz hatte bei der Firma, die auch den Transport des Dichterhauptes in die Wege leiten mußte, die geforderte Summe bereits hinterlegt und zugleich genaue Angaben über die geographische Lage Revals und seine Verbindungen mit der übrigen Welt zu Papier diktiert; dies war notwendig, denn wie es sich erwies und gern glauben läßt, hatten die Gebrüder Serra bis an diesen Tag vom Dasein Revals keinerlei Kenntnis gehabt. Alles übrige war mit der Haushälterin abgeredet, ja, besiegelt worden durch eine feierliche Schwurszene, aus deren Erinnerung die Haushälterin – sie war testamentarisch mit einem Legat bedacht – für den Rest ihres Lebens ihre melodramatischen Bedürfnisse würde bestreiten können.

Wir alle sind sterblich, da ist nichts zu reden, Rutz starb. Der Totenschein war ausgeschrieben, der Sarg geliefert, das Begräbnis für den nächsten Vormittag bestellt. Am Abend ging die Haushälterin zu Benati. Benati ist der Friseur des Orts und eine romantische Natur. Er hat sich immer damit gebrüstet, daß der größte Dichter des Auslandes sein Kunde war. Insgeheim machte er Verse; ja, beim fünfundzwanzigsten Priesterjubiläum des Ortspfarrers Don Cipriano hat ein weißgekleidetes Schulmädchen im Namen des Musikvereins den von Benati verfaßten Prolog gesprochen.

Auf Wunsch der Haushälterin wird der Lehrling hinausgeschickt. Dann übergibt sie dem Friseur mit düsterer Feierlichkeit einen versiegelten Brief. Benati öffnet, liest und erbleicht. Der Brief ist von Rutz, dem Dichter. Benati hebt beschwörend die Hände, schüttelt die Locken, betrachtet sein Gesicht im Spiegel, das Gesicht eines Entsetzten. »Es ist unmöglich!« ruft er mit rollenden Augen. »Unmöglich! Nicht um alle Schätze der Welt!«

Alle Schätze der Welt sind ihm übrigens gar nicht angeboten worden. Angeboten worden sind ihm vielmehr dreihundert Lire, und so folgt er nach einer überaus bewegten halbstündigen Szene der Haushälterin zur Villa Parnasso. Zugegeben, er folgt mit wankenden Knien und heftigem Seufzen; allein er folgt.

Es ist ein stürmischer und mondloser Dezemberabend, es

könnte einen schon schaudern, auch wenn man nichts Unheimliches vorhätte. Also schaudert es Benati doppelt. Er mag kaum zugreifen, als die Haushälterin ihm ein prächtiges Abendessen vorsetzt und ihm einschenkt von dem guten Bardolino, den der Selige zu trinken pflegte. Zugleich aber empfindet er jenen wohltätig erhebenden Schauer, von dessen seelenlösender Wirkung die Definitoren der klassischen Tragödie sprechen.

Grappa, muß man wissen, ist ein Traubenschnaps von allerlei Kräften, vortrefflich geeignet, einem Menschen in ungewöhnlichen Dingen Mut zu machen. Die Haushälterin nötigt Benati, mehrere Gläser zu trinken und die Flasche mitzunehmen, als er ächzend und unter häufigem Kreuzschlagen sich ins Arbeitszimmer des Dichters begibt; hier nämlich ist, im noch unverschlossenen, aber bald zu schließenden Sarge dasjenige aufgebahrt, was, wie Rutz sich in seinem letzten Willen ausdrückte, »sterblich an ihm ist«. Die Haushälterin setzt sich mit ihrem Strickstrumpf in die Stube nebenan, Benati soll wissen, daß eine lebende Seele sich in seiner Nähe befindet.

Am nächsten Morgen, während es draußen noch schwarz ist und der Regen böse gegen die Scheiben schlägt, kocht die Haushälterin ihm einen starken Kaffee. Dazu trinkt er hastig den Rest aus der Grappaflasche. Sehr groß, das muß man schon sagen, ist dieser Rest nicht mehr.

Benati hat die paar letzten Nachtstunden, nachdem seine Verrichtung getan war, in dem schönen Bett des seligen Dichters schlafen dürfen; freilich ist es kein guter Schlaf gewesen. Nun muß er sich eilen, um den Dampfer zu erreichen, der in der Frühe nach Desenzano abgeht, wo man in den Zug nach Verona steigt. Stumm, aber mit einem großen Blick drückt er der Haushälterin die Hand, und dann rennt er hinaus in die feindselige kalte Finsternis.

Die Trafiken erhalten von der königlichen Tabakregie ihre Waren in würfelförmigen, glattgehobelten Holzkisten, die an einem Stempel kenntlich sind. Wegen ihres handlichen Umfanges und ihrer sauberen Beschaffenheit werden sie von vielen Leuten gern auch zur Beförderung anderer Gegenstände benutzt; man bekommt sie um ein billiges von der Trafikantin. Eine solche Kiste hat Benati unter dem Arm. Außerdem hat er dreihundert Lire in der Tasche und die Geister einer Flasche Grappa im Gehirn. Auf dem Wasser ist es kalt, nebelfeucht und dunkel. Benati setzt sich mit seiner Kiste in die Kajüte, wo es Licht, Menschen, Expreßkaffee und Grappa gibt – lauter Dinge, die einem verstörten Mann über sein Zähneklappern hinweghelfen können. Das Licht freilich wird viel zu früh gelöscht, noch im Halbdunkel, aber Grappa und Menschengesellschaft lassen sich gottlob nicht auslöschen; Benati hatte Bekannte getroffen, die gleich ihm durchfroren sind und Grappa für ein wohltätiges Erwärmungsmittel ansehen. So kommt denn eine sonderbar übernächtige Lustigkeit auf, und dazwischen nickt Benati auch ein wenig ein.

Ob nun der Nebel schuld ist oder irgendeine andere Fahrtverzögerung – genug, als der Dampfer in Desenzano anlegt, ist der Veroneser Zug bereits abgefahren. Nun sehen alle Leute nach ihren Uhren und schimpfen, und so tun auch Benati und seine Bekannten. Hierauf begeben sie sich in eine Wirtschaft unweit des Bahnhofes, um sich die Zeit bis zum Abgang des nächsten Zuges zu vertreiben. Und da sie einmal bei Grappa sind, so bleiben sie bei Grappa. Sie reden recht viel durcheinander, und sie reden recht laut; einer spricht von den Geschäften, die er in Verona zu machen gedenkt, einer von seinem Glück bei den Mädchen, der Maurer Emiliani aber erzählt von Amerika und verlangt, daß alle sein amerikanisches Taschenmesser bewundern, das nicht nur Nagelfeile und Korkenzieher, sondern auch Säge und Patentkistenöffner aufzuweisen hat.

Benati ist es wirr im Kopfe, sein Herz ist noch voller Schrecknisse, aber auch voll eines düsteren Stolzes. Er hat Romane gelesen und Kinodramen gesehen, aber welcher Filmautor oder Romanschreiber wäre denn imstande, Dinge zu ersinnen, wie er sie erlebt hat? Da fahren diese guten Leute nach Desenzano, Peschiera oder Verona, machen ihre kleinen Geschäfte und meinen, so sei das Leben. Er aber, er weiß, daß es für ganz andere Sachen Raum hat, nächtliche, schaurige und große! Ja, und was gibt es für erhabene und rührende Konflikte in der Brust eines fühlsamen Menschen, wenn der letzte Wille eines Genies den grauenvollsten Freundschaftsdienst von ihm fordert!

Benati ist anfangs von stolzer Schweigsamkeit und antwortet nur mit verschwörerisch abwehrenden Andeutungen, als er nach seinem Vorhaben in Verona gefragt wird. Die anderen werden neugierig und necklustig, sie setzen ihm zu, und es gibt ja in der Tat Dinge, die schwer zu verschweigen sind, besonders wenn man einen Beruf hat, der zur Redseligkeit verpflichtet, und wenn man überdies in Grappawolken einherstolziert.

Der Maurer Emiliani ist natürlich am erpichtesten auf das Geheimnis der Kiste, denn er möchte doch endlich die Vorzüge seines amerikanischen Patentöffners beweiskräftig dartun dürfen.

Kurz, Benatis Andeutungen geraten in Zusammenhang, plötzlich hat er die Geschichte erzählt, die Kiste wird geöffnet, und nun können die Männer sich kaum fassen vor Lachen über diesen Teufelskerl von Friseur, der sie so wunderbar zum besten gehabt hat; denn in der Kiste befinden sich, sorglich in Holzwolle verpackt, vier große Glasbüchsen voll Honig.

Benati, der, wie man in solchen Fällen wohl sagt, den Kopf verloren hatte, blieb die Nacht über in Desenzano und kehrte am folgenden Tage gefaßt heim. Die Haushälterin stand am Hafen.

»Alles besorgt?« fragte sie.

»Alles besorgt«, antwortete Benati.

Benati liebte es, seinen Kunden Ratschläge gesundheitlicher Natur zu geben, was ja sein Beruf ihm nahelegte. Bald nach den erzählten Vorkommnissen begann er, ihnen die Tugenden des Honigs zu rühmen.

»Seit ich einmal darauf verfallen bin – es war ein reiner Zufall –, gar nicht mehr leben könnte ich ohne mein Löffelchen Honig frühmorgens auf nüchternen Magen! Das reinigt, das gibt glatte Säfte, damit kann man zu Jahren kommen!«

Dieser oder jener folgte seinem Rat, und Herr Esposito, Gemeindeschreiber in einem der Nachbarorte, der als Imker am ganzen See einen Ruf hatte, Herr Esposito durfte ein kleines Ansteigen seines Absatzes buchen. Über Esposito wird noch einiges zu berichten sein.

Erwähnen wir zunächst noch, daß der Nachlaß des Dichters einstweilen von der Behörde in Pflegschaft genommen wurde, daß die Haushälterin in ihr lombardisches Geburtsstädtchen übersiedelte, daß die Firma Gebrüder Serra, Jagdtrophäen und Ausstopferei, Verona, Via Mazzini, illiquide wurde, daher in Liquidation geriet, und daß erst eine geraume Weile später aus Reval ein allem Exzentrischen entschieden abgeneigter, des Italienischen durchaus kundiger Vetter des Dichters eintraf, um die Hinterlassenschaft zu übernehmen und aufzulösen, so kann es nicht wundernehmen, daß dem Haupte des Poeten von keiner Seite nachgefragt worden ist.

Man könnte nun versucht sein, sich allerlei Begebenheiten voll grausiger Humore zu erdenken und sich etwa auszumalen, wie der Kopf des Dichters, geschehener Verwechslung zufolge, irgendwo als Silberhochzeitsgeschenk aus einer Kiste gepackt worden ist oder als anzumeldendes Muster in der Kanzlei eines Patentanwalts oder als »4 Kilo ff. Kanarienvogelfutter wie gehabt« bei einer freundlichen alten Dame. Da ja aber das Leben mit den Abschlüssen solcher kleinen Geschehnisketten anders zu verfahren pflegt als die Geschichtenschreiber, nämlich bald erfinderischer, bald weniger erfinderisch, wir uns auch genau an die Wahrheit halten wollen, so ist zu berichten, daß sich nichts dergleichen ereignet hat. Vielmehr sah, etwa um die gleiche Zeit, da in jener Wirtschaft unweit des Bahnhofs von Desenzano Benatis schöngepflegte Hände und Emilianis amerikanischer Patentöffner sich um die Kiste mühten, der bergaufsteigende Gemeindeschreiber Esposito das Ziel seiner Wanderung vor und über sich, nämlich eine hochgelegene Wassermühle, von der ihn nur noch zwei Wegekehren trennten; außerdem aber sah er noch etwas anderes.

Esposito hatte, um den Frühdampfer zu erreichen, schon um vier Uhr von Hause aufbrechen müssen; kein Wunder, daß er unterwegs den Morgenschlummer nachgeholt, ja, an seiner Haltestelle, einige Stationen vor Desenzano, fast das Aussteigen verschlafen hatte. Im letzten Augenblick erwachte er, ergriff im Halbdunkel der Kajüte seine Tabakregiekiste und stürzte vom Schiff. Ziel seiner Reise war die verwitwete Mühlenbesitzerin, die er mit seinem berühmten selbstgewonnenen Honig zum Namenstage in allerlei Hoffnungen zu beglückwünschen dachte.

Als er jetzt die Witwe droben im Mühlengärtchen eng umschlungen von einem anscheinend recht stattlichen Mann erblickte, da stieß er einen Fluch aus und schleuderte das ihr zugedachte Geschenk mit einem zornmütigen Ausholen in die Felsenspalte, die sich unweit des Serpentinenweges hinzieht. Zwar bereute er das gleich im nächsten Augenblick, denn der Mensch soll ja seine Leidenschaftlichkeit im Zaum halten können, und der Honig wäre noch verkäuflich gewesen. Allein zu ändern war nichts mehr; in die schmale, wohl zweihundert Meter tiefe Spalte zwischen den glatten Steinwänden ist noch nie eine Ziege gelangt, geschweige denn ein Mensch.

Hier also wird im Laufe der Zeit die Kiste zerfallen und auch ihr Inhalt, und zuletzt wird er allerlei Pflanzen Kraft zu ihrem Wachstum geben, wie das ja in der natürlichen Ordnung der Welt bestimmt und auch unseren Köpfen einmal zugesonnen ist, ob wir sie nun in der Provinz Estland oder in der Provinz Verona oder in irgendeiner anderen Provinz der Erdkugel auf den Hälsen tragen. Uns, die wir des Glaubens sind, es solle in Gottes Schöpfung kein Ding mit kleinen Kunstgriffen seinem vorbedachten Ablauf entzogen werden, uns will es scheinen, als sei hiermit ohne Strenge und auf eine zurückwirkende Weise auch alles Verquere im Leben des Rutz wieder ins Gleiche und Natürliche gebracht. Und so hat sich uns mit Hilfe des Friseurs Benati, des Grappa und einiger anderer Umstände die ewige Verläßlichkeit der Schöpfung von neuem erwiesen.

Das Kirchenhaus von Reval. Ältestes (damals) erhaltenes Haus der Stadt

Die gelbe Totenvorreitersche

Alte Leute in Reval wissen aus den Erinnerungen ihrer Kindheit noch heute von einer merkwürdigen Frau zu erzählen. Wie jeder Mensch muß sie einen Namen gehabt haben, und er wird in allerlei behördlichen Registern aufbewahrt sein. Doch hat niemand ihm nachgeforscht, weder zu ihren Lebzeiten noch späterhin; denn da sie nicht zu den eingesessenen Familien gehörte, so hätte sich bei ihrem Namen, mochte der nun Schmidt, Pawlowski, Iwanow oder wie immer lauten, doch niemand etwas denken können; und sie war ja in der ganzen Stadt unter einem Übernamen bekannt, der seinen Sinn hatte; wohingegen Schmidt, Pawlowski oder Iwanow als sinnlose Zufallsbezeichnungen hätten erscheinen müssen. Sie hieß in Reval »die gelbe Totenvorreitersche«.

Die gelbe Totenvorreitersche ist jung gewesen und verheiratet. Ihr Mann war ein armer Oberleutnant von der Linieninfanterie und ist im Kaukasus verschollen; andere sagen, in einem der türkischen Feldzüge. Die gelbe Totenvorreitersche weiß es wohl nicht mehr, es liegt ja schon so weit zurück, und als damals die Nachricht kam, da ist in ihrem Kopfe eine gewisse Verschiebung vor sich gegangen. Nicht daß sie ähnlich getan hätte wie die Kapitänswitwe Johannson, welche jeden Abend ihres ertrunkenen Mannes Bett abdeckte und seine Pantoffeln bereitstellte; nein, das hatte sie schon aufgenommen, daß der Oberleutnant tot war und sie nie wieder an seinem Arm nach Katharinental promenieren werde; allein es ist ja das Schicksal vieler Frauen, daß ihre Männer vor ihnen sterben, und in den Jahren findet man sich damit ab. Es mag auch sein, daß die beiden nicht sehr glücklich miteinander gelebt haben oder daß der Oberleutnant ein wenig angenehmer Mensch gewesen ist; das weiß heute niemand mehr, und es ist ohne Belang.

Etwas anderes aber erhielt die Oberleutnantswitwe in gleichmäßig sich fortsetzender Bekümmernis. Es ist ihr nämlich der Gedanke gekommen und wichtig, ja zuletzt allen wichtig geworden, ihr Mann habe vielleicht kein rechtes Begräbnis gehabt, und es sei am Ende niemand nach Schicklichkeit mit seiner Leiche gegangen. Und da hat sich in ihr die

Vorstellung befestigt, sie verrichte einen christlichen und ehelichen Dienst an seinem Andenken, wenn sie, soviel an ihr liege, dafür Sorge trage, daß ein jedes Leichenbegängnis eine Steigerung zu inniger Feierlichkeit erfahre. Ja, indem sie den Zeitenablauf gleichsam umkehrte, wollte es ihr scheinen, als könne, wenn sie selber bei fremden Begräbnissen ihre Teilnahme bezeige, ein Fremder zum Vergelt auf den Einfall kommen, der verlassenen und unbegleiteten Leiche ihres Gatten die christlichen Totenehren zu erweisen.

Zugleich aber hatte sie doch auch eine Vorstellung ihrer Wichtigkeit und Bedeutung, ja, einer gewissen militärischen Führerschaft. Hatte denn nicht bloß das geschehene Unglück sie verhindert, Majorin, Oberstin, Generalin zu werden? Darum kam ihr nicht in den Sinn, sich einfach einem Totengefolge anzuschließen, sondern sie hatte sich an seine Spitze zu stellen.

So ist es dahin gekommen, daß in Reval kein Leichenbegängnis ohne die Witwe stattfindet. Sie unterscheidet nicht zwischen Ständen, Glaubensbekenntnissen, Volkszugehörigkeiten und Friedhöfen: Deutschen, Esten, Schweden, Russen, Katholiken und Reformierten wendet sich gleichermaßen die wunderliche Tätigkeit zu, mit welcher sie auf ihre Art teilnimmt am »Begraben der Toten«, das ja von der kirchlichen Lehre als letztes und abschließendes unter den sieben leiblichen Werken der Barmherzigkeit genannt und gefordert wird.

Kein Wetter, keine Jahreszeit konnte sie hindern. Formierte sich vor dem Sterbehause oder der Kirche der Trauerzug, so war sie plötzlich zur Stelle. Oft wollte es rätselhaft erscheinen, wie sie es fertigbrachte, sich durch dichte Menschenanstauungen hindurchzuzwängen. Bei feierlichen Staatsbegräbnissen geschah es wohl, daß die Polizei Absperrungen vornahm; allein auch diese wußte sie zu durchbrechen. Plötzlich leuchtete aus allem Schwarz ihr langer, zitronengelber Spenzer vor. An eine besondere Bedeutung dieser auffallenden Farbenwahl muß wohl nicht gedacht werden; vielmehr dürfen wir annehmen, es habe sich ein solches Kleidungsstück von ausnehmend haltbarem Stoff in ihrem Eigentum befunden, und da ihre Einkünfte knapp waren, so trug sie es durch sehr viele Jahre. Als sie später einmal eine Neuanschaffung vornehmen mußte, da wäre ihr und allen Revalensern eine andere Farbe bereits unausdenkbar erschienen.

Die Glocken läuten, der Zug setzt sich in Bewegung, die Führerin auch. Unter der schwarzen Haube quellen im Winde die zottigen weißen Haare auf. Hochaufgerichtet zieht sie im Marschschritt vor Sarg, Trauerchor und Geistlichen, vor langen Wagenreihen und leidtragenden Fußgängern, vor Schulen und allerlei Vereinen und Körperschaften, zu denen der Verstorbene gehört hat. Alle, alle folgen sie ihr. Und unermüdet führt sie den ihr anvertrauten Zug den langen, langen Weg zum Friedhof von Ziegelskoppel, zum Moikschen Kirchhof auf dem Laksberge oder zu den Begräbnisstätten der Dörptschen Vorstadt, und wie marschierende Soldaten es tun, so wirft die starkknochige Person ihre Arme taktmäßig nach links und nach rechts. Nie verringert, nie vergrößert sich der Abstand zwischen ihr und der eigentlichen Spitze des Leichenzuges, obwohl sie sich nie nach ihm umsieht. Geschieht einmal eine Stockung, etwa durch anjagende Feuerwehr, eine marschierende Truppe oder eine Wagenreihe, die unvermutet aus einer Querstraße kommt, so teilt sich ihr die Störung des Marschrhythmus mit, und sie tritt soldatisch auf der Stelle, bis das Erschwernis behoben und der regelmäßige Weitergang hergestellt ist. Am Friedhofseingang angekommen, verläßt sie ihren Platz an der Tête, tritt zur Seite und läßt nun generalsmäßig den Trauerzug an sich vorbeidefilieren. Hierauf macht sie kehrt und geht nach Hause, wohl ahnend, daß man ihr bei der Feierlichkeit selbst den vordersten Platz nicht einräumen würde, und nicht gewillt, mit einem geringen und entfernten vorliebzunehmen.

Jeder kennt sie, niemand hindert sie. Ein frisch nach Reval versetzter Gendarmerieoffizier sah sie mit ärgerlicher Verwunderung, rief: »Was für ein Unfug!« und wollte einschreiten. Aber da wurde er augenblicks von einigen Respektspersonen beiseite genommen und mit wenigem Zureden belehrt und besänftigt.

Die Straßenjungen rufen ihr nach: »Gelbe Totenvorreitersche! Gelbe Totenvorreitersche!« Das hört sie unbewegt oder hört es bereits nicht mehr, denn was macht es schon einem alten Menschen aus, von Gassenkindern bei seinem Namen gerufen zu werden? Im Laufe der Jahrzehnte ist es dahin gekommen, daß die gelbe Totenvorreitersche wohl gar kein Wissen mehr davon hat, weshalb sie allen Beerdigungen vorangehen muß. Sie kennt es nicht anders, und gewissermaßen ist der einzige ihr bekannte Grund der, daß sie eben die gelbe Totenvorreitersche ist. Es ist, als überlebe sie ihr eigenes Dasein nur in jener Verrichtung, und auch in diesem Betracht kann es recht erscheinen, daß ihr Name sich auslöschte, denn in der Tat, sie war die gelbe Totenvorreitersche, sonst nichts.

Es mag auch wohl sein, daß einzig Gewohnheit und Vorstellung der stets von neuem zu erfüllenden Pflicht den Körper der Greisin, dem doch die langen Märsche im Wind, Schnee und Regen zusetzen mußten, noch am Leben erhielten. Sie hatte keinen Stock, auf den sie sich hätte stützen, keinen Schirm, mit dem sie sich hätte trockenhalten können, – denn sie bedurfte ja beider Arme zu den ihr vorgeschriebenen militärischen Schlenkerbewegungen. Ihr Gehör, ihr Gesicht schwächten sich ab; Gedanken und Gliedmaßen wollten sich nicht mehr gänzlich zum Gehorsam bequemen. Was sie trotzdem zu ihrer Verrichtung noch fähig machte, das mag vornehmlich die ihr selber unbewußte Erinnerung ihres Leibes an ungezählte Vorangänge gewesen sein.

Die gelbe Totenvorreitersche hatte den Revalensern eine Bedeutung gewonnen, wie Mondwechsel und Jahreszeit und Obsternte und Ratsherrenwahlen und alle natürlichen Dinge, die sich zu ihrer Zeit und ihrem Anlaß ereignen und Zeugnis geben von der getreulichen Unveränderbarkeit der Weltordnung. Die alte Landrätin Mohrenfeldt, eine Dame von eigenwüchsiger Skepsis, sagte einmal in ihrer offenen und ein wenig derben Art zu Pastor Sturm von der Olaikirche: »Hand aufs Herz, Herr Pastor: Was einem so nach der letzten Bouillon bevorsteht, davon weiß man im Grunde doch sehr wenig. Unbedingt sicher ist einem nur eins: die gelbe Totenvorreitersche.«

Manch einer fragte sich: »Wie soll es einmal mit ihrem eigenen Begräbnis werden?« Und so sehr war man gewöhnt, ein

Leichengefolge ohne ihre Mitwirkung als unvorstellbar anzusehen, daß fast die Meinung aufzukommen vermochte, sie könne dem Gesetz des Sterbenmüssens nicht unterworfen sein – denn wie hätte ihre eigene Bestattung gedacht werden können, ohne daß sie selber dem Zuge vorangeschritten wäre?

Indessen sollte es sich erweisen, daß man ihrer Teilnahme an den Revaler Leichenzügen den Rang eines Naturgesetzes voreiliger Weise zuerkannt hatte.

In einer der Vorstädte starb ein wohlhabender russischer Kaufmann, in dessen Familie dem Vernehmen nach allerlei dunkle Ehe- und Erbschaftszerwürfnisse zu Hause sein sollten. An einem düsteren und wolkigen Vormittag im Spätherbst bewegte sich, von der gelben Totenvorreiterschen geführt, der Trauerzug zum Alexander-Newski-Friedhof. Unweit des Mühlenteiches ereignete sich etwas Aufregendes. Ein berittener Gendarmerieoffizier holte den Leichenkondukt ein, drängte sein Pferd an den Sarg, der nach russischer Sitte unverschlossen getragen wurde, und salutierte flüchtig vor dem Toten. Dann winkte er, die Träger blieben erschrocken stehen, der Offizier erklärte den Zug für aufgelöst, die Leiche für beschlagnahmt. Weitere Auskünfte verweigerte er; später erst erfuhr man, daß eine eingelaufene Anzeige den Verdacht eines Giftmordes wachgerufen hatte. Nach geschehener ärztlicher Untersuchung – das Ergebnis braucht uns hier nicht zu kümmern – wurde der Tote in nächtiger Heimlichkeit beigesetzt.

Die gelbe Totenvorreitersche hatte auf ihre Weise gespürt, daß dem Leichengefolge irgendein Hemmnis widerfahren war. Sie macht halt, trat auf der Stelle und setzte sich nach ihrer üblichen Weile wieder in Bewegung. Am Friedhofseingang trat sie, die Hacken zusammenschlagend, mit einer exerziermäßigen Wendung auf die Seite, um den Zug defilieren zu lassen.

Sie schaute, sie spähte; die Straße war leer. Ein paar schmutzige Kinder platschten in den breiten und öden Regenpfützen und schrien lachend: »Gelbe Totenvorreitersche! Gelbe Totenvorreitersche!«

Am nächsten Morgen hatte die Greisin keine rechte Lust, ihr Bett zu verlassen; eine Beerdigung stand für diesen Tag nicht bevor. Stutzig gemacht durch die ungewohnte Stille, trat gegen Abend eine Nachbarsfrau bei ihr ein und fand sie in einem Zustand der äußersten Schwäche. Auf ihre Fragen erhielt sie knappe und verquere Antworten. Sie rückte der Alten die Kissen zurecht, brannte das Nachtlämpchen an und entfernte sich, um Suppe aufzuwärmen und der gelben Totenvorreiterschen davon zu bringen. Als sie mit dem dampfenden Suppentopf wiederkehrte, da saß die Alte sehr aufrecht in ihrem Bett, gegen die hochgeschichteten Kissen zurückgelehnt, und sah, vom flackernden Nachtlämpchen verzerrend beschienen, die Eintretende aus weitgeöffneten Augen mit glasiger Strenge an. Die rechte Hand hatte sie salutierend an die Haube gelehnt, als nehme sie einen Parademarsch von Totengefolgen ab. Da die Nachbarin sie berührte, fiel der Arm kraftlos herab, er hatte sich in dieser Stellung nur behaupten können, weil er von den Kissen gestützt wurde. Die gelbe Totenvorreitersche war nicht mehr am Leben.

Einige Tage danach wurde sie zu Grabe getragen. Unaufgefordert, unverabredet strömten die Menschen durch den Nebel zu ihrem Geleit, vom Dom und von der Unterstadt, von Fischermay und den Vorstädten, Menschen aller Lebensalter und Stände und Nationalitäten, Städter, Bauern, Hafenarbeiter und Fischer. An jeder Straßenecke schwoll der Zug, und es war mancher dabei, dem es sonst nie in den Sinn gekommen wäre, sich unter eine Gassenmenge zu begeben. Alle, alle gingen sie mit, deren Toten die Alte in Jahren und Jahrzehnten ihre sonderbare Teilnahme bezeigt hatte.

Schattenhaft und dunkel erschienen sie einander in der früh einfallenden Dämmerung, die unter dem verhängten Himmel Häuser und Menschen in ein ungewohntes und ungewisses rauchiges Licht rückte. Unübersehbar schien die Zahl, vertrauteste Menschen wurden sich zum Spuk, wer sollte einander erkennen? Ein scheues Raunen erhob sich, ein verwundertes Geflüster und Gefrage: »Wer ist denn das da? Mein Gott, wie ähnlich er dem toten Ritterschaftshauptmann sieht! Und dort, ist das nicht die Ratsherrin Korbmacher? ... Frau von Schaarmann ... der Ältermann Kawelkamp ... Friseur Krausberg ... Doktor Barg ... wahrhaftig (der Scheintotendoktor!).«

»Gott steh mir bei, meine Großmutter!« rief ein junges Mädchen.

Dicht hinter dem Sarge aber schritt ein blasser junger Mensch im langen dunklen Offiziersüberrock, mit Backenbart und vorgebürstetem Schläfenhaar, so wie es zu den Zeiten des Kaisers Nikolaus die Sitte der Armee gewesen war.

Eine Frau preßte ängstlich den Arm ihrer Nachbarin und sagte: »Dort vorne! Sehen Sie es denn nicht? Dort vorne!«

Dort vorne, vor der Spitze des Zuges her, dort bewegte sich etwas wie ein zitronengelber Sonnenstrahl, und es blieb schwer zu begreifen, wie er die Nebelschicht der niedriglastenden Wolken durchbrochen haben mochte. Am Friedhofseingang schien er zur Seite zu gleiten, und wenige Augenblicke später war er nicht mehr zu erblicken.

Nicht lange nach dem Hinscheiden der gelben Totenvorreiterschen begann manches sich zu ändern: Die Baltische Eisenbahn wurde gebaut, die Herberge für Scheintote geschlossen. Neue Straßen entstanden. Der Herzog von Croy gelangte zu seiner Ruhe. Kaiser Alexander aber stieß die alte, die sechshundertjährige Ratsverfassung der Stadt Reval über den Haufen.

Für die Damaligen hatten diese Vorgänge ihr Gewicht. Uns, den Mitlebenden späterer Jahrzehnte, wollen sie als kleine vorläuferische Hindeutungen auf eine gänzliche Wende erscheinen. Und so mag auch die gelbe Totenvorreitersche uns anmuten als die Grabgeleiterin einer alten und eigenwüchsigen, einer im Äußeren engbegrenzten, aber unendlich geliebten Welt.

Die Mauerstraße in Reval

Abschied

Es ist spät geworden, und die Flasche ist leer. Groß steht die Nacht vor den Fenstern. Der Wind hat die letzten Blätter von den Zweigen gerissen. Die Kälte tropft silberfarben nieder durch die kahlen Äste. Der Wind ist still geworden, die Wolken hat er davongetrieben. Der Orion funkelt.

In der Stadt, von der ich dir erzählt habe, liegt wohl schon der Schnee. Die nadelscharfen Spitzen der schlanken Türme, die altväterischen Giebel und Dächer, die grauen Festungswerke sind weiß wie Salz. Die Ecken füllen sich aus, die Mauervorsprünge, die schroff abgesetzten Treppengiebel glätten sich, der dicke weiße Schnee nimmt allen Konturen die Schärfe. Alles rundet sich, alles wird weich. Die Menschen holen ihre Pelze hervor, die Schlittenglocken klingen. Es ist, als dämpfe der Schnee alle Laute. Sind es denn Schlittenglocken? Ist es Totengeläut? Vielleicht klingen auch Gläser aneinander oder winzige Narrenschellen.

Es ist vieles anders geworden in Reval wie in dem ganzen Lande zwischen der Narowa und dem Memelstrom. Uns aber, die wir keine Scheu haben, unser Herz an die vergangenen und unterlegenen Dinge zu hängen – da ja den gegenwärtigen und siegreichen ohnehin so viele Neigungen sich zuwenden –, uns ist es ein Trost, daß noch immer die alten Linden um St. Nikolai stehen und die alten Eichen um die Grabmäler von Ziegelskoppel; daß noch immer die Revaler Türme sich zu den Wolken heben und zu den unverletzten Gestirnen; daß die alten Grabstätten noch da sind, die Kreuze und die Obelisken, und immer noch unter ihnen die Gebeine der gleichen Toten liegen.

Immer ist es noch das gleiche unzählbare Volk, und alle, alle werden sich zu ihm gesellen: die Erben der alten Herrschaft, die hurtigen Neuerer und die nach ihnen kommen; alle, alle werden sie in die Erde gelangen wie du und ich.

Der Tod ist ein großer Trost. Er macht, daß niemand sich zu fürchten braucht. Wir werden einmal unseren Tod sterben, ein jeder in seiner Art und zu seiner Stunde; darum darf unser Herz nicht schwer sein. Wer in Reval war, der wird den Tod nicht mehr fürchten mögen. Und wir wollen den Tod liebhaben, gleichwie wir die Stadt liebhaben.

Und nun magst du mir einwenden, es habe alles, was ich zu Anfang von der Revaler Nachbarschaft des Lebens und des Todes sagte, seine Richtigkeit nicht, sondern es behaupte seinen Platz nur in den Dämmergespinsten eines Herzens, das ja allen wunderlichen Grillen sich offenhalte.

Vielleicht hast du recht. Allein ich will ja lieber an solche Dämmergespinste glauben als an Gesetzesbücher und Tabellen, an Berechnungen und Proklamationen. Ich bin ein Narr, und du, der du mir hast zuhören und mit mir trinken mögen, du wirst meiner Narrheit einiges zugute halten, obzwar, fürchte ich, nicht übermäßig viel. Hierin verfahre, wie es dir gefällt; ich will nicht trachten, dich zu überreden. Mir aber wirst du erlauben, bei dem Meinigen zu bleiben, selbst wenn ich keine andere Rechtfertigung haben sollte als diese, daß durch manche Jahrhunderte hin eine Reihe meiner Vorfahren in Revaler Kirchen und auf Revaler Friedhöfen die Ruhe erlangt hat; vielleicht kann keine bündigere Rechtfertigung gedacht werden.

Und nun lasse mich die letzten Tropfen der Flasche hinaussprengen in die Nacht als ein Opfer für die noch Unruhigen, ein Gedächtnis für die, welche zu ihrer Ruhe gekommen sind.

Requiem aeternam dona eis, Domine. Et lux perpetua luceat eis.

»Das gewaltsam Einverleibte«

Die Geschichte zeigt uns Volks- und Staatswesen, denen von Natur offenbar ein Gesetz der Zentripetalkraft innewohnt. Schon seit sehr langer Zeit gehört Deutschland nicht mehr zu ihnen. Hier scheint im Gegenteil als ein merkwürdiges und düsteres Gesetz die Zentrifugalkraft wirken. Vom Ausgang des Mittelalters an gehen immer wieder Randgebiete verloren. Holland, Flandern, Luxemburg, Lothringen, das Elsaß und die Schweiz scheiden aus dem Verband des Reiches, ebenso der baltische Nordosten, Böhmen und die österreichischen Länder. Das gewaltsam Einverleibte läßt sich weder organisch assimilieren noch auf die Länge behaupten. Die territorialen Veränderungen nach 1945 sind von einer schauerlichen Konsequenz gezeichnet.

Kleine Korrekturen sind denkbar. Im Großen werden die Entscheidungen der Geschichte nicht rückgängig zu machen sein. Hier muß man vollkommen realistisch denken und alle Illusionen über Bord werfen.

Die letzten Deutschen verlassen Riga, 1944

Werner Bergengruen in Arcegno/Tessin, um 1960

Der letzte Rittmeister

Der Mann, dem ich den Namen »Der letzte Rittmeister« gegeben habe, sah ein wenig so aus, wie ich mir als Kind einen Hagestolz vorstellte, ohne zu wissen, was dieses Wort bedeutet. Ich brachte die beiden ersten Silben mit »hager« in Verbindung und dachte mir einen hochgewachsenen, dünnen oder gar dürren Mann von stolzer Haltung, jedoch bescheidener, unter Umständen gar abgeschlissener Kleidung. Ein langer Schädel gehörte zu ihm, lange, aber schmale Hände, ein langer Schnurrbart und darüber eine Adlernase. Ich glaube, meine Vorstellung war bestimmt durch das Titelbild einer Jugendausgabe des Don Quixote, die ich zu Weihnachten bekommen hatte. Freilich zeigte es den Helden kinnbärtig; aber der Spitzbart schien mir nicht hergehörig, und so war es mir leicht, ihn zu übersehen. Schon bei der ersten Lektüre hat die Gestalt des einfallsreichen Ritters von der Mancha mich ergriffen und bewegt.

Keineswegs wünsche ich, daß sich in den Gedanken des Lesers eine Gleichsetzung dieser beiden Männer, des Hidalgo de la Mancha und des letzten Rittmeisters, vollziehe, wiewohl eine entfernte, zumindest physiognomisch begründete Ähnlichkeit nicht durchaus in Abrede gestellt werden soll.

Ich lernte den einen rund ein halbes Jahrhundert nach dem anderen kennen, und zwar geschah das im Kaffeehause eines südlichen Städtchens, das neben den Alteingesessenen und den weltläufigen Sommergästen allerhand sonderbar zusammengewehtes Volk beherbergte. Doch ist die Aussage ungenau, denn eigentlich war es kein Kennenlernen, sondern ein Wiedererkennen. Er erschien mir bekannt, doch wußte ich ihn nicht unterzubringen; ähnlich ging es ihm mit mir. Dann erwies es sich, daß wir einander vor Jahrzehnten, nämlich im Sommer 1918, schon einmal begegnet waren, und zwar in der Kreisstadt Slawjanogorsk. Ich kam mit einem militärischen Auftrag zum Stabe eines gegen die Rote Armee operierenden russischen Truppenverbandes, der eigentlich erst in der Formation begriffen war, und hatte eine ziemliche Reihe von Tagen bei ihm zu verweilen. Ich wurde mit Gastlichkeit und Herzlichkeit aufgenommen. Damals machte ich die Bekanntschaft des Rittmeisters, der mit der Zusammenstellung einer Schwadron betraut war, und wir hatten viel Umgang. Jetzt setzte dieser Umgang sich fort. Wir befreundeten uns.

Als wir uns in Slawjanogorsk begegneten, war ich noch jung gewesen und mit meinen Sympathien geschwind bei der Hand. Oft genügte, sie hervorzurufen, eine Gleichheit der äußeren Lebensgewohnheiten. Jetzt, wählerischer geworden und nur noch unter der Einwirkung des Außergewöhnlichen zur Preisgabe meiner Einsamkeit erbötig, pflege ich mit dem Wort Freundschaft haushältig umzugehen. Hier aber setze ich es mit Bedacht. Und doch ist mir bewußt, wie wenig des Außergewöhnlichen mancher Betrachter in einer Erscheinung wie der des Rittmeisters finden wird.

Seine Begabungen ließen nirgends ein gewisses Mittelmaß hinter sich. Ich glaube nicht einmal, daß er als Offizier Fähigkeiten hatte, die über einen schätzbaren Durchschnitt hinausgingen. Seinen Kenntnissen haftete ein Geschmack des Zufälligen, vielleicht des Willkürlichen an. Es fehlte ihm mancher Vorteil, allerdings auch mancher Nachteil dessen, was man Bildung nennt. Mitunter konnte er durch die Unabhängigkeit seiner Urteile überraschen und auch wohl Gedanken vorbringen, von denen man meinen mochte, sie lägen oberhalb seines geistigen Vermögens.

Seine Lebensgeschichte unterschied sich nicht wesentlich von derjenigen zahlloser Kameraden. Zu Beginn des russisch-japanischen Krieges war er als Junker in ein Dragonerregiment getreten, das in Polen garnisonierte. Er nahm am mandschurischen Feldzug teil und später am letzten Kriege des kaiserlichen Rußland. Aber er sprach selten vom Kriege oder doch selten von seinen Kriegserlebnissen. Dabei wußte ich, daß er schon bei unserer ersten Begegnung die respektabelsten Auszeichnungen besessen hatte. Fragte man ihn, so sagte er lachend: »Aber was wollen Sie denn, das sind doch schon uralte Geschichten! Geschichten aus der Zeit, als der Teufel noch ein kleiner Junge war.«

Nach dem Umsturz kämpfte er in verschiedenen weißen

Truppenkörpern. Hier avancierte er zum Oberstleutnant – der Dienstgrad eines Majors war ja unter Alexander dem Dritten abgeschafft worden –, doch nahm er diese Beförderung nicht gänzlich ernst und billigte es, daß er für mich und für viele andere Menschen der Rittmeister blieb.

Wenn der Rittmeister über sein letztes Avancement abschätzig dachte, so hatte das einmal seinen Grund darin, daß es ja nicht mehr vom Kaiser gekommen war und daher einer Vollgültigkeit zu ermangeln schien. »Sehen Sie, ein Rittmeister ist man«, sagte er, »wie man ein Bauer, Priester oder Asthmatiker ist. Es ist konstitutionell. Oberstleutnant wird man nur genannt. Schließlich ist das eine Funktionsbezeichnung. Für die Funktionäre bin ich nie sehr portiert gewesen.«

Bei den Bauern in den Bergen, bei den Fischern am See war der Rittmeister volkstümlich. Er trank und schwatzte gern mit ihnen, auch spielte er gut Boccia und fischte mit viel Geschick, sowohl im See wie in den schlanken, kalten, frisch von den Bergen rinnenden Forellengewässern. Er aß mit den Leuten Polenta von Holztellern und Kastanien von der Pfanne.

Fragte ein Fremder, dem seine Erscheinung auffiel, wer das sei, so wurde ihm geantwortet: »Il capitano.« War unter den Befragten ein Spaßvogel, dann setzte er wohl zwinkernd hinzu: »Er kann Eidechsen zähmen«, und dann lachten alle wie in einer vergnüglichen Erinnerung. Ich fragte den Rittmeister einmal, was es mit der Kunst des Eidechsenzähmens auf sich habe. Nun lachte auch er, und er lachte mit einer liebenswerten und sehr reizvollen Verschmitztheit. Zugleich machte er eine abwinkende Handbewegung, und somit war angedeutet, es handele sich um das, was die Russen eine betrunkene Geschichte nennen.

»Il capitano«, sagten die Einheimischen, nicht »un capitano«, obwohl es doch gewiß außer ihm noch manchen im Hauptmanns- oder Rittmeisterrang stehenden Mann in der Gegend gab. Auf ihre Art empfanden sie deutlich, daß er der Rittmeister war, nämlich der Rittmeister in einer besonderen Wortmeinung. Ebensowenig wäre es ihnen in den Sinn gekommen, zu sagen, er sei ein Maler. Maler gab es viele am See, so hätte die Bezeichnung »der Maler« nicht gepaßt. Aber »ein

Maler« war er auch nicht, denn von den übrigen war er zu verschieden, als daß er mit ihnen unter einem Gattungsnamen hätte zusammengefaßt werden können. Daß er im Grunde überhaupt kein Maler war, sondern ein Dilettant, das versteht sich; auch komme ich darauf noch zurück.

Seinen Namen mögen nur wenige gekannt haben. Niemand bediente sich seiner, und auch ich habe keinen Grund, ihn zu nennen. Übrigens war der Name von deutschem Ursprung, und der Rittmeister sah auch im Deutschen seine Muttersprache. Doch gehörte er zur griechischen Kirche, denn sein Großvater hatte eine Russin geheiratet, und so war sein Vater, wie das Gesetz es verlangte, in der Staatsreligion erzogen worden.

Man kannte den Rittmeister nicht nur in der Umgebung seines Wohnortes, sondern auch – was hierzulande und gar einem Nichteinheimischen selten widerfährt – auf der anderen Seeseite, in Magadino, Indemini oder Sant' Abbondio. Sicher kannte man ihn auch jenseits der Grenze. Er selbst überschritt sie freilich nie. Er besaß keinen ordentlichen Paß, sondern nur irgendwelche Ersatzdokumente, auf Grund deren er weder Aus- noch Einreisevisum beanspruchen konnte. Wo er einmal Unterschlupf gefunden hatte, da mußte er bleiben. Es fehlte ihm das Geld, um sich in eine reputierliche Staatsangehörigkeit einzukaufen.

Nach dem Zerfall der weißen Armeen war er nach Konstantinopel gelangt und hatte sich dann ein Jahr in Serbien aufgehalten. Später lebte er in Berlin und Paris. Zuzeiten ging es ihm recht kümmerlich, er brachte sich als Flaschenspüler durch und als Platzanweiser in einem vorstädtischen Kino. Eine Weile suchte er selbstgestopfte Zigaretten zu verkaufen. Allein Zigaretten dieser Art wurden vornehmlich von den Emigranten aus dem Osten geraucht, diese aber stopften ebenfalls und wollten ebenfalls verkaufen. Seine beste Zeit hatte er, während er als berittener Komparse in Berliner Filmen mitwirken durfte, in denen nach damaliger Art – es war in den ersten Jahren nach dem verlorenen Kriege – die Taten Friedrichs des Großen und seiner Armee verherrlicht wurden.

Er versuchte noch dies und das. Er bemühte sich um eine

Reitlehrerstelle. Aber damals, nach der Auflösung der Armee, kamen auf jeden, der reiten zu lernen dachte, zehn Männer, die es ihn lehren wollten. Ein Freund versprach, ihn beim Donkosakenchor unterzubringen. »Ich dachte, so im Chor, da wird es schon gehen. Aber diese verdammten Kosaken ließen mich zur Probe solo singen, und da war es denn nichts.«

Plötzlich erbte er. Allerdings kein Geld, aber es kam doch Geld dabei heraus. In Paris starb einer der russischen Heerführer des Ersten Weltkrieges, ein entfernter Verwandter des Rittmeisters, und hinterließ ihm das Manuskript seiner Lebens- und Kriegserinnerungen. Er übertrug es ins Deutsche und Französische, das Buch erschien, und so kam für eine Zeitlang etwas wie eine bescheidene Rente zustande.

Der Rittmeister hatte noch zwei Bücher veröffentlicht, diesmal nicht übersetzte, sondern selbstverfaßte. Das erste hieß »Die Große Patiencelegekunst, ein Vademekum für jedermann«. Erschienen war es in Leipzig innerhalb einer Buchreihe, die sich »Anleitung zum glücklichen Leben« nannte und, wenn das Leben seitdem nicht glücklicher geworden sein sollte, ihren Zweck verfehlt hätte. Es war vergriffen, und auch der Rittmeister besaß kein Exemplar mehr. Das andere Buch trug den Titel »Einhundertundsechsundachtzig Rezepte für die differierendsten Lebenslagen, ersonnen oder gesammelt und in jedem einzelnen Falle sorgsam ausprobiert von Incertus«. Leider hatte die Druckerei »Incestus« daraus gemacht. Überhaupt war das Buch, von der deutschen Sprache unkundigem Personal gesetzt, durch zahlreiche Druckfehler in seiner Brauchbarkeit eingeschränkt, nicht zuletzt, wo es sich um Dosierungen und Gewichtsmengen handelte, denn der Rittmeister war gewohnt, Zahlenangaben stets in Buchstaben auszuschreiben. »Es sieht sonst leicht nach Eile aus«, pflegte er zu sagen, »und ich habe doch Zeit«.

Keineswegs enthielt nun das Buch ausschließlich Kochrezepte, vielmehr waren diese entschieden in der Minderzahl, wenn man die Anweisungen zur Bereitung von Gewürz- und Fruchtbranntweinen, Liqueuren, Glühwein und Punsch nicht hinzurechnet. Wie alles, was aus des Rittmeisters Händen hervorging, war auch das Rezeptbuch nur in engstem Zusammenhang mit der Persönlichkeit seines Urhebers zu begreifen; es gehörte zu seiner Biographie. Es war ein Buch, das man liebhaben mußte wie seinen Verfasser. Es erinnerte an jene kalenderartigen Hausbücher der Barockzeit, in denen gute Ratschläge für Kindererziehung, Sauerkrautbereitung, Wundbehandlung, Zauberabwehr und Beseitigung von Hühneraugen mit Ermahnungen zu gottgefälligem Wandel und mit einem genauen Verzeichnis der zum Aderlaß oder Nägelschneiden günstigen Tage beieinanderstehen. Es enthielt die Erfahrungen eines ganzen Lebens und eines ganzen Menschen. Der Sprachgebrauch unserer Tage sieht, glaube ich, für dergleichen die Bezeichnung »ganzheitlich« vor.

In der Tat waren, wie der Titel es versprach, die differierendsten Lebenslagen berücksichtigt. So gab es ein »Rezept für den Umgang mit Behörden«, wobei vornehmlich an Zoll-, Steuer- und Fremdenpolizeibehörden gedacht war und in einem Anhang »Winke für den Umgang mit Behörden in totalitären Staatswesen« erteilt wurden; auch ein Rezept mit der Überschrift »Knöpfe (namentlich wichtige) schnell und sicher anzunähen«, fehlte nicht. Ein anders galt dem Mischen von Farben unter spezieller Beachtung von Sonnenuntergängen, Reseda und Herbstnebeln. Es schloß mit der Feststellung: »Sehr bemerkenswert«. Überhaupt liebte der Rittmeister diese Wendung, die sich ja im Russischen natürlicher ausnimmt als im Deutschen. Gefiel ihm etwas, so sagte er gern mitten in die deutsche Rede hinein: »Wesmá sametschátelno« – überaus bemerkenswert – insbesondere, wenn es ihn zugleich nachdenklich stimmte. Er war, das versteht sich, selber »un homme tout à fait remarquable«.

In manchen Rezepten tat des Abfassers Freude am Anekdotischen sich kund. So erzählte er beim »Kaffee à la Marghiloman« die Entstehungsgeschichte dieses Getränks. Marghiloman, rumänischer Premierminister, manche Leser werden sich des Namens aus der Zeitungslektüre ihrer jüngeren Jahre erinnern, erwarb sich bei einer Jagd Beifall und Dankbarkeit der Gesellschaft, als er kurzerhand Befehl gab, den Kaffee mit Champagner zu kochen, nachdem sich herausgestellt hatte, daß kein Wasser mitgeführt worden und die Quelle, auf die man sich Rechnung machte, versiegt war. Der Rittmeister fand rühmende Worte für die aufstimmende und erheiternde Wirkung dieses wasserlosen Kaffees und unterließ nicht, ihn auch für Wüstenexpeditionen zu empfehlen.

Für Fälle von hartnäckigen, insbesondere fiebrigen Erkältungen wurde Choroschi tschai, zu deutsch: »guter Thee« angeraten. Dieser gute Tee unterschied sich von anderen Teegattungen nicht durch seine Qualität, sondern durch die Art, in der er genommen wurde. Zur Kur bedurfte es eines großen Glases Tee und einer Flasche Cognac. Der Patient hatte zunächst einen Schluck Tee zu nehmen und dann den freigewordenen Raum im Glase sogleich mit Cognac auszufüllen. Solcherweise fuhr er fort, bis die Cognacflasche leer und die Erkältung beseitigt war. Als wichtig wurde eingeschärft, das Nachfüllen nach einem jeglichen Schluck und ohne Zeitverlust vorzunehmen – wie der Rittmeister sich ausdrückte: zur Erzielung der wünschenswerten Kontinuität.

Ein Gericht, auf das der Verfasser einen hohen Wert legte, nannte sich »warmer Aalsalat«. Mit dem Wechsel der zwei kurzen und zwei langen »A«s gab es sich schon phonetisch als etwas Außergewöhnliches zu erkennen. Erinnere ich mich recht, so mußte abgehäuteter Spickaal mit heißem Gänsefett begossen werden, bis er darunter verschwand. Als Zutaten wurde eine Reihe abenteuerlicher Gewürze aufgeführt. Das Rezept schloß mit den Worten: »Freilich nicht jedermanns Sache. Gottvertrauen gehört dazu. Und Schnaps.«

»Nein, keinesfalls jedermanns Sache. Meine ist es«, bemerkte er einmal, diese Stelle kommentierend.

Genug davon, wir kehren zu differierenden Lebenslagen zurück. Da entsinne ich mich noch folgender Rezepttitel:

Totentrompeten in Tarragona einzumachen.

Hosen kalt zu bügeln.

Bereitung von Worcestershiresauce in autarken Staatswesen und Zeiten.

Backen von Hundekuchen für Werk- und Feiertage.

Möbelpolitur wohlfeil anzufertigen.

Herstellung einer wirksamen Salbe gegen warme Sehnen der Pferde.

Herstellung einer wirksamen Salbe gegen rheumatische Schulterschmerzen bei Menschen.

Bekämpfung des faulen Strahls mittels eines selbst zu bereitenden Huffettes.

Über das Reinigen von Blasinstrumenten, Wasserpfeifen und Zigarettenspitzen.

Über Behandlung von Föhnbeschwerden und Furunkulose.

Über Behandlung von Vorgesetzten und Einschaltung von Regimentsdamen in Abkommandierungsangelegenheiten – nach vorgefallenen Abrüstungen mit sinngemäßer Abwandlung auch auf Zivilverhältnisse anzuwenden.

Anleitung zur Beobachtung und Ausdeutung des Mienenspiels der Mitspielenden beim Kartenspiel.

Das Buch schloß mit einem »Rezept für jedermann, seinen Frieden mit dem Schicksal zu machen«. Unglücklicherweise habe ich dieses Rezept vergessen, während mir die Zusammensetzung der Salbe gegen warme Sehnen der Pferde recht genau im Gedächtnis geblieben ist.

Seit den Slawjanogorsker Tagen hatte der Rittmeister sich im Grunde so wenig verändert, wie der Fortgang der Jahre es nur zuließ. Das weißblonde Haar war ergraut und licht geworden. Den Schnurrbart hatte er ehedem auf englische Manier kurz gestutzt getragen. Jetzt war er buschig und länger als es im mittleren Europa heute üblich ist, so daß er mein altes Hagestolzenbild rechtfertigte. Er krümmte sich ein wenig nach unten, und er hatte etwas Flatterndes und Wehendes angenommen; dies Wehen schien zugleich etwas von den vielen Bewegungen eines windgeschüttelten Daseins auszudrücken. Der Rittmeister hatte sich gewöhnt, ihn bisweilen zu streichen, mit der Rechten oder mit beiden Händen zugleich, wie es die alten Herren seiner Jugendjahre getan hatten und vor ihnen die Kriegsleute und Hidalgos entlegenerer Vergangenheiten. Die scharfen, grauen Augen waren weitsichtig geworden, wie das seinen Jahren entsprach. Beim Lesen bediente er sich eines Lorgnons an einer aus dünnen Lederstreifen geflochtenen Schnur, das gewöhnlich in seiner Brusttasche steckte. Klappte er es auf oder zu, so geschah das mit einer Bewegung, die an die Eleganz alter Stiftsdamen erinnerte. Dagegen hatte er eine

Abneigung gegen die Brille, und es war ihm ein kleiner Kummer, daß er ihrer beim Malen oder Schreiben nicht entraten konnte. Doch wäre er nie mit ihr unter Menschen gegangen. Sie galt ihm als ein Arbeitsgerät, das man auf die Seite legt, sobald die Arbeit verrichtet ist. Nur mitunter setzte er sie im Café Verbano auf, wenn er Zeitungen las, wobei er sich gelegentlich Notizen machte, und ließ sie augenblicks verschwinden, wenn jemand sich zu ihm gesellte. Wahrscheinlich hatte er auch eine kleine Abneigung gegen Brillentragende, war aber zu höflich, als daß er ihr einen so deutlichen Ausdruck gegeben hätte, wie es Goethe in hohen Jahren getan hat. Brillentragende Kinder tun ihm leid, und mitunter rügte er gelinde den Mangel an Koketterie, der es jungen Mädchen erlaube, sich durch eine Brille zu verunstalten.

»Natürlich«, sagte er, »die kurzsichtigen Frauen mußten früher manche Unbequemlichkeit in Kauf nehmen. Aber ihr verschleierter Blick war ein Liebreiz und ein, freilich trügerisches Geheimnis. Er tat den Männern wohl und zog uns an.«

Über die Sonnenbrillen hielt er sich nicht mehr auf, obwohl er erklärte, die Damen von ehemals hätten mit ihren Sonnenschirmen reizvoller zu spielen gewußt.

Er war eine gesellige Natur, und nicht leicht schlug er eine Kumpanei aus. Doch glaubte ich bisweilen zu bemerken, daß ihm beim roten Nostrano die Gesellschaft der italienisch redenden Einheimischen wohler tat als die der mit allerlei Künsten und Gedankengebäuden beschäftigten Fremden, unter denen sich übrigens manche befanden, die durch eine Jahre oder Jahrzehnte währende Ansässigkeit schon halbwegs zu Einheimischen geworden waren. Gern hörten die Ticinesen ihm zu, halb respektvoll, halb ungläubig und doch voll zutraulicher Sympathie, wenn er seine Schnapsgeschichten zum besten gab. Etwa wenn er von jenem Reisbranntwein erzählte, der so merkwürdige Rückbleibsel im menschlichen Organismus hinterläßt; hat man sich einmal einen tüchtigen Rausch in ihm angetrunken, so genügt an den folgenden drei Tagen ein Glas ordinären Brunnenwassers, um die Residuen augenblicks zu beleben und den schon abgegoltenen Rausch glorreich wiederherzustellen. Oder er berichtete von den mandschurischen Abenden in Dorpat. Dort fanden sich die Studenten zusammen, die als Freiwillige oder als angehende Ärzte am Feldzuge teilgenommen hatten. Beim Essen lag das Stationsverzeichnis der Transsibirischen Bahn auf dem Tisch. Einer verlas es feierlich, und bei jeder Station, von der ein aus Messer und Gabel gebildetes Kreuz anzeigte, daß sie ein Bahnhofsbüfett hatte, wurde zur Erinnerung ein Schnaps getrunken. Nur wenige kraftvolle Männer, so heißt es, sind an diesen Abenden bis nach Chabarowsk oder Nikolsk-Ussuriisk gelangt. Oder er sprach von der mandschurischen Sitte, den Schnaps nach Längenmaßen zu bestellen und zu bezahlen. Der ganze Schanktisch, dessen Breite ja bekannt war, stand voller Schnapsgläser. Da hieß es denn: Euer Hochwohlgeboren zahlen dreiviertel Arschin oder einen halben Sashen – denn die zehnteilige Maß- und Gewichtsordnung galt ja als hirngespinstig, weil die Franzosen sie in ihrer Revolution erfunden hatten, und so war ihr unter dem kaiserlichen Doppeladler der Zutritt verwehrt.

Der Rittmeister war verheiratet gewesen, doch sprach er davon selten. Das Schicksal hatte ihm auf eine furchtbare Art zu verstehen gegeben, daß es sich ihn als Hagestolz gedacht hatte. Das einzige Kind, eine Tochter, war mit zwei oder drei Jahren gestorben. Seine Frau hatte er 1914 bei Ausbruch des Krieges zu Verwandten auf ein Gut in Mittelrußland geschickt, denn die Garnisonsstadt schien ihm von dem voraussichtlichen Schauplatz der Kämpfe nicht weit genug entfernt. Einige Male war er auf Urlaub bei ihr gewesen, einige Male hatte er sich mit ihr bei gelegentlichen Abkommandierungen getroffen, und während einer längeren Lazarettzeit war sie in seiner Nähe gewesen. Bei Beginn der bäuerlichen Unruhen, im Jahre 1917, war sie mit der Familie ihrer Gastfreunde getötet worden, während sie das zweite Kind erwartete. Es war ihnen nicht gelungen, rechtzeitig in die Stadt zu kommen. Damals in Slawjanogorsk hatte ihn die Nachricht noch nicht erreicht.

Nachdem er mir dies mitgeteilt hatte, schwieg er eine Weile. Dann machte er jene so vieldeutige abwinkende Handbewegung, für die unsere Sprache im Gegensatz zur russischen kein eigenes Wort hat. Sie kann, je nachdem, Geringschätzung ausdrücken, Resignation, ja, Hoffnungslosigkeit, aber auch gleichmütiges Fahrenlassen des nicht zu Haltenden, eine wohlwollende Nachsicht gegenüber den Unbegreiflichkeiten des Lebens und schließlich eine Ergebung in den Willen des Schicksals.

Ich fragte ihn, ob er Bilder von seiner Frau und seiner Tochter habe.

»Gehabt«, antwortete er kurz. »Mit allem meinem Gepäck verlorengegangen.«

Eine Zeitlang schwieg er abermals.

»Was wollen Sie?« sagte er darauf. »Wir sind bywschie ljudi.« Er brauchte das russische Wort. Es bedeutet »gewesene Leute« und entspricht durchaus dem französischen »ci-devant«.

Der Rittmeister hatte seinen Wohnsitz nicht in dem Städtchen, in welchem ich mich gastweise aufhielt und das er oft, zuzeiten auch wohl täglich, besuchte, sondern in einem nahegelegenen Dorfes namens Arcegno. Diese Ortschaft und er schienen recht füreinander bestimmt.

Arcegno liegt zwischen Bergen und Wäldern, ganz eingesunken in üppigen, grünen Wuchs, umgeben von Holunder, Edelkastanien, Eschen, Akazien, Eichen und Buchen, auch wohl Fichten und Birken. Was den Rittmeister und mich am eigentümlichsten ergriff, das waren die oft bis zur Krone dicht von Efeu umwundenen Birkenstämme, deren geliebtes Weiß fast verschwand, – für den Nordländer ein ungewohnter Anblick, der eine geheimnisvolle Vermählung des Gegensätzlichen verheißt und wohl auch als ein Unterpfand für ein endliches Aufgehen der eigenen Lebensrechnung gelten mag.

In der Abenddämmerung erscheint der ganze Ort wie ein dunkles Berggestein. Die Häuser sind aus rohen Feldsteinen gemauert, schwärzlichen und grauen, ohne Verputz, und es läßt sich nicht ausmachen, welches aus dem vierzehnten und welches aus dem neunzehnten Jahrhundert stammt. Es gibt eine Gastwirtschaft, die mit einem kleinen Laden verbunden ist.

In einem dieser Häuser lebte der Rittmeister, und gewiß

zahlte er einen sehr geringen Mietzins. Er beschrieb mir das Haus, denn es war vereinbart, daß ich ihn zu einem ausgedehnten Spaziergang abholen sollte. Ich nahm ohne weiteres an, der Rittmeister werde dem von ihm bewohnten Raume etwas von seinem Wesen mitgeteilt haben, und ich gestehe gern, daß ich auf das Innere neugierig war. Meine Erwartung wurde enttäuscht. Als ich mich dem Haus näherte, trat der Rittmeister, zum Ausgang gerüstet, aus der Tür. Offenbar hatte er durch eins der schmalen Fenster mich kommen sehen und wünschte nicht, daß ich einträte.

Der Frühling begann, in den kahlen Wäldern blühten die wilden Kirschbäume, und im Café Verbano hatten sie schon die großen Fensterscheiben hinaufgeschoben. Der Himmel war blau, draußen lag die Vormittagssonne. Der Rittmeister und ich saßen beim Apéritif. Er hatte die Blechschachtel vor sich auf den Tisch gelegt und stopfte Zigaretten für uns beide.

Flanierend oder geschäftig kamen Menschen vorbei, Einheimische und Fremde, begeistert klingelnde Radfahrer, Männer mit Baskenmützen und Einkaufsnetzen, dazwischen ein Priester, elegante Frauen in Hosen, die künstlich so hergerichtet waren, als seien sie von alten Fischern abgelegt worden. Alle Augenblicke schoß, flitzte, donnerte etwas Motorisiertes vorüber, etwas Herrschaftliches, Wohlhabendes, Sportliches, etwas Rumpelnd-Bescheidenes oder Lastbares, auf vier oder zwei Rändern. Wir sahen dem zu und gestanden uns gegenseitig unbeschämt ein, daß wir keinerlei motorische Fahrzeuge zu lenken wußten und auch nicht den Wunsch hatten, jemals etwas von dieser Art zu besitzen.

»Hierüber hat schon Balzac das Einleuchtende gesagt«, bemerkte der Rittmeister. »Irgendwo heißt es bei ihm: il ne faut ni gazettes ni maîtresses ni maisons de campagne, parce qu'il y a toujours des imbéciles qui en ont pour nous.«

Wir kamen überein, daß es uns beiden, wenn Not am Mann war, noch nie an liebenswürdigen Imbéciles gefehlt hatte, die einen vom Motor bewegten Wagen auch pour nous besaßen. Dann rühmten wir es, daß man immer noch nach Pferdekräften rechnet und nicht nach einer abstrakten, das heißt: ausgedachten Maßeinheit; und dies, obwohl doch Pferdekräfte etwas individuell Bedingtes und Schwankendes sind und sogar Kinder und Automechaniker wissen, daß ein Belgier oder Oldenburger andere Kräfte hat als ein Steppenpferd.

»Man gibt damit zu«, sagte der Rittmeister, »daß das Pferd das Eigentliche und der Motor die Imitation ist. Und wie jede Imitation muß er natürlich übertreiben.«

»Auf diese Weise hat die Technik dem von ihr Überwundenen auf lange Zeit hin ein Denkmal gesetzt«, antwortete ich.

»Lang ist nicht ewig. Man soll sich nichts vormachen. Sehen Sie, im Zweiten Weltkriege, der ja nicht mehr mein Krieg war, hat es in Deutschland motorisierte Rittmeister gegeben, etwa Rittmeister der Panzerwaffe. Nun, warum nicht? Natürlich waren das keine Rittmeister, die hießen bloß so. Wissen Sie, das ist, als wenn ich plötzlich anfinge, meine Morgenschuhe mit Stiefel anzureden. Nichts gegen meine Morgenschuhe, ohne sie wäre ich verloren, und sie verlangen nicht einmal, geputzt zu werden. Aber Sie müssen mir zugeben, daß das keine Stiefel sind.«

»Ich? Ich gebe Ihnen ja noch ganz andere Dinge zu. Ich weiß, daß das Pferd jahrtausendelang alles höhere und reichere Leben getragen und aller Gesittung den Weg freigehalten hat. Was ist es heute? Eine zum Aussterben verurteilte Tiergattung wie Kolkrabe, Biber, Steinadler, Wildkatze, Luchs. Natürlich, man wird es noch eine Weile hegen wie eine schöne altmodische Kostbarkeit, wie ein Spielzeug oder eine Reliquie, und wird es künstlich am Dasein erhalten. Aber es bleibt dabei, daß es stirbt. Und mit ihm wird auch unter den Menschen vieles an Gesinnungen und Empfindungen absterben.«

»Und unsereiner stirbt ihm nach«, sagte der Rittmeister. »Uns wird man in keinen Naturschutzpark setzen, Naturschutzparks sind ja auch naturwidrig. Es wird dann allmählich ganz andere Leute geben. Nun, in Gottes Namen, die Welt steht nicht still.

Aber – was werde ich Ihnen sagen? – damit ist es ja nicht abgetan. Die Pferde kommen wieder und die Reiter auch. Allerdings niemandem zur Lust. Pferde und Reiter sollen am Ende der irdischen Dinge stehen. Erinnern Sie sich an die vier apokalyptischen Reiter, einer sitzt auf dem weißen Gaul, einer auf dem feuerroten, einer auf dem schwarzen, einer auf dem fahlen. Und das sind nicht die letzten. Es kommt dann noch einmal die Stunde der Reiter und Pferde, eine furchtbare Stunde. Blättern Sie in der Offenbarung Johannis ein wenig weiter, da fallen, auf den Schall der sechsten Posaune, Reitermassen über die Erde her, zweihundert Millionen an der Zahl. Ich weiß nicht, was für Männer das sein werden, die auf den löwenköpfigen, schlangenschwänzigen, Feuer und Schwefeldämpfe speienden Pferden sitzen werden; es heißt nur, die Reiter würden flammenfarbene, blutrote und schwefelgelbe Kürasse tragen. Keine sympathische Truppe, scheint mir. Ich für mein Teil, ich habe nun einmal bei den Dragonern gestanden, bei den apokalyptischen Reitern hätte ich nicht stehen mögen, das wäre nichts für mich. Nun, wie Gott will. Vielleicht hat es damit ja auch noch Zeit. Einstweilen halten wir uns an die Pferdekräfte.«

Er trank mir zu.

»Habe ich Ihnen eigentlich schon die Geschichte von den Pferdekräften erzählt?« fuhr er fort. »Die Geschichte von Ali Baba und den vierzig Pferdekräften? Nein? Dann muß ich es nachholen. Das ist eine Geschichte, bei der es um wirkliche Pferdekräfte geht. Ich habe sie nicht selbst miterlebt, sie hat sich vielleicht vierzig oder fünfzig Jahre vor meiner Geburt zugetragen. Aber ich hätte doch fast Lust, meine Hand für ihre Wahrheit ins Feuer zu legen. Ich habe sie von einem Bruder meiner Großmutter, der eigentlich ein nüchterner Mensch war. Als er sie mir erzählte, war ich noch in dem Alter, wo man alles wissen möchte. Aber er sagte, eine Erklärung habe er nicht. Ich habe auch keine. Übrigens sind Erklärungen meistens langweilig. Es ist die rätselhafteste aller Geschichten. Besser sage ich wohl: die rätselhafteste, die ich kenne. Für einen, der mit solchen Dingen Bescheid weiß, ist sie am Ende gar nicht so rätselhaft. Sie wissen doch, wie das Märchen vom Swinegel anfängt: ›Die Geschichte ist lügenhaft zu erzählen, aber wahr muß sie doch sein, sonst könnte man sie ja nicht erzählen.‹ Glauben Sie nicht, daß damit etwas überaus Bemerkenswertes ausgedrückt ist? Jede Geschichte muß eine Wahrheit haben, es braucht ja nicht gleich die Wahrheit des Eisenbahnkursbuchs oder der Logarithmentafel zu sein; dann schon eher die des Börsenberichts oder des Nekrologs. Anders wäre sie nicht nur nicht erzählenswert, sondern vermutlich auch gar nicht erzählbar. Vollkommen unwahre Geschichten lassen sich überhaupt nicht erzählen...«

Es kam an diesem Vormittag nicht dazu, daß die Geschichte von den Pferdekräften erzählt wurde. Denn der Rittmeister fing wieder an, von Motoren, Pferdekräften und Pferden zu philosophieren. Er wurde verschmitzt und pfiffig, was ihm so gut zu Gesicht stand, und schließlich sagte er:

»Sie sind doch ein alter Lateiner. Wissen Sie, daß der Rang der Reiterei sich schon aus der kirchlichen Liturgie beweisen läßt? Es heißt doch in jeder Messe: ›vere dignum et justum est, aequum et salutare‹ – zu deutsch: ›Im Frühling ist es würdig und gerecht, auch ein Pferd zu grüßen.‹ Eine bemerkenswerte Übersetzung, finden Sie nicht auch? Der Wahrheit die Ehre, ich verdanke diesen Spaß natürlich nicht meinen fünf Gymnasialklassen, sondern meinem Pfarrer von Arcegno. Aber nicht kleinlich sein! Wir sollten uns gewöhnen, nicht nur im Frühling, wo man ja ohnehin angenehm aufgelegt ist und gern ein übriges tut, sondern zu allen Jahreszeiten jedes Pferd zu grüßen, das uns begegnet, und mag es der maukigste Milchkarrengaul zwischen Wladiwostok und Gibraltar sein. Und nicht ›auch‹, sondern vor allen anderen Geschöpfen! Wie lange wird man denn das noch können?«

»Frühling haben wir ja«, sagte ich etwas hinterhältig.

»Nur das Pferd fehlt noch«, antwortete der Rittmeister.

»Passen Sie auf, Rittmeister. Jetzt mache ich Ihnen einen Vorschlag. Wir knobeln. Wer verliert, muß das nächste hier auf der Straße vorüberkommende Pferd grüßen.«

»Das ist eine verständige Proposition«, erklärte der Rittmeister. »Also d'accord!«

Wir knobelten, und ich gewann.

»Gut«, sagte er ruhig und zündete sich die erloschene Zigarette wieder an. »Da hilft nichts«, fügte er hinzu. »Und wenn der Kaiser von China mir dabei zusieht, von diesem ganzen Marktflecken gar nicht zu reden, – ich werde grüßen.«

Ich hörte etwas rumpeln.

»Achtung!« rief ich. »Da kommt ein Wagen.«

Der Rittmeister erhob sich, der Wagen war mit zwei Kühen bespannt, der Rittmeister setzte sich wieder.

Eine Weile kam nichts als Radfahrer, Motozyklisten, Limousinen.

Ich trat auf die Straße hinaus und ging ein paar Schritte, gerade so viele, daß ich sehen konnte, was sich jenseits der Biegung näherte.

Es näherte sich ein zweirädriger Karren, mit Strauchholz beladen. Neben ihm ging ein schmutziger, halbwüchsiger Bursche und führte das Pferd, das des Autoverkehrs wegen mitunter unruhig wurde. Es war ein jammervolles Geschöpf mit verwahrlostem Fell, scharfen Rippen und trübselig hängendem Kopf, ein Auswurf und Abschaum der Pferdheit.

»Fertigmachen!« rief ich zurückkehrend. »An die Pferde!«

Der Rittmeister stand auf. An einem Haken hing ein sehr kostbarer Hut. Der Eigentümer war für einen Augenblick hinausgegangen. Außer uns beiden war niemand im Raum als die Serviertochter, ein schönes, dunkelhaariges Mädchen aus dem Wallis. Der Rittmeister nahm den Hut und setzte ihn auf, obwohl er nicht passen wollte, sondern lächerlich hin und her rutschte. Er schritt zur Tür, hielt aber, ehe er sie erreicht hatte, plötzlich an, als habe er etwas vergessen. Dann machte er Toilette, indem er die Krawatte zurechtrückte und sich den Schnurrbart strich. Erst hiernach ging er mit seinen langen, immer noch elastischen Reiterbeinen auf die Straße hinaus. Gerade jetzt kam das Fuhrwerk am Verbano vorüber.

Der Rittmeister blieb stehen und nahm mit großem Ernst den Hut ab; er beeilte sich keineswegs. Zugleich machte er eine Verbeugung und schlug die Hacken seiner ungeputzten Schuhe gegeneinander, daß man Sporen klirren zu hören meinte. Damit jedoch hatte er sich noch keine Genüge getan. Statt sich wieder aufzurichten, verbeugte er sich noch tiefer – und wahrhaftig, jetzt war es keine gewöhnliche Verbeugung mehr: unmerklich war er in jene Verneigung übergegangen, mit welcher in der griechischen Kirche der Gläubige seine Andacht und Ehrfurcht bezeigt; fast bildeten Ober- und Unterkörper einen rechten Winkel. Dann richtete er sich langsam wieder auf.

Der Bursche nahm seine Zigarette aus dem Munde und glotzte. »Eh, il capitano«, sagte er mit einem dümmlichen Grinsen.

Den Hut in der Hand, blieb der Rittmeister draußen stehen, bis das klägliche Fuhrwerk vorüber war.

Hinter dem Karren kam langsam, aber mit offensichtlicher Ungeduld ein Viersitzer neuesten Modells, unnötigerweise hupend. Die Insassen schienen verdrossen darüber, daß sie angesichts des Verkehrs aus der Gegenrichtung das bäuerliche Gefährt nicht überholen konnten. Am Steuer saß ein junger Herr mit einem kanariengelben Foulard. Außer diesem Fahrer enthielt der Wagen drei sorgfältig sonnenverbrannte, elegant, jedoch ferienhaft locker gekleidete Damen; mindestens eine von ihnen mag eine Psychotherapeutin gewesen sein, zum wenigsten in Amateurweise. Alle starrten sie den Rittmeister an wie ein Meerwunder. Keine gewahrte, daß sie Zeugin eines sakralen Vorganges war, keine, daß hier Abschied genommen wurde von Jahrtausenden menschlicher Geschichte, keine, daß hier zugleich Gott in seiner Kreatur geehrt wurde.

Der Rittmeister kehrte ohne Eile in das Schankzimmer zurück und hängte den Hut an den Haken. Der Hut schaukelte noch ein wenig, als sein Herr wiederkam; indessen bemerkte dieser es nicht.

Die Serviertochter, die doch am Rittmeister manche Wunderlichkeit gewohnt war, hatte diesen verdutzenden Vorgängen zugesehen, halb bestürzt, halb unterhalten. Jetzt sagte sie mit einem hübschen, ein wenig verlegenen Lachen: »Aber Herr Rittmeister, was machen Sie denn schon wieder...«

»Ach Kind«, antwortete er väterlich. »Das war etwas Wichtiges. Bringe mir noch einen Campari.«

... Wir fuhren fort zu rühmen, und nun rühmten wir die Sakuska, die leibliche, die körperliche Schwester des Geistes; den Zubiß, der jedem Schnaps hinterhergeschickt werden will. Aber nicht wegen der Bekömmlichkeit nimmt man den Schnaps mit Sakuska zu sich: man tut es aus Wollust.

Ach, wie vieles gab es da zu rühmen! Den Kaviar, den frischen Dünalachs, die Revaler Kilki, alle die guten Fische, Stör, Skumbria, Sterlett und die kurländischen Herbstneunaugen, die eingemachten Pilze, die Speckkuchen, das Heringspfännchen, die heißen Piroggen, gefüllt mit Fleisch, gehackten Eiern, Kohl, Reis, Fischen, die aus Buchweizenmehl gebackenen Bliny, angerichtet mit saurem Rahm, mit flüssiger Butter, mit Kaviar oder mit einer Paste aus Heringen und gemahlenen Walnüssen! Wir priesen die Wissenschaft der Sakuska, die zugleich eine Wissenschaft der Appetitschärfung und des gesundheitsfördernden geselligen Tafelns ist.

»Der Mensch sollte sich von Sakusken nähren!« rief der Rittmeister. »Gewiß, erfunden wurden sie als gastronomischer Aufgalopp. Aber mir ist das längst zur Hauptsache geworden. Vergleichen Sie nur damit die Langweiligkeit eines regulären Essens, etwa eines Kalbsbratens mit Kartoffeln und Blumenkohl. Und gar noch den Blumenkohl mit Muskatnuß angerichtet! Ein Kind sollte wissen, daß die Muskatnuß nicht dem Blumenkohl, sondern dem Glühwein zugeschaffen ist. Übrigens, Sie kennen wohl das Märchen von dem reichen Manne, der sich im Jenseits täglich einen Kalbsbraten wünschte, die ganze Ewigkeit lang, und als ihm das erfüllt wurde, da merkte er allmählich, daß er nicht im Himmel war, wie er gemeint hatte, sondern in der Hölle. Nein, Kalbsbraten ist langweilig wie Irish-stew, und Irish-stew langweilig wie erstes Frühstück. Ach du Teufel, des Morgens ist es keine Freude, etwas Festes hinunterzuwürgen; man tut es höchstens aus Gutmütigkeit. Ich kann mir auch nicht denken, daß es viel Nutzen bringt. Sie wissen ja, was man vom Pferdefüttern sagt: Abendfutter geht in die Knochen, Morgenfutter auf die Landstraße.«

Wir sprachen von der großen Kunst der Sakuska: mit der Linken die Gabel halten, die den scharfen Bissen aufgespießt hält, und zwar muß die Gabel sich schon in nächster Nähe des Mundes befinden. Denn der Bissen hat dem Schnaps so hurtig zu folgen, daß fast schon von einer approximativen Gleichzeitigkeit gesprochen werden darf. Es hat wahre Meister in dieser Kunst gegeben. Man erkannte sie bereits an dem verzückten Blick, mit dem sie Gabel und Schnapsglas in Mundhöhe hoben.

Ach, und die Krebse! Die Krebse! Durch vorsichtiges Rekognoszieren brachte ich heraus, daß der Rittmeister die Geschichte von den sechsundzwanzig Krebsen nicht kannte, diese uralte baltische Großvatergeschichte. So traute ich mich, sie nicht etwa als Anekdote zu erzählen, sondern sie einfach ins Gespräch zu mengen, als ergäbe sich das von selbst. Ich brachte also die Rede darauf, wieviel Krebse man wohl auf einen Sitz zu essen vermöchte, und bemerkte dann beiher, ich könnte mich erinnern, einmal sechsundzwanzig Krebse gegessen zu haben.

Er sah mich erstaunt an, und gerade das hatte ich mir gewünscht.

»Sechsundzwanzig Krebse?« fragte er, fast ein wenig verlegen. »Haben Sie tatsächlich niemals mehr als sechsundzwanzig Krebse gegessen? Aber das ist doch gar nichts!«

Der Augenblick meines Triumphes war gekommen. »Natürlich ist das gar nichts«, antwortete ich. »Aber Sie haben mich mißverstanden. Ich habe ja nicht gesagt, ich hätte einmal sechsundzwanzig Krebse gegessen, sondern nur, ich könnte mich erinnern, einmal sechsundzwanzig Krebse gegessen zu haben. Gegessen habe ich selbstverständlich viel mehr, nur meine Erinnerung reicht nicht weiter, weil doch bei uns zu jedem Krebsschwanz ein Schnaps gehört.«

Der Rittmeister lachte von Herzen, und weiß Gott, ich lachte auch; seinem Lachen war schwer zu widerstehen.

Die Leute, die, aus welchen Gründen immer, solchen Gesprächen nicht zu folgen vermochten, hießen beim Rittmeister Besgrámotnyje, die Analphabeten.

»Ach du Teufel«, sagte er jetzt. »Wenn irgendwelche Besgrámotnyje uns zuhörten! Ich glaube, sie würden uns für Materialisten halten.«

»Materialisten sind die anderen«, antwortete ich. »Vor allem die Reformer, die da glauben, durch das, was sie mit ihren Gedärmen vornehmen, könnten sie ihre Seelen veredeln. Meist sind das Sekten von Seelenwanderern, und die Damen sind alle Poppäa Sabina oder Frau von Montespan gewesen.«

»Genau, genau!« rief der Rittmeister. »Nein, Materialisten sind wir nicht. Kinder der Erde sind wir, und mit sämtlichen Sinnen nehmen wir an der Mutter teil und an allem, was sie herschenkt. Was schlucken wir denn? Die Geister der geschaffenen Dinge. Und – was werde ich Ihnen sagen? – eigentlich sind es nur vier Dinge, die der Mensch zu seiner Erhaltung braucht: ein Schnaps, ein Bissen Schwarzbrot mit Salz und ein Stückchen Speck. Da hat er alles, die ganze Schöpfung: das Reich des Geistes, das Reich der Tiere, das Pflanzenreich und das Reich der Gesteine. Zugleich die Gegensätze, die sich verbinden: das Flüssige und das Feste, das Feurige und das Milde, das Verwesliche und das Unverwesliche.«

Der Rittmeister erzählt

»Sie haben vorhin einiges aus Ihrer Heimat erzählt. Mögen Sie nicht jetzt ein wenig davon berichten, wie es heute bei Ihnen daheim aussieht und zugeht? Haben Sie noch Verbindung?«

»Nein«, antwortete ich fast schroff. »Und ich wünsche mir auch keine. Was dort übriggeblieben oder neu aufgekommen ist, damit habe ich nichts zu schaffen. Es gibt heute keine räumlichen Entfernungen mehr; aber unser Land ist unerreichbar geworden. Es liegt abgesunken in den Tiefen der Jahre, die so geschwind zu Jahrzehnten werden und endlich zu Jahrhunderten. Nur in diesen Tiefen könnte es aufgefunden werden wie Atlantis oder Vineta. Dies Land ist heute schon ein mythisches Land geworden wie das Persien des Hafis und der Tausendundeinen Nacht, wie der wilde Indianerwesten der amerikanischen Pionierszeit oder wie das Schottland vor der Austreibung der Stuarts. Ich will es in meinem Herzen bewahren, unentstellt und so, wie ich es ehedem gekannt und unablässig geliebt habe.«

»Und setzen Sie nicht irgendeine Hoffnung auf die Zukunft?«

»Nein«, antwortete ich. »Wenn einem eine Geliebte gestorben ist, kann man fortfahren, sie zu lieben. Ja, wenn man die seelische Kraft dazu aufbringt, kann man fortfahren, mit ihr zu leben. Exhumieren wollen wird sie nur ein Fetischist. Und sich einreden, sie sei nur scheintot und werde übermorgen im Glanz der Jugend aus ihrem Gewölbe treten, das kann bloß ein Narr. Männlicher dünkt es mich, den Spruch der Geschichte mit Haltung und unverbittert hinzunehmen und sich vor den schäbigen Winkelzügen der Selbsttäuschung zu bewahren.

Eine Präsentiergeschichte

Ich will Ihnen eine Geschichte vom Präsentieren erzählen, sagte der Rittmeister. Verbreiten Sie sie nach Möglichkeit, damit viele erfahren, daß das Präsentieren eine hübsche Sitte ist und auch noch zu besseren Dingen gut als dazu, einem verschrumpften General für Augenblicke ein Gefühl von Wichtigkeit zu verschaffen.

Daß man sich die Hand gibt, daß man den Frauen die Hand küßt, daß man den Hut abnimmt und sich verbeugt, – wissen Sie, ich möchte nicht leben in einer Welt, in der die Menschen sich nicht anders begrüßen als zwei Maulwürfe, die sich unter dem Rasen begegnen. Und mir gefällt es auch gut, daß man mit demjenigen Gerät salutiert, das dem Stande des Grüßenden seine Bedeutung gibt. Hierbei lächelte er spitzfindig, hob sein Schnapsglas und trank mir zu. – Daß also der Kutscher vom Bock mit der Peitsche salutiert und sich die beiden Fechter zuvor mit der Klinge grüßen. Allerdings, die Kaminkehrer grüßen sich nicht mit ihrem Arbeitsgerät und die Chirurgen ebensowenig, da differieren eben die Gepflogenheiten. Ich glaube, ich könnte mich auch nicht dazu verstehen, mit einem Spaten zu präsentieren. Dann würde ich schon lieber die Hände in die Hosentaschen stecken und mit dem Kopf nicken. Übrigens, womit sollte man sonst nicken?

Also die Präsentiergeschichte.

Mein Vetter hatte 1914, nach Beginn des Krieges, Rekruten auszubilden. Die Kasernen waren überfüllt, so war er mit seinem Zuge auf einem Gutshof untergebracht, vielleicht zwanzig Werst von der Stadt. Der Kompagnieführer lag weit ab, mein Vetter konnte machen, was er wollte, namentlich in der ersten Zeit, als die Leute noch nicht soweit waren, daß die Züge zum Kompagnieexerzieren zusammengefaßt werden konnten.

Die Gutsherrschaft bestand aus einem älteren, kinderlosen Ehepaar, das eine verwaiste Nichte als Kind aufgenommen hatte. Sie gehörten zu den Leuten, die für das Ausland schwärmten – das hat es ja in Rußland immer gegeben. Die Nichte wurde mit dreizehn oder vierzehn Jahren in ein Pensionat am Genfer See geschickt, und in den Ferien reisten sie mit ihr im Auslande herum. So wußte sie von Rußland eigentlich sehr wenig, und man konnte ihr da aufbinden, was man wollte. Sie werden schon sehen, warum ich das erwähne.

Als der Krieg ausbrach, war sie siebzehn Jahre alt. Den Pflegeeltern war der Gedanke an die ungewisse Zukunft und die große Entfernung nicht behaglich. Sie telegraphierten ihr, sie möge heimkehren. Also reiste sie über Schweden nach Rußland, und nun wurde sie mit einem bestimmten Zuge auf der kleinen benachbarten Eisenbahnstation erwartet.

Mein Vetter hatte viel von ihr reden hören und hatte auch Bilder von ihr zu sehen bekommen. Sie war ein hübsches und frisches Mädchen, sicherlich nicht allzu gescheit, aber damit findet man sich ja am leichtesten ab. Und was heißt schon gescheit? Mit siebzehn Jahren ist keiner von uns gescheit gewesen.

Mein Vetter hatte ein paar Pferde zur Verfügung, weil ja die Verbindung mit der Kompagnie gehalten und die Lebensmittel von ihr geholt werden mußten. Er bot sich also gleich an, er wolle die junge Dame von der Station abholen.

Die Gutsherrschaft hatte an Leuten und Pferden viel hergeben müssen, und alle Augenblicke kamen neue Anforderungen und Verfügungen. Der Onkel beriet sich mit seinem Verwalter über eilige Fouragelieferungen, die Tante mußte zur Stadt, um mit einem patriotischen Damenkomitee über die Einrichtung eines freiwilligen Lazaretts zu verhandeln. So war der Vorschlag willkommen. Mein Vetter ließ einen leichten Jagdwagen anspannen und fuhr mit seinem Burschen zur Station.

Der Zug kam und hielt, das Mädchen stieg aus. Es stand ein wenig verlegen da und sah sich nach dem Onkel oder der Tante um. Aber da war schon der Leutnant bei der Hand in seiner hübschen weißen Sommeruniform, stellte sich vor und begrüßte die Heimgekehrte. Was er sagte, war bestimmt nicht originell, aber höflich, freundlich, warmherzig und, um es gleich zu sagen, ein paar Minuten später auch schon von achtungsvoller Verliebtheit. Der Bursche schleppte das Gepäck zum Wagen, und das Mädchen war von lauter Fürsorge umgeben.

Es war ein schöner, warmer Abend, noch sommerlich, sie fuhren durch den Wald, und die untergehende Sonne blitzte auf den Birken- und Kiefernstämmen. Als sie den Gutshof erreichten, war es schon dunkel. Mein Vetter war sehr aufgeregt. Er wollte die Neigung des Mädchens gewinnen, und zugleich wollte er ihm Achtung vor Rußland und vor der russischen Armee beibringen, denn das hatte er im Gespräch unterwegs gemerkt, daß sie ein wenig von der Ausländerkrankheit befallen war; und von dieser Achtung mußte ein Teil auch ihm selber zugute kommen. Da hatte er einen Einfall, der eigentlich gescheiter war, als es ihm zukam. Daneben war es ein sehr charmanter Einfall, Sie werden gleich sehen.

Überhaupt muß man sagen, daß mein Vetter Wladimir Alexandrowitsch schon seine Vorzüge hatte: ein hübsches, frisches Gesicht mit einem niedlichen schwarzen Schnurrbärtchen, angenehme Umgangsformen und auch eine gefällige Unterhaltungsgabe, die gerade für junge Mädchen, alte Damen vom Lande, mittlere Gutsbesitzer und Obersten im Ruhestande ausreichte. Außerdem sang er Romanzen und konnte auf Lindenblättern pfeifen. Obwohl er in einem Linienregiment diente, hatte er die gezierte Aussprache angenommen, die eine Zeitlang bei der Garde üblich war. Er sagte nicht »wosmoshno« (möglich), sondern »wösmöshnö«, und gelegentlich, wenn er gerade daran dachte, gab er sich auch Mühe, ein klein wenig mit der Zunge anzustoßen. In unserem Regiment hatten wir ebenfalls einen Jüngling mit solchen Neigungen; dem haben wir das aber unbarmherzig ausgetrieben.

Am nächsten Morgen war das Mädchen, es hieß Wera Andrejewna, sehr zeitig aufgestanden und wollte sich mit der neuen Umgebung bekanntmachen. Sie wissen ja, wie neugierig diese halben Kinder sind, genau wie die Foxterrier.

Sie trat aus dem Portal des Herrenhauses. Hier stand ein Posten, den sie am Vorabend in der Dunkelheit nicht bemerkt hatte. Als sie an ihm vorüberkam, änderte sich plötzlich seine Haltung zur äußersten Straffheit. Zwei, drei ruckhafte Bewegungen, das durch das aufgepflanzte Bajonett verlängerte Gewehr steht angehoben, senkrecht vor dem Körper des jungen Burschen: er präsentiert.

Wera Andrejewna fand den Vorgang malerisch und flott. Sie nahm an, es werde wohl irgendwo in der Ferne ein Vorgesetzter des Soldaten vorübergekommen sein. Sie sah sich um, erblickte aber niemanden und ging weiter. Sie strich durch den Park und kam zuletzt auf den Wirtschaftshof, dessen Einfahrt von zwei Mauerpfosten flankiert war, jeder von ihnen trug oben eine große Steinkugel. Auch hier stand ein Posten. Auch dieser präsentierte.

Jetzt fing sie an, sich zu wundern. Sie konnte doch nicht annehmen, daß diese Ehrenbezeugung ihr gegolten habe. Aber nun wollte sie der Sache auf den Grund kommen. Sie lief ins Haus durch den Hintereingang, kam durch den langen Korridor und das hallenähnliche Vorzimmer und trat dann wieder durch das Portal ins Freie. Inzwischen war der Posten abgelöst worden: anstelle des schlanken Burschen stand da ein stämmiger, hellhaariger Mann, der über die allererste Jugend hinaus schien. Er präsentierte mit sicheren, wenn auch etwas bedächtigeren Bewegungen. Über sein breites Gesicht lief ein blitzendes Lächeln. Er hatte die strahlend weißen Zähne der Bauern, die keine Zahnbürsten und Tuben kennen, aber dafür das gute schwarze Roggenbrot. Jetzt hatte sie keinen Zweifel mehr, sie war gemeint, unerklärlicherweise sie. Sie errötete, nickte dem Soldaten mit verwirrter Freundlichkeit zu und kehrte geschwind ins Haus zurück.

Erst beim Mittagessen sah sie meinen Vetter wieder. Die Unterhaltung war munter und ungezwungen. Nachher standen sie plaudernd auf der Veranda.

»Sagen Sie bitte, Wladimir Alexandrowitsch«, fing sie an, »was bedeutet das? Drei von Ihren Soldaten haben vor mir das Gewehr präsentiert.«

»Nur drei?« antwortete er. »Dann sind Sie wahrscheinlich nur an dreien vorbeigekommen.«

»Wieso? Was heißt das? Das muß doch ein Versehen sein. Das sind wohl Ihre Rekruten, die noch nicht genau wissen, vor wem sie zu präsentieren haben?«

»Nein, nein, verlassen Sie sich darauf, Wera Andrejewna, da ist alles in Ordnung. Jeder Posten hat doch seine Instruktion. Es ist genauestens vorgeschrieben, vor wem das Gewehr präsentiert werden muß: erstens vor den Majestäten, zweitens vor allen Angehörigen des Kaiserhauses, drittens –«

Sie unterbrach seine Aufzählung: »Aber ich bin doch weder...«

»Vergessen Sie nicht, Wera Andrejewna, es gibt einen Zusatzbefehl: siebentens vor allen schönen Mädchen!«

Wera Andrejwena wurde rot. »Ach, sprechen Sie doch keine Dummheiten, Wladimir Alexandrowitsch!«

Sie rannte davon. Wieder kam sie am Posten vor dem Portal vorüber. Er präsentierte lachend. Sie ging auf ihn zu.

»Was soll das heißen?« fragte sie. »Warum machst du das?«

»Befehl an die ganze rechtgläubige Armee, gnädiges Fräulein!« sagte er lustig. »Vor allen schönen Mädchen muß das Gewehr präsentiert werden.«

Als sie das nächste Mal meinem Vetter begegnete, sagte er ernsthaft: »Ich hoffe, Wera Andrejewna, Sie haben sich über nichts zu beklagen. Sind Ihnen auch überall die Ehren erwiesen worden, auf die Sie Anspruch haben?«

»Hören Sie doch auf, sich über mich lustig zu machen, Wladimir Alexandrowitsch! Ich verbitte mir das!«

»Aber um Gottes willen, Wera Andrejewna«, bat er. »Das ist doch keine Kränkung! Und dann dürfen Sie doch mich nicht verantwortlich machen. Ich bin ein kleiner Subalternoffizier. Was kann ich dabei tun? Der Befehl gilt für die ganze Armee.«

»Wirklich? Ist das wahr?«

»Sie können sich bei jedem Posten erkundigen. Oder fragen Sie den Feldwebel. Oder Ihren Onkel. Jeder wird es Ihnen bestätigen.«

»Ist das denn überall so?« fragte sie zweifelnd. »Auch in allen anderen Armeen?«

»Nein«, antwortete mein Vetter. »So etwas gibt es nur bei uns.«

»Aber sagen Sie, was ein... was cin... also was ein präsentierenswertes Mädchen ist, entscheidet das nun der Posten? Aber der Geschmack ist doch verschieden! Und irgend so ein Bauernbursche, der irgendwo in der tiefsten Provinz groß geworden ist, irgendwo beim Teufel auf der Rinne – der hat doch sicher einen ganz anderen Geschmack als...«

»Als ich? Nein, bei uns lernen das schon die Rekruten. Wir sind ein fortgeschrittenes Land.«

Wera Andrejewna fing allmählich an zu glauben. Endlich glaubte sie fest. Bei Gott, das tat sie! Die Pflegeeltern hatte mein Vetter angefleht, ihm nicht den Spaß zu verderben. Den Soldaten machte es Vergnügen, und mein Vetter war mit Trinkgeldern nicht sparsam. Das Gut lag ein wenig abseits, Fremde kamen selten hin, der Onkel und die Tante lebten zurückgezogen, da war die Gefahr, der Spaß könne sich entlarven, nicht sehr groß.

Dennoch hätte sich der Zustand natürlich nicht lange aufrechterhalten lassen. Aber nachdem die beiden sich verlobt hatten, klärte mein Vetter ihr den Zusammenhang auf.

Sie heirateten und haben beide einträchtig miteinander gelebt. Sie paßten gut zusammen: keiner war gescheiter als der andere, und gutmütig waren sie alle beide. Den Präsentierbefehl vergaß sie ihm nie. Noch nach vielen Jahren und vielen Schicksalen wurde jedem neuen Bekannten erzählt, wie sie sich kennengelernt und verlobt hatten. Daran mußte jeder Zuhörer merken, wie hübsch Wera Andrejewna in ihrer Jugend gewesen war. Die Geschichte war doch ehrenvoll für beide: für ihn, daß er diesen bemerkenswerten Einfall gehabt hatte, für sie, daß sie hübsch genug gewesen war, um einen solchen Einfall hervorzurufen.

Später hatten sie eine Schnellwäscherei in Belgrad, und daneben gab sie französischen Konversationsunterricht. Ich habe sie dort einmal besucht. Er war recht unverändert, nur das Lispeln und die Wösmöshnö-Sprache hatte seine Frau ihm abgewöhnt. Sie war nicht mehr ganz so hübsch wie früher, und infolgedessen merkte man es deutlicher, daß sie nicht viel Verstand hatte. Aber sehr viel Verstand hatte ja, wie gesagt, mein Vetter ebenfalls nicht, und für Schnellwäschereien ist das wohl auch nicht erforderlich. Es ging ihnen gut, und es war ein behaglicher Abend. Die ganze Wäsche haben sie mir auch noch gewaschen. Sehr viel hatte ich damals freilich nicht.

Was heute aus ihnen geworden ist, weiß ich nicht. Aber wenn sie noch am Leben sind, wird es auch jetzt nicht viel anders bei ihnen zugehen als damals in Belgrad.

Die Charakterprobe

Was man Charakterologie oder, grob gesprochen, Menschenkunde nennt, ist erst in neuerer Zeit ans Licht getreten. Ohne viel Fachausdrücke betrieb man dergleichen früher nach Augenmaß und fuhr nicht schlechter dabei, vorausgesetzt, daß man jenen Beobachtungssinn hatte, dessen auch heute der ausgebildetste Analytiker nicht entraten kann.

Mein Großvater ist bis in seine hohen Jahre viel gereist. Einmal fuhr er durch Ungarn, eigentlich aus keinem anderen Grunde, als um das Land kennenzulernen, in welchem sein verstorbener Bruder 1849 gefochten hatte.

Auf einer kleinen Station stieg ein Mann von reichlicher Körperfülle zu ihm ins Coupé, offenkundig jener Gattung ungarischer Gutsbesitzer zugehörig, die zwischen Magnatentum und Bauernstand eine sichere Mitte behauptet. Die beiden Reisenden kamen ins Gespräch, für das sich manche Anknüpfungspunkte boten, denn jener Feldzug lag damals noch nicht, wie er es heute tut, um mehr als ein Jahrhundert zurück. Der Ungar war gescheit genug, meinem Großvater nichts zur Last zu legen, auch nicht auf dem Umweg über meinen Großonkel, denn schließlich war dieser nicht auf Ludwig Kossuth, sondern auf Nikolai Pawlowitsch vereidigt und konnte nichts dafür, daß sein Regiment nach Ungarn geschickt worden war.

Damals waren Speisewagen noch selten, und man verpflegte sich auf den Stationen oder aus mitgenommenen Vorräten. Es war am späten Vormittag, und dem Ungarn schien die Frühstückszeit gekommen. Er packte allerhand aus, band sich eine Serviette altväterischen Umfangs wie ein Rasiertuch um den Hals, entkorkte eine Weinflasche und brachte unter mancherlei anderen Eßbarkeiten eine noch unzerteilte kalte Gans zum Vorschein. Mein Großvater wurde eingeladen, an der Mahlzeit teilzunehmen. Allein da er bereits auf einer Station gefrühstückt hatte, lehnte er ab. Indessen schlug er ein Glas Wein nicht aus.

Der Ungar tranchierte seine Gans so kunstvoll, wie das Rütteln des Zuges es irgend zulassen wollte, und begann mit heiterer, gelassener Andacht zu essen. Mein Großvater sah ihm zu und lobte den Wein, einen herben und kräftigen Weißen, der, wie der Ungar erzählte, auf seinem eigenen Boden gewachsen war und von dem er beträchtliche Mengen nach verschiedenen Städten lieferte. Die Gläser wurden mehrfach gefüllt, während der Ungar gemächlich weiterfrühstückte. Mein Großvater sah mit Staunen, wie die Gans sich zusehends verkleinerte. Und dann kam der Augenblick, da sie vollkommen aufgezehrt war.

Nun warf der Frühstücker die säuberlich abgeernteten Knochen aus dem Fenster, reinigte sein Besteck an der Serviette und tat alles Eßgerät wieder an seinen Ort. Inzwischen war man der Station, an der mein Großvater umzusteigen hatte, schon recht nahe gekommen.

Im ganzen Osten Europas hat ungarischer Wein von jeher in einer hohen Schätzung gestanden. An diesem aber hatte mein Großvater ein besonderes Wohlgefallen gefunden; er stellte es sich angenehm vor, bei seiner Heimkehr ein Fäßchen vorzufinden.

Der Zug fuhr ein. Mein Großvater sprach seinen Wunsch aus, gab dem Ungarn seine Visitenkarte, reichte ihm eine Hundertguldennote oder deren zwei und bat, das Fäßchen so zu bemessen, wie es nach Abzug der Transportkosten diese Summe gestatten werde.

Der Zug hielt. Der Ungar versprach, baldigst das Nötige zu veranlassen. Aber hierbei sah er meinen Großvater nicht weniger erstaunt an, als dieser ihn während seines Frühstücks betrachtet hatte. Dann sagte er: »Jetzt, ich bitte höflichst, erklären Sie mir eins: Wie kommen Sie dazu, einem wildfremden Menschen, dessen Wohnort von dem Ihren mehr als zweihundert Meilen entfernt ist, einen solchen Betrag anzuvertrauen und ihm nicht einmal eine Quittung abzuverlangen? Sind Sie, ich bitte höflichst, in allen Dingen so vertrauensselig?«

Mein Großvater antwortete, schon im Aussteigen, mit einem Lächeln: »Ich bin in allen Dingen so vorsichtig. Ich schaue mir meine Leute an. Einem Manne, der auf einen Sitz eine Gans verzehrt, und das zum Frühstück, würde ich blindlings auch die zehnfache Summe anvertrauen.«

Unnötig zu sagen, daß der Wein pünktlich eintraf. Mein Großvater legte bei seinen Freunden Ehre mit ihm ein. Später hat er sich noch manche Sendung kommen lassen. Als er starb, schon in unserem Jahrhundert, fand sich noch ein beträchtlicher Rest vor. Ich habe mich seiner mit Vergnügen angenommen.

»Die rechte Einstellung ...«

Immer wieder verfallen wir in den Fehler, das Wenige, das uns von der Kontinuität deutschen Lebens erhalten geblieben ist, zu überschätzen. Tatsächlich gibt es zu dem, was wir erlebt haben und noch erleben, innerhalb der abendländischen Sphäre keine Vergleichspunkte, und weder die französische Revolution und ihre Folgezeit noch das Cromwellsche Dezennium oder der dreißigjährige Krieg kann hier herangezogen werden. Womit wir es zu tun haben, das ist der tiefste Einschnitt unserer Geschichte seit der Berührung der germanischen Völker mit der mediterranen Kultur, das heißt also: seit dem Beginn unserer eigentlichen Geschichte überhaupt. Zu diesem Einschnitt die rechte Stellung zu gewinnen, das ist eine Aufgabe, wie sie noch keiner deutschen Generation gestellt worden ist.

Nachwort

Die Reihen derer, die das alte Baltikum noch gekannt haben, lichten sich. Von diesem altertümlich wunderlichen Land weiß man heute kaum mehr Genaues, und bald wird es so unbekannt sein wie das versunkene Vineta oder das sagenhafte Reich Atlantis.

Geschützt durch traditionell verbriefte Sonderrechte und merkwürdige Selbstverwaltungsformen, mit einer selbstbewußten deutschen Einwohnerschaft neben den eingesessenen Letten und Esten, die dem fernen »Reich« die Treue hielt und sich dennoch in Rußland wohl und heimisch fühlte, entwickelte sich das Baltikum in der Zeit seiner Blüte zu einer behaglichen Provinz, die manches an bedächtigen Anschauungen und beharrenden Gepflogenheiten konservierte, was im schnellebigeren »Reich« längst abgetan war.

Als Randgebiet des Deutschen Reiches war es einst sein nordöstlicher Vorposten gewesen, erfüllt vom Pioniergeist der Handeltreibenden, der Missionare und der Ritter. Die drei russischen Ostseeprovinzen Livland, Estland und Kurland, genannt das Baltikum, waren ehemaliges Deutschordensland. Dreihundert Jahre lang – bis zur Mitte des 16. Jahrhunderts – gehörten sie dem Reich an, gerieten aber im Verlauf des 18. Jahrhunderts endgültig unter russische Herrschaft. Peter der Große und Nikolai I. schätzten Kultur und zivilisatorische Energie der deutschen Oberschicht dieses Landes, dem sie weitgehende Freiheiten zugestanden. So entwickelte sich in Riga buntes kulturelles Leben, und die blühende Metropole scheint eine Miniaturausgabe des alten Petersburg gewesen zu sein, während Reval, ähnlich wie Lübeck, eine typische deutsche Hansestadt war. Viele Lebensformen auch des vorrevolutionären Rußland sind im baltischen Raum bis in die dreißiger Jahre unseres Jahrhunderts erhalten geblieben.

Das 19. Jahrhundert brachte einen ersten Umschwung: Mit dem Heraufziehen des Panslawismus wuchs die antideutsche Stimmung. Die Russifizierung griff im Baltikum um sich, deutsche Kulturdenkmäler wurden zerstört oder dem Verfall überlassen, russische neu errichtet. Die Subsidiengelder für den Unterricht an den dortigen deutschen Schulen mußten nunmehr vom Reich aufgebracht werden und flossen dürftig. Diese Maßnahme bewog zahlreiche baltische Familien dazu, ihre Söhne nun auf reichsdeutsche Schulen zu schicken.

Mit der Kriegserklärung des Deutschen Reiches an Rußland 1914 spitzten sich die Verhältnisse schlagartig zu. Im Frieden von Brest-Litowsk 1918 mußte das bolschewistische Rußland auf die Ostseeprovinzen verzichten und ermöglichte den baltischen Staaten Lettland und Estland sowie Litauen 1920 den Schritt in die Unabhängigkeit. Der Freiheitskrieg von 1918–19 vor allem baltischer Truppen gegen die Bolschewiken, der den Verzicht Rußlands bewirkt hatte, brachte noch einmal einen Aufschub für das deutsche Baltikum. Doch führte die »Deutsch-sowjetische Verständigung« mit den spektakulären Nichtangriffsverträgen zwischen Hitler und Stalin 1938 die deutsch-baltische Geschichte ihrem Ende zu: Die Volksgruppe der deutschen Balten verließ im Herbst 1939 auf dem Seeweg ihre achthundertjährige Heimat, durch Hitler »von ihrem Posten abberufen, gefaßt und geordnet«, wie es hieß. Der größte Teil kehrte ins Reich zurück, viele aber waren zunächst Neubesiedler des sogenannten »Warthegau« im westlichen Polen.

Die drei selbständigen Republiken Estland, Lettland und Litauen wurden 1940 Teil der Sowjetunion. Der im Lande gebliebene Rest von etwa 17 000 Deutschbalten konnte noch 1941 nach Deutschland evakuiert werden. 2000 Balten sollen geblieben sein.

Werner Bergengruen, 1892 in Riga geboren, fühlte sich zeit seines Lebens von seiner baltischen Abstammung bestimmt. Das Rigaer Elternhaus, zu Beginn des Ersten Weltkrieges abgerissen, und der Sommerlandsitz, in den Kämpfen der Jahre 1915/16 zerstört, sind die Schauplätze seiner Kindheitserzählungen in *Kindheit am Wasser* (Zürich: Arche 1976). Im Gedächtnis behält Bergengruen die baltische Welt seiner Kinderzeit, er nennt sie einen »Naturschutzpark«, behütet und heil. Ihr Glanz begleitet ihn ein Leben lang: Das Elternhaus mit einer Vielzahl oft skurriler Figuren, die Sicherheit in der familiären Tradition, die Natur und die Bilderwelt des Nordens, die Begegnung mit den russischen Menschen.

Während seines 6. Lebensjahrzehnts erinnert sich Bergengruen an seine Kindheitswelt und schreibt 1953/54 die Ferienerzählungen *Der Sommer der Jahrhundertwende, Fräulein von Trense, Alte Anna, Der Strandreiter* und *Die Pferdetante.* Es sind Spiegelungen früher Jahre; noch einmal tritt die Kindheit leuchtend in den Vordergrund: »Diese Sommermonate in unserer patriarchalisch geräumigen Stadtwohnung, auf den Landgütern der Verwandten und in dem behaglichen Holzhaus zwischen Wäldern und Seen, das die Eltern in der guten Jahreszeit zu beziehen pflegten, waren nicht etwa der Höhepunkt jedes Jahres, sondern sie waren das Jahr selbst.« (*Der dritte Kranz.* Zürich: Arche 1962, S. 257)

Am Anfang dieser Epoche der Rückbesinnung steht um 1951 die Erzählung *Die Greiffenschildtschen Damen* und die Skizze *Weihnachtsbesuch bei der Vergänglichkeit.* Zu diesen Zeichnungen baltischer Originale gehört auch die Novelle *Das Tempelchen*, 1946 entstanden. *Vater Jewgenij* von 1960 ist die letzte dieser Erzählungen aus dem russisch-baltischen Raum. In ihrer Breitwürfigkeit zeigen diese Texte den baltischen Plauderer, den Causeur Bergengruen, der in die alte heimatliche Welt noch einmal zurückschaut und sie schreibend in der Erinnerung festhält. Baltisch ist Bergengruens Erzählfreude, baltisch seine Vorliebe fürs Anekdotisch-Pointierte, für mündliche Amüsements, wie sie im Baltikum gerne verbreitet wurden.

Auf Wunsch des Vaters, der Arzt in Riga war, erhielt der Zehnjährige mit den beiden Brüdern seine schulische Ausbildung im »Reich«. Er besuchte das Lübecker »Katharineum«, dem auch Thomas Mann angehörte. Das frühe Exil hat Bergengruen schmerzlich empfunden: »Ich kam in enge Verhältnisse, die ich nach der östlichen Weiträumigkeit meines Elternhauses und seines Lebenszuschnitts doppelt empfinden mußte... Ich war in die Sklaverei einer fremden Völkerschaft geraten, ...sollte in meinem Elternhaus nur noch ein Feriengast sein dürfen.« (*Kindheit am Wasser*, a.a.O. S. 180) Das Verhältnis zwischen »Eingeborenen« und Nicht-Seßhaften hat ihn ein Leben lang in vielen Variationen beschäftigt: »Von der Natur zum Eingeborenen bestimmt, aber durch diese Verpflanzung oder Verbannung in die Peripherie verwiesen zu sein«, empfand er als schicksalhaft. (*Der dritte Kranz*, a.a.O. S. 258)

Unmittelbar nach dem Ersten Weltkrieg – Bergengruen nahm nach einer kurzen Studienzeit in Marburg 1914–18 auf deutscher Seite teil, bis 1919 noch an den Kämpfen der Baltischen Landeswehr – entsteht 1919 die unheimliche Novelle *Die Fahrt des Herrn von Ringen*, kräftig in der Sprache, zupackend im Stil, zwielichtig mit offenem Schluß. Die gewaltsame Entführung des jungen Kurländers, heutigen terroristischen Umtrieben vergleichbar, löst sich in die von ihm freiwillig gewählte Existenzform des Fahrenden: Die Figur des Unbehausten ist da, deren letzte Spiegelung 30 Jahre später der *Rittmeister* sein wird.

Um 1920 schrieb Bergengruen die Erzählung *Die leichte Erde*, das russische Osterfest feiernd, zu dem Schnaps mit dem Zubiß Sakuska gehört, 1925 folgt die Novelle *Der Flankierbaum*. Das Geschehen wird bildhaft vom Stalljungen Adam aus der Perspektive des Leibeigenen erzählt, während drei Jahrzehnte später der Erzähler der *Pferdetante* auktorial von den leibeigenen Mägden berichten wird.

Die Zwanziger und frühen dreißiger Jahre finden Bergengruen in Berlin, wo er von 1920–22 die Zeitschrift *Ostinformation* herausgibt und von 1925 an die *Baltischen Blätter* redigiert. Erst von 1927 an arbeitet er als freier Schriftsteller. 1932 entsteht die Ballade *Meines Vaters Haus*, deren verschlungene Handlung ihre Entsprechung im gebrochenen Rhythmus und im Wechsel des Reimgefüges findet. Der Leser könnte in Bergengruen den frühen Emigranten mit vorwiegend nostalgisch bedingten Aktivitäten sehen. Die Beschäftigung mit der Geschichte als Wissenschaft wie als Erzählstoff hat ihn ein Leben lang fasziniert. Schienen ihm zunächst Stabilität und Kontinuität unerschütterliche Lebenspfeiler zu sein, so ließ er später an der geschichtlichen Bedingtheit aller Erscheinungen und an ihrer Veränderbarkeit keinen Zweifel.

In den Berliner Jahren übersetzt er Lev Tolstojs *Krieg und*

Frieden ins Deutsche, *Die Kosaken* und *Hadschi Murat*, Turgenjews *Väter und Söhne*, Dostojewskijs *Schuld und Sühne*. Die alte russische Welt hält ihn noch immer. So sind es in der Novelle *Der Strom* von 1941 die alten Strusenrussen, die alljährlich auf ihren floßartigen Fahrzeugen die Düna bis nach Riga heruntergefahren kommen, die schließlich dem Rigenser Sohn das rechte Wort sagen können: Das Leben sei wie ein schwarzes Brot, einfach, bitter, nahrhaft und recht. Mütterchen Rußland ist dem Balten Heimat in mehr als einem Sinn gewesen.

Der Moskauer Germanist Ilja Fradkin sieht Bergengruen 1974 als »Mittler zwischen russischer und deutscher Kultur ... Andererseits jedoch hatte das Milieu des deutschen Adels und patrizischen Bürgertums, die damals in Kurland, Livland und Estland sozial privilegierte Positionen innehatten – das Milieu, in dem der junge Bergengruen aufgewachsen war – die konservative Grundstruktur seiner Überzeugungen geprägt. In seiner Jugend betrachtete er sich als einen Patrioten Rußlands, allerdings des patriarchalischen ›Mütterchen Rußland‹, des Rußlands der Romanows sowie der orthodoxen Kirche und der ›gebildeten Stände‹ als Symbole der historischen Stabilität des Landes. So stand Bergengruen dem Machtantritt Hitlers und dessen blutiger Diktatur vom ersten Tage an scharf ablehnend gegenüber. Und das, obwohl er zum Leben der Werktätigen wenig Beziehungen hatte und die organisierte Arbeiterbewegung ihm fremd war – Ausdruck der durch seine persönlichen und gesellschaftlichen Erfahrungen bedingte Begrenztheit seiner sozialen Positionen ...« (Aus dem Nachwort zur russ. Ausgabe von *Der Großtyrann und das Gericht*. Moskau 1975. Dt. in der Ausgabe im Union Verlag, Berlin 1975)

Aus den Erfahrungen geschichtlicher Instabilität wächst in den dreißiger Jahren Bergengruens Bemühen, schreibend im Gedächtnis zu erhalten, was schon Vergangenheit ist. Nicht nostalgischer Verklärung begegnet der Leser, sondern der Freude am Erzählen von schrulligen Originalen und deren seltsamen Sitten, an zwielichtigen Spökenkiekereien. Als Chronist liebt er es, allmächtig und allgegenwärtig am Geschehen in einer alten baltischen Stadt teilzunehmen. 1931–35 entsteht der Erzählband *Der Tod von Reval*. Kuriose Geschichten berichten vom Tod in mancherlei Gestalt, dem befreiendes Gelächter folgt, oftmals durch kräftigen Schnapsgenuß ausgelöst.

Und mit solchem Gelächter beginnt auch ein Ablösungsprozeß von der Kindheitsnostalgie: Nicht Entwurzelung oder Weltbürgertum heißt der Schlußpunkt. In den *Rittmeistergeschichten* wird Bergengruen zu der Erkenntnis finden, daß Heimat zwar verlorengehen, aber in anderen Bereichen aufgesucht werden kann.

»Es läßt sich auch mit Würde und zugleich mit Heiterkeit aussterben«, sagt er 1957 angesichts der sich lichtenden Reihen der baltischen Altersgenossen. »Weder würdig noch heiter ist es aber, sich Raupen in die Köpfe zu setzen und Vergangenheit in die Zukunft hinüberzuträumen, weil man nicht die Kraft hat, einem unvermeidlichen Ende nicht nur mit Fassung, sondern auch mit Haltung entgegenzusehen... Aber vom Unveräußerlichen, von der Atemluft der Freiheit, ohne die wir ersticken, darf nichts fortgegeben werden aus Mattigkeit oder aus einem Mangel an politischem Vorstellungsvermögen, diesen beiden gefährlichsten Bedrohungen der Freiheit.« (*Mündlich gesprochen*. Zürich: Arche 1963, S. 123)

Den Verlust der baltischen Heimat hat Bergengruen als gegeben angenommen. Ihren Fortbestand im deutschen Sprachraum sah er scherzhaft überall da gesichert, »wo man den Schnaps mit Sakuska trinkt«.

N. Luise Hackelsberger

Bio-bibliographische Daten

Werner Bergengruen, geboren am 16. September 1892 im livländischen Riga als zweiter Sohn des praktischen Arztes Paul Bergengruen, dessen Vorfahren aus Schweden ins Baltikum eingewandert waren. Besuchte auf Wunsch des Vaters von 1903–1910 das Gymnasium Katharineum in Lübeck. 1909 Übersiedelung der Familie nach Marburg an der Lahn. 1911–1914 Studium in Marburg, München und Berlin (Jura, Geschichte und Literatur). Nahm 1914–1918 als Ulan am Ersten Weltkrieg teil; bis 1919 an den Nachkriegskämpfen der Baltischen Landeswehr. 1919–1925 überwiegend journalistische Tätigkeit in Tilsit, Memel und Berlin, mit Wohnsitz in Berlin (seit 1922). Lebte von 1936–1942 in München; konvertierte 1936 zum katholischen Glauben; wurde 1937 aus der Reichsschrifttumskammer ausgeschlossen. 1942 Übersiedlung nach Achenkirch in Tirol. 1946–1958 in Zürich. In der Zwischenzeit längere Aufenthalte in Italien. 1958 Umzug nach Baden-Baden, wo Bergengruen am 4. September 1964 starb.

Eine Auswahl seiner Werke
Alle im Arche Verlag, Zürich

Lyrik
Figur und Schatten. 300 S. – Die heile Welt. 254 S. – Herbstlicher Aufbruch. 529 S. – Magische Nacht. 80 S.

Romane
Der Großtyrann und das Gericht. 320 S. – Herzog Karl der Kühne. 280 S. – Der letzte Rittmeister. 372 S. – Die Rittmeisterin. 436 S.

Novellen
Das Beichtsiegel. 158 S. – Die drei Falken. 94 S. (Neue Arche Bücherei 3) – Die Hände am Mast. 64 S. – Der Kranke. 43 S. – Das Netz. 45 S. – Die schönsten Novellen. 503 S. – Der spanische Rosenstock. 64 S. – Das Tempelchen. 64 S.

Erzählbände
Badekur des Herzens. Ein Reiseverführer. 254 S. – Das Buch Rodenstein. Erzählungskreis. 392 S. – Calibans Geliebte. Pelageja. Zwei Erzählungen aus Alaskas russischer Zeit. 240 S. – Lob des Tessins. 85 S. – Männer und Frauen. Liebesgeschichten. 207 S. – Räuberwunder. 224 S. – Die Sultansrose. 176 S. – Der Tod von Reval. Kuriose Geschichten aus einer alten Stadt. 221 S. – Und dein Name ausgelöscht. 134 S. – Zorn, Zeit und Ewigkeit. 237 S.

Aufzeichnungen
Dichtergehäusc. Aus den autobiographischen Aufzeichnungen. 432 S. – Geliebte Siebendinge. Unveröffentlichte Aufzeichnungen. 143 S. – Mündlich gesprochen. Ansprachen. Vorträge und Reden. 416 S.

Quellenverzeichnis

S. 7f. *Meines Vaters Haus.* Auszug aus *Vorfahren und alte Häuser.* In: *Die Neue Literatur* (Hrsg. Will Vesper). Berlin, April 1939
S. 9ff. *Meines Vater Haus.* In: *Kindheit am Wasser.* Erzählungen Zürich: Arche 1976, S. 185ff.
S. 15ff. *Vater und Mutter.* Aus: *Dichtergehäuse.* Aus den autobiographischen Aufzeichnungen. Zürich: Arche 1966, S. 20–39 (Auszug)
S. 35 *Meine Geburt.* Aus: *Das Geheimnis verbleibt.* Zürich: Arche 1952, S. 153f.
S. 37ff. *Alte Anna.* In: *Kindheit am Wasser,* a.a.O., S. 41ff.
S. 43ff. *Der Sommer der Jahrhundertwende.* In: *Pferdegruß.* Erzählungen und Gedichte von Pferd und Reiter. Hrsg. von Charlotte Bergengruen. Zürich: Arche 1967, S. 17ff.
S. 63ff. *Fräulein von Trense.* In: *Kindheit am Wasser,* a.a.O., S. 93ff.
S. 79ff. *Der Strandreiter.* In: *Kindheit am Wasser,* a.a.O., S. 117ff.
S. 102f. *Weihnachtsbesuch bei der Vergänglichkeit.* In: *Kindheit am Wasser,* a.a.O., S. 207ff.
S. 107 *Meine Kindheit und Jugend.* Aus: *Dichtergehäuse,* a.a.O., S. 175f.
S. 108 *Als die schwerste Verletzung...* Aus: *Dichtergehäuse,* a.a.O., S. 51f.
S. 110 *In meinem elften Jahr...* Aus: *Dichtergehäuse,* a.a.O., S. 43f. – *Als Kind begegnete ich...* Aus: *Dichtergehäuse,* a.a.O., S. 44 – *Als ein Lehrer mich...* Aus: *Dichtergehäuse,* a.a.O., S. 40
S. 111 *Ich habe immer gern Ehren erwiesen...* Aus: *Dichtergehäuse,* a.a.O., S. 334 – *Wie nah meine Kindheit...* Aus: *Kindheit am Wasser,* a.a.O., S. 14f.
S. 113ff. *Die Pferdetante.* In: *Pferdegruß,* a.a.O., S. 67ff.
S. 122ff. *Die Greiffenschildtschen Damen.* In: *Die Flamme im Säulenholz.* Novellen. Zürich: Arche 1955, S. 207ff.
S. 145ff. *Das Tempelchen.* Zürich: Arche 1950
S. 171 *Wie das Herzstück der Welt.* In: *1947, Compendium Bergengruenianum,* Literaturarchiv Marbach (unveröffentlicht)
S. 171 *Heute ist alles anders.* Aus: *Kindheit am Wasser,* a.a.O., S. 9
S. 171f. *Die Bezeichnung Balten...* Aus: *Kindheit am Wasser,* a.a.O., S. 10f.
S. 172 *Nach dem Sturz...* Aus: *Kindheit am Wasser,* a.a.O., S. 11f.
S. 172f. *Die Jahre 1918...* Aus: *Kindheit am Wasser,* a.a.O., S. 13f.
S. 173f. *Zu den hübschesten Zügen...* In: *1945, Compendium Bergengruenianum,* a.a.O.
S. 174 *Bei uns...* In: *1940, Compendium Bergengruenianum,* a.a.O. – *Unter den Balten...* In: *1943, Compendium Bergengruenianum,* a.a.O. – *In Kurland...* In: *1961, Compendium Bergengruenianum,* a.a.O.
S. 175 *In Riga...* In: *1941, Compendium Bergengruenianum,* a.a.O.
S. 175ff. *Ein eigentümliches soziales Gebilde...* In: *1949, Compendium Bergengruenianum,* a.a.O.
S. 177 *Die erste Erfahrung...* In: *1943, Compendium Bergengruenianum,* a.a.O.
S. 177f. *Die praktischen Vorteile...* Aus: *Kindheit am Wasser,* a.a.O., S. 16f.

S. 178 Die alten baltischen Provinzen ... In: *1943, Compendium Bergengruenianum,* a.a.O.
S. 179 Im ganzen liebt... In: *1959, Compendium Bergengruenianum,* a.a.O.
S. 179f. In meiner Familie... In: *1960, Compendium Bergengruenianum,* a.a.O.
S. 181ff. Der Flankierbaum. In: *Pferdegruß,* a.a.O., S. 147ff.
S. 193ff. Die Fahrt des Herrn von Ringen. In: *Die Flamme im Säulenholz,* a.a.O., S. 119ff.
S. 201ff. Der Strom. In: *Die Flamme im Säulenholz,* a.a.O., S. 9ff.
S. 224ff. Die leichte Erde. In: *Die Sultansrose und andere Erzählungen.* Zürich: Arche 1975, S. 170ff.
S. 227ff. Vater Jewgenij. Eine Erzählung. Zürich: Arche 1962
S. 247 Heimat und Vaterland zugleich. Aus: *Dichtergehäuse,* a.a.O., S. 53f.
S. 247ff. Zu den merkwürdigsten... Aus: *Dichtergehäuse,* a.a.O., S. 375
S. 249 Unser winziger Splitterstamm... Aus: *Mündlich gesprochen.* Zürich: Arche 1963, S. 126f.
S. 251ff. Der Tod von Reval. Kuriose Geschichten aus einer alten Stadt. Zürich: Arche 1949
S. 385 Das gewaltsam Einverleibte. Aus: *Geliebte Siebendinge.* Aus den nachgelassenen Aufzeichnungen. Arche 1972, S. 108f.
S. 387ff. Der letzte Rittmeister (Auszug). Zürich: Arche Verlag 1952
S. 411 Die rechte Einstellung. Aus: *Dichtergehäuse,* a.a.O., S. 122

Fotonachweis

Frau Dr. N. Luise Hackelsberger: S. 9, 14, 20, 33, 34, 36, 42, 78, 101, 106, 109, 111, 112, 386
Bildarchiv Foto Marburg: S. 6, 41, 104/105, 120/121, 144, 170, 180, 200, 223, 248, 250, 256, 294, 348, 366, 374, 382, 385
Arche Archiv: S. 2/3, 62, 192

Die Neue Arche Bücherei

1 Pablo Picasso *Wie man Wünsche beim Schwanz packt*
Ein Drama. Übertragen von Paul Celan
2 Gottfried Benn *Statische Gedichte*
Mit einer Druckgeschichte und unveröffentlichten
Benn-Briefen. Hrsg. von Paul Raabe
3 Werner Bergengruen *Die drei Falken*
Eine Novelle. Mit dem Vortrag *Novelle und Gegenwart*
4 Otto F. Walter und Silja Walter *Eine Insel finden*
Gespräch. Moderiert von Philippe Dätwyler
5 Manfred Hausmann *Da wußte ich, daß es Frühling war*
Eskimolieder. Gesammelt von Knud Rasmussen
6 William Goyen *Nester in einem Steinbild* Erzählung
7 Peter Bichsel *Des Schweizers Schweiz*
Aufsätze. Mit Fotos von Henri Cartier-Bresson
8 Kurt Schwitters *Tran Nr. 30. Auguste Bolte* (Ein Lebertran)
9 Winfried Wolf *Geschichten aus Hotterloch*
10 Otto Höschle *Die Lunte brennt* Gedichte am Abgrund
11 Albert Camus *Heimkehr nach Tipasa* Mittelmeer-Essays
12 Samuel Beckett *Marcel Proust* Essay
13 Walter Mehring *Kleines Lumpenbrevier*
Verse und Chansons. Mit unveröffentlichten
Mehring-Briefen. Hrsg. von Christoph Buchwald
14 Natalia Ginzburg *Valentino*
Erzählung. Aus dem Italienischen von Maja Pflug
15 Silja Walter *Die Feuertaube*
Neue Gedichte. Für meinen Bruder
16 Roswitha Fröhlich, Jürg Winkler *Johanna Spyri*
Momente einer Biographie. Ein Dialog
17 Heinrich Böll *Die Waage der Baleks*
Zwölf Erzählungen 1951–1954
18 Hans Arp *ich bin in der natur geboren* Gedichte
19 *»...und diese Erfahrung habe ich nun auch gemacht!«*
Texte zum Tod eines nahen Menschen
Hrsg. von Elisabeth Raabe und Paul Raabe

»Blandine...«
Von und mit Blandine Ebinger,
der großen Diseuse der Zwanziger Jahre,
der kongenialen Muse von Friedrich Hollaender
224 Seiten. 156 Fotos, diverse Fasimiles
Engl. Broschur oder als numerierte, handsignierte,
gebundene Liebhaberausgabe

Als Kind schon spielte sie Strindberg. Bei Max Reinhardt eroberte sie das Publikum. Als Frau des berühmten Friedrich Hollaender wurde sie zum Star des Berliner Kabaretts. Kästner, Kerr und Kraus schwärmten für sie. Im Laufe ihres Lebens spielte sie gleichermaßen unter Bertolt Brecht wie mit Heinz Rühmann. 1974 begann ihre kometenhafte zweite Karriere. Ein bilderreicher Längsschnitt durch das Bühnen-, Kabarett- und Filmleben der Blandine Ebinger. Voll amüsanter Episoden. Friedrich Luft im RIAS Berlin: »So viele schöne Bilder, unzählige Dichtertexte ihrer Lieder, lauter kleine Zeit- und Erinnerungsstücke einer großen, kleinen bewundernswerten Sängerin. Daran habe ich mich nicht sattlesen können.«
Bodo Kochanowski in der Berliner Morgenpost: »Selten sind Memoiren so kurzweilig, so kurzatmig und nie ermüdend.«

Roswitha Quadflieg
Der Tod meines Bruders
Die subjektive Wahrnehmung einer Familie
Ein Bericht
109 Seiten. Geb.

Der Bruder ist verunglückt. An einem heißen Pfingstsonntag auf einer norddeutschen Landstraße. Mit einem Fahrrad. Noch keine 34 Jahre alt. Ein fremdgewordener Bruder, der – anders als die übrigen Geschwister – nie häuslich geworden ist in diesem Leben. Eigentlich ein verhinderter Behinderter, ohne daß es jemand hat wahrnehmen wollen... Ein Buch ohne Sentimentalität, ein wohltuend nüchterner Bericht.
»Es gibt Bücher, die man sich nicht beschreiben lassen kann. Man muß sie selbst lesen. Das Erstlingswerk der sechsunddreißigjährigen Schriftstellerin und Graphikerin Roswitha Quadflieg ist so ein Fall.« Irene Mayer-List in der ZEIT